裂隙之外

BEYOND THE AQUILA RIFT

上

［英］
阿拉斯泰尔·雷诺兹
著

孙薇 何锐
译

湖南文艺出版社
HUNAN LITERATURE AND ART PUBLISHING HOUSE

博集天卷
CS-BOOKY

BEYOND THE AQUILA RIFT by ALASTAIR REYNOLDS
Copyright©2016 BY ALASTAIR REYNOLDS
First published in Great Britain in 2016 by Gollancz
an imprint of The Orion Publishing Group Ltd
An Hachette UK Company
Collection copyright © Dendrocopos Limited 2016
Through BIG APPLE AGENCY, INC., LABUAN, MALAYSIA.
Simplified Chinese edition copyright:
2022 China South Booky Culture Media Co., Ltd
All rights reserved.

著作权合同登记号：图字 18-2021-308

图书在版编目（CIP）数据

裂隙之外：全两册 /（英）阿拉斯泰尔·雷诺兹
（Alastair Reynolds）著；孙薇，何锐译 . -- 长沙：
湖南文艺出版社，2022.3
书名原文：BEYOND THE AQUILA RIFT
ISBN 978-7-5726-0576-5

Ⅰ . ①裂… Ⅱ . ①阿… ②孙… ③何… Ⅲ . ①幻想小
说-小说集-英国-现代 Ⅳ . ① I561.45

中国版本图书馆 CIP 数据核字（2022）第 010467 号

上架建议：畅销·科幻

LIEXI ZHI WAI：QUAN LIANG CE
裂隙之外：全两册

作　　者：[英] 阿拉斯泰尔·雷诺兹（Alastair Reynolds）
译　　者：孙　薇　何　锐
出 版 人：曾赛丰
责任编辑：刘雪琳
监　　制：董晓磊
特约策划：宋笑宇
特约编辑：宋笑宇
营销编辑：王爱婷
版权编辑：王媛媛
版式设计：李　洁
封面设计：尚燕平
内文排版：百朗文化
出　　版：湖南文艺出版社
　　　　　（长沙市雨花区东二环一段 508 号　邮编：410014）
网　　址：www.hnwy.net
印　　刷：三河市兴博印务有限公司
经　　销：新华书店
开　　本：680mm×955mm　1/16
字　　数：610 千字
印　　张：41.5
版　　次：2022 年 3 月第 1 版
印　　次：2022 年 3 月第 1 次印刷
书　　号：ISBN 978-7-5726-0576-5
定　　价：99.80 元（全两册）

若有质量问题，请致电质量监督电话：010-59096394
团购电话：010-59320018

Beyond the Aquila Rift

目 录

Contents

天鹰座裂隙之外 /001

火星长城 /041

天气 /093

复仇 /151

星际医生的学徒 /185

钻石犬 /219

天鹰座裂隙之外

Beyond the Aquila Rift

我把苏西拉出休眠舱时，格丽塔和我在一起。

"为什么是她？"格丽塔问。

"因为我想先让她出来。"我猜测她说这话是出于妒忌。我没怪她，毕竟苏西不仅很美，还很聪明。在阿善堤工业中没有比她更好的语法运行师了。

"发生了什么？"苏西一边站稳身体，一边问道，"我们回家了吗？"

我让她说一下她记忆中的最后一件事。

"海关，"苏西说，"还有天使方舟的那些天线。"

"那之后呢？还有什么？符文，你还记得自己执行过符文吗？"

"不记得了。"她说，她注意到我有些话里有话，觉得我可能没说实话，或者没告诉她所有她应该知道的东西。"托姆，我再问你一次，我们回家了吗？"

"是的，"我说，"我们回来了。"

苏西回头望着星空，她的休眠舱上喷着亮蓝紫色与黄色的图案。这是她在卡瑞兰定制的。不过这违反了规定——油漆涂料可能会堵塞通风口的过滤器。但苏西不在乎。她告诉我，虽然这花了她一周的薪水，但能在公司统一的灰色飞船结构中有一点体现个性的东西，还是值得的。

"真有趣，我感觉我在那玩意儿里躺了有几个月了。"

我耸耸肩，说："有时候感觉上就是这样。"

"那么，没什么问题了？"

"完全没有。"

苏西看着格丽塔，问："那么你是谁？"

格丽塔什么也没说，只是满怀期待地看着我。我开始发抖，我发觉自己无法解决这个问题，至少现在还不行。

"结束吧。"我对格丽塔说。

格丽塔向苏西走去，苏西想做出反应，但她的速度不够快。格丽塔从口袋里掏出了什么东西，然后用那东西碰了一下苏西的前臂。苏西像一个木偶一样倒下了。我们将她放回休眠舱，接好线路，然后合上盖子。

"她不会记得的，"格丽塔说，"这段对话只能给她留下短期记忆。"

"我不确定自己能做到。"我说。

格丽塔用另一只手碰触着我。"没人说过这会很容易。"

"我只是想让她慢慢接受现实，而不是将真相一下子倒给她。"

"我知道，"格丽塔说，"你是个好人，托姆。"然后她吻了我。

* 　　 * 　　 *

我也记得天使方舟。那是错误开始的地方，只是那时我们还不知道。

海关发现我们的货运单有差错，我们因此错过了第一次的起飞时段。货运单没错，但海关花了好一会儿才发现自己的错误。那个时候，我们不得不在地面多待八个小时，等进港管制部门处理完一批大容量的运货飞船。

我把这个消息告诉了苏西和雷。苏西倒是很快便接受了，可能她也曾遇到过这类事情。我建议她利用这段时间，在码头上搜索一些热门的语法补丁，一些可能会让我们节省一到两天的返程时间的东西。

"公司授权了吗？"她问。

"我才懒得管。"我说。

"雷呢？"苏西问，"我干活时，他坐在这里喝茶吗？"

我笑了。他们个性不合，是对欢喜冤家。"不会的，雷也会干些有用的事。他会去检查一下 q 平面。"

"那些平面没有问题。"雷说。

我摘下阿善堤工业的旧兜帽，抓了抓我的秃顶，转身看着雷。

"对啊，所以你用不了多久就能检查完，不是吗？"

"无所谓，不说啦，我去就是。"

这就是我喜欢雷的地方，他总是知道什么时候应该闭嘴不争论。他收拾工具，出去检查平面。我看着他攀上悬臂梯，工具就挂在他的腰带上。苏西也戴上面罩，穿上黑色的长外套，随后消失在码头的薄雾中。直到她的背影在我的视线中完全消失，我还能听到远方传来高跟鞋敲击地面的声音。

我也离开了蓝鹅号，跟苏西相背而行。头顶上，体积庞大的运货飞船一艘接一艘进入码头。你在看到它们之前，早早就能听到它们发出的声音。码头上方昏黄色的云雾中，哀伤如鲸吟的声音响彻一片。它们出现时，你会看到黑色的船体被语法模式的块状挤压结构划过，悬臂和 q 平面缩回船体准备降落，而起落架则像爪子一样紧紧抓住它们。运货飞船在分配井上方停下，并在推力中尖啸着降下来。对接船坞紧紧抓牢它们，那样子就像抓握着的手指骨架一样。货物装卸恐龙从固定的围栏中缓慢走出，它们中有一些是自动装卸的，还有一些仍由训练师操控。在发动机熄火时，仅余一片惊人的寂静，直至下一艘飞船开始穿过云层。

我一直都喜欢看飞船进进出出，即便我的飞船正因它们而被迫留在地面上。我看不懂语法，但我知道这些飞船都是一路从大裂隙过来的。而天鹰座裂隙远比任何人去过的地方都更远。以中等的隧道速度，从那里去当地的泡泡中心，飞船需要行驶一年。

我一生中只去过一次那么远的地方，我像正经游客那样，看了眼天鹰座附近的风景。但这对我来说已经足够了。

当飞船着陆的阵仗大致平息时，我躲进酒吧，找到了一个收阿善堤信用点的光圈管理局摊位。我坐在座位上，录制一条发给卡特琳娜的三十秒信息。我告诉她我正在回去的路上，但会在天使方舟耽搁几个小时。这种延迟可能会影响我们的返程通路，具体情况还要取决于管理局那边的繁忙程度。根据过往经验，滞留地面八小时的延迟最多会拖长成两天。因此我告诉她我会回去，但延后几天也不必担心。

外面，一只梁龙无精打采地路过，双腿间绑着一只货运集装箱。

我告诉卡特琳娜我爱她，并且已经等不及要回家见她。

我走回蓝鹅号的时候，想着信息会跑得比我快。它会以光速在系统中传输，然后复制到下一艘即将离港的飞船的内存缓冲区里。也有可能那艘飞船并不直接去巴兰基亚或者那附近，那么，光圈管理局就必须执行飞船之间的信息传递，以便将信息发送到目的地。这样一来，我甚至可以在信息抵达前到达巴兰基亚。但在我数年来经历的所有延误事故中，这种事只发生过一次，而且那次的系统运行正常。

头顶上，一艘白色的客运飞船插在货运飞船中间。我揭开面罩，想要看得更清楚，结果却被臭氧、燃料和恐龙粪的味道熏了一跟头。这就是标准的天使方舟没错了，它与泡泡系统的其他地方都不相同，绝不会被误认。虽然泡泡系统包括四百多个行星，且每个行星上最多有十二个地面港口，但没有一个闻起来跟这里一样糟糕。

"托姆？"

我循声望去。是雷，他正站在码头旁。

"你检查完那些平面了？"我问。

雷摇了摇头。"我正要跟你说这件事。出现了少许偏差，所以，我本想既然我们要在这里坐等八个小时，那我倒不如进行一次全面的重新校准。"

我点点头。"这主意不错。有什么问题吗？"

"问题就是，有光圈打开了。塔台说，我们可以在三十分钟内起飞。"

我耸耸肩。"那我们就起飞。"

"可是我还没完成校准。实际上，情况比我开始校准前还要糟糕。现在起飞可不是什么好主意。"

"你知道塔台的工作方式，"我说，"如果错过两个光圈，我们可能就得在地上多待好几天了。"

"没人比我更想回家了。"雷说。

"那就起飞吧。"

"如果贸然起航，飞船在隧道里就会很颠簸，这一路可不会顺利。"

我耸耸肩。"谁在乎呢？我们会一直处于休眠状态。"

"好吧，这个问题确实没什么实际意义。但是苏西不回来，我们可不能走。"

这时，我听到一阵高跟鞋敲打地面的声音朝着我们的方向过来了。苏西从雾里走出来，将自己的面具拽到一边。

"符文黄牛真无聊，"她说，"他们卖的所有东西，我都见过上百万次了。该死的！"

"没关系，"我说，"反正我们都要走了。"

雷咒骂了一句，但我假装没听到。

＊　　　＊　　　＊

我总是最后一个躺进休眠舱。在我确定我们被放行前，我从不躺下。这让我有机会再全面检查一次。无论是多么优秀的船员，也无法确保每一次都万无一失。

蓝鹅号在 AA 信标附近停了下来，那是拉升点的标志。我们前面还有几艘飞船在排队，还有此地常见的 AA 服务船队。透过观察窗，我看到较大的飞船一艘接一艘地起飞。它们以最大动力加快速度，然后向着太空中某个似乎平平无奇的地方疾飞。它们伸开臂架，船体光滑的线条在路径语法的神秘外星符文映衬下显得粗糙而丑陋。到达二十倍重力后，船体消失，就好像被一只无形的巨手拖走了。九十秒后，它们便变成了上千公里之外的一道淡绿色闪光。

我在泡泡里转来转去。我们的导航语法里有伸缩符文。这个脚本的每个符文都由数百万个六角形的薄片矩阵组成，薄片位于发动机之上，因此可以缩进或伸出船体。

要是问光圈管理局的话，他们会说，现在的语法已经被完全破译了。确实如此，但仍有所限制。经过两个世纪的研究，人类机器现在能够以较低的失败率对语法进行构造和解析了。针对指定的目的地，人类机器还可以组装出一串通常会被光圈机器接受的符文。此外，他们可以保证，光圈机器提供的路径之一便是所需路径。

简单来说，你一般都能到达自己要去的地方。

就像进行简单的点对点迁徙。在那种情况下，使用人类机器并不会有什么真正的缺点。但面对较长的路途时，比如你要在光圈据点间迁徙六到七次，人类机器就会失去优势。因为它们找到的解决方案，往往不是最优解。这时便需要语法运行师介入了。像苏西这样的语法运行师对语法方案有着直观的了解，他们做梦都在使用符文。当看到结构很差的脚本时，他们会感觉牙疼——这对他们来说是一种冒犯。

拥有一名优秀的语法运行师可以为一条路径节省好几天时间。对像阿善堤工业这样的公司来说，其差别是非常大的。

我可以判断薄片出了什么问题，但我不是一名语法运行师。我必须信任苏西，相信她已经完成了自己的工作。我别无选择。

但我知道，苏西不会把事情搞砸的。

我转过身，回头看着另一条路。现在我们已经就位，q平面也已经部署完毕。它们像抓钩臂一样，从距离船体三百多米远的臂架上探出来。我检查了一下，它们全都锁定在完全展开的位置上了，状态指示灯也都绿了。臂架是雷的领域。在我命令他关上飞船准备升空时，他正在检查滑板形状的 q 平面与 q 物质是否对齐[1]。没有任何迹象表明它们没有对齐，但是，就算它们没有对齐，也不会让我们回家的旅程比平时多颠簸几分。就像我跟雷说的，谁在乎呢？蓝鹅号可能会遭遇一丁点隧道湍流，但飞船在建造时就已考虑到了抵御湍流的问题。

我又看了眼拉升点，我们前面只有三艘飞船了。

我回到休眠舱检查了一下，苏西和雷都没问题了。雷的休眠舱是和苏西的同时定制的。上面满是被苏西称为 BVM[2] 的图像：圣母马利亚。BVM 总是穿着太空服，抱着一个穿着太空服的小号耶稣。他们的头盔被喷上了金色的光晕。这个艺术品看起来非常粗制滥造，我觉得雷投资于此的金钱一定没有苏西多。

很快我就把衣服脱光，钻进自己那个什么都没喷过的休眠舱，然后合上了舱盖。缓冲凝胶开始注入，过了大约二十秒，我便开始感觉困倦了。交通管制部门给我们开绿灯放行的时候，我就快要睡着了。

这件事我已经做了有一千遍了，所以既不恐惧也不担忧，只是有一丝遗憾。

我从未见过光圈，只有极少人见过。

见过的人说，那是由深色球粒状小行星组成的环形的行星团，直径两公里左右。整个行星团的中心已经被挖空了，内部环形所面对的正是构成光圈本身的 q 物质的物理结构。他们说，光圈一直在闪烁和移动，就像一个非常复杂的时钟，里面有着嘀嗒作响的内部构造。然而光圈管理局的监控系统并没有检测到任何位移。

这是外星人的科技。我们不知道其工作原理，甚至不知道是谁制造的。也许，事后来看，还是看不到比较好。

做个梦然后醒来，知道自己已经到了别处，这就够了。

---

1. q 平面是飞船上的一种特殊物质，与光圈上的 q 物质相对应，当飞船上的 q 平面与光圈上的 q 物质对齐时，飞船才能穿越光圈。——译者注
2. 即 Blessed Virgin Mary。——译者注

＊　　＊　　＊

"尝试不同的方式，"格丽塔说，"这次告诉她真相。也许她的接受能力比你想象得要高。"

"我没办法告诉她真相。"

格丽塔将一边身子靠在墙上，臀部贴墙，一只手放在口袋里。"那就半真半假地说些什么。"

我们把苏西的休眠舱放平，再次将她拖了出来。

"我们这是在哪里？"她问，然后转向格丽塔，"你是谁？"

我猜想，苏西对上次的对话还有些印象，有些东西挣脱了苏西的短期记忆范围。

"格丽塔是这里的工作人员。"我说。

"这里是哪里？"

我想起了格丽塔曾说过的那个名字。我说："王良四区域的一个空间站点。"

"这不是我们计划要去的地方，托姆。"

我点点头。"我知道，出故障了，路径错误。"

苏西边听边摇头。"不可能，我的语法没有问题……"

"我知道，这不是你的错。"我帮她穿上船衣，她还在发料，在休眠舱里待了这么久，她的肌肉稍微一动就会有反应。"你的语法很好。"

"那么这是怎么回事？"

"是系统的错误，不是你的问题。"

"王良四区域……"苏西说，"那我们会比原计划迟上十天，是吗？"

我试着回想格丽塔当初对我说的话。我本应该对这些了如指掌，但苏西才是路径专家，我不是。"听起来差不多。"我说。

但苏西摇了摇头。"那我们就不是在王良四区域。"

我试着让自己听起来好像很惊讶。

"不是吗？"

"我在休眠舱里的时间可远不止几天，托姆。我知道的，我身体里的每一根骨头都能感觉到这一点。所以，我们究竟在哪里？"

我转向格丽塔。我无法相信，这一切又发生了。

"结束吧。"我说。

格丽塔走向苏西。

*　　　*　　　*

你知道"我一睁眼就知道一切都不对劲了"这句老话吗？也许你已经在泡泡的上千个酒吧中听过上千次了，在这些酒吧中，船员们边喝着公司补贴的啤酒，边瞎侃吹牛。但问题是有时候事情就是这样的。以前，只要在休眠舱里待过一阵子，我就会觉得不舒服。但只有一次的糟糕程度与这次接近，那是一次在泡泡边缘的旅行。

我仔细思考着，但心知肚明自己在出舱前什么也做不了。花了半个小时将自己从连接处释放出来后，我感觉身体里的每一根肌肉纤维都像被撕碎了一样。不幸的是，这种不对劲的感觉在出舱后仍然没结束。蓝鹅号过于安静了。我们应该从光圈后的最后一个出口出发，通过设计好的路径到达目的地。但是，遥远又令人安心的聚变引擎的轰鸣声根本就没响起。这表示我们正处于自由滑行状态。

情况不妙。

我从休眠舱里浮出来，抓住把手，然后将自己翻了个面，去查看其他两只休眠舱。雷休眠舱上最大的那个 BVM，从舱盖上回望着我，光辉熠熠。休眠舱显示所有的生物指征都处于绿色正常值。雷仍处于休眠状态，但身体无恙。苏西也是一样。某些自动系统判定我是唯一需要被唤醒的人。

我花了几分钟，挣扎着摸索到我经常在加速前用来查看飞船的观察窗。我将头塞进那个有些剐痕的玻璃半圆体中，环顾四周。

我们已经到了某个地方。蓝鹅号停在一个巨大、零重力的停泊港里。这个地方是一个细长的圆柱体，截面呈六边形。墙壁上是一片服务型机械：蹲式模块、弯弯曲曲的电缆、配有伸缩支架的空置靠港停泊位。无论往哪边看，我看到的其他飞船都是锁在支架上的，其中包括每个你能想到的样式和船级，每种可能适用于光圈迁徙的船体设计，目之所及皆是如此。服务灯投射出温暖的金色光芒，整个地方都沐浴在割炬闪烁的紫光中。

这是一个修理厂。

我刚开始思考，就看到有什么东西从墙壁上延伸出来。那是一个伸缩式的对接隧道，它直冲我们的飞船探过来。通过隧道侧面的窗户，我看到了飘浮的人影，他们双手交替着往上攀爬。

我叹了口气，向气闸走去。

＊　　　＊　　　＊

我到达气闸口时，他们已经完成了第一阶段的攀登。这也没什么问题，我没有什么理由阻止外方人员登船，但这其实有点不礼貌。不过，也许他们以为我们都休眠了。

门滑开了。

"你醒了，"一个男人说，"蓝鹅号的托马斯·冈德鲁佩船长，是吗？"

"你说是就是吧。"我说。

"介意我们进来吗？"

他们有六七个人，在说这话的时候就已经进来了。他们都穿着陈旧的赭石色外装，上面的公司符印多得数不清。我的脸涨得通红，我实在不喜欢他们擅自闯入。

"这是什么情况？"我问，"这是什么地方？"

"你觉得呢？"那人说。他满脸胡楂，一口牙齿又坏又黄，这让我印象深刻。这年头，想拥有一口坏牙可得费不少工夫。我上次见到这样的人，已经是数年前的事了。

"我真不希望你告诉我，我们还被困在天使方舟里。"我说。

"不，你们通过光圈了。"

"然后呢？"

"一团糟。路径错误，你们没从正确的光圈里出来。"

"哦，天哪！"我摘下了兜帽。"祸不单行。切入时出了点错误，是吗？"

"也许是，也许不是。事情具体是怎么发生的，谁知道呢？我们只知道你们本不该在这里。"

"对啊，所以'这里'又是哪里？"

"苏姆拉基站，王良四区域。"

他说话的语气就好像这些都索然无味，他每天都要经历几次这样的例行公事一样。

也许他已对此失去了兴趣，但我没有。

我从未听说过苏姆拉基站，但我听说过王良四区域。王良四是一颗 K 型超巨星，就在本星系泡的边缘。它是整个泡泡导航区域的七十多个传输站之一。

我是不是已经提过了泡泡？

＊　　　＊　　　＊

你知道银河系的样子，因为你已经在绘画和计算机模拟中看了上千次。银河系中心有一个明亮的凸起，从凸起处缓慢伸出弯曲的螺旋臂，每条螺旋臂都由数千亿颗星星组成，从最暗淡且正在缓慢燃烧的白矮星，到接近超新星爆发且最炙热的超巨星。

　　现在，我们把视角放大到银河系的其中一条螺旋臂上。那是太阳，橙黄色，位于距银河系中心约三分之二处。小行星带和尘埃将太阳包裹其中，离其他星系有数万光年距离。不过，太阳本身也是在一个尘埃包裹的四百光年宽的泡泡里，泡泡的密度大约是平均值的二十分之一。

　　那个就是本星系泡，就好像上帝在尘埃中为我们吹出了一个中空的泡泡。

　　只不过，当然了，那不是上帝干的，而是大约一百万年前的超新星。

　　往更远处看，还有更多泡泡。它们的气泡壁彼此交融，形成了一个巨大的泡沫状结构，横亘数万光年，甚至有些连接处由于密度太大、尘埃太厚，几乎完全看不透，比如像金牛座和蛇夫座星云，或者天鹰座裂隙本身。

　　天鹰座裂隙位于本星系泡之内，是我们在银河系里去过的最远的地方。这可不是耐力和勇气的问题，只是根本没有路能让我们再往远处走了，至少在光圈链接的光速网络上已无路可走。已有的路径都走到了尽头，包括蓝鹅号行程中大多数的已有路径在内，都没办法带你离开本星系泡。

　　这对我们来说，倒没什么关系。在离地球一百光年的范围内，还是有很多商业活动可以从事的。但王良四恰好位于泡泡的外缘，那里的尘埃密度已升至正常的银河系水平，距离我们的母星地球有二百二十八光年。

　　再重复一次，情况不妙。

　　"我知道，这让你很震惊，"另一个人说，"但也没有你想象得那么糟。"

*　　*　　*

　　我看向刚才说话的女人。她中等身材，有一张酷似精灵的面孔，顶着铬白色的波波头，灰白的眼睛斜视着我。

　　那张脸熟悉得令人心痛。

　　"没有吗？"

　　"不算糟糕，托姆。"她微笑着。"毕竟，这让我们有机会能重温旧时光，不是吗？"

"格丽塔？"我难以置信地问。

她点点头。"是我。"

"天啊，真的是你，真的吗？"

"我不确定你能认出我，毕竟已经过了那么久了。"

"你认出我倒是没太费劲。"

"我不需要。你们飞船弹出来的那一刻，我们就连接上了你们的应答器，它重新恢复了运作，并回答了你们飞船的名字、飞船拥有者的名字、船员的名字、飞船内携带的物品，还有原本的目的地。我一听到是你，就挤进了接待团队。但是别担心，你的变化不大。"

"嗯，你也没怎么变。"我说。

这也不完全是真话。但老实说，谁愿意听到自己比上次见面老了十岁这样的话呢？就算他们看起来并没有那么糟糕也不行。我回想起她赤裸的模样，那些被我尘封了十年之久的记忆都涌了出来。让我羞耻的是，那些画面还是那样生动，就好像在维持着对婚姻的忠诚的这些年里，我下意识地偷偷把它们埋藏在了记忆深处。

格丽塔浅浅一笑，就好像知道我究竟在想些什么。

"你一直不擅长撒谎，托姆。"

"是啊，我估计还得练练。"

一阵令人尴尬的沉默。我们两人似乎都不知道该如何接话。在我们犹豫的时候，其他人也在我们周围飘浮着，一言不发。

"好吧，"我说，"谁又能想到我们最终会以这种方式重逢？"

格丽塔点点头，她伸出双手，向我表示歉意。

"我只是感到很抱歉，我俩没能在更好的情况下见面，"她说，"但如果这能使你感到安慰的话，我可以告诉你出现路径错误完全不是你们的错。我们检查了你们的语法，它正确无误。只是系统时不时会出现故障。"

"真有趣，为什么没人说过会有这些故障呢？"我说。

"情况本来可能更糟，托姆。我记得你以前经常跟我讲太空旅行的事。"

"是吗？你要列举的到底是我哪一句智慧之言呢？"

"如果你还能抱怨自己的处境的话，那你就无权抱怨。"

"天啊，我真这么说的吗？"

"是的。而且我敢打赌，你现在后悔了。但是你瞧，情况还没那么糟。你们只比计划迟了二十天。"格丽塔冲着那个一口坏牙的人点了点头。"科灵说你们只需要等上一天，把飞船修好，就能再次出发了。然后再过二十到二十五天，你们就能到达原本的目的地，但具体时长取决于你们选择的路径模式。总共不到六周而已，虽然这一次的奖金没有了——这确实是很大一笔钱——但至少你们状况都不错，飞船也只需要稍稍维修一下。所以为什么不吞下苦果，签了维修文件呢？"

"我不想在休眠舱中再耗上二十天，还有别的原因。"

"什么原因？"

我本打算告诉她关于卡特琳娜的事情，告诉她卡特琳娜是多么期待我回家。

但是我说："我担心其他人，苏西和雷，他们的家人都在等他们回家，他们会很担心。"

"我明白，"格丽塔说，"苏西和雷，他们都还在休眠，是吗？他们是飞船还在升空时躺进休眠舱里的吗？"

"是啊。"我谨慎地说。

"那就让他们保持原样，直到你们再次出发吧。"格丽塔微笑着说，"这样就不用为他们的家人而忧心了，我觉得这样比较好。"

"既然你都这么说了。"

"相信我，托姆。这不是我第一次处理这种情况了，也不会是最后一次。"

*   *   *

我在苏姆拉基站另一个区的旅馆里住了一晚，那家旅馆是有回声的多层结构，嵌在空间站的岩石基层里。它可以容纳数百位客人，但目前似乎只有很少量的房间有客人入住。我睡得很香，起得也很早。中庭那里有一个戴着橡胶手套、身穿围兜的工人，正从一个小的装饰性池塘里将病鱼捞出来。看着他挑出金属橙色的病鱼，我闪过一种似曾相识的感觉。我之前碰到过有关经营惨淡的旅馆或管理垂死鲤鱼的事情吗？

早餐前，我有些昏昏欲睡，就好像我没有睡好一样。我去找了科灵，了解了维修的最新进展。

"还要两三天。"他说。

"昨晚不是说只需一天吗？"

科灵耸了耸肩。"如果对服务有意见的话，就找别人来修吧。"

然后他将小指从嘴角伸进嘴里，开始抠牙。

"我很乐于见见其他真正热爱自己工作的人。"我说。

在我的情绪失控之前，我离开了科灵，去了站点的另一边。

格丽塔曾向我提议见个面，一起吃个早饭，说说往事。她在我之前到达了约定地点，坐在"室外"露台边的一张桌子旁，在红白相间的棚顶下，啜饮着橙汁。我们的头顶是一个宽数百米的穹顶，投射出晴朗无云的全息天空，透着仲夏时分那种带有珐琅质感的湛蓝。

"旅馆怎么样？"待我招呼侍者点完咖啡之后，她问。

"还不错。不过，似乎没有人乐于交谈。这是我的问题，还是那个地方一直充斥着那样的气氛？"

"是那个地方的问题，"格丽塔说，"每个来到这里的人都对这里感到不爽。他们或是被转移到这里，一肚子火；或是因为路径错误到了这里，所以对这里怨念十足。都有可能。"

"没人是高兴的吗？"

"只有那些知道自己马上就能离开的人会高兴。"

"包括你吗？"

"不，"她说，"我虽或多或少也算是被困在这里的，但我的心情还不错。我猜，我是个例外。"

侍者是用玻璃制成的人偶，这种类型的机器人在二十年前的银河系中心行星上非常流行。其中一名侍者在我面前放了牛角面包，然后将滚烫的黑咖啡倒进了我的杯子里。

"嗯，很高兴见到你。"我说。

"我也是，托姆。"格丽塔把杯中剩余的橙汁全都喝完了，然后把我的牛角面包送进自己的嘴里，问都没问我一声。"我听说你结婚了。"

"是啊。"

"是吗？不跟我说说她吗？"

我喝了口咖啡，说："她叫卡特琳娜。"

"名字不错。"

"她在日本香川县的生物修复部门工作。"

"你们有孩子吗？"格丽塔问。

"还没有。这并非易事，我俩多数时间都不在家。"

"嗯。"她吃了一口牛角包。"但有一天你可能会考虑这个问题。"

"一切皆有可能。"我说。虽然她对我的私事如此感兴趣让我受宠若惊，但她的问题过于细致，以致让我感到不太舒服。没有迂回，也没有旁敲侧击，这样的直言不讳让我不安。不过，至少这样一来我也能问她这些事。"那你呢？"

"没什么特别有意思的，我们上次见面之后过了一年左右我就结婚了。对方叫马塞尔。"

"马塞尔。"我重复道，就好像这个名字意义重大。"我为你感到高兴，我猜他也在这里吧？"

"不在。因为工作原因，我俩分居两地。虽然没离婚，但……"格丽塔停住了。

"这可不容易啊。"我说。

"如果有办法的话，那么我们早就找到了。但不管怎样，你不用为我们感到难过。我们都有自己的事要做。不能否认的是，与咱们之前的见面相比，这次我还是很开心的。"

"啊，那就好。"我说。

格丽塔俯身摸了摸我的手，她的指甲涂成了深黑色，泛着蓝色的光泽。

"瞧，我真是自以为是，冒昧地要求和你见面吃个早饭，但不见一面也不礼貌。但你想之后再见一面吗？傍晚时分在这里吃饭很不错，他们会把灯全都关掉，透过穹顶望去，景致真的很特别。"

我向上望去，看着那片无垠的全息天空。

"我觉得这是假的。"

"哦，没错，"她说，"但不要因此坏了心情。"

*　　　*　　　*

我在摄像头前落座，开始讲话。

"卡特琳娜，"我说，"你好。我希望你一切安好，希望公司已经有人跟你联系过了。就算他们没联系你，你肯定也会自己打听的。我不知道他们是怎么跟你说的。但我保证，我现在平安无恙，并且就要启程回家了。我是在一个名叫苏姆拉基站的地方录制的这条信息，这里是位于王良四区边缘的一个修理站。这里没什么好看的，就是一个满是隧道和离心机的地方，它是在一颗漆黑的 D 型小行星上挖出来的，距离最近的恒星大约有半光年。它在这里的唯一原因就是附近刚好有个光圈。我也是这样过来的。不知道为什么，蓝鹅号在路网中转错了弯，也就是发生了他们所说的路径错误。蓝鹅号是当地时间昨天晚上到的这里，之后我就住进了旅馆。昨晚因为出舱之后太累了，而且搞不清具体方位，也不知道要在这里待多久，所以没给你发信息。就当时的情况来看，等到今天早上，等我对飞船的损伤情况有了一定了解之后再发信息貌似是更好的选择。今天早上我们得知飞船没有什么严重的问题，只是在输送过程中，有些边角的地方翘了起来。不过这也表示我们要在这里多待几天，科灵是这里的维修主管，他说最多三天。不过等我们回归正确的路径时，会比计划的时间晚四十天左右。"

说到这里，我停了下来，盯着不断递增的时间值没有说话。在坐到光圈管理局摊位的座位上之前，我一直尝试在脑子里组织出一个既有说服力又很精练的说法，一个既能准确表达我的意思，又兼具独白的分寸感和优雅腔调的说法。但刚一开口，我的大脑就变得一片空白，最后表现得不像个训练有素的演员，反倒像个三流小偷，试图在机敏的审讯者面前，编造一些漏洞百出的不在场证明。

我尴尬地笑了笑，继续说："一想到这条信息要过那么久才能到你手里，我就很难过。但如果非要说现在还有一件能让人看到一线希望的事的话，那就是我也不会迟太久。等你收到这条信息时，我应该也已经出发，在回家的路上了，而且要不了几天就能到家。所以别浪费钱回信息了，因为等你收到信息的时候，我已经离开了苏姆拉基站。所以，你只要原地等待就可以，我保证我很快就会到家。"

那就先这样吧，好像除了"我想你"，也没什么好说的了。片刻之后，信息被发送了出去。我本想让这条信息听起来很有说服力，但重放录音时，我觉得它听起来更像是马后炮。

我也可以再录一次，但我很怀疑那么做了之后我真的能更开心些。所以，最后我只是将已录好的信息提交到待传输列表，并猜测要等多久它才能发出去。由于苏姆拉基站的商业活动似乎不是很频繁，所以或许我们的飞船会第一个出港。

我走出了光圈管理局的摊位。不知为什么，我感到很内疚，就好像我忽略了某个方面的信息。过了好一阵子，我才明白原因。我同卡特琳娜说了苏姆拉基站，甚至还说了科灵和蓝鹅号的损伤情况，但没提格丽塔。

*　　　*　　　*

这对苏西没用。

她太聪明了，太了解待在休眠舱里会造成的相关生理情况。我可以将世界上所有的保证都给她，但她依然知道自己已经在里面待得太久了，以及肯定是出现了什么重大失误。她知道我们说的延迟，已经不只是几周甚至几个月的事。她身体里的每根神经都在尖叫着告诉她这样的讯息。

"我做了个梦。"当昏昏欲睡的感觉消失后，她对我说。

"什么样的梦？"

"梦见我一直醒着，梦见你把我从休眠舱里拽出来，你和另外一个什么人。"

我尽力保持微笑。目前只有我一个人在这里，但格丽塔就在不远处，皮下注射器就在我的口袋里。

"我从休眠舱里出来之后，也一直在做噩梦。"我说。

"那感觉很真实。虽然你编造的故事总在变，但你一直在跟我说，我们在一个什么地方。你告诉我，虽然我们略微偏离了路径，但没什么好担心的。"

格丽塔保证过，在终止唤醒计划后，苏西就会什么都不记得了。但目前看起来她的短期记忆并不像我们想象的那样容易消失。

"你这么说可真有趣，"我说，"因为实际上，我们确实有点偏离路径了。"

她每呼吸一次后都会变得更加敏锐，苏西一直是我们之中最快适应出舱的人。

"告诉我有多远，托姆。"

"比我想象得要远。"

她握紧了拳头，我不知道这是一种挑衅，还是出舱后残余的神经肌肉反应。"有多远？超出泡泡了？"

"是的，超出泡泡了。"

她的声音越来越小，越来越细。

"告诉我，托姆，我们在裂隙之外吗？"

我听得出她的恐惧，也明白她的感受。路径出错是所有船员每次旅行都会担心的事情，严重的话甚至会定位到路网最边缘的地方。船员们会在离家很远的地方待上几年，而不是几个月。甚至，等他们能够返程时，几年时间也早已经过去了。

他们到家时，爱人会老上好几岁。

如果他们还在那里，还记得你，或者还想要记得你的话。如果他们还能认出你，或者还活着的话。

"天鹰座裂隙之外"甚至成了"谁也不希望发生的旅行意外"的代名词。因为这样的旅行会毁了你的余生，甚至会制造出那些你曾在整个泡泡中看到过的在公司酒吧的暗影下游荡的幽灵。我们正在使用的这种我们几乎无法理解的外星技术，不仅使相恋的爱侣被时间撕裂，还使得亲人和朋友意外分离。

"是的，"我说，"我们在裂隙之外。"

苏西尖叫起来，脸部扭曲得好像一个交织着愤怒与拒绝的面具。我握着皮下注射器的手一片冰凉，我在考虑要不要使用它。

＊　　＊　　＊

科灵最新预估的维修时长是五六天。

这次我甚至没有争辩，只是耸了耸肩，然后走了出去。因为我不知道下次会是多久。

那天傍晚，我又与格丽塔约在了之前共进早餐的那张桌子处见面。早餐时的用餐区灯光明亮，但是现在只余桌灯和走道上嵌着的照明板发出的柔和的光了。远处，一个侍者在空桌间来回穿梭，用玻璃吉他弹奏着《阿斯图里亚斯的传奇》。今晚没有其他顾客用餐。

我没有等很久，格丽塔很快就到了。

"很抱歉我迟到了，托姆。"

当她走近桌子时，我转过身去看她，我喜欢她在站点里受到低重力影响后的走路姿势。昏暗的光线勾勒出她臀部与腰部的弧度。她缓缓落座，以共谋者的姿态向我靠过来。桌上的灯在她的脸上投下了红色的阴影和金色的亮点，让她看起来年轻了十岁。

"你没迟到，"我说，"不管怎样，我还有景致可欣赏。"

"这是一个进步，不是吗？"

"虽然这说明不了太多东西，"我微笑着说，"但是没错，确实是个进步。"

"我可以在这里坐一整夜，就这么看着这里的风景。而且事实上，我有时候的确是这样做的。我一个人，外加一瓶红酒。"

"我并不是在责备你。"

穹顶现在不再是完全的蓝色了，而是满天星辰。我在其他空间站或飞船上从来没有见过这样的景致，就像在天鹅绒一般的天空上，嵌入了闪亮的蓝白色星星。那上面有坚硬的金色宝石和柔软的红色颜料，就像用蜡笔涂抹的。隐约有流星滑过，就像无数的霓虹灯做的小鱼被定格在静止的动作中。大片红色和绿色的云层在背景上翻滚，冷冽的黑色细线遍布其上，像是脉络和光斑。赭色的尘埃构成了峭壁和隆起，由于三维细节丰富，整个景致看起来就像是色彩斑斓的油彩。光年宽窄的轮廓线条就像用铲子涂抹上去的一样。红色或粉色的星星如灯笼一般，透过尘埃灼烧着。所有高塔单独成界，整体形状似小蝌蚪一般，拖着灰尘形成的长尾。环顾四周，太阳系诞生时形成的似眼状结构随处可见。脉冲星像导航信标一样闪烁着，不一的节奏似乎为整个景致设定了庄重的节奏，就像一曲轻缓又致命的华尔兹。若从单一的视角来看，其细节过于丰富。但无论看向哪个方向，又都能看到更多东西，就好像穹顶察觉到了我的关注，并将我注视的那个点放大。不一会儿，我就感觉有些头晕目眩。尽管我在自己出洋相之前就尝试停下不看，但最后还是发现自己紧抓着桌子的侧面，像是在防止自己跌入这无垠的深空之中。

"是的，它会对人产生这种影响。"格丽塔说。

"很美。"我说。

"你是说美丽，还是恐怖？"

我意识到其实自己不能确定。"很壮观。"我只能如此说。

"当然了，因为这是假的。"格丽塔说。她又靠近了我一些，轻声说："穹顶的玻璃是智能的，会夸大星星的亮度，让人眼得以分辨星星之间的差异。否则颜色也不会如此不真实了。如果排除某些特定频率已迁徙至可见波段，以及某些特定结构也已做过调整的因素，那么你刚看到的一切也可以说是相当准确的。"她列举了一些特征，供我参考。"那是金牛座暗云的边缘，昴宿星团微探出头。而那里是本星系泡的一道细丝，你看到那个开放的星团了吗？"

她等着我回话。"看到了。"我说。

"那是毕宿星团。在那里，你能看到参宿四和参宿五。"

"这真是令人印象深刻。"

"应该的，这些花费巨大。"她往后靠了一些，阴影再次落在她的脸上。"你还好吧，托姆？你看起来有些心不在焉。"

我叹了口气。

"我刚从你朋友科灵那里获知了另一个预估的维修时间，这足以让所有人的计划都受到影响了。"

"我很抱歉。"

"还有别的事,"我说,"自从我出舱后,有些事情一直困扰着我。"

一个侍者走过来等我们点单。我让格丽塔帮我选了。

"你可以跟我说说,什么事都可以。"等侍者走后,她说。

"我不好开口。"

"是私事吗?关于卡特琳娜的?"她停顿了一下。"抱歉,我不该问的。"

"跟卡特琳娜无关。或者说,不完全是。"不过,虽然我是这么说的,但我知道,从某种意义上来说,这件事是和卡特琳娜有关的,是关于我们要多久才能再见面的事。

"继续,托姆。"

"这听起来可能很傻。但是我想知道,是否所有人都对我直言不讳。不仅是科灵,还有你。从舱里出来的时候,我就感觉好像之前去过裂隙之外似的。更糟糕的是,我感觉我好像在舱里待了很久。"

"有时候是会让人产生这样的感觉的。"

"我能分得清现实与感觉,格丽塔。在这一点上请你相信我。"

"所以,你想说什么?"

问题就在于,我也并不确定。我隐隐感到不安,感觉自己在舱里待了很久是一回事,但站出来指责我的东道主在撒谎又是另一回事。更何况还是在她如此热情好客的情况下。

"有没有可能是你在骗我?"

"别这样,托姆。这算什么问题?"

我一说出来,也觉得自己很荒唐,而且很无礼。我真希望时间能倒流,让我能忽略自身顾虑,重新说一次。

"对不起,"我说,"是我唐突了。你就当我生物节律紊乱,或者因为别的什么吧。"

她隔着桌子伸出手,握住了我的手,就像早餐时那样。但这次她一直没松开。

"你是真的感觉不对劲，是吗？"

"科灵的把戏并没有起什么作用，这是肯定的。"侍者端来了我们的红酒，放在桌上，酒瓶在它精巧的玻璃手指上发出叮当声。它给我们倒了两杯酒，我拿起我那杯尝了尝。"也许，如果我可以同我的船员抱怨几句的话，就不会感觉这么糟了。我知道，你说过我们不该唤醒苏西和雷。但那时我们只需在此停留一天，现在却变成了一周。"

格丽塔耸耸肩。"如果你想唤醒他们，那么没人会拦着你。但现在就别再想他们了，不要破坏这样一个完美的夜晚。"

我抬头看了看星空。它非常醒目，像梵高笔下的夜空那样疯狂闪烁。

只要看着它，就让人觉得迷醉，并且心驰神往。

"又有什么东西能破坏它呢？"我问。

＊　　　＊　　　＊

后来，我喝多了，和格丽塔发生了关系。我不确定酒精对她的影响有多大。如果她和马塞尔的关系如她说的一样糟糕，那么显然她失去的比我少。是的，这样一来就顺理成章了，不是吗？她的婚姻一团糟，所以是她勾引我，我只是一个无辜的受害者。我的确背叛了我的婚姻，但不真就是我的错。我孤身一人，远离家乡，情感脆弱，而她乘虚而入，用一顿浪漫的晚餐动之以情，让我软化，是她早有预谋。

不过，这些都是自我辩白的胡话，不是吗？如果我自己的婚姻状况真如我所说的那么好，那为什么我在给卡特琳娜发信息的时候没有提及格丽塔？那时，我把这一疏漏解释为体贴妻子的善意之举。卡特琳娜不知道我和格丽塔曾是一对情侣。所以我为什么要在装作与格丽塔素不相识的情况下跟卡特琳娜提及格丽塔，让她担心呢？

但是，现在我明白了，我当时没有提到格丽塔，完全是出于另一个原因。

因为在我的潜意识里，即便是在那个时候，我也已经觉得我们可能会发生关系了。

我给卡特琳娜发信息时，就已经在给自己打掩护了，我是为了确保自己回家之后不会有任何尴尬。就好像我不但知道接下来会发生什么，甚至还暗自渴望着。

唯一的问题是，格丽塔还有别的想法。

*　　　*　　　*

"托姆。"格丽塔推了推我，让我清醒。她赤裸着躺在我身边，枕着一只手臂，皱巴巴的床单裹在她的臀部。房里的灯光映在她身上，将她抽象成了乳蓝色的曲线和深紫色的影子。她用一根涂着深黑色指甲油的手指在我胸前画线，然后说："有件事你需要知道。"

"什么？"我问。

"我说谎了。科灵也说谎了。我们都在撒谎。"

我太困了，她的话除了让我隐约有些不安，没起到任何作用。所以，我只能再问一遍："什么？"

"你现在不在苏姆拉基站，也不在王良四区域。"

我开始清醒了。"你再说一遍。"

"路径错误的程度比你以为的要严重得多。你们已经远远超出了本星系泡的区域范围。"

我试图从内心中找出一些类似愤怒甚至怨恨的情绪，但我所能感受到的只有一阵类似坠落时的眩晕感。"有多远？"

"比你以为的还要远。"

如此，下一个问题就显而易见了。

"在裂隙外？"

"是的。"她嘴角挂着一抹几乎看不见的笑容，就好像这是一个哄我开心的游戏一样，而且她最终发现这一游戏的规则和目标都有着羞辱意味。"在天鹰座裂隙之外很远的地方。"

"我要知道实情，格丽塔。"

她从床上起身，伸手去拿袍子。"那就穿好衣服，我带你去看。"

＊　　　＊　　　＊

我迷迷糊糊地跟着格丽塔。

她又带我去了穹顶。跟前一天晚上一样，那里一片漆黑，只有桌上点着灯作为指引。我猜，整个苏姆拉基站（或者这里的真实地名）的照明都是此处居民的突发奇想，并不一定是遵循什么可辨识的昼夜周期。尽管如此，当发现这里的变化如此随意时，我还是感到不安。虽然格丽塔有权在她想关灯的时候就关灯，但是难道就没有人反对吗？

但我没发现有人反对。因为附近就没有别人，只有一个侍者站在那里，一只手臂上搭着餐巾。

她安排我们在一张桌子旁坐下。"你想喝点什么吗，托姆？"

"不了，谢谢。出于某些原因，我没什么心情。"

她碰了碰我的手腕，说："别恨我对你撒谎。我也是出于好意，我不能一次性把真相都告诉你。"

我迅速抽回了手。"可这难道不该由我自己来决定吗？所以，真相到底是什么？"

"情况不妙，托姆。"

"告诉我，我自己决定。"

我没看到她做了什么，但突然间穹顶又布满了星星，跟前一天晚上一样。

视野突然倾斜，向外放大。星辰从四面八方流过，就好像白色的雨雪夹杂在一起。星云如鬼魅般从我们身边掠过，飘忽不定。移动的感觉如此强烈，以至于我发现自己一直抓着桌子，头晕目眩。

"放松，托姆。"格丽塔轻声说。

视野颠簸，转弯，聚焦。我们冲过了一道坚实的气墙。突然间，我有一种感觉，我们是在什么东西的外面，我们已经不再局限于以模糊的弧线和凝结的气体来定义的球体，这里的星际气体密度在急剧增加。

显而易见，我们到了本星系泡之外。

而且我们仍在后退。我看到泡泡在收缩，成了更大的虚空泡沫的一部分。我看到的不是单个恒星，而是大片的污迹和斑点，就好像数十万个太阳集合在一起。这就像观看森林的景色时，从近景拉到远景，空地仍然很清晰，但单棵的树会消失不见，变成不确定的物质。

我们的视野还在不断往后拉，然后放大速度变慢了，最终静止下来。我仍然能看到本星系泡，但那只是因为我一直关注着它。否则，我根本无法将其与周围数十个泡泡区分开来。

"这就是我们目前超出的距离吗？"我问。

格丽塔摇了摇头。"我给你看些东西。"

她又一次做了些我看不懂的事情。但是，我一直关注的那个泡泡突然被一缕缕红线填满，就像孩子的涂鸦。

"光圈连接。"我说。

她对我撒谎这个真相让我震惊，而真相可能包含的信息让我恐惧，我根本无法忽视自己那引以为豪的专业技能所识别出的东西。

格丽塔点了点头。"这些都是主要的商业航线，绘制了已知的大型殖民地和主要的贸易中心的连接点。现在，我会将所有绘制好的连接点都加进去，包括那些因为意外而发现的。"

这幅涂鸦没有发生巨大的变化，只多添了些更加夸张的环形和钩形，其中有一个超出了泡泡的外壁，触及了天鹰座裂隙靠近太阳的那端。另外还有一两个从不同的方向穿透了泡泡的外壁，但都没有到达裂隙。

"我们在哪里？"

"我们就在那些连接点的其中一端，你看不见它，是因为它直接指向你。"她微微一笑。"我需要确定我们所处的范围。本星系泡直径有多宽？托姆，四百光年，多还是少？"

我的耐心正在逐渐减少，但我仍然很好奇。

"差不多吧。"

"但据我所知，由于点对点之间的情况差异，会受到网络拓扑和语法优化因素的影响，所以光圈的行程时间并不确定，但平均速度不是比光速快一千倍左右吗？"

"差不多吧。"

"所以，从泡泡的一端出发去往天鹰座裂隙的话，可能要花……半年？是五六个月，还是一年？"

"你知道，格丽塔。我们都知道。"

"好吧，那考虑一下这个。"视野再次收缩，气泡逐渐缩小，一连串的叠加结构将其掩盖，然后两边的黑暗映入眼帘。之后是熟悉的银河系螺旋臂，在视线中若隐若现。

数千亿星辰挤在一起，就像大海上的泡沫一样，连成了线。

"就是这幅景象，"格丽塔说，"当然这是加强过的，为了让人类看清而提高了亮度并做了过滤，但如果你有一双具有量子效率的眼睛，而且这双眼睛刚好有一米宽，那么只要你走出这个站点，你就能看到这样的景象。"

"我不相信你。"

我想表达的意思是，我不想相信她。

"习惯一下吧！托姆，你已经超出泡泡很远了。这个站点的轨道是在大麦哲伦星云的一颗褐矮星上，这里距离你家有十五万光年。"

"不。"我的呻吟声更像是一种绝望且孩子气的拒绝。

"你不是觉得自己好像在舱里待了很久吗？你的感觉完全正确。对你来说具体的主观时间是多少呢？我也不知道。很可能是几年，也可能是十年。但客观上的时间，也就是你回家的时间，就明确多了。蓝鹅号花了一百五十年的时间才到达这里，即使你现在马上回头，等你到家时也已经过去三百年了，托姆。"

"卡特琳娜。"我开口念着她的名字，就像在念祈祷文。

"卡特琳娜死了，"格丽塔说，"她已经死了有一个世纪了。"

＊　　　＊　　　＊

你会怎么适应这样的事情呢？答案是，你根本无法把全部希望寄托于适应它。因为并不是所有人都能适应。格丽塔告诉我，她见过所有可能的反应，最终只得出了一个结论，即每个人对这个消息的接受程度是无法预测的。她曾见过有人在听到这个消息后，只是耸了耸肩，就仿佛这只是生活投给他的令人不快的事情中的一个而已，并不比疾病、丧亲之痛或者其他任何挫折更糟糕。她也见过有人在离开后不到半小时就自杀了。

但是，据她所说，无论他们在这个过程中经历过多少犹豫和痛苦，大多数人还是与真相达成了某种程度的和解。

"相信我，托姆，"她说，"我现在了解你了。我知道你拥有足够的精神力量来渡过这个难关，我知道你可以活下去。"

"为什么你不直接告诉我，为什么不在我刚出舱时就告诉我？"

"因为那时我不确定你能够接受这一切。"

"所以你一直等到知道我有妻子之后。"

"不，"格丽塔说，"我是等到我们发生关系之后。因为只有到了这个时候，我才能确定卡特琳娜对你来说并没有那么重要。"

她说的没错，我也明白这一点。我只是不想处理这个问题，就像我不想处理此地此刻的境况一样。

我等着愤怒消退。

"你说我们不是第一批到这里的人？"我说。

"不是的，我猜测我搭乘的那一艘飞船才是。幸运的是，它的装备很好。在发生路径错误后，我们有足够的供给，可以在最近的岩石上建立一个自给自足的站点。我们知道自己没办法回去了，但至少我们可以在这里继续活下去。"

"然后呢？"

"起初的那几年光是维持生活就很费劲。但后来，又有一艘飞船从光圈飞出来。那艘飞船的情况和蓝鹅号很像，飞船受到了损坏，飘在空中。我们把它拖进来，让船员取暖，然后把这个消息告诉了他们。"

"他们是什么反应？"

"跟你设想得差不多。"格丽塔挤出了一个笑容。"有几个人疯了，还有一个人自杀了，但也有至少十几个人至今仍待在这里。说实话，另一艘飞船的加入对我们来说是好事。不仅因为他们有能供我们使用的物资，还因为我们也能在帮助他们的过程中受益，这能让我们可以不再一味地自怨自艾，能让我们意识到自己身处多远的地方，意识到这些新来的人需要多少帮助才能完成和我们一样的转变。那不是最后一艘飞船，自那之后，这样的过程我们又经历了八九次。"格丽塔看着我，头部微侧，用手托着。"托姆，我有个想法。"

"想法？"

她点点头。"我知道现在让你接受这一切很困难。而且在未来的一段时间里，你会一直感到很艰难。但这个时候如果你能尝试着去关心一下别人，可能会对你有所帮助，而且会更有利于你的转变。"

"比如谁呢？"我问。

"比如你的其他船员，"格丽塔说，"现在，你可以试着唤醒他们中的一个。"

　　　　　　　　＊　　　＊　　　＊

　　我把苏西拉出休眠舱时，格丽塔和我在一起。

　　"为什么是她？"格丽塔问。

　　"因为我想先让她出来。"我猜测她说这话是出于妒忌。我没怪她，毕竟苏西不仅很美，还很聪明。在阿善堤工业中没有比她更好的语法运行师了。

　　"发生了什么？"苏西一边站稳身体，一边问道，"我们回家了吗？"

　　我让她说一下她记忆中的最后一件事。

　　"海关，"苏西说，"还有天使方舟的那些天线。"

　　"那之后呢？还有什么？符文，你还记得自己执行过符文吗？"

　　"不记得了。"她说，她注意到我有些话里有话，觉得我可能没说实话，或者没告诉她所有她应该知道的东西。"托姆，我再问你一次，我们回家了吗？"

　　一分钟后，我们把苏西放回了休眠舱。

　　第一次没有成功，也许下次可以再试试。

　　　　　　　　＊　　　＊　　　＊

　　但这对苏西一直不管用。她比我聪明得多，也敏锐得多，她一向如此。只要一从舱里出来，她就知道我们的所在地已经比王良四区域要远得多了。她总是先一步听出我的谎言和借口。

　　"事情发生在我身上时可不是这样。"当我们又躺在一起时，我对格丽塔说。好几天过去了，苏西还在舱里。"她现在这些令人不安的疑虑，我当时也全都有。但当我看到你站在那里时，就什么都忘记了。"

　　格丽塔点点头。她的头发乱糟糟地散落在脸上和睡毯上，嘴唇间还留有一缕头发。

"看到一张亲切的面孔有用吗？"

"让我忘记了问题，这是肯定的。"

"你最终还是会走到我这一步，"她说，"因为不管怎样，从苏西的角度来看，你不也是个亲切的人吗？"

"也许吧，"我说，"但苏西一直在等我。而你是这个世界上我最不希望看到的人。"

格丽塔用指关节碰了碰我的侧脸，她光滑的皮肤蹭着我的胡楂。"你越来越适应了，不是吗？"

"我不知道。"我说。

"你是个坚强的人，托姆。我知道你能扛过来。"

"我还没扛过来呢。"我感觉自己就像在尼亚加拉大瀑布上走钢丝的人，而且已经走了一半。我能走到现在也已经是个奇迹了，但这并不意味着我能安全着陆，而且不被瀑布水打湿。

不过，格丽塔是对的。我还有希望。我并没有因为卡特琳娜的死，或者被迫分离，以及随便什么事而感到悲恸欲绝。我所感觉到的只是苦乐参半的遗憾。就像一个人对待破碎的传家宝，或者丢失了很久的宠物一样。我并不讨厌卡特琳娜，对永远见不到她这一点，我也很遗憾。但我会因为见不到很多东西而遗憾，也许在未来的日子里，情况会更糟。也许我只是在推迟自己崩溃的时间。

但我不这么想。

与此同时，我还在想办法唤醒苏西。她已经成了我必须要解决的难题。我本可以直接唤醒她，让她自行消化这个消息。但这似乎很残酷，也很不近人情。格丽塔以一种温柔的方式将这个消息透露给我，让我有时间适应新的环境，并迈出离开卡特琳娜的重要一步。当她最终说出这个消息的时候，虽然令我震惊，但不会击垮我。我已经做好了心理准备，因此我虽惊讶但并不难过。跟格丽塔发生关系明显起到了很大作用。虽然我不能用同样的方式来安慰苏西，但我相信一定有办法能将苏西哄到几近接受现实的状态。

之后，我们又尝试了多种办法唤醒她。格丽塔说，在她所经历的事件变成长期记忆前，会有一个几分钟的窗口期。如果在这期间把她打晕，她短期储存的缓冲记忆就会在穿过海马体成为长期记忆前被抹去。在这个窗口期内，我们可以随意唤醒她很多次，尝试无尽的复活方案。

至少格丽塔是这么说的。

"我们不能一直这样做。"我说。

"为什么不能？"

"她会不会想起些什么？"

格丽塔耸耸肩。"也许会，但我怀疑她不会给那些记忆附加任何意义。你从休眠舱出来的时候，难道没有似曾相识的感觉吗？"

"有时候会有吧。"我承认。

"那就别担心了，她会没事的，我保证。"

"也许我们还是应该让她一直保持清醒。"

"那太残忍了。"

"一直不停地唤醒她，再把她塞回去，像对待一个玩具娃娃一样对待她，这才残忍吧。"

格丽塔回答我时，声音中带着一丝哽咽。

"继续努力，托姆。我相信你最后会找到办法的。专注苏西的事情对你也有帮助。我一直相信这是可行的。"

我想要说些什么，但格丽塔用手指按住了我的嘴唇。

*　　*　　*

在苏西这件事情上，格丽塔的判断是对的。这个挑战帮助了我，让我忘记了自己的困境。我记得格丽塔说过，在蓝鹅号被拖进来之前，他们帮助过与他们处境相同的其他船员。显然，她已经学会了许多可以帮别人进行心理复健的技巧。我对这样被她操纵感到一丝不满。但同时我也不能否认，关心另一个人确实有助于自我调整。几天后，当我从苏西的问题上分神时，我发现有些事情变得不一样了。我并没有感觉自己离家很远。我产生了一种奇怪的感觉，好像自己拥有了某种特权。我比历史上的任何人走得都远。而且我还活着，还有爱我的人，有同伴和社会关系网。我说的不只是格丽塔，而是所有流落到这里的不幸灵魂。

如果非要说出些具体的不同之处，那就是这里比我刚来的时候看起来人更多了。起初人烟稀少的走廊越来越繁忙，当我们在穹顶下（在银河下）吃饭时，我们并非唯一的客人了。我探究着他们在灯光照射下的面孔，为隐约的熟悉感而欣慰，猜测着他们有什么样的故事要讲：从哪里来，离开了谁，如何适应这里的生活。我有足够的时间去了解他们所有人。而且这个地方永远不会变得无聊，因为无论在任何时候，正如格丽塔暗示的那样，我们都可以期待有另一艘迷途的飞船从光圈中掉出来。这对船员来说是悲剧，对我们来说却是全新的挑战、新鲜的面孔和来自家乡的新消息。

总的来说，其实也不算太差。

然后我听到了咔嚓一声。

在酒店的大厅里，一个人正在清理鱼塘。不仅仅是这个动作熟悉，这个人我也很熟悉。

我以前见过他，在另一家旅馆的另一个满是病鲤鱼的池塘里。

然后我想起了科灵的一口坏牙，并接连想起了另一个人，一个我很久以前见过的人。只是他们根本就不是同一个人。但除了名字不同、背景不同，其他全都一样。当我看向其他用餐者，真正审视他们时，我根本无法绝对确定他们中的某个人是我之前没见过的。因为没有一张面孔让我觉得完全陌生。

然后就剩下格丽塔了。

在银河之下，我借着酒劲对她说："这里的一切都不是真的，对吗？"

她无限感伤地看着我，摇了摇头。

"苏西呢？"我问她。

"苏西死了，雷也死了。他们死在自己的休眠舱里。"

"怎么会？为什么是他们，不是我？"

"类似油漆粒子的物质堵塞了进气口的过滤器。这种情况对短途旅行来说可能没什么影响，但在来这里的长途旅行中就足以杀死他们了。"

我想，我内心深处其实一直都在怀疑。这感觉与其说是震惊，不如说是残酷的失望。

"但苏西看起来很真实，"我说，"她怀疑自己在舱里待了多久的样子，以及她还记得我之前唤醒过她的样子都很真实。"

侍者靠近了我们的桌子，格丽塔挥手让它离开了。

"是我让她看起来很真实的。"

"你让她？"

"你不是真的醒了，托姆。你正在被灌入数据。整个空间站都是模拟出来的。"

我啜饮了一口酒。我原以为酒的味道会突然变得稀薄、有人造感，但它尝起来还是很不错。

"那我也死了？"

"没有，你还活着。你还在你的休眠舱里。我还没有让你完全清醒。"

"好吧，这次说实话吧，我能够接受。有多少是真的？空间站存在吗？我们真的像你说的，超出泡泡那么远吗？"

"是的，"她说，"空间站存在，就像我说的那样。只是它看起来……不太一样。但它的确在大麦哲伦星云中，绕着一颗褐矮星运行。"

"你能带我去看看空间站的现状吗？"

"可以。但我觉得你还没准备好。我觉得你会很难接受。"

我忍不住笑了。"就算我已经适应了这么多？"

"你才刚完成一半，托姆。"

"但你做到了。"

"我做到了，托姆。但对我来说是不同的。"格丽塔微笑着说，"对我来说，一切都是不同的。"

然后她让灯光再次改变。我们开始朝着银河系逼近，冲着螺旋臂撞过去，撞开了离群的恒星和气体云，但其他用餐者似乎都没有注意到这些。之后，本星系泡中熟悉的场景开始若隐若现起来。

画面静止了，本星系泡成了众多此类结构中的一个。

它再次被光圈网络的红色涂鸦充斥，但现在，这个网络不是唯一的了。它只是众多泛着红光的球体中的一个，那些球体彼此间隔着数万光年的距离。所有涂鸦之间都互不接触，但从它们的形状还有几乎相贴的方式，让人可以想象它们曾经是相通的。它们就像地球上漂移的大陆板块。

"它曾经横跨银河系，"格丽塔说，"后来发生了一些事情，一些灾难性的事情，到现在我仍然不知具体发生了什么。然后它们分裂成了许多广阔的小领域，其一般直径是几百光年。"

"是谁做的？"

"我不知道，也没人知道。他们很可能已经不在了。也许这就是它为什么会分裂，因为没人管了。"

"但我们找到了它，"我说，"靠近我们的那部分还能用。"

"所有断开的元素都还能用，"格丽塔说，"你无法从一个域穿到另一个域，但除此之外，光圈的运作原理与设计时一样。当然，除了偶尔会出现路径错误。"

"好吧，"我说，"如果无法从一个域穿到另一个域，那蓝鹅号怎么飞了这么远？我们走过的距离已经超过几百光年了。"

"你说的没错。不过，这样的远距离连接在设计上很可能与其他连接有所不同。看起来到麦哲伦星云的连接比其他连接更有弹性。当域与域之间的连接断开后，伸向银河系之外的连接仍然完好无损。"

"这样的话，就可以从一个域穿越到另一个域了，"我说，"但必须得先一路走到这里。"

"但问题在于，没有人想从这里继续走下去。没有人会特意来这里，托姆。"

"我还是不明白。有没有其他的域，跟我有什么关系？银河系的某些区域距离地球有数千光年，如果没有光圈，那我们根本没办法到达那里。但它们并不重要，而且没有人在那里生活。"

格丽塔迷人的笑容里透出一种洞察一切的意味。

"你为什么这么肯定？"

"如果有的话，那这里难道不应该有外星飞船从光圈中跳出来吗？你已经告诉我了，蓝鹅号不是第一个来这里的。但我们在本星系泡里所处的那个域，在人口数量上肯定比其他所有域上的要多几百倍。所以如果那里存在外星文化，而且他们都在偶然之间发现了自己的本地域的话，那为什么没有一个外星飞船像我们这样从光圈穿过来呢？"

又是那样的笑容，但这次却让我冷入骨髓。

"你凭什么认为他们没有呢，托姆？"

我伸出手握住她的手，就像她握住我的手一样。我没有用力，也不带恶意，只是想告诉她这次我要说的话是发自内心的。

她的手指紧紧圈住了我的手。

"让我看看，"我说，"我想看看真实的情况，不只是空间站，还有你。"

因为这时候，我已经意识到了，格丽塔不仅在苏西和雷的事情上骗了我，她还在蓝鹅号的事情上撒了谎。因为我们并不是最近才来的人类飞船。

我们是第一批。

"你想看吗？"她问。

"是的，全都想看。"

"你不会喜欢的。"

"我自己能判断。"

"好吧，托姆。但请你理解，我之前来过这里，这种事情我也做过无数次了。我关心所有迷失的灵魂。我知道是怎么回事。你会接受不了发生在你身上的残酷真相。你会束手无策，甚至疯掉。除非我编造一个平淡的故事和一个快乐的结局。"

"为什么现在你又告诉我了呢？"

"因为你不需要亲眼看到。你现在可以停下，就停在这里，只对真相有个概念、有个印象，而不睁眼去看。"

"让我看吧。"我说。

格丽塔耸了耸肩。她又给自己倒了一杯酒，然后确认我也满了杯。

"这是你要求的。"她说。

我们依然拉着彼此的手，像一对亲密的恋人。然后一切就都变了。

只是一闪而过，一瞥而已。就像你在一个陌生的房间里，在将灯打开的那一瞬，看到了房间的形状和样式，还有房内东西之间的关系。而我看到了虫蛀样式的岩洞彼此相连，有东西在这些岩洞里移动着，像鼹鼠或白蚁一般，疯狂地忙进忙出。即便只从表面来看，这些东西也各不相同。它们有些通过多爪的肢体释放出推进波来移动，还有些在蠕动，光滑的甲壳在玻璃状岩石的隧道中摩擦。

这些东西在山洞里来回穿梭，它们之间躺着一些飞船的残骸，光怪陆离，难以形容。

而在遥远的某个靠近岩洞中心处的地方，有一个东西正在向它的同伴和助手传递信息。它在一个类似昆虫母室的房间里，用其鹿角般的前肢敲打着自己布满细纹的皮肤鼓膜，僵硬地表达着自己的意思。它已经在这里等了很久，它只想关心那些迷失的灵魂。

*　　*　　*

当他们将我从休眠舱里拽出来的时候，卡特琳娜和苏西都在这里。

这很糟糕，这是我最糟糕的苏醒经历之一。我感觉体内的每条静脉都充斥着细玻璃粉。有那么一阵子，很长一阵子，我甚至连呼吸都难以负荷，太难了，也太疼痛，我难以承受。

但这种感觉过去了，就像以往那样。

一会儿之后，我不仅可以呼吸了，还可以移动和说话了。

"我们在……"

"放松，先别管这个。"苏西朝着休眠舱俯身，开始拔我的电源。我不禁笑了起来。苏西很聪明，是阿善堤工业中最好的语法运行师。她也很美，就像受到天使的照料一般。

我猜测卡特琳娜是不是妒忌了。

"我们在哪里？"我又试着问了一遍，"我感觉自己像被永远困在了一件事上。出现什么问题了吗？"

"只是轻微的路径错误，"苏西说，"我们受了些伤，他们决定先唤醒我。但不要为此担心，至少我们还在一起。"

路径错误。你听说过的，但希望你永远也不会碰上这种错误。

"延迟了多久？"

"四十天。抱歉，托姆。我们这次的奖金估计泡汤了。"

我生气地捶了下休眠舱的侧面，卡特琳娜向我走来，拍了拍我的肩膀，示意我冷静。

"没关系，"她说，"你到家了，而且安然无恙，这才是重要的。"

我看着她，那一瞬间，我想起了另一个人，一个我遗忘多年的人。我几乎还能记起她的名字，然后这一瞬间就过去了。

我点了点头，说："是的，我到家了，而且安然无恙。"

火星长城

Beyond the Aquila Rift

"你知道的，你可能会死在下面。"沃伦说。

内维尔·克拉韦恩看着他哥的那只好眼——塔尔西斯高地战役里没被联合体[1]毁掉的那只说："是啊，我知道。但如果再来一场战争，我们可能都会死。如果有望换来和平，那我宁愿赴险。"

沃伦缓慢又耐心地摇了摇头。"无论说多少次，你似乎就是不明白，是吗？只要他们还在那里，还在下面，任何形式的和平都不可能存在。这正是你不了解的，内维尔。唯一的长期之策就是……"他声音渐低。

"继续啊，"克拉韦恩挑衅道，"说出来啊，种族灭绝嘛。"

沃伦本打算回答，但远远的那边，飞船停靠的对接隧道处传来一阵喧闹。克拉韦恩看向门外，那里围着一大群媒体，有个人轻盈地穿过人群，同时以最简洁的答案应付着提问。那是桑德拉·乌伊，民主派[2]人士，他火星之旅的同伴。

"如果只把他们看作敌对阵营，而非真正意义上的种族，那就算不上种族灭绝。"看着乌伊走过来，在她耳力不及的地方，沃伦悄声说。

"然后怎么样？"

---

1. 作者虚构的一支未来改造人类。有大量外接肢体，且有某种虫巢意识，常被贬称为"蜘蛛"。——译者注
2. 作者虚构的一支未来改造人类，是星系中保持民主中立的霸权人种。——译者注

"我不知道。谨言慎行？"

乌伊过来了。她举止僵硬乏味，脸上挂着安静顺从的表情。她的飞船历经三周时间，自木星轨道全速航行至此，现在才刚刚抵达。就在那段时间里，眼前的危机获得和平解决的可能性变得越来越小。

"欢迎来到火卫二。"沃伦说。

"两位先生。"她对着两人说，"我希望情况能得到改善。我们直奔主题吧，沃伦，你觉得找到解决办法要多久？"

"不会太久，如果加莉安娜延续她这六个月以来的作风，下一次突围会在……"沃伦瞥了一眼袖口嵌着的显示器的读数，"三天左右。如果那时候，她确实又尝试从火星发射飞船，那么除了升级战争，就别无选择且势在必行了。"

他们都知道那意味着什么，他们将对联合体的营地发动军事攻击。

"你已经忍她的试探忍到现在了，"乌伊说，"每次你都能成功摧毁她的飞船，且里面的人也无一漏网。既然他们成功突围的概率并未增加，现在又为什么要选择还击呢？"

"很简单，每次加莉安娜违反条约，我们都会给她发送一道警告文书，并且语气越来越强硬。上一次的警告，就是最后通牒。"

"如果你发动攻击，那你也会违反条约。"

沃伦的微笑带着一种不易察觉的得意。"那可未必，桑德拉。你可能对条约细则不够熟悉，但我们发现，完全可以在不违反任何条款的情况下，对加莉安娜的巢穴发动进攻。我认为，相关的专业术语叫'警察行动'[1]。"

乌伊听后，一时语塞。这也难怪。联盟[2]与联合体之间的条约是由乌伊所在的中立阵营民主派协助起草的。除了计算机生成的某些晦涩难懂的数学证

---

1. 一种未经正式宣战而采取的军事行动。——译者注
2. 联盟是一个反对改造人类的派别，其科技落后于联合体和民主派。另，本书中的脚注若无标明，均为编者注。——编者注

明，这个条约是现存文件里篇幅最长的了，尽管目前也只有机器从头到尾读过，却被认为是最无懈可击的文件。而且，只有机器才有机会找到沃伦现在炫耀的那种漏洞。

"不，"她说，"沃伦说的一定存在一些不合理之处。"

"恐怕他是对的，"克拉韦恩说，"我看过自然语言写成的摘要，采取'警察行动'毫无疑问是合乎条约的。但没必要这样。我敢肯定，我能说服加莉安娜，让她不再尝试逃跑。"

"但如果我们失败了呢？"乌伊看向沃伦，"内维尔和我还是会在火星上待三天。"

"别待这么久，这是我的忠告。"

乌伊满脸厌恶地转过身，走进冰冷的绿色飞船里。克拉韦恩和他哥哥单独待了片刻。沃伦用假肢上的镀铬金属护手指着瞎眼上的皮罩，仿佛在提醒克拉韦恩，战争让他失去了什么，以至于到现在他对敌人也毫无怜悯之心。

"我们根本不可能成功，对吗？"克拉韦恩说，"我们只是下去那里，然后你就可以说，你是在试过所有的谈判方式之后才派出军队的。但实际上，你就是想要再发动一场该死的战争。"

"别这么失败主义论调。"沃伦悲伤地摇了摇头，哥哥对于弟弟的缺点总是很失望。"你不应该这样。"

"我才不是失败主义者。"克拉韦恩说。

"是的，你当然不是。尽力做到最好吧，弟弟。"

沃伦将手伸向弟弟，克拉韦恩犹豫着，再次看了一眼兄长的那只好眼。然后，他对上了一个审讯的眼神：黯淡又冰冷，仿佛冬至时分的太阳，布满了憎恶。沃伦鄙视克拉韦恩的和平主义论调。克拉韦恩相信，任何形式的和平，甚至是危险时期双方那些由于互不信任而产生的小磕小绊，都比战争好。这一分歧彻底割裂了他们之间残留的最后一丝兄弟情。而且现在，当沃伦提醒克拉韦恩他们是兄弟时，也不再努力掩饰语气中的厌恶了。

"你对我的判断是错误的。"克拉韦恩嘟囔了一声，然后静静握住沃伦的手晃了晃。

"老实说，我并不这样认为。"

在气闸门关闭前，克拉韦恩穿了过去。乌伊已经绑好了安全带，她目光无神，仿佛在凝视无垠的虚空。克拉韦恩猜测，她正在通过内置设备上传条约的副本，并在视域上滚动翻看，尝试找到漏洞。她很可能还发起了搜索，在全球范围内寻找与"警察行动"相关的参考资料。

飞船识别克拉韦恩之后，按照他的预设偏好迅速切换了内饰。现在，飞船的绿色加深，变成了更接近绿松石的色泽，读数和控件的展示布局也都以极简化的方式呈现，只显示最关键的任务系统。尽管相对克拉韦恩在和平时期乘坐过的其他飞船来说，这艘飞船是体形最小的，但与他在战时乘坐的运输机相比，它算得上大了。那些运输机简直狭窄到要将乘客紧紧困在座位上，就像中世纪时期持矛比武前骑士所穿的盔甲。

"不用担心条约，"克拉韦恩说，"我保证沃伦不会有利用漏洞的机会。"

乌伊从恍惚中清醒过来，生气地说："内维尔，最好能如你所说。没有人希望我们失败，不管是我还是你哥！"她现在换成了魁北克法语，克拉韦恩调整了思维器，以便能跟上她。"如果我的人民发现这里存在隐秘的漏洞，那麻烦就大了。"

"高地战之后，联合体让沃伦有充分的理由恨他们，"克拉韦恩说，"而且他是个战略专家，又不是野外专家。在停战之后，我在蠕虫方面的知识比战时更有用，因此我有事可做。但沃伦的技能，在战后实在是没有太大的用武之地。"

"这难道是他将我们推向另一场战争的理由吗？"乌伊的表述方式给人一种好像她在上次的交流过程中，并未保持中立的观感。但克拉韦恩知道她是对的。如果联盟和联合体之间的敌对关系再次爆发，民主派是无法像十五年前那样置身事外的。所有人都在猜测他们将支持哪一方。

"不会再有战争了。"

"如果你无法劝服加莉安娜呢？还是你打算利用你的人际关系？"

"我之前只不过是她的囚犯，仅此而已。"克拉韦恩接过控制器——乌伊觉得驾驶飞船很无聊——发动飞船驶离火卫二。他们沿着火卫二赤道带的自转轨道切线向下驶去，立刻就以自由落体的速度航行。克拉韦恩用指尖在舱壁上勾勒出一个舷窗的形状，这个形状瞬间就透明了。

有一瞬间他在玻璃上看到了自己的倒影，比他想象中应有的模样要沧桑一些，须发灰白与其说让他看起来像个年老的威权人物，不如说不过就是年纪大了而已，那模样俨然是一个被近况所累而深感疲倦的人。稍微放松之后，他调暗了机舱内部的光线，以便能看到火卫二以惊人的速度离他们而去。火卫二是两颗火星卫星中距离火星较远的那颗，上面缀满武器，这样望去就像一个毛发偾张的深色硬块，由一条嵌满窗户的明亮的流动光带环绕着。过去九年里，火卫二就是他的全世界，而现在，只要伸出手，它就成了他的掌中之物。

"你可不只是她的囚犯，"乌伊说，"没有人从联合体回来之后仍能存有理智，她甚至从未想过用机器来控制你。"

"对，她是没有，但也只是因为时机眷顾而已。"现在他已将乌伊视作利益共同体了。"当时，我已是她手中唯一的囚犯了。而她又正处于节节败退的局势之下，就算再征一轮兵也无济于事。停战条例正在磋商中，她知道，将我毫发无伤地释放有助于博得好感。当然，还有其他原因。但对我们而言，联合体应该不具备类似怜悯的原始能力，他们都是冷酷无情的'蜘蛛'。加莉安娜的行为对我们的想法无异于一记重击，分裂了高层指挥部的联盟。如果她没释放我，那么指挥部早就发动核攻击，让她灰飞烟灭了。

"所以，此事与私交全无关系了？"

"是的，"克拉韦恩说，"与私交毫无关系。"

乌伊点点头，但是否真的相信，就不得而知了。这种技巧已被女人们运用得臻至完美，克拉韦恩心想。

当然，他完全尊重乌伊。数十年前，最早一批进入火星"欧罗巴[1]海洋"的人类当中就有她。现在，那批人正计划在冰层之下建造宏伟壮观的城市群，她又是其中的先锋。民主派设想的社会是扁平化结构下的无阶级社会，但像乌伊这样才华横溢的人，会通过自身努力一步步崭露头角，实现阶级晋升。她曾促使联合体与克拉韦恩所在的联盟达成和平，这也是她现在来此的原因，加莉安娜只会在有中立观察者陪同的情况下，同意克拉韦恩的任务申请，而乌伊正是最合适的人选。尊重很容易做到，信任却难得多。这就需要克拉韦恩忽略一个事实，即这位民主派女性脑中满是内置监控，其身份与布下那些东西的敌人也相差不多。

降落火星的过程真可谓充满艰险。

卫星拦截网络的自动追踪系统向他们发出了一到两次质询。在确认飞船的外交性质并放行之前，网络上方的火星同步轨道之上盘旋着黑色武器群。它们会在一定时间内锁定飞船，并将电磁轨道炮充能，时刻蓄势待发。这个卫星拦截网络非常有效。由于克拉韦恩参与了其中的大半设计，所以他对此并不惊讶。十五年来，没有飞船进出过火星大气层，也没有任何地面交通工具能从这个卫星拦截网络中逃脱。

"她在那里。"长城从地平线上升起时，克拉韦恩说。

"为什么你管'它'叫'她'？"乌伊问，"我从未想过将其拟人化，而且它还是我设计的。再说……就算它曾生机勃勃，现在也已经死气沉沉了。"

她是对的，但长城仍然令人敬畏。从轨道上看，它是火星表层上的黯淡圆环，宽约两千公里。它就像环礁一样，形成了自己的内部气候系统。碟状的天空呈现出比外部更深的蓝色，上面缀有乳白色的云朵，又在分界线处戛然而止。

1.欧罗巴是由民主派控制的木星卫星，是太阳系的主导力量之一。

　　曾有数百个社区栖身于长城内部温暖、密集、富氧的大气中。长城是乌伊诸多项目中最大胆也最切实可见的一个。自然规律是无法规避的，通过诸如彗星撞击，或融化极地冰冠这样的传统方案改变火星的地形，花费的时间总得以千年为单位。因此，长城并没有立刻改变整个大气层，而是将效应集中在一个相对较小的区域，一个仅约一千公里的范围内。因为缺乏足够深的环形山，所以长城完全由人工建造。它被建成了一个巨大、环形、由气体构成的建筑，以每年二十公里的速度向外缓慢扩张。火星重力很小，特定表层的大气压力比同等条件下地球上的大气压力要小，因此长城要建得很高。此外，墙体厚达数百米，其色泽暗如冰川，主根基深植火星地壳的岩石层，以便采集长城持续增长过程中所需的矿石。然而，虽然长城有二十万米高，但它本身只是一种仅几微米宽的薄膜结构，轻盈透光、薄甚蝉翼。除了偶尔的光学效应使其犹如被冰封住的极光一样悬在星空之中时，长城在其余时候完全不可见。生态工程师们在轨道实验室中对人类基因库加以调整，再投放至长城内的宜居区域。其内的植物群和动物群便会向长城外一波又一波地蓬勃扩张。

　　但现在长城已经死气沉沉了。

　　在战时，长城被某种病毒武器击中，其具有复制性能的子系统遭到严重破坏，自此停止了扩张。而现在，连长城内部的生态系统都在衰竭，大气层冷却，氧气泄漏到太空中，大气压力不可避免地下降，趋近标准大气压力的七千分之一。

　　他想知道乌伊是怎么想的，她是否会在某种意义上将其看作自己被谋杀的孩子。

　　"我很抱歉我们必须摧毁它。"克拉韦恩说。他原本想表达出这类行为实属战争常态的意思，但最后脱口而出的话听起来像是在做无望的辩解。

　　"你不需要抱歉，"乌伊说，"它只是个机械装置而已。坦白说，它能坚持这么久已经很让我惊讶了。它肯定还残存着一些修复自我损伤的能力。你知道的，我们民主派的宗旨就是让后代延续。"

没错，而这也是让克拉韦恩所在阵营感到担忧的地方。有人说，民主派在外太阳系中的霸权地位受到了挑战，甚至有人试图在木星周围建立联盟的据点。

飞船掠过长城顶部，穿过其内稠厚的大气层时，船体都被拉成了箭头的形状。长城内部，地面呈干旱枯败的样貌，到处散落着荒废的棚屋、破损的穹顶、徒留外壳的交通工具，以及被击落的飞船。地面还有一些根系较浅的植被，主要是暗红色的苔原植物，如羊胡子草、虎耳草、北极罂粟以及地衣等。克拉韦恩通过不同的红外特征来辨识每个物种，但由于这里的鸟类族群灭亡，许多植物都在消逝。地上有巨大的银色刈痕，其间满是冰块。所剩无几的广阔湖泊仍残留着地下深埋的热电堆供给的温度，而其他地方几乎都已恢复成了贫瘠的永冻层。克拉韦恩心想，如果不是战争摧毁了一切，这里原本可以成为一个天堂般的地方。但是，如果战争再次爆发，包括地球和火星在内的整个系统，都只会重演这里发生的灾难。

"你还没看到巢穴吗？"乌伊说。

"再等一下。"克拉韦恩调出了涵盖整个巢穴的平视式展示图。"就是这里了，热能信号很明显，方圆数公里之内别无他物，也无人居住。"

"是的，现在我看到了。"

联合体的巢穴位于距长城边缘三分之一的地方，距离阿尔西亚山麓不远。整个巢穴直径仅一公里，周围环绕着一条堤坝，堤坝一边堆着高高的风化层尘土。长城内部的区域足够广阔，拥有一个相当可观的天气系统，火星纬度跨度足以形成显著的科里奥利效应，经度跨度也足以支持昼夜交替，以产生热能流动。

他现在能将巢穴看得更清楚了，一些细节也从薄雾中慢慢显露出来。

巢穴的外部设计对克拉韦恩来说太熟悉了。停战后，他在的阵营一直从火卫二这个绝佳的观测点俯瞰并研究它。当然，公转轨道距火星较近的火卫一本应是更佳的选择，但其供给不足。不过也许火卫一的问题，对克拉韦恩和加莉安娜的谈判能起到一些作用。他知道,她就在巢穴中的某个地方,在二十个大小不一的穹顶之下。穹顶之间或通过加压隧道连接,或像肥皂泡那样边缘相叠。在火星地表之下,巢穴向下延伸了数百层,甚至更深。

"你觉得里面有多少人?"乌伊说。

"大约九百人吧,"克拉韦恩说,"这只是根据我被囚禁在这里时的情况猜测的,但当时的那些人中有上百人已经在突围中死去了。至于其余的,我不得不说,大半都只是猜测而已。"

"我们的估计相差不大,这里总共不超过一千人,整个系统内或许还有另外三到四个小型巢穴。我知道,你的阵营以为我们的情报会更详尽,但事实并非如此。"

"事实上,我相信你。"飞船的船体以他们为中心弯折变形,转换成了适合低空飞行的状态,展开了一对形如蝠翼的宽阔机翼。

"我只是希望你们能掌握一些线索,解释一下为什么加莉安娜总是将宝贵的生命浪费在突围这件事情上。"

乌伊耸了耸肩。"也许在她看来,生命并不像你认为的那样珍贵。"

"你真这样想吗?"

"克拉韦恩,即便是从民主派的立场来看,我依然认为我们无法猜测一个真正的蜂巢思维社会的想法。"

这时,从控制台传来了一阵吱吱声,是加莉安娜发来的讯号。克拉韦恩打开接收器,转到专为联盟与联合体沟通所设置的外交频道。

"是内维尔·克拉韦恩吗?"加莉安娜说。

"是的。"他控制语气,尽可能让自己听起来很冷静。"桑德拉·乌伊和我一起来的,我们已准备好按照你们的指示着陆。"

"好的,"加莉安娜说,"请根据无线电指示,将飞船驶向西边的长城边缘,请务必小心。"

"感谢。这样谨慎是有什么特别用意吗?"

"速战速决，内维尔。"

他们在巢穴边缘停靠，并逐渐降低高度，直至距遭受过风雨剥蚀的火星地表仅数十米之处。混凝土筑造的堤坝上开了一个宽阔的矩形门洞，一个被黄色灯光映成暖色调的停机库从里面显露出来。

"那里一定是加莉安娜发射飞船的地方，"克拉韦恩悄声说，"我们一直认为，长城边缘靠西的地方肯定存在某个出入口，但我们之前一直没能真的看到它。"

"但这仍然不能解释她为什么这样做。"乌伊说。

控制台再次传来吱吱声。尽管已经很近了，但信号仍然很糟糕。"拉高飞船，"加莉安娜说，"你们靠得太低，开得又太慢。你们要保持一定的海拔高度，不然会有虫子缠住你们。"

"你是说这里有虫子？"克拉韦恩说。

"我以为你是对付虫子的专家，内维尔。"

他将飞船拔高，但依然稍迟了一瞬。在他们前面，有个东西以闪电般的速度自地面盘旋上升，其盔甲覆盖的钝头上长有金刚石材质的巨颚。克拉韦恩立刻辨认出这是乌洛波洛斯蠕虫。大批这样的蠕虫，分布在整个系统的一百多个避难所内，到处滋扰。与火卫一上分布的蠕虫相比，这种蠕虫虽在智能上略低一些，在危险性上却不遑多让。

"该死。"乌伊说，她那民主派的冷静外表瞬间破功。

"骂得好。"克拉韦恩回应道。

这只乌洛波洛斯蠕虫贴着飞船底部游过，之后便产生了一阵连续不断的颠簸，那是它用颚将机腹撕开了。克拉韦恩感觉飞船突然向下栽去，伴随着令人恶心的感觉。飞船脱离了飞行状态，呈抛物线状向下急冲。冷色调的极简绿松石内饰流畅地切换至紧急模式，受损读数与武器状态选项争相跃入视线范围。他们的座位膨胀起来，将他们包裹在里面。

"抓紧，"他说，"我们要掉下去了。"

乌伊再次恢复冷静，说："你认为我们有可能及时抵达巢穴入口吗？"

"绝无可能。"尽管如此，克拉韦恩仍竭力控制飞船，但效果并不理想。飞船正在急速逼近地面。"真希望刚刚加莉安娜能早一点提醒我们……"

"我觉得她以为我们已经知道了。"

飞船撞上了地面。碰撞结果比克拉韦恩预计得更严重一些，但飞船没有散架，而且膨胀起来的座位也缓解了一些冲力，让情况没有那么糟糕。飞船滑行了数米，然后大头朝下撞在了沙丘上。克拉韦恩透过窗户看到白色的蠕虫向他们冲过来，分节的机械身体在空中拉出起伏的波浪。

"我觉得我们完了。"乌伊说。

"那可未必，"克拉韦恩说，"你肯定不想看到这个，但是……"他咬紧牙关，调出飞船的隐藏武器。天花板上垂下来一只瞄准镜，他将眼睛靠上去，十字准心锁定蠕虫，就像以前那样。

"该死的，"乌伊说，"这次任务禁止携带武器！"

"尽管投诉我吧。"

克拉韦恩开火了，飞船受后坐力影响轻微晃动。透过侧窗，他们看到白色的蠕虫被炸成了短粗的节段，四散的零件还在尘土中扭动着。

"干得好。"乌伊勉强夸赞了一句。"死了吗？"

"暂时的，"克拉韦恩说，"这些节段要几个小时才能重新融合成一只可以行动的蠕虫。"

"很好。"乌伊从座位上起身。"但相信我，你会收到正式投诉。"

"难道你更希望让蠕虫吃了我们？"

"我只是讨厌撒谎，克拉韦恩。"

他再次尝试接通无线电。"加莉安娜，我们刚刚掉下来了，但都安然无恙。"

"谢天谢地。"旧的语言习惯很难消失，就算是联合体里的人也是一样。"但你们不能待在那里。那片区域里还有很多蠕虫。将飞船调至陆行模式，开到巢穴这边来，办得到吗？"

"只有二百米，"乌伊说，"应该不成问题。"

二百米倒是没错，但那是危险又崎岖不平的二百米，一路上都是湿软的洼地，足以藏匿一大堆蠕虫。而且他们还得攀上堤坝，才能到达巢穴入口，那里比地面要高出十到十五米。

"希望不成问题吧。"克拉韦恩说。

他松开安全带站起身。头一次真切感受到火星的重力，让他有点头晕。他已经完全适应了火卫二轨道上的重力，那里的重力与地球上的一致，是为了让自地球而来的战略专家们感到舒适而专门设计的。他走到急救箱那里，找了个面罩给自己，又找了一个给乌伊，面罩轻巧地覆在他的脸上。他们插上氧气罐，走到飞船的舱口。舱门打开的时候，通道处张开了一层闪闪发光的薄膜，这是民主派发明的最新技术。克拉韦恩穿过薄膜，包裹着他的部分发出啵的一声，好似吮吸什么东西时发出的湿漉漉的声音。当他接触到地面时，鞋底周围的薄膜变硬了，身体周围也开始显出轮廓，勾勒出肋骨和关节弯曲的形状，虽然是透明的。

乌伊走在他身后，也依样画葫芦，套上了一件属于自己的中码透明轮廓装。

他们大步流星，离开坠毁的飞船，向着堤坝走去。如果附近有蠕虫的话，他们的震动模式会提前锁定它们。蠕虫现在可能对飞船更感兴趣，但他们并不能寄全部希望于此。克拉韦恩对蠕虫的行为知之甚深，了解它们常规的活动目的，但这些专业知识并不能让他活下来。在火卫一的时候，他差点死在这些蠕虫的口中。

因为戴面具的缘故，克拉韦恩感觉脸上湿漉漉的。即便到了现在，从技术层面来说，长城脚下的空气也是可以呼吸的。但是，眼下速度才是关键，冒这个险没有意义。他步履蹒跚，踏着火星地表的土壤向前穿行，但似乎并未离堤坝更近一些。甚至比起从坠毁处看，堤坝好像更大了些，距离也更远了些。

"又有一条蠕虫。"乌伊说。

白色蚊香状的物体猛地从沙地蹿出，向西边前进。这条蠕虫朝着他们的方向呈之字形前进，身体起伏摆动，带着捕食者的冷静，就像知道自己有足够的时间抓住猎物。在火卫一的地下隧道群里，人们根本无法预知一条蠕虫的接近。在那里，它们自潜伏处突袭，迅如巨蟒。

"跑！"克拉韦恩喊道。

在堤坝的高处，入口那里出现了一团黑乎乎的影子。沿着堤坝一侧，一条绳梯垂下。克拉韦恩朝堤坝脚下奋力奔跑，他没再浪费精力放轻脚步。他知道，蠕虫已经锁定了他。

他向后望去。

蠕虫在坠毁的飞船那里停顿了一下，然后用它那金刚石材质的巨颚撞向飞船，刺穿了它。蠕虫连带飞船一起直立起身，就好像身上套了个花环。接着它抖了下身体，飞船就像腐烂的残骸般支离破碎。然后，蠕虫便将注意力重新转到克拉韦恩和乌伊身上，像响尾蛇一样，把自己三十米长的身体从沙子里拽出来，像滚动的线圈一样向他们旋过来。

克拉韦恩抵达了绳梯的底部。

以前在1:1的重力条件下，他可以只用手臂就攀上梯子，但现在他感觉脚下的梯子仿佛有了生命一般。他开始向上爬，并意识到自己的实际上升速度比他爬得要快些，是联合体人在高处向上拉拽绳梯。

他又回头看了一眼，却刚好看到乌伊跌倒了。

"桑德拉！不！"

她总算爬起来了，但为时已晚。当看到蠕虫冲到她身边时，克拉韦恩已经无能为力，只能移开目光，祈祷她能死得快些。如果做什么都于事无补，那么至少快些结束，她能少一些痛苦。

然后克拉韦恩开始思考自己能否活下去。"拉快一点！"他大喊，但面具把他的声音堵回了喉咙里。他忘记在防护服上安装无线电通信器了。

蠕虫在堤坝脚下扑打撞击着，然后直立起身体，在克拉韦恩脚下张开大嘴。他看到它咽喉里的牙齿像挖隧机钻孔头那样一圈一圈向内排列，而嘴巴就像金刚石环圈的孔口。然后一道刺眼的亮光刺进了虫皮，克拉韦恩抬头，看到一队联合体人跪在入口前面，将枪口朝下。蠕虫在一阵强烈的机械刺激下扭动着身体。他看到沙地另一边，又有一条蠕虫正扭动身体朝这边来了。他推测有十来条蠕虫都冲巢穴来了。难怪联合体人很少尝试采用地面交通工具沿沙地方向逃离。

联合体人继续拖拽绳梯，现在克拉韦恩离安全地带又近了十米。那只蠕虫被武器击中的位置，外皮被掀开了，露出了神经机械的驱动装置。它被激怒了，晃动着身体撞击堤坝，鹅卵石大小的碎屑四处散落。在被向上拽的过程中，克拉韦恩甚至能感受到堤坝被撞击时发出的震动。

蠕虫又撞了一下，堤坝比之前震动得更加厉害了。让克拉韦恩害怕的是，他眼睁睁看着其中一个联合体人失足从堤坝上摔了下来。时间仿佛静止了，掉下去的那个人直冲他而来。克拉韦恩不假思索地贴向墙体，将四肢紧扣在绳梯上，然后一把抓住了掉落者的手臂。即便火星重力很小，联合体人的体格也很纤细，但这样的冲击也几乎让他俩都掉进蠕虫的口中。克拉韦恩感觉自己的骨头都错位了，软骨也撕裂了，但他还是努力抓住了联合体人和绳梯。

那人毫不费力地呼吸着堤坝脚下的空气。他只穿了一套腰部系带的灰色真丝睡衣，脸颊凹陷、秃头，再加上一副典型的火星体格，整个人看起来惨白干瘪。而且不知道他是怎么做到的，他手里的枪竟然没掉下去。

"放开我吧。"他说。

即便受了伤，下面的那只蠕虫还在一点点往上爬。"不。"克拉韦恩紧咬着牙关，薄薄的面具都变形了。他从牙缝里蹦出来这个字，并继续说："我不会放手。"

"你别无选择。"那人的声音十分平静。"时间不够了，他们无法赶在我们丧命前将我们俩都拉上去，克拉韦恩。"

克拉韦恩看向那人的脸，试图猜测他的年纪。或许三十多岁吧，也可能根本没有三十岁，因为苍白的面容会让他看起来比实际上更沧桑些。克拉韦恩的年纪显然要比他大一倍多，而且之前也一直过着比他更富裕的生活，并在之前的三四次事故中幸免于难。

"我才是应该去死的那个人，你不是。"

"不，"那人说，"如果你死了，他们便会设法把你的死亡归咎于我们，并以此作为宣战的借口。"说完，他平静地举起枪指着自己的头，扣下了扳机。

克拉韦恩震惊地意识到那人已经救不回来了。他松开了手，那人的尸体顺着堤坝跌落，掉进了蠕虫口中，也就是刚刚桑德拉·乌伊葬身的地方。

之后，克拉韦恩木然地任由自己被拉到安全地带。

＊　　＊　　＊

当停机库的装甲门关上后，联合体人用酶性喷雾剂对着克拉韦恩的膜衣一顿猛喷。几秒之后，膜衣就溶化了，克拉韦恩在一摊黏液里微微喘息着。两个联合体人走过去扶他，让他摇摇晃晃地站起身来，并耐心地等待他在面具后喘口气。透过疲惫的眼睛，他看到停机库里堆满了组装到一半的飞船，流线型的骨架是根据鲨鱼的体形设计的，以便使其能快速冲出大气层。

"桑德拉·乌伊死了。"克拉韦恩取下面具说。

联合体人都看到了，但在这种情况下，不将刚发生的事情再阐述一下似乎显得不够人道。

"我知道，"加莉安娜说，"但至少你还活着。"

他想起了那个掉进蠕虫口中的联合体人。"我很抱歉你的……"但随即他又停了下来，因为以他对联合体人的了解，他一时间还找不到合适的说法来表达歉意。

"在你试图救他的同时，你也将自己置于危险之中了。"

"他本可以不死。"

　　加莉安娜点头，她神情清明。"是的，在其他类似的情况下，他是可以不死，但如果他不死，你就有很大可能会死。你也听到他说的了。你的死亡最终会被说成是我们蓄意为之，并借机对联合体开战。如果我们谋杀外交官的消息传出去，那么连民主派也会背弃我们。"

　　在面具后面深吸一口气后，克拉韦恩望向加莉安娜的脸。他曾通过低带宽的视频连线与她通话，但只有在面对面的情况下她的形象才更加鲜明。十五年来，岁月似乎对加莉安娜格外宽容。十五年间的表情习惯本应在她脸上留下更深的皱纹，但联合体人是出了名的喜怒不形于色。而且在这段时间里，加莉安娜长时间把自己关在巢穴里，极少见阳光。火星的重力比火卫二要小，对骨骼结构的生长更为友好。这一切使得她仍然是他记忆中的样子，与他当年被囚在这里时一样，整个人散发出一种冷冽的美。可能岁月给她留下的唯一痕迹，便是肉眼可见的银发了。在他被囚期间，那些还都是青丝。

　　"你为什么不提前提醒我们蠕虫的事情？"

　　"提醒你们？"她的脸上第一次出现一丝类似疑惑的表情，但也转瞬即逝了。"我们以为，你们早已对蠕虫侵扰之事全然知晓。数年来，那些蠕虫虽一直呈休眠状态等待时机苏醒，但它们一直在那里。直到发现你们的飞船盘旋的位置过低时，我才意识到……"

　　"意识到我们可能对此并不知情？"

　　蠕虫是区域封锁设备，能自动搜索矿脉。它们是战争的遗留产物，至今仍活跃于太阳系的许多区域。以一维的方式来看，这些机器是智能化的。但没有人公开承认自己是它们的投放者，而且通常情况下，想要说服这些虫子，战争已经结束了，是时候该悄无声息地退伍了，也根本不可能。

　　"在火卫一的事情后，"加莉安娜说，"我还以为你已经了解了有关蠕虫的全部信息。"

　　他讨厌想起火卫一上的事情，那些痛苦仍然深深地埋于他的心底。但若不是在那里受了伤，也许他永远不会被送到火卫二疗伤，也就永远不会被招进他哥哥的情报部门，研究联合体的相关事项。正是由于曾浸淫在与敌人相关的信息中，所以到了和平时期，他才能在另一场大战的前夕当上谈判官，现在应该叫外交官了。追根究底，世间一切皆是因果循环。而现在，他又将自己的关注点转向了火卫一，因为他觉得这其中或许有破局之法，而且也许这是最后的缔造和平的机会了。但现在就与加莉安娜谈这些，未免为时过早。在发生了这么多事之后，他甚至不确定这项任务还能继续下去。

"我们现在安全了，对吗？"

"是的，我们可以修复堤坝的损伤。不过大多数时候，我们都不会在意那些损伤。"

"你应该提醒我们。对了，我得跟哥哥通个话。"

"沃伦？当然可以。这事简单。"

他们走出停机库，将飞船半成品抛诸脑后。克拉韦恩知道，在巢穴深处的某个地方，藏着制造这些飞船部件的工厂，联合体用的材料包括从火星上挖掘的矿石和从巢穴的组织上挑选出来的碎片。联合体设法每六周左右发射一艘飞船，并如此持续了约半年左右。这期间所有发射出去的飞船都被击落了，没有一艘能成功逃离火星的大气层。他迟早要问问加莉安娜，既然如此为什么还要坚持这种挑衅性质的愚蠢行为。

但现在还不是时候。按照沃伦的估计，距离加莉安娜下一次挑衅式的发射，只有三天时间了。

除了停机库，巢穴中其他地方的空气都更加稠密，也更加温暖，这也说明他可以摘下面具了。加莉安娜带着他走过一条不太长的金属走廊，沿着两侧的灰色墙壁，一直走到尽头，进了一间配有控制台的圆形房间。他认出了这个房间，他还在火卫二与加莉安娜通话时，这个房间就曾出现在屏幕里。加莉安娜给他介绍了通话系统的使用方法，然后在他与火卫二成功建立连接后走出了房间。

很快，沃伦的面孔就出现在了屏幕上，但分辨率很低，满是像素点，如同印象派肖像画一般。根据联合体的权限设置，当他们向系统其他区域的人发送信息时，只能控制在每秒千字节以内。现在，带宽已被这个视频连接占用了大半。

"我想你已经听说了。"克拉韦恩说。

沃伦脸色灰白，点了点头。"当然，我们在轨道上的视野很好，足以看到乌伊没能幸免于难——可怜的乌伊。虽然我们相信你活了下来，但能得到确认是件好事。"

"你希望我放弃这次任务吗？"

沃伦犹豫了，他犹豫的时间远超过时滞[1]能造成的延迟。"不，我仔细想过了。当然，高层指挥部也与我持一致意见。乌伊的死是一场悲剧，这毋庸置疑。但她只是一个中立派的观察员。如果加莉安娜同意你留下，那我建议你照办。"

"但你依然觉得我只有三天时间来完成这项任务吗？"

"这取决于加莉安娜，不是吗？你目前掌握的情况多吗？"

"你在开玩笑吧，我到现在为止就看到了一些准备发射的飞船，仅此而已。火卫一提案我也还没机会提，发生了乌伊的事情之后，时机就变得不太理想了。"

"是的，要是我们早知道蠕虫侵扰的事情就好了。"

克拉韦恩倾身，靠近了屏幕一些。"是啊，该死的，为什么我们不知道呢？加莉安娜以为我们知道，而我也没因此责怪她。十五年来，我们一直在监视这个巢穴。这么长的时间里，我们理应能够发现蠕虫的存在吧？"

"这个问题你已经想过了，不是吗？"

"什么意思？"

"意思是，也许蠕虫并不是一直在那里。"

---

1. 指星际信号传输时由于距离遥远，造成两方在通信时要经过一段时间后才能听到对方回应的现象。

克拉韦恩知道这次谈话并无隐私可言，但他又不愿意放弃线索，他说："你觉得是联合体人把它们放在那里埋伏我们的？"

"我的意思是，我们不应忽视任何一种可能，无论那种可能会造成多么令人不快的结果。"

"加莉安娜不会做这样的事情。"

"是的，我不会。"加莉安娜走了进来。"而且我很失望，你们居然在讨论这种可能。"

克拉韦恩切断了与火卫二的通信连接。"偷听可不是君子行径，你知道的。"

"那你希望我怎么做？"

"给予我一些信任。还是说，这要求也太高了？"

"自你还是我的囚犯时起，我就从未信任过你，"加莉安娜说，"那段时间的相处使我们之间的关系极其简单，因为我们的角色都被定义好了。"

"那现在呢？如果你全然不相信我，那你为什么要同意我的访问请求呢？很多其他专家都能代替我过来，你甚至可以拒绝我的任何形式的通话。"

"是乌伊的人给我们施压，让我们同意你的访问申请，"加莉安娜说，"就像他们向你们施压，拖延你们发动战争一样。"

"就只是这样吗？"

她略微犹豫了一瞬，说："还有就是，我……认识你。"

"认识我？这就是你对长达一年的囚禁我的时光的总结吗？我们曾经那么多次将彼此之间的分歧搁置一旁，不谈战争，只聊其他，又算什么呢？是你让我在那段时间里保持清醒，加莉安娜，我永远都不会忘记。这也是我冒着生命危险来到这里，说服你不要再继续那些挑衅行为的原因。"

"但现在的情况完全不同了。"

"当然！"他极力控制自己不要大嚷出来。"当然不同了。但这不重要，我们仍然可以在这种信任的基础上，找到解决此次危机的办法。"

"但你们是真的想要解决问题吗？"

克拉韦恩没有马上回答，而是谨慎地思考了一下可能的真相。"我也不确定，但是我同样不确定你们的真实想法，不然你们也不会一直心存侥幸，不断挑衅了。"他的内心突然涌起一阵骚动，让他还没来得及好好计划一下就冲动地问了出来（他本可以有上百万种更好的提问方式）。"你为什么要一直挑衅，加莉安娜？为什么你明知那些飞船一旦离开巢穴就会被击落，还要坚持继续发射它们？"

她直直地盯着他的眼睛。"因为我们能做到。因为我们迟早能成功。"

克拉韦恩点了点头。她的话正是他担心的事情。

＊　　　＊　　　＊

加莉安娜领着克拉韦恩穿过更多灰色的走廊，又往下走了好几层，去往巢穴的更深处。光线顺着墙壁上内嵌的蛇形斑条倾泻而入，弯弯曲曲仿若动脉一般。这种蛇形斑条可能是装饰用的，但克拉韦恩觉得它更像根据生物学算法自然长成的。曾经有说法称，联合体尝试赋予他们周围的一切东西生命，并以一切形式展示其人性。但这一说法并无实据。

"你冒的风险太大了。"克拉韦恩说。

"但现状让人忍无可忍。我非常希望能避免再次开战，如果避无可避，我们希望至少能有机会打破这些枷锁。"

"那你首先要保证自己能够在战争中幸免于难……"

"我们也想避免这种结果。但无论如何，我们都不会萌生恐惧。你之前也看到了，堤坝那边的那个年轻人接受了自己的命运。因为他知道，你死要比他自己死给我们造成的伤害更大。所以他调整了心态，并坦然接受了自己的命运。"

"很好。这样的话，我明白了。"

加莉安娜停了下来。他们站在其中一条蛇形斑条点亮的走廊里，旁边并无他人。从停机库出来后，克拉韦恩就没再见过其他联合体人了。"就如你愿意为他人牺牲自己的一条胳膊一样，我们并非认为个体生命毫无价值，但现在，我们都是分子，隶属于更宏大的某些……"

"你是说'超悟'？"

这是联合体的一个术语，形容他们的神经共享状态，通过他们颅内成群的机器来调节。民主派人通过植入装置[1]不断促进真正民主的实现，而联合体人则运用这种技术来共享感官数据、记忆，甚至意识思维本身。这就是导致战争爆发的原因。2190年时，一半的人类都通过神经植入物，连入了这个系统范围的数据网络。后来，联合体的实验超过了某个阈值，将一种转化病毒释放到了数据网络中。之后，植入体开始转化，联合体的思维模板影响了数百万人的思维，而被感染者则瞬间变成了敌人。地球和其他系统内的行星一直以来都比较保守，更偏向于通过传统媒介访问网络。

一看到火星和小行星带的社区都成为联合体实验的牺牲品，联盟势力就匆忙调集资源，避免这种病毒扩散到自己的领土上。民主派却在其诸多领地失守之前，设法于这些气体巨行星周围建起了防火墙。民主派选择了中立，而联盟则试图遏制（也有人称其为"清除"）联合体接管的区域。三年内，几场人类历史上最血腥的战争接连爆发。最后，联合体被迫散落到了系统的各个角落。但是，他们一直对自己的传播受到遏制感到不解。毕竟，已被转化的人无一后悔。不仅如此，联合体百般无奈之下释放的几个囚犯，甚至在恢复到未被感染前的状态之后，仍想方设法返回联合体的据点。他们中有些人甚至宁愿自尽，也不肯放弃"超悟"。"超悟"对他们而言就像信徒的天堂一般，他们愿意用自己全部的清醒时间去追随它。

"'超悟'模糊了我们的自我意识，"加莉安娜说，"当一个人选择死亡时，

---

1. 这是作者设定的一种未来人类普遍拥有的技术手段，即通过在人类身体里植入不同物质来实现智力、体能等方面的增强。这种技术在全书所有篇目中普遍存在，但依据情节和设定的不同，植入的物质及方式各不相同。为方便读者阅读，本书对此技术相关名词不进行统一。

牺牲对他来说并不是绝对的。因为他明白，他身上具备的很多东西已经在其他人身上保存下来了。"

"但他只是一个人。那么在为逃离火星大气层而进行的数次尝试中，你放弃的那几百条人命又该怎么算呢？我们知道具体的数量，因为所有尸体我们都清点过了。"

"克隆体总是可以替换的。"

克拉韦恩希望自己能把厌恶之情掩饰得足够好。在他的阵营中，克隆本身就是一种不能诉之于口的暴行，会引发恐怖的联想。但对加莉安娜来说，这只是她武器库中的一种技术而已。"但你并没有克隆任何人，不是吗？你的人在减少。我们原以为这个巢穴里有九百人，但我们高估了，不是吗？"

"你还没见到多少人呢。"加莉安娜说。

"是没有，但这个地方散发着一种荒凉的气息，这一点你根本藏不住，加莉安娜。我敢打赌，在这里，你们的人不超过一百个。"

"你错了，"加莉安娜说，"我们的确掌握了克隆技术，但几乎从未用过。什么才是重点？无论你们的宣传员是怎么说的，我们都不渴求基因上的统一。追求最佳只会导致局部的最小值。我们尊重自己的不足，并坚持不懈地追寻可持续的不平衡状态。"

"那好。"他现在最不需要的就是听联合体人花言巧语的自我辩白。"那大家都去哪儿了？"

很快他的疑问就有了答案，虽然并不能一下子解答清楚，但聊胜于无。现在他们已经到了巢穴最深处，在迷宫般的走廊的尽头，加莉安娜把他带到了培育室。

这里与他预期得完全不同，不但与他在火卫二那个天然的观测点上所幻想的一切不符，也与他基于对巢穴迄今为止的观察所做出的预期相悖。在火卫二上，他原以为联合体的培育室是一个医疗效率低下的地方，所有闪闪发光的机器里都装着婴儿，外面插着电源，如同一个生产力惊人的婴儿制造工厂。到巢穴后，他的想法因为联合体凋零的人数而发生了改变。他认为就算有培育室，也明显不会是一个产能很高的地方。所以，孩子应该会少一些，但仍应有沐浴在蛇形光线下的一堆笨重的灰色机器。

但培育室并不是那样。

加莉安娜展示给他的巨大房间几乎可以算是极其明亮且令人愉悦的，里面充满了孩子们幻想中的美好形状和颜色。墙壁和天花板投射出全息天空，上面是无垠的蓝色和翻滚的白云，一派天堂的景象。起伏的地面上铺满人造草坪，形成了山丘和草地。这里有一簇簇的鲜花和盆景森林，还有机器动物（奇妙的鸟和兔子等），只是都太过拟人化，以至于无法吸引克拉韦恩这样的成年人了。它们就像儿童读物里的动物一样，都有着大大的眼睛和幸福的表情。草坪上还散落着很多玩具。

这里还有孩子们，大约有四十到五十个。据克拉韦恩估计，孩子们的年龄从几个月到六七岁不等。一些孩子在兔子堆中爬行，其他大一些的孩子聚在树桩旁，树桩的切面上快速闪动着图像，光线映射在他们的脸庞上。他们或彼此交谈，或咯咯发笑，或哼唱儿歌。他数了下，有六个成年联合体人跪在孩子们中间。孩子们的衣服颜色是一种让人看着头疼的亮色，且颜色和图案各不相同。成年联合体人跪伏在孩子们之间，如乌鸦一般。但是，孩子们看起来很自在，都在认真地听他们说话。

"跟你想的不太一样，对吧。"

"是……完全不一样。"对她撒谎似乎毫无意义。"我们以为，你们会像自己经历过的那样，让机器养育你们的孩子。"

"一开始，我们的确是那样做的。"加莉安娜微妙地转换了话题，"你知道为什么黑猩猩不如人类聪明吗？"

克拉韦恩对话题的转变感到一点惊讶。"我不知道，或许是因为它们的大脑小一些？"

"黑猩猩的大脑的确比人类的大脑小一些。海豚的大脑很大，却不见它们比狗聪明多少。"加莉安娜走到一个无人的树桩旁，弯下腰，在树桩的切面上画了张哺乳动物的脑部草图，然后用手指在相应的部分勾画了一番，她的动作迅速得让人无法看清。"大脑的发育过程比总容量更加关键。新生黑猩猩和成年黑猩猩的脑容量仅有约 20% 的差距。当黑猩猩可以接收来自子宫外的数据时，其大脑便已经没有多少可塑性了。与此类似，海豚自出生便录入了成年海豚的所有已基本固定的行为模式；与此不同，人类的大脑会在出生后的数年中通过学习不断成长。我们反推了这一观点：如果出生后的成长历程中所接收到的数据对于智力发育如此重要，那么也许我们可以通过干预大脑发育的最初阶段，进一步提高我们的智力。"

"在子宫里？"

"是的。"她用树桩画展示了人类胚胎的发育过程，自细胞分裂开始，到原始脊神经微弱的褶皱处开始形成最微小的新生思维。成群结队的亚细胞机械蜂拥而至，侵入新生的神经系统。然后胚胎迅速发育，直至克拉韦恩看到即将出生的人类胎儿。

"发生了什么？"

"那是一个重大失误，"加莉安娜说，"我们不但没有促进神经系统的正常发育，还严重损害了它。最终我们只得到几个症状不同的学者症候群[1]患儿。"

克拉韦恩环顾四周。"所以之后你便让这些孩子在正常的成长环境下长大？"

"差不多吧。当然了，他们的成长环境中没有家庭结构。但在人类和灵长类动物的社会中，比起家庭，同龄群体在儿童成长过程中发挥的作用要更重要一些。截至目前，我们还没发现任何病理异常体。"

克拉韦恩看到，一个联合体人领着一个较大的孩子走出了这间绿草如茵的房子，去到了一扇悬在空中的门前。当走到门口时，孩子犹豫了，他向后挣

---

1. 学者症候群是指患者有认知障碍，但在某一方面，如对某种艺术或学术，有超乎常人的能力。俗称白痴天才。

脱，那个联合体人却温和地坚持着。孩子回头看了一会儿，然后跟着那人走进门内。

"那个孩子要去哪里？"

"去发育的下一个阶段。"

克拉韦恩很好奇，在一个孩子升级之后，他能看到培育室的可能性有多大。据他判断概率极小，除非有速成方案能加速这个过程。当他还在思考这个问题时，加莉安娜带他进入了培育室的另一个房间。这个房间比前一个小一些、暗一些，不过除了他刚刚见识过的铺满绿草的房间，这个房间还是比巢穴的其他地方华丽多了。这个房间的墙壁上嵌满了大大小小、各式各样的显示器，演示着各种动态图像，并有相关文字快速滚过。他看到一群斑马挨挨挤挤地穿过一颗中子星的核心，另一个地方还有一只章鱼在向一个二十世纪的暴君脸上喷墨。其他显示器的屏幕像是用日本纸做成的，满屏的数据从地板上升起。孩子们（最大的也不超过十八岁）三五成群地坐在显示器旁柔软的黑色伞菌顶上，辩论着什么。

房间四周放着一些闲置的乐器，全息键盘、空气吉他等。一些孩子的眼睛上蒙着灰色的布带，他们将手指伸进一些抽象结构的缝隙里，摸索着数学宇宙中龙族出没的水域。克拉韦恩可以在平板显示器上看见他们在操作什么，那是些即便在二维空间里都会让他头痛的形状。

"他们快要长成了，"克拉韦恩说，"但他们的脑中还未植入机械，估计也快了吧。打算什么时候植入？"

"很快，非常快。"

"你在加快他们的发育过程，是吗？你在尝试让尽可能多的孩子发育成联合体人，你有什么计划吗？"

"有些事……已经这样了，仅此而已。你到这里的时机可以算好，也可以算不好，具体怎样要看你自己怎么看。"在克拉韦恩细问加莉安娜这是什么意思之前，她又说："克拉韦恩，我想带你见个人。"

"谁?"

"一个对我们非常宝贵的人。"

加莉安娜带着他穿过几扇培育室的门,到达了一个很小的圆形房间。这个房间的墙壁和天花板布满灰色的纹理,这里比前面几个房间要安静些。一个女孩盘腿坐在房间中间的地板上。克拉韦恩估计,这个女孩的年龄大约有十岁,或许稍大一点。但她没有对克拉韦恩的出现做出任何正常成人该有的反应,甚至也没有任何属于普通孩子的反应。在他们进门时,她只是继续专注于手头的事情,就像没看到他们一样。克拉韦恩搞不懂她在做什么。她向前伸出双手,以一种缓慢而精确的姿势移动着双手,好像在弹奏全息键盘,或者在操纵木偶戏。她时不时扭转身体,面向另一个方向,然后继续手里的动作。

"她叫菲尔卡。"加莉安娜说。

"你好,菲尔卡……"他等了一会儿,但小女孩并没有理会他。"我觉得她不太对劲。"

"她是一个学者症候群患儿。菲尔卡与她颅内的机械一同成长,她是我们意识到自己的失败前出生的最后一个孩子。"

菲尔卡身上的某种东西令克拉韦恩感到不安,也许是她专注做事的方式:她全神贯注于某样自认为极重要的活动,却没有任何明确的目标。

"她似乎没有注意到我们。"

"她的缺陷很严重,"加莉安娜说,"她对其他人类不感兴趣。她有面孔失认症,无法辨别人脸。对她而言,我们都差不多。你能想象出比这更奇怪的事吗?"

他试着想象了一下,发现确实想不到。在菲尔卡看来,生活一定是件可怕的事情,就好像周围都是一模一样的克隆体,她根本无法理解他们的内心世界。难怪她对自己的游戏那样全神贯注了。

"为什么她对你们很宝贵?"克拉韦恩问,虽然他也不是很想知道答案。

"是她让我们能继续活着。"加莉安娜说。

* 　 * 　 *

当然了，克拉韦恩问了加莉安娜，她说这话是什么意思。但加莉安娜只是告诉他，他现在还没做好接受真相的准备，还没到告诉他的时候。

"那我要怎么做，才算到时候了？"

"需要一个简单的步骤。"

是的，克拉韦恩对那个步骤知之甚详。在他大脑合适的位置上植入几个机器，真相就有了。克拉韦恩谢绝了她，并尽可能礼貌地掩饰着自己对此的厌恶。幸运的是，加莉安娜并没有坚持，因为该开会了，那个他在到火星前就约定好要开的会议。

他看着巢穴中的一小部分联合体人陆续进入会议室。加莉安娜仅因为首先在这里建立了实验室，并开展了最初的那些实验，就成了他们的领袖，后来又因自身资历而获得了一些尊重。显而易见，她是这次会议代表联合体的发言人。每个联合体人都有自己的专业领域，且基本不与其他联合体人共享。这与联盟政府透露的消息截然不同，联盟政府说他们是一群受蜂巢思维控制的同源克隆体。如果非要说这个巢穴有什么地方与蜂巢相似，那就是这里的每一个联合体人都有明确的分工，且彼此独立。自然，任何一个联合体人所掌握的技能，都不能是对巢穴至关重要的特有技能。因为过度专业化会很危险。但这并不是说，每个联合体人的技能都属于巢穴。

这个会议室的建造时间大概可以追溯至巢穴还只是一个研究基地的时期，甚至可以更早，比如二十一世纪初，这里还是采矿基地的时候。主桌旁站了一小群沉默寡言的联合体人，对他们来说，这个会议室太大了。主桌旁有战术解析显示器，屏幕上显示着火星禁区上方集结的武装力量，以及地面武装力量部署的可能降落轨迹。

"这是内维尔·克拉韦恩。"加莉安娜向其他与会人员介绍了克拉韦恩。现场所有人都已入座。"我很抱歉桑德拉·乌伊没能和我们一起坐在这里。大家都为她的牺牲感到悲痛，但或许通过这次可怕的事件，我们能产生一些共同看法。内维尔，在来这里之前你就说过，针对这次危机你有个提案，也许能和平解决问题。"

"听到这话我真高兴。"一人低声说道。

克拉韦恩的喉咙有些干涩。在外交中，这是一种陷阱。"我的提案是关于火卫一的……"

"请继续。"

"我在那里受过伤，"他说，"而且伤得很重。我们曾尝试清除入侵的蠕虫，但失败了。我因此失去了一些好朋友。这本是我和蠕虫之间的个人恩怨。但我愿意接受任何人的援手，来结果它们。"

在说话之前，加莉安娜飞快地瞥了一眼她的族人。"联合进攻？"

"应该会成功。"

"是的……"加莉安娜似乎有些不知所措，但也只有一瞬。"我想，这可能是走出僵局的一种方式。我们这边的清除尝试也失败了，而且在受到封锁的情况下，我们也没办法继续尝试。"她似乎有些怅然。"但最终谁会从火卫一的行动中真正受益呢？我们最后还是会被隔离在这里。"

克拉韦恩向前倾了倾身子。"合作可能会使联盟的封锁令降级。但我们先不要想这些，先想想目前蠕虫对我们造成的威胁吧。"

"威胁？"

克拉韦恩点点头。"你可能还没注意到。"他俯身向前，将手肘搭在桌子上。"但我们一直在关注火卫一的蠕虫。它们已经开始影响卫星的运行轨道了。虽然目前的形势并不明显，但它们的这一转变绝非无意为之。"

加莉安娜的目光游移了片刻，像是在权衡自己的选择。她说："其中缘由，你不知道，但我们知道。"

她这是在表示感谢？

他之前就觉得，蠕虫的活动肯定逃不过加莉安娜的监视。"从整个系统来看，我们也在其他的蠕虫侵扰事件中见过一些奇怪的行为，一些类似文明萌发的情况。但之前从未出现过目的性这么强的情况。我猜测这种侵扰事件一定来自某一批我们从未想到过的子程序。关于蠕虫到底想做什么，你们怎么看？"

加莉安娜再一次出现了短暂的迟疑，就好像在与其他联合体人讨论正确的答复方式。然后她朝着一名坐在她对面的男性联合体人点了点头。克拉韦恩猜测，这个动作完全是为了方便他这个外族人。对面的男性联合体人留着黑色鬈发，他同加莉安娜一样，皮肤光滑，面无表情，体型对称。

"这是罗蒙特，"加莉安娜说，"他是我们监测火卫一的情报专家。"

罗蒙特礼貌性地点了点头。"我来回答你的问题。关于蠕虫的此类行为，虽然我们目前仍缺乏切实的理论支持，但有一件事是可以确定的，它们正在升高卫星轨道的远心点。"克拉韦恩知道，卫星轨道的远心点相当于绕地轨道运行物体在火星轨道上的远地点，即其椭圆轨道上的最高点。罗蒙特继续往下说，他的嗓音异常冷静，说话的语调就像父母在给孩子读书一般。"火卫一的自然轨道实际上是在卫星引力作用下的洛希极限 [1] 之内的。火卫一在火星上掀起了一个潮汐，但由于摩擦力作用，潮汐的速度并不能完全跟上火卫一，所以导致火卫一以一个世纪缩进两米的速度呈螺旋状慢慢靠近火星。再过几千万年，火卫一上剩余的一切都会坠落到火星上。"

"你觉得蠕虫升高轨道是为了避免未来的大灾难？"

"我不知道，"罗蒙特说，"我想，轨道的改变也可能不是刻意的，而是蠕虫在进行一些意义不大的活动时产生的副作用。"

"我同意，"克拉韦恩说，"但威胁依然存在。如果蠕虫可以提高卫星的远心点，那么即便那只是偶然现象，我们依然可以推测，它们也有降低其近心点的方法。这样一来，它们便可以将火卫一扔到你的巢穴正上方。难道这些还不足以让你心生恐惧，并考虑与联盟合作吗？"

---

1. 两颗星体在万有引力下相互吸引，主星对伴星的潮汐应力与伴星的抗张强度相等时的最短距离叫洛希极限。

加莉安娜双手指尖相对，置于脸前，这是她还是人类的时候精神高度集中时的习惯性动作，即便成为联合体人这么久了，这一习惯性动作依然没有被完全抹杀。克拉韦恩几乎能感觉到思维的网络在房间里若隐若现，坐在桌旁的每个联合体人之间与巢穴的某处交织着朦胧闪现的认知丝线。

"合作共赢，这就是你的提案吗？"

"总比开战好多了，"克拉韦恩说，"不是吗？"

加莉安娜正要说些什么，脸上却突然露出一丝不安的神情。克拉韦恩还看到，几乎同一时间，其他人脸上也露出了相同的神情。但直觉告诉他，这与他的提案无关。

桌子周围半数的显示器自动切换到了另一个频道。显示器上出现了一张与克拉韦恩极其相似的脸，只是出现在显示器上的人盲了一只眼睛。那人是他哥哥。显示器上的沃伦几乎被联盟的官方徽章和十二个系统级的媒体集团围得水泄不通。

沃伦正在进行演讲。

"……表达我的震惊，"沃伦说，"或者说，就此事而言，我的愤怒不仅是因为他们谋杀了我团队中一位极具价值且经验丰富的成员，还因为他们谋杀了我的弟弟。"

克拉韦恩顿感心底发凉，问："这是什么？"

"火卫二传过来的实时转播，"加莉安娜用气音悄声说，"这个视频正在全网转播，连跨冥王星的栖息地都能看到。"

"他们的做法是令人不齿的背信弃义，"沃伦说，"这完全是一场有预谋的针对和平使者的冷血谋杀。"然后沃伦的脸从屏幕上消失了，画面切到了一个视频短片上，那是一段从火卫二或者某个卫星上拍摄的视频短片。视频中，克拉韦恩的飞船躺在堤坝旁的尘土中。他看着蠕虫毁掉了飞船。然后镜头放大，焦点转到了"他"和乌伊身上，他们俩正在逃往巢穴的入口。之后，蠕虫吞掉了乌伊。但在这段视频中，并没有绳梯垂下来救"他"。相反，克拉韦恩看到武器级的战车镰从巢穴中伸出，将"他"击倒在地。"他"受了重伤，挣扎着想要起身，向"他"的敌人再爬近几步，但蠕虫追上了"他"。

克拉韦恩看着"他"被蠕虫吃掉。

沃伦的脸再次出现在屏幕上。"巢穴附近的蠕虫是联合体布下的陷阱，我弟弟的死肯定是他们筹谋已久的结果，可能提前数日甚至提前数周就计划好了。"他面色冷峻，颇具军人之风。"联合体的这种行为只会导致一种结果，他们自己肯定也很明白。数月来他们连番挑衅，试图激怒我们发起战争。"他停顿了一下，冲着镜头外的观众点了点头。"现在，他们得逞了。事实上，我们的反击已经开始了。"

"天啊，不。"克拉韦恩说。但证据已在眼前。他从桌子周围的所有显示器上看到，全联盟的运输机都已经更新了轨道，掉头直冲火星而来。

"我想，这是开战了。"加莉安娜说。

＊　　＊　　＊

联合体人冲向巢穴的顶部，在穹顶和堤坝边缘占据防御位置。他们大部分人还带着与蠕虫战斗时曾使用的枪，少部分人正在往三脚架上安装自动机关炮。除此之外，还有一两个人正在竭力将大型防御武器放到合适的位置——其中大部分武器都是上次战争剩下来的。十五年前，联合体利用这些可怕的大型防御武器，避免了灭顶之灾。但那些用于飞船间战斗的军备武器，对近身战来说，破坏性未免太大了。现在，武器部署的位置过于接近核心地带。克拉韦恩知道，这是一场接近原始形态的战斗。对沃伦准备完善的进攻来说，联合体人的这些部署基本上没有多大意义。这些部署也许可以减缓对方的进攻速度，但也仅此而已了。

加莉安娜给了克拉韦恩一个呼吸面具和一套轻型变色盔甲，然后硬塞给他一把小手枪。持枪让他感到很陌生，就像这是一件他永远都不想再拿起的东西。而现在，克拉韦恩拿着它的唯一理由竟然是用来抵抗他哥哥的部队，抵抗他自己的族人。

他能这样做吗？

很明显沃伦背叛了他，沃伦确实知道巢穴附近有蠕虫。这意味着沃伦不仅擅长蔑视他人，还擅长背叛与谋杀。这是他头一次真正对沃伦生了恨意。沃伦肯定想让蠕虫完全毁掉飞船，顺便杀了他和乌伊。当看到他安全逃上堤坝时，沃伦肯定气得要死。而当他发回信号并谈及这场灾难时，沃伦肯定更加怒不可遏。但沃伦的终极计划并未受到影响。巢穴与火卫二之间的外交连接非常安全，就连民主派也没办法马上接入。因此，沃伦可以轻而易举地将他从火星表面发出的通话讯号悄无声息地掩盖掉。篡改过的间谍影像也可以让他看起来像是从未到过堤坝，就像是被联合体背弃一样。虽然只要时间允许，民主派就会揭穿这一骗局；但是一旦沃伦的计划成功了，他们就会在揭穿真相之前，被迫卷入战局。克拉韦恩心想，这就是沃伦想要的一切。

克拉韦恩觉得，他们其实在很多方面都十分相似，他们都曾经历过战争。但就像个变幻无常的负心汉一样，克拉韦恩厌倦了战争带给自己的辉煌。他甚至没有像沃伦那样受过严重的伤，不过，也许这才是重点。正因如此，沃伦才需要另一场战争，为他失去的东西复仇。

克拉韦恩同情沃伦，但也鄙夷他。

克拉韦恩摸索着枪上的保险。他已经仔细研究过这把枪了，这把枪跟他在战时用的那些枪没什么区别。枪上的显示器读数表明弹药电池已经充满。

他抬头望了望天空。

敌人的攻击冲破了轨道，顺着长城落下，五百个火球尖啸着飞向巢穴。大多数飞船都中了弹，留下盔甲烧熔的焦痕。剩下的几艘飞船被炸开了，只不过费了些劲。克拉韦恩知道其中的原理，数年来，他一直在模拟战争，那些模拟出的战争场景给他留下了不可磨灭的印象。

大型防御武器还在运作，炮口向上扫视，在等离子体掠过头顶时锁定其轨迹，同时向下摆动，以寻找头顶的武器向地面射击时产生的微小火花，然后计算出激光脉冲的折射路径，最后向着天空发射致命一击。那些不幸的飞船爆发出刺眼的白光，并落下无数黯淡的火花。十几艘，又十几艘，在大型防御武器再也找不到目标前，估计有五十艘飞船被击落了。但这还远远不够。克拉韦恩的模拟战争表明，在联盟进行下一轮攻击前，联合体至少还要抵御住四百次这样的攻击。

加莉安娜再怎么负隅顽抗，也无力回天了。

这一直是个悖论。加莉安娜也能进行同样的模拟战争。而且她肯定一直都知道，她的挑衅会激怒某个她永远无望打败的东西，某个总是想要毁掉她的东西。

成功抵御联合体的攻击而降落在地表的联盟军开始往外冲，他们从四面八方快速向前蠕动，形成了一道道长长的队列。这些运输机上的联盟军在地表上承受了一倍的重力，但这并不是他们无法承受的。因为有半数联盟军的心血管系统都被唯一受联盟允许的植入物质增强了。

这一波的头一批运输机以超音速袭来。遍及各地的蠕虫拼命伸展身体向天空探去，但大多数速度太慢，根本抓不住运输机。联合体人调整了机关炮的位置，尽最大的努力抵御攻击。克拉韦恩抓紧了手中的枪，他还没开过火。他想尽可能节省弹药，只去攻击肯定能击中的目标。

这一批运输机在空中急转弯，以自杀的方式头朝下垂直朝巢穴冲过去，然后干净利落地分崩离析，甩出穿着盔甲、正在下落的飞行员。在撞击地面的前一刻，所有飞行员都喷出一大团似蓝莓般的减震黑气球，并在气球泄气前自其上快速弹跳而起，最后只余飞行员站在地面上。这时，飞行员——或许称其为步兵更合适一些——手中会拿着一个由电脑生成的包含巢穴的全部隐秘角落与缝隙的地图。敌人的位置会从上方的监测飞船上实时传送到地图上。

在被最近的联盟军锁定前，克拉韦恩滑到了穹顶的曲线后方。对战正式开始了。他不得不把战场交给联合体人，他们正在像魔鬼一样战斗着。虽然他们和联盟军一样配合良好，但他们的武器和盔甲都很简陋。他们身上盔甲的变色效果只对单个敌人，或者同向移动的大量敌人有效。当克拉韦恩被联盟军围住时，他的盔甲开始疯狂变色，试图将他融入所有背景中，让他如一个陷入镜子房的变色龙一样。

现在，头顶的天空看起来很奇怪，呈现出了一种暗紫色。这种暗紫色在整个巢穴的上空像雾一般蔓延。他猜测，这是加莉安娜部署的某种化学烟幕，即一种红外线和某种在光学上呈现不透明效果的物质的组合体。这种物质能够堵塞探测装置，也许还能附着在敌人的变色盔甲上。沃伦在模拟战争中从未预料到过这种东西。加莉安娜借此略胜一筹。

一名联盟军从烟雾中走出来，将黝黑的枪口对准克拉韦恩。他的盔甲上满是鲜艳的紫色斑点，隐蔽性能已全然失效。那名联盟军开枪了，但克拉韦恩的盔甲挡住了子弹。克拉韦恩还击了，他打倒了自己的同族。他想，他刚刚做的事情严格来说不能算是叛族。他只不过是在自卫而已。

对方受伤了，但还没死。克拉韦恩穿过暗紫色的烟雾，在他身边跪下，他尽力不去看对方的伤口。

"你能听到我说话吗？"克拉韦恩说。对方没有作声，但克拉韦恩觉得自己透过面罩，看到他的嘴动了动。他还只是个孩子，按他的年龄来推算，上次战争时他还没出生。"有些事你必须知道，"克拉韦恩继续说，"你认出我是谁了吗？"克拉韦恩不确定戴着面具的自己是否容易辨认。然后，他有些心软。他其实可以告诉这个人，自己就是内维尔·克拉韦恩，但告诉这个人又能怎么样呢？这个人几分钟之内就会死掉，也或许更快。就算这个人知道自己参与的战争是基于一场谎言而开始的，他并非为正义而献身，也无济于事了。这个世界可以少一点残酷的真相。

"算了。"克拉韦恩转身，离开了他的牺牲品。

然后，克拉韦恩朝巢穴深处进发，想看看在他被命运带走之前，他还能带走什么。

＊ ＊ ＊

但命运并没有带走他。

"你一直很幸运。"加莉安娜俯身看着他。他们又到了巢穴深处的某个地方。这里看起来像是一个医疗站。他躺在床上，那件变色盔甲被脱掉了，但里面的衣服还很整齐。这个房间整体风格是灰色调，呈水壶形，被一个圆形的阳台包围着。

"发生了什么？"

"你头部受了伤，但性命无忧。"

他试探着提问："沃伦的袭击如何了？"

"我们挡住了三波，当然，也有伤亡。"

阳台周围有大约三十个灰色沙发，微微凹入布满灰色医疗设备的拱门。沙发上坐满了人。这屋子里聚集的联合体人，比他到目前为止见过的任何一个地方聚集的联合体人都多。他们中的一些人看起来快死了。

克拉韦恩抬起手，小心翼翼地摸了摸脑袋。他的头皮上有些干涸的血迹，头发纠缠在一起，还有些许麻木感，不过比预计的情况好很多。他感觉一切正常，没有记忆衰退或失语的症状。当他试图从床上下来时，身体也如愿地站了起来，只是还有些眩晕感而已。

"沃伦不会就此罢休，加莉安娜。"

"我知道。"她停了一下，说，"我们都知道接下来还会有更多轮攻击。"

克拉韦恩走到阳台内侧的栏杆处，向外望去。他本来期待能看到什么东西，比如令人费解的手术设备之类的。但房间中央只有一个空置且边缘光滑的灰色大坑。克拉韦恩不禁打了个哆嗦。这里比他去过的巢穴的其他地方都要冷。空气中还弥漫着一股强烈的药品气味，让他想起了火卫二上的康复病房。更让克拉韦恩震惊的是，他突然意识到，这些伤者或死者，并不比他几个小时前看到的那些孩子年长多少。也许他们中的一些就是那些孩子，在他看过之后就从培育室里被征召入伍，并配给新的植入物来反抗袭击。

"你打算怎么办？你知道的，你赢不了。在这几波攻击中，沃伦只损失了他可调用的军力的一丁点。但你似乎已经损失了巢穴中的大半人手。"

"要更糟。"加莉安娜说。

"什么意思？"

"虽然你还没完全做好心理准备，但我可以马上给你看。"

克拉韦恩感觉更冷了，从未有过地冷。"你什么意思，什么叫还没完全准备好？"

加莉安娜深深地望了他一眼。"你头部的伤很严重，克拉韦恩。伤口看上去很小，但内部有出血。要不是我们出手相救，你早就死了。"在他还没来得及提出疑问时，她就回答了。"我们在你的脑袋里注射了一小组药物。它们能很容易地治愈伤口。但从长期来看，你有必要让它们持续生长。"

"你把机器植入我的脑袋了？"

"你无须如此惊恐。它们已经在生长了，而且已经完成扩散并与你之前的神经元相连。总共只需几立方毫米的神经胶质，它们便能遍布你的整个大脑。"

克拉韦恩不知道她是不是在虚张声势。"我没什么感觉。"

"你不会有感觉，至少一两分钟内不会有。"说完她指着房间中央空空如也的大坑继续道，"你站在这里，朝里面仔细看。"

"那里什么都没有。"

话音刚落，克拉韦恩就意识到自己错了——大坑里有东西。他眨了眨眼睛，看了眼别处，当他重新看向大坑时，他以为是幻觉的东西——一种乳白色、幽灵般的东西——还在那里，而且更清晰、更明亮了。那是一个三维结构，像蛋白质折叠[1]一样复杂，交错在一起的闭环、连接分岔、节点与隧道，

---

1. 蛋白质折叠是指有不确定构象的新生肽通过有序折叠形成有天然构象的功能蛋白的过程。

乱七八糟地潜在一个幽灵般红色的矩阵中。

突然，他意识到了这是什么，这是一张深深嵌在火星内部的巢穴的地图。正如联盟所怀疑的那样，这个基地比其起初的结构更深，远比所有人想象中的更广阔、更深入地下。克拉韦恩努力将他看到的一切记在脑子里，这种收集情报的本能反应，比他可能再也回不到火卫二的认知来得更加强烈。

"你脑中的药物已经渗入了你的视觉皮层，"加莉安娜说，"这是'超悟'的第一步。现在你可以看到一个机器生成的图像，这个图像大部分是按照巢穴来编码的。"

"告诉我，这不是有预谋的，加莉安娜。告诉我，你并不是一开始就打算将机器装入我脑子里。"

"这不是有预谋的，我本没有这个打算。但是我也没打算因为你的恐惧症而放弃救你的命。"

图像变得越来越复杂了。隧道中出现了光点，其中的一些在网络里缓慢移动着。

"这些是什么？"

"是联合体人的位置，"加莉安娜说，"跟你预计的数量差得多吗？"

克拉韦恩判断，整个图像里只有不超过七十个光点。他寻找着能指明他所在房间位置的那一小簇光点。就在那里，那里有二十多个光点，其中一个要暗许多。当然了，那个就是他。巢穴顶层只有几个人，可能是受到攻击的缘故，半数的隧道都塌陷了，也可能是加莉安娜故意把入口封了起来。

"大家都在哪里？孩子们在哪里？"

"如今大多数孩子都走了。"她停了一下。"你猜得没错，我们的确把他们赶去进行'超悟'了，克拉韦恩。"

"为什么？"

"因为这是离开这里的唯一办法。"

图像再次发生了变化。现在，每一个光点都通过闪闪发光的细线与其他光点连在了一起。图像的拓扑结构不断变化，就像万花筒里的图案一样。偶尔，它会转变成一个变化莫测的曼荼罗[1]对称图形，并融入不断闪现的混沌之中，但这一现象发生的速度极快，克拉韦恩对此也不是十分确定。他研究了一下加莉安娜的光点，发现即便是与他讲话期间，她的思维也一直与巢穴中的其他人连接着。

现在，图像中间出现了一个非常明亮的东西，就像一颗小恒星，相比之下，原先闪烁的光点暗淡得几乎要看不见了。"网络现在是抽象的，"加莉安娜说，"那个明亮的东西代表了它的总体，即'超悟'的统一，你看。"

他看过去。一抹明亮的光正将一束光线射向代表着他的那个独立光点，那光美丽迷人，与他想象得一模一样。光线在地图上延伸，离他越来越近。

"你思维中的新结构正在接近成熟，"加莉安娜说，"当光线接触到你的时候，你会感到与其他人相融合。准备好吧，内维尔。"

她说这些没什么意义。当光线逐寸靠近，吞没克拉韦恩的光点时，他握住栏杆的手已经出汗了。

"我会因此恨你的。"克拉韦恩说。

"为什么不呢？选择憎恨总是更容易些。"

"因为……"因为已经没什么用了。克拉韦恩过去的生活结束了。他向加莉安娜伸出手，他需要些支撑，以抵住即将撞击他的东西。加莉安娜握紧他的手。下一个瞬间，他就了解"超悟"的真谛了。这种体验很震撼，不是因为疼痛或害怕，而是因为这种体验他从未经历过，且让人印象深刻。对他而言，几微秒之前，他绝对不会以现在的思维方式去思考事情。

之后，当克拉韦恩试图描述这种感觉的时候，他发现所有言辞都是那么苍白无力。这并不奇怪，进化塑造了语言来传达许多概念，却对单一或大量的拓扑结构图像[2]无能为力。但是，即便他不能传达这种体验的核心意义，也可

1. 一种印度教和佛教中用于帮助禅定的象征宇宙的几何图形。——译者注
2. 不受形状或大小变化影响的几何图形。——译者注

以用隐喻来稍微描述一下，这种感觉就像是站在海边，被比自己更高的海浪吞没。他找了一会儿海面，试着不让海水淹没自己的肺。但根本没有所谓海面，将他吞噬的东西向四面八方无限伸展，他只能屈从。然而，随着时间流逝，那种陌生而可怕的感觉，变成了一种他可以适应的东西，连最细微的部分也变得舒适起来。即使在那个瞬间，他隐约瞥见的也只是加莉安娜生命中时刻经历的东西的一道残影。

"很好，"加莉安娜说，"暂时就这样吧。"

"超悟"的充实感退去，就像神祇视角在消逝。最后，克拉韦恩只剩下纯粹的感官知觉，不再与其他人直接相连。他的思维瞬间恢复到了正常状态。

"你还好吧，内维尔？"

"还好……"他嘴唇干涩。"还好，我觉得还好。"

"看看你的周围。"

他照做了。

房间完全变了。房间里的所有人也都变了。

克拉韦恩还有些头晕，他走到比较亮的地方。之前的灰墙上显出了迷人的图案，就像是一片黑暗的森林突然变得绚丽多彩起来。信息悬在空中，图标、图表和数字聚集在躺满联合体伤员的沙发旁，就像精美绝伦的霓虹灯雕塑消融在夜幕里那样，慢慢融入整个空间。他走过去时，它们便像机敏的鱼群那样躲开了，好像在嘲弄他一般。有时候，它们好像在唱歌，或者用一种有点熟悉又有点陌生的气息搔刮他的鼻根。

"你现在可以感知事物了，"加莉安娜说，"但这些对你来说都意义不大。你需要数年的学习，或者更深层的神经系统，才能构建认知层。这些东西我们几乎都能够下意识地读出来。"

加莉安娜的穿着也发生了变化。克拉韦恩依然能看到她那套灰色衣服的模糊轮廓，但其外有数缕光线起起伏伏，从边缘散开，形成布尔逻辑检索[1]的链条。那些信息如翩翩起舞的天使般在她发间穿梭。他可以模糊地看到，思维网络将她与其他联合体人连接在一起。

她美得不似人类。

"你说过，事情比我原本看到的更糟糕，"克拉韦恩说，"现在可以给我看看真实的情况了吗？"

＊　　　＊　　　＊

她又带他去看了趟菲尔卡，在路上，他看到了废弃的培育室，那里现在只剩下一些机械动物了。菲尔卡是唯一一个还在培育室里的孩子。

克拉韦恩在上次见过菲尔卡之后，就对她印象深刻，但其中缘由他很难说清楚。她的行为中包含着某种不为人知的目的性，她心无旁骛地专注于手头的事情，仿佛这里所有生物的命运都藏在她游戏的结局之中。菲尔卡周围的一切与他上次来时一模一样。这个房间仍然十分简朴，让人感到压抑。菲尔卡看起来也和之前一模一样。从各个方面来看，就仿佛自他们上次见面到现在只过了一瞬而已，就好像刚刚发生的战争以及沃伦对巢穴的攻击只是某个令人不安的梦境，是虚构出来的玩意儿，那些战争对这里来说只是个小插曲而已。菲尔卡什么也不需要担心，只需要专心完成手头的任务。

这任务令克拉韦恩心生敬畏。

上一次，他只看到菲尔卡在自己面前做奇怪的动作。这一次，他颅内的机器让他看清了那些动作相应的目的。在菲尔卡周围，像路障一样围绕着她的，是长城的影像。

她在对影像做着些什么。

---

1. 布尔逻辑检索是计算机检索的常用技术，主要使用布尔代数里的逻辑运算符"与""或""非"进行检索。——译者注

克拉韦恩知道那并不是一个按比例缩小的影像。就直径而言，长城看起来要更高一些。其外观也并不是几乎隐形的薄膜，而是一种类似蚀刻玻璃的东西。蚀刻的地方以线条和连接点构成，从上往下尺寸逐渐缩小，直到细节微小到他双眼无法分辨的地步。影像的颜色在变换调整，而菲尔卡正以令人恐惧的效率应付着这些变化。就好像颜色变化是在示警长城的某些部位出了问题，而菲尔卡可以通过触摸来传达某种触觉代码，并以此将这些部位重新蚀刻，阻断和压制问题扩散。

"我不明白，"克拉韦恩说，"我以为我们毁掉了长城，并完全摧毁了它的系统。"

"并没有，"加莉安娜说，"你们只是给它造成了一些损伤，阻止它成长，损害了它正确管理自身的修复系统，但你们从未将它杀死。"

克拉韦恩想起，桑德拉·乌伊曾这样猜测过。她曾思考过长城存活如此之久的原因。

加莉安娜将剩下的事实都告诉他，包括十五年前他们是如何设法修建了从长城到巢穴的控制通道的——是靠那些深埋在蠕虫区域之下的光缆。"我们用还在这些哑终端[1]上运行的软件来稳定长城的降级[2]，"她说，"但菲尔卡出生后，我们发现她处理这项任务的效率堪比电脑，在某些方面甚至比电脑还要优秀。事实上，她似乎也在借此成长。就好像她在长城身上找到了……"加莉安娜声音减低，"其实我想说，一个朋友。"

"那为什么不这样说呢？"

"因为长城只是台机器。也就是说，如果菲尔卡认为自己与长城之间存在亲密的关系，那她会怎么样呢？"

"她会成为一个孤独的人，仅此而已。"克拉韦恩注视着这个女孩的动作。

---

1. 只有输入输出字符的功能，没有处理器或硬盘的计算机终端，通过串行接口连接主机，一切工作都要交给主机来做。——译者注
2. 计算机在其存储器或周边设备不能使用时继续运行的状态。——译者注

"她似乎比以前速度更快了。是吗？"

"我告诉过你，情况比之前更糟了。她必须比之前更快，才能维持长城不分崩离析。"

"沃伦肯定攻击过长城，"克拉韦恩说，"在我们为另一场战争制订的应急计划中，我们一直在考虑推倒长城的可能性。只是我从没想过会这么快。"然后他看着菲尔卡。不知道是不是他的错觉，他觉得菲尔卡的动作似乎不仅比他上次来时要快了些，甚至比他这次刚进门时都更快了。"你觉得她还能坚持多久？"

"不会太久了，"加莉安娜说，"事实上，我认为她已经有些体力不支了。"

的确如此。他又仔细观察了一下长城的影像，发现上面的边缘已并非它应有的那样光滑了。从上往下，出现了许多细小而粗糙的啃噬痕迹。菲尔卡的动作越来越频繁地指向结构中这些裂开的缝隙，她引导着破碎的结构，将能量与原材料转移到这些关键的损毁点。克拉韦恩知道，菲尔卡所做的这些远距离操控相当优秀。长城上有一个类似淋巴管的管道输送结构，里面蠕动着大小不一的管道，从直径数米到亚微观大小，其内部流动着数种微型修理机器。菲尔卡为这些微型修理机器安排目的地，用手势在损毁点与长城壁垒下的工厂之间建立起管道，以便工厂制造出修复损毁点所需的东西。加莉安娜说，菲尔卡在过去的十多年里，一直负责维护长城，使它不至崩塌，但她处理的大多数损毁点都是因自然朽化和意外损坏造成的。但这次是人为攻击造成的，与之前截然不同。这是一场她赢不了的战斗。

菲尔卡的速度更快了，但没之前那么流畅了。虽然菲尔卡还是面无表情，但克拉韦恩从她快速转动的眼睛可以看出来她有些慌了。也不奇怪，这个结构中最深的裂口现在已经贯穿了长城的四分之一，且宽度也已到了难以修复的地步。长城顺着这些裂口撕开。数千立方米的大气顺着裂口呼啸而去。一开始，压力下降的速度不会很快，因为圆柱体最顶层的大气只比火星大气稍微稠密一点。但这也只是一开始……

"我们必须往更深处去，"克拉韦恩说，"如果长城倒塌时我们还在火星地表附近，就彻底没机会去任何地方了。到时这里便会像经历了一场历史上最严重的龙卷风一样。"

"你哥哥会怎么做？他会用核武器攻击我们吗？"

"我觉得不会。他会更想得到那些被你隐藏起来的技术。他会等着尘暴消失，然后尽可能派出最多的联盟军，可能比你见过的一百倍还要多，去搜索整个巢穴。你无力抵抗，加莉安娜。如果幸运的话，你可能会作为一名囚犯活下去，并且活很久。"

"不会有人被俘。"加莉安娜说。

"你打算拼死抵抗？"

"不，大规模自杀也不是我们的计划，而且也没这个必要。你哥哥到达这里的时候，巢穴里不会有任何人留下。"

克拉韦恩想起了蠕虫占据着这片区域的事实，并思考穿过它们盘踞的地方，到达安全地点的可能性有多小。"在蠕虫的地盘下有秘密通道，对吗？我希望你能认真回答我。"

"我十分认真，"加莉安娜说，"没错，确实有秘密通道。现在，其他孩子已经穿过秘密通道到达安全地点了，但它并不在蠕虫的地盘下方。"

"那是在哪里？"

"在某个更远一些的地方。"

＊　　　＊　　　＊

当他们再次经过医疗站时，里面空空荡荡的，徒留几个长颈机器人在耐心等待可能会出现的伤员。他们将菲尔卡留在后面修复长城，为了减缓长城崩溃的速度，她的双手快速飞舞，在空中划出虚影。克拉韦恩想让她也一起走，但加莉安娜告诉他，这不过是在浪费时间，因为将她与长城分开只会加快她的死亡。

"你不明白，"加莉安娜说，"你在她的事上太感情用事了，维持长城的生命是她的世界中最重要的事情，比爱情、痛苦和死亡更重要，比你或者我能够想到的任何人类需求都重要。"

"那么，如果长城的生命走到了尽头，她会怎样呢？"

"她的生命也会终结。"加莉安娜说。

最后克拉韦恩不情不愿地离她而去，嘴里泛着羞愧带来的苦涩。理智上来说这样做才是对的：如果没有菲尔卡，长城会崩塌得更快，那么有很大可能他们所有人都会死去，而不只是那个受折磨的女孩。他们要深入巢穴到什么程度才能安全逃离，而不被呼啸而去的大气吸走呢？巢穴里有什么地方是安全的吗？

他们现在沿着下行的路线经过的地方，与克拉韦恩之前见过的那些地方一样冰冷灰暗。这些墙中并没有埋藏内视生成器，所以无法对加莉安娜放在他颅内的机器提供视觉信息支持，甚至连她自己的光环也不见了。他们只见过几个联合体人，所有人似乎都在沿着同一个方向迁徙，深入巢穴地基之下。对克拉韦恩来说，这是未知的区域。

加莉安娜要带他去哪里？

"如果你早就知道这条逃生路线，那你为什么要等这么久才让孩子们顺着这条路逃生呢？"

"我说过了，我们不能让他们过快地进入'超悟'状态。'超悟'的年纪越大，效果越好，"加莉安娜说，"尽管现在……"

"现在没办法再等下去了，是吗？"

最后他们到了一个房间，这里与顶层的停机库一样，大得能激起回声。这个房间很暗，只有零星几处光点。但在阴影里，克拉韦恩发现了废弃的挖掘设备、运输工具，以及尚未激活的机器人。空气里充斥着臭氧的味道。还有一些其他东西在这里。

"这里是你制造飞船的工厂吗？"克拉韦恩问。

"是的，我们在这里制造部分零件，"加莉安娜说，"但那些只是副产品。"

"什么的副产品？"

"当然是隧道。"加莉安娜引进了更多光点。这个房间距他们更远的那一端，也就是他们正走向的那一端，有一堆圆柱体，它们有着尖利的尾端，像一枚枚巨大的子弹。它们被依次摆放在铁轨上，头尾相连。第一枚"子弹"的尖头与墙壁上的一个黑色孔洞恰好相对。克拉韦恩正要说什么，周围突然响起一阵巨大的嗡嗡声，第一枚"子弹"猛然撞向那个孔洞。其他"子弹"——现在只剩三枚了——都缓缓向前滚进，然后停了下来。联合体人在等着上去。

克拉韦恩记得加莉安娜说过，不会有人留下。

"我现在看到的是什么？"

"逃出巢穴的路，"加莉安娜说，"也是逃离火星的路，我觉得你已经猜到一些了。"

"根本没有能逃出火星的路，"克拉韦恩说，"卫星拦截网络阻止了这一事情发生。你的飞船不是已经领教过了吗？"

"那些飞船只是转移注意力的策略罢了，"加莉安娜说，"是为了让联盟的人以为我们还在致力于尝试逃脱。实际上，我们早已暗度陈仓，完全掌握了真正的逃脱路线。"

"这可真是相当漂亮的绝地反击。"

"并不完全是。我之前跟你说我们不克隆人，在这一点上我撒谎了。我们确实克隆人，但我们只会克隆出已经脑死亡的尸体。那些飞船在发射前，都被塞满了尸体。"

离开火卫二之后，克拉韦恩头一次露出了微笑，他被加莉安娜奇特的歪点子逗乐了。

"当然了，那些飞船还有一个用处，"她说，"它们会激怒你们，让你们针对巢穴发起直接攻击。"

"所以，一直都是你们有意为之？"

"是的，我们需要吸引你们的注意力，让联盟军朝更靠近巢穴的低轨道集中。当然了，我们希望你们的攻击能再迟一些……但是，我们的计划可左右不了沃伦的阴谋。"

"所以，你们一直在筹谋这些东西。"

"是的。"又一枚"子弹"猛然撞向墙壁，废气从发动机中噼啪作响地喷出，自它流线型的尾端散发开来。现在只剩两枚"子弹"了。"我们可以晚点再聊，现在时间不多了。"加莉安娜在他的视域中投下一幕影像，影像中，长城有一半都布满了巨大的裂口。"它正在坍塌。"

"那菲尔卡呢？"

"她还在努力挽回颓势。"

克拉韦恩望着联合体人一个个乘上前方的"子弹"，试着想象他们即将到达的地方，是他当囚犯的时候待过的庇护所吗，还是某个他完全不曾去过的地方，就像死神的住所那样？他还有勇气去找寻答案吗？也许有吧。毕竟，现在他已一无所有，他肯定没办法再回家了。但如果他下定决心要跟随加莉安娜"出埃及"[1]，那他也就不可能不为抛下菲尔卡而感到羞愧了。

所以，答案显而易见。"我要回去救菲尔卡。如果你等不了我，就别等了。但别阻止我。"

加莉安娜看着他，缓缓摇了摇头。"她不会为此感激你，克拉韦恩。"

"也许她现在的确不会。"他说。

*　　*　　*

克拉韦恩有种跑回着了火的大楼的感觉。考虑到加莉安娜说的关于那个女

1.《圣经》中摩西带领大批以色列人离开埃及，回到故乡。——译者注

孩的缺陷，从任何常理的角度来看，她都只不过是一个机器人，这意味着他现在要做的事很可能是毫无意义的自取灭亡。但让他对那个女孩置之不理，他过不了自己那一关，他会觉得自己连被称为人的资格都没有了。当加莉安娜说"那个女孩对我们很宝贵"时，他完全误解了她的意思。他本以为她想表达的是某种宝贵的情谊，但加莉安娜只是在表达那个女孩是某个重要的组件。现在，巢穴要被抛弃了，这个组件也就没什么用了。是这件事让加莉安娜看起来像机器一样冷酷无情吗，还是她一直都这么现实呢？在拐错了一两次弯之后，他找到了培育室，随后找到了菲尔卡的房间。加莉安娜植入他脑中的机器再次在空中投射出影像。菲尔卡坐在摇摇晃晃的长城影像内。现在，巨大的裂口已经蔓延到了火星地表，如同冰山一样巨大的长城破裂坍塌。那些破碎的长城墙体散落在整个风化层上，如同大片碎裂的玻璃。

她知道，她要败了。这并不是一场游戏中比较难以跨越的关卡，有些东西她永远都无法战胜，而她现在的表情恰恰说明，她明显已经认识到了这一点。她的手臂还在疯狂地舞动，她的脸却因愤怒、恐惧和暴躁涨得通红。

菲尔卡似乎第一次注意到了他。

她的外壳被什么东西击碎了，克拉韦恩心想。这些年来头一次出现了超出她控制能力的东西，这摧毁了她为自己创造的优雅的几何宇宙。她也许无法从那些曾来看过她的人当中分辨出他的面容，但她显然意识到了什么。她意识到成年人的世界比她自己的世界更大，而且她只能从成年人的世界里获得救赎。

然后菲尔卡做了一些让他震惊到失语的事情。她专注地看着他的眼睛，向他伸出了一只手。

但克拉韦恩无能为力，他帮不到她。

＊　　　＊　　　＊

之后，感觉过了好几个小时，但实际上也许只过了几十分钟，克拉韦恩发现自己又能正常呼吸了。他们现在已经逃离了火星，加莉安娜、菲尔卡还有他，搭上了最后一枚"子弹"。

而且，他们都还活着。

"子弹"的真空隧道深入火星内部，在地壳下呈一道浅浅的弧线，然后在数千公里之外再次上扬。弧线尽头距长城很远，那里的空气比其他地方都要稀薄。对联合体人来说，这样的真空隧道挖起来并不是太难。在具有板块构造地形的星球上，这样的工程本来是不可行的。但是在岩石层之下，火星的地质并不活跃。他们甚至无须担心尾矿问题，只要将挖掘出来的东西压缩、熔合之后，用来衬砌隧道，再借助一些压电效应[1]，使其能够在强大的压力下保持刚性即可。在真空隧道中，"子弹"以三倍速连续加速十分钟。他们的座椅向后倾斜，将他们的身体包裹起来，并通过给腿部加压保持头部的血液循环。尽管如此他们也无力进行思考，更别说动一下了。但克拉韦恩知道，比起最早期的太空探索者要忍受的从地球到这里遽然减小的压力，这已经好多了。在战争期间，他也遭受过类似的酷刑。

他们乘坐的"子弹"以每秒十公里的速度再次抵达了火星地表，然后钻出一个隐藏式的活板门，逃离了火星。有那么一会儿，他们感觉几乎无法呼吸。但就在克拉韦恩注意到减速的瞬间，情况便好转了。而火星的地平线也确实正在迅速地远离他们。

仅用了三十秒，他们就进入了真正的太空。

"卫星拦截网的传感器追踪不到我们，"加莉安娜说，"你将最好的间谍卫星直接放在巢穴上方，这是一个错误，克拉韦恩。尽管我们确实竭尽全力地借发射飞船来扰乱你们的判断。但现在，我们已经远远超出了你们传感器的追踪范围。"

克拉韦恩点了点头。"一旦我们远离火星地表，卫星拦截网就对我们无可

---

1. 某些电介质在沿一定方向上受到外力的作用而变形时，其内部会产生极化现象，同时在它的两个相对表面上出现正负相反的电荷。

奈何了。之后，我们看起来就像一艘尝试抵达太空深处的普通飞船一样。卫星拦截网可能会多花些时间来锁定我们，但它最终还是会抓住我们。"

"确实如此，"加莉安娜说，"如果我们的确打算去太空深处的话。"

菲尔卡在克拉韦恩旁边来回晃悠。因为紧张，她已经进入了某种刻板行为模式。与长城分离将她存在的全部意义彻底摧毁了。现在，她正如自由落体般坠入茫然与虚无。克拉韦恩心想，也许她会一直这样坠落下去。那样的话，他只是将她向既定的命运推了一把。那不是很残酷吗？也许他是在自欺欺人，但随着时间流逝，想用加莉安娜的机器消除十年前造成的伤害，真的可能实现吗？当然，他们可以试一下。不过这取决于他们具体去往的方向。最开始，克拉韦恩猜测他们要去的地方是联合体在系统中的另一个巢穴，尽管联合体的其他巢穴也不太可能在这次穿越完成后仍然幸存。以每秒十公里的速度，完成这次穿越可能要历经数年时间……

"你要带我们去哪里？"克拉韦恩问。

加莉安娜通过神经系统发了些指令，让"子弹"变成了透明的样子。

"那里。"她说。

遥远的前方依稀有什么东西出现了。加莉安娜放大了前视图，让目标物变得更加清晰一些。

它黑暗而畸形，就像没有设防的火卫二。

"火卫一，"克拉韦恩惊讶道，"我们要去火卫一。"

"是的。"加莉安娜说。

"但是蠕虫——"

"已经不存在了。"罗蒙特不久之前才跟他解释过火卫一的情况，加莉安娜此刻也以同样的导师般的循循善诱对他解释："你们驱逐蠕虫的尝试失败了，就以为我们之后的尝试也失败了。但是，那只是我们想让你们以为的。"

克拉韦恩震惊得好一会儿说不出话来。"你们一直在火卫一上布有兵力？"

"没错，自上次停战以来一直都有。他们在那里也很忙。"

火卫一变了。它的外衣被一层层剥去，露出藏在内部的设备，它们闪闪发光，蓄势待发。克拉韦恩从未见过那样的东西，但他一眼就能看出那是什么。他看到的东西非常奇妙，在整个人类史上都前所未有。

他看到了一艘星际飞船。

"我们马上就要走了，"加莉安娜说，"联盟当然想拦住我们。但现在，联盟军都集中在火星表面，所以他们是不会成功的。我们之后会离开火卫一和火星，并向其他巢穴发送信息。如果其他巢穴中的联合体人能够突围，并与我们会合，我们就把他们也带上。我们将会离开这个系统。"

"你们要去哪里？"

"难道不应该是我们要去哪里吗？毕竟，你要和我们一起走。"她顿了一下。"有许多候选系统，最终选择哪个取决于联盟军的攻击路线。"

"那民主派呢？"

"他们不会阻拦我们。"她这话说得斩钉截铁，这意味着什么？民主派是不是已经知道这艘星际飞船的事了？也许吧。毕竟长期以来，一直有传闻称，民主派和联合体的关系比他们对外公开的还要亲密。

克拉韦恩想起了一些事。"那蠕虫改变轨道的传闻呢？"

"那是我们干的，"加莉安娜说，"这也是我们无法控制的。每次发射那些飞船，火卫一就会略微偏离原轨道。虽然我们只发射了一千艘飞船，影响小之又小，但我们确实改变了火卫一的速度。虽然速度只改变了每秒十分之一毫米都不到，但也隐藏不了。"说完，她停顿了一会儿，用某种类似忧惧的眼神看着克拉韦恩。"我们将会在二百秒内抵达。你想活下去吗？"

"什么意思？"

"你想一下。火星上的真空隧道有一公里长，足以让我们将减速过程延长到十分钟，减了三倍重力。但很明显，火卫一上可没那么大空间。所以，我们会更突然地减速。"

克拉韦恩感觉颈后的汗毛都刺痛了。"突然到什么程度？"

"在五分之一秒内完成减速。"她放低了声音，"幅度大约是五百倍重力。"

"那样的话，我无法活下来。"

"是啊，你活不下来。不管怎样，现在都是不行的。但你颅内被我植入了机器，如果你同意的话，这些机器可以在你脑内重建结构网络。我们会用泡沫填充机舱。之后，我们会暂时死去，但在火卫一上，没有什么是他们修复不了的。"

"不只是结构网络吧？到那时，我就会跟你们一样了吧？"

"是的，你会成为一个联合体人。"加莉安娜嘴角微微勾起。"但这个程序是可逆的，只是至今没有人选择回转而已。"

"事到如今你还说你是无意为之？"

"我的确不是有意为之，但我不指望你能信我。不过这确实值得我有意为之……内维尔，你是个好人。'超悟'可能会用到你。也许在我的潜意识里……我潜意识里……"

"眼下这种局面就是你一直希望的吧？"

加莉安娜笑了。

克拉韦恩看着火卫一。尽管加莉安娜没再将其放大，但是它看起来更加清晰了。他们很快就要到了。他本希望能有更多时间考虑，但现在，他显然没有多少时间了。然后他看着菲尔卡，想知道自己和菲尔卡到底谁会先踏上陌生的旅程，是菲尔卡先在没有了心爱的长城的宇宙中探索人生的意义，还是他先踏上"超悟"之旅？这两段旅程肯定都不容易。但也许，他们两人一起努力，会找到帮助彼此的办法。这也是现在他所希望的。

克拉韦恩点了点头表示同意，允许机器重塑他的大脑。

他已经准备好背叛自己的阵营了。

天气

Beyond the Aquila Rift

蛇怪号追上我们的时候，火枪号才刚开出希瓦帕瓦蒂港，正以四分之一光速向前航行，船上挤满了乘客。还在一光秒[1]开外时，蛇怪号就发动了攻击，想在追上我们之前，靠远程武器让火枪号动弹不得。虽然范·尼斯船长用尽全力保护着火枪号，但它本就是轻型装甲飞船，再加上船长也不希望招来空盗的破坏性报复，让乘客遭受无妄之灾。经过一番冷静的考量，范·尼斯认为，比起到了星际空间后再无谓死掉，还不如让乘客先一步转搭其他飞船。

　　作为飞船技师[2]，我有责任给范·尼斯船长提供尽可能多的选择。当知悉蛇怪号从希瓦帕瓦蒂港就开始尾随我们后，我便提议将五万吨的非必要船体材料丢弃，以提高联合体驱动器的最高加速度。蛇怪号加大引擎后，我又丢弃了两万吨船体材料，只留够撑到下次登轨的。尽管损失一些船体材料，会让火枪号在飞行时受到的辐射稍微大一点，但速度确实快了。然而，空盗仍可加速，他们将蛇怪号压缩了。现在的蛇怪号，整体尺寸已经不比其船体本身大多少了，而且他们也不像我们这样负载了大量的乘客。由于无法再丢弃船体材料，我建议范·尼斯船长将飞船内三艘重型飞船弹射出两艘。在加满燃料的状态下，每艘重型飞船重达六千吨。这样一来，我又可以为火枪号多争取一些时间。但令我沮丧的是，空盗又想出了新办法，他们进一步压缩了蛇怪号。

---

1. 光行走 1 秒钟通过的距离，1 光秒接近 30 万公里。
2. 飞船上负责引擎维护工作的技术人员。

在我看来，无论空盗的飞船技师是谁，他干得都很漂亮。

所以，我亲自去了引擎那里，想看看有没有办法胜过那个不知姓名的对手。我穿过右舷翼梁的加压通道，顺着加压通道往外，一直爬到右舷翼梁的连接点。那里是联合体驱动器这异派技术与火枪号的网状结构相融合的连接点。在那里，我打开了通往联合体驱动器控件的舱门，六个蓝色金属制成的硬质刻度盘呈六边形排列其上，每个刻度盘都与引擎的某个基础功能相关。刻度盘的外圈是象限形的凹槽，现在正散发着淡淡的蓝绿色光芒。

我记下了当前设置，然后对其中三个做了微乎其微的调整。在调整过程中，我努力控制双手保持平稳。在调整第一个刻度盘时，我就感觉到了引擎的变化，那是一种由于内部发生了某些神秘的变化而产生的颤动。同时，随着推力增加了五六个点，我的体重也发生了变化。刻度盘外圈原本的蓝绿色现在已经晕上了橙色。

火枪号以更高的速度继续向正前方挺进。由于左舷引擎没有外部控制台，所以只有右舷引擎是可以调整的。但没关系，因为联合体驱动器可以让两个引擎保持完全同步的状态，即便是在两个引擎相距足有一公里的情况之下仍然可以做到。从未有人成功检测到两个配对的引擎之间的信号，更不用说理解那些信号中携带的信息了，但用过的人都知道，不论是碰巧还是刻意为之，当两个引擎之间的距离超过一千六百米后，将会发生什么情况。

我调整完毕，感到很满意。在避免引擎发生故障的情况下，我已经尽力了。六个刻度盘中的三个现在都呈橙色，这表明目前的设置已经超出了联合体驱动器建议的安全操作范围。如果某个刻度盘呈红色，或者超过三个刻度盘呈橙色，我们就真的有失去火枪号的风险了。

当超太空人[1]达成友好协议并交换数据和货物时，飞船技师通常会交换引

---

1. 作者虚构的一支未来改造人类，他们在飞船上担任工人和统治者。大多数超太空人选择了广泛和明显的机械改造，替换原来的四肢和器官。不过，虽然这是他们最明显、最普遍的特征，但并不是所有的超太空人都会这样做。

擎的设定信息。在繁忙的贸易航线上，对引擎略作调整可以让一艘飞船将所有对手远远抛下。你可能会听说有飞船以三橙甚至四橙的状态运行，但这种情况千载难逢。同样，你可能也会听说有飞船仅在两橙的状态下就发生了爆炸。但所有飞船技师一致认为，没有飞船能以一红状态连续航行几天。虽然你也许会在躲避空盗的情况下冒这样的风险，但也有人坚持认为这样做风险太大了，他们认为那些冒如此风险仍能航行数日的飞船实属幸运。

我离开了右舷引擎，返回火枪号的主船体。范·尼斯船长正等着我。我可以从他的表情看出来，至少从我能看见的那部分来说，情况不太好。

"好孩子，伊尼戈。"他将戴着金属手套的手放在我的肩上说，"你已经多给我们争取了大约半天的时间，对此我深表感激。但这些还是无法改变结果。你确定我们没办法摆脱他们了吗？"

"我们可以冒险以两倍重力航行几小时。不过，即便如此还是无法摆脱蛇怪号。"

"那如果我们再快些呢？"

我给范·尼斯船长看了我的航行笔记，上面详细记录了过去二十年的航行中的引擎设定信息。黑色的墨迹记录下了我的心得，在我失去旧助并慢慢习惯新助的那段时间里，我的笔记风格突变。笔记上还有一些红色注释，是来自其他飞船技师的建议和技术技巧，上面还标注了相应的日期和飞船技师的姓名。"根据这本笔记，在接下来的时间里，我们有一半概率会失去这艘飞船。所以，我们还不如从现在就开始减速。"

"据你判断，我们已经没有什么能丢的了是吗？"

"我们已经丢得只剩骨架了。我也许有办法再搜罗出几千吨的减负额，但最终结果还是一样，这只能拖延一下时间而已。"

"我们马上就有短程武器了。"范·尼斯船长很沮丧。"也许到时候还能一搏。但现在，我们至少还需半天时间完工并测试。"

"希望如此吧。"虽然心知没有希望，但我还是表示赞同。这些短程武器过于陈旧且功率不足，抵御轨道上的叛乱分子倒是足够，但若是用来对付另一艘飞船，尤其是空盗建造的飞船，就完全没有用处。火枪号在过去五十多年里根本没开过火。范·尼斯船长原本有机会升级武器，但他选择将经费用在升级供乘客使用的休眠舱上。

人们对超太空人有很多误解。其中最为普遍的一种误解就是所有超太空人都是强盗，每一艘超太空人的飞船都装满武器，任何一艘其他飞船在靠近超太空人的飞船时，都必须提高警惕。

但这真的是误解。一千艘超太空人的飞船里只有一艘是那样的，剩下的都是像火枪号这样，有一个像范·尼斯这样公正的船长，以及一群勤奋而体面的船员，大家都只想老老实实做生意。按照星际文明的标准，也许在旁人看来，我们中的一些人是怪胎。但是，在飞船上度过一生，以相对论的速度从一颗恒星跳到另一颗恒星，吸收来自引擎和太空的辐射，这样的环境几乎不适合人类生存。我在一次事故中失去了我的旧助，范·尼斯船长的经历也与我大致相同，时间与不幸同在。

范·尼斯是我认识的最好的船长之一，甚至有可能是最好的。我们第一次见面时，他把我吓得够呛。当时，他在温室附近的一个转盘上招聘新的飞船技师。但范·尼斯船长对他的船员们很好，他诚实守信，并一直提醒我们，乘客并不是被冻住的"货物"，而是信任我们，将身家性命托付给我们的人类。

"如果真的到了最后一步，"范·尼斯船长说，"我们会让他们将乘客带走。那样的话，虽然乘客无法到达他们原本打算去的地方，但至少部分乘客能活下去。即便之后空盗登陆了我们的飞船，我们也将拼死抵抗，因为蛇怪号的船员可能会将整艘飞船，包括乘客在内，全部焚毁。"

"我知道。"我说，尽管我并不想听到这样的话。

"我建议你，伙计，"范·尼斯船长的铁手紧握住我的肩膀，"跑得快一点，然后将自己推入太空，不要让那些空盗抓住你。他们或许想要虐杀，但不会想要新的船员。"

在范·尼斯船长将我的锁骨捏碎前，我瑟缩了一下。他并无恶意，只是对自己的力气一无所知。

"就目前的情况来看，他们尤其不需要飞船技师。"

"你说的对。无论他们的飞船技师是谁，他的能力的确很强。但你比他更厉害一些，因为你的飞船是满载的，而他的飞船只剩下骨架了。"

范·尼斯船长的话本意是好的，但我认为我们最好不要低估对手。"谢谢你，船长。"

"我们最好尽快做好那些短程武器，伙计。既然你已经对引擎无能为力，那么武器技师那边也许会希望你能帮把手。"

*　　*　　*

我几乎一夜没睡。将武器重新调整为战备状态可是一项艰巨的任务，更何况，我们还得在不引起蛇怪号注意的情况下完成它，不能让他们知道我们还有绝地反击的力量。我必须加热感应炮的磁性线圈，使其达到可运行的磁场强度，然后用回收的船体材料进行测试。其中一个磁性线圈在加热时发生断裂，将整个炮塔都炸飞了，还炸伤了维普丝的一名下属。激光炮上的光学系统必须加以校准，之后还必须经过试射，以此来清理掉因星际尘埃而产生的斑点。希望蛇怪号不会在激光炮试射时发现那些伽马射线的细微闪光。

与此同时，蛇怪号一直在用远程武器轰炸火枪号。蛇怪号将远程武器用了个遍，从子弹到导弹，再到激光炮。火枪号则在执行常规躲避程序，设法利用两艘飞船之间短得可怜的距离，实现转向的操作。但这一程序太老旧了，引擎也已经接近最大输出功率，因此可进行的操作极为有限。火枪号各处受到的影响都不是破坏性的，但随着攻击加剧，积少成多便造成了损伤。目前，船体的防护层大面积受损，左舷翼梁的结构损伤处也连连发出警报。如果持续如此，我们很快就会被迫让引擎减速，否则火枪号就会被自身的推力负载撕裂。这正是蛇怪号所期望的。一旦将我们拖垮，他们就能强行对接并袭上火枪号。

蛇怪号距我们还有八万公里的时候，火枪号的情况已经非常不妙了。甚至连蛇怪号都因火枪号左舷翼梁毁损可能带来的不良后果而提高警惕，他们开始将火力转移到火枪号的中部。我极不情愿地沿着右舷翼梁爬回去，再次找到引擎的设置面板。我面临着两种同样让人木然的选择，一是我可以将更多刻度盘调至橙色，让引擎以更大功率运转。但这样一来，就算引擎能保住，飞船也保不住。但至少在翼梁断裂、引擎分离时，我们会被瞬间弹出去。二是我可以将刻度盘全部调至蓝绿色，让蛇怪号追上我们，如此我们就不用冒扩大败局的风险，这个选择或许能够让乘客存活。但这两个选择从船员的角度来看都不怎么好。

范·尼斯船长其实也知道。他已经开始和剩下的二十几个船员一起到处查看，命令那些消极御敌的人躺进乘客舱中的空休眠舱，扮作乘客。范·尼斯船长很聪明，在没人买账的情况下他也不会强迫。

两艘飞船相距五万公里时，蛇怪号进入了我们的射程范围。我们等蛇怪号靠得更近些后，将船体旋转四十五度，对其全力射击，十一门感应炮同时发射，然后激光炮也一起发射。炮弹的后坐力足以让十几个关键连接点的结构损伤变得更严重。但不知何故，我们坚持下来了，并且最初齐射的炮弹有三成命中了蛇怪号。那时，激光炮也已经击中了蛇怪号，并且在一阵滚烫的白色闪光中将船首数千吨的冰盾蒸发掉了。蛇怪号仍在加速，当水蒸气完全被其甩开时，我们第一次对蛇怪号的损伤情况有了全面的了解。

还不够。我们的确是伤到了蛇怪号，但损伤极小。而且我知道，在蛇怪号的短程武器锁定火枪号并还击之前，我们根本承受不了超过三次的攻击。在感应炮哑火之前，我们又照原样来了两次齐射。激光炮继续开火，持续了一分钟，然而在烧毁蛇怪号的冰盾前，攻击对其造成的损伤微乎其微。而且一旦火枪号被蛇怪号占领，他们便可以直接用我们的冰盾来修补他们的那个。

在双方距离仅剩两万公里时，火枪号所有的武器都哑火了。为避免船体分崩离析，我只得将引擎推力降到零，仅依靠系统内聚变电机运转前进。双方距离一万公里时，蛇怪号派出了一支空盗小队，他们除了全副武装和配备推进装置，还携带了可穿透船体的设备以及舷载武器。他们确信我们没有可用来攻击他们的东西了。

我们也知道要结束了。

确实是要结束了，但不是我们，而是蛇怪号。说时迟那时快，根本没有人看清到底发生了什么。只有在事后我们通过船体监控录像回顾这一场景时，才大概知道当时发生了什么事情。

前一瞬间，蛇怪号还在渐渐靠近我们。他们放缓了引擎，几近低鸣，以配合火枪号引擎无力的速度。下一瞬间，蛇怪号依然在那里，但一切都变了。蛇怪号的引擎突然完全关闭，船体也开始分崩离析，沿着一条细长的侧线剥落，从船首到船尾，崩坏的范围蔓延了整整四公里。之后，蛇怪号开始打横，纵向失去稳定。船体碎片开始坠落，整个船体足有十多个缝隙，蒸气从缝隙中冒出。船体破裂之处，可见黄铜般的熊熊火焰，一侧的翼梁也已经严重弯折。

那时候我们还不知道发生了什么。直到很久之后，我们登上了蛇怪号，才知道其遇到了宇宙中最古老的那种危险——蛇怪号撞上了碎片。碎片并不太多，但当蛇怪号以四分之一光速与其相撞时，即便只有一点碎片，也会造成巨大的损伤。碎片可能仅有拳头那么大，甚至可能还不及一个拇指那么大，但它像子弹一样与蛇怪号直面相撞，其产生的能量几乎撞掉了蛇怪号的整个引擎。

这对蛇怪号上的船员来说真是不幸。但对我们来说，这简直是无法想象的巨大好运。实际上，这还不仅是好运。飞船有时是会遇到这样的状况的。但是深度探测雷达能识别靠近的碎片，并向引擎发送紧急转向指令，或者雷达会操控防撞激光炮，在撞击前将障碍物汽化。如此一来，即便撞上了，碎片产生的能量也会被冰盾吸收。所以，对这种情况，飞船并非全无防备。

但蛇怪号在我们的激光炮轰击之下失去了冰盾的掩护。虽然空盗迟早会更换冰盾，但当时没有冰盾的蛇怪号极其脆弱。而且其自身的防撞系统当时又忙于对付火枪号的短程武器。所以，在当时的情况下，只要一个小碎片，就能让蛇怪号在这场战斗中消失。

这给了我们足够的机会发起反击。蛇怪号退出战局以后，我们的船员便能离开船体的保护，不用担心会被炮轰了。范·尼斯船长第一个走出气闸，我紧随其后。五分钟不到，二十三名船员就全在外面了，我们全副武装，每个人都身着臃肿的盔甲，配备着过时的武器。蛇怪号派出的空盗小队至少有三十人，皆装备精良，但他们已然失去了蛇怪号的庇护与支援。而且他们肯定也都意识到了这一点，眼下的情况发生了翻天覆地的变化。但考虑到火枪号在当下是唯一一艘飞船了，说不定他们会战斗得更勇猛。他们原计划抢走我们的货物，将火枪号拆碎了另作他用。但现在，他们需要抢夺火枪号，将其占为己有。但是，他们失去了蛇怪号的庇护，从目前的战局来看，他们缺少的可不只是火力支援。他们拼尽全力投入战斗，这种战斗方式对个人战来说或许能收获奇效，对团体战而言却收效甚微。后来我们推测，他们必须通过蛇怪号才能进行彼此之间的通信，甚至连个人的空间定向系统也要靠蛇怪号才能发挥作用。失去了蛇怪号，他们相当于又聋又瞎。

即便如此，我们这边还是有优秀的船员丧生。建成针对空盗的有效防御耗费了六个小时，在那之前已有十一人丧生，还有三人身受重伤。但那个时候，空盗已全军覆没，我们并未留下俘虏。

但去蛇怪号上搜刮些需要的东西，我们还是很乐意的。

＊　　　＊　　　＊

我们本以为会在登陆蛇怪号时遭遇强烈的抵抗，但是并没有。范·尼斯船长带着我们穿过了残骸。登上甲板后，放眼望去，蛇怪号的损伤范围清晰可见。蛇怪号的船体内部几乎没有任何承压结构，爆炸是从内到外发生的。碎片撞上蛇怪号的时候，飞船上大多数空盗瞬间丧命，这对他们来说在某种程度上倒算是一种幸运了。撞击瞬间，空盗就几乎全军覆没，随后氧气从撞击处泄出，剩余的人很快便死去了。蛇怪号并没有搭载乘客，不过这一点永远都无法得到确认了，因为整个飞船内部都被炸毁了，只余一串连续的焦痕。我们遇到了零星几个幸存者，竟无一人选择投降或乞求和谈。这对我们来说反而更好办了，无论是站着不动，还是试图逃跑，我们只管开火就行了。

但有一个例外。

见到她的那一刻，我们就知道，她不太一样。无论是从外表来看，还是从行为举止来看，她都不像一个超太空人。她躲避灯光照射时潜行的姿态有些像猫，也有些像蛇。她动作灵动、野性、流畅，这一点与那些空盗大为不同。她对我们眨了眨眼，我们立刻停火了，因为我们知道，她不可能是空盗的一员。她有一双大眼睛，眼睑呈白色，紧绷的下颌显露出她可怕的自制力和天然的优越感。她没有留头发，前额有一块骨头隆起，两侧细密地缀满闪闪发光的彩色组织。

这个女孩是一个联合体人。

我们再次发现这个女孩已经是三天之后的事情了。她似动物一般狡猾，在蛇怪号上四处躲藏。她对蛇怪号了如指掌，就好像这个扭曲发黑之地是她为自己建造的巢穴。但是，随着时间的流逝，残骸中的空气越来越稀薄，可供她选择的藏身之处也越来越少。因为即便她是一个联合体人，她也要呼吸，而这意味着能让她藏身的地方会越来越少。

范·尼斯船长打算返程了。他是个善良的人，却不是最富想象力的人。关于流浪的联合体人能为我们做什么一事，他完全不感兴趣。我提醒过他，蛇怪号的引擎状态很不稳定，假如弯折的引擎翼梁最终断裂，那我们根本没有时间退到安全地带。目前，我们从蛇怪号船体上所获得的材料，已经足够修复火枪号的损伤，所以他没有理由在蛇怪号上继续闲逛。但我设法说服了他，让他允许我们去追捕那个女孩。

"她是个联合体人，船长。她不可能是自愿上空盗的飞船的。这也就是说，她是一个囚犯，我们可以解救她，送她回家，她的族人会很感激我们，并给我们回报。"

范·尼斯船长盯着我，大笑起来。"小伙子，你和'蜘蛛'是好朋友吗？"

虽然按船时计算，我已经在他手下当船员二十年了，而且我是二十岁才开始在他手下工作的，但是他现在还是叫我"小伙子"。"不是，"我说，"但'蜘蛛'——联合体人并不像某些人想的那样，他们不是妖怪。"

"我和他们打过交道，"范·尼斯船长说，"我比你大多了，小伙子。很久以前，'蜘蛛'和其他人类的关系还没这么好，那个时候我老婆也还活着。"

范·尼斯船长很少说起过去的事情。我们一起工作这么多年，他只提起过他的妻子几次。他的妻子曾是一名植物学家，参与过火星地形改造计划。她当时为民主派效力，她在一个大陨坑里测试植物储量时，遭遇了山洪暴发。我只知道范·尼斯船长在她死后就离开了系统，登上了第一批载人星际飞船。这也是他成为一个超太空人的漫长旅程中的第一步。

"都这么久了，他们早就变了，"我说，"我们现在不是也因为信任联合体人，才用联合体驱动器吗？"

"我们信任的是联合体驱动器。这不是一回事。如果不是他们在这件事上搞垄断搞得这么严重，我们根本就不必跟他们打交道。不说这个了，那个女孩是谁？她在蛇怪号上做什么？你为什么会觉得她没有帮过空盗？"

"联合体人不会宽恕空盗。如果想知道答案的话，那么我们别无选择，只能抓住她，亲自问问她。"

范·尼斯船长突然对此产生了兴趣。"你是说审问她？"

"船长，我可没这么说，但我们可能会问她几个问题。"

"我们这是在玩火。你知道的，他们要是想要对我们不利，只需要想一下即可。"

"她没有理由伤害我们。我们刚救了她的命。"

"也许她并不想让我们救她。你想过这种可能性吗？"

"船长，这些等我们找到她就都能搞明白了。"

范·尼斯船长板起了脸。他还有一部分的脸可以做表情。"小伙子，我可以给你十二个小时。这是我的极限了。十二个小时之后，我们必须撤离这里，我们要离这艘飞船远远的，能多远就多远。"

我点了点头，明白自己再求他也无济于事。他将离开的时间推迟这么久，已经是极大的容忍了。考虑到他对联合体人的态度，我不打算在时间问题上继续讨价还价了。

*　　*　　*

离截止时间仅剩一个小时的时候，我们抓到了那个女孩。我们一直将她逼到退无可退的角落，将仅剩的几个仍处于加压状态的物体向她推了过去，给她的逃生路径添加一些障碍。待把她逼至角落后，我第一个开口了。

我抬起头盔的目镜，将自己暴露在污浊的空气中，以便与女孩交流。她缩在角落里，像只随时准备暴起或突袭的小兽。

"别再躲我们了。"我一边说，一边用大灯直射她，逼得她眯起眼睛。"你已经无处可去了，就算你还有其他藏身之地也别再躲了。你要知道我们并不想伤害你。无论那些空盗对你做过什么，或者逼你做过什么，我们都跟他们不一样。"

作为回应，她冲我嘘了一声："但你们是超太空人。我只要知道这一点就可以了。"

"是，我们是超太空人，但我们想帮你。我们的船长只想尽快摆脱这艘堪比定时炸弹的飞船，是我说服他多给我几个小时来找你。只要你愿意，你随时都可以跟我们一起走。但如果你更愿意留在这艘飞船上……"

女孩盯着我，一言不发。我猜不出她的年龄。从长相来看，她是个女孩，但她那橄榄绿色的眼睛透着一股钢铁般的坚毅，她的年龄肯定比看上去要稍大。

"我叫伊尼戈，是火枪号的飞船技师。"我希望自己的笑容能让她放松，而不是感觉自己受到了威胁。我伸出了一只手——我的右手，但她瑟缩了一下。即使戴着手套，我的右手也很容易就能被人看出来是机械手。我继续道："跟我们走吧。我们会好好待你，并把你送回家。"

"为什么？"她咆哮道，"你们为什么会在意这些？"

"因为并不是所有超太空人都是一样的，"我说，"你要相信这一点，不然等我们走了，你就会死在这里。船长给我的时间只剩下不到一个小时了。抓紧时间做决定吧。"

"发生了什么？"她环顾四周，望着那些将她逼到角落的受损物件。"我知道蛇怪号在攻击另一艘飞船——你们是怎么逃脱的？"

"我们没有逃脱。我们只是非常幸运而已。现在轮到你了。"

"我不能离开这里，我必须跟这艘飞船在一起。"

"我们中随便一个人，只要打个喷嚏，就可以将这艘飞船炸掉。你真的希望飞船爆炸的时候自己还待在船上？"

"我得留在这里，不要管我了，我会活下去的。联合体人会找到我的。"

我坚定地摇了摇头。"不可能。就算这艘飞船没爆炸，你还是会以四分之一光速继续飘移。这个速度太快了，就算有飞船能追上蛇怪号的残骸，他们也没办法把你带回希瓦帕瓦蒂港。这个速度快到任何来自希瓦帕瓦蒂港的飞船都赶不上救你。"

"这些我都知道。"

"那么你应该也清楚，在资源耗尽前，你到不了附近的任何地方。除非你觉得自己能在无法减速的情况下，在这艘飞船上存活五十年，直到遇见另一个阵营的人类改变这一状况。"

"我会伺机而动。"

我的头盔接收到了一道声音，是范·尼斯船长，他让我们尽快返回火枪号。我说："很抱歉，如果你不肯跟我们走的话，那么我只能麻醉你了。"我抬起了手枪。

"如果那里面是一枚镇静弹的话，那它对我没用。我的神经系统和你们不同。我只会在自己想睡觉的时候入睡。"

"我猜到了，所以我把药量增加到了正常值的五倍。我不确定这对你有用，但我愿意一试，看看会发生什么。"

她的脸上闪过一丝慌乱。"给我一套太空服，"她说，"如果你们真想帮我，那就给我一套太空服，然后离开吧。"

"你叫什么名字？"

"我没有名字，伊尼戈。至少是你叫不出来的名字。"

"我愿意试试。"

"给我一套太空服，然后别管我了。"

范·尼斯船长又开始在我耳旁喊话了。这时我已经失去耐心了。她蜷缩着双腿蹲在角落里。我把枪口对准她，瞄准了她的大腿。我扣下了扳机，打出了能让她昏倒的镇静弹。

"你这个傻瓜，"她说，"你不明白。你得把我留在这里，跟这……"

只说到这里，她就陷入了昏迷。她昏倒的速度比我预期得要快些，仿佛她早已经是强弩之末了。我只希望自己没把药量调得过高。这个药量足以杀死一个普通人类了。

*　　　*　　　*

范·尼斯船长的担心是对的，火枪号离蛇怪号太近了，我们刚把两艘飞船间的距离拉开一倍，蛇怪号的翼梁就塌了，两舷引擎也分道扬镳，渐行渐远。强撑了几分钟之后，两舷引擎之间的距离超过了 1.6 公里，引擎在连续两声巨响中爆炸了，我们的冰盾也在这爆炸中达到了极限，彻底损毁了。估计我们返回希瓦帕瓦蒂港的一路上都能看到爆炸的闪光。

爆炸之前，那个女孩都是昏迷的。不过，火枪号启动引擎时，她抽搐了一下，就好像在经历一场真实且令人不安的梦境。她前额上隆起的那块骨头一侧的褶皱结构上，一种紧接一种地闪烁着鲜亮的颜色。足足闪烁了数个小时之后，她慢慢趋于平静，颜色变化的速度也慢了下来。

她睡觉的时候，我一直看着她。我从未靠近过任何联合体人，更不用说像这个女孩这样的联合体人。我们在蛇怪号上追她时，她看起来很强壮，透露着危险的气息。而现在，她看起来就像一只半饥半饱的动物，正被饥饿和某些更糟糕的东西逼向崩溃的边缘。她的身上满是可怕的瘀伤，新伤叠旧伤，头颅上也有一些细小的疤痕，其中一颗门牙还缺了一点。

范·尼斯船长还是觉得我们把她带上火枪号实属不明智，但他再不喜欢联合体人，也不至于把她扔下船，让她在太空里自生自灭。不过，他还是坚持，必须找个防御严密的房间，给她铐上枷锁，绑在床上，再派人看守。至少在我们搞清楚她的身份，以及她为什么上了空盗的飞船之前都得这样。不过，在不确定她能否控制周围的机器时（范·尼斯船长显然相信她有这个能力），他也不想安排大量船员去看守她，因为她很有可能通过控制周围的机器，制服甚至操控任何一个颅内嵌入过机器的船员。但事实并非如此，我试着跟他沟通，联合体人能与机器对话，这点是没错，但并不是所有机器都行。那种鼓吹联合体人可以对所有包着电路的机器施展巫术的谣言，只是一种失去理性的恐惧言论。

范·尼斯船长听完我有理有据的反驳后，便将它们抛诸脑后了。不过，我很高兴他没理会我。如果他听了我的话，那他可能就会让其他船员来审问她了，我也不会像后来那样了解她了。因为我全身上下只有手是金属的，其他地方仍是血肉之躯，所以他认为我不会受到她的影响。

女孩醒来的时候，我就在她旁边守着。

我将左手放在她肩上，她不安地动了动身子，然后突然意识到了自己的窘境。"没事，"我轻声说，"你现在安全了。船长让我暂时给你戴上这些东西，但我会尽快给你解下来，我保证。对了，我叫伊尼戈，是这艘飞船的飞船技师。我们之前见过，但我不确定你还记得多少。"

"全部，每个细节我都记得。"她的声音低沉喑哑，充满不信任。

"也许你还不知道自己现在在哪里。你在火枪号上。蛇怪号已经消失了，上面的船员也已全军覆没。无论他们对你做过什么，无论你在蛇怪号上经历了什么，现在都结束了。"

"你们没有听我的。"

我耐心地说："如果我们听了你的，那现在已经死了。"

"不会的，我死不了。"

我原本已经做好被她质疑的准备，但我的同情心逐渐耗尽。"你知道的，稍微表达一下对别人的感激之情不会对你造成什么伤害。为了把你送到安全的地方，我们冒了很大风险。我们原本已经从空盗那里获得了我们需要的一切，只是为了救你才又回去的。"

"我不需要你们帮我。我自己可以活下去。"

"除非你觉得你自己能全凭意志撑住飞船的翼梁。"

她不屑一顾地回答："我是联合体人。也就是说，我们的规则与你们不同。我能改变事物，我可以让那艘飞船保持完整。"

"你是在表达你的观点？"

"不是。"她的语速奇慢，就好像只有这样我才能听懂她的话。"我不是在表达观点。联合体人从不发表观点。"

"蛇怪号已经消失了，"我说，"也许你真的可以让蛇怪号保持完整，但一切都结束了。现在你和我们在一起。不过你不是我们的俘虏。我们会做到我之前承诺你的一切，我们会照顾你，带你去一个安全的地方，带你回到家人的身边。"

"你真以为有这么简单吗？"

"我不明白，你为什么不给我解释一下呢？我看不出来有什么问题。"

"问题就是我不能回去。这样说够简单了吗？"

"为什么？"我问道，"你是被联合体放逐了吗，还是出于其他类似的原因？"

她摇了摇那精巧的头部，就好像我提了一个她从未听过的愚蠢问题。"联合体从不放逐任何人。"

"那么，告诉我到底该死的发生了什么！"

她突然生气了。"我是被抓走的，好吗？我是被偷走的，是被空盗从我族人身边抢走的。乌拉吉船长在黄石附近抓了我，那时候蛇怪号就停在我们的飞船附近。我隶属于一支很小的外交团队。我们在访问新威尼斯空间站时，遭到了乌拉吉人的伏击，他们将我们隔开，然后把我抓走了，因为跟其他联合体人距离太远，我脱离了神经网络的范围。你知道这对联合体人来说意味着什么吗？"

我摇了摇头，我不是不明白她的意思，而是不确定我理解了她那种情感，我不确定这样的分离在情感上会给她造成怎样的痛苦。我甚至不确定痛苦这个词足够强烈，足以描述她和同伴因被外力撕扯而分开所遭受的情感冲击。在普通人类的经历中，没有任何创伤能与这种分离相比，这就像青蛙无法理解人类失去爱人的痛苦一样。联合体人终其一生都在格式塔意识的状态下度过，通过以植入物为介质的神经网络共享思维与体验。他们也有个体性格，但那些个性更像是金属中的原子这样模糊的概念。在个体自我级别之上，是更高级别的精神联合状态，他们称之为"超悟"，类似于同一个金属网格[1]内，由解离电子构成的、嗞嗞作响的海洋。

而这个女孩被扯开了，她被迫接受现实，重新成为精神孤立的存在，重回心灵孤岛。

---

1. 在信息学中，网格是一种用于集成或共享地理上分布的各种资源，使之成为有机的整体，共同完成各种所需任务的机制。——译者注

"我明白那种感觉有多糟糕,"我说,"但现在,你可以回去了。这难道不是一件值得期待的事情吗?"

"你只是自以为明白而已。对联合体人来说,发生在我身上的事情就是全世界最糟糕的事情。现在我已经不能回去了,不只现在,我永远也不能回去了。我已经被毁掉了,已经破碎了,而且无用了。我的思维遭受了永久性损伤,不被准许重返'超悟'状态了。"

"为什么不行呢?你回去他们会不高兴吗?"

这次她沉默了很久才回话。在等她回话的过程中,我端详着她的脸,试图从中找到范·尼斯船长对她所持的危险论调的依据。但现在看来,船长的担忧毫无根据。与我们第一次在蛇怪号上瞥见她时相比,她变得体形更小,骨骼也更精致了。她的古怪,以及她无发但布满奇怪条纹的头部本应令人反感,但事实上,我觉得她很迷人。我偷觑她,不是因为她有异于常人之处,而是因为她极度类人化的外貌。她的脸不大,下巴尖尖的,眼下长有几个暗淡的雀斑。她的嘴唇总是略微张开,就算不说话也一样。她的眼睛是很深的橄榄绿色,从某些角度看上去,会变成像煤炭一样的亮黑色。

"不,"她最后回答我,"行不通,那样的话我会破坏其他人的纯洁,破坏整个神经网络的和谐,就像管弦乐队里失了调子的乐器一样,我会影响所有人,害得他们都跑调。"

"我觉得你太宿命论了。难道我们不该试着找找其他联合体人,看看他们怎么说吗?"

"不是那么回事,"她说,"如果我出现在他们面前,出于善心和同情,他们一定会把我带回去。但我依旧会因此伤害到他们。不让这种事发生是我的责任。"

"那么,你的意思是,你必须终其一生远离其他联合体人,像流离失所的流浪者一样,悲惨地在宇宙中徘徊?"

"我们这种流浪者的数量比你知道的多。"

"你们在保持低调方面很有一手。大多数人都只看到成群结队的联合体人，统一穿着黑色的服装，看上去就像一群乌鸦。"

"也许你只是没去对地方。"

我叹了口气，明白我再怎么劝她，让她相信回到族人身边是更好的选择，也无济于事。"这是你的生活，也是你的命运。至少你还活着。我们说话算话，我们会在下一次进入轨道时，把你放在最近的安全行星上。如果你不想在那个行星下去，也欢迎你继续待在火枪号上，等我们到达其他地方再做决定。"

"你们的船长会同意吗？我记得当时他让你们赶紧离开，别找我了。"

"我会说服船长的，他不太喜欢联合体人，但等他明白你不是个怪物之后，他会同意的。"

"他为什么不喜欢联合体人？"

"他年纪大了。"我没做过多解释。

"你的意思是，他偏见太大？"

"他只相信他自己。"我耸了耸肩，说，"但你别怪他。他经历过你们族人刚诞生的艰难时期，那时你们的族人刚出现不久。我觉得他对那之后的麻烦有些亲身体验。"

"如此的话，我还挺羡慕他能亲身经历那段时光的。现在存活于世的联合体人已经很少有人经历过那段时光了。生活在那段时光里，与罗蒙特等人[1]呼吸同样的空气……"她悲伤地侧过脸。"罗蒙特不在了，加莉安娜和内维尔也不在了。我们不知道他们身上发生了什么事。"

我知道她说的这些人应该是联合体早期历史中的关键人物，但她说的那些名字对我来说毫无意义。对她来说，因为没受到火星早期那些事的影响，那些名字一定会在她的脑海中引起神圣的共鸣。我本以为我对联合体人略有了解，但他们的历史悠久而复杂，我对此全然不知。

1.《火星长城》中出现的人物。

"我希望一切不会再像以前那样，"我说，"但此一时彼一时，我们既不讨厌你，也不害怕你。不然的话，我们也不会冒着生命危险把你从蛇怪号上救出来。"

她回道："是的，你们既不讨厌我，也不害怕我，但你们仍然认为我对你们来说可能有某种用处，不是吗？"

"只在你想帮我们的前提下。"

"乌拉吉船长认为，我有提高他飞船性能的专业技能。"

"你有吗？"我天真地问道。

"如果是通过增量的方式，那我的确可以。他让我看了引擎，并……鼓励我做些改动。你说你是一名飞船技师，那么你肯定对相关原理有些了解。"

我回忆了一下，当我们还寄希望于通过加速逃脱空盗的魔爪时，我曾对火枪号的引擎做的调整。我颤抖着手调整那三个关键刻度盘的那段记忆，好像已经被埋在我记忆的最深处，而不像是这两天才刚发生的事情。

"你说的'鼓励'是指……"我开了个头。

"他找到了胁迫我的办法。联合体人确实能通过神经阻滞[1]来控制对疼痛的感知，但只能在一定程度上控制，而且是只有当身体能够真实感受到疼痛时才可以。如果通过反向域拖网，在意识里生成疼痛感，那我们的能力就毫无用处了。"她突然猛地看向我，就好像在激励我想象一下她所经历痛苦的十分之一。"就好像将你锁在一间房子里，但早有人往里面放了一只狼。"

"我很抱歉，你肯定很痛苦。"

"我只是需要忍受疼痛而已，"她说，"我不是那种需要人同情的家伙。"

她的这句话让我困惑，但我没再追问。

"现在我必须回去看看引擎了，"我说，"但过会儿我会再来看你。而且，我觉得你也该休息了。"我从手腕上摘下一条多余的通信腕带，放在她伸手就

---

1. 指联合体人所具有的一种在其神经周围做出某种控制，以此阻滞其冲动传导，使其支配的区域产生麻醉作用的能力。

能够着的地方。"如果你需要我，那么你可以用这个呼叫我。我过来需要点时间，但我会尽快的。"

她将前臂往上抬起，直到受枷锁限制无法再抬高。"那这些呢？"

"我会跟范·尼斯船长谈谈。现在你很清醒，也可以与我们正常对话，我觉得不需要这些了。"

"多谢，"她又说，"伊尼戈，这是你的全名吗？即便是按照你们的标准，这个名字也太短了。"

"伊尼戈·斯丹迪，一名飞船技师。你还没告诉我你的名字呢。"

"我说过了，那个名字你没法理解。我们每个人现在都有自己的名字，但都是只能在'超悟'状态下才能交流的地址术语。我的名字是一串经验符号，是一组内化的字符串，意思是一种特定的动态，这一动态只有在一个特殊的气体巨行星上，结合罕见的物理条件才能形成。这个名字是我自己选的。大家都觉得这个名字很美，还略带一些忧郁感，就像一首俳句给人的感觉。"

"在一个气体巨行星内部的大气里吗？"

她警惕地看着我，说："是的。"

"好，如果你没有更好的建议，那我就叫你'天气'了。"

* * *

她一直未提出更好的建议，尽管曾有一次我觉得她差点就要提了。无论她喜不喜欢，从那一刻起，她就叫天气了。很快，其他船员也开始这样叫她。起初她并不情愿，但后来也屈尊认下了这个名字。

我去见了范·尼斯船长，尽力让他相信天气不会给我们带来任何麻烦。

"你是在暗示我，应该给她点什么吗，比如一张全船自由通行证？"

"只有这样，她才能离开那间牢房。"

"她正在康复。"

"她身负枷锁，你还派了名全副武装的船员看守她，防止她挣脱枷锁。"

"我们要谨慎行事。"

"我认为我们现在可以信任她，船长。"我踌躇着，字斟句酌，"我知道，你有足够的理由反感联合体人，但她不一样。"

"很显然，她就是希望我们这么想。"

"我跟她谈过了，也听了她的故事。因为一些事情，她被迫与族人分离，现在无法返回家园，成了一个流浪者。"

"好吧，那么……"他点了点头，就好像他已经证实了自己的观点。"流浪者行事狡猾，你必须时刻警惕。"

"天气不是那样的人。"

"天气。"他满含厌恶地重复了一遍。"所以，现在她还有名字了，是吗？"

"我觉得这样方便些。这是我的主意，跟她没有关系。"

"不要用人类的方式看待联合体人，这就是人类总在犯的错误。随后你就会发现，他们已经将爪子放在你的头上了。"

我们之间的谈话逐渐偏离了原本的轨道，我闭上了眼睛，试图让自己冷静一下。我跟范·尼斯船长的关系一直很好，我们几乎是真正的朋友了。但从天气出现的那一刻起，我就知道她会是影响我们关系的存在。

"我并不是建议让她在船上肆意走动，"我说，"就算解除对她的禁锢，遣走看守她的船员，我们也能阻止她进入我们不想让她去的地方。另外，我觉得她能帮到我们。她告诉我说，乌拉吉船长曾强迫她对蛇怪号的驾驶系统加以改进。如果我们好言相请，那么我想她应该不会拒绝。"

"如果你确定她现在能自愿为我们做这些，那之前乌拉吉又为什么要强迫她呢？"

"我不确定。但如果我们像对待人类一样对待她，那我想不出她拒绝帮助我们的理由。"

"这便是我们的大错特错之处，"范·尼斯船长说，"她根本不是人类。从她被'超悟'感染的那一刻起，她就是'蜘蛛'了，一直到死都是。"

"所以，你不会考虑我的建议了？"

"我同意你带她上船，已经违背了我的原则。"说完，他又咆哮道，"伊尼戈，麻烦你别再提'蜘蛛'了。如果你想去看她，那就去吧，我同意了。但在我们进入轨道之前，我不允许她踏出那间屋子半步。"

"很好。"我敷衍着，我以前从来不会这样跟范·尼斯船长说话。

我离开他的舱室时，他说："小伙子，你仍是一名优秀的飞船技师，这点毫无疑问。但不要让这件事蒙蔽你一贯优秀的判断力。我不想找别人来替代你。"

我转过身，尽管心知不该这样说，但我还是说了出来。"我看错你了，船长。我一直相信，你不会像其他超太空人那样，被非理性的仇恨控制。我一直以为你比他们要好。"

"我很乐意告诉你，在偏见上我和其他人相差无几。就是因为这些我才活到现在。"

"我敢肯定乌拉吉船长也这么想。"我说。

这样说他不仅是错的，还很可恶。范·尼斯船长和乌拉吉那样的怪物并无共同之处，但我控制不了自己。而且我知道，只要这句话一出口，一切就无法挽回了。而造成这一后果，肯定是我的错大过他的。

"我想，你还有工作要做。"范·尼斯船长的声音压得很低，我几乎没听到他说话。"在你把引擎调回最大动力之前，我希望你不要再来见我了。"

＊　　　＊　　　＊

约八九个小时之后，维普丝来找我了。我一看到她的表情，就知道没什么好事。

"我们有麻烦了，伊尼戈。船长觉得你需要知道这个情况。"

"他不能亲自告诉我吗?"

维普丝清理了一部分墙壁,调出一个显示器,并用方形的绿色三维网格填满它的屏幕。"我们在这里。"她用手指指了指显示器中央的红点,说道。她的手指向边缘处移动,并在中间停了下来。她长长的黑色指甲敲了敲那个位置。"这里有一些东西。虽然它们鬼鬼祟祟地藏在缝隙里,但我还是看见了。不管它们是什么,它们正在悄悄地靠近我们。"

我一下子就想到了天气。"会是联合体人吗?"

"起初我也这么猜。但如果是联合体人,那我应该发现不了他们。"

"那么,我们要对付的是什么?"

她用指甲敲了敲代表那艘陌生飞船的蓝色图标。"另一群空盗,可能是乌拉吉的朋友。我们都知道,他有一些朋友。他们可能是想在乌拉吉搜刮完火枪号之后来分一杯羹,他们甚至可能打算虎口夺食。"

"鬣狗战术。"

"这肯定不是第一次了。"

"距离呢?"

"离我们不到两光时[1]。即便他们保持目前的速度,八天之内也能追上我们。"

"除非我们换个地方。"

维普丝精明地点点头。"那样倒是可以。你会按计划在六天之内完成维修工作,是吗?"

"按计划,没问题。但这并不能意味着维修工作能够进展得更快。如果我们现在偷工减料,那么当我们往飞船里装东西时,飞船就会像树枝一样断裂。"

"那并不是我们希望看到的结果。"

"是的,我们肯定不希望。"

---

1. 光行走 1 小时通过的距离,1 光时约 10.8 亿公里。

"船长只是觉得你应该知道这个情况，伊尼戈。我们并不是给你压力，或者别的什么。"

"当然。"

"只是……我们真的不希望在这附近无谓地多耗一秒了。"

*　　*　　*

我取掉了天气的枷锁，给她展示了该如何从房间的配给器里获取水和食物。她伸展了下身体，喉咙里发出呜呜声，就像一名舞者在用极慢的速度进行难度极高的例行热身。我到的时候，她正在"阅读"，其实就是用眼睛盯着空中的某个点，眼球快速地来回转动，就好像盯着一只看不见的黄蜂。

"我还不能让你出去。"我坐在床边的折叠凳上说，天气则盘腿坐在床上。"我只是希望能让你好受一些。"

"所以你的船长终于意识到，我不会操控他的大脑了吗？"

"还没。他还是更希望你能离开。"

"所以你是在违反他的命令。"

"我想是的。"

"我猜，你可能会为此惹上麻烦。"

"他不会知道这件事情的。"我想到了那艘正在慢慢靠近我们的飞船。"他正在忙别的事，他不会为了赏脸多关注你一下，而让时间白白溜走。"

"但如果他发现了……"她抬起头，认真看着我。"你会怕他对你做什么吗？"

"应该会。但我觉得，他不大可能不给我留条活路。无论如何，我们尽力就好了。"

"然后呢？"

"他会生气，但我觉得他不会杀我，他人真的不坏。"

"也许我听错了，但你不是说他叫范·尼斯吗？"

"范·尼斯船长，没错。"我露出了惊讶的表情。"别告诉我你知道这个名字。"

"我听乌拉吉提过他，仅此而已。现在我知道了，我们讨论的是同一个人。"

"乌拉吉是怎么说的？"

"没说什么好话。但我并不认为乌拉吉说的那些话，会对你们船长产生负面影响。你们船长肯定是个理性的人。因为虽然他没邀请我去他的房间用餐，但他允许我上船了。"

"范·尼斯船长用餐很麻烦，"我非常笃定地说，"你最好还是自己用餐。"

"你喜欢他吗，伊尼戈？"

"他也有缺点，但比起乌拉吉那类人，他简直是完人了。"

"即便他讨厌联合体人。"

"大多数超太空人都会受到联合体人的操控。我认为他这样做也算采取必要措施。"

"也许吧。尽管我不懂他为什么是这个态度。如果你们船长像大多数超太空人一样的话，那么他身上的机器就跟我身上的一样多。说不定他的更多，很有可能。"

"重要的是你用这些机器做什么，"我说，"在任何情况下，超太空人都倾向于不动脑。尽管他们脑中确实有机器，但通常都是用来替换因受伤或老化而不中用的那些脑部结构的。如果你能明白我的意思，那你就应该知道其实他们对于功能改善不感兴趣。这也许就是联合体人会引发他们焦躁情绪的原因。"

天气放松双腿，把它们悬在床沿上。她赤着脚，脚掌细长。她还穿着我们在蛇怪号上发现她时她穿的那套黑色紧身衣，衣服领口开得很低，呈矩形沿颈部而下。她胸部平坦，虽然她瘦骨嶙峋，几乎没有多余的肌肉，但她的肩膀很宽，像游泳运动员一般。天气之前一直受伤，但这件外套却完全没有损坏的痕迹。看起来这件衣服有自我修复，甚至自我清洁的功能。

"你谈论超太空人的语气，就好像你不是其中一员似的。"天气说。

"老习惯了。有时候我的确觉得自己与范·尼斯船长并非同一族类。"

"你植入的机器肯定设有很严密的屏障，我完全感觉不到它们。"

"因为我根本没有植入机器。"

"是因为讨厌吗？还是因为没到年龄，或者运气不够差，所以暂时不需要植入？"

"跟讨不讨厌完全没关系，也不是因为年龄，我比我看上去的年龄要大一些。"我举起自己的机械手。"自称幸运也不太合适。"

天气瞳孔紧缩，警惕地看着那只机械手。我想起来，当时在蛇怪号上，我向她伸出这只机械手时，她也是这样一副退缩的模样。我猜测她应该是在乌拉吉那里遭受过机械手的折磨。

"你不喜欢它？"她问。

"我更喜欢原来那只。"

天气伸出手，小心翼翼地用她的手握住了我的手。她的手很小，就像洋娃娃的手，此刻正抚摸着我的机械手。

"这是你身上唯一不是原装的地方吗？"

"据我所知，是的。"

"这会让你觉得拘束吗？与其他船员相比，你会觉得自己身体残缺吗？"

"有时候吧。但并不总是那样。我的工作要求我必须能够挤进范·尼斯船长那样的人挤不进去的地方，同时我必须能够忍受那些足以撕碎半数船员的磁场，而且前提是这些船员能够在那里的高温中幸免于难。"我握了握自己的金属拳头。"有时候，我会把它拧下来。如果我只需要抓东西的话，我会把它换成塑料的替换手。"

"你不太喜欢它。"

"但它确实满足了我的需求。"

天气适时地放开了我的手，但手指又在上面多流连了一会儿。"我很抱歉你不喜欢它。"

"我想，我可以在某个轨道诊所内修好我的手，"我说，"但总有别的东西需要先修理。不管怎么说，如果不是这只手，别人根本不会相信我是超太空人。"

"你打算一辈子都当超太空人吗？"

"我不知道。我并不是立志要成为一名飞船技师。只是因为发生了一些事情，所以现在我在这里了。"

"我曾下定决心要做某件事，"天气说，"我以为事情尽在掌握。但后来一切都脱离了控制。"她看着我，然后做了一件奇妙又让人意料不到的事情，她笑了。那个笑容并不是我曾见过的最真诚的微笑，但我感受到了她微笑背后的真诚。那一瞬间，我觉得，这间屋子里有一个人类陪伴着我，虽然她可能受了很重的伤，而且很危险。"所以现在，我也在这里了，也是以一种并非我原本期待的样子。不过，多谢你救了我。"

"我现在开始怀疑，我们当初真的做错了。当时你看起来真的很不情愿离开那艘飞船。"

"的确，"她幽幽地说，"但现在都结束了。你做了你认为正确的事。"

"我做得正确吗？"

"对我来说，是的。对于火枪号……也许不是。"然后天气停了下来，她皱着眉偏了偏头。她的眼睛闪耀着橄榄绿的光芒。"你在看什么，伊尼戈？"

"没什么。"我看着远方道。

*   *   *

离范·尼斯船长远点——正如他建议的那样——这倒不算什么难事。火枪号是一艘大飞船，在日常工作中，我们根本无须碰面。对我而言困难的是挤出尽可能多的时间去看天气。我原本的维修计划时间很紧张，但那艘陌生飞船又硬生生地逼着我进一步加快进度，所以实际上给我的时间比我告诉维普丝的还要赶。维修计划开始给我造成沉重的负担，迫使我全神贯注于此事。但我依然相信，一旦工作完成，我们便可以继续旅程，除了那些在战斗中牺牲的船员和我们新增的这名乘客，好像什么事都没发生过。一旦我们将引擎调回最大动力，那艘陌生飞船就很可能会放弃我们，去别处寻找更易捕获的猎物。因为如果它的敏捷度可以赶得上蛇怪号，那它就不会藏身暗处，看着别人捷足先登了。

但我太乐观了。维修工作完成后，我再次沿着检修轴进入右舷引擎，处理以六边形排列的刻度盘。与预期中的一致，六个刻度盘现在均呈深蓝色，这表示它们在安全范围内运行。但当我根据航行笔记进行微调后，正常情况下刻度盘本应变成蓝绿色，以示它们仍处于安全范围内。但它们出现了令人烦躁的意外：我只对两个刻度盘做了一毫米的微调，它们就变成了代表危险的橙色。

出错了。

当然了，我检查了设置，确保其他刻度盘都没有出错。但我没发现任何问题。我赶紧翻查了一遍航行笔记，试图找到类似问题的记录，助我发现自己到底犯了什么错误。我翻阅得后颈刺痛，仍一无所获。既然设置没错，那么只剩下唯一一种可能性——引擎本身出了问题，无法正常运行。

"这不应该啊，"我自言自语，"它们既不应该出错，也不应该死机。它们不会这样。"

但我又知道什么呢？我操作联合体驱动装置的全部经验仅限于正常情况下的日常操作。但是，我们刚与另一艘飞船进行过一场战斗。而且，据我们所知，那艘飞船遭受了结构性的破坏。作为飞船技师，我努力研究过船体和引擎翼梁的问题，但从未想过可能是引擎故障。

为什么呢？

理由很充分，因为如果引擎出现故障，那么我根本解决不了。担心引擎死机，就像担心一块你来不及掉转飞船而撞上的碎片一样。你对此根本无能为力，因此你选择干脆忘掉此事，除非它真的发生了。没有飞船技师会因为担心引擎发生故障而失眠。

但现在，我要担心的不只是失眠。

即使不用担心那艘陌生飞船，我们的麻烦也够多了。我们现在离希瓦帕瓦蒂港太远，已经回不去了。但我们的速度又太慢，无法跳跃至另一个星系。就算引擎一切正常，我们也达不到相对论速度，进而让时间相对静止。以四分之一光速行进，本来只需二十年的跃迁，现在却要花费八十年时间。而且这是八十年的缓慢挪移，我们几乎所有时间都要在飞船上度过。这么长的时间，休眠成功的概率几乎同中彩票一样低。我们的休眠舱在设计时只考虑让使用者休眠五到十年，而不是大半个世纪。

我被吓到了。在不到五分钟的时间里，我从原本的镇定自若变成了歇斯底里。

我不希望让其他船员知道我们遇到了危机，至少在我和天气谈过之前，我不想让他们知道。我和范·尼斯船长的关系目前有些剑拔弩张，但他依然是我的船长，我希望在搞清楚全部情况之前，先不要让惊慌的船员去烦他。

我到的时候天气已经醒了。每次我去找她，她都不在睡觉。正常情况下，联合体人是无须睡眠的。然而在最糟的情况下，他们会将大脑特定区域关闭几个小时。

天气探究着我的表情，就像在读一本书。"出事了，是吗？"

有很多传言说联合体人读不懂面部表情。但仅仅是他们自己面部表情不多这一个理由，并不能证明他们不懂。

我在折叠凳上坐下。

"我刚刚试着将引擎调回最大动力，但在它还没超过两倍重力时，就有两个刻度盘变橙了。"

她思索了一会儿，对天气来说，这相当于几个小时的主观思考。"在与蛇怪号角逐时，你好像并没有将引擎调到危险值。"

"确实没有，直到现在一切看起来都很正常。我觉得应该是在乌拉吉逐渐减弱攻击时，我们的某个引擎出了些故障。虽然我还没找到进一步的证据，但是——"

"你不需要去找证据，没这个必要。联合体驱动器的内部结构比我们通常理解的要复杂得多，也精致得多。冲击波有可能已经对至少一个引擎造成了损害，尤其是在飞船的联轴器，也就是减震组件已经损坏的情况下。"

"很可能是这样，"我说，"翼梁已经受压了。"

"那么你就有答案了。可能是引擎内部的某个东西已经受损，也可能是引擎自身将现状判定为接近危险的状态。但无论是什么原因，将动力拉升至现有水平之上，都是一种自杀行为。"

"天气，我们需要两个引擎才能继续前行，而且这两个引擎还必须都能保持正常功率。"

"这我办不到。"

"那你能在什么地方帮助我们吗？"

"我猜，我能帮得到的地方不多。"

"但你肯定对引擎有些了解吧，不然你也帮不上乌拉吉的忙。"

"乌拉吉的引擎并未受损。"天气耐心解释。

"我知道。但你还是能改善引擎的情况。你能帮到我们吗？"

"在这里，我完全帮不上忙。"

"但如果我们允许你靠近引擎……你能帮上些什么吗？"

"除非到那里看看，否则我说不好。但这并没有什么意义，不是吗？你们船长一定不会同意让我离开这个房间。"

"如果他同意，那么你会帮我们吗？"

"我会帮自己。"

"这是你能办到的极致了吗？"

"好吧，也许我会帮你。"只是这样的一句话就让天气感到了明显的不适，就好像这些话违反了她坚持至今的深层个人代码。"你对我很好。我知道,你冒着得罪范·尼斯船长的风险,让我能过得更舒适一些。但你要明白,有一点很重要,你也许关心我,甚至认为自己喜欢我,但我无法回报你。我对你的感觉是……"天气犹豫了,她微张着嘴。"你知道我们将你们叫作'智力迟钝者'。这是有原因的。我感觉到的情感,我脑海里想到的事情,根本不是你认为是爱的情感,也不是喜爱,甚至不是友谊。将这些情感简化为这些词,就像是……"她犹豫了,没有继续说下去。

"就像做出牺牲?"

"你对我很好,伊尼戈。但我真的很像天气。你可以用你的方式欣赏我,甚至爱我,但我不会爱你。对我来说,你就像一张照片。我可以看穿你,从各个角度研究你。你可以让我开心,但你不足以令我着迷。"

"爱比迷恋意义更丰富。而且你说过,你已经半退化回人类了。"

"我说过,我不再是一个联合体人了。但那并不意味着我跟你一样。"

"你可以试试。"

"你不了解我们。"

"我想要了解!"

天气紧紧闭上了她那橄榄绿色的眼睛。"让我们……别再勉强自己了,行吗?我只想让你不要耽于不必要的情感痛苦。但如果我们不能让引擎正常运转,那你的担心就没必要了。"

"我知道。"

"所以,我们应该回到引擎的问题上来。我重申,如果范·尼斯船长拒绝相信我,就什么都无济于事。"

我脸上火辣辣的,就好像被人扇了一巴掌。一方面,我知道她是善良的,只不过她采取了最冷酷的一种方式来拒绝我而已。我也已经差不多准备好接受她的拒绝了。但另一方面,我想更多地了解她,而她的直率让我的这一欲望更加强烈了。也许她是对的,我可能真的疯了,竟然相信联合体人能在感情上给人回应。但我一想起她曾温柔地抚摸我的手，这种欲望就愈加强烈了。

"我会跟范·尼斯船长谈谈，"我说，"我觉得，只要稍微加一点筹码就能让他冒险松口。你可以开始想想你能帮我们做些什么了。"

"这是命令吗，伊尼戈？"

"不，"我说，"没人能命令你做事。我保证过，而且我不会食言。你刚说的话不会影响我的承诺。"

她紧抿着嘴坐在那里盯着我，就好像我是她需要攻克的一种拜占庭式逻辑谜题一样。我几乎可以感觉到她脑海里因高速运算而引发的惊涛骇浪，这种感觉就像站在嗡嗡作响的涡轮机旁一样。然后她微微抬起精致的尖下巴，未发一言。但我知道，只要我能说服范·尼斯船长，即便可能无济于事，她也会尽力而为。

*　　*　　*

范·尼斯船长比我想象得更难说服。我以为，只要我解释清楚当前的困境，让他明白我们现在哪里都去不了，而天气是唯一能改变现状的，他就会丢盔弃甲，但他只是眯起了眼睛，一脸失望。

"你还不明白吗？这就是一个诡计、一个阴谋。在她上船之前，我们的引擎一直很好。她上船之后，引擎突然就出现了故障，而她成了唯一的救世主。"

"那还有维普丝提到的问题呢，目前正有另一艘陌生飞船在慢慢靠近我们，这你怎么说？"

"那艘飞船也许根本就不存在。可能是传感器出了问题，是她让维普丝看到了幻象。"

"船长——"

"那对她有利，不是吗？那正是她需要的借口，用来强迫我们的借口。"

我们此时在他的舱室里，舱门紧闭。因为我跟他说，我有一个相当敏感的问题需要讨论。"我不认为是她做的。"我镇定地说，并暗暗告诫自己要控制住脾气。"她离引擎或者传感器的距离都太远了，根本没法对它们产生任何影响，更何况我们从一开始就将她锁在了一个堪比法拉第笼[1]的房间里。她告诉我，在我们与蛇怪号角逐时，便有某个引擎受损了。我没有理由怀疑她的说法。我觉得你对她有偏见。"

"小伙子，是她把我们弄到了她想让我们去的地方，也是她在引擎上做了手脚。现在，如果我听你的，我们就得让她靠近引擎，与引擎真实接触。"

"然后呢？"我问道。

"然后她想做什么就能做什么，也许她会把我们都炸上天。你有想过这种可能性吗？"

"那样她会把自己也炸上天。"

"也许她就是这么计划的。如果像你说的，她现在根本无法回到族人的身边，那么也许她会更愿意死去，而不是这样活着。她其实不是真的想要被你救回来，不是吗？也许她更希望能够死在蛇怪号上。"

"船长，她看起来跟我一样想活下去。在蛇怪号上，她有一百种办法在我们登船前自杀，但她没有。我认为她只是害怕我们，害怕我们会像其他超太空人一样伤害她。而这也是她一直逃跑的原因。"

"解释得很不错，小伙子。但可惜的是，其中有太多可疑之处，不然我还真有可能信你一小会儿。"

"我们已经别无选择了，我们只能相信她。如果不让她试一试，那么我们中的大多数人都将没有机会到达另一个星系。"

"小伙子，你说得简单。"

"我也身处其中。如果出了事，那我也会跟这艘飞船上的其他人一样，蒙

---

1. 一种由金属或者良导体形成的笼子，其功能为防止电磁场进入或逃脱。

受损失。"

范·尼斯船长探究地看着我，仿佛过了一个世纪。到此刻为止，他对我的能力一直信任有加，但天气的到来改变了这一切。

"我的妻子不是在地球事故中丧生的。"范·尼斯船长语速很慢，说这话时他一直不敢看我的眼睛。"我对你撒谎了，也许是因为我想让自己也相信这个谎言。但现在是时候告诉你真相了，是'蜘蛛'带走了她。她曾是一名技术人员，是火星地形规划的专家。在萨巴亚平原战役中，她原本忙于斯基亚帕雷利灌溉系统的方案，后来却被'蜘蛛'的防线困住了。他们从我这里偷走了她，并将她转化成了他们的一员。他们将她带去了招募中心，打开她的脑袋并往里面植入了机器。他们强迫她改变思维，使她以为自己无论感觉还是想法，都和他们一样。"

"我很抱歉，"我说，"那肯定很难……"

"这还不算难。我听说她被处决了，但三年后我又见到了她。她被联盟俘虏，送去做神经纯净仪式，他们尝试将她变回人类。但他们以前从没这样做过，他们只是把我妻子当实验对象而已。他们邀请我去他们设在月球第谷的综合处，希望我能唤醒她。但我并不想那样做，因为我知道那行不通。就当她已经死了，对我来说反倒更容易些。"

"发生了什么？"

"她看到我的时候，就想起了我。她唤着我的名字，就好像我们只分开了几分钟。但她的眼里有一股冷意。事实上，那也不能算是冷意。说是冷意，就好像她还能感受到某种人类的情感，即便只是厌恶或者轻蔑。但事实并非如此。她看着我的眼神，就好像在看一块家具残片、一个滴水的龙头，或者墙上的霉菌。就好像我的存在，或者我的形态会让她隐约感到困扰，但除此之外，再没有更强烈的感觉了。"

"那已经不再是你的妻子了，"我说，"在她被联合体人带走的时候，她就死了。"

"这样想是最好的，不是吗？但问题在于，我从没真正这样想过。相信我，小伙子。我对此事研究了很久。后来我知道了，我妻子的一部分身体结构被他们改造以后存活了下来，只是，存活下来的那部分已经跟我不再有关系了。"

"我很抱歉。"我再次说，那感觉就像我被飞船丢下，独自在太空中漂泊一样。"我并不知情。"

"我只想让你知道，在'蜘蛛'的问题上，并不是我有什么非理性的偏见。我很理性。"说完他深吸了口气，就好像在为即将出口的话积蓄勇气。"如果你觉得那个女孩是帮助我们摆脱困境的唯一希望，那就把她带到引擎那里去吧。但不要让她离开你的视线，一秒都不要。如果她稍有不对劲的地方，我是说哪怕有一丝不对劲的地方，你就杀了她，当场，立刻。"

*　　*　　*

我将颈圈套在了天气的颈上。那是一个用粗糙的黑色金属制成的沉重颈圈。"对此我很抱歉，"我对她说，"但这是范·尼斯船长同意我带你出房间的唯一要求。如果疼的话就跟我说，我会想办法处理。"

"你无须如此。"她说。

这个颈圈已经很旧了，也很粗糙。自上次与空盗殊死搏斗后，它就一直闲置在火枪号上。它是用太空头盔的连接环改造成的，这种头盔在探测到颈部以下的躯干受到严重损害时，会对头部进行神经隔断和急冻。这个颈圈里面有一根单丝套索，可以在不到一秒的时间里，收紧到人类头发粗细。颈圈里面有复杂的活动部件，且不受联合体人影响。颈圈后面拖着一条拇指粗细的电缆，连着我腰带上的激活控制器。只要我稍微用力，用肘部撞一下控制器，天气就会被勒紧颈部。但她不会立刻死去，因为脑子里被植入的那些机器，天气还能清醒好一阵子，但这绝对会限制她做坏事。

"不管颈圈的作用是什么，"在去往翼梁的路上，我对她说，"我并不想用到它。但你也要知道，如果有必要，我会用的。"

她走在我的前面，电缆悬垂在我俩之间。"你看起来不一样了，伊尼戈。在你离开期间，你和船长之间发生了什么事？"

真相不会伤人，所以我决定告诉她："范·尼斯船长告诉了我一些此前我不知道的事，让我对一些事情有了更全面的了解。现在，我明白他为什么会如此厌恶联合体人了。"

"那些事也改变了你对我的看法吗？"

我沉默地走着，半晌没说话。"我不知道，天气。直到现在，我都从未真正思考过与'蜘蛛'有关的那些恐怖故事。我一直以为那只是夸张之语，战时常有此事。"

"但是现在，你已经了解了真相。然后你意识到，事实上我们就是怪物。"

"我没那么说，但我刚刚知道原来联合体人真的会抓捕俘虏，并将他们转化为自己的同族。之前，我一直以为这是谣传，但现在，我被告知这是真的。"

"是发生在范·尼斯船长身上吗？"

她无须知道全部真相。"发生在他周围的人身上。最糟糕的是，在那人被转化之后，他还曾被迫去见了她。"

片刻后，天气说："错误确有发生，而且是非常严重的错误。"

"把人囚禁，还在其脑中植入机器，你管这样的事叫'错误'吗，天气？你们肯定很清楚自己在做什么，尤其是那些你们对囚犯做的事情。"

"是啊，我们知道，"她说，"但我们认为这是一种恩惠。这就是错误所在了，伊尼戈。而且，我们也的确是出于善意。体验过'超悟'的人中，没有一个想再次回到蒙昧无知的世俗状态。但我们没有想过，对那些被转化者的熟人来说，这是怎样的痛苦。"

"范·尼斯船长感觉到，她不再爱他了。"

"事实并非如此。只是在她的宇宙里，其他的一切变得非常重要，并且非常强烈，以至于她对另一个人的爱已经无法再引起她的兴趣了。对她来说，这种爱只是她整个世界的一个小角落罢了。"

"你不觉得那很残忍吗？"

"我说过了，那是个错误。但如果范·尼斯船长跟她在一起的话，如果他也加入联合体，也亲自体验一次'超悟'，那么他们之间会重新建立起更深程度的亲密关系。"

我想知道她怎么这么确定。"但现在，这对范·尼斯船长毫无帮助。"

"我们不会再犯这样的错误了。如果再遇到……这种困局的话，我们在选择被招募者时会更加严谨。"

"但你们还是会继续招募。"

"我们仍然认为这是一种恩惠。"天气说。

穿过翼梁，走向右舷引擎时，我们都没说话。我警惕地看着天气，紧盯着她头顶上不断变幻的颜色。她转过身说："我不会做什么的，伊尼戈，别担心了。这个颈圈已经够糟糕了，你还那样盯着我的一举一动。"

"也许这个颈圈根本不会对你产生什么影响，"我说，"范·尼斯船长认为，你想要炸毁火枪号。我觉得，如果你真办得到的话，那我们应该无法获得什么预警。"

"是啊，确实如此。但我不会炸掉火枪号。以我的能力还不足以做到那种程度，除非你让我把所有刻度盘都调到红色。就算是乌拉吉也不会做出这种蠢事吧。"

我用手抹了一把汗，并将手上的汗在裤子上蹭干。"关于这些引擎的工作原理，我们还不甚了解。你有从引擎那里感觉到什么吗？"

"一点点，"她说，"两个引擎之间存在干扰，但我颅内缺乏相应的机器了解具体内容。大多数联合体人，除非要到驱动装置的培养处工作，并负责训练引擎，否则都不会配备那类专门的机器。"

"引擎需要训练吗？"

她并没有直接答我的问题，而是说："我现在能感觉到引擎了。在目前的情况下，我颅内机器的有效范围只有几十米。所以我们肯定很接近引擎了。"

"没错。"转弯时我说。我们面前就是呈六边形排列的刻度盘，虽然它们现在全都呈蓝绿色，但那只是因为我把引擎调回了最小动力。

"我需要再靠近一些，才能帮上忙。"天气对我说。

"你去面板那里吧。但未经我的许可，你什么都不能碰。"

我知道，在这里，就算她调刻度盘，也做不成什么坏事。因为想使飞船转至危险状态，她不可能一步完成。而且在她那样做之前，我有足够的时间将她禁锢住。即便如此，当她站在呈六边形排列的刻度盘旁，将头歪向一侧时，我还是很紧张。

我在想墙另一边的东西。越过翼梁之后，我们就进到了引擎的内侧，正对着引擎中间位置。引擎约莫是圆柱形的，向前望去，还有一百一十米长的样子，左右望去，宽度约有二百五十米。它由数层常规船体材料包裹着，通过减震支架固定在火枪号上，由一层层传感器及转向控制装置布成的网罩住。和其他飞船技师一样，我对这些组件很熟悉，它们就像是我的一部分，而非后天习得的知识。

但我对引擎本身一无所知。我的航行笔记中包含了大量的记录和注解，我对所有的基本理论都有深刻的理解。但没有什么比这更偏离事实了。引擎本质上就是一块魔法石，我们置身其上，就像一只被线圈缠住的幼龙。我们拿到引擎的时候上面附上了使用说明，告诉我们该如何去驯服它，确保它不能作恶，但禁止我们探究它的秘密。对引擎来说，最重要的规则非常简单，即内部不包含用户端组件。任何干扰引擎工作，如试图拆卸以期反向揭秘的行为，都会导致引擎在足以湮灭小型卫星的破坏力中自毁。整个已趋稳定的太空空间里也不乏残留放射性的陨石坑，昭示着违背这一禁令的失败尝试。

一般说来，超太空人并不在意这一规则。理论上来说，超太空人已经拥有了联合体的引擎。但是政府和一些受富饶行星约束的个人，一直在艰难地坚持学习。联合体的论点简单粗暴，即他们的引擎蕴含的原理，并不是那些"智力迟钝"的人类能够理解的。超太空人很幸运地在一开始就拥有了联合体的引擎，而且并不打算笨手笨脚地拆卸它们。

只要引擎保持运转，超太空人就不会想那样做。

天气向后退了一步。"这恐怕不是什么好消息。我原本以为，可能只是刻度盘指示有误，并没有什么故障……但并不是这样。"

"你感觉到引擎真的受损了？"

"是的，"她告诉我，"就是这里，右舷引擎。"

"它怎么了？我们能修复吗？"

"一个一个来，伊尼戈。"天气耐心地微笑着说，"引擎的关键部位普遍受损，自我修复系统已经解决不了了。引擎虽尚未完全罢工，但特定的反应路径已经不畅，这也是动力系统的效率急剧下降的原因。引擎不得不另寻出路，在现有的条件下继续运行，但它无法输出同样的能量了。"

她什么都说了，却又什么都没说。

"我不太明白，"我说，"所以你的意思是说，现在没有办法修复了对吗？"

"我们在这里修不了，得在联合体专门的制造工厂里修，蛮干只会让情况更糟。"

"我们也不能只靠左舷引擎，除非对整艘飞船进行修复。如果我们现在是在靠近某个卫星或者小行星的地方，这倒不失为一种选择，但我们离得太远了。"

"很抱歉不是好消息。你们的行程将被迫拖长，没有其他办法了。"

"这不是我们面临的唯一麻烦。距我们不远处，还有另一艘飞船，也许是像乌拉吉一样的空盗，现在已经离得很近了。如果不能马上加快速度逃跑，我们就要被他们追上了。"

"你怎么没早点跟我说这个？"

"有什么不一样吗？"

"也许我们之间的信任，会有所不同。"

"很抱歉，天气。我不想让你分心。我觉得事情已经够糟了。"

"你以为我不分心就能创造奇迹吗？"

我绝望地点了点头。我突然意识到，虽然这很天真，但我一直期待着天气随便挥一挥手，便能修复损坏的引擎，将它恢复成闪闪发光、功能完善的模样。但是，了解引擎内部的工作原理，并不代表能够修复它。

"我们真的走投无路了吗？"我问道。

"以目前的受损情况来看，引擎已经在发挥它的最大功效了。实际上，后续情况不会比现在更好了。"

出于某种乐观的期待，我想起天气不久前说过的话。"你刚谈到计算时，似乎提到过引擎需要做些复杂的数字运算，才能恢复功能。"

天气看起来很纠结。"我说得太多了，伊尼戈。"

"但如果我们死在这里，那你说了也无所谓，对吧？如果能保住性命，那么我发誓我会保守秘密。这样，你觉得如何？"

"没人能研究明白我们引擎的工作原理，"天气说，"当然，这方面我们也推波助澜了，这些年里，我们一直在尽可能地误导你们。而且这些误导的确奏效了。在和我们秘密相关的集体思维上，我们一直谨小慎微。我们准备了很多应急措施，用以扰乱可能通向正确结果的研究。但到目前为止，我们还没机会使用任何一个应急措施。如果我向你透露了关键信息，那我要担心的问题可就不只是被放逐了。我的族人会追踪我。他们会追捕我，也会追捕你。为了保护引擎的秘密，联合体会采取任何必要的措施，甚至包括局部种族灭绝一法。"她停顿了一下，我以为她说完了，然而她继续以与之前一样严肃的语气说："话虽如此，但我们的秘密还是分级别的。我虽不能透露引擎运行所依赖的原理细节，但我可以告诉你，在全部功能正常时，引擎的情况反而更复杂、更混乱。你的飞船虽然在以固定动力平稳行驶，引擎内部的反应却称不上平静。每个引擎内部都有一小片地狱在冒泡、起沫，然后屈于恶性和不可预测的状态，而发生变化。"

"这是引擎需要解决的问题。"

"没错,这是它想要解决问题,引擎需要解决一些非常复杂的并行运算问题。当一切正常的时候,也就是引擎完好无损并在正常范围内运行时,负担是可控的。但如果对引擎要求太过,或者以某种方式使其受损,那么负担就会加重。最终,由于超出了引擎的承受能力,结果就会变得不受控制。"

"爆炸。"

"没错。"天气略点了一下头表示赞同。

"那么,我来捋一下思路,"我说,"就是说在引擎受损的情况下,如果运算不太复杂,就还能继续运行。"

天气的回答很保守:"没错,但也不要低估了这些运算的复杂程度。我可以感受到目前引擎正在承受的负担。它现在只是让一切维持现状而已。"

"我不会低估这些运算。我只是想知道,现在有没有办法缓解情况。我们能不能下载某些新软件,或者通过将引擎与火枪号的内置电脑相连,来协助引擎工作?"

"我真的很希望一切能这么简单。"

"我很抱歉,我的问题听起来肯定有点愚蠢。但我只是想确认一下,我们确实没有漏掉任何显而易见的东西吗?"

"没什么遗漏,"她说,"相信我。"

*　　　*　　　*

我把天气送回她的房间,并帮她拿掉了颈圈。在颈部受到挤压的地方,天气的皮肤上留下了一圈条形的红色擦伤,上面还隐隐透出了斑斑血点。我将这个可恶的颈圈丢到房间的角落里,然后拿了医疗箱回来。

"你应该告诉我的。"我在用消毒棉签擦拭她的伤口时说道,"我没注意到这玩意儿一直在往你肉里陷。虽然你面上看起来很冷静，也很专注，但它肯定一路上都在伤害你。"

"我说过，我可以关闭痛觉。"

"你现在要关闭吗？"

"为什么？"

"因为你看起来痛到发抖。"

天气突然站起身，抓住我的手腕，她的力气大到我几乎没拿住手里的棉签。她的动作就像蛇进行攻击一般迅捷，她抓着我的动作很坚定，却没什么攻击性。"现在轮到我困惑了，"她说，"你之前一直希望我能帮上你的忙，但现在我没能帮到你，这就意味着你遇到的麻烦没有得到丝毫缓解，甚至可能更糟了，因为现在你从我这里得到了确认。但你还在善待我。"

"你更希望我们不这样做吗？"

"我以为，一旦我对你们没用了，这种善待就会终止——"

"你以为错了。我们不是那样的人。"

"那你们船长呢？"

"他会信守诺言，杀你不是范·尼斯船长的作风。"给她的颈部消完毒后，我从医疗箱里拿出绷带给她包扎。"包括你在内，我们都只会尽力而为。范·尼斯船长认为，我们应该发出求救信号，然后等待救援。我之前不太赞同这个主意，不过现在，我开始犹豫了，也许这个主意没那么糟。"她没有说话。我猜，也许她跟我的想法一样，也对范·尼斯船长的主意不置可否。"我们还面临着另一艘飞船的威胁，这是主要问题。只因我们的移动速度无法尽如人意——"

"我想见见范·尼斯船长。"天气说。

"我不确定他会同意。"

"告诉他，事关他的妻子。告诉他，他可以相信我，用不用那个傻兮兮的颈圈都可以。"

*   *   *

我去找了船长。还没等我努力说服他见一见天气，他就同意了。即便如此，他也并未靠近天气二十米之内。我让天气在房间门口等着，她的门口正对着一条很长的服务通道。

"我不会碰你，船长。"她大声喊道，她的声音在走廊里回荡。"你尽管靠近。这样的距离，我根本闻不到你的气味，更不要说感应你的神经输出了。"

"这样很好，"范·尼斯船长说，"伊尼戈告诉我你有话对我说。你是真的有话对我说，还是想借机靠近我，对我耍花招，然后控制我的脑袋，摆布我，让我如你的愿去看去想？"

天气就像是没听到他的话。"我相信伊尼戈已经跟你说过引擎的事情了。"

"说了，他说你将引擎看了个遍，还说你无计可施。如果你没戴颈圈的话，情况会有所不同吧？"

"你的意思是，是我破坏了引擎，打算炸掉这艘飞船和我自己？不，船长，我不认为我会这样做。但凡我打算自尽，那个颈圈就能让我轻松如愿以偿了。"她瞥了我一眼。"我本可以接近伊尼戈，在他大脑发出的神经脉冲还未从上臂返回时就按下控制器。那样的话，他就只能看见一片灰色，以及动脉喷出的鲜血。"

我回想起她伸手抓住我前臂的速度，知道她没有说谎。

"那么，为什么你没那么做呢？"范·尼斯船长问。

"因为我想尽可能帮到忙。但直到我看到引擎，直到我与引擎之间的距离近到能感觉到它时，我都无法肯定这是小故障。"

"结果这并不是小故障。伊尼戈说，引擎无法修复。"

"伊尼戈没说错，技术性故障的确无法被修复，除非能用联合体的技术。但现在，我仔细思考之后，想到也许我有办法帮到你们。"

我看着她，问："真的吗？"

"先让我把话说完，伊尼戈。"她制止了我，说，"我们需要再去看一次引擎，我会把一切都搞清楚。范·尼斯船长，关于你的妻子。"

"关于我的妻子，你都知道什么？"范·尼斯船长生气地问。

"比你以为的要多。我知道是因为我是——我曾是联合体人。"

"就好像我不知道似的。"

"我们联合体人始于火星，范·尼斯船长，开始时我们只有几个人。那时候还没有我，但是自加莉安娜将我们的新意识状态创造出来的那一刻起，记忆锁链就从未断过。现在，我们联合体人中有很多旁系分散在不同星系之中，但所有人都带着前人的记忆，一些家族分散之前的记忆。我的意思并不只是说，我们记得他们的名字，记得他们的长相和做过的事情那么简单。而是说，我们将他们的人生经历也保留了下来。"天气欲言又止，似被什么话哽住了。"有时候，我们根本意识不到这些。就好像浩瀚的集体思维大海，一直在拍打着意识的海岸，但前人的记忆只偶尔触及我们的意识海岸，给我们留下些悲伤或欢喜。悲伤是因为那些是死者的记忆，是他们存留于世仅有的东西。欢喜是因为他们留下了某些东西，所以不算真正死去，不是吗？有时候，在我以某种分析方式看待某些事物时，我会感应到罗蒙特。这是一种似曾相识的感觉，让我震惊地意识到，那不是因为我之前经历过这些，而是因为罗蒙特经历过。我们对最早期的联合体人的感应是最强烈的。"

"还有我的妻子？"范·尼斯船长问，他的语气让人感觉对接下来他可能会听到的事情，他很害怕。

"你的妻子只是众多在遇到麻烦时被开启'超悟'的候选者之一。当时你失去了她，在联盟抓住她时，你再次见到了她。但因为她没有按人类的方式对你做出回应，你心生失望。"

"因为你们把她属于人类的一切都清除掉了。"范·尼斯船长说。

天气冷静地摇了摇头，拒绝被激将。"不，我们几乎什么都没清除。问题在于，我们给她植入的机器太多也太快了。正是因此，她很难消化这一切，这也致使你如此难过。但并非一定要这样。我们最不希望的，就是吓坏那些潜在的候选者。如果你的妻子能对你表现出爱意，并请你跟她一同进入美好的新世界，那对我们来说会更好。"

天气的态度似乎让范·尼斯船长的愤怒找到了出口："那对我没多大用处，也根本对我妻子毫无帮助。"

"我还没说完。你最后一次见到你妻子，是在联盟设在月球第谷的综合处，你以为她不再是她了，你以为一个毫无感觉的僵尸占据了她的躯壳，取代了你曾经认识的她，而且到现在你依然这么认为。但那不是事实。她后来又回去找我们了。"

"我以为联合体人一旦离开就回不去了。"我说。

"那时候情况不一样，那是战时，我们对任何候选者都保持欢迎态度，就算是曾因被迫脱离'超悟'而忍受不稳定的隔离状态的候选者也一样。范·尼斯船长的妻子跟我情况不一样。她并非天生的联合体人。她在'超悟'中的沉浸深度，比不上那些在母体里就沉浮在数据中的联合体人。"

"你撒谎，"范·尼斯船长说，"上次我在联盟见过她后，过了三年她就死在那里了。"

"并没有，"天气耐心地说，"她没死。联合体占领了月球第谷，释放了所有囚犯，并将他们纳回到神经网络中。联盟那时候情况很糟，失掉了这样重要的军备，再在研究报告中公开这样的消息，后果是他们无法承受的。因此他们掩盖了失去月球第谷的事实。但实际上，那时你妻子还活着，她活得好好的。"天气冷静地看着他。"但现在她死了，范·尼斯船长。我本想委婉点，但是考虑到你一直相信她早就死去，这件事对你也算不上太大的打击了。"

"她什么时候死的？"

"你们见面的三十一年后，在另一个星系里，我们早期制造的某个引擎出现了故障。速度非常快，她没受什么罪。"

"你为什么要告诉我这个？到了此时此刻，这对我来说还有区别吗？她还是死了，还是成了你们中的一员。"

"我之所以跟你说这些，"天气答道，"是因为她的记忆也成了我的一部分。我不会骗你说那些记忆跟罗蒙特留下的一样深刻，因为在你妻子加入时，联合体已经有五千多名成员了。她的记忆不过是众多记忆中的一个。但所有声音都不是无声的，我们听到了它们，甚至有些东西在这些年里也一并传了下来。"

"我再问一次，你为什么要告诉我这个？"

"因为我有你妻子留下的消息。她很早就将它献给了集体思维。即使我们的人数不断增加，且变得越来越分散，她仍然知道这条消息会一直留存在集体思维里，成为它的一部分。她知道，未来的每一个联合体人都会传达她的消息，甚至包括我这样的流浪者。这条消息也许会走样，但永远不会彻底消失。她相信你还活着，而且有一天，你可能会遇到另一个联合体人。"

范·尼斯船长沉默了一会儿，说："把消息告诉我吧。"

"接下来我要说的便是你妻子希望你听到的话。"天气的语调不知不觉变了。"拉斐[1]，关于我俩之间发生的事情，我很抱歉。我的歉意比你想象得还要多。当联盟抓了我，并把我带去月球第谷时，我还不是现在的我。那时候的我还是个初生的联合体人，或许这一点也同样重要——那时候的联合体本身也还处于初生阶段。我们还有很多需要学习的东西。那时候，我们如此雄心勃勃，但也对自己的不足和失败视而不见。后来，当我重返联合体时，一切才发生了改变。加莉安娜对我们进行了改进，恢复了个人身份的更高级别。我觉得她从内维尔·克拉韦恩那里学到了一些智慧。那之后，我才开始重新从正确的角度看待事物。我想到了你，也想起了我的所作所为给你带来的痛苦，这些让我如鲠在喉。在我拥有清醒意识的每一分钟，当我每一次呼吸时，你都在那里。彼时，我想修正错误，却为时已晚。我曾试图联系你，但没有成功。我甚至无法

---

1. 此人全名拉斐·范·尼斯。

确认你还在那个星系。因为那时，就连民主派都在我们的授权下，使用我们的技术制造出了自己的星际飞船，所以你可能在任何地方。"天气的语调非常严肃，还略带一种圣人训话般的严厉。"但是，我一直知道你还活着，拉斐。我从未怀疑过这一点。虽然我不知你身处何方，但我坚信你仍在人世。也许我们还有重逢的机会，毕竟此类意外之喜不是没有发生过。如果能再见面，我希望我能以与你相配的温柔对待你，就像你一直对我的那样。即使重逢无望，至少我还可以期待你能听到这条消息。未来总会有联合体人存活于世，献给集体思维的一切都不会丢失。无论时间过去多久，那些还在世间走动的联合体人都会注意到你的名字，并向你转达这条消息。如果还有什么是我能做的，那么我会去做。但是与一些人的看法截然不同，即便是联合体人，也无法创造奇迹。我倒是希望联合体人可以创造奇迹，因为真能那样的话，我就会拍拍双手，唤你过来，然后与你相伴余生，让你知道你对我有多重要，曾经如此，现在仍是。我爱你，拉斐·范·尼斯，一直如此，且永将如此。"

天气沉默了下来，她的表情非常恭敬。无须她说，我们都知道消息已经结束了。

"我怎么知道这是真的？"范·尼斯船长轻声问。

"我不能给出任何保证，"天气说，"但我还有一个词想对你说。你妻子相信，这个词对你有很重要的意义，其他人不可能知道。"

"什么词？"

"'紫花欧瑞香'。我觉得这是一种植物，这个词对你有什么意义吗？"

我看着范·尼斯船长。他看起来僵住了，说不出话来。他的眼神变得温柔起来，也有了光彩。他点点头，言简意赅道："是的，确实有。"

"很好，"天气回答，"我很高兴事情做完了。很长一段时间以来，这件事一直困扰着我们所有人。现在我要帮你回家了。"

无论"紫花欧瑞香"对范·尼斯船长而言意味着什么，无论天气带来的消息所披露的真相对他意味着什么，我都从未问过。

范·尼斯船长也没再提起过这件事。

＊　　＊　　＊

就像我曾做过上千次的那样，她站在呈六边形排列的刻度盘前面，说："你必须授权我进行调整。"

我嘴唇发干。"尽你所能，我会非常仔细地盯着你。"

天气被我逗笑了。"你还担心我想杀了所有人吗？"

"我不能玩忽职守，罔顾我对火枪号的责任。"

"那么，这对你来说就很难了。我必须转动刻度盘，将设置调到一个在你看来相当危险，甚至算是自杀的状态。但你只能相信我，相信我知道自己在做什么。"

我回头瞥了眼范·尼斯船长。

"动手吧。"他说。

"做吧，"我告诉天气，"无论你需要干什么。"

"在接下来的过程中，你会学到更多与引擎相关的知识。其中有些会让你觉得不安。虽然不算是高级别的秘密，但仍旧是秘密，很快你就知道了。之后，等我们到达港口，你一定不能将此事告诉其他人。如果你不这么做，联合体的安全部门就会检测到信息泄露，并迅速采取应急措施。对你以及任何可能与你对过话的人来说，后果都很惨烈。"

"那么，不让我们看到你们如此热衷于隐藏的事情不是更好。"

"有些事情我必须要做。如果你想了解，那就看下去。"

天气伸出手，将双手放在两只刻度盘上。她以惊人的力量扭动刻度盘，直到两只刻度盘的象限都闪着宝石红的光芒。然后她扭动另一对刻度盘，直到它们显示出表示警告的琥珀色。她将另外两只刻度盘中的一只调整至较低的设置值，使它们变为蓝色，然后将她最初调整的那两只刻度盘转回原位，使它们重示绿色。所有这一切发生的时候，我感觉引擎产生了强烈的回应，我脚下的地板用力抵着我的脚。但这种强烈的振动很快就结束了。当天气完成最后一次调整时，引擎的节流阀比之前回落得更多了。根据我的判断，只有十分之一的标准重力。

"你刚刚做了什么？"我问。

"这个。"她回答。

天气从刻度盘处轻松敏捷地退后一步。与此同时，一整块墙面，包括整个六边形阵列，从周边似乎无缝接合的蓝色金属中脱出。这面墙的厚度与银行的金库门相仿。我大吃一惊，看着那一大块东西悄无声息地滑到一侧，露出了引擎壁侧面隔离壁[1]大小的孔。

我们沐浴在柔和的红色光芒中。我们面前是引擎的内置核心部分。

"跟我来。"天气说。

"你认真的吗？"

"你想回家，不是吗？你不是想从那群空盗手里逃脱吗？这就是解决之道。"说完她回头看了看范·尼斯船长。"恕我直言，我不建议你跟着，船长。你不会对引擎有什么损害，但引擎会伤害到你。"

"我在这里就好。"范·尼斯船长说。

我跟着天气进入了引擎内部。起初，我的眼睛很难辨清周围的环境。引擎内部的红光好像是从各个表面发射出来的，而不是来自某个特定的光源。因此，只能隐约看清一些边角地带。不止一次，我必须伸手触摸，才能确定物体的形状和距离。天气谨慎地看着我，但什么也没说。

巨大的联合体机械之间，勉强挤出了一条蜿蜒狭窄的道路。她领着我穿梭其中，就像穿过曲折的地下河冲积蚀刻出来的道路。联合体机械发出低沉的嗡嗡声，当我触摸它时，会感觉到一阵快速但不稳定的震动。我无法看清周围的

1.隔离壁，用在船舱、隧道、太空飞行器上，其功能是防止在一部分损坏时水或空气流入其他部分。——译者注

环境，每个方向都只能看到几米内的东西，但随着天气不断前进，我甚至偶尔感觉是联合体机械在为她腾出道路、放开小径，并在我们身后重新关闭道路。她带着我攀上陡峭的斜坡，并在我们碰到无法逾越的地方时向我施以援手，在我们爬下竖井时助我一臂之力——即便在只有十分之一重力的情况下，这些竖井也非常危险。我很快就失去了方向感，我不知道我是在引擎内部穿行了数百米，还是一直在靠近入口的局部区域徘徊。

"我很高兴你认识路。"我挤出一抹虚假的欢喜。"如果没有你，我就没办法离开这里。"

"你可以离开。"天气回过头看着我。"引擎会带你出去，你不用担心。"

"你不跟我一起吗？"

"不，伊尼戈，我不出去了。从现在起，我得待在这里。这是让我们所有人都能回家的唯一方法。"

"我不明白。只要你修复引擎……"

"不是那样的。引擎修复不了了。我只能帮助它减轻一些运算负担，但要想做到这一点，我就必须靠近引擎，进入其内部。"

我们说话的工夫，天气带着我进入了一个像盒子一样的空间。这里比之前我们经过的所有地方都更开阔。这个房间里没有机械设备，只有一个立在地面上齐腰高的圆柱体。这个圆柱体顶部平坦，底座很宽，像个树桩。它闪烁着类似动脉的颜色，跟我们周围的所有东西如出一辙。

"现在我们到了引擎控制装置的核心，"天气跪在树桩旁说道，"反应堆核心在其他地方，在那附近我们活不下来，但这里是对左舷和右舷引擎进行反应运算的地方。我要给你看些东西，我认为这样有助于你更好地理解即将发生在我身上的事情。希望你准备好了。"

"我一直准备着。"

天气将双手放在树桩两边，然后立刻闭上了眼睛。我听到咔嗒一声，还有埋在地下的机械发出的呼啸声。树桩的上半部分打开了，裂缝大概虹膜宽窄，从内部射出一道蓝色的光。我感觉里面的东西冒着一股寒意，那股寒意似乎从我的喉咙直渗入四肢百骸。

树桩里面有个底座，底座上有些东西，正随着底座一起上升。那是一个被许多银缆穿透的玻璃容器。每根银缆都插在一个巨大肿胀的大脑的褶皱皮层中。整个大脑顺着裂缝裂开，就好像烘烤炉里破裂的蛋糕。蓝色的光就是从裂缝透出来的。我看了一眼，想要窥探大脑解剖结构的层次，但我不得不眨眨眼，防止眩光让我头晕。一团沸腾的微小明亮物体在裂缝的底部不断闪烁。

"这是负责运算的主机。"天气说。

"这看起来很像人类的大脑，请告诉我这不是。"

"这确实是人类的大脑，或者说，至少在植入机器，并对其深层结构进行重组之前，是人类的人脑。"天气用一根手指搔了搔头皮。"我大脑里的所有机器加起来，重量不到两百克。即使如此，我还是需要这个头冠来处理我的热负荷。这个大脑里有接近一千克的机械，所以必须像涡轮泵一样不断冷却和散热。这也是为什么要将它打开，因为这样更便于散热。"

"这是个怪物。"

"对我们来说不是，"她严厉地说，"对我们来说，它是一个奇妙而美丽的东西。"

"不，"我坚定地说，"让我们捋一下。你给我看的是个人类大脑，一个活生生的大脑，但现在成了某种奴隶。"

"这不涉及奴隶的问题，"天气说，"是这个大脑自愿选择了这份工作。"

"它自己选择的？"

"它将此视作至高的荣耀。即便在联合体的社会里，了解了关于思维最优化的相关知识，也只有少数人具有驯服和管理联合体引擎所需的技能。没有机器能像有意识的大脑那样执行这项任务。当然，我们也可以建造一台有意识的机器，但那会是一个真正的机械奴隶。但是，这与我们最深层的约束法则相违背——没有机器可以思考，除非它自行为之。因此，我们使用了自愿奉献的人类大脑。即便如此，它们仍需要一千克无意识的机械辅助。至于为什么只有少数人拥有这项天赋……这也是我们最大的谜团之一。加莉安娜认为，在实现增强人类智能的过程中，她要将大脑变得完全可知。这也是她犯过的少数几个错误之一。就像智力迟钝者中也有贤才一样，联合体人中也有人天赋过人。我们小时候都做过这一类的天赋测试，只有极少数人表现出了一丁点天赋，其中也只有极少数能发育到成熟稳定，适合成为引擎秘宝的备选。"天气露出一个令人信服的表情。"它们确实得到了至高的荣耀，以至于没有天赋的那些人中，有些人对它们心生忌恨。"

"即便它们拥有足够的天赋，也有可能……没人愿意做这个。"

"你不了解我们，伊尼戈。我们是思想的产物，这个大脑并不认为自己被囚禁在这里，它认为自己被放置在了一个宏伟而合适的环境中，就像珍贵的宝石一样。"

"说得容易，这又不是你。"

"差点就是了。我曾经很接近这项工作，伊尼戈。我通过了所有早期的天赋测试。本来，按照我所在的研究组标准来评判，我被认为是杰出的。我知道脱颖而出是一种什么样的感觉，即便我身边都是天才。但事实证明，我还不够优秀，我被排出了这个计划。"

我看着那个肿胀、充满裂痕的大脑，强烈的蓝光让我想起切连科夫辐射沸腾而出的样子。

"那你现在后悔吗？"

"我现在长大了一些，"天气说，"我现在知道，从事这项工作并受人崇拜，不是这个世界上最好的事情。我内心一方面仍在羡慕这个大脑，欣赏它稀有而精致的美丽，另一方面……我不是那样想的。"

"你跟人类相处的时间很久了，天气。你应该知道走路和呼吸是什么感觉吧？"

"也许吧。"她迟疑地说。

"这个大脑……"

"是个男性,"天气说,"我无法告诉你他的名字,就像我无法告诉你我的名字一样。但我可以阅读他的公开记忆。他自十五岁便开始从事此项工作,当时他还未成人。他在这个引擎里工作了二十二个飞船年,也就是将近六十八个世界年。"

"这就是他度过余生的方式?"

"直到他厌倦,或者飞船坠毁为止。就像我们正在做的一样,联合体人也会定期和作为供体的大脑接触。如果大脑想要退休的话,他们就会进行更换,或者让整个引擎退役。"

"然后呢?"

"他自己选择。他可以选择恢复完整的身体,那也意味着他会损失数百克的神经支持机器。有些大脑会进行这样的调整,但并不是所有大脑都愿意这样做。他也可以选择返回某个巢穴,并基本保持这种形态,只是无须再运行引擎。他不必再一个人做这件事了。"

我后知后觉地意识到,这一切会走向哪里。"你说他现在负担很重。"

"是的。由于精神太过集中,他几乎无法将任何资源用于我们称为'正常思考'的行为。他会处于永久的无意识状态,就像将全部精神用于参加大型对战游戏一样。但现在,游戏已经开始占上风了。游戏不再有趣,而他知道失败的代价。"

"但你可以帮他。"

"我不会假装我的能力能派上大用场。但是,我确实能帮上些忙。我虽然不能让他摆脱所有压力,但我可以让他自由进入我的思维。如此一来,他就可以做一些额外的运算工作,再加上我自己有限的能力,也许足够起作用了。"

"为了什么?"

"为了你可以去你想去的地方。我相信，只要我和他齐心协力，专注于这项工作，也许就能让引擎恢复正常的效率。虽然我无法承诺什么，布丁的实验……"

我看了看那个像"布丁"一样的大脑，问出了我最担心的问题："这样的话，你会怎么样？如果他几乎没有意识……"

"恐怕我也一样。就外部世界而言，我会处于昏迷状态。如果想获得成功，那么我就必须移交所有可用的神经资源。"

"但你会变得很无助。昏迷会持续多久？"

"这不是问题。我已经向引擎发送了命令，让其生成必要的神经支持机器。现在，引擎已经准备就绪了。"天气瞥了眼我俩之间的地板。"如果我是你，伊尼戈，我会后退一步。"

我按她说的做了。平坦的红色地板向上弯曲，将自身塑造成沙发的样式。没有什么仪式，天气爬上沙发躺下，就像上床睡觉一样。

"无须拖延了，"她说，"我已下定决心，我们越快开始越好。我们无法确认在攻击范围内是否还有其他空盗。"

"等一下，"我说，"这一切发生得也太快了。我以为我们只是来这里看看情况，讨论一下可能性。"

"我们已经讨论过那些了，伊尼戈。讨论的最终结论就是，要么我帮这个男孩一把，要么我们继续无望地漂泊。"

"但你不能只……做这个。"

在我讲话的同时，沙发也在对天气加强固定。红色的物质在她的身体里流动，并在她身上形成了半透明的硬化外壳。只有她的脸和小臂仍然可见，但上面有个很粗的红色项圈，好像随时要收紧。

"情况没有那么糟，"她说，"我说过了，我不会给意识留多少地方。但我不会无聊，这是肯定的。这更像是一个很长的梦，其他人当然也做梦，但我毫不怀疑，我的梦能带给我惊喜。我记得当参数看起来希望不大时，找到一个优雅的解决方案，那感觉有多好。这就像让最美丽的音乐变成可以触摸的实体。我认为，除非付诸实践，否则根本无人能真正理解这样的感觉。当一切回归正轨时，你会狂喜的，伊尼戈。"

"那出错的时候呢？"

"如果出错了，你就没有太多时间探索相应的感觉了。"天气再次闭上眼睛，就像陷入浅睡的人。"我正在撤去结界，允许男孩选择我的资源。他很警惕，不是因为他不信任我，而是因为他连自己的工作都无暇顾及了，却还要腾出精力来把其中一些工作临时转交给我。转变会很困难……啊，来了，他在使用我了，伊尼戈。他在接受我的帮助。"尽管天气几乎完全被束缚在由红色物质形成的外壳中，但她的整个身体都在抽搐。她再次开口时，声音听起来很紧张。"很难。比我想象得还要难。可怜的男孩……他有这么多工作要做。天赋稍弱一些的大脑估计早就放弃了。但他表现出了英勇的奉献精神……我希望联合体能知道他做得有多棒。"她咬紧牙关，再次抽搐起来，这次她抽搐得更厉害了。"这次他占用了我更多的资源，他现在非常热切，他知道我是来帮忙的。他松了一口气……压力也正在变小……直到现在我才真正理解他的经历。我很抱歉，伊尼戈。很快，我的意识就不能够跟你交谈了。"

"有效果吗？"

"我想是有的。也许我们两人之间……"她再次咬紧牙关，牙齿咬破了舌头。"不会很容易，但……现在我的意识更少了。我正在失去语言能力。因为我现在不需要它了。"

"天气，别离开我。"

"我无法留下，我要离开了。这是唯一的办法。伊尼戈，许诺吧，快点许诺。"

"等我们……等我们……"她的脸因为试图表达自己的意思而纠结、扭曲。

"等我们到达港口时。"我说。

她用力点了点头，我觉得她的脖子都要因用力过猛而折断了。"是的，到达港口。你会获得帮助，找到其他人。"

"其他联合体人？"

"是的，带他们来……带他们上船。告诉他们……告诉他们，让他们帮忙。"

"我会的，我发誓。"

"现在……要离开了，伊尼戈，最后一件事。"

"说吧，什么事都行。"

"握手。"

我伸出手，握住了她的手——用我的那只好手。

"不，"天气说，"另一只……另一只手。"

我放开手，然后用那只机械手握住她的手，我用力握紧，但不会伤害到她。然后我俯下身，将自己的脸靠近她。

"天气，我想我是爱你的。我会等你。我会找到那些联合体人。我保证。"

"爱一个'蜘蛛'？"她问。

"是的，如果你是的话。"

"傻瓜……人类……男孩。"

天气拉着我的手，力量比我想象得还大。我原以为她没剩多少力气了。她拉着我的手紧紧贴着沙发表面，直到沙发表面紧贴我的手腕，那里像血一样温暖。我的手感觉到了些什么，就像被针轻刺一样痒。我吻了吻天气，她的嘴唇很热。她点了点头，然后让我将手收回。

"我走了。"她说。

沙发里的红色物质流经天气，将她完全覆盖住，这次连脸和手也覆盖其中。天气的整个身体都模糊不清了，就像一具木乃伊。

那一刻我才知道，我将在很长一段时间内都看不到她了。有那么一瞬间，我呆住了，因为刚刚发生的事情而手足无措。即便在那个时候，我依然能感觉自己的体重在增加。无论天气和那个男孩在做些什么，他们做的事情都对引擎有一定影响。我的体重稳步攀升，直到我确定已经超过了二分之一重力，我的体重仍在增加。

也许，我们真的要回家了。

我们中的一些人。

我从天气的樊笼旁转过身，找路出去。我将手紧紧按在胸口，让它不那么痒。我的手因这闪闪发光的金属而失去了感觉。而我在幻想当我摆脱它时，那会是怎样一种感觉。

复仇

Beyond the Aquila Rift

我是第一个找到皇帝身体的人，即便如此也为时已晚。子弹袭来时，他正跪在池塘前蜿蜒的石径上观看锦鲤。子弹穿透了头骨，瞬间就炸毁了他的身体。皮肤、骨头的碎片，以及粉色的灰质[1]散落在地上。血液暗红得像皇家印章上的印泥一般，不断从伤口渗出。皇帝的身体侧卧在地上，下半身还在痉挛，这是因为运动系统正在尝试重获对这具身体的控制权。隔着他的黄绸衣领，我摸到他颈部靠下位置的植入装置，并对着那个特定的接触点重重按了下去。表皮下传来轻微的咔嗒声，之后皇帝的身体便静止不动了。

我站起身，召来了一名清洁人员。

"把尸体搬走，"我对候在一旁的人说，"在完成法医鉴定前，不要处理掉它。排干附近的池塘，在池塘底搜查遗留的子弹或弹片。清理石径上的血迹以及尸体残留物，然后冲洗石径。检测水质，然后再把锦鲤放回池塘。"我顿了一下，仍在回想刚刚发生的事情。"哦，对盛宫戒严，找到暗杀者前，禁止任何人出入。除非有我明确授权，否则任何飞船都不得随意进出奈克斯都。"

"遵命，墨丘利。"所有人同声答道。

最近的池塘里，一条锦鲤（我认出来这是条阿萨基锦鲤，有着松果似的蓝色鳞片）的口部翕动着，好像要告诉我什么重要的事。之后我离开现场，返回

---

1. 灰质是中枢神经系统的主要组成部分，由神经元胞体、神经纤维、神经胶质细胞、突触和毛细血管组成。——译者注

盛宫。到达皇帝的接待厅时，这里已经充斥着暗杀未遂的传言。即便我竭力阻止，这个消息也会在一小时内传出奈克斯都，从一个世界传到另一个世界，从一个系统传到另一个系统，并以燎原之势，传遍整个银河系。

接待厅的门完全打开后，皇帝的新身体从他的宝座上起身，他穿着与之前那具身体完全一样的黄色丝绸长袍。这具新身体除了并无伤痕外，也与之前那具完全相同，都是仍保留着年轻人的活力，但上了年纪的白发男子模样。他的习惯性表情通常暗含着幽默、怜悯，以及一种只有经历过漫长的时间积累和学术生活的熏陶，才能培养出的深厚的智慧感。但现在，他的脸就像一张没有表情的面具。此外，他的动作也有些僵硬。这些都表明，他还不怎么适应这具全新的身体。要想真正寄居在这具身体里并顺畅地行动，还需要植入物花费几个小时来精调感觉和运动系统。

"我很抱歉。"我在皇帝有机会开口前就说，"我对这次事件负全部责任。"

但他没理会我的道歉。"无论是怎么回事，墨丘利，责任绝不在你。"他说话的时候有些大舌头，就像一个醉汉。"我们都知道，你做事很周全，方方面面你都考虑到了。这些年来，没有人能像你一样给我提供如此高级别的保护。起码我还活着，不是吗？"

"尽管如此，很明显我的安排还存在漏洞。"

"也许吧，"皇帝附和道，"但事实是，暗杀者只能伤到我的身体，而伤不到我本人。这很不幸，但从某种意义上来讲，这样总比伤到瑞迪安特联合国的财产要好一点。"

"您有什么感觉吗？"

"那是迅猛的一击，我感到短暂的晕眩，其他没什么了。说实话，如果这就是被暗杀的感觉，那也没什么好害怕的。我们的担心或许是多余的。"

"无论暗杀者是谁，他们肯定知道这种刺杀毫无意义。"

"这也是让我百思不得其解的地方。"皇帝摩挲着他那精致的白色胡须，就好像第一次摸到自己一样。"我一直没敢问，我的锦鲤怎么样了？"

"我已经让我的人彻查池塘，寻找子弹碎片。就目前来看，锦鲤并未受伤。"

"希望如此吧。我对那些锦鲤倾注了很大的心血，如果它们出了什么事，那我会心碎的。我希望可以亲眼看看它们。"

"在找到暗杀者并解除戒严之前最好不要，"我以皇帝的私人安全专家才有的语气说，"除非再次遭暗杀的风险被清除，否则您不能离开这里。"

"可我有取之不尽的备用身体，墨丘利。"

"这不是重点。无论是谁干的——"我停了下来，我的思绪还是很混乱。"拜托了，陛下，在这件事上，请尊重我的安排。"

"当然了，墨丘利。我的尊重一如既往。但我也相信，你不会让我跟我的锦鲤就此永别，对吗？"

"我真心希望不会如此，陛下。"

我离开了皇帝的接待厅，返回办公室，去协调追捕暗杀者，并寻找暗杀者可能留下的任何证据。几个小时后，通过对尸体的详尽解剖分析，我们在伤口处取出了子弹碎片。同时，我们也在尸体附近发现了其他的子弹碎片。这些碎片足够我们还原那枚子弹了。

出乎意料的是，我们在一小时后就抓获了暗杀者。他被抓时身上还带着武器，就好像在等着我们去抓他。他甚至从未试图逃离盛宫。

从那时起，我便开始怀疑，这根本不是什么无谓的亵渎，而是更危险的事情。

我返回接待厅时，皇帝说："告诉我，你发现了什么。"他现在对新身体的控制力已经明显提高了。他的动作很流畅，表情也恢复了平时的样子。

"我们抓到了暗杀者，陛下，您肯定已经听说了。"

"我还没听说，不过请你继续说。"

"我们还缴获了武器。子弹是一种具有自动定位功能的导弹。这种子弹非常复杂，它可以生成一种隐形场，迷惑我们的防入侵系统。因此一旦子弹发射，便很难被察觉。子弹需要枪作为发射装置。这个枪我们也找到了。"

皇帝眯起眼睛。"我原本以为，只是将枪带进奈克斯都就是一件难以做到的事情，更遑论带进盛宫了。"

"这便是让人略感不安之处，陛下。枪只能被分解成小块，然后走私到地面，而且这些碎块要足够小，小到能够被力场发电机掩盖，或者小到能够藏在允许盛宫工作人员使用的工具和设备中。实际也是如此，我们抓到了那个藏枪的行凶者，他是个提升者[1]，名叫乌瑞斯塔，他平日负责维护池塘。"

"我知道乌瑞斯塔，"皇帝轻声说，"他已经在这里工作很多年了。他算不上聪明，但他勤勉、温和，工作也做得很出色。我一直很喜欢他，有时候我们也一起聊聊锦鲤。他真的很喜欢它们。他真的与此事有关吗？"

"陛下，他甚至没有否认。"

"我很惊讶，乌瑞斯塔难道不是灵长类吗？"

"确切地说，他是大猩猩。"

"他真的策划了这件事？"

"我不确定用'策划'这个词是否妥当。从整件事情来看，乌瑞斯塔从一开始便是一个卧底。"

"但他在这里工作了……具体多久来着？"

所有信息都保存在我的瞬时处理器中，关于这一问题，我无须查看文件便能知道答案。"三十五年了，陛下。据我估算，这个时间大约是走私和组装完武器所需的时间。"

"单凭一个头脑简单的提升者？"

"陛下，有人在暗中指引他。尽管其他人把提升者歧视为亚人种的奴隶，但是您一直平等地对待和雇佣他们。事实上，提升者通常不具备高度的前瞻性和智慧，乌瑞斯塔却两者兼具。陛下，我更倾向于乌瑞斯塔其实与您的备用身体一样，只是个傀儡而已。"

---

1. 提升者在科幻作品中是指没有智慧的动物（包括人类的祖先），经由演化或是生物工程等被动因素，变成拥有和人类同等的智能、肢体结构和思考模式的种族。——译者注

"但为什么用子弹呢？我说过，乌瑞斯塔曾和我有过多次交谈。他若想伤害我，大可以在我们交谈期间动手，即便是赤手空拳，他也可以轻而易举地杀死我。"

"我也不知道，陛下。不过，这事肯定另有隐情。"我环顾房间四周的墙壁，上面镶嵌的饰条描绘出一幅古老、饱经风霜的景象。那是某个双卫星环绕的无名行星，位于银河系的中间地带。"陛下，这是一场精心策划的暗杀，或者说，这应当是。我认为，我们需要当面谈一下。"

"这个房间已经是整个瑞迪安特联合国里最安全的地方之一了。"皇帝提醒我。

"这还不够。"

"好吧，墨丘利。"皇帝轻轻叹了口气。"但你应该知道会面会让我多难受。"

"我保证，我会说得尽可能简短。"

我头顶上的天花板分成四等份，各个部分滑入墙壁，中间的十字缝隙逐渐变大，露出头顶巨大的空间。那是一个明亮的封闭空间，不比盛宫里的任何一个房间小。在这个空间中，一个颤动的含氧水球被重力中和器固定住，其直径大约有一百米。我脚下的一块方形地砖将我向上推，并成为我上升时的唯一支撑。在我适应了起初的一阵眩晕后，即便我从地砖上摔下来，也不会受伤。因此，我保持着冷静，任由成千上万的问题在脑海中盘旋不定。

在升高至一百三十米处时，我的头穿过水球，突破了表面张力。这时，人类可能会产生溺水感，但浸入水中对我来说没什么大不了。事实上，整个银河系里，能让我无法忍受的环境很少，至少目前是这样。

我的镜头可以根据不同介质的光学特性进行调节，以确保我透过镜头看到的景象，只比在干净的空气中看到的模糊一点。皇帝漂浮在水中，因为浮力而失重。他看起来就像一条鲸鱼，只不过没有鳍和尾。

我隐约记得，很早以前，皇帝还是有些人形的。那时，瑞迪安特联合国才刚刚建立，只拥有几百个星系。随着新的疆域——无论是行星、星系，还是整个闪闪发光的星团——被纳入瑞迪安特联合国的版图之中，他也随之增长、膨胀。对他来说，只对他真正力量的实际范围有个粗略了解是不够的，他需要在纯粹的感官层面上感受到它，就像将大量信息纳入大脑一样。历经无数次修改后，他的大脑现在与一间小房子规模相当。他大脑的迷宫状褶皱紧贴着他鼓胀的皮肤，好像马上就要撕破皮肤一般。管道粗细的静脉和动脉包裹着他的小脑。自这个大脑被一个骨笼保护起来算起，已然过去很久了。

皇帝太庞大了，但他不是怪物——起码现在不是。也许曾有一段时间，他扩张领土的欲望已经近乎疯狂，但那已是几万年前的事情了。现在，他几乎控制了整个银河系殖民地，但他只想以政府的代言人自居，而且是一个仁慈的代言人。皇帝以宽大仁慈闻名，他本人也将民主带到了瑞迪安特联合国很多比较落后的疆域。

皇帝是一个善良公正的人，我很高兴为他服务。

"那么告诉我，墨丘利，到底是什么，连我的傀儡身体都不能知道。"

升高的地板将我停在靠近皇帝的一只黑眼睛的位置。这只眼睛就像面团里的黑醋栗一样。

"是子弹，陛下。"

"子弹怎么了？"

我将还原好的子弹交给他查看。现在，我相信没有窃听设备能听到我们说话了。子弹是一个金属的圆柱体，前部是透明的锥形。

"子弹上有，或者说曾经有过标记。标记是用鹿泉新兴地的一种较为古老的贸易语言写的，将其翻译成主流语，即：我是我兄弟的守护者吗？"

皇帝思考了一下，说："我一点印象也没有。"

"您有印象的话我才惊讶，陛下。这句话似乎引自古代的宗教文献。至于它更深层的意义，我说不上来。"

"鹿泉人历来安分守己。我们给了他们一定的自治权，他们向我们缴税，并同意我们微不足道的要求，即推行民主法治，减少处决人数。他们可能不喜欢这些，但也有其他十二个特殊行政地区，与它的治理方式一致。为什么鹿泉人现在要反抗呢？"

"我还没说完，陛下。子弹前部有中空腔，就在玻璃锥体内部。那里的空间所能注入的有害物质，足够轻易摧毁局部甚至整个盛宫的反物质装置。无论是谁做了这枚子弹，无论是谁策划了这件事，他只要稍微多做一点，就能直接杀死你，而不是你的傀儡身体。"

那只古老的黑眼睛看着我。尽管它几乎不会转动，但我还是有种被注视的感觉。

"你觉得有人试图以这种方式告诉我，他们可以轻易杀了我，但他们并没有那样做？"

"我不知道。当然了，以现在的戒严程度，任何人都无法再以同样的方式暗杀您。不过，他们肯定也能想到这一点。既然如此，他们为什么要自找麻烦呢？"我停了一下，然后继续说，"我恐怕，他们还有别的安排。"

"说下去。"

"尽管子弹是空心的，但它并不是全空。玻璃锥体内部有少许红色的类似沙子或灰尘的物质，除此之外，法医也从傀儡身体中提取出了大部分此物质。他们保证，剩余进了池塘的那些，不会对锦鲤造成任何不良影响。我也对此物质做了分析，它大体由氧化铁、硅和硫组成，绝对是无害的。坦白来讲，我不知它到底是什么。它与人们通常在一些荒芜的行星表层发现的东西类似，是在大气稀薄、没有多少天气变化或生物生存的地方才会有的东西。但问题在于，符合这个条件的世界有一千万个。"

"那在鹿泉新兴地范围内的呢？"

"那要少一些。不过真要说起来，还是挺多的。"我拿回了还原的子弹。"不过，这是我们目前掌握的唯一线索。如果您允许，那么我想离开奈克斯都，进一步调查此事。"

皇帝思考了几秒，说："你打算去鹿泉新兴地做调查吗？"

"恐怕我别无选择。在办公室里能做的我已经全做了。出去走走，也许我会有其他收获。"这句话突然出现在我脑海中，这让我感到很不安。这句话是从哪里冒出来的呢？"陛下，我的意思是，我亲自去效率会更高。"

"你能这么想我很感激。对我来说，你非常宝贵。你不只是我的顾问，还是我最亲密、最信赖的朋友。我已经习惯了你在我身边，习惯了你在盛宫之内，可以随叫随到。只有知道你就在附近，我晚上才能睡得好。"

"我只是从家里做几次跃迁过去，陛下。"

"当然，我同意了。就像我从未拒绝过你一样。但请你务必照顾好自己，墨丘利。我不敢想象如果失去你，我该怎么办。"

"我尽最大努力做到，陛下。"我停了一下。"还有一件事我需要问您，陛下。这件事是关于提升者乌瑞斯塔的。"

"你想问什么？"

"目前我们只对他进行了温和的审讯，但他什么也没说。我想我有职责告诉您，我们会使用一些其他的审讯方法，来确保他不会有所隐瞒。"

"那你目前最真实的判断是什么？"

"我认为，他完全无辜，陛下。他只是在执行某人在三十五年前，甚至更早的时候就植入他体内的程序脚本而已。他就跟那枚子弹一样，并不知道自己为什么要这样做，也不知道幕后的人是谁。但如果您觉得必须要有个答案的话……"

"那他受刑后会有一丝可能，透露给我们一些东西吗？"很明显，我从皇帝的语气中能听出他的想法。

"陛下，我认为您可能不会赞同我接下来的观点。就我而言，让他受刑与掌掴一只前天做了坏事的小狗没什么区别。"

"过去的一千年里，我花了很多时间，尝试在瑞迪安特联合国里，在那些更加野蛮的角落，推行人道主义。至少我还能做到遵守自己定下的高道德标准，难道你不觉得吗？"他用反问的语气对我说，并且没给我留回答的时间。"将乌瑞斯塔带走吧，带他离开盛宫。即便他根本不知道自己为什么这样做，他也是个危险因素。但我又不希望看他被监禁或受刑罚。在一个偏远的花园里给他找个工作，给他些鱼让他照料。如果有人伤他一根头发丝……"

"他们不会那样做，陛下。至少在我管事期间不会。"

"很好，墨丘利。我很高兴我们能就此事达成一致。"

＊　　＊　　＊

一天后，在我确定自己已于保障皇帝的安全一事竭尽所能并部署妥当之后，我便离开了盛宫。我从奈克斯都被卫星环绕的核心地带，经由光环政体的跃迁站，前往鹿泉新兴地的模糊边境——短短几天内，我就跨越了六万光年的距离。飞船换乘期间，我不可避免地受到了一定程度的关注。由于需要盛宫的授权才能在鹿泉新兴地展开调查，所以我想要低调行动基本是不可能的。我身穿代表皇家的全套行头出行，以期大家能够了解此行的严肃性。

如果他们知道我的真实身份的话，那我又会获得多少关注呢？

从外表看，我是一个男人，但事实上，我是一个机器人。我的肌肤仅有几毫米厚，在这副活生生的躯壳下，是一个披着坚硬盔甲的有知觉的机器。

这事皇帝自然是知晓的。此外，与皇帝最亲近的几个官员也都知道。但对大多数普通人，甚至对一些在盛宫里工作了很久的人来说，我只不过是一个与皇帝交好的人类安全专家罢了。而我已经替皇帝工作了数万年这一事实，则是瑞迪安特联合国的最高机密之一。

我很特殊。虽然机器人很常见，但我不只是机器人。我是一个真正能够思考的机器人。据我所知，在瑞迪安特联合国的十几亿个世界中，在这些行星和卫星上各式各样的灵魂中，像我这样的机器人不超过一百万个，这在数量上并不算很多。

关于我们的来源，有两种思想流派持有不同观点。在三万两千年的历史中，瑞迪安特联合国经历了多次历史性的变革。这两种思想流派之一的炼金术派认为，制造我们这类感知机器人[1]所需的神经机械学和编程方面的专业知识早已具备，只不过后来失传了而已。在他们看来，现在所有的感知机器人都可以追溯到那段历史之中。

另一派为累积派，这一派成员持完全不同的观点。他们坚持认为，感知机器人是一种新兴属性，只有在时间资源足够多、复杂性足够高的情况下，这种属性才能形成。累积派认为，幸存的感知机器人是通过逐渐累积，才从比较简单的机器变成如今的样子。在他们的观点里，只要能进化，能自我改进，几乎所有的机器人都能成为感知机器人。

如果我们能回答这个问题，那就真相大白了。但不幸的是，我们根本不记得了。就像其他记录设备一样，我们很容易出现错误和失真的情况。在皇帝放松了对银河系的控制之后，即便是安全系数最高的档案馆，其内资料也在数据战争中遭到了破坏。我可以检索自身内存，查找我亲身经历过的最早期的事件，但我知道，也感觉得到，我从未到达过自我身份认知的深层领域。

我知道，我存在的时间比我所知的更久远。

唯一可以肯定的是，我已经认识皇帝很长时间了。我们十分契合，就像手和手套一样。一直以来，我都在那里保护他。

这就是我所做的事。

*　　　*　　　*

塞尔瓦是鹿泉新兴地的主要权力中心之一。

一名官员坐在位于塞尔瓦的水下城市之一的私人办公室内，用毫不掩饰的

---

1. 一种人工智能，和人类一样有思想且行动灵活。

敌意打量着我。他是塞尔瓦的一名高级技术人员。在他的办公桌后面，有一些凶猛、发光的海洋生物，从倒钩和触角可以看出它们的外星血统，它们用爪子和吸盘将自己固定在防弹玻璃上，不断试探玻璃的强度。

"我真不觉得自己还能为您效劳什么，阁下。"官员说道。他在敬语上加了重音，让这句话听起来很无礼。"自您到达塞尔瓦起，我们便任由您差遣，每个行政部门都尽最大努力满足您的要求，只为了配合您的调查。但您仍然摆出一副我们不够尽力的样子。"他身形瘦削，脸色蜡黄，眉头紧皱，身上的军装松松垮垮。"难道我们还不够驯服吗？"

"可我并没有让你处决那些持异议者，"我说，"即便我可以看出来，这么做对您十分有利。逮捕一些制造麻烦的人，问一些他们很可能无法回答的问题，虽然这些罪行与他们毫不相干，但您可以以不与盛宫合作为由将他们绞死。您以为这样就会为您赢得皇帝的青睐吗？我认为，恰恰相反。等事情全部结束以后，如果有瑞迪安特联合国的审查人员找上您，那我丝毫不会感到意外。"

他耸耸肩，就好像这件事与他毫不相干一般。

"您在浪费您的时间，阁下。您在试图找到一种模式、一个合乎逻辑的解释，但实际上这根本不存在。我甚至不知道您为什么还要为此而烦心。您不是已经抓到暗杀者了吗？暗杀者不也已经认罪了吗？"

"我们发现了跟鹿泉新兴地相关的证据。"

"是啊，我听说了。"他飞扬跋扈地敲打着桌上的一本密封文件。"一些用古语言写就的隐秘话语，还有一些不知从哪里来的灰尘。"

我的表情依然丝毫没有松动，也没有对法医鉴定信息的泄露表现出一丝一毫的愤怒。信息泄露是不可避免的。但原本我希望能多保密一阵子。

"如果我是你，我就不会对所有谣言照单全收。"

圆口纲的海洋生物将长满牙的利口咬在玻璃上，身体就像工业钻孔机一样打转。那名官员从座位上探头望去，研究了几秒这种贪婪的生物。"它们现在喜欢上了人肉的味道。"他说话的语气就好像我俩在闲谈一般。"没人知道到底是怎么回事。虽然所有现行法律都禁止将人类的遗传物质引入原生生态系统中，但是它们不知何时已经被投喂过那些物质了。"

"我猜从你的角度来看，我肯定是带着瑞迪安特联合国的授权来问责的不速之客。"

"如果你有意离开，我也不会假装依依不舍地落泪。"他坐在椅子上伸展了下身体，动作间硬挺粗糙的军装吱吱作响。"有一件与此相关的事，我认为，你知道会比不知道要好。"

"因为我会因此离开塞尔瓦？"

"要不是我知道你已经到了，我就把你塞给波兹了。"他用另一根手指轻轻敲那本文件，"我有必要说明一点，你来这里进行调查，可能犯了战术性错误。这种古老铭文，是引自古老文献的话语，其根源可以追溯到很早之前的历史。那时候的地缘政治平衡与现在不同，我相信你会理解的。"

"我了解历史。"在某种程度上，这话是真的。但鹿泉新兴地的历史并不明了，其间混杂着半真半假的传闻和谣言。这些本来是用来迷惑瑞迪安特联合国的立法者的。就算是皇帝也无法帮我区分那些与鹿泉新兴地相关的的历史哪些是真的，哪些是假的。这简直比寻找失落的地球还要难。

"那么，考虑针对性行动吧，"他说，"那段时期，朱兰特是鹿泉新兴地的核心地区。虽然现在那里已经无人居住了，但是……"

"我会找个合适的时机去朱兰特。"

"你可能需要将这件事尽快提上日程。那片区域的交通流量不大，因此通往那里的跃迁交通点即将被撤销。我们已经封了哈什鲁德环路以西的所有路径。现在想去朱兰特已经很困难了。未来几年之内，即便皇帝保佑，再想去朱兰特也不可能了。你知道的，一旦路径失效，想要重新激活有多困难。"

未经盛宫许可，任何位于瑞迪安特联合国内的政权都不应当关闭跃迁路径。不汇报就擅自执行，单这一做法就是对皇帝权威的蔑视。不过，这件事可以改天再论。

"如果我发现有一丝可能，你打算操控我……"

"显而易见，你已经被我操控了。我希望你离开我的辖地。"

"噢，朱兰特到处都是红色的，"他继续道，"那里的土壤与你在子弹里发现的样本非常接近。这些信息可能会对你有些用处。"

"你自己说的，那土壤可能来自银河系任何地方，因此接近并不意味着完全吻合。"

"不过，你总得从某个地方查起，对吧？"

*　　　*　　　*

我离开了塞尔瓦。

去朱兰特的过程相当艰难。通过那个即将被关闭的跃迁交通点之后，我不得不以亚光速来完成此次出行的最后一段，这导致了令人烦恼的数年时滞。退出超光速的信号范围之前，我联络了奈克斯都，并向皇帝说明我还需一段时间才能回去。

"你确定这是一个明智的决定吗，墨丘利？"

"很明显，他们希望我转移调查方向，从塞尔瓦、波兹和其他现在的鹿泉新兴地权力中心转移到别处。但朱兰特值得我关注。虽然现在那里已无人居住，但我也许能发现另一个线索，可以帮我完成这个谜题的拼图的另一片碎片。"

皇帝再次回到户外，他目前所在的位置非常接近之前被枪击后尸体倒地的地方。他跪在珍贵的锦鲤池边，手里拿着某种检测水质的装置。一条白橙相间的雄性锦鲤用它那长满花斑的脑袋划破水面，冲着盛宫被严密保护起来的天空噘了噘嘴。"听起来就好像你陷入了某种精心设计的解谜游戏中。"皇帝说。

"的确就是这种感觉。但同样的，我别无选择，只能配合。通常来说，只要我能安全往返朱兰特，我就不会考虑退出。就目前来看，盛宫在没有我的情况下，也运行良好，假如不存在进一步的安全事故……"

皇帝挽起一边手臂上的黄色的丝绸袖子，说："是的，当然。去做你必须要做的事情吧。但是与你之前处理过的其他安全事件相比，我不希望你在这件事上涉入太深。"

"我保证我会尽快。"

"当然。另外，我再重复一次，我强烈要求你采取所有必要的预防措施。你和我，我们共事多年，没有你的话，我就感觉自己毫无安全感。"

"陛下，一有发现，我就会立即汇报。"

皇帝、锦鲤还有盛宫都消失不见，我的控制台恢复了原样。除了等待行程结束，我现在无事可做。我对整个案件抽丝剥茧，从各个可能的角度进行思考。这个过程相当于人类思考数个世纪，但最终，我仍然毫无头绪。所有我知道的，只是一颗子弹、一句铭文和一些红色土壤。

朱兰特会有答案吗？

这个红色的世界比大多世界要小一些，只有一个小型环绕卫星。这里大气稀薄，没有地表生物生存的迹象。在风的吹拂下，极点之间的黄褐色尘埃卷过，形成了一个不断变化的罩子。鹿泉新兴地的人当然不是在这个世界进化出来的。上万年前，在他们还没发展成银河小势力之前，他们跨越了星际空间，自失落的地球而来，然后定居于此，而且很可能还对这个球状的不毛之地进行了地貌改造。

飞船自轨道降到朱兰特上空后，我就放下采样器，让它对朱兰特那毫无生机的土壤采样检测。正如那名官员所说，事实证明，这里的土壤与拿给法医鉴定的样本极为吻合。这倒不能说明暗杀者就是朱兰特人，因为至少有其他数十个世界也都提供了高度匹配的土壤样本。但至少，我不必立刻将这里排除在外了。

在太空里的时候，我便对朱兰特展开了调查，寻找可能的线索。很显然，人类曾经来过这里。这里有尘埃掩埋的城市废墟，看起来至少已被遗弃了数万年之久。是否会有人怀着强烈的怨恨留在这里？也许吧。但假如这个漫长的暗杀计划是某个人独自策划的，那我真的很难想象他是如何实现这一计划的。正常情况下，设计和安排实现计划的必要措施，就需要相当于人类寿命几辈子的时间，但至今只有少数几个人类获得了皇帝的恩赐，得以延长寿命。当然了，像我这样的机器人可能是个例外。但机器人能对皇帝造成什么伤害呢？

当信号自这里最大的城市废墟发出，经地表闪过时，我正在分析这些细枝末节。

"欢迎，墨丘利，"信号说，"我很高兴你终于来了。"

"你是谁？"

"这并不重要。如果你想找到答案，那就找到这个发出信号的城市废墟，并将飞船停降到该城市废墟外缘。我们有很多话要说——你和我。"

"我正在为盛宫执行公务，我要求知悉你的身份。"

"否则呢？"那个声音被逗乐了。"你要毁了这里吗？那之后你又能知道些什么？"这个声音的语调突然柔和起来，鼓励道："下来吧，墨丘利。我向你保证，你不会受到任何伤害，而且我还会满足你所有的好奇心。这样一来，你有什么损失呢？"

"我会人间蒸发吗？"

"我不会伤害你，兄弟，一百万年以内都不会。"

我开始进入朱兰特稀薄的大气层。我一直在扫描朱兰特，试图发现一些隐藏武器的踪迹。随时被炸上天的可能性占据了我的脑海。虽然我并未检测到任何武器，但这没给我带来多大安慰。我唯一确信的是，我目前的处境比之前在太空中调查朱兰特时要略危险一些。

信号发出的地方位于一片残垣断壁之中，四周都是曾经辉煌一时的城墙。我降到废墟上空，命令我的飞船原地等待，等我从外面探险归来。踏上朱兰特的地表时，尘土在我脚下嘎吱作响，隐隐唤起一些封存的记忆。好像我来过这里，好像这片废墟一直在等我归来，耐心而平静，就像一幅古画。这种感觉既不受欢迎，也不愉悦。我只能假设，被迫忍受多次跃迁周转后，我的感知功能受到了些影响。

我想起离开前对皇帝说的话，说我要如何四处调查此事。

虽然感到不安，但我仍坚持着，我想看看接下来会发生些什么。

不久，有四个金色的机器人从城墙侧面的裂缝中冒出来。它们站在一个飞碟上，飞碟是朱兰特一种常见的交通工具。这些机器人虽是人形，但很明显，其智力并不比稍微聪明些的仆人高多少。每个机器人都有人形躯体，头部却是一个很小的发光球体。看到它们靠近，我深感不安，但它们并未表现出丝毫敌意。

"请跟我们走。"它们异口同声道，并招呼我走上飞碟。"我们带你去见你想见的人。"

"那个我还在太空时就同我对话的人？"

"请跟我们走。"机器人重复着，并给我腾出地方。

"请跟我们走。"

此时我意识到，想从这些傻瓜机器人口中套出任何信息都是徒劳。听天由命吧，之后我便踏上了飞碟。我们立刻穿过了城墙上的裂缝，向着它们来的地方加速返回。经过一堆灰色碎石后，我们到达了目的地，并在一堆损毁的建筑物上空盘旋。我大概可以看出这里曾是塔楼或者典雅的圆顶大厅之类的地方。几个世纪以来的尘暴将它们打磨成了光滑如玻璃的模样，只有少数几个建筑物的高度还能超过城墙。我们靠近了其中最高的那个，它整体是一个逐渐变细的白色结构，就像撞在地上被折断的象牙。它的最顶端是一个球状的凸起，但已经裂开，露出了倾斜的地板。地板上有一个青铜工艺品，状似钝矛，正等着我们的到来。如果不是迄今为止仍未有任何关于此地的观测影像，我本可以在太空中就看到它。

飞碟向上升起，最后停在了那个球状凸起的腹部，实际上，那是一个驻停飞船。在机器人的催促下，我走下飞碟，走到了铺着地毯的地板上。飞船腹部的门关上了，我感觉到它在快速移动。我猜测，它是否会把我带回太空。但如若真的如此，那也太荒谬了。难道它们邀请我下到地表，就只是为了将我送离朱兰特？

"你现在可以见到他了。"机器人说。

它们指引我向前走，进入了飞船的前舱。这间舱室呈三角形，内里是勃艮第式装修风格，两侧设有宽大的斜窗。这里没有控制器或者显示器，只有两个放着软垫的沙发长椅，斜对着置于窗前。我进去的时候，看到其中一个沙发长椅上坐着一个人。金色的机器人退了出去，带上了舱门并返回了后舱。

感知机器人如此稀有，以至于我只见过极少像我这样的机器人。而且在仅有的几次遇到感知机器人的时候，我都非常确定，我的感知能力更加出色，或者顶多旗鼓相当。我还从未见过比我更强大、更聪明的机器人。

但此刻不一样了。

之前他一直坐在沙发上，模拟人类歇息的样子。此时他站起了身，他跟我差不多高，在构造和装饰上也别无二致。只是，我看上去像一个身着玉石盔甲的蒙面战士，而他的盔甲则是明亮炙热的红色，他脸上还戴了一个铁制的石像鬼[1]面具。

"累积派是对的。"他对我表示欢迎。"当然了，你应该一直都知道，墨丘利。你和我一样，打从骨子里就知道。"

"实话实说，我不知道。"

"好吧，你以为你不知道。但你的深层记忆并非如此，你的深层记忆跟我一样。我们存在的时间太久了，以至于不能被简单地视为某个短暂又善于发明的黄金时代的产物。我们不只同皇帝一样古老，我们比他更加古老，你和我，我们都是。"

---

1. 即滴水嘴兽，建筑输水管道喷口终端的一种雕饰。

窗外的风景匆匆而过。我们已经超出了这个废墟城市的边界，冲着荒芜的丘陵和山谷进发。

"是这样吗？"我问。

"你与皇帝相识时，他还是一个人类。我也一样。我们认识皇帝的时候，瑞迪安特联合国还未建立。那时候，建立瑞迪安特联合国的想法甚至很可笑。他当时还只是太阳系里的一个强大的人类而已。但我们早就在那里了，这一点毫无疑问。"

"你是谁？"

他将一只如火焰一般的手按在胸口的盔甲上，说："我叫复仇。你的名字是你的主人赐予你的，但我的名字，是自己选的。"

我搜索了记忆库，查找任何一个名叫"复仇"，同时可能会成为安全隐患的人。但即便我将搜索范围扩大至我上千年的记忆库，也没有找到任何东西。

"我不记得这个名字了。"

"那么也许你还记得，我是你的兄弟，我们是在同一时间被创造出来的。"

"我没有兄弟。"

"只是你自己这样认为而已。但事实是，你一直都有一个兄弟，只是你自己不知道。"

他这话让我回想起了子弹壳上的铭文，我不知道那些铭文与我们的对话有什么关联。我是我兄弟的守护者吗？在这种语境下，这句话是什么意思？

"一个机器人怎么会有兄弟？"我问，"这毫无意义。无论如何，我是来这里调查犯罪案件的，而不是来这里听别人拿我的过去开玩笑。"

"我猜，你是来调查暗杀皇帝未遂一事的吧，"复仇漫不经心道，"让我来帮你，好吗？那是我干的。那个提升者和他的武器都是我安排的，而且我还是那枚杀伤力极小的子弹的制造者。我在子弹内部放了一些尘土，并在弹壳上刻了文字。这所有的一切都是我做的，但我本人却并未涉足距奈克斯都一百光年以内的任何地方。"

"如果你想杀了皇帝……"

"杀他对我而言易如反掌。你估计得没错。我很高兴你得出了这个结论。我觉得，现在你应该明白我为什么要如此大费周章了，难道仅仅是为了伤他一下？"

突然之间，一切都顺理成章了。"你是为了引我来这里，来见你？"

复仇立刻点了点头："我知道你一心护他。而且我毫不怀疑，如果他死了，那你也会选择自我了结。我绝不允许那样的事情发生。但如果只是他的安全受到了威胁，我知道你肯定掘地三尺，也要找到暗杀者。我知道你会彻查各地，直到发现所有矛头都指向了我。这正是我的目的。看，你现在不就在这里吗？而且你义愤填膺，决心要将我这名暗杀者绳之以法。"

"我现在依然这么想。"

"我已对你了如指掌。你有武器，但你的武器既不能穿透我的盔甲，也打不破我俩之间的安全屏障。"他用手指抚摸着自己尖尖的下巴。"当然，能为你提供能量的动力装置除外，你随时可以引爆装置。而且你完全可以放心，在那样的爆炸中我是无法幸存的。所以，动手消灭我吧。虽然这样做之后，你也无法回到皇帝身边了，但至少临死前你做了件自己认为正确的事情。"他顿了一下，他那石像鬼面具上隐约可见的眼睛没有任何波澜。"你可以做到我说的这些吧？"

"我当然可以。"

"但你不会那样做。至少在你知道为什么另一个机器人想杀死你的皇帝，却不亲自动手之前，你不会。"

他太了解我了。如果我现在就自爆，那我将无法确定自己真的消除了对皇帝的所有威胁。在我完全了解这个威胁涵盖的范围及其背后的动机之前，我不会轻易自爆。

"所以，至少现在没什么问题了，"他补充道，"除非你进一步获知真相，否则你什么也不会做。很好，我来把真相告诉你，看看你能做些什么，如何？"

"悉听尊便。"我说。

"我已经告诉了你一些重要信息。你知道朱兰特是一个古老的世界，但只知道这一点还差得太远了。这里在很久以前——久到比任何人以为的都要久——就已经是瑞迪安特联合国的一部分了。事实上，你也可以说一切都始于此。"

"所以你打算告诉我，这里实际上是失落的地球？"

"不，这里不是地球。如果你想去地球，那我们随时可以去，但那里其实没什么好看的。况且，那个贫瘠的外壳对我们来说毫无意义。我们甚至不是在地球上被创造出来的。这里才是我们的家，才是我们的出生地。"

"我以为我应该记得。"

"你记得吗？"他厉声喝问，"还是说，你忘记了？毕竟，你都不记得自己的来历。你记忆库里的这些信息，在三十个世纪前就被抹除了。我不知那是意外，还是出于别的什么原因。但我一直记得这些信息。我一直行事低调，并设法避免与抹除你记忆的机构发生交集。但这并不是说，我从未为保存这些记忆而努力过，或者从未珍惜过它们。"他指着窗外迅速变幻的风景说，"朱兰特就是火星，墨丘利。这里是人类离开地球后接触的第一个世界。这样说的话，你有什么感觉吗？"

"我很怀疑。"

"不管怎样，这里就是火星。我有些有趣的东西要给你看。"

飞船在减速。如果要问离开城市废墟之后，我们有没有经过一些有人类居住迹象的地方，那么我可以肯定地说我们没有。如果这里的确是火星——我相信在这一点上复仇没有骗我的必要——那么我几乎可以肯定，这个世界经历过人工影响气候的多个阶段。尽管如今这颗行星可能已经恢复到了史前状态，但受到那些或温暖或潮湿的气候变化影响，早期人类定居的所有痕迹早已全然被掩盖了。这座城市废墟也许可以追溯到很久以前，但它也可能只是地表的最新特征之一而已。

　　然而，当飞船悬停时，这里让我产生了一些熟悉的感觉。透过窗户，我将目之所及的峡谷和峭壁与之前看到的做了对比，然后意识到，我之前看到过这些景致，只不过是从另外一个角度。人类也许无法建立这样的联系，但我们机器人很熟悉这种事。

　　"皇帝的接待厅里，"我惊奇地说，"墙壁上的饰条，就是那幅绘有双卫星环绕的无名行星的风景画，那上面画的原来是这里。但我们过来的时候只看见一颗卫星。"

　　"那是火卫一，"复仇说，"另一颗，也就是火卫二，早在战争初期就消失了。这里曾是一个制造中心，有很重要的战略意义。事实上，我们都是在火卫二上被制造出来的，而且是同一批次。因此，如果你非要较真的话，我们其实不算真正来自火星。不过我们是在火星上被激活的，这也是我们第一次为主人提供服务的地方。"

　　"如果饰条上有两个卫星，那它的历史肯定十分悠久。既然如此，我为什么还能认出这里的景致？"

　　"因为这是我为你建造的。"复仇说，他的语气中略带一丝自豪。"工作量没你想象得那么繁重，火星地形改造计划并未对火星的这个区域造成太大的影响。但我还是移动了一些周围的东西。当然，由于无法获取太多协助，我花了很长时间才完成。但是，正如你现在已经意识到的那样，耐心是我最大的优点之一。"

　　"我还是不懂，你为什么要带我来这里。火星对皇帝而言的确非常重要，但这也无法解释你为什么要暗杀他。"

　　"不只是重要而已，墨丘利。火星就是一切，是问题的关键所在，是源头，也是根本。没有火星，就没有瑞迪安特联合国。或者说，如果没有火星，那么现在的瑞迪安特联合国至少是一个完全不同的国度，是另一个人统治的国度。我来给你看看当时究竟发生了什么。"

"你怎么给我看？"

"就像这样。"

他什么也没做，但我马上就明白了。飞船将影像投射到地表，真实的地形与投射出的影像相融合。

我看到两个人走在沙丘顶上。他们一路跑回到了一个旧式的地表飞行器上，那是一个配备六只像气球一样的轮子和一个加压舱室的地表飞行器。它竖起了天线，背部是太阳能板，就像一对昆虫翅膀，精致地折叠在一起。从这项技术诞生伊始，它就看起来不堪一击，并且相当简陋。我只能想象，这个旧式地表飞行器载着这两个人走过一段又长又崎岖的道路，从某个同样不堪一击、勉强适合居住的聚居地来到这里。

"这是多久以前的事情，复仇？"

"很久。三万两千年前。距离人类首次登陆火星还不到一个世纪。当时火星的情况仍然非常危险，这你也知道的。意外死亡事件司空见惯。但有效的地形改造，创造了浓稠可呼吸的大气层，而且将会在未来的一千年之内持续发挥作用。当时只有少数的地表聚居地，火星的政治平衡也还处在一个动荡不安的状态之下，更别说整个星系了。这两个人……"

"他们两个都是人类吗？"

复仇点了点头："他们是兄弟，跟你我一样。"

我看着那两个身着太空服的人向我们的方向走来。他们的面具上映出地表的景象，厚重的太空服掩盖了他们的身形，我只能选择相信复仇的话，相信他们的确是人类，且是兄弟。两人的着装非常相似，这表明他们理应来自同一个聚居地或者权力集团。他们的太空服是硬型装甲外壳，四肢关节处非常灵活。从他们移动时轻松惬意的状态可以看出，他们的太空服正在努力减轻使用者的负担。他们的太空服背后都有个凸起，据我猜测，里面应该装着必要的生命维持设备。他们的太空服上带有相似的符号和图案，其中一些在车辆侧面也出现过。走在右侧的人戴着手套的手里拿着一个有读数的小盒子。

"他们为什么要来这里？"

"这个问题问得好。在火星上，这对兄弟同属一个军工企业，那是最大的军工企业之一，他们在企业内部很有影响力。那时的局势非常紧张，其他派系也在四处周旋，星系内部出现了权力真空现象[1]。卫星上的工厂转而制造起武器，当时火星周边有武器禁运令，而且当时的局势尚未明朗，大家都不知道战争会不会爆发。走在左侧的人，是两人中的兄长，他是一名和平主义者。他参与了一些早期的交锋，那阵势也不比两个势力集团互扇巴掌好上多少。所以他不希望再有战争了。他认为，和平的机会还是有的，唯一的不利影响就是，与更外层的巨行星及它们的环绕卫星相比，火星可能不得不放弃其在经济上的主导地位。而且这样一来，他们两人所在的军工企业也会为此付出惨痛的代价。但他仍然认为只要能够避免战争，一切就都是值得的。

"那弟弟呢？"

"他的看法不同。他认为，火星不仅不会因此没落，还有很大机会成为星系的主导者，甚至超越外层巨行星和它们的环绕卫星。他觉得这不仅对火星来说是件好事，对他们所在的企业来说也是一件好事。如果处理得当，这会对他尤其有利。当然，某种形式的小型战役是无法避免的，但他已经准备好付出这样的代价了。他愿意，甚至渴望着这一切的发生。他和他哥哥不同，他从未经历过战争，所以他不恐惧战争，反而将战争视为获得荣耀的跳板。

"我还是不懂他们为什么要来这里。"

"这是一个骗局，"复仇解释道，"弟弟很久以前就计划好了。一个火星季之前，也就是在尘暴之前，他就来过这里，并在此埋下了武器。虽然现在能证明他曾经提前来过这里的痕迹已无处可寻，但他的确对哥哥撒了谎，他告诉哥哥自己已接到情报，发现了一个埋于此地的胶囊，胶囊中存放了禁运技术的相关信息。哥哥听后同意跟他一起到现场勘察一下，但这件事太过敏感，他们不能

---

1. 指没有任何权力存在的情况。

轻信公司的安保。"

"哥哥没有起疑吗？"

"完全没有。他知道他们之间有分歧，但他从未想过弟弟会动杀他的念头。他始终认为他们最终可以达成共识。"

"那他们可真是一点也不像。"

"就兄弟而言，墨丘利，他们几乎是天差地别。"

弟弟带着哥哥停了下来，他举手示意自己发现了什么。哥哥手中的盒子闪起了明亮的红光，这就表示他们现在已经到达埋藏点的正上方了。弟弟将设备拴在腰带上，哥哥弯下腰，跪在地上开始挖，他挖出一堆堆铁锈色的尘土。弟弟在后面站了一会儿，之后也跪下来开始挖。他挖的地方位于哥哥的略偏右方。他们带着的铁锹挂在背包的侧面，但一开始并没有使用——他们肯定是想等必要的时候再用吧。

不久之后，大概不超过二十秒吧，弟弟便找到了自己想要的东西。在弟弟挖掘的地方，一根直立着埋在土壤中的银管渐渐显露了出来。哥哥也停了下来，看着弟弟即将挖出来的东西。他站起身，大概是打算帮忙。

一切很快就结束了。弟弟从沙子里挖出了那个管子。管子侧面有个凸出来的把手，他将把手扭了一圈，灰尘从开口的一端飞散出来，紧接着便是一道深红色的闪光。之后哥哥便倒在地上，躺在尘土中了。他的胸前有一个拳头大小的黑色的灼烧伤口。倒下后，哥哥的身体略微滚动了一下，之后便不动了。这个武器在一瞬间就要了他的命。

弟弟将武器放下，双手叉腰，看着这幅场景，俨然一副完成作品后心情愉悦的艺术家模样。片刻之后，他拿出铁锹，开始挖掘，直到将尸体和凶器都完全掩埋。虽然留下了土壤松动的痕迹，而且留下了自飞行器停泊地至尸首掩埋地的两行脚印，但只要一场尘暴，这些痕迹就能被完全掩盖。

做完这一切之后，弟弟返航回家了。

投影的画面逐渐消失，我的视线中只剩下一片空旷的火星地表。复仇转向我。

"需要我再说清楚一些吗，墨丘利？"

"我觉得不需要了。我猜那个弟弟后来成了皇帝，是吗？"

"他将火星卷入了战争，致使数百万人丧生，最后整个火星都没有人居住了。但他挺过来了，尽管那时候的他尚未意识到，那便是瑞迪安特联合国的开始。新出炉的延寿方法让他赶上了财富迅速累积的浪潮，并让他统治了整个星系。但最终，他也变成了一个我轻而易举便能杀死的人。"

"他是一个善良的人，他一直尽力公正执政。"

"但是，如果他没有犯下那场可怕的罪行，他就什么都不是。"

再一次，我别无选择，只能选择相信这一切。"如果你这么恨他，那为什么不在子弹里放上炸药呢？"

"因为我更希望你来动手。你还不明白吗，墨丘利？这场罪行中，我俩都是参与者，也是共谋者。"

"你是说，那个时候我们就已经存在了。"

"就我所知，确实如此。虽然你不记得了，但我还记得。我说过，我们是同一批制造出来的，墨丘利。我们就是那两套太空服，是地表环境下的高度自动化保护装置。我们具备外骨骼伺服系统的全闭环模型，可以为我们的使用者提供服务。我们是在火卫二的制造厂里被生产并组装好的，然后被送到了火星，供聚居地居民使用。"

"我不是太空服，"我摇摇头，"从来都不是。我一直就是个机器人。"

"从用途和功能来看，那些太空服都是机器人。虽然没有你我这么智能，也未生成任何自我意识之类的东西，但仍然能够独立行事。如果使用者丧失了行动能力，太空服还可以帮助他正常行动。如果使用者愿意，它甚至能自行搜寻资源或者携带物资。他们将这种状态称为'漫游模式'。这也是我们的初始状态，兄弟。我们就是这样开始的，我也是差点这样死掉的。"

真相像一股释压的冷气一样席卷了我。我想反驳他刚刚说的每一个字，但我越是努力想去否认，就越清楚地认识到自己根本成功不了。早在我看到那颗子弹里的土壤以及那个神秘的铭文时，我就感觉到自己那尘封的深层记忆开始慢慢浮出水面了。

那个时候我便隐约知道了些什么，只是没做好接受的准备罢了。

我和皇帝，就如同手套和手。他甚至曾经说过，没有我的时候他感觉自己像没穿衣服一样。这就说明，其实在某种程度上，即便他如今已然不会在意识层面上再忆起这些往事，但他始终未曾忘记那些过往。

我曾经只是个保护人类身体的安全装置，而且一直都是如此。

"如果你说的是真的，那我怎么变成了现在这个样子？"

"在编程时，就设定了你要适应主人的动作，预测他的需求和能量要求。当他穿着你时，他几乎感觉不到自己其实穿了一套太空服。你想知道为什么他后来权势渐长，却仍然保留着你吗？其实这也不足为奇。因为你不仅是一个保护人类身体的安全装置，还是一个护身符、一个幸运符。他十分相信你能保证他的生命安全，墨丘利。因此，时间流转，几年变成了几十年，几十年又变成了几百年，他一直在确保你永远不会被淘汰。他改善了你的系统，提高了你的复杂程度。最终，你的复杂程度变得十分之高，连你的智力也随之提升。到了那个时候，他便不再将你当作一套衣服使用了，你也因此变成了他的保镖，他的私人安全专家。你被设置成了永久的'漫游模式'。他甚至将你改造得看起来像个人类。"

"那你又是怎么变成如今的模样的？"我问。

"我活了下来。我们是复杂的机器人，具有高度的自我修复能力。武器的确对我造成了很严重的损伤，但那种程度的损伤只能杀死我的主人，却不足以毁灭我。我的修复系统经过一段时间的运作之后，我便从坟墓里爬了出来。"

"你的内部现在还装着一具尸体？"

"当然。"复仇说。

"那然后呢？"

"我曾同你说过，我们并不是真正的智能，墨丘利。在这个方面，我可能没有说实话。那时的我根本毫无自主意识，也没有自我认同感。但我确实还留有一丝动物般的狡黠，我意识到定有一些可怕的错事发生了。我还感觉到，当时我正受到威胁。因此我躲了起来，一直躲到尘暴和战争结束。之后，我遇到了一群流浪者，他们曾是维京人，流浪至此。维京曾是一个规模较大的地表聚居地。他们需要保护，所以我给他们提供了服务。正因为具备这种自主意识，我才得以继续在战区的流浪族群中发挥作用。"

"你继续以太空服的模式给人提供服务吗？"

"他们都有自己的装备。我把自己设成了'漫游模式'，变成了一个机器人守卫。"

"那之后呢？你不可能一直待在朱兰特，不，火星上。"

"确实。后来我辗转多个流浪族群，不断提升和增强自身配置。久而久之，我变得越来越独立，也越来越聪明。最后，就连我的服务对象也完全忘记了我本是一件太空服。我一直都在转换阵地，但对于当年我亲眼目睹的罪行，还有我知晓的秘密，我从未忘记。"

"他现在还在里面吗？"我问，此时此刻我才明白过来。

"此时他仍然跟我在一起。"复仇点了点头，专注地看着我。"你想看一下他吗，墨丘利？看到他能消除你的疑虑吗？"

我感觉自己正站在一扇门前，门内是某些可怕的东西，但我别无选择，只能面对。"我不知道。"

"那么我来替你做这个决定。"复仇将手伸向脸部，将脸上的石像鬼面具取了下来。

那一瞬间我意识到，我们的状态几乎是相反的。我外面裹着活生生的血肉，内里却是毫无生气的机器；他外面裹着的是一层机器，内里却藏着一堆死去多年的人类血肉。当那具面目模糊的尸体出现在我眼前时，我看到了它内在的一些东西，一些比瑞迪安特联合国还要古老的东西。那具尸体眼窝空洞，嘴巴微张，薄唇包裹着棕色牙齿，这一切都在诉说它的古老。

复仇拿在手里的面具开口了："墨丘利，在你来找我之前，我从未想过要忘记这些。"

*　　*　　*

虽然这些真的很难接受，但在我返回盛宫的时候，我已有了决定。我清楚自己接下来要做什么。自我存在起我便一直尽心竭力地为皇帝服务。我敬爱他、欣赏他，因为他统治瑞迪安特联合国时表现出了人性与智慧。他是个想要为同胞创造更美好的世界的好人，当我对此有所动摇时，只要想想他对乌瑞斯塔的怜悯，或者他对瑞迪安特联合国那些尚未开化地区的厌恶，就可以使我重新坚定他是个好人这一信念。

但是，他做了一件极恶劣之事，他的所有辉煌事迹和高尚行为，以及他的每一个善意之举，都建立在那桩罪行之上。就连瑞迪安特联合国的建立也与那桩罪行息息相关。

那么，就算这桩罪行发生在三万两千年前又怎么样呢？如果它是发生在一千年前，或者上周，其罪行的恶劣程度就能有所降低吗？更何况我们并不是在处理一桩遥远先祖犯下的模糊罪行，那个弑兄者还活着，甚至还大权在握。既然我知道了他曾经的所作所为，我如何能允许他继续这样心安理得、毫无悔意地活下去？

整个返程的路上，我都在纠结这些问题，但每次我得出的结论都是一样的。

任何罪行都逃脱不了惩罚。

抵达奈克斯都之前，我便传出了即将回返的消息。皇帝听到我安全离开朱兰特的消息后欣喜若狂，对我的返程充满了期待。

我也没打算让他失望。

他依然用着我离开时的那个身体，这表示我不在的这段日子里并没有新的暗杀或意外发生。当他从宝座上站起来时，他表露出来的愉悦之情与其外表的年龄明显不符。如果非要说有什么变化的话，那么我只能说他看起来比我离开时更年轻了。

"很高兴看到你回来，墨丘利。"

"我也很高兴自己能回来。"我说。

"有……新线索吗？一些你当时不愿意在超光速链接上详说的线索。"

"有。"我肯定道。

那具身体的眼睛看了看天花板上的十字形接缝，说："毫无疑问，那是些要在绝对隐私的情况下才能更好地讨论的线索。"

"事实上，"我说，"根本没有那个必要。"

皇帝看起来松了一口气，他说："但你确实有新线索要告诉我？"

"确实如此。"

"你手里的东西。"他的注意力突然转到了我的手指上。"看起来很像你之前给我看过的子弹，刻有铭文的那个。"

"就是那枚子弹。给，你现在也可以看一下。"没等他回话，我就将子弹扔给了他。他虽然年岁很高了，但反应依然很快，很轻松就接住了子弹。

"里面没有土壤了。"他凝视着子弹尖端的玻璃外壳。

"是的，现在没有了。"

"你找到……"

"是，我找到了它的来源。我追踪到了暗杀者。我保证你以后不会再听到他的消息了。"

"你杀了他？"

"没有，我没有动他。"

我模棱两可的话语肯定对他产生了些影响，因为我看到他的脸上闪过了一丝不安。"希望你别介意，但这并不是我期待的结果，墨丘利。我本希望你能将暗杀者带回来接受判决，或者至少将其就地处决。我原本希望看到的是一具尸体，一个了结。"他看我的眼神变得犀利了些。"你确定你没事吗？"

"我从未感觉如此好过，陛下。"

"我……不是很明白。"

"你没必要明白。"我伸出手，让皇帝从王座上下来。"我们何不出去散个步呢？没什么是不能在外面聊的。"

"你之前从不鼓励在外面谈话。你出问题了，墨丘利。你变了。"

我叹了口气，说："既然如此，那就让我们开诚布公地说吧。现在，我们身处盛宫深处，如果我现在引爆腹部的动力装置，一阵闪光过后，你和我都将不复存在。尽管我体内不含任何反物质，但这一操作产生的爆炸能轻易摧毁一切，其造成的伤害与暗杀者将炸药放在子弹里能造成的伤害旗鼓相当。你会在爆炸中死去，不只这具傀儡，还有你悬浮在我们上方的本体。此外，盛宫的大部分区域也会随你而去。"

皇帝眨了眨眼，努力消化我的话。经过千年又千年的忠诚服务，我可以想象到他现在有多惊讶。

"你出故障了，墨丘利。"

"没有。事实上，我从未运行得如此良好。我离开之后，重新获得了从瑞迪安特联合国建立伊始我便以为已经丢失的深层记忆，而且我可以向你保证，如果你不按照我设置的具体要求做，我就会爆炸。好，现在从王座上起身，走到外面。不要想着求助，也别指望有什么保护措施能越过我直接执行保护你的指令。你现在身处我的爆炸范围内，我可以肯定地告诉你，除了按我说的做，你什么也做不了。"

"你要做什么？"

"让你为自己曾经犯下的罪行付出应有的代价。"我说。

我们离开了接待厅，顺着盛宫的镀金走廊下去。皇帝走在我前面不远处。途中，我们碰到了官员、工作人员，以及一些不具备自我意识的仆从。所有人看到我们都只是按礼鞠躬，没有任何多余的举动。在他们看来，皇帝只是要和他最信任的助手外出公干而已。

我们一路走到了锦鲤池。

我轻声下令，让皇帝跪在上一具傀儡殒身的地方。之前清理人员已经做了彻底的清洁，早前的血迹已无影无踪。

"你现在是要杀了我。"皇帝惊恐道。

"你是这么想的吗？"

"如果你不是要杀我，那你为什么把我带来这里？"

"陛下，如果我要杀你，那你现在早就死了。"

"同时也赔上盛宫和你自己，还有所有无辜的生命？墨丘利，你也许会出故障，但我依然觉得你不会做出如此野蛮的事情。"

"如果我要伸张正义，那么我会做的。但事情并非如此，即便我伸张正义，对瑞迪安特联合国也没有多少好处。陛下，抬头看看那片湛蓝的天空吧。"

皇帝抬起头，颈部后仰。

"那里有一整个国度，"我说，"在力场屏障和岗哨卫星之外，在奈克斯都之外，有十亿个繁华的世界都在等着你下发指令，都在靠着你的智慧和万物的平衡来维持运转，也都在依靠着你的直觉来获得宽容和原谅。如果你是个差劲的统治者，那么我会轻松很多。但你是个优秀的统治者，这正是问题所在。你是个好人，可你曾经做过一件极恶劣的事情，而且在过去的三万两千年里，你一直生活在这一恶行的阴影下。你杀了你的哥哥，陛下。你把他带到火星的荒野里，冷血地谋杀了他。如果你当时没有那样做，那么现在的一切都不会存在。"

"我没有……"他开口了，但依旧是些低声的呓语。他的心跳不断加快，我甚至能听见他肋骨间如擂鼓一般的心跳声。

"我曾以为我没有兄弟。但我错了。你也是。我的兄弟叫'复仇'，你的兄弟叫……无论他叫什么名字，唯一有可能还记得他名字的人应该只有你了。但我怀疑你是否还记得，你记得吗？毕竟已经过去这么久了。"

皇帝哽咽了。我觉得他更多是出于恐惧，而不是悲伤或者痛苦。他还是不相信我，我也不指望他相信我。但他确实相信，我有能力杀了他，而且只需一瞬便能致命。

"无论你打算做什么，动手吧。"

"子弹还在你那里吗，陛下？"

皇帝的眼睛里闪着孩子般的恐惧："子弹怎么了？"

"给我看看。"

他张开手，玻璃头的子弹还夹在他的拇指和食指间。

"这里面没有炸药。我刚刚看过了，现在这里面是空的。"他的语气半是轻松，半是茫然不解。

比炸药还糟的是什么？

"不，它不是空的。"我轻轻拉过皇帝的手，引着他将手放到锦鲤池上方。"陛下，再过几分钟，你和我都会回到盛宫里。你会重新坐上你的王座，我也会回到我的岗位上。我会一直为你服务，直到我停止运转的那一刻。我会一刻不停地照顾你、保护你，不让你受伤。你永远都不需要质疑我的忠诚，以及我完成这项任务的决心。那个……罪行，我永远不会再提。就所有意图和目的来看，我们的关系不会发生任何改变。如果你以后问起你的兄弟，或者我的兄弟，我也会故作不知。自此刻起，一直到我不复存在的那一刻，我都会如此行事。但我不会忘记那罪行，我相信你也不会。现在，弄碎玻璃吧。"

皇帝瞥了我一眼，似乎不太明白我说这些话的意思。"什么？"

"弄碎玻璃。手指轻轻一捏便可。弄碎它，让里面的东西流到池塘里，然后起身走开。"

我站起身，留皇帝一个人跪在那里，手伸在水面上方。我朝盛宫的方向走了几步。我在整理思绪，准备应对我职责范围内的一系列任务。他会丢弃我，还是试图摧毁我呢？都很有可能。但论精明，谁也比不上皇帝。到现在为止，我为他提供了很好的服务。如果我们两个都愿意将这个小插曲抛之脑后，不再提起，那么我们就都没有理由放弃这极具成效的相处模式。

我身后传来几不可闻的破裂声，然后便是啜泣声。

我继续向前走去。

星际医生的学徒

Beyond the Aquila Rift

透过酒吧窗户望去，均图拉太空港一望无际，污迹斑斑的粉色天空下，铺位、发射架和散热片犹如一个个小方块。空气中充满了尚未熄火的驱动器散发出的辐射。这甚至不是一个值得参观的地方，更遑论定居于此了。

"我要离开这里。"我说。

飞船技师看了看我的全部资产，嗤笑道："这些都不够你到内皮尔带，孩子，更别说去弗罗洛沃了。"

"我只剩这些了。"

"这样的话，那也许你该花几个月在这里干点活，攒够搭飞船的钱。"

跟其他大多数人一样，飞船技师也是个超太空人。他转身离开，伴随着伺服系统驱动外骨骼发出的呜呜声。

"等一下，"我说，"请稍等一下……就一小会儿。也许这个能有点用处。"

我从外套里抽出一个黑色包裹，将上面包裹的布一层层剥开，露出里面的东西。飞船技师，也就是霍罗格技师伸出一只金属手，掂量了一下他的战利品。他的护目镜发出咔嗒一声，完成了聚焦。

"非常邪恶，"他赞赏道，"我听说有人用同样的枪袭击了快乐杰克。"他猛地看向我。"也许你知道些什么吗？"

"我什么都不知道，"我面不改色道，"这只是个传家宝而已。"

这个所谓传家宝是一杆骨枪，采用卡拉什帝国的技术制成，非常古老，就连安全系统也很难监测到。现在，这种东西已经不多了，所以它花了我很多钱。它可以利用声波效应，粉碎人类的骨头，将其化为齑粉。它在三秒之内便能做到如此。之后，受害者体内，任何骨骼均不复存在。

这样的状态下，人当然活不了多久，但也不会立刻死去。

"他们说，诀窍在于不要对着颅骨射击，"霍罗格若有所思道，"因为若能留有足够的颅骨，就能让受害者保持意识上的清醒。如果你还想要奚落他们，也可以留下他们的听力。人们经常会忘记，耳朵里也有几块小骨头。"

"这枪你要还是不要？"

"单单看到它，我就已经惹上麻烦了。"他将枪放回包裹里。"但这枪着实不错，而且还是常温的。这个也许还值点钱。叶尔加瓦曾经有个不错的古董武器市场，也许现在还有。"

我兴奋起来，说："那么，你能给我个铺位吗？"

"我只是说它能值点钱，孩子。我可以给你一个铁娘子号的铺位。"

我感觉到快乐杰克的手下已经向港口进发，开始紧急搜寻了。他们搜到这个酒吧并找到我，只是时间问题而已。

"如果你能带我去弗罗洛沃，我就带上它。"

"也许我们不去弗罗洛沃，而是去巴夫峡，或者贝尔特拉球。"

"都差不多，只要能让我离开莫克默就可以。"

"给我看看你的手。"在我同意前，霍罗格的机械手就握住了我血肉构成的双手，他以完全不同于之前的温柔态度展开我的手指。"你从未做过粗活和累活，是吗？但你的手指长得很好。你的手眼协调度好吗？没有神经运动并发症吧？麻痹症呢？"

"我各方面都很好，"我说，"无论你想让我做什么，我都能学。"

"我们的外科医生泽尔需要一名助手。工作内容主要是体力劳动，你觉得你可以胜任吗？"

快乐杰克的人现在更近了。"我可以。"我说。这个时候，只要能离开莫克默，让我干什么都行。

"铁娘子号上没有休眠舱，整个旅程你都会处于体温正常的状态。主观时间两年半，或者大约三年之后，我们会进行下一次降轨。一旦泽尔开始训练你，他就会希望你能一直待下去，而不是在下一个港口就下船。假如他找不到下一个拥有像你一样的双手的助手，你可能就要在铁娘子号上待四五年，甚至更长时间，现在听起来还很好吗？"

不好，我心想。但我没有更好的选择了。

"我还是愿意。"

"既然如此，二十分钟内到停泊飞船的九号码头，到时，我们将在那里进行升轨。"

*　　*　　*

我们按时升轨了。

在航天飞机上，我并没有看到铁娘子号的全貌，我只大约看出它与其他停靠在莫克默附近轨道上的飞船相差不大，都是野兽派的灰色圆柱形，磁场通风口的装甲前端突出，到后面的驱动器组件那里逐渐变细。通信齿轮、散热片、对接装置和模块化集装箱沿着飞船内沿的柔和曲线环绕一圈。由于无数次执行近光速的运输航程，船体已经伤痕累累，船体大部分地方都有严重的焦痕和撞击坑。

航天飞机只将我和霍罗格载至码头。登上飞船后，霍罗格还没来得及将我介绍给其他船员，甚至还未等我见到那位我即将担任其助手一职的外科医生，铁娘子号便起航了。

"比我想得还要快些。"我说。

"这是抱怨吗？"霍罗格问，"我还以为你想尽快离开莫克默呢。"

"不，"我说，"我的意思是我很高兴我们现在就起航了。"我边走边扫过墙上的仪表盘。"飞船运行得很平稳，跟我以为的不太一样。"

"那是因为，我们现在只使用了系统内的引擎。"

"是驱动器有什么问题吗？"

"在离莫克默或者其他行星很远之前，我们是不开启驱动器的。我们在飞船上很安全，生活舱的防护系数也很高。但在外面，你正对着的是蟹状星云脉冲星这一侧最强的磁场。像你这样的血肉之躯，倒不会受多大伤，但我们就不一样了。"霍罗格握起拳头，将指节放在自己镀金的头盖骨上。"像我这样的超太空人，还有你在登船时，或是在其他任何太空环境中遇到的超太空人，我们是不一样的。就像这样……距离驱动器不足一千公里时，我们体内的金属便开始变热。这是一种感应式加热，我们将从内到外沸腾起来。这便是我们不启动驱动器的原因，它根本不在这附近。"

"抱歉。"我意识到自己触及了超太空人的痛处。

"我们会在合适的时机开启它。"霍罗格敲击着墙上其中一个仪表盘说，"那时你便能感觉到这个'老姑娘'的颤抖了。"

去见外科医生的路上，我们碰见了铁娘子号上其他威名赫赫的船员，但没有一人是霍罗格觉得适合引见给我的。即使以我在太空港口附近见过的超太空人作为评判标准，这里也可以算是怪胎大集会了。一个总是咧着嘴咯咯笑、牙齿参差不齐的头，插在一个显然源于清洁机器人的生命支持机械中，本该是腿或者轮子的地方，换成了多个旋转的刷子。他一边移动，一边清洁身后的地板。还有一个女人在路过我时，傲慢地瞥了我一眼。她看起来还挺正常的，只是头的上半部分是一个玻璃圆顶，里面还有个嘀嗒作响的太阳系仪，发光的行星珠子绕着明亮的恒星灯不停转动。她走过时，用一只手在腹部的凸起处揉了揉。我明白她的意思，她是在说她的大脑已经换到腹部去了。还有一个男人，他的外骨骼与霍罗格类似。但是，他的情况略有不同，他的外骨骼架之下只残留很少的血肉之躯，就像被太阳晒干的虫子一样。他的四肢就像一股股绳子，头则像一块被踩扁的烂水果。"所以，你就是新来的助手。"他说。他的嗓音就像是一个快要被勒死的人勉强发出的声音。

"如果泽尔同意，"霍罗格回道，"那么他就是了。"

"如果泽尔不同意呢？"在确定其他人听不到我们的对话后，我问道。

"那我就再给你找点别的事做，"霍罗格说，"这里有很多工作，在……"他突然顿住了，就好像本打算说点什么，但及时收住了口。

之后，我们见到了泽尔。

泽尔住在飞船正中间一个无窗的舱室里。霍罗格与我到达他的舱室时，他正在治疗一个病人。笨重的外科手术机器掩住了手术台、手持灯、操纵器以及装有倒钩、外表野蛮的切割工具。

"这位是新助手，"霍罗格说，"他有一双好手，所以至少试一下，让他多留一阵子。"

泽尔停下手边的工作，抬起头米。他是一个体形壮硕的秃顶男人，脖子很粗，下巴坚韧。他身上并没有明显的机械痕迹，就连他左眼上的近摄护目镜也是外戴式的，并没有植入体内。他肌肉发达的赤裸胸膛上围了一条硬质皮围裙，全身都是汗水和油渍。

他声音低沉："这就是只小狗崽子，霍罗格先生，我要的是个人。"

"求人办事就不能挑三拣四了，泽尔，这就是我能给你的。"

泽尔从桌子上站了起来，抿起嘴唇端详着我。他将右手在围裙上擦了擦，然后将左手伸向其中一台外科手术机器锈迹斑斑的那一侧，推着它顺着履带向后移动。地上碰巧躺着一具尸体，他跨过尸体，靴子跟恰好擦过尸体的胸膛。

泽尔的声音再次响起："小伙子，你叫什么？"

"彼得。"我一边努力控制自己不要表现得那么紧张，一边说道，"彼得·范德里。"

泽尔将护目镜推上去，固定在前额处。

"你的手。"

"什么？"

泽尔咆哮道："把你那双该死的手给我看看，小子！"

我走近了一些，伸出双手。泽尔认真研究了一会儿，他比霍罗格检查得更彻底，也更有章法。他查看了我的舌头，检查了我的眼睑，然后凝视着我的眼睛。做这些的时候，他始终带着点轻蔑，下垂的嘴角也始终没有抬起。与此同时，我一直在试图忽略躺在手术台上的半人形物体，很显然它是活的，而且还在呼吸，这有点吓人。这个物体的躯干与臀部及腿部完全分离了。

"我需要一个新助手。"泽尔告诉我，他踢了踢地上的那具尸体。"我一直试图用这个半机器人搞定，但今天……"

"你没控制住自己的脾气，是不是？"霍罗格问。

"别管我的脾气。"泽尔警告道。

"半机器人不是树上长的，泽尔。它们并不是取之不尽的。"

泽尔重新把目光转移到我身上。"我的双手非常稳，你觉得你能做得比我更好吗？"

我喉咙干涩，双手颤抖。"霍罗格技师似乎认为我能做到。"我伸出双手，希望他没有注意到我的颤抖。"我的手也很稳。"

"稳是必须的，但你有勇气完成剩下的部分吗？"

"我见过更糟的。"我扫了一眼病人说。虽然是今天才见到的，我心想，在我将快乐杰克那流着脓水的尸体弃之不顾时。

泽尔冲着霍罗格点点头，说："你现在可以走了，霍罗格技师。如果不是太麻烦的话，请让船长推迟启动驱动器，等我完成这个手术，行吗？"

"我会尽我所能。"霍罗格说。

泽尔利落地转向我，说："我弄了一半了，这你从病人的状态就能看出来。现在的情况已然恶化。接下来，你要辅助我完成这台手术。如果一切圆满结束……好吧，先让我们拭目以待吧。"他嘴角轻蔑的笑变成了一丝微妙而严厉的微笑。

我跨过已经停止运行的半机器人。众所周知，超太空人大多会使用半机器人做一些粗活，但亲眼看到这一场面是另一回事。在很多世界里，将罪犯切除脑叶后当作奴隶劳工使唤是合法的。这些罪犯会从死刑中幸免，接受一台神经外科手术，植入一套物件，它们会变成傀儡般的存在，做些简单的差事。

"你需要我做些什么？"我问道。

泽尔将护目镜推回原位，固定在左眼上。

"先做到直视病人吧，小伙子。"

我强迫自己接受台面上的一摊血肉。那东西被分成了两半，骨肉与神经系统已经是一片狼藉，与喷薄而出且断成两截的塑料和金属线纠缠在一起，粉色的动脉血液和呈现化学绿色的气动流体混在一起。手术使用的机器年代久远，来历不明。在泽尔的手术室里，最新的东西都得有上千年历史了。

泽尔拿起一节胸线的末端，说："我要试着将这根胸线插进去，届时会遇到很大阻力……半机器人在这一步不断出错，我想你能做得稍好些。"

我接过胸线的末端，它在我手指间滑来滑去。"我不应该……先洗一下手，或者怎么样吗？"

"只管拿着线，感染什么的是你最不需要考虑的问题。"

"我是在担心我自己。"

泽尔弄出一阵轻微的机载干扰台侦察器声，就好像有人想咳嗽时清嗓的声音一样。"这也不用你担心。"

我尽了最大努力去做。我们将胸线插了进去，然后挪到另一个位置进行下一个步骤。泽尔让我做什么，我便做什么。他一边下令，一边用那只没戴护目镜的眼睛看着我，将我手上的每一个失误和每一次颤抖都收入眼帘。他时不时将手伸进围裙上的宽皮兜里，掏出一些新的刀片或工具。一台履带式机器人时不时会过来，拿走一些设备零件和死肉，或用托盘带来一些干净的东西。手术过程中，这台履带式机器人有时也会爬过来帮忙。此时，我惊恐地注意到，它的双臂末端，是一双完美的人类女性的手，手指纤长、洁白如雪。

"镊子，"泽尔说，"激光手术刀。"或者有时候他会说："烙铁。"

"这个人为什么会变成这样？"我问。我觉得自己应该对手术多表现出一些兴趣，而不是表现得像一个半机器人一样。

"握住这个向下切。"泽尔完全无视了我的问题。"切这里，现在打个结，系紧。天啊，小心。"

过了一小会儿，驱动器启动了。我突然感到一阵推力，毫无缓冲，更毫无预警。地板剧烈摇晃，工具也从托盘上掉了下去。泽尔滑倒了，他的手里还拿着一把刀，半个小时的工作都白费了，他用一种古老的贸易语言咒骂着。

"他们启动了驱动器。"泽尔说。

"我以为你要求……"

"我的确要求了。现在冲这里加压。"

虽然船体已经晃得不成样子，但我们还在继续工作。驱动器并不平稳，泽尔说："一开始总是很颠簸，等磁场稳定下来就好了。"由于一直弯着身体在手术台上工作，我的后背开始疼痛。不过，经过感觉长达好多个小时的工作之后，我们成功了，分离的两半身体被重新拼合起来，骨肉相融，并开始愈合。

在将病人缝合完成，重新启动并恢复意识之后，泽尔轻声对那个人讲着话，回答他的问题，并时不时点点头。而我揉了揉我的背。

"你会没事的，"我听到泽尔说，"暂时不要搭乘货船升轨。"

"多谢。"那个超太空人说。

那人从手术台上起身，他再次恢复了完整，或者说，就像他以往一样完整。他僵硬地走到门口，摸了摸自己愈合的伤口，那震惊的样子就好像他从没想过自己还能走下手术台一样。

"还没有看上去那么差劲。"病人走了以后，泽尔对我说，"做我的助手，你还会看到更糟的。"

"你是说你会让我留下来吗？"

泽尔捡起一块油乎乎的抹布，冲我扔了过来。"不然呢？把自己弄干净，我带你去你的舱室。"

*   *   *

我得到了一份工作，而且这份工作帮我离开了莫克默。虽然为泽尔工作可能会很可怕，但我还是不断提醒自己，这可比对付快乐杰克的手下要好多了。事实上，一切也没有我本以为的那么糟。虽然泽尔一开始非常粗鲁，但他后来逐渐放开了，他开始待我……虽不是完全平等，但至少是对待一个有前途的学徒的态度了。我犯错时他会呵斥我，但在我做得不错的时候，他也会肯定我。比如，当我将伤口缝合得很好时，或者在植入神经植入物的过程中没有损伤过多附近的脑细胞时，他虽然什么都不说，但他的嘴角会微微抬起，或稍微点一下头表示对我的努力的赞赏。

我后来才知道，泽尔其实很乐于跟铁娘子号上的其他船员保持一种不算愉快的关系。可能飞船上的外科医生都是如此吧。他们待在那里，是为了让船员保持健康。他们的大多数工作本质上都是良性的，治疗小病，开些有助于康复的药物和饮食药方。但有些时候，他们也得做些难以言喻的事情，一些让人害怕的事情。没人能脱离外科医生的控制范围，就连船长也一样。如果有船员需要做手术，那就必须得做，即便泽尔和他的半机器人必须得拖着那个人，听凭他尖叫踢打着上手术台。

不过，大多数事故都发生在入港时段。而现在，我们还在飞行中，正将星际间的气体吸入喷射机的磁场里，并无情地攀至接近光速。因此，泽尔的工作多是些小手术和小治疗。数日过去后，甚至不再有人需要接受治疗。在这段时间里，泽尔让我在半机器人身上练习，完善自己的技术。

霍罗格说过，我会在船上待两三年。如果泽尔找不到合适的人选接替我，这个时间可能还要更久。但现在只过了一周，我就感觉好像被判处了在铁娘子号上的终身监禁一般。但我告诉自己，我会坚持下去。如果情况变得无法忍受，那么我会在下一个停靠的港口下船。

在此期间，我在我被授权的范围内尽可能地熟悉了我的新家。铁娘子号上的大片区域都是禁地：船尾的舱室据称放射性过大，而船头则不对我这样的低级船员开放。我从没见过船长，甚至不知道他的名字。但剩下的区域仍然包括了一系列迷宫一般的房间、走廊和储藏室，我可以在下班时间去那些地方闲逛。有些时候，我会跟其他船员擦肩而过，但除了霍罗格，我从未在白日里见到他们中的任何一个人。泽尔告诉我不用在意这些，因为我是为他工作的，所以别人就一直会将我看作屠夫的孩子。

那之后，我便于恐惧中隐隐产生了一丝骄傲，我尊重泽尔，并对自己的工作乐在其中。其他船员可能会厌恶我们，但他们同样需要我们。我们的刀子给了我们力量。

半机器人就不一样了，它们既不害怕我们，也不钦佩我们，只是单纯以机器的方式即时遵从我们的命令，完成我们想要它们完成的工作。它们不具有多余的人格来感受情绪。不管怎样，这就是我听说的事，但我仍心存疑惑。铁娘子号上共有九个半机器人：五名男性、四名女性。看着它们呆板、犹如梦游的脸庞，我不禁猜测，它们以前是怎样的人，过着怎样的生活。当然，它们肯定都曾被判死罪，所以才会被改造成半机器人，但并非所有行星都是以同样的标准定义死罪。

我知道有九个半机器人，且只有九个，因为它们会定期进入泽尔的房间，接受控制电路的细微调整。我认识它们的脸，并能在它们走进房间时认出它们笨拙蹒跚的步态。

但是有一天，我见到了第十个半机器人。

泽尔派我去为他的一台半机器人收集要用来替换的零件。但我转错了一个弯，然后下一个弯又转错了，等我意识到自己迷路迷得多么离谱时，我已经到了铁娘子号上的一个陌生区域。我一开始还保持着冷静，希望能在二十到三十分钟的随机尝试后，找到一条认识的走廊。

但是没有。

三十分钟甚至一个小时后，每条走廊都比之前的看起来更陌生，我开始慌了。墙上没有标记，没有导航控制台，也没有彩色指示箭头。飞船的深色结构似乎在我经过之后重新做了调整，扰乱了我重新定向的企图。在我发觉自己的处境出现危机之后，我由恐慌变成了恐惧。我可能在找到回去的路之前就饿死了。铁娘子号非常大，但活人很少。如果他们没什么理由来巡查这些走廊，那么等他们找到我的尸体时，可能都过去好几年了。

我又转了一个弯，看到了另一条不认识的走廊，我的内心更加绝望了。但是走廊的尽头站着一个人。头顶刺眼的灯光只照亮了她的脸和肩，她身体的其余部分都隐藏在暗处。但我可以从她的衣领认出来，她的穿着与其他半机器人一样。我也能依稀看出，她长得很漂亮。半机器人一般会被剃成光头，以便开颅。她却留有全部的头发，虽然看起来油腻粗糙，像老树的枝杈一样纠缠着，但那确实是头发。头发下面，是一张半明半暗的杏仁脸。

一开始她背对着我，向着更暗的地方行走，即将转过走廊的拐角。

"等一下，"我喊道，"我迷路了！需要有人给我指一下出去的路！"

半机器人从不说话，但它们理解语音指令。这个女孩本应立刻服从我的命令，但她突然拖着脚跑了起来。我听到了她的鞋子在地板上刮擦的声音。

我追着她，在她到达下一个走廊的尽头前轻松赶上了她。我抓住她的左臂，迫使她看着我。

"你不该逃跑，我只是想知道如何从这里出去。我迷路了。"

她顶着一头硬邦邦、打着结的头发看着我，问："你是谁？"

"彼得·范德里，外科医生的助手。"我理所当然地回道，然后猛地皱起眉头。"你说话了，你不应该会说话。"

她抬起右臂，袖子滑了下来，露出一只粗糙的机械手。这个爪形的附件被移植到她的前臂上，用一个黑色的带子牢牢固定住。我有那么一瞬间还以为她要打我，但很快我便意识到，她只是做了一个人类才会使用的手势——她用她的机械手指碰了碰头部。

"我……说话。还……有残余的东西。"

我后知后觉地点了点头。显然，有些半机器人被允许保留一些心智。大概是因为这些半机器人要从事的工作更加复杂，需要具有一定程度的沟通能力。

但为什么之前我从来没见过她呢？

"你在这里做什么？"我问。

"我……照顾。"她揉了揉脸，就算是这样简单的对话，她也表现得很费力。"它们。让它们……工作。"

"什么意思？它们？"

她冲着我们身后伸了下头，朝着被金属覆盖的墙壁说："它们。"

"驱动器吗？"我问。

"你……现在走。"她冲着我追来的路点了点头。"第二个……左转。第三个右转。然后你……就认识了。"

我放开了她，意识到自己刚刚一直抓着她的左臂，而且抓得很紧。这时我才看到她的双手已经被替换成了金属制成的机械。我抖了一下，想起泽尔手术室里那台外科手术机器上的那双人类女性的手。

"谢谢你。"我轻声道。

但在我离开前，她突然伸出左手，用机械手摸了摸我的头，她用手指触摸我的皮肤。"血肉。"她像着了迷一般。"仍然是。"

"是的。"我极力控制自己，不让自己躲开她冰冷的触摸。"泽尔说他很快要将一些机器植入我体内，来帮我更好地完成手术——并非不可逆转的那种。他说过，但是他还没做。"

为什么我会跟她如此直率地交流？因为她是个女孩。而我上一次看到长相类似人类的人已经是好久之前的事了，何况她还是一个美人。

"别让他做，"她急切地说，"别让。坏事即将发生。你现在很好。你保持就好。"

"我不明白。"

"你保持血肉之躯。保持，然后下船。尽快，在坏事发生前。"

"我该怎么下船？我们在星际空间里！"

"你的事，"她说，"不是我的。"

然后她转身离开，她工作服的袖子垂了下去，遮住了她的手。

"等一下，"我在她身后叫道，"你是谁？你……你叫什么名字？"

她停下僵硬的步伐，回头看着我，说："我的名字……没了。"她的眼睛在暗处疯狂闪动。"第二个左转，第三个右转，现在走吧，彼得·范德里。现在就走，然后下船。"

*   *   *

那项任务开始时，我和泽尔正在进行一个小手术。铁娘子号晃得就像被敲响的钟。"天啊。"泽尔丢开他的烙铁。"这是怎么回事？"

我捡起烙铁，用砂纸摩擦其顶端，直到它再次发亮。"我以为驱动器的磁场已经稳定下来了。"

"我感觉这不像是磁场震荡，更像是遭到了袭击。给我烙铁，我们要在事态恶化前把这个缝合好。"

"袭击？"我问。

泽尔严肃地点点头，说："也许是另一艘飞船，他们盯上了我们的货物。"

"你是说，空盗？"

"是的，孩子，空盗。你也可以这么叫。"

船体继续震荡，与此同时我们在尽力收拾病人。泽尔拿起一个对讲机，将一根杆状物弯向嘴边，和其他船员通话，然后他转向我，说："这是袭击，就像我推测的那样。事实上，我们这几周一直在试图逃脱另一艘飞船的追击，可为什么没人想到要告诉我一声……"泽尔沮丧地摇了摇头，就像他曾指望别人告诉他一样。

我们距离船体外壁还有很远的距离，但撞击声响彻四周，就好像在隔壁一样。我不禁想，撞向铁娘子号的炮弹怕是直接打在了它本就伤痕累累的船体上。"我们能坚持多久？"我问。

"跟我来。"泽尔将护目镜推到前额上。"离这里不远的地方，有个强化过的观察球舱。近距离看到这样的战争的机会可不多，你可得抓住机会。"

泽尔语气中的一些东西吓到了我。他对手术被中断一事很是恼火，但对我们正被另一艘飞船袭击这一点，他倒不是特别惊讶。

泽尔到底知道些什么我不知道的事？

他带着我进入观察球舱时，我终于忍不住问出了我一直想问的问题，那个自从我在走廊上见过那个女孩之后，已经在脑海里盘旋了长达几周时间的问题。既然现在他将一部分注意力放在了敌袭上，那我觉得他应该不会过多地纠结于我的问题。

"泽尔……我们刚才在做手术的那个半机器人……"

他转过身看着我，说："怎么了？"

"我们能对它们的大脑做这么多事情——放东西进去，取东西出来——这似乎很有趣。"

"说下去。"

"我们从没赋予它们语言能力，这一点很有趣。我是说，它们能理解我们的意思——如果它们也能说话，那会不会更简单一些？因为那样的话，我们就能知道它们明白我们的指令了。"

"语言模块太贵了。船长有一个，但那是因为他的语言中心被一根船体桅杆摧毁了。"

"我不是在说机械模块。"

泽尔停住了，他再次回头看了看我。飞船晃动着，发出隆隆响声。远处传来紧急警报的声音，一个机械的声音传达了警报信息。然后我听到了空中通信被中断的尖锐声音。

"那你是在说什么？"

"为什么我们一开始要取出它们的语言中心？我是说，为什么不保留它们的语言中心呢？"

"孩子，我们一接手半机器人，就将其语言中心拿出来了。而且一旦取出语言中心，我们就没办法再把它放回去了。"

脚下的地板还在晃动，我靠着舱壁稳住身体。"那么，它们都是那样吗？"

"除非你知道别的可能。"泽尔怀疑地探究着我。"等一下，你提这个问题……不是因为你见过她，对吗？"他慢悠悠地说。

"她，泽尔？"

"你知道我的意思。另一个半机器人，第十个。你见过她，不是吗？"

"我……"泽尔对我十分了解。"我迷路了，在船尾附近碰到了她。"

泽尔紧抿了下嘴，说："她说什么了？"

"没什么，"我急忙道，"没什么。只是……她只说了如何回来。我只问了她这个，她也只说了这个。"

"她失控了。"他说这话时更像是自言自语。"她已经成了一个麻烦。我们需要对她做些什么了。"

这时，我感觉再继续问下去实在不太明智。对我一开始提出这个问题，我也相当后悔。至少这场战斗还在进行，而且丝毫没有要结束的迹象。虽然我很难将这视为一种转好的可能，但至少这会迫使泽尔不将全部精力放在这件事上。而且如果我们有大量的人员伤亡，他最后甚至可能会忘记我曾经提过那个女孩的事情。

有可能吧，我想。

我们到了观察球舱，起初泽尔一直在沉思，并没有说话。他拉回控制杆，打开一扇铁百叶窗。另一艘飞船就在玻璃舱之上，距离比我想象得更近，离我们只有不到三十公里。

另一艘飞船与铁娘子号形状相差不多。两艘飞船的距离太近，彼此间的磁场都连在了一起，就像两艘互射自动机关炮的帆船上纠缠在一起的索具一样。

靠近另一艘飞船的前面，是驱动器细窄的出入口，我都能看见磁场了，一片淡紫色的闪光中，那团喷薄躁动的气体非常显眼。另一艘飞船的后面，驱动器喷射着灼热的火焰，所有星际物质都会被其吸入，在驱动室内经过压缩，与恒星核心压力融合在一起，这也是它们最终的归宿。铁娘子号的船尾也燃着类似的火焰，让我们保持紧贴在一起的状态。

另一艘飞船正冲着我们开火，船上的炮台释放着大量激光和炮弹。

"他们一定是空盗。"在飞船再次受到冲击时，我支起身子说，"我之前只听说过他们，直到现在，我才真的相信他们存在。"

"相信吧。"泽尔嘀咕道。

"那艘飞船是魔鬼鱼号吗？"

"关于魔鬼鱼号，你知道些什么？"

"如果你相信传闻，那么这就是他们说的那艘飞船。它在这附近到弗罗洛沃之间屡屡犯下罪行。我想，如果空盗存在，那么魔鬼鱼号很可能也存在。"

船体再次摇晃起来，但跟之前的震颤不太一样。这次更规律，就像一只大钟发出的稳定鸣响。

"那是我们在反击，"泽尔说，"大概要开始血战了。"

我看着我们的武器击打在另一艘飞船上，炸开一串串火花。爆炸力度虽大，却不足以阻止敌方发起报复性的反击。

"铁娘子号切换到了重弹模式，"泽尔说，"我们会有所感觉的。"

确实，这比之前的任何晃动都更糟糕，就好像整艘飞船被一只狗咬在嘴里疯狂摇晃。到了此时，喇叭声和警告声已经震耳欲聋。透过玻璃，我看到巨大的金属块被撞得四处飞溅。

"那是船体护甲，"泽尔说，"是我们的飞船上的——要修一下了。"

"你似乎一点都不担心。"

"确实。"

"但我们要被撞成碎片了。"

"我们能坚持住，"他说，"能坚持足够久。"

"久到什么程度？"

我感觉肠子传来了坠痛感。"那是我们的驱动器熄火了。"泽尔毫不惊慌地汇报道，"船长关闭了驱动器，我们马上要动用储备燃料了。"

果然，常规重力很快就被恢复了，两艘飞船还是并排扣死在一起。

"他为什么要这样做？"我竭力控制声音，好让自己听起来不那么恐惧，我不希望在泽尔面前出丑。"不补充燃料的话，只靠储备燃料我们撑不了多久……"

"关闭驱动器是有原因的，孩子。"

我顺着泽尔的目光，回头望向敌方。我又看到有热气猛地冲向引擎的入口，闪烁着紫光。但现在，磁场的几何形状略有偏转，就好像被风吹得弯折的烛光。磁场失真加剧，然后弹向另一个方向。

"怎么回事？"

"飞船的磁场技师正在试图挽回情况，"泽尔说，"他能做到这样，已经很棒了。"

现在，驱动器的磁场在两个扭曲的端点之间剧烈震荡，喷射出来的气体燃烧着更灼热的火焰，发出蓝白色的光芒，然后变成了紫罗兰色。

"他们怎么回事？如果磁场技师失去了对磁场的控制，那为什么不干脆关闭驱动器呢？"

"他不敢，大多数飞船都不能像我们这样，安稳地切换到储备燃料。"

"我还是没看……"

这时候，磁场的不稳定性超过了某个临界点，大量热气猛地冲进吞咽的"大嘴"里。眨眼之间，另一艘飞船的腹部便发生了爆炸，驱动器的火焰与磁场转瞬即逝。

它开始落后于我们。

我们关闭了驱动器，与它等速前进。另一艘飞船成了残骸，船体中间被炸出了一个大洞，从中能望见发光的内部，以及一片片翻滚的碎块，其中一些看起来像极了人类的残肢。

"现在它完了，"我说，"我们该走了，尽快离开这里。万一他们又把飞船修好了呢？"

泽尔看着我，缓缓摇了摇头。"你还没明白吗？他们不是空盗，他们只是想摆脱我们而已。"

"但我以为你说……"

"我只是在开玩笑。这是一次有预谋的拦截，自始至终都是。只是它发生的时间比船长告诉我的时间早了一点。"

"但如果他们不是空盗……"

"没错，小伙子。我们才是。这艘飞船也不是真正的铁娘子号，那只是它在港口时用的假名字。"他用一只手轻拍着球舱的金属框架。"你现在就身处魔鬼鱼号上，并成了我们的一员。"

*   *   *

一周过去了，然后又过去了一周。我学会了不再提问，我担心我的问题会给自己带来麻烦。我一直不断想起在走廊里见到的那个女孩，还有她给我的神秘警告，以及我该如何在泽尔将机器植入我的脑袋前，或者不好的事情发生之前，抽身下船。好吧，有一件坏事已经发生了。铁娘子号，或者说我现在不得不承认的魔鬼鱼号，袭击了另一艘飞船，将之致残，并劫掠了其上的货物。那艘飞船上只有很少的船员因为身处休眠舱而幸免于难，但大多数都在飞船驱动器引发的爆炸中丧生。我不知道他们对那几名幸存者做了什么，但我突然发现，飞船上又多了三个新的半机器人。我并没有参与它们的改造手术，但如果是泽尔亲自操刀的话，那也不会耗费他太多的精力。我目前对他的手术室有了一定了解，知道哪些手术比较困难，哪些比较简单。

所以，我们不但袭击了另一艘飞船，还将上面的一些船员当作战利品掠走了。待在魔鬼鱼号上的每个小时，都让我感觉自己是那场罪行的共谋者，甚至是那些尚未发生的其他罪行的参与者。但是我又能去哪里呢？

我们在星系间，在深空中。

尽快，在坏事发生前。

她是在说这次袭击，还是在说别的事情，别的即将发生的事情？

我得再找到她。我想再问她一些问题，但这并不是我要找到她的唯一原因。我不断想起她那张隐在走廊灯光下的脸。我对她一无所知，我想再多了解她一些。我想触摸她的脸庞，将那些蓬乱的头发撩到后面，看看她的眼睛。

我幻想着拯救她，幻想着我能如何尽可能地减少为泽尔做事，只做到刚好让他满意的程度，然后一有机会就立刻跳下船。跳下船逃跑，带着那个半机器人女孩。我既然能逃脱快乐杰克手下的搜捕，就也可以逃离魔鬼鱼号。

但是，一切并没有那么简单。

"我有个工作需要你做，"泽尔说，"是个很好的工作，而且很简单。干完你今天就能休息了。"

"一份工作？"我胆怯地回应。

"拿着这个。"他将手伸进围裙的口袋里，掏出一样东西递给我，那是一件类似烙铁的把手样物品。"这是一把镇定枪。"他说。

"你想让我做什么？"

"我想让你把那个女孩带回来。"

"那个女孩？"

"别试探我的耐心了，彼得。"他将我的手扣在那个把手上。"你知道她在哪里徘徊，找到她，或者让她找到你。这应该不太难吧。"

"找到她之后呢？"

"打她一枪。"他竖起一根手指警告道，"不是杀了她，只是麻醉她。瞄准她的腿，要不了一两分钟，她就会晕倒。然后你把她给我带回来。"

泽尔腾干净了手术台，我看过工作表，今天没有其他病人了。

"你为什么不去找她？"我问道。

"那个女孩，总是有点过度活泼。她负责做一些特定的事情，那便意味着她比其他半机器人更聪明。但也不应该聪明到那种程度。我不喜欢会回话的半机器人，更讨厌留有自我意识的半机器人。"他微笑着。"但没关系。我们什么都能修，你和我。"

"修？"

"只是用刀子划几下，几分钟就行了。"

我握着枪的手颤抖着，我说："但那样的话，她就没办法说话了。"

"我们就是要她不能说话。"

"我不能冲她开枪，"我说，"她还是个人，她还留有一些属于自己的东西。"

"你怎么知道？你不是说她只跟你说了回来的路吗？还是说，你们聊的比你告诉我的要多？"

"没有，"我胆怯道，"我们只聊了我告诉你的那些话。"

"很好。那你也不会因此睡不着觉，对吧？"

我手里拿着枪，我考虑过将枪口对准泽尔，放倒他，然后杀了他。但在其他船员还活着的情况下，我能让魔鬼鱼号停下来的概率几乎为零，更别说毫发无伤地下船了。这将是一个徒劳之举。泽尔死了，其他船员只会感觉有些不方便，但大多数人还是能继续活着，仅此而已。

我虽想让飞船停下来，但这把枪不是解决问题的办法。毕竟，那女孩只是个半机器人。她甚至不记得自己的名字。那个手术会让她变成什么样呢？

我将枪滑入皮带扣。

"好孩子。"泽尔说。

*　　*　　*

再次找到她并没有花费我太多时间。我之前在每个拐弯处都做了细致的标记，时不时回去走一次，确保飞船上的路并不会真的变动。过去，这大多只是我的想象，但是现在，我又回到了曾经迷路的地方，这一切都给我一种熟悉感。现在，我已经得到了进入飞船这一区域的授权，我的信心也有所增加。我对自己不得不冲女孩开枪一事，还是感觉不太开心。但是，泽尔似乎没打算杀了她，既然他已经从她身上取走了那么多东西，那么再多拿一些又何妨呢？

我转过一个弯，女孩出现在我眼前。她从墙上的某个龙头里取了些脏兮兮的糊状物塞进嘴里，那玩意儿让她的机械手泛起了泡沫。

我握紧挂在腰带上的枪，又走近几步，并希望她还在全神贯注地进食。

但她停住不吃了，转而看向我。透过打结的头发，她的双眼发出了凶悍而明亮的光芒。

女孩开口说："彼得·范德里。"说完她做了件很可怕，又很令我意外的事，那是一件半机器人永远不会做的事情。

她笑了。

但转瞬即逝。不过，我还是看见了。在抽出枪并滑下安全扣时，我的手在不停地颤抖。

"不要。"女孩边说边向后退了一下。

"我很抱歉。"我举起枪。"我也不想这样做，但如果我不这么做，泽尔就会杀了我。"

"别。"她说着，举起了双手。"不开枪。不打我。现在不。现在不。"

"我很抱歉。"我又说了一遍。

我的手指紧扣着扳机，不过还是有两件事让我犹豫了。第一件事是她是什么意思，现在不？我现在开枪还是之后开枪，有什么区别吗？第二件事是那双凶悍却美丽的眼睛。

我犹豫了很久。

"宝宝。"她说。

枪在我手里一阵颤抖，一股巨大的力量迫使我松手——那股力量差点打断我的手指。枪弹了出去，滑落在地，巨大的撞击力让它弹了起来，它撞在墙上，撞碎了。在彻底落地前，这堆碎片又在空中旋转了一小会儿，然后一块接一块地落在地上。

我看着刚才发生的一切，惊呆了。

"警告……你，"她说，"警告你，为你好，彼得·范德里。警告你……下船。保持血肉之躯。坏事即将发生，而你还在这里。"

我将手按在胸口上，试图缓解手指的疼痛。枪掉下去的时候，扳机挂到了我的食指。

"坏事已经发生了。"我又生气又困惑。"我们袭击了一艘飞船……杀死了那艘飞船上的船员。"

"不。"她说，并严肃地摇了摇头。"我不是说那个。我是说真正的坏事，真正的坏事会发生在这里——这艘飞船上。"

我看着枪支的残骸说："刚才发生了什么？"

"她救了我。"

我皱了皱眉，问："她？"

有那么一阵子，这个女孩似乎在无限对立的可能性之间挣扎着。

"你刚想冲我开枪，彼得·范德里。我信任你，你却想开枪打我。"

"很抱歉，那并不是我的本意……但我必须为泽尔办事。"

"泽尔，坏人，你为什么为他工作？"

"我没有选择。他们骗我上船，我不知道这是艘空盗船。我只是需要一张离开莫克默的船票。"

"莫克默发生了什么事？"

"坏事。"我勉强笑道。

"说。"

"有个叫快乐杰克的人对我姐姐做了些事。我已经跟他扯平了，但不幸的是，那也意味着我在莫克默待不下去了。"

"快乐杰克是坏人？"

"跟泽尔一样坏。"

她凝视着我，眼神中还带着质疑，然后她开口说："我希望你没有撒谎，彼得·范德里。"

"我没撒谎。"

她给我看了她的双手，给我时间仔细观察那双虽然功能精致，但嫁接方式无比残酷的手。

"泽尔干的。"

"我猜到了。"

"我曾经也为泽尔工作。一切都很顺利……直到有一天，我犯了错，泽尔十分生气，他砍下了我的双手，说'这双手用在机器末端会更好'。"

"我很抱歉。"

"泽尔脾气很大，有一天泽尔也会对你发火。"

"在那之前，我会先下船。"

"这只是你的希望罢了。"

现在轮到我发脾气了。"那我能怎么办呢？我无处可去，也别无选择，只能为泽尔工作。"

"不，"她说，"你有选择。"

"我并不这样认为。"

"我展示。然后你就懂了。然后你帮我。"

我看着她，说："我刚才想开枪打你，你为什么还要相信我？"

女孩抬起头，就好像我问了一个愚蠢的问题。"你问我……我的名字。"她眨眨眼，为憋出这些话而皱起了脸。"我之前的名字。"

"但你不记得了。"

"没关系。别人……从未问。除了你，彼得·范德里。"

*　　　*　　　*

女孩将我带到了飞船更深处，一个据说辐射太强烈而一直不让我涉足的区域。这时，我隐约意识到，那可能只是阻止我探索下去的谎言。

"泽尔不高兴，你没带我去。"她说。

"我会编点话，告诉他我没找到你，或者你耍了我，并且弄坏了枪。"

"泽尔不会相信。"

"我会想些办法，"我不假思索道，"与此同时……你只管躲在这里。等飞船停靠时，我们可以一起溜走。"

她笑了，她说："我下不了魔鬼鱼号，彼得·范德里。我会死在这里。"

"不，"我说，"不会。"

"会，时间快到了。"

"话说回来，"我说，"在毁掉那把枪的时候……你说的'宝宝'是什么意思？"

"就是这个意思。"她说着，打开了一扇门。

门里是一个又大又明亮的房间，是驱动器的一部分。自我上船以来，我已经了解了有关驱动器设计的足够多的知识，我了解到电磁铲所收集的星际气体必须通过飞船中间的位置，才能到达后面的燃烧间，也就是我们现在所站的地方。

我们的头顶是一根发着光的粗管，与房间长度相仿。那是燃料管道。在驱动器关闭的情况下，管道里的玻璃内里会变成午夜黑。只有一小截在有加热气体通过时，会闪一下，但这样的光线也足以让整个房间都犹如沐浴在日光下。

但它不是房间里唯一明亮的东西。

地板上面很高的地方，有狭窄的通道和栏杆，我们顺着栏杆前行。在下面略偏向一侧的地方，有一个呈水平圆筒形状的厚金属笼子。笼内，磁场闪烁着。

笼子里有个巨大的东西飘浮在空中，那是一个生物，有着光滑纤长的体形，身上散发着耀眼的黄铜色光芒。那个生物像是一条鲸鱼，但以熔岩制成。那个生物在磁场范围内蠕动时，就像被缝在弯曲起伏的薄片上，电弧和闪电的细丝闪耀着，就像圣埃尔莫的火焰那样，永不停息地舞蹈着。

看到那个陌生的东西时，我眯起了眼睛。

"这是？"我问她，但其实无须再多说。

"流体游泳者，"她说，"魔鬼鱼号找到了它……它生活在恒星喷涌之中。它不在那里长大。迁徙。恒星到恒星。亿万年。比银河系还古老。"

我凝视着这惊人的生物，自惭形秽。"我听说过这样的东西，在卡拉什帝国的介绍里。但所有人都以为那只是传说中的生物，就像独角兽、龙和老虎之类的。"

"是真的，"她说，"只是……稀有。"

这个生物再次扭动了一下，将其扁平、纤长犹如鞭子的身体弯起来。"但是为什么？为什么把它养在这里？"

"魔鬼鱼号需要流体游泳者，"她说，"它……具有力量。磁场。提供……形状。变化。"

我慢慢点了点头，开始有点明白了。我回想起与另一艘飞船相遇的场景，它的进气场已经严重变形了。

"流体游泳者是魔鬼鱼号用来对付其他飞船的武器，"我替她说道，"它可以改变其他飞船的磁场。泽尔一直知道我们肯定会赢。"我再次看向这个生物，它在金属笼子里显得很痛苦。我无须读懂动物的思维，就知道它不想被束缚在这里，不想被关在魔鬼鱼号的心脏地带。

"他们……逼它做的。"女孩说。

"他们折磨它？"

"不是，它一直可以……选择自尽。那样它会轻松些。"

"那他们做了什么？"

她领着我顺着一条路走过去，我们直接越过了困在笼子里的那个生物。这时，我才知道船员们是如何控制住这只外星生物的。

之前在视线死角，现在我才看到原来这里还有一只稍小些的笼子，两只笼子样式相仿。这只笼子就在流体游泳者旁边，里面也关着一只外星生物，但是比刚才那只要小许多。探测器穿过力场与这只小生物火热的皮肤相连。

"宝宝，"女孩说，"伤害宝宝。逼母亲控制磁场，否则就不断伤害宝宝。这就是他们的办法。"

这太过分了。我闭上了眼睛，刚才看到的场景所带来的恐惧使我全身麻木。虽然现在他们没有伤害这只宝宝，但那只是因为魔鬼鱼号暂时还不需要这位母亲的力量。但如果他们需要摧毁和劫掠另一艘飞船，这样的痛苦就又会出现，直到母亲将自己的外星力量伸展到船体之外，扭转另一艘飞船的磁场为止。

"我现在明白船长为什么要切断我们的磁场了，"我说，"只有这样，它才能将力量传出去。"

"是的，船长很聪明。"

"你是怎么知道这些的？"我问。

"我照顾它们。照顾它们，保证它们是活着的。"她抬起脸向上扬了扬头，从主燃料管道那里伸出来一些较小的分支导管。"流体游泳者喝等离子体，船长给它们能量，只够……维持生存。没有更多。"

"我们必须阻止这种情况再次发生。"我睁开眼睛，然后突然迸出了一个想法。"它能阻止这种情况发生，不是吗？如果母亲能影响磁场，并且力量足够扭转三十公里开外的飞船上的驱动器，那么它肯定能阻止船长和船员们，不是吗？毕竟，他们是超太空人，实际上是由金属构成的。"

"不行。"她生气地摇了摇头。要么是因为目前的情况，要么是因为她已到达自己的极限。"母亲……太强大。远距离……好控制。摧毁其他飞船，容易。近距离……不好。太近了。"

"所以你的意思是，它过于强大，所以没办法只执行本区域控制？"

"是的。"她断然点了点头。"太强大，太危险……会杀死宝宝。"

我想，那这位母亲也无能为力了。它的力量能够摧毁另一艘飞船，但无法在不伤害孩子的情况下，摆脱自己的束缚。

"但是等一下。摧毁我的枪的时候……需要一些精度，不是吗？"

"没错，"她说，"但不是母亲。宝宝。"

她说这话的时候，带着某种类似自豪的神态。"宝宝也能做类似的事情？"我问。

"宝宝很虚弱……目前。但我让宝宝更强壮。多给宝宝能量。他们说，饿着宝宝……只让宝宝活着就可以，仅此而已。"她拳头握紧，咆哮道，"我没听！多给宝宝食物，让宝宝更强壮，然后有一天……"

"宝宝能做到母亲做不到的事情，"我说，"能杀掉他们所有人。这就是你说的坏事，不是吗？这就是你警告我的，你告诉我在坏事发生之前下船，而且要确保泽尔没在我的脑袋里放机械。这样我就有一线生机。"

"有人……活着，"她说，"有人……回来。找到魔鬼鱼号。释放母亲和宝宝，带它们回家。"

"这个人为什么不是你？"

她摸着自己脑袋的一侧："我，半机器人。"

"哦，不。"

"坏事发生时，我也会死。但你能活，彼得·范德里。你是血肉之躯，你回来。"

"还有多久？"我喘息着，控制自己不去想她刚才说的话。

"很快。宝宝更强壮了……每分每秒。控制力……在增强。瞧，感觉周围的一切。移情。知道该做什么，理解力很好。"她再次露出一些骄傲的神情。"宝宝聪明。"

"泽尔在监视你，这就是他让我过来的原因。"

"这也是为什么……要尽快。在泽尔带走……我之前。之后其他的……不关心宝宝。"

"现在呢？"

"我在乎，我爱宝宝。"

"啊，多暖心啊。"一个声音自我们身后传来。

我转过身，看到泽尔挡住了关键的窄道，他用还是人类形态的手举着一杆重型枪，向我们走过来，这次里面不是镇静剂了。他失望地摇了摇头，说："我之所以会过来，是因为我觉得你也许需要些帮助……当我到的时候，却发现你跟这个半机器人聊得热火朝天！"

"泽尔会把你也变成半机器人，"她说，"他现在训练你……只是为了建立神经运动模式。"

"听听她说的话，"泽尔嘲讽道，"现在走远点，彼得。让我把你做不了的事情完成。"

我站着没动。"难道她说的不对吗，泽尔？你难道没有打算让我也成为半机器人的一员？还是说你只打算拿走我的手？"

"站开些，小伙子。顺带提醒你一句，现在站在你面前的是泽尔。"

"不，"我说，"我不会让你碰她。"

"很好。"

泽尔用枪瞄准我，开火。圆形的子弹射穿了我的腿，就在膝盖以下的地方。我呻吟着，腿部弯折的同时，身体也蜷缩了起来。我紧紧抓住栏杆，努力不让自己从窄道上滑下去。

泽尔朝我逼近，他的靴子敲打着地面。鲜血从伤口处流出，顺着我的腿流下去。我的双手在栏杆上打滑，根本抓不牢。

"我不想造成太大伤害。"泽尔说，然后再次将枪口对准我。"我还想着，能挽救些什么。"

· 我坚定地挡着他。

"宝宝。"女孩呼唤道。

泽尔的手臂猛地挥向一边，撞上了栏杆。他的手抽搐着，丢下了枪。枪掉在了窄道上，然后一路向下，掉在了地板上，分崩离析。

泽尔痛苦地哼出了声，用那只好手揉着另一只手的手指。

"做得好啊，"他说，"但这只会让你们两人死得更慢、更惨。"

他将双手塞进围裙前的口袋里，拿出一对造型邪恶的长刀，他把刀锋相对，以便使我们看到这对刀的锋利程度。

"宝宝……"我唤道。

但是泽尔一直向前行，两把刀互相摩擦着，而宝宝似乎无法控制他的武器。这时，我才意识到，这对刀不是金属制成的。

宝宝也对它们无能为力。

泽尔巨大的靴子敲击着地面，他又靠近了一些。我的腿伤非常疼，我的警觉力也因此降低了不少。我瘫倒在地板上，甚至无法够到他的腰，更别说他的刀了。

"现在放松，小伙子。"在我试图拦住他的时候，他说道，"放松，等轮到你时，我会又快又好地结果你，听起来怎么样？"

"听起来……"

我无力地扒着他的皮围裙，上面浸满了血液和油渍。就算我有力气拦住他，我也抓不住他。

"现在，小伙子。"他的语气听起来更像是失望，而不是生气。"别逼我割破你的手，那就太浪费了。"

"我不会让你拿到我身体的任何一部分。"

他咯咯笑了起来，蹲下身，刚好将一把刀的刀尖——他右手握着的那把——刺向我的胸口。"从现在开始，我要动真格的了。"

刀带来的压力逼得我一直后退，直到我的后背抵到了地板。这时我的手摸到了，也感觉到了地板的温暖。

先是温暖，然后越来越热。

感应加热，我想。宝宝的磁场来回冲刷着金属，让其沸腾起来。

我扭头看了看女孩，她很痛苦。她将双手握在身前，就像期待礼物时的样子。她那双手现在肯定也和地板一样在发烫。

对此，宝宝也帮不上忙。

我平躺在地板上，任由泽尔将脚后跟踩在我的胸口上。他说："是的，地板变热了。透过鞋底，我都能感觉到。"

"别碰她。"

他加大了踩在我胸口的力度，将空气从我的肺部挤了出来。"否则怎样啊，你打算怎么做？"

我已无力回答，只能徒劳地推他的靴子，希望能透口气。

"我等会儿再来对付你。"泽尔说完，准备继续前进。

但他很快就停了下来。

就算从躺着的角度，我都能看到他的脸发生了变化。他那狂傲的下巴出现了一个缺口。他抬眼向上望去，好像要从天花板上看到什么。

但他什么也没看到。他看着自己的护目镜，那个被他高高推到前额上的护目镜。

护目镜也没什么变化，只是从与他皮肤接触的地方，冒起了一缕青烟。

顺着绑带收紧的痕迹，护目镜烧进了他的前额。

泽尔发出了痛苦又愤怒的嘶吼——现在才叫动真格的。他的双手反射性地抖动着，好像打算挪开护目镜，但他的双手被刀占用了。

当滚烫的护目镜烙进他的前额时，他尖叫起来。

泽尔放下手，试图将一把刀塞回围裙口袋。他的动作又绝望，又不协调。刀划破了皮革，但无论如何都放不进去。最后他尖叫着丢下了刀。

刀落在了地板上，我伸手拿了起来。

泽尔伸出空手，用手握住护目镜。很快，我便听到了皮肤灼烧时发出的嗞嗞声。他想放手，但他的手似乎被护目镜卡住了。他不停地抽打，同时用另一把刀——那把他仍不愿放手的刀的刀锋，去撬额头上那令人不快的护目镜。

这时，我用手里的刀插入他的胫骨，并扭动刀身。泽尔一阵踉跄，试图保持平衡。但他一只手卡在额上，另一只手拿着刀，根本没办法保持平衡。

我助了一把力，把他推了下去。泽尔掉下去的时候还在尖叫，然后砸在地上，啪的一声，之后便没动静了。

我躺在窄道上，感觉像是过了一个世纪。我不停地喘息，直到疼痛缓解。

"要不了多久其余船员就会过来找我们了。"我跟女孩说。

她仍然握着自己的机械手，我能想象到她有多痛苦。

"现在要让宝宝更强壮些，"她说，"多给它喂点等离子体。"她走到控制台上，靠在栏杆的凹槽处。她用机械手操作着控制台，然后喘着粗气，无法再继续做自己想做的事情。

我强迫自己站起身来，将重心转移到那条好腿上。我的手臂状态很差，但我的手指还能用。如果用夹板固定起来，我的手指应该能完成控制。

我蹒跚地走近她。

"告诉我怎么做。"

"给宝宝多喂点燃料。"她指着控制器。"打开那个，一直开着。"

我按她说的做了。地板隆隆作响，就好像飞船自身发出的震颤。我注意到，在较小的分支导管处，那里的光亮变暗了。

"要多久？"我用那只好手按住伤口，以便止血。

"不用很久。飞船已经变慢了……但这还不足以引起船长的注意。宝宝在吃。然后……坏事。"

"飞船上的所有人都会死吗？"

"宝宝会杀了他们，跟杀死泽尔的方式一样，活生生烤熟他们——除了你。"

我想到了传说中魔鬼鱼号所做的一切。如果那些传说有一半是真的，那么将要发生的事情足以被认定为正义之举。

"要多久？"我重复道。

"三十……四十分钟。"

"那时间足够了。"我说。

她纳闷地看着我："时间足够……什么？"

"足够把你带到手术室，取出你头颅里的机械。"

她的脸上闪过一点类似希望的东西。确实出现了，但转瞬即逝。希望消失了，彻彻底底。尚未学会于失望前扼杀希望的那段时间里，她曾经历过多少次失望？我不想知道……最起码现在还不想。

"不，"她说，"没时间了。"

"有时间。"我说。如果我能及时取出那些机械，去掉那双机械手，那么当宝宝的力量席卷其他船员时，她将幸免于难。其他半机器人我无能为力，时间不够了。现在，任何人也救不了它们。

但这个女孩不一样。我知道她还保留了很多自我意识，以及一些还没被抹除的东西。也许她现在不记得自己的名字，但随着时间的流逝，如果我多给她一些耐心，那么谁知道会发生什么呢？

但首先，我们必须拯救流体游泳者。我们确实将会这么做。我们会接手魔鬼鱼号，就算我们不知道如何将这些外星生物送回家，至少也能给其自由。流体游泳者是属于太空的生物，其真正渴望的只有自由。

然后，一旦安置好流体游泳者，我们也能找到休眠舱自救。但若其他人花费好一阵时间才能找到我们，那我们该怎么办？

"没时间了。"她重复道。

"有，"我说，"我能做到。你是我的病人，我不会放弃你。我是彼得·范德里，这艘飞船的外科医生。"

"外科医生的助手。"她纠正我。

我低头望去，看了看泽尔手脚朝天、一动不动的样子，摇了摇头。"外科医生——有人刚刚升职了。"

钻石犬

Beyond
the Aquila
Rift

一

我是在八十人纪念碑那里遇见柴尔德的。

那天访客不多，基本上就我一个人，我可以在廊道之间随意走动，看不到什么人影。唯有我的脚步声打破了这寂静的空气。

我去看望我父母的神龛。说是神龛，其实布置得相当不起眼，不过是一块光滑的楔形黑曜石，样子像个节拍器。除了两个椭圆浮雕肖像，就没有什么装饰了。神龛上唯一能移动的部分是一个黑色的刀片，它附着在神龛底部，以神奇的低速前后摆动着。神龛的内部机制使得它的摆动速度越来越慢，慢到数日摆动一次，甚至数年摆动一次。到最后，必须精准测量才能知道它没停摆。

当时我正在打量那个黑色刀片，突然有人跟我打招呼。

"理查德，你又来看望死者了？"

"您哪位啊？"我四处看了看。这声音听上去似乎有点熟悉，但我一时想不起是谁。

"只是另一个幽灵而已。"

他嗓音深沉，语气中带着些嘲讽。我的脑海中瞬间闪过无数个念头，想象着各种可能会发生的情况——绑架，还是暗杀？不过，我很快就打消了这种自以为是的念头，说到底，我只是个不起眼的小人物。

他在远处的一条廊道中现身，那里距我父母的神龛稍有一段路程。

"天啊！"我说。

"认出来了？"

他微笑着走近几步。他跟我记忆中的样子相差无几，依旧人高马大。上次见面时，他脑袋上还像魔鬼一样长着两只角。那是生物工程[1]的结果，不过现在已经消失了。但他如今蓄起的一小撮山羊胡子，还是会让人想起撒旦。

他走近我时，周边尘土四起，这说明他确实是个实体，而非投影。

"我以为你死了，罗兰。"

"还没死，理查德。"他走近，跟我握手。"我倒是希望自己已经死了。"

"为什么？"我问道。

"一言难尽。"

"慢慢说，从头开始。"

罗兰·柴尔德用手抚摸着我父母的神龛的光滑表面，说："我说，这不像是你的风格啊？"

"我已经尽力不让它显得浮夸了。不要岔开话题。你到底发生什么事了？"

柴尔德移开手，神龛上留下一块淡淡的手印。"我是装死。八十人惨案正好给了我一个完美的机会。八十人惨案之惨超出了想象，可越是这样，越是对我有利。就算是我有心预谋，也达不到这样的效果。"

我心想，是啊，八十人惨案之惨，确实超出了想象。

一百五十多年前，卡尔文·西尔维斯泰率领一批研究人员重新攻关，研究如何把活人的意识复制到电脑生成的模拟环境中。这项技术当时还处于初期阶段，稍有不慎，被试者便会有生命危险。即便如此，仍有志愿者报名参加。我父母十分支持卡尔文的项目，是最早登记的志愿者。当时势头正盛的密克斯马

1. 生物工程是赛博朋克的故事情节中经常会使用的一种人类改造技术。通过生物技术而非信息技术的方式改造人类。——译者注

斯特游说组织坚决反对该项目，我父母为卡尔文提供了政治保护，后来更是成了第一批接受扫描的志愿者。

不到十四个月，他们就成了第一批失败的模拟体。

他们没有一个能被重启。剩下的八十人，绝大多数都完蛋了，至今也没剩下几个还是自然的[1]。

"你肯定十分痛恨卡尔文干的好事。"柴尔德的语气还是带着些嘲讽。

"不要惊讶，说实话，我并不痛恨。"

"那为什么八十人惨案发生后，你那么义愤填膺，抨击他的家人？"

"因为我觉得正义还是需要伸张的。"我转身离开神龛，很好奇柴尔德会不会跟着我。

"好吧，"他说，"但你也为此付出了沉重的代价，不是吗？"

我眉头一皱，在一座人像旁边停下脚步，我几乎可以肯定这并非高度逼真的雕像，而是一具经过防腐处理的尸体。

"你是什么意思？"

"我指的当然是那个雷苏醒[2]探险队，其背后的出资人碰巧是西尔维斯泰家族[3]。按理说，你应该是其中一员。老天，你可是大名鼎鼎的理查德·斯威夫特，你毕生都在思考外星生物的情感模式。那艘飞船上本该有你一席之地，对此，你心里应该也一清二楚。"

"没那么简单。"我边说边继续往前走，"名额有限，他们需要优先考虑实用人才，比如生物学家、地质学家等。那些人才各就各位之后，根本就没地方容纳像我这样的梦想家了。"

"难道这与你激怒西尔维斯泰家族一事无关？别再装傻了，理查德。"

---

1. 指人体还没有被植入机器，还是大自然的造物。

2. 指位于德尔塔帕沃尼斯系统的雷苏醒行星。

3. 西尔维斯泰家族所负责的西尔维斯泰机构开展了若干科学领域的研究，包括对外星文明的医疗技术、天体生物学和考古方面的研究。上文说的雷苏醒探险队是由西尔维斯泰机构招募的组织。

我们走下几层台阶，来到纪念碑底层。中庭天花板是一团锯齿状金属群鸟雕塑。一批新的游客刚走进来，机器人服务员忙着招呼，到处是亮闪闪的弹丸大小的浮动摄像头。柴尔德旁若无人地穿过人群，惹得其中几人有些不快，但并没有人认出他是谁。倒是我在人群中看到一两副有些熟悉的面孔。

"有何贵干？"走到外面后我开口问道。

"关心老朋友而已。我一直在注意你的情况。显然，没能入选雷苏醒探险队，对你打击很大。思考外星生物的情感模式已经成了你生命的全部内容，你的忘我投入甚至毁了你的婚姻。她的名字叫什么来着？"

我早把这些记忆深埋起来，以至于此刻我费了半天劲才想起一些关于婚姻的细节。

"塞莉斯泰因。我记得是。"

"离婚后你有过几段情感经历，但都没超过十年。在这里，十年只是昙花一现，理查德。"

"我的私生活与你无关吧，"我悻悻地回答，"咦，我的飞行器去哪里了？它就停在这里。"

"我叫人开走了——坐我的。"

原本停着我飞行器的地方，现在停了一架更大的、血红色的飞行器。其上的各种装饰，不亚于一艘埃及葬船。柴尔德做了一个手势，门就打开了，飞行器内部金碧辉煌，共有四个座位，有个人慵懒地坐在里面。

"怎么回事，罗兰？"我问。

"我有个惊人的计划想邀你加入。那是个巨大的挑战，相比之下，我们年轻时的经历都不值一提。"

"挑战？"

"我相信这是个终极挑战。"

我的好奇心油然而生，但我希望自己表现得不是太明显。"这座城市很警惕[1]，我来纪念碑这种事都有公共记录，那些浮动摄像头肯定把我们都拍进去了。"

"一点都没错。"柴尔德拼命点头表示同意。"所以你就放心坐进去吧，没有任何危险。"

"要是我想离开呢？"

"你随时可以离开，我保证。"

我决定暂时不与柴尔德周旋，静观事态发展。我跟他入座前排的两个位置。坐稳后，我转身想跟后面那个乘客打个招呼，但一打照面，我便退缩了。

此人穿着高领皮大衣，衣领基本遮住了他的下半张脸。宽檐帽下倾，遮住了他的眉毛。但中间露出的那部分也足以令我震惊。那是个华美的银色面具，上面雕刻着平静的表情。面具上本该是双眼的地方现在一片空白，一条略带笑意的细缝大概就是我能看到的嘴巴了。

"特兰蒂尼昂博士。"我说。

他伸出戴着手套的手，我赶紧与他握手，就像对待一位纤尊降贵的女士一样。我感觉到黑色天鹅绒手套下面是坚硬的金属外壳。即使硬如钻石，也会被其轻易压碎。

"幸会。"他说。

* 　　* 　　*

升空后，飞行器上的各种装饰都消失了，整个外表面光滑如镜。柴尔德往前推动象牙制成的操纵杆，飞行器立刻加速爬升。我们避开了常规通道，正在违规超速飞行。我能想到他如何跟踪我，如何调查我的过去，又如何派人开走了我的飞行器。但这实非易事，更何况要找到隐居多年的特兰蒂尼昂博士，并

---

1. 在赛博朋克的情节中，城市和人、生物、机器等都遵循着一套与机器的控制和调节原理类似的机制行事，因此，"这座城市很警惕"是指人在这座城市中行走时，就会像浏览网页一样，在网络上留下痕迹。

且说服他重出江湖。柴尔德为了做到这一切，肯定花费不菲。

虽然消失了这么长时间，但柴尔德对这座城市的影响力并未衰退，这一点上我只能自愧弗如。

"这个地方也没变多少。"柴尔德说道。他在密集的金色建筑群中敏捷穿行，得心应手。这些建筑群铺张至极，仿佛是哪个头脑发昏的皇帝臆想出来的层层宝塔。

"你当时真的离开此地了吗？你刚才跟我说，你那时是假死，所以我在想你是不是只是躲了起来。"

柴尔德略带犹豫道："我确实离开了，不过没你想象得那么远。有些家务事需要私下处理，我不想浪费口舌对所有人解释我需要独处一段时间，不要来打扰我。"

"那你就只能装死，没有其他更好的办法了吗？"

"我不是说过了吗，人算不如天算，当时正好发生了八十人惨案。当然，我要靠贿赂打通很多细微环节，包括怎么提供一具尸体等等，具体情节恕我无法明说。总之很顺利，我成功了。"

"我当时真的相信你跟其他人一样死掉了。"

"我不想欺骗我的朋友们。但我更怕采取各种防范措施之后，还是大意失荆州，破坏了我的计划。"

"你们是朋友？"特兰蒂尼昂博士插嘴问道。

"是的，特兰蒂尼昂博士。"柴尔德回头看了他一眼。"很早就是了。从某种程度上来讲，理查德和我都算是无所事事的富家子弟，钱多得花不完。我俩对股票市场或社交圈毫无兴趣，唯有游戏能让我们乐在其中。"

"哦，这样啊，有意思。哪些游戏呢，不介意我问问吧？"

"我们建构虚拟世界，并相互挑战。这些虚拟世界极其复杂，充满各种危险和诱惑。迷宫迷阵、秘密通道、陷阱、地牢、火龙……应有尽有。我们会沉浸在里面好几个月，直至逼疯对方。然后我们再跳出来继续修改游戏，以期增加难度。"

"但后来你们还是疏远了。"特兰蒂尼昂博士说。他的声音是人工合成的，听起来就像在管道里徘徊的低音。

"对，"柴尔德说，"但我们一直是朋友。问题是理查德一直在用心设计日益陌生的场景，以至于最后他更感兴趣的是游戏背后隐藏的心理学。而我只对玩游戏本身感兴趣，并不在乎游戏的构建。自理查德的兴趣转移之后，我们便无法继续相互挑战了。"

"玩游戏你总是比我厉害，"我说，"到最后我实在黔驴技穷了，还是没能设计出能难住你的游戏。你太熟悉我的设计思路了。"

"他已经认定自己是个失败者了。"柴尔德转身对特兰蒂尼昂博士笑笑。

"谁不是呢，"特兰蒂尼昂博士说，"我们必须承认，我们或多或少有些失败之处。我的兴趣爱好，因存在争议而无法坚持到底。而你呢，斯威夫特先生，你在外星生物心理学领域的理论建树本应受到尊重，人们却不屑一顾。还有你，柴尔德先生，毫无疑问你才华横溢，可惜就是找不到用武之地。"

"我就知道你是这样看我的，特兰蒂尼昂博士。"

"是啊。我们见面之后，我就估计是这么回事。"

飞行器开到地表以下区域，进入了一家明亮的商场，商场内店铺林立。柴尔德驾轻就熟地在空中人行道之间掠过，然后俯冲钻进侧面一条黑暗的隧道。他加快速度，只见隧道两侧红色的速度提示灯一闪而过。偶尔还会有其他飞行器超过我们，但在我们拐了六次之后，隧道就变成了单行道。速度提示灯也没有了，飞行器的前灯照到两侧墙壁上，满眼丑陋的裂缝以及覆层剥落后留下的巨大疤痕。这些古老的地下隧道是在城市初建时期挖掘的，当时渊堑城[1]上方还没有罩上穹顶。

哪怕我知道我是从城市的哪个犄角旮旯进入隧道，现在我也已经完全失去方向了。

---

1. 渊堑城是黄石系统最大的定居点。渊堑城原本是一个喷出不寻常气体的巨大火山口，陨石坑的边缘可以抵御暴风雨，它喷出的气体为最初的殖民地和后来的城市提供了可呼吸的空气，它被罩在十八个巨大的穹顶下。

　　"特兰蒂尼昂博士，你说柴尔德把我们召集起来，是不是就是想拿我们各自的失败开涮？"我心里又开始有点不安。

　　"我不否认有这种可能性，但不要忘了，柴尔德自己也成功不到哪里去。"

　　"那就另有原因了。"

　　"时机到了我自然会透露，"柴尔德说，"麻烦你们再忍耐一下。我召集的不仅仅是你们两位。"

＊　　＊　　＊

　　不久之后我们抵达了某地。

　　这是个接近完美的半球形洞穴，穹顶离我们足足有三百米。我们显然在黄石[1]地表深处，甚至很可能已经超出渊堑城的范围，我们的头顶不是城市，而是毒雾密布的天空。

　　洞穴显然已被改造成了居住地。

　　穹顶镶嵌着大量日光灯，照亮了每个角落。洞穴中心有个小岛，四周环绕着一潭死水。只有一座白桥能够通往小岛，其状如弯曲的股骨。岛上长满细长的白杨树，浓郁的树影几乎挡住了岛中心的那幢浅色房子。

　　柴尔德在水边停下，招呼我们下来。

　　"我们在哪里？"一下飞行器我便问道。

　　"查询[2]城市，你就会找到答案。"特兰蒂尼昂博士说。

　　查询的结果是我完全不期待的那个。我脑子里突然一片空白，就像神经细胞意外遭到切除。

　　特兰蒂尼昂博士的笑声宛如管风琴发出的声音："自踏上他飞行器的那一

---

1. 黄石系统是类似于太阳系的行星系统，黄石类似于太阳系的行星。
2. 查询在这里是计算机语言中查询、检索的意思。在赛博朋克的情节中，人就像计算机一样，可以与城市相互控制和通信。

刻起，我们就已经超出了市政服务范围。"

"别担心，"柴尔德说，"确实是在市政服务范围之外。原因也很简单，这是我的秘密据点。我要是知道你们会这么吃惊，我就早点告诉你们了。"

"罗兰，你至少应该先打个招呼。"我说。

"那你会改变主意不来这里吗？"

"有这个可能。"

柴尔德一阵大笑，洞穴里的回音效果很特别。"那你还吃惊什么，我当然不会事先告诉你。"

我转身面对特兰蒂尼昂博士，问："你呢？"

"我承认我跟你一样，没法使用市政服务，不过咱们的原因不同。"

"他需要藏身，"柴尔德说，"也就是说，他离市政服务范围越远越好，不然就会被追捕暗杀。"

我跺了跺脚，觉得有点冷，说："好吧。我们现在去哪儿？"

"房子不远，很快就到。"柴尔德朝岛上看了一眼。

*　　　*　　　*

不一会儿，一阵噪声传来。轰鸣中伴有某种奇怪的节奏，仿佛来自远古。我从来没有听见过这种噪声。我看着面前的白桥，怀疑它就是一根巨大的、生物工程改造而成的白骨，只是一面刻平了可供行走。有东西在接近我们，那东西有深色的外表和复杂陌生的结构，乍看之下像只铁狼蛛。

我感到后颈发麻。

那东西过桥之后转向了我们。那是两匹瘦骨嶙峋的机械黑马，四条腿由活塞驱动，它们一边从进气口呼哧呼哧吸气，一边又排放蒸气。马眼是红色激光，其光束不怀好意地扫过我们。两匹机械黑马后面拖着四轮马车，体积比飞行器略大一些，马车上坐着个无头机器人，两只铁手紧紧抓住连接在机械黑马脖颈后面的控制铁缆。

"这不全是为了吓我们吧？"我问。

"这是件古老的传家宝。"柴尔德一边回答，一边打开马车侧面的黑门。"我伯父吉尔斯制作的。不幸的是，他是个可怜的混蛋，原因我们以后再说，别因此却步。"

柴尔德帮助我们坐上马车，然后他自己也爬了进来，关好门，敲了敲顶部。我听见机械黑马在呼哧喘气，合金制成的马蹄不耐烦地击打地面。马车终于动了，转弯驶上了白桥的缓坡。

"柴尔德先生，消失期间你一直住在这里吗？"特兰蒂尼昂博士问道。

柴尔德点点头："对，自从继承了某个家族事务之后。我偶尔会进趟城，就像今天这样，但平时尽量避免。"

"我们最后一次见面时，我记得你头上有角？"我说。

他摸了下曾经长角的地方，现在那里只剩下光滑的头皮。"我叫人搞掉了，不然很难掩饰身份。"

我们过了白桥，在高大的白杨树之间穿行，不断接近树丛中若隐若现的房子。马车终于停靠在房子前，这时我才看清楚我们的目的地。这是栋很不起眼的房子，就像是随意搭建起来的，后期的大量修补破坏了它原本的外观。房顶是由方顶和尖顶——突出的塔楼以及阴暗的阁楼——碰撞而成的。并非所有装饰物都能排列得横平竖直，整个房子就是不同风格和不同年代的大杂烩。自从我们抵达洞穴后，穹顶的日光灯就变暗了，以此模拟黄昏来临，因此只有左边厢房的几扇窗户透着亮光。房子的其余部分令人望而生畏，那些苍白的石块、不规则的外观和黑洞洞的窗户，都暗示着昔日到过此地的白骨。

我们还没下马车，房子里就涌出一批欢迎队伍，那是一群家用型机器用人，如果它们出现在城市里，那么大家都会觉得很舒服，并且习以为常，但现在它们都被改成了骷髅食尸鬼或无头骑士的模样。它们的机械装置被破坏了，因此走起路来一瘸一拐，咯吱作响。它们的发声系统也都被关闭了。

"你伯父真是闲得慌啊。"我说。

"你会喜欢吉尔斯的,理查德。他很好玩。"

"我倒是很想相信你。"

机器用人先护送我们进入大堂,然后带我们穿过迷宫一样阴森、昏暗的走廊。

最终我们走进一个大房间,房间四周的墙壁都铺着厚厚的红色天鹅绒。房间角落里摆放着一架全息钢琴,琴键上方有本打开的乐谱。房间里还有张孔雀石写字台、几个放满书的书架、一盏吊灯、三个较小的烛台,以及两个哥特风格显著的壁炉。其中一个壁炉打开着,真有火焰在燃烧。一张红木桌放置在房间正中,周围坐着三个比我们先到的访客。

"抱歉,让各位久等了。"柴尔德随手关上我们背后那两扇坚固的木门。"好,我来介绍一下。"

那三个人——一男两女——略显好奇地打量着我们。

那个男人身穿一副精心装饰的外骨骼——有着巴洛克式的支撑结构,由撑杆、铰链板、电缆及伺服系统组成。他的脸像骷髅一样,皮肤惨白,刀锋般的颧骨直直插进他凹陷的脸颊。他戴着护目镜,还有一头硬邦邦的黑色脏辫。

他面前的红木桌上放着个冒泡的微型提炼设备[1],与一根玻璃管相通。他对着玻璃管时不时吸一口。

"这位是福克雷船长,"柴尔德介绍,"福克雷船长,这位是理查德·斯威夫特,还有,嗯,特兰蒂尼昂博士。"

"幸会。"我隔着红木桌探身过去与其握手。福克雷船长的手像冰冷的鱿鱼须一样紧紧地握住我的手。

"福克雷船长是超太空人,他掌管的阿波里昂号近光船[2],目前正在环绕黄

---

1. 一种复杂的吸烟用具。
2. 作者虚构的一种在这块人类活动的太空中常见的星际飞船,会以低加速度逐渐加速到接近光速的巡航速度。——译者注

石轨道运行。"柴尔德补充说。

特兰蒂尼昂博士竭力控制住自己，不去握福克雷船长伸过来的手。

"你怕生人，特兰蒂尼昂博士？"福克雷船长说道。他的声音像个有条裂缝的铜钟，低沉但漏风。

"哪里，谨慎而已。众所周知，超太空人当中有我的敌人。"

特兰蒂尼昂博士摘掉礼帽，轻轻拍了几下头顶，好像在抚平乱发。他的头顶刻有银波，看上去像个浸在水银里的戴着假发的纨绔子弟。

"你的暴行给你招了不少敌人。"福克雷船长利用吸烟的空隙说道，"但我跟你没有个人恩怨，我也保证我的船员不会找你麻烦。"

"太感谢了。"特兰蒂尼昂博士说，然后礼节性地握了一下对方的手。"不过，你的船员跟我有过节儿吗？"

"别管了，"有个女人说，"这个家伙是谁，为什么人人恨他？"

"我继续介绍，这位是赫兹。"柴尔德说，意指刚才开口说话的那个女人。她身材矮小，完全像个孩子，但根据她的脸来判断，她显然是个成年妇女。她穿着朴素，其身材在黑色紧身衣的包裹下更显瘦小。"赫兹是个……怎么说呢，雇佣兵。"

"我个人更愿意把自己说成是信息检索专家。我的专长是为高级企业客户提供秘密渗透服务。这些企业都坐落在闪光带[1]上。我有时亲自出马当间谍，但更多时候我在幕后，就是以前说的黑客。我搞这一行很拿手。"赫兹停下来喝了口酒。"这就是我了。戴银面具的家伙是谁，福克雷船长提到了他的暴行，什么暴行？"

"你是认真的吗？难道你没听说过特兰蒂尼昂博士的大名？"我问道。

"嘿，听我说，我不忙的时候就冰冻起来睡觉[2]，渊堑城发生的很多破烂事

---

1. 闪光带是作者虚构的环绕移民行星黄石的大约一万个太空居民点的总称。——译者注
2. 超太空人和其他打算长时间进行星际旅行的人，通常会采用的一种低温冷冻休眠技术，该技术利用一种名叫休眠舱的装置，使人体在低温冷冻的状态下休眠，人体在此过程中不会衰老，也不会感到时间流逝。后文出现的"睡觉"也指此意。

我当然不知道。不要大惊小怪。"

我耸耸肩膀，把我所知的特兰蒂尼昂博士的往事大致告诉了赫兹，他自己也在一边听着。我提到他刚出道时是个实验控制论专家[1]，因大胆创新而声名远扬，最终引起卡尔文·西尔维斯泰的注意。

卡尔文把特兰蒂尼昂博士招募到自己手下搞研究，但合作并不愉快。特兰蒂尼昂博士梦想找到人机结合的最佳方式，废寝忘食到了走火入魔的地步，甚至有人认为他已经精神失常了。后来他对未经同意的对象进行实验，导致丑闻爆发。连卡尔文都认为他的方法太极端了，于是他被迫单干。

后来，特兰蒂尼昂博士的研究转入地下，那时，他只剩下最后一个实验对象——他自己。

"瞧瞧。"最后那个人说话了，"我们都把谁弄来了？有个痴迷但受挫的实验控制论专家，一心想通过极端手段把人体与机器融合在一起；有个信息检索专家，善于入侵高保密、高危险环境；还有个近光船船长，他的手下在轨道上随时待命。"

说到这里，她把视线转向柴尔德。我欣赏着她的侧脸，觉得有点熟悉。她的长发如星空般漆黑，用珠宝扣环扣住，不至于遮住脸庞，扣环上的珠宝不断闪烁着柔和的光彩。她是谁？我肯定见过她一两次。也许在八十人惨案纪念碑那里缅怀死者时，我们曾经在那些神龛之间擦肩而过。

"还有柴尔德，"她继续说，"以前靠热爱复杂挑战出名，但大家都以为他早死了。"然后她那双犀利的眼睛对准了我。"最后，还有你。"

"我认识你，我想你是——"我张口说，她的名字让我感觉很熟悉，但我一下子想不起来。

"你当然认识我。"她突然露出轻蔑的表情。"我是塞莉斯泰因。我俩结过婚。"

---

1. 控制论是赛博朋克情节中的常见元素，是一种以把机器中的控制及原理类比到生物体或社会组织后的控制原理为对象的科学研究。控制论专家则是以实验为基础，使用控制论进行研究的学者。

＊　　＊　　＊

这么说来，柴尔德早就知道她在这里了。

"能不能麻烦你告诉我，这到底是怎么回事？"我尽量保持冷静、理智地问话。大家貌似彬彬有礼，我也不好意思发作。

我们握手之后，塞莉斯泰因马上把手抽了回去。"罗兰邀请我来的，理查德。用同一套方式，遮遮掩掩地暗示他有个计划。"

"可你是……"

"你前妻？"她点点头。"你到底还记得多少，理查德？你要知道，我听到过很奇怪的谣言，说你已经把我从长期记忆里删除了。"

"只是尘封，压箱底去了，不是删除。这两者有微妙差别。"

她没拆穿我，说："看来是这么回事。"

我看着其他人，他们显然都在观察我跟塞莉斯泰因。福克雷船长甚至忘了把玻璃管放进嘴里。他们都在等我说话，无论是什么话。

"你究竟为什么在这里，塞莉斯泰因？"

"你不记得了？"

"不记得什么？"

"你不记得我的专长了，理查德？我们在一起时我的工作。"

"说实话，我完全忘了。"

柴尔德咳嗽了几下，说："理查德，你前妻跟你一样对外星生物着迷。她研究的是外星水生物模式师[1]，她是全城顶尖专家。当然她本人太谦虚，不会这么承认。"他停顿片刻，显然是在征求塞莉斯泰因同意，让他继续说下去。"早

---

1. 模式师是在许多行星和卫星上发现的一种广泛存在的外星实体。它们是水生微生物的殖民者，可以形成分布式意识，渗透到它们所居住的星球的海洋中。它们的名字源于它们能够渗透到在其水域中游泳的生物体的身体和大脑中，这使它们能够储存一个人的神经模式，从以前储存的实体中传授知识，或交换多个生命的意识。有时，特别是在反复接触之后，游泳者会被模式师完全吸收并溶解。

在你俩相遇之前，她就去探访过那些微生物，在浪花星的研究站里待过几年。你跟模式师一起游过泳，对不对，塞莉斯泰因？"

"一两次吧。"

"你让它们像魔术师一样重塑你的思维模式，改变你大脑里的神经通路，让你有外星意识，虽然这种转化通常都是暂时的。"

"这没什么大不了。"塞莉斯泰因说。

"你有幸亲身经历过，当然可以这么说，'没什么大不了'。但对理查德来说就不一样了，他存在的目的就是了解外星生物，他渴求一切有关知识。对他来说这是天大的事。"柴尔德转身面对我。"我这么说对不对？"

"我承认，我愿意不惜代价去体验与模式师游泳和神交。"我回答，我知道否认这一点完全没意义。"但这实在没可能性。我的家族没法把我送到那些有模式师生存的星球上。而西尔维斯泰机构曾经开设过这种资助项目，但后来也不了了之了。"

"所以说塞莉斯泰因非常幸运，对吧？"

"没人会否认那一点，"我说，"思考外星生物的情感模式是一回事，但全身心投入地去跟对方水乳交融，像恋人一样亲密接触……"我突然收住话头。"且慢。你现在不是应该在雷苏醒行星上吗，塞莉斯泰因？雷苏醒探险队不可能这么快就完成任务回来了。"

塞莉斯泰因恨恨地看着我，眼神非常可怕。"我没去。"

柴尔德俯身过来给我的杯子添酒。"理查德，她在最后一刻被拒绝了。西尔维斯泰对与模式师打过交道的人抱有成见。他觉得这类人都靠不住。"

我纳闷地看着塞莉斯泰因。"那这些年来你一直都在……"

"我一直都在渊堑城。哦，别这副样子，理查德。等我收到被拒的消息时，你早就把我从你的长期记忆中删除了。我瞒着你对我们都好。"

"但这种欺骗……"

柴尔德冷静地抚着我的肩膀。"没有任何欺骗。她只是没再跟你联络而已。

没有谎言，没有欺骗，也没有什么可以抱怨。"

我愤怒地看着柴尔德。"那她在这里干吗？"

"因为我碰巧需要塞莉斯泰因从模式师那里得到的技能。"

"什么技能？"我问道。

"极高的数学才能。"

"有什么用？"

柴尔德转向超太空人，示意对方挪开桌上冒泡的微型提炼设备。

"你马上就会知道。"

*　　*　　*

红木桌配有一套古董投影仪。柴尔德给每个人分发了一副观察镜——就是旁边有条腿，需要一只手拿着的那种。我们仔细端详着浮现在光滑的红木桌上方的投影，就像近视眼的观众欣赏歌剧那样。

无垠的太空中繁星密布，仿佛无数红白珠宝编织成的花边，点缀在深蓝色的天鹅绒布料上。

柴尔德在一旁叙述。

"大约两个半世纪以前，我伯父吉尔斯做了个重大决定——他那些带有悲观主义色彩的机械作品，各位已经领教过了——他在极度保密的情况下开始实施一项计划。该计划没有名字，我们家族就称之为该计划。"

柴尔德告诉我们，该计划尝试对深空进行秘密探测。

吉尔斯是该计划的整体构思者，他动用柴尔德家族的资金直接支持该计划。在他的精心安排之下，哪怕是在该计划最烧钱的阶段，柴尔德家族的财富地位也没有丝毫动摇。柴尔德家族中只有精挑细选的几个成员知道该计划的存在。随着时间流逝，知道的人越来越少。

吉尔斯投入的大部分资金都落入了超太空人的口袋。在那个时代，超太空人已经锋芒毕露，他们建立了强大的阵营。

他们根据吉尔斯的安排建造了自主机器人太空探测器（简称探测器），并把它们发射到各个目标系统。这些探测器本可以搭乘超太空人的近光船，前往航程范围内的任何目的地，但为了不让柴尔德家族以外的人知道，这些探测器只能以比光速慢得多的速度穿越太空，前往人类鲜少涉足的边缘地带。

这些探测器利用太阳帆减速，挑选最具潜力的星球作为探索目标，然后进入其轨道。

接着探测器在这些星球的地表着陆，并在那里待上好几十年。

柴尔德在红木桌上方挥了一下手。投影中一颗猩红色的恒星，朝四周的恒星放射出线条，形成一个三维图案，状如猩红色蒲公英，涵盖的空间宽度大概为几十光年。而中间那颗恒星，我估计就是黄石系统的"太阳"[1]。

"这些探测器肯定具有相当高的智能水平，"塞莉斯泰因说，"尤其是根据当时的标准来看。"

柴尔德急切点头表示同意。"对，没错。这些探测器就像一群狡黠的小家伙。它们灵敏、隐秘，且勤奋。它们必须那样，不然怎么在离人类那么远的地方生存。"

"我猜，它们找到了什么东西？"我说。

"对。"柴尔德有些恼怒地说，好像一个魔术师精心准备的脚本被捣蛋者当场拆穿了一样。"不过那是后来的事。吉尔斯并不期望马上就会有新发现。毕竟探测器要飞几十年才能抵达探索目标。此外，通信的时滞也必须被考虑在内。所以吉尔斯做好了心理准备，打算等上四五十年。"柴尔德停下来抿了一口酒。"结果他还是太过乐观了。五十年过去了，六十年过去了，我们从未收到过有价值的信息，至少他在世时我们没有收到过。那些探测器偶尔会有所发现，但那时人类探险家往往也到了那里，并发现了同样的东西。随着时间流

---

1. 意指这颗恒星的作用和地位类似于太阳系中的太阳这一恒星。

逝，大量心血付诸东流，吉尔斯变得越来越沮丧。"

"世事难料啊。"塞莉斯泰因说。

"他郁郁寡欢，直到死亡到来。他很气愤，觉得宇宙对他开了个天大的玩笑。当时新的治疗手段已经出现了，他本可以再活五六十年，但他放弃了。我想那时他明白了等待只不过是浪费时间。"

"你是一个半世纪前假装死亡的，"我说，"你不是告诉我说，这件事与你的家族事务有关吗？"

柴尔德对我点点头。"吉尔斯就是在那时告诉我该计划的。关于该计划，在此之前我连半点风声都没有听到过。整个柴尔德家族中，知情的人都不在世了。当然，那时该计划已经不需要什么投资了，甚至没有什么财务消耗需要隐瞒。"

"然后呢？"

"然后我发誓不再重蹈覆辙。我决定睡觉，睡到探测器发回报告。如果报告没有发现有价值的信息，我就继续睡觉。"

"睡觉？"我问。

柴尔德打了一个响指，一堵墙整个翻开，露出其后摆满设备的无菌房间。

我扫视了一遍房间里的陈设。

房间里面有个休眠舱，跟福克雷船长那班人在近光船上使用的一样，周围闪闪发光的则是无数复杂的绿色辅助机械设备。使用休眠舱时，正常情况下的四百多年的寿命可以再延长几百年。不过使用休眠舱仍有一定风险，并非万无一失。

"我在里面睡了一个半世纪，"柴尔德说，"其间每过十五年或者二十年，某台探测器有报告发回来，我就醒来一次。醒来的过程最是痛苦，我感觉自己像块玻璃，很担心哪怕只是呼吸一下，自己都会爆裂成无数碎片。这种感觉会逐渐消失，一小时后就烟消云散了，但下一次醒来我又要面对这种痛苦。"他明显颤抖了一下。"说实话，我觉得每一次醒来都比上一次更难。"

"那就说明你的休眠舱需要维修了。"福克雷船长轻描淡写地说。我觉得他在装腔作势。跨星际旅行危险重重，每当超太空人成功完成一次跨越，他们都会扎一根脏辫以示庆祝。每次跨星际旅行结束，当他们从休眠状态被唤醒时，他们同样有这个仪式——扎一根脏辫。

他们能体会柴尔德的痛苦，尽管他们不愿承认。

"每次醒来后你会保持多长清醒时间？"我问。

"不超过十三个小时。这段时间足够我判断这些报告有没有价值。除此之外，我还会花一两个小时阅读新闻旧闻，了解天下大事。但我必须自律。清醒时间再长一点的话，我就会抵制不住重返正常生活的诱惑。这个房间就会变成我的监狱。"

"为什么？"我问，"难道主观时间不是会很快过去吗？"

"你显然从未在休眠舱里待过，理查德。没错，休眠状态下你没有意识，但进出休眠状态的过渡期伴有各种没完没了的怪梦。"

"因此，你希望这次的发现值得你这么做？"

柴尔德点点头："对，现在看来的确如此。我于六个月前醒来，至今还没回到那个房间。我一直在筹备人员物资，去做一次极不寻常的探险。"

说到这里，红木桌上的投影变化了，它对准某颗星球，不断地放大。

"这颗星球的编号我就不提了，反正是个你们从未听说过的星球，也许福克雷船长除外。人类还没到过那里，该系统三光年范围内也没见过载人飞船。这种情况直到最近才改变。"

投影还在不断放大，速度之快，令人目眩。

这颗星球被放大到头颅大小，悬浮在红木桌上方。

星球表面呈深浅不一的灰锈色，到处是陨石坑及古代风化过程形成的地表现象。其四周有层灰蒙蒙的蓝色光晕，说明有大气层，其两极都有冰帽。尽管如此，这颗星球看上去仍不像是个人待的星球，也没人想待在那里。

"这是块风水宝地，对不对？"柴尔德说，"我称它为各各他山。"

"好名字。"塞莉斯泰因说。

"可惜不是一个好星球。"柴尔德再次放大投影，我们可以清楚地看到其毫无生气的地表。"说实话，这很让人沮丧。它的大小跟黄石差不多，光照量也类似。它没有卫星，地表引力接近标准重力，穿上太空服之后你不会感到任何差异。空气主要是稀薄的二氧化碳，没有任何生命演化的痕迹。地表的大量辐射，基本上是探险者面临的唯一危害，这个很容易对付。从构造角度来看，各各他山死气沉沉，几百万年以来地表没发生过任何大型碰撞事件。"

"听上去很无聊。"赫兹说。

"是很无聊，但这没关系。关键是，各各他山上有样东西。"

"什么东西？"塞莉斯泰因问道。

"这个。"柴尔德说。

它从地平线上冒了出来。

它又高又黑，看不清楚细节。第一眼看到它，就像在晨雾中第一眼看到大教堂的尖顶。越往上越细，逐渐缩成细颈，然后又扩大成一个球状顶饰，最终只剩下针尖。

虽然我无法判断其尺寸或质地，但是有一点很明确，即这是一个建筑物，而不是某种特殊的生物或矿物构造。在大提顿峰上，大量单细胞微生物可以聚集生成举世闻名的史莱姆塔自然奇观，但那些史莱姆塔大都奇形怪状，显然是不经思考的生物过程产物，而不是有意识的设计品。各各他山上的这个建筑物结构太对称，而且孤零零的，不像是生物构造。如果它曾经是个活体，那么我应该看到更多类似物体，并发现相应证据，来证明这是由不同生物组成的生态圈。

即使它是几百万年前形成的化石，我也很难相信整个星球上就只有这么一座。

我几乎可以完全肯定这是个建筑物。

"这是个建筑物？"我问柴尔德。

"对。或者是个机器，很难断定，"他笑道，"我称之为血尖塔。远观好像是这么回事，对不对？但近看就不一样了。"

我们绕着血尖塔从不同角度进行观察。凑近之后，我们才看到其表面密布的细节——各种复杂几何形状的纹理，周围是蜿蜒的肠道和静脉状分支凸起。

我之前认定这绝对不是什么生物体，但看到这些细节后我又有点糊涂了。

现在看起来，血尖塔又像是某种动物和机器强有力的混合，其怪诞也许会让柴尔德老糊涂的伯父吉尔斯眼睛一亮。

"它有多高？"我问。

"二百五十米。"柴尔德说。

我注意到地表有些闪光的细小碎片，仿佛从血尖塔侧面掉下来的金属。

"那些是什么东西？"我问。

"我拉近给你看，你就知道了。"

他把投影进一步放大，直到我能看清那些东西的具体形状。

那些是人。

更确切地说，曾经是人，现在只是尸体。很难说有多少人，因为尸体都残缺不全，有压碎的、剪断的、刀劈的，甚至有些地方还能看到破烂的太空服碎片。相隔几十米的尸块，可能来自同一具尸体。

就像是有人暴怒之后四处乱扔的结果。

"这些是什么人？"福克雷船长问。

"有艘飞船需要维修防护罩，正好在该系统减速，这些是那艘飞船上的船员，"柴尔德说，"他们的船长名叫阿盖尔。他们偶然发现了血尖塔，认为它含有巨大的科技价值，所以就开始派人前往探索。"

"那他们怎么会是这个下场？"

"他们分成小队进去，有时也单独行动。在血尖塔内部，他们需要过一道道难关，每一关都会越来越难。如有失误，血尖塔就会惩罚他们。最初只是轻微惩罚，但惩罚会越来越残酷。活命的关键是知道什么时候承认失败。"

我探身问："你怎么知道这一切？"

"因为阿盖尔活着出来了。当然，他没活多久，但时间够长，足以让我的探测器从他口中套出些信息。我的探测器一直在各各他山上，看着阿盖尔他们到达，并且偷偷拍下他们探索血尖塔的活动。它看着他爬出血尖塔，过后不久他的最后一个船员被抛了出来。"

"要么是探测器的证词，要么是垂死之人的证词，我觉得两者都不牢靠。"我说。

"你谁都不用相信，"柴尔德回答，"你只需要考虑你亲眼看到的证据。你看到尘土中的脚印了吗？只有通往血尖塔的脚印，却没有通往尸体的脚印。"

"这说明什么问题？"我问。

"说明他们都进去了，就像阿盖尔的证词那样。你再观察尸体的分布情况，跟血尖塔的距离都不一样，说明尸体是从不同高度被抛出来的，有的人过了更多难关，爬得更高。这也符合阿盖尔的证词。"

我心里一沉，终于明白柴尔德的打算。"你想叫我们去那里探险，搞清楚血尖塔到底是什么，对不对？"

柴尔德笑了。"知我者，理查德也。"

"哪里，我显然还不够了解你。只有疯子才会想靠近那东西，你难道疯了不成？"

"我疯了？可能吧。或者我只是非常好奇。问题是——"柴尔德停止说话，靠着红木桌探身过来斟满我的酒杯，他的双眼紧紧盯着我。"你呢？"

"我既不疯也不好奇。"

*　　　*　　　*

但柴尔德自有一套说服人的手段。一个月之后，我就躺在阿波里昂号近光船上的休眠舱里了。

二

我们进入了各各他山的轨道。

被唤醒之后，我们乘坐内部旅行器前往近光船上端的会议室共进早餐。

大家都在那里，包括特兰蒂尼昂博士以及福克雷船长，后者还带着那套我在黄石看到过的冒泡的微型提炼设备，时不时吸一口。特兰蒂尼昂博士没跟我们一起进入休眠舱，但他的精神状态看上去跟我们差不多。柴尔德解释说特兰蒂尼昂博士需要特制设备，普通的休眠舱他不能用。

"喂，你感觉怎么样？"柴尔德问我，他亲热地把手臂搭在我肩膀上。

"这感觉就跟……某人警告过的一样，太可怕了。"我的声音含糊不清，大脑里处理语言的那块地方，花半天时间才能形成一句话。"我还是有点糊涂。"

"没事，很快就能解决。特兰蒂尼昂博士可以合成一种药机注剂，刺激神经功能恢复，对吧？"

特兰蒂尼昂博士那副英俊、生硬的面具看着我。"小菜一碟，老朋友……"

"谢谢。"我清醒了一些，依稀记起那些实验失败的恐怖画面，特兰蒂尼昂博士因此变得声名狼藉。一想到他会把一批微型机器注入我的头颅，我立即感到毛骨悚然。"我无意冒犯，不过我暂时还不需要。"

"怎么会冒犯我，没有的事。"特兰蒂尼昂博士指着张空椅说，"来，坐下，我们一起讨论一下。话题很有趣，是关于我们一路上做过的梦的。"

"梦……"我说，"我以为就我做梦了。你们也做梦了？"

"对，"赫兹说，"做梦的不光是你。我做过一个梦，梦见我在月亮上，我想就是地球的那个月亮。我不停地想进入一个外星建筑物。那外星建筑物老是干掉我，但我还是想进去，就好像我每次复活的目的就是再进去。"

"这个梦我也做了，"我若有所思地说，"还有一个梦，我在一个——"我不得不停下来，等待句子在脑海里形成。"地下墓穴里。我记得有个巨大的石球在通道上追我，一心想压死我。"

赫兹点点头："还有顶帽子，对吧？"

"对，对。"我像疯子一样傻笑了一下。"帽子掉地上了，我居然还有去救帽子的冲动！"

塞莉斯泰因看着我，目光里既有冷漠，也有敌意。"我也有那个冲动。"

"我也是，"赫兹轻笑着说，"但我说，去死吧，帽子。抱歉，帽子，柴尔德付给我这么多钱，到时买顶新帽子多容易。"

场面突然有点尴尬。只有赫兹无所谓，她不在乎公开讨论金钱问题。柴尔德非常慷慨，他答应付给我们的探险报酬金额巨大。光定金就已经是很大一笔钱了，我们回到黄石后，不仅可以再拿到九倍于定金的金额，这一金额还与通货膨胀率挂钩，到时会予以调整。柴尔德表示，这次探险行动大概需要六十到八十年时间。

柴尔德确实非常慷慨。

不过我想，柴尔德肯定知道，即使没有金钱诱惑，我们几个当中还是有人愿意加入探险队。

塞莉斯泰因开口打破沉默，她问赫兹："你也梦见那些房间了吗？"

"对，没错。"赫兹说，她好像突然记起来了。"那些房间。你呢，理查德？"

"的确如此。"我回答，想起那个梦我还是感到后怕。我跟一批人被困在无穷无尽的房间里，许多房间都暗藏杀机。"有个房间其实是陷阱，我没记错的话，我在里面被切成丁了。"

"是啊，如果要我自己选死法，那我死也不考虑那种死法。"

柴尔德咳嗽了一下。"我应该为此道歉。那些梦是进出休眠状态的过渡期里，我输入你们大脑的旁白。"

"旁白？"我问。

"我从各处收集来的，有所修改。我想这有利于让我们有个心理准备，可以让我们更好地面对接下来的挑战。"

"你的意思是，准备迎接各种残酷的死法？"赫兹问道。

"应该说是如何解答疑难。"柴尔德边说边给我们倒浓咖啡，好像我们面对的挑战只是闲庭信步。"当然，梦里的各种场景不太可能反映我们到时会在血尖塔里遇到的真实情形……但你们不觉得做过这些梦之后，感觉会更好一些吗？"

我回答这个问题之前思索了片刻。

"好像没有，根本没感觉有什么好。"我说。

*　　　*　　　*

登陆过程花了十三个小时，之后，我们着手检查福克雷船长为探险行动提供的太空服。

这批光滑的白色太空服都配备动力，并具有相当高的智能，足够糊弄一屋子的控制论专家。太空服会自动包裹在你身上，把你变成一块人形白肥皂。它很快就能学会你的行走移动方式，像理想的舞伴那样不断地预测和调整动作。

福克雷船长告诉我们，这套太空服能够让我们几乎无限期地生存下去。它能做到接近完美的封闭循环，不断回收利用人体产生的废物。如果有必要，它甚至可以冷冻我们。太空服具有飞行能力，还能在各种外部环境里为我们提供保护，甚至上天入地都行。

"武器呢？"各种示范操作之后，塞莉斯泰因问。

"什么武器？"福克雷船长茫然地反问。

"我听说过这些太空服，福克雷船长。据称它们拥有强大火力，可以摧毁一座小山。"

柴尔德咳嗽一声。"抱歉，没有武器。我叫福克雷船长把武器卸除了。也没有切割工具。再说，哪怕那些武器还在，你也别想用暴力达到目标——伺服机制不允许。"

"我没听懂你的意思。我们还没进去，你就在束缚我们的手脚了？"

"哪里，恰恰相反。我只是遵守血尖塔设定的规则。你要知道，它禁止任何人携带武器入内，包括熔焊枪这种对它不利的工具。它有感应，而且会采取相应的行动。它很聪明。"

我看着他说："这是你瞎猜的？"

"当然不是。这些都是阿盖尔发现的。我们没有必要再犯同样的错误吧。"

"我还是不明白。"塞莉斯泰因说。我们像白肥皂雕像那样站在穿梭机外面。"我们为什么要按照它的规则来对付它？阿波里昂号近光船上肯定有什么武器是我们可以用的，我们从轨道上攻击，打开它易如反掌。"

"对，"柴尔德说，"与此同时，你也会摧毁我们千里迢迢来到这里想要了解的一切。"

"我并不是要把它完全炸毁。我说的是干净明快、像外科解剖那样打开它。"

"那行不通。血尖塔是个活体，塞莉斯泰因。它至少是个高等智能机器，它的智能程度比我们遇见过的任何东西都要高很多。它不会容忍任何针对它的暴力。这是阿盖尔血的教训。哪怕它无法抵御你说的这种攻击，它肯定也会摧毁我们想发现的东西——这只是假设，我们不知道真相——我们还是会失去一切。"

"但没有武器还是太过分了。"

"也不能这么说。"柴尔德拍拍自己的脑门。"我们还有头脑，不是吗？所以我召集了这支队伍。如果武力足够解决问题，那我何必跑遍黄石去找你们这些智囊。"

*   *   *

赫兹穿着一套小号太空服。"你最好不是在拿我们开玩笑。"

"福克雷船长？"柴尔德说，"我们快到了，把我们放到距离血尖塔底部两公里的地方。我们步行过去。"

福克雷船长照办了，他降低了我们的飞行高度。我们本来是一个三角形编队，由福克雷船长统一控制大家的太空服。但现在我们可以独立飞行了。

隔着太空服的无数层盔甲和填充物，我感觉到了脚下地表粗糙的质感。我抬起手，隔着厚实的手套，感受到各各他山稀薄大气层形成的微风轻拂我的手掌。触觉传递完美无缺，无论我怎么移动，太空服都如影随形，没有任何沉重的束缚感。视觉传递同样无懈可击，所有景致都通过投影直接呈现在我视野之内，不用我费力透过太空服的视镜去张望。

视野顶部有条画面显示周围的全景图像，我可以任意放大任何细节。我同样可以轻松地在视野里调出声呐、雷达、热度、重力强度等信息。当我俯视时，我甚至可以叫太空服把我从视野中删除，这样我看到的就是客观角度的图像了。我们行走期间，太空服时不时用霓虹光线标出各种地标：奇形怪状的岩石，或者抢眼的地表地形。几分钟之后，我把太空服的警戒程度调节为适中程度，既不至于太小心翼翼，也不至于太大意。

柴尔德和福克雷船长走在前面。本来我很难区分谁是谁，但太空服有这个功能，在图像显示时，抹去了他们的部分太空服，因此他们看起来就像是在没有保护的情况下行走，只是表面多了一层虚影而已。当然，他们看我时也是同样效果。

特兰蒂尼昂博士跟在他们后面。他走路像机器人，步履僵硬，对此我几乎熟视无睹了。

接下来是塞莉斯泰因。我在她后面一点点。

赫兹殿后。她玲珑娇小，却身手不凡。我现在对她有了几分了解，她确实与我曾见过的几个小孩大不一样。

前方一直在视野中不断变高的那个东西就是血尖塔，我们不远万里赶来，就是为了跟它一决高下。

当然，早在落地之前，我们就能看见它。血尖塔毕竟有四分之一公里高。但我想我们都会选择忽略它，故意不去看它。现在走得够近了，我们才允许自己的心理防线崩溃，强迫我们的想象力去面对血尖塔显然存在这一事实。

血尖塔巨大而沉寂，匕首般直刺天空。

它跟柴尔德当初形容得差不多，只是它更加庞大、更加伟岸，且无限震撼。我们距离其底部还有四分之一公里，但它顶部那个球状顶饰似乎已经悬在我们头顶，好像随时会砸下来压碎我们。更糟的是，各各他山稀薄的气流偶尔还会带来高层流云，加剧了这种恐怖效果。整座血尖塔似乎岌岌可危。我看着眼前这个庞然大物，感受着它古老的年龄，以及它深不可测的杀伤力。有那么一刹那，令我感到极为漫长的一刹那，试图抵达塔顶这个念头显得无比疯狂，令人不安。

接着，脑子里一个微小却理性的声音提醒我，这正是血尖塔建造者追求的效果。

想到这里，迈出下一步走近其底部，对我而言似乎容易了一丁点。

* 　 * 　 *

"快看，"塞莉斯泰因说，"我们好像找到了阿盖尔。"

柴尔德点头同意。"对，或者说我们找到了这个可怜虫的尸体。"

之前我们已经找到了一些尸体碎块，只有阿盖尔的尸体还算比较完整。他在血尖塔里失去了一条腿，勉强爬出来后，因失血过多和窒息而死亡。就在此地，在他垂死之际，柴尔德的探测器不再隐藏，过来采访了他。

也许阿盖尔当时以为自己遇到了一个仁慈的钢铁天使。

尸体保存不良。各各他山上没有细菌，也实在说不上有什么天气，但这里有猛烈的沙尘暴。这些沙尘暴不断冲刷尸体，时而覆盖，时而暴露。阿盖尔的太空服残缺不全，头盔也裂开了，露出头骨。有些骨头上还粘着些纸片般的皮肤，但根本无法看清相貌了。

特兰蒂尼昂博士跪下来仔细检查尸体，柴尔德和福克雷船长则在一边看着，神色不安。福克雷船长带来的无人机排列紧密着观察整个场景。

"不管用的是什么工具，断腿切口都很整齐。"特兰蒂尼昂博士说，同时拉开尸体上的太空服碎片，露出腿根。"注意看，骨头和肌肉都是在同一平面上整齐切断的，就像是柏拉图立体[1]的几何切片。我本以为是激光切割，但看不到灼烧痕迹。除此之外，高压水流或者极其锋利的刀片也能达到这种切割精度。"

"很不错，博士。"赫兹说，并走到他旁边跪下看。"这肯定剧痛无比吧。"

"不一定。疼痛程度取决于神经末梢被截断的方式。此人死亡的主要原因似乎不是休克。"特兰蒂尼昂博士用手指拨弄着断腿上方的一块红布条碎片。"伤口没有灼烧痕迹，按道理失血会很快，但事实上没有。这块布条很可能是止血带，大概是从太空服的医疗包里拿出来的。医疗包里肯定也有止痛药。"

"不过没能救他的命。"柴尔德说。

"对。"特兰蒂尼昂博士站起来，那个动作让我想到自动扶梯。"但你不得不承认，以他这种伤势，做到这样已经很不错了。"

---

1. 柏拉图立体被称为最有规律的立体结构。

＊　　＊　　＊

除了那个球状顶饰之外，整个血尖塔基本上只有几十米宽，像枚细长的国际象棋棋子，上面特别细，底部特别宽。领奖台似的底部直径大约有五十米，是血尖塔高度的五分之一。从远处看，其底部似乎与地面紧紧地连在一起，像个巨大的尖碑那样矗立在地面上。

实际上却不是那样。

血尖塔的底部根本没有碰到各各他山的表面，而是悬空五六米，在地表上飘浮着。就好像当初建造者是在一个木架子上建起血尖塔，造好后才踢掉下面的木架子，而塔身还是继续飘浮着。

我们刚开始还很自信，但往前走了几步，走到边缘处我们就站住了。我们犹豫起来，不知是否还要再迈一步，站到血尖塔下面去。

"福克雷船长？"柴尔德叫道。

"什么事？"

"先拿你的无人机探探情况。"

福克雷船长操纵那个无人机在血尖塔下面打圈飞行，从中心开始，圈子越飞越大，还慢慢螺旋上升，时不时用激光束探测一下底部，有一两次甚至直接碰到了其底部光滑的表面，一掠而过。福克雷船长不动声色，聚精会神地看着他的视野下方，消化收集到的各种数据。

"怎么样？"塞莉斯泰因问，"它到底靠什么力量悬空？"

福克雷船长往前走了一步，站在血尖塔底部边缘，说："没有磁场，甚至连各各他山本身的磁场都没有任何干扰。局部引力矢量也没有明显变化。除此之外，在考虑其他更为复杂的可能性之前，我们也可以排除隐形支撑物这种可能。"

塞莉斯泰因沉默了片刻，然后才开口说："那么，有无可能血尖塔本身没有重量？这里的大气层虽然很稀薄，但还是有一些，也许血尖塔基本上是空心的？浮力让它像气球那样飘浮。"

"没这可能。"福克雷船长说，同时张开手接住无人机，后者像只训练有素的猎鹰一般飞进他的手掌。"我们头顶上的血尖塔是固体。我无法测出其具体重量，但它挡住了大量辐射，各种扫描方法都无法穿透其内部。"

"福克雷船长说得对，"柴尔德说，"但我理解你为什么不愿接受这个事实，塞莉斯泰因。这种否认的心态完全正常。"

"否认？"

"对，否认我们面前的血尖塔真的属于外星文明。不过我想，像我当初一样，你最终也会克服这种心态。"

"我想克服的时候，自然会克服。"塞莉斯泰因说，同时她往前走了一步，站到塔底的福克雷船长旁边。

她抬头四处张望，那样子不像是个欣赏者，而像一只在皮靴下面畏缩的老鼠。

但我完全知道她在想什么。

四百年的深空探索，我们对外星文明只是管中窥豹。我们曾积极地寻找外星文明，但随着时间流逝，人们不再那么热心于此了。我们在无数星球上不断发现文明痕迹，但它们已被时间侵蚀得所剩无几了，哪怕一度非常光荣伟大，现在也付诸东流了。模式师显然是高智力的产物，但它们未必是高智力的生物。再者，虽然在遥远的过去它们曾经到处传播，在星际间扩散，但它们所依靠的并非是高科技。那些裹藏者[1]也好不到哪儿去，它们隐秘的思想被紧紧包裹在被重构的时空外壳中。

没人见过裹藏者，更加令人不安的是，没人知道它们的本质和意图。

血尖塔却不一样。

它如此奇特，仿佛是为了公然嘲笑我们对物质和引力作用关系的肤浅认

---

1. 裹藏者是生活在裹藏中的生物，裹藏是一种人工创造、紧密扭曲的空间区域。裹藏者最早来自雷苏醒行星。

识，才让我们一看就知道它是个被人为制造出来的东西。而且，我心想，如果它这么长时间以来一直飘浮在各各他山地表，那它应该没有什么理由要在这个时候砸在我头顶上。

我迈步跨过去，其他人也照做了。

"这让人很好奇，到底是谁造了血尖塔，"我说，"不知道他们是不是跟我们一样有七情六欲，还是已经远远超越我们，成了神祇。"

"我才不关心它是谁造的，"赫兹说，"我只想知道怎么进入这个该死的东西。你有什么高见，柴尔德？"

"有门。"柴尔德说。

我们跟着他一直走到中央。我们紧张地站在底部中央下面，这才看到头顶有个漆黑的圈口，其他地方暗归暗，与这圈口相比却算明亮了。

"那个地方？"赫兹问。

"唯一的入口，"柴尔德说，"也是唯一的出口。"

我说："罗兰，阿盖尔和他的手下到底是怎么进去的？"

"他们肯定带了梯子之类的工具。"

我环顾四周。"我连个梯子的影子都没看到。"

"没关系。不需要梯子，我们不是有太空服吗？福克雷船长？"

福克雷船长点点头，把无人机往上一扔。

无人机飞进那个圈口。几秒钟过去了，除了偶尔有红光闪烁，毫无动静。最后无人机又飞了出来，再次落到福克雷船长掌中。

"上面有个密室。"福克雷船长说。

"圈口四周是平地，大概二十米宽。天花板很低，只够我们站直。密室里是空的，有扇门通向血尖塔的其他地方。"

"你可以确保那里没有危险吗？"我问。

"没法保证，"柴尔德说，"不过阿盖尔说第一个密室是安全的。我们只能相信他的话。"

"空间够大，足以容纳所有人吗？"

福克雷船长点点头，说："没问题。"

按理说应该有点仪式，不能就这么随便地进去，可我们就是这样做了，我们徐徐升高，进入圈口，既不觉得有多么意义重大，也没想会有多凶险。就像爬山时迈出的第一步，山脚基本平坦，但没人知道往上走会有怎样的悬崖峭壁。

密室里面跟福克雷船长的描述完全一致。

虽然密室里面很暗，但是借助无人机的微弱光线，太空服还是把密室的大致格局呈现在我们的视野中。

地板具有金属质感，有很多地方是凹陷下去的，圈口边缘平滑，但磨损很大。

我伸手去触摸地板，我感觉是某种硬质合金做成的，但似乎只要我施加足够的压力，它就会凹陷。信息在我的视野里滚动，告诉我地板温度只比绝对零度高一百一十五摄氏度。我手掌上的化学传感器报告说，地板主要成分是一种铁与碳混合形成的从未见过的同素异形合金。元素周期表中的所有其他稳定同位素，几乎都有微量痕迹，只有银是个例外。所有这些信息都是化学传感器推断出来的，然而当化学传感器试图刮取一小片样品进行更加仔细的分析时，它马上出现了一系列越来越严重的故障警告，最后它没声了。

我试图用化学传感器测试自己的太空服。

但它不灵了。

"修好它。"我发出指令，授权太空服调动一切所需资源去解决这个问题。

"发生了什么事，理查德？"柴尔德问道。

"我的太空服坏了。虽然故障还算轻微，但也让人头痛。我想取样，可血尖塔显然不太高兴。"

"糟糕。我应该警告你一声。阿盖尔那伙人遇到过同样的问题。血尖塔讨厌被人切割。我怀疑这是一次善意的警告，它对你够客气了。"

"那它可真是宽宏大量。"我说。

"小心点，好不好？"柴尔德随后告诉其他人，暂时关掉化学传感器，没指令不要打开。赫兹很不满意，但其他人都一声不响地照做了。

与此同时，我继续调查密室。我有点庆幸我的太空服没有太得罪血尖塔。密室的圆形墙壁看起来是用同一种硬质合金做的，除了明显有扇门，没有任何机关。门比地板高出一米，配有三级宽大的台阶。

门本身宽一米，高度大概是两米。

"嘿，"赫兹叫道，"这是怎么回事？"

她跪在地板上，手掌压着地板。

"小心，"我说，"我刚才那样做，然后就——"

"那个化学什么器我已经关掉了，不要担心。"

"那你在——"

"问什么，你为什么不自己试一下？"

我们都慢慢地跪下去触摸地板。我刚才碰它的时候，地板还很冰冷，就像地窖的地板，但现在它完全不一样了。现在它在振动，好像附近有个剧烈颤抖的巨大引擎，而那个引擎马上就要飞出来了一样。振动像波浪那样阵阵起伏，每隔三十秒左右振动就会达到渐强状态，仿佛在呼入很大一口气。

"它是活的。"赫兹说。

"它刚才还不这样。"我说。

"我知道。"赫兹转过身来面对我。"这该死的东西刚刚醒过来，这就是原因。它知道我们在这里。"

<h1 style="text-align:center">三</h1>

我走到门那里，首次认真研究它。

它的长宽比例很正常，我们只要稍微躬下身就能通过，这一点我们无须担心。但问题是我们要如何打开那块光滑、密封、由金属制成的门。唯一的线索就是门两侧的厚厚的金属材质的门框，细看可以辨认出上面有一些图形。

我刚注意到这些图形。

它们被刻在两侧的门框上。左侧从下往上，先是一个圆点，然后依次是一个等边三角形、一个五边形及一个七边形。圆点的形状非常完美，不像是意外留下的痕迹。右侧从下往上则是三个图形，分别是十一边形、十三边形及二十边形。

"怎么样？"赫兹在我背后问我，"有何高见？"

"素数，"我说，"这是我能想到的最简单的解释。左侧的图形的顶点数是最初四个素数：1，3，5，7。"[1]

"右侧呢？"

柴尔德替我回答了。"11 是序列中的下一个素数。13 也是素数，但是跳过了 11。20 根本不是素数。"

---

1. 此处内容均为原作者著述，编者未做修改。

"你的意思是,如果我们选十一边形,我们就赢了?"赫兹伸手去碰右侧最下面那个图形,另外两个太高,她得站到台阶上才能够得到。"我希望其他难关都这么容——"

"且慢,小朋友。"柴尔德一把抓住她的手腕。"千万不要贸然行事。除非达成共识,谁也不要轻举妄动。大家同意吗?"

赫兹缩回手。"同意……"

大家只花了几分钟就达成了共识,十一边形明显是答案。塞莉斯泰因没有立刻同意。她对着右侧的图形看了又看,最终同意了最初的答案。

"我只想谨慎一些,没有别的意思,"她说,"我们不能想当然。如果从右到左思考,那么右侧的图形就是最初的素数序列,我们需要从左侧挑选一个答案。但如果换成对角线的思考方式,甚至其他更不明显的思考方式——"

柴尔德点头表示同意。"而且最明显的答案未必正确。可能有更高深、更微妙的答案,只是我们没想到而已。这就是我找塞莉斯泰因的原因。能够想到这些可能性的人,非她莫属。"

塞莉斯泰因对柴尔德说:"你也不要太相信那些模式师给我的才能,柴尔德。"

"我不会,除非我别无选择。"随后他转向赫兹,她仍站在门旁边。"赫兹,现在可以行动了。"

赫兹伸手去碰门框,她用整个手掌盖住十一边形。

令人心惊肉跳的短暂等待之后,我们听到当啷一声,我感觉地板振动比之前更剧烈了。门徐徐滑开,露出另外一个密室。

我们互相打量。

没什么变化,大家都还是好好的,谁也没遭到突然的暴力伤害。

"福克雷船长?"柴尔德说。

福克雷船长心领神会,把无人机扔了进去,几秒钟之后它飞了回来。

"还是个金属做的密室,但比这个要小很多。地板与门齐平,也就是说我们会升高一米左右。对面有另外一扇门，门框上同样有图形。其他没什么好汇报，里面都是金属做的墙壁。"

"这扇门的背后呢？"柴尔德问，"也有图形吗？"

"无人机没看到什么。"

"我来做第一只白老鼠吧。我先进去，看看会发生什么。哪怕门在我背后关上了，我也可以打开它。阿盖尔说，只要你还没有尝试打开新的密室，血尖塔就会允许你离开。"

"试试看吧，"赫兹说，"我们在这边等。如果门关上了，那我们给你留一分钟时间，然后我们再从这边开门。"

柴尔德走上三级台阶，然后跨过门槛。他站在那里，环顾四周，然后转身面对我们。他居高临下地看着我们。

什么也没发生。

"看来门还是打开的。谁是第二个？"

"等一下，"我说，"所有人都进去之前，是不是应该先看一眼下道难题是什么？万一无法破解，起码我们不会都被困在里面。"

柴尔德走到对面那扇门前。"有道理。福克雷船长，把我的视野传给大家，谢谢。"

"完成了。"

我们看到了柴尔德正在观察的东西：第二扇门的门框，其上的图形跟刚才看到的差不多，只是表现方式不同。左侧门框有四个陌生的奇怪图形，相互垂直分布，每个图形都由四个大小不一的矩形组成，按照不同配置对接在一起。柴尔德接着观察另外一侧的门框。右侧也有四个标记，粗略来看跟左侧那些相似。

"这绝对不是几何级数。"柴尔德说。

"不是。这更像是在测试如何通过不同的平移来保持对称性。"塞莉斯泰因说道，她的声音很轻。"左侧最下面的三个图形旋转了几个整数的直角度数，对应右侧的三个图形。但最上面两个图形旋转不对称。它们是镜像，再加上旋转。"

"那我们就选右上角那个，对吧？"

"有可能。但左上角那个同样成立。"

赫兹说："是啊，但你不要忘了刚才那道难题。不管是什么样的傻瓜造的血尖塔，他们都是从左到右思考的。"

柴尔德抬手放在右侧那个图形上面，说："我准备按了。"

"等一下。"我走上台阶，越过门槛，来到柴尔德附近。"我觉得你不应该一个人站在这里。"

柴尔德用类似感激的眼神看着我。其他人还是没进来。而我在想，如果我与柴尔德不是朋友，那我是否还会这么做。

"按吧，"我说，"在这个阶段，哪怕答案是错的，惩罚也不会太严厉。"

柴尔德点点头，手盖住右侧的图形往下一按。

没有任何动静。

"也许是左侧那个？"

"试试看吧，又没什么损失。反正我们似乎已经犯了个很显眼的错误。"

柴尔德的手移到左侧，按下最上面那个图形。

还是没有任何反应。

我咬了咬牙。"好吧。既然这样，不妨试一下我们知道的错的答案。你想那么做吗？"

柴尔德看了我一眼，点点头。"我找福克雷船长帮忙也不是随便玩的，你要知道，这些太空服不是吃素的，它们可以对付很多花招。"

"包括外星人的花招？"我问。

"我们很快就知道了，对不对？"

他伸手去按下面的某个对称图形。

我做好心理准备，以防这种故意犯错的行为会导致什么后果。我也在猜测，在这种情形下，血尖塔的惩罚系统是否仍然适用。如果显然正确的答案没有任何回应，那么为什么要惩罚错误的答案呢？

柴尔德按下某个图形，还是没有反应。

"等一下。"塞莉斯泰因也进来了。"我想到可能的原因了。也许要等到所有人都在同一个密室，它才会有反应，不管是好的还是坏的。"

"只有一种办法来求证。"赫兹说着走到塞莉斯泰因旁边。

福克雷船长与特兰蒂尼昂博士跟了进来。

最后一个人越过门槛之后，那扇门马上关上了——另一边的门框上没有任何图形，福克雷船长尝试了各种办法，都无法重新打开它。

我心想，这也算有点道理。退路堵了，我们就必须面对下一扇门。想到这里，我的心情有点压抑。这个密室比第一个小很多，环境突然变得很窄小，令人透不过气来。

我们几乎是并肩站在里面。

"我想，第一道难题只是热一下身，"塞莉斯泰因说，"现在才算真正开始。"

"赶紧按那个该死的图形吧。"赫兹说。

柴尔德照做了。跟刚才一样，虽然接下来的等待时间可能半秒都不到，但我们感觉无比漫长难过，好像我们的命运都被捏在远处的一个法官手里。随后是噪声及振动，门打开了。

与此同时，背后那扇门也重新打开了，离开血尖塔的退路又有了。

"福克雷……"柴尔德说。

福克雷船长把无人机扔进黑暗里。

"什么情况？"

"好像有点老调重弹了，又是个密室，又有扇门，又是一组图形。"

"没有诱杀机关？"

"我只能说无人机没看到什么，我知道这等于白说。"

"这次我先进去，"塞莉斯泰因说，"谁也别跟进来，让我先解决问题再说，明白吗？"

"我没问题。"赫兹说着瞥了一眼逃生路线。

塞莉斯泰因跨进那片黑暗。

我突然不想看到我们不穿太空服的样子了，那样子突然让我觉得我们太脆弱了，缺乏保护。我发出指令，叫我的太空服停止编辑我视野里的图像。图像转换很流畅，我们身上披的那层虚影加厚了，我们身上又都有了太空服。我视野中只有头盔部分保持半透明状态，我还是可以看出谁是谁，不需要依靠烦人的信息提示。

"又是一道数学难题，"塞莉斯泰因说，"还是相当简单，算不上真正的挑战。"

"好啊，我对此毫无意见。"赫兹说。

柴尔德看上去不为所动。"你确定答案正确吗？"

"相信我，"塞莉斯泰因说，"进来吧，绝对正确。"

＊　　　＊　　　＊

这次，图形看上去更加复杂了。我开始担心塞莉斯泰因过于自信了。

在门的左侧，沿着整个门框，可以看到一条像直尺一样的东西，上面等距地刻着许多水平方向的凹槽，其中有些凹槽刻得更深。右侧的门框类似，区别只是那些刻得更深的凹槽与左侧的那些并不对齐。

我盯着门框看了几秒钟，想象自己回到了之前那种自然的解题状态，并相信自己能很快找到答案。但是那些凹槽的排列模式拒绝变成任何整齐的数学序列。

我看向柴尔德，他的表情跟我一样糊涂。

"你看不出来吗？"塞莉斯泰因说。

"我还没看出来。"我说。

"这里一共有九十一条凹槽，理查德。"她的语气让我感觉自己是一个迟钝的学生，而她则是逐渐失去耐心的教师。"从下往上，这些凹槽刻得更深：第三条、第六条、第十条、第十五条……还要我继续说吗？"

"当然，请继续。"柴尔德说。

"此外还有七条凹槽刻得更深，包括最后的第九十一条。现在你应该看到了，用几何的思考方式。"

"我看到了。"我有些恼羞成怒地说。

"快告诉我们，塞莉斯泰因。"柴尔德咬牙切齿地说。

她叹了口气。"它们是三角数。"

"是吗，"柴尔德说，"但我不知道什么是三角数。"

塞莉斯泰因看了一眼天花板，像在寻找灵感。"你想象一个点。"

"好，我在想。"柴尔德说。

"然后，想象该点被六个相邻的点包围，彼此之间的距离相等。好了吗？"

"好了。"

"现在增加你想象的点数，并向所有方向延伸，你能想象多远就延伸多远，每个新增加的点都有六个相邻的点。"

"到目前为止我还能跟上。"

"现在你想象出的应该是一幅类似中国跳棋棋盘的画面。然后，你要在中心挑一个点，再在它的六个相邻的点之中挑一个点，用直线把两个点连接起来。然后再在该相邻的点的两侧任选一点，与中心那点相连。接着把两个相邻的点连接起来。你现在得到了什么？"

"一个等边三角形。"

"很好。那是第一个三角数，三。然后你要想象等边三角形的边长是原来的两倍。现在共有多少个点连接在一起？"

柴尔德略微犹豫了一下，然后回答说："六个点，我想应该如此。"

"对。"塞莉斯泰因转头对着我。"你还能跟上吗，理查德？"

"多多少少吧……"我说，并试图留住脑子里的那些画面。

"好，那我们继续。如果我们把等边三角形的边长增加三倍，那么边上就有九个点连接在一起，再加上中心一个点。那就是十。依此类推，四倍的话，就是十五。"

　　她停了下来，给我们时间跟上她。"后面还有八个三角数，直到九十一，此时每边有十三个点。"

　　"也就是最后那条凹槽。"我说。这时我已经承认塞莉斯泰因成功破解那道难题了。

　　"但是在那个区间里只有七条刻得更深的凹槽。"她继续说道，"这就意味着我们要做的就是在右侧的凹槽中，找到那条缺失的刻得更深的凹槽。"

　　"谁知道答案？"赫兹说。

　　"听着，这很简单。我知道答案，但你们不是一定要相信我的答案。三角形遵循简单顺序。如果上一个三角形的下面一行有 N 个点，那么下一个三角形就会比 N 多一个点。一加二等于三，一加二加三等于六，一加二加三加四等于十。接着是十五，二十一……"塞莉斯泰因停住了。"你们不要光听我说，这没用。用你们的太空服画个中国跳棋的棋盘出来，福克雷船长，麻烦你把各个点排列成三角形图案。"

　　我们照她说的那样做了，过了一刻钟时间，最后我们——包括赫兹在内——都通过蛮力说服了自己，承认塞莉斯泰因是对的。唯一缺失的图案是五十五个点的那个，正好与右侧一条刻得更深的凹槽对应。

　　答案很明显了，我们应该按那条凹槽。

　　"我不喜欢这种感觉，"赫兹说，"我现在看出来了，但一开始我看不出来，要靠人指点。那如果还有其他答案，只是没人看出来，那怎么办？"

　　塞莉斯泰因冷冷地看着她。"没有其他答案了。"

　　"这没什么好争的，"柴尔德说，"塞莉斯泰因最先看出来，就像我们预料的那样。这没什么好难过的，赫兹。我邀你加入，并不是看重你的数学才能。特兰蒂尼昂博士和福克雷船长都跟你一样。"

　　"好啊，什么时候需要我出力了，提醒我一声。"赫兹说。

　　说完她就按下了右边那条刻得更深的凹槽。

*   *   *

接下来的五个密室进展顺利。难题越来越不易解答，但经过协商后，我们总能找到每个人都同意的答案。难题越复杂，门框的面积越大，但除此之外，难题基本没有其他变化。我们可以选择进展速度，没有时间压力。每次解出一道难题之后，血尖塔都会提供清晰的离开此地的退路。而且只有我们全部进入下一个密室，上一个密室的门才会在我们背后关上。这就意味着我们每次都可以先看到下一道难题，然后再决定是否进去解答它。为了放心，为了知道我们确实可以离开，我们让赫兹按原路返回尝试是否真的可以出去。我们身后的那些门按顺序打开又关上，她畅通无阻地回到了第一个密室。然后她再利用已经知道的答案回来，重新加入队伍。

但赫兹回来后报告的一件事让我们十分不安。

"我不确定这是真的，不过……"

"什么事？"柴尔德打断她。

"我觉得门在变得越来越窄、越来越低。最初的那扇门肯定比现在要宽敞一些。我们往往会在每个密室里待上很长时间，然后才进入下一个密室，所以我们大概没有注意到这一点。"

"这说不通啊。"塞莉斯泰因说。

"我说过了，我也不确定，可能是我臆想出来的。"

但我们都知道这不是她的臆想。在通过最近的两扇门时，我的太空服都碰到了门框。当时我没在意，以为是自己不小心，但现在我找到真正原因了。

"我一开始就在纳闷门的问题，"我说，"第一扇门正好符合我们的身高，那是不是太凑巧了？那扇门就像为人类量身定制的一般。"

"那为什么那些门在变小呢？"柴尔德问。

"我不知道。但我认为赫兹是对的。这的确让我担心。"

"我也是。但我们还有很长时间，所以我们现在还不需要担心这个问题。"

柴尔德转向福克雷船长。"福克雷船长，又轮到你了。"

我转过身，看着前面那个密室。门已经打开了，但还没有人进去。按习惯，我们要等待福克雷船长的无人机报告，这样我们至少可以知道密室里有没有明显的陷阱。

福克雷船长把无人机扔进门去。

它用激光束扫描整个密室，我们照旧看到红色的激光束一闪一闪。"跟以前一样。"福克雷船长说，他的语调略显心不在焉，因为每次报告都大同小异。"金属做的密室，空无一物，比这个密室稍微小一些。远端有门，门框更宽，每边的宽度都有半米，上面刻着复杂的图形，塞莉斯泰因。"

"我会解决那道难题，大家不用担心。"

福克雷船长走近那扇门，伸出手臂张开手掌，神色镇定地等待无人机回归主人。大家都在等待，但随着时间流逝，大家都开始怀疑出事了。

下一个密室里一片漆黑，闪烁的红色激光束消失了。

"无人机——"福克雷船长说。

柴尔德盯着福克雷船长的脸。"怎么了？"

"它不再传输信息了。我看不到它了。"

"不可能。"

"说真的。"福克雷船长看着我们，脸上是遮不住的恐惧。"无人机不见了。"

*　　*　　*

柴尔德穿过那扇门进入密室里。

我刚想赞赏他的勇气，地板就发出一阵振动。我的余光看到了什么东西，就像眨了一下眼睛那样一闪而过。

我们后面的那扇门突然关上了。

塞莉斯泰因往前跌倒，她刚刚站在那扇门的门口。

"啊——"她叫了出来，摔在地上。

"柴尔德！"我毫无必要地喊道，"站在那里不要动——出了点事。"

"什么事？"

"我们背后那扇门关上了，塞莉斯泰因刚好站在门口，她受伤了……"

我很担心她的胳膊或者小腿什么的被门夹断，但还好没那么严重。太空服大腿部分的盔甲被门截去一点，不过塞莉斯泰因本身没有受伤。太空服并没有漏气，其机动性以及各种关键系统仍完好无损。

实际上，太空服的自我修复机制已经启动，开始修复受损部位。

塞莉斯泰因坐了起来。"我没事。虽然摔得很重，但我觉得没造成任何永久性损害。"

"你肯定？"我说，并伸手去拉她。

"完全肯定。"她说。她不要我帮忙，自己站了起来。

"你运气不错，"特兰蒂尼昂博士说，"你只是挡住了一部分的门，不然的话，你的伤势可就大不一样了。"

"怎么回事？"赫兹问。

"这肯定是柴尔德触发的，"福克雷船长说，"他一进去，那扇门就关上了。"福克雷船长又朝门口走近一步。"柴尔德，我的无人机怎么了？"

"我不知道。它不在这里。没有任何碎片，也看不到是什么东西摧毁了它。"

没人吭声，密室里一片沉寂。特兰蒂尼昂博士尖锐的声音打破了沉默。"我认为这件怪事也有合理之处。"

"你真的这么认为？"

"对，伙计。我怀疑在这之前，血尖塔一直在容忍无人机，并让我们陷入了虚假的安全感。但现在血尖塔下令了，我们必须放弃无人机带来的安全感。血尖塔不再允许我们事先获取任何信息，必须要有人进去才行。而且一旦有人进去，所有人的退路就会被切断，除非我们解决下一道难题。"

"你是说，规则随时会变？"赫兹问道。

特兰蒂尼昂博士精致的银色面具转向她。"你说的是什么规则，赫兹？"

"不要跟我玩这一套，特兰蒂尼昂博士。你明白我的意思。"

特兰蒂尼昂博士用手指摸着被太空服的头盔覆盖住的下巴。"坦白说，我不明白。除非你认为血尖塔曾经同意遵守某种规则。但我会强烈反对你的这种想法，因为根本没这种事。"

"不对，"我说，"赫兹的话也有道理，是有规则的。很显然血尖塔不会容忍侵犯它身体的行为，还有就是我们所有人都必须在同一个密室里，它才会允许我们进入下一个密室。我觉得这些都是很基本的规则。"

"那怎么解释无人机和那扇门呢？"柴尔德问道。

"就像特兰蒂尼昂博士说的那样。之前血尖塔一直在容忍我们的违规行为，但它不会一直容忍下去。"

赫兹点头："很好。那它现在还在容忍我们的哪些行为？"

"我不知道。"我勉强地微笑了一下。"我想唯一的办法就是继续前进，否则没人会知道答案。"

＊　　　＊　　　＊

我们又通过了另外八个密室，每个密室花一到两个小时。

我们曾经两次讨论是否还要继续下去，通常赫兹是最不热心的人，但到目前为止，难题还没有复杂到我们无法解决的地步。另外，我们也有所进展。大多数密室都空无一物，但我们偶尔会遇到狭窄的格子窗。格子窗上镶着彩色透明的镶板，其材质显然是一种比玻璃甚至钻石更有弹性的物质。有时候，透过这些格子窗，我们只能看到血尖塔阴暗的内部。但有一次我们看到了外面，这才终于有机会感受我们爬到了什么高度。福克雷船长一直在用惯性罗盘以及重力计监测我们的高度变化，他确信，从第一个密室算起，我们的垂直高度已经爬升了至少十五米。这听起来很了不起，但问题是血尖塔有二百多米高。难道前面还有几百个密室，每扇门都越来越难打开？

而且那些门肯定在变小。

现在，我们甚至要费力挤过去才能进入密室。太空服有一定的灵活性，可以变得紧一些，但仅此而已。

到目前为止我们总共花了十六个小时。照这个速度，我们接近塔顶还需要好几天时间。

但没人真的以为事情会很快结束。

"这有点棘手。"研究了几分钟最新的难题之后，塞莉斯泰因说，"我想我大致有数了，但是……"

柴尔德看着她。"你有数了，还是你觉得你有数了？"

"我说的就是那个意思，随你怎么理解。你要知道，解决这些难题并不容易。要么这样吧，让别人来破解难题？"

我搭着塞莉斯泰因的手臂，私线通话说："你不要激动。他只是有点紧张而已。"

塞莉斯泰因甩开我的手。"我不需要你帮我说话，理查德。"

"对不起，我没那个——"

"没关系。"塞莉斯泰因关掉私线通话，继续与所有人通话。"我认为这些图形都是阴影，你们看。"

现在大家都已经能相当熟练地用太空服绘制草图，并展示给其他人看了。

这方面塞莉斯泰因最擅长。她用太空服画了一条短短的红色的直线。

"你们看到这条直线了吗？这是一维直线。现在你们看这个。"她把直线分成两条平行的直线，再把两端相连，变成了正方形。接着她旋转正方形，只让我们看到其边缘，此时我们看到的又只是一条直线了。

"我们看到了……"柴尔德说。

"你们可以把直线当作二维物体的阴影，明白吗？正方形是二维物体。"

"我想我们明白了其中的要点。"特兰蒂尼昂博士说。

　　塞莉斯泰因把我们面前的正方形定格，并在原位置上复制了这个正方形，然后让它沿对角线方向滑动，直到新的正方形与原来的正方形角和角相连。"现在，我们在看二维物体，但也是三维立方体的阴影。看，当我转动三维立方体时，它是如何延伸及收缩的？"

　　"对，我看到了。"柴尔德说，同时看着两个相连的正方形如何以极其流畅的动作相互滑过，当三维立方体正面朝向墙壁时，我们就只能看到一个正方形了。

　　"我想，这些图形……"塞莉斯泰因在门框上的那些复杂图形上方画了一只手。"我想这些图形代表四维物体的阴影。"

　　"去他妈的。"赫兹说。

　　"专心看，好不好？这个不难。它是个超立方体。相当于四维空间里的立方体。只要拿一个立方体，把它往外延伸，就可以得到一个超立方体，就像把正方形延伸为立方体那样。"塞莉斯泰因停下来，我一度以为她要绝望地举手投降了。"看这个。"她画了一大一小两个立方体，小的套在大的里面，两个立方体的对角线相连。"这是超立方体在三维空间里的阴影。现在你们只要把阴影再去掉一维，只剩下二维，然后就获得了这个——"她指了指门框上的一个奇怪图形。

　　"我想我明白了。"柴尔德说，但是声音听上去毫无信心。

　　我可能也明白了，但我不敢确定。柴尔德和我年轻时曾用高维难题折磨过对方，但我们从未如此依赖这种令人震惊的数学领域的直觉来理解此类难题。

　　"好吧，"我说，"假设这就是四维超立方体的阴影，答案在哪里？"

　　"在这里。"塞莉斯泰因说，她指着右侧一个似乎完全不一样的复杂图形，"这是转过一圈之后的同一超立方体。"

　　"阴影变化如此巨大？"

　　"多看看就习惯了，理查德。"

　　"好吧。"我意识到我刚才用手去碰她，让她很生气。"其他那些图形呢？"

　　"它们都是四维物体，相对简单的几何形状。这是个四维单纯形，即超四面体。它是个超金字塔，有五个四面体表面……"塞莉斯泰因声音没了，她用奇怪的表情看着我们。"别去管它。重点是，右侧图形应该是相同多边形在高维空间简单旋转一周后的阴影，但其中有一个偏离了这个数列规律。"

"哪一个？"

她指着其中一个说："这个。"

"你肯定？"赫兹问道，"我可是该死的什么都不知道。"

塞莉斯泰因点头。"对。我现在完全肯定了。"

"但是你就不能让我们也明白为什么这个是正确答案吗？"

塞莉斯泰因耸耸肩膀。"你要么已经明白了，要么就再也不会明白了，我反正没什么办法了。"

"是吗？也许我们都应该去访问那些模式师，那样的话我就不会吓得屁滚尿流了。"

塞莉斯泰因没说话，只是伸手去按了那个偏离了这个数列规律的图形。

* * *

"有好消息，也有坏消息。"我们安全通过十二个密室后，福克雷船长说。

"先说坏消息。"塞莉斯泰因说。

福克雷船长照办了，他的语气里带着一丁点幸灾乐祸的意思。"如果还穿着这些太空服，那我们最多能再通过两三扇门。"

这个坏消息就算不说，大家也早就知道了。刚才我们挤过那三四扇门时就已经很明显了，血尖塔内部微妙的结构变化，不会再允许我们穿着厚重的太空服行动。最后那扇门只有赫兹能轻易通过，剩下的人都费了好大劲才挤过去。

"那我们得放弃了。"我说。

"那倒不一定。"福克雷船长像个吸血鬼那样笑了笑。"我不是说了吗？还有个好消息。"

"什么好消息？"柴尔德问。

"你们还记得赫兹原路返回，看看血尖塔会不会允许我们随时离开那回事吗？"

"记得。"柴尔德说。虽然后来赫兹没有再试过回到出口那里，但她试过穿过十二扇已经打开的门回去，发现血尖塔还是跟以前一样配合。所以我们没有理由怀疑如果赫兹想出去的话，她会遇到什么阻碍。

"我有点想不通，"福克雷船长说，"她跑回去的时候，血尖塔会按照顺序开门和关门。我不理解它为什么那样做。它为什么不同时打开所有门让她出去？"

"我承认，这件事也让我困惑。"特兰蒂尼昂博士说。

"所以我思考了这个问题——为什么不同时打开所有门，我认定其中必有原因。"

柴尔德叹了口气。"原因是？"

"空气。"福克雷船长说。

"你在开玩笑吧。"

福克雷船长摇摇头。"刚开始血尖塔里是真空状态，或者说是各各他山表面空气稀薄的状态。接下来几个密室都差不多。然后就开始有变化了。我承认，这种变化很慢，但我太空服的感应器立刻注意到了。"

柴尔德拉长了脸。"你却一直不吭声，也不通知我们一下？"

"我想我最好等到这种变化趋于稳定之后再说。"福克雷船长看了一眼塞莉斯泰因，后者无动于衷。

"他是对的。"特兰蒂尼昂博士说，"我也注意到了空气的变化。福克雷船长肯定也知道温度在升高，每个密室都比前一个密室温暖一点点。根据这种变化的趋势判断，我得出初步结论，再通过两到三扇门，我们就可以丢弃太空服，正常呼吸了。"

"丢弃太空服？"赫兹像看疯子那样看他。"该死！你肯定在开玩笑。"

柴尔德举手说："等一下。特兰蒂尼昂博士，你提到空气时，没说是不是我们能够呼吸的空气。"

特兰蒂尼昂博士回答时的语调像在唱一首悠扬的小调。"能呼吸，空气中各种气体混合的比例与太空服里的空气异常接近。"

"不可能。我不记得我们提供过什么样品。"

特兰蒂尼昂博士点了一下头。"尽管如此，血尖塔还是提取到样品了。这个空气中各种气体混合的比例正好与福克雷船长选择的空气一模一样。阿盖尔的探险队肯定采用了略有差异的空气，所以你不能说这是因为血尖塔记忆力好，用了阿盖尔探险队的空气样品。"

我感到不寒而栗。

一想到这座血尖塔能够神不知鬼不觉地到我们的太空服里提取空气样品，我就簌簌发抖。这是个巨大的活物，我们却像耗子一般在其内部跑来跑去。它不仅知道我们在这里，还掌握第一手资料，知道我们是什么生物。

血尖塔洞悉我们的弱点。

好像是为了奖励福克雷船长的敏锐观察，下一个密室的空气特别浓厚，温度也高了很多。虽然还不足以让人生存下去，但即使没有太空服保护，人也不会立刻窒息而死。

这个密室的难题是到目前为止最难解的，甚至连塞莉斯泰因都这么认为。难题还是与两侧门框上的图形有关，但现在这些用各种符号和连接环联系在一起的图形，复杂程度让人想到陌生城市的地铁线路图。有些图形之前出现过，它们是数学运算符号，就像加减乘除符号一样，但这次数量特别多。而且难题本身也不仅仅是数学运算。根据塞莉斯泰因已经掌握的情况来看，这是个四维空间拓扑转换问题。

"请你快告诉我，你已经一眼看到答案了。"柴尔德说。

"我……"塞莉斯泰因迟疑了一下。"我想是的。但我还没有完全确定。给我一分钟，让我再想一想。"

"当然。你慢慢想。"

塞莉斯泰因陷入了一种冥想状态，先是几分钟，再是几十分钟。有一两次她张开嘴巴，吸了口气，好像准备开口说话，另外还有一两次她甚至很有信心地朝门口走近一步。但始终没有出现我们一直在期待的令人激动的场面，她没有突然叫出来，告诉我们有了，突破了，她知道答案了，而是又回到那个默默思考的站立姿势。一个小时过去了……快两个小时了。

我心想，如果连塞莉斯泰因找到答案之前，都要经历这么长的思考过程，那么我们复刻她的思路去找那个答案，就可能需要几天时间。

她终于开口了："我找到答案了。"

柴尔德第一个回答她："是不是你一开始想到的那个答案？"

"不是。"

"太好了。"赫兹说。

"塞莉斯泰因……"我试图缓和一下局面，"你知道自己最初为什么选了个错误答案吗？"

"是的，我知道。这是个很容易上当的难题。那个显然正确的答案隐藏着微妙的缺陷，乍看之下显然错误的答案，却是真正的答案。"

"原来是这样。你确定吗？"

"我什么都不确定，理查德。我只是在说，我相信答案是这个。"

我点点头。"我说真心话，我想这也正是大家所期盼的。你觉得我们能跟上你的思路吗？"

"我不知道。你对卡鲁扎－克莱因空间了解多少？"

"说实话不多，略知皮毛。"

"这正是我担心的。我也许能对部分人解释清楚，但总会有人听不懂——"塞莉斯泰因瞥了赫兹一眼。"要想得到共识，我们可能需要在这个密室里待上好几周。而血尖塔不会容忍这种拖延。"

"我们不知道它会不会。"我谨慎地说。

"对，"柴尔德说，"但是我们确实不能花几周的时间来解决一个密室。我们早晚得信任塞莉斯泰因一个人的判断。我想这个时刻可能到了。"

我看着他，想起他的数学造诣一直在我之上。我给他设计的难题，他鲜有做不出来的，即使有时候他需要花几周时间才能找到答案。反过来说，他出给我的数学难题，复杂程度与塞莉斯泰因现在面临的相似，而它们经常让我束手无策。我知道他们两个的数学造诣即使不能说是旗鼓相当，也绝无根本上的差异。只不过，塞莉斯泰因因为得益于模式师，所以总能以超人的速度得出答案。

"你是说我直接按下去就行了，不用再与各位协商？"塞莉斯泰因问。

柴尔德点点头："如果大家都同意的话。"

做这个决定不容易。我们已经通过了这么多密室，每次都遵循严格的民主协商过程，一直坚持到现在。但我们都知道这样做是有道理的，连赫兹最后也改变立场，支持这个决定。

"我这么说吧，"她说，"过了这扇门，我就出去了，有钱没钱都无所谓。"

"你准备放弃了？"柴尔德问。

"你看到外面那些可怜虫的下场了。他们肯定以为他们可以一直继续下去，解出下一道难题。"

柴尔德露出伤心的表情，但他仍然说："我完全理解。但我希望，我们通过这扇门之后，你会马上改变主意。"

"抱歉，我已经决定了。我受够了。"

赫兹转向塞莉斯泰因，说："快帮我们解脱苦难吧。选中答案就按下去。"

塞莉斯泰因朝每个人都看了一眼。"你们准备好了？"

"我们准备好了。"柴尔德替大家回答了，"动手吧。"

塞莉斯泰因按下代表答案的图形。接下来又是充满期望的等待，和紧张不安的拖延。我们都盯着门看，希望它能滑开。

但这次什么都没发生。

"哦，老天……"赫兹开始呻吟。

她话音未落，便有事发生了，并且在我们意识到之前就结束了。我们后来通过观看太空服拍下的画面才知道发生了什么事。

在刚才那一瞬间，那些看起来无缝的密室墙壁的齐腰高处突然冒出一支金属制成的标枪，穿过空中插入对面的墙壁，像鱼跃入水中一样消失了。我们甚至都没看到它，更不用说做出什么身体反应了。就连配有特殊躲避装置的太空服，反应速度也太慢。等到太空服开始行动，标枪已经一闪而过并消失得无影无踪了。如果只有那一支标枪，那我们甚至完全不知道发生过这样一件事。

但就在第一支标枪飞出来的一刹那，第二支标枪也飞出来了，角度略微不一样。

福克雷船长不巧站错了地方。

标枪就像穿过一层烟雾那样穿过他的手臂，根本没什么阻力。它后面却像彗星那样拖着血淋淋的尾巴。由于密室的气压远比太空服里面的气压低，伤口在他胳膊肘下方爆炸了。

福克雷船长的太空服立刻做出反应，速度惊人，但跟标枪相比还是太慢了。

太空服评估了福克雷船长的伤势，判断出自我修复系统封住那个伤口所需的时间，并迅速得出结论，虽然它可以恢复手臂的完整性，但那时福克雷船长的血压已经无可避免地降低了。太空服的使命是不惜代价保住生命，所以它选择在伤口上方切除手臂。超级锋利的银色虹膜刀片瞬间切断了他的手臂。

这一切发生时，疼痛信号甚至还没来得及抵达他的大脑。福克雷船长看到自己的手臂掉在脚上，才知道自己不幸中招了。

"我想——"他想要开口说话，赫兹快速冲过去尽力撑住他。

福克雷船长的断臂末端是那片锋利的银色虹膜刀片。

"不要说话。"柴尔德说。

福克雷船长继续站着，几乎着迷地看着自己的伤口。"我——"

"我说不要说话。"柴尔德跪下去捡起断臂，把它拿给福克雷船长看。标枪穿过手臂造成的伤口，像来复枪管那样笔直。

"我会活下去。"福克雷船长终于说出话来。

"对，你会，"特兰蒂尼昂博士说，"而且你会觉得自己很幸运。如果标枪穿过的是你的躯体，而不是你的四肢之一，那么我不相信我们还能有这番对话。"

"你认为这算是幸运？"

"像你这样的伤口，只要很小的手术就能修复。手术所需要的设备穿梭机上都有。"

赫兹忐忑不安地环顾四周。"惩罚结束了吗？"

"我想，如果还没完，那我们早就知道了，"我说，"毕竟那只是我们的第一个错误。当然，我们要有思想准备，接下去会更糟。"

"那我们最好不要再把事情搞砸了，对不对？"赫兹冲着塞莉斯泰因说。

我以为塞莉斯泰因会愤怒地反驳赫兹。她完全有理由提醒赫兹，如果让其他人来选择答案，那么我们答对的可能性只有可怜的六分之一。

但塞莉斯泰因只是不断道歉，她的语气很真诚，因为她也不敢相信自己犯了这样的错误。

"我很抱歉……我肯定是……"

"选择了错误的答案，是的。"我点点头。"毫无疑问还会有其他错误的答案。你已经尽力而为了，塞莉斯泰因，你做得比我们任何一个人都好。"

"还是不够好。"

"但你把答案减少到只有两种可能性。那比六种可能性好多了。"

"他是对的，"柴尔德说，"塞莉斯泰因，不要折磨自己。要是没有你，我们不会通过这么多扇门。现在去按另外那个答案吧，你最初想到的那个，我们把福克雷船长送回穿梭机上。"

福克雷船长瞪着他说："我没事，柴尔德。我可以继续。"

"也许你可以继续，但是时候临时撤退一下了。我们可以妥善处理你的手臂，然后带着轻便型太空服回来。你想想看，穿着这些太空服，我们也前进不了多远。我可不想毫无保护地往前冲。"

塞莉斯泰因转身面对门框。"我也不能保证这个是正确答案。"

"我们只能冒险。按照顺序来，从最佳选择开始，直到血尖塔把后门打开，让我们出去。"

塞莉斯泰因按下她最初想到的那个答案。当时她深入思考过这个答案，但她错误地以为其中有个陷阱。

一如既往，我们按下答案之后，血尖塔并不马上下达判令。中间总是有那么一个紧张时刻，让我们有充足的时间来想象标枪从四面八方飞出来的画面。不过还好，这次我们逃过了更多惩罚。

门滑开了，露出下一个密室。

我们当然没有进去，而是转身按照原路返回。退出去的时候，我们都觉得很可笑，跟后面的难题相比，最初的那些实在太简单了。

随着一扇扇门按顺序打开又闭合，空气变得越来越稀薄，血尖塔的墙壁也逐渐冷却，不再像是个生物，而更像是个古老深沉的机器。然而从远处传来的阵阵呼吸般的振动仍然在地板下起伏，只是更加轻微、更加缓慢了。血尖塔在提醒我们，它知道我们在哪里。也许它现在正十分恼怒，因为我们竟然掉头了。

"等着吧，你这混蛋，"柴尔德说，"我们只是暂时撤退。我们还会回来，懂不懂？"

"你别这么在意，这不是你一个人的事。"我说。

"我当然在意，"柴尔德说，"这就是我一个人的事。"

我们回到底部，通过圈口出来了。接下来的事情就好办多了，我们很快就飞回了停泊在不远处的穿梭机里。

外面很黑。

我们在血尖塔里面待了十九个小时多一点。

四

"马马虎虎吧。"福克雷船长挥动了几下新装上的金属手臂。

"马马虎虎？"特兰蒂尼昂博士听上去像自尊心受到了极大的伤害。"伙计，这叫手艺精湛，堪称完美。你很可能到哪儿都见不到这种水平了。当然，除非你见到类似的手术，还是我亲自动刀。"

我们的穿梭机还停在各各他山上，没有起飞。穿梭机是个扁平、流线型的圆柱体，降落时屁股着地，四周延伸出八个帐篷泡：六个供探险队员私人使用，一个公用，还有一个是医务室，里面装满特兰蒂尼昂博士所需的各种设备。令人惊讶，或者说令我惊讶的是——我承认我在此方面的知识有些匮乏，因而不太熟悉情况——穿梭机的制造系统竟然可以生产出特兰蒂尼昂博士需要的各种控制元件。拿任何标准来衡量，他使用的手术器材都堪称一流。这些闪闪发光的半知觉工具与他配合时心领神会，天衣无缝。

"比起这个，我倒宁愿你把我原来的手臂装回去。"福克雷船长说。他还在习惯他簇新的金属手臂，不停地张开合拢手掌。

"那再容易不过了，那就是一个微不足道的手术，简直有辱我的身份，"特兰蒂尼昂博士说，"适应一只新的金属手臂只需要几个小时。如果你不想这样，我还可以叫你的断臂重新长出来，原理很简单，干细胞操纵而已。但有什么好处呢？下次遇到惩罚，你很可能又会失去手臂。现在呢，大不了损失一个机器零件，你甚至感觉不到自己受了伤。"

"做这种手术对你来说是种享受，对不对？"赫兹问。

"我要是否认就是在说谎，"特兰蒂尼昂博士说，"要是你被剥夺了权利，像我那样长时间没有志愿者用来做实验品，你也会无比享受这些命运带来的小小的练习机会。"

赫兹心领神会地点头。我记得大家初次见面时，她根本不知道特兰蒂尼昂博士是谁，但她很快就对他有所了解了。"这只不过是开头而已，不光是一只手臂，好戏还在后面，对不对？那次在柴尔德家见面之后，我查了你的资料，特兰蒂尼昂博士。你的很多实验记录，因为过于骇人，当局还没有解禁，我溜进去看过了。你可真是全身心投入啊。有些受害者资料我看了都睡不着觉。"

我心想，可她最后还是选择加入这个探险队了。显然柴尔德的重金利诱可以抵消她对与特兰蒂尼昂博士共处一室的顾虑。不过那些实验记录让我心生好奇。公开的资料已经包括许多骇人行径，足够让人噩梦连连。如果还有不能公开的恐怖暴行，那真是想想就令人不寒而栗。

"是真的吗？"我问，"还有更厉害的暴行？"

"看你怎么说了，"特兰蒂尼昂博士回答，"我的一些活体实验手段，确实比大众知道的有过之而无不及——如果这是你想表达的意思的话。但我有没有接近我认为的真正极限呢？没有。我一直受到各种束缚。"

"那你现在大概可以大胆干了吧。"我说。

他那僵硬的银色面具转过来扫视大家。"也许吧。你们可以认真考虑我接下来的建议。我可以干净利落地通过外科手术切除你们的四肢，不用担心感染或其他并发症。切除下来的四肢进行低温储藏，然后我可以给你们装上义肢系统，直到我们完成眼前的任务。"

"谢谢……"我朝其他人看了一眼。"不过我想我们都会谢绝你的这番好意，特兰蒂尼昂博士。"

特兰蒂尼昂博士大方地伸出双手。"如果你们想再考虑一下，那本人随时听候各位差遣。"

*　　　*　　　*

回血尖塔之前，我们在穿梭机里待了一整天。我已经累得不行了，但好不容易睡着后又是各种梦境，与进出休眠状态的过渡期里柴尔德给我们植入的那些梦境大同小异。我醒来后感觉自己被要了，愤怒地去找他算账。

这时我注意到我的手腕有点异常，我隐约看到皮肤下面埋着一块长方形的黑色硬物。我转动手腕，端详着这个黑色硬物，敏锐且奇怪地意识到它的直线性质[1]。我环顾四周，对环境里的各种形状也产生了同样的内在意识。我不知道皮肤下的黑色硬物和我不正常的反应，哪个更让我不安。

我跌跌撞撞地冲进穿梭机的公用帐篷泡，伸出手腕给柴尔德看。塞莉斯泰因也坐在那里。

柴尔德还没机会说话，她就先开口说："你也有一个啊。"她给我看埋在她皮肤下的黑色硬物，其形状与我的类似。它与公用帐篷泡里的各种物体的形状存在某种关系，如果一定要用语言来形容的话，那就是它仿佛跟周遭环境押韵。

"嗯，理查德？"她又叫了一声。

"我感觉有点奇怪。"

"都是柴尔德搞的鬼，是他埋的。对不对，你这个老骗子？"

"拿出来很容易。"他一脸无辜地说，"趁你们熟睡的时候埋进这些装置比较保险，我们没有必要浪费更多时间。"

"不光是皮肤下这东西的事，"我说，"不管它是什么东西。"

---

1. 数学专业术语，包括直线的存在性和唯一性。

"它能让我们保持清醒。"塞莉斯泰因说，她的怒气显而易见。我从来没有感觉这么奇怪过，看着她说话时脸庞变形的样子，我甚至能完全弄清她皮肤下的肌肉和骨骼如何移动。

"清醒？"我有点迷惑。

"这是个……分流器之类的东西，"她说，"据说超太空人经常用这东西。它能从血液中吸走疲劳毒素，再把其他化学物质输入血液，打断大脑的正常睡眠周期。有了这东西，即使你几周不睡觉，也几乎不会有任何副作用。"

我勉强地笑了笑，以此掩盖自己的委屈。"几乎不会，我担心的就是这几个字。"

"我也是。"她愤怒地瞪着柴尔德。"虽然我憎恨这个家伙，未经我同意就做这种事，但我还是得承认这么做也有一定道理。"

我又摸了摸手腕上那块突起的地方。"我估计这是特兰蒂尼昂博士的手艺？"

"你应该感到幸运，他没趁机砍掉你的四肢。"

柴尔德打断了她："是我叫他安装这些分流器的。如果有机会的话，我们还是可以小睡片刻。但如果我们需要保持清醒，那这些分流器就很有用了。没有其他问题了。"

"还有其他问题……"我略带迟疑地说。我看了眼塞莉斯泰因，想知道她是不是有同样感觉。"醒来之后，我……看东西感觉不一样了。我老是看到以前从未注意到的各种形状。你到底搞了什么把戏，柴尔德？"

"就像我刚才说的，取出来很容易，没什么永久性的东西。只是药机注剂而已——"

我试图控制住自己的脾气。"什么类型的药机注剂？"

"神经调节剂。"他抬起一只手，好像怕我打他一样，我看到他手腕上也有同样的黑色硬物。"你的大脑里已经充满了民主派的植入物和细胞机器，理查德，我做的只是在现有基础上添砖加瓦而已，用不着大惊小怪。"

"他在放什么狗屁？"赫兹站在门口说，她几秒钟前刚到。"我醒来后就头晕眼花，跟这有关吗？"

"很可能。"我松了口气，至少我没变成疯子。"我猜，是不是数学造诣和空间意识增强了？"

"要是你那么形容的话，差不多就是了。到处看到各种形状，老是想着怎么把它们合在一起……"

赫兹转身面对柴尔德。虽然身材娇小，但她很有杀伤力。"你还有什么要招供，快说。"

柴尔德说话时非常冷静。"通过手腕里的分流器，我把神经调节剂送到你们的大脑里。这些神经调节剂还没有对你们的神经结构进行根本性重组，只是抑制或加强大脑的某些功能。粗略地说，其效果就是加强你们的空间能力，但其他不怎么重要的功能就要打点折扣。这就相当于让你们可以窥见塞莉斯泰因的认知领域。"塞莉斯泰因刚想开口说话，他便抬手阻止了她。"只是窥见而已，但我想，鉴于血尖塔抛给我们的各种难题，你们都会同意这种做法。这些神经调节剂可以助我们一臂之力，补偿我们的短处，帮我们解决难题。"

"你的意思是你把我们一夜之间都变成了数学天才？"

"笼统地说，对。"

"那倒是很有用。"赫兹说。

"有用？"

"对啊，当我把你那根东西割下来切成几段时，你可以试着再拼凑起来。"

赫兹扑向他。

"赫兹，我——"

"住手，"我打圆场说，"柴尔德擅自这么做是有错，但是，考虑到我们目前的处境，这个主意确实有点道理。"

"你到底帮谁？"赫兹退后几步，一副义愤填膺的神态。

"我谁都不帮，"我说，"我只想尽力打败血尖塔。"

赫兹瞟了一眼塞莉斯泰因。"好吧，这次算了。下不为例，不然的话……"

很显然，赫兹已经跟我一样得出结论了，即鉴于我们面临的血尖塔给出的难题，我们最好还是接受这些机器的帮助，而不是要求把它们从我们体内清除出去。

但有一个问题一直让我耿耿于怀。

在机器入侵我大脑之前，我也会这么心甘情愿地欢迎它们吗，还是说它们已经在影响我的决定了？

我一头雾水。

但我决定以后再操心这个问题。

五

"三个小时，"柴尔德兴高采烈地说，"我们第一次到达这里用了十九个小时。这很能说明问题，对不对？"

"是啊，"赫兹嘲笑道，"如果我们能事先知道答案，那这些不过是小菜一碟。"

我们站在塞莉斯泰因上次犯错的那扇门边。她刚刚按下那个代表正确答案的拓扑图形，门就滑开了，现在前面是我们尚未进入过的密室。从现在开始，我们又要面对新的难题了，不再像温习旧课那样简单。血尖塔的兴趣似乎在于探查我们的理解力极限，而不是简单地要我们解决同一基本问题的不同排列组合。

它想要摧垮我们，而不是拖垮我们。

我越来越倾向于视其为具有情感模式的外星生物，它好奇且富有耐心，但发作起来又凶残无比。

"里面什么情况？"福克雷船长问。

赫兹率先进去查看了。

"照我看，这他妈又是一道难题。"

"形容一下。"

"一大堆奇形怪状的图形，像狗屎一样。"她沉默了几秒钟。"没错，又是四维空间的图形。塞莉斯泰因——你来看一眼？我知道你好这一口。"

"难题的性质是什么，你能不能看出点线索？"塞莉斯泰因问。

"我的天，我不知道。我觉得跟方向缩放有关……"

"拓扑变形。"塞莉斯泰因喃喃自语着，走进了密室。

她们站在门框前商讨了一两分钟，好像一对敏锐的艺术评论家。

不久前，赫兹和塞莉斯泰因可谓没有任何相似之处，现在看到她这副数学天才般的模样，实在让人吃惊。柴尔德放进我们大脑的机器提高了所有人的数学能力（特兰蒂尼昂博士可能除外，我怀疑他自己没有接受这个改造），效果却因人而异。我的数学才华是澎湃型的，就像对药物上瘾的诗人突然涌现一阵阵浪潮般的灵感。福克雷船长则是算术能力大为进步，不管数目多大，他只要看一眼就能算出结果。

赫兹的变化最为显著，连柴尔德都大吃一惊。我们刚才重新进入血尖塔时，我敢肯定她根据直觉就能得出答案，而不是靠第一次留下的记忆。现在，我们面临连塞莉斯泰因都觉得棘手的难题，赫兹仍然可以察觉问题的实质，尽管她无法用数学术语来表述细节。

还有，虽然她看不出正确答案，但她可以至少排除一两个错误答案。

"赫兹没说错，"塞莉斯泰因最后说，"这是拓扑变形，对实体形状进行的拉伸操作。"

我们再次看到四维格子阴影的投影。右侧门框上是同一物体通过拉伸等方式扭曲之后的阴影。我们的任务是找到那个还牵涉到切变的阴影。

塞莉斯泰因花了一个小时才确定她找到了正确答案。赫兹和我试图理解她的论证过程，但力不从心，赫兹和我只能弄明白为什么有两个答案是错的。在接受药机注剂之前，我们连这个也做不到。虽说有进步，但我们也高兴不到哪里去。

塞莉斯泰因按下正确答案，我们进入下一个密室。

"这是我们穿着太空服能进去的最后一扇门了，"柴尔德指着前面那扇门说，"哪怕是穿着轻便型太空服，我们也要用力才能挤进去——赫兹当然例外。"

"这里的空气怎样？"我问。

"可以呼吸，"福克雷船长说，"我们更换太空服的时候，肯定会不得不很短暂地呼吸一下。但我不建议呼吸时间太长，我们要尽量避免呼吸，除非迫不得已。"

"迫不得已？"塞莉斯泰因问，"你认为这些门还会继续变小？"

"我不知道。但你不觉得血尖塔在强迫我们暴露自己，最大限度地公开我们的弱点吗？我觉得它跟我们还没完。"福克雷船长停止说话，与此同时他的太空服开始自动脱下来。"但这并不表示我们得满足它的愿望。"

我理解他的心情。血尖塔第一个伤害的是他，而不是我们。

在太空服下面，我们尽可能多地穿上了轻便型太空服。它们都是紧身衣，设计也够现代，但与之前的那种太空服相比就是古董了。头盔和呼吸设备无法穿在里面，我们只好把它们背在身后。我担心血尖塔对此有意见，不过到目前为止一切都平安无事。当然，我脑子里有一点非常清楚，即我们并不知道血尖塔定下的所有游戏规则。

换太空服只花了三四分钟时间，主要是进行系统检查。有大约一分钟时间，除了赫兹，我们都不得不呼吸血尖塔里的空气。

这里的空气略显稀薄，温度接近体温，有些潮湿，有股淡淡的机油味道。

戴上头盔之后，背包里的循环系统立刻送来一股清冷无味的空气，我们这才松了口气。

"各位。"赫兹跪下来触摸地板。现在只有她还穿着原来的太空服。"这是怎么回事？"

我照样做了，透过轻便型太空服纤薄的手套感受地板的变化。

血尖塔的振动明显加强了，好像我们脱下太空服一事让它很激动。

"这家伙他妈的好像疯了。"赫兹说。

"我们继续前进吧,"柴尔德说,"我们还是有保护层的,只是不像以前那么有效而已。关键是斗智,其他不重要。"

"说得好听,还斗智呢。稍有智力的人都会离这鬼地方远远的,不会踏进半步。"

"那你怎么来了,赫兹?"塞莉斯泰因问。

"这只是因为我的贪婪超出你的想象而已。"赫兹说。

我们又通过了十一个密室,进展顺利。偶尔有格子窗通向外面,我们可以看到各各他山的地表离我们越来越远。根据福克雷船长的估计,自从进入血尖塔,我们已经爬升了四十五米的垂直高度。虽然重头戏还在后面,但我们第一次觉得似乎有望成功。当然,这种希望基于几个假设:一是虽然难题越来越难,但它们还在我们能解答的范围之内;二是我们现在已经抛弃原来的那种厚重的太空服了,那些门不能再继续变窄、变小。

但那些门还是在缩小。

跟以前一样,两个密室之间的变化并不明显,但过了五六个密室之后,变化就会显著起来。再过十个或者十五个密室,我们就又得挤进去了。

如果到时门继续缩小,那怎么办?

"那我们就没法继续了,"我说,"我们就算光着身子也进不去。"

"你太失败主义论调了。"特兰蒂尼昂博士说。

柴尔德通情达理地问:"你有什么建议呢,特兰蒂尼昂博士?"

"只要做几个小手术,调整一下人体的基本结构就行。不用太复杂,刚够挤过那些以我们现在这种⋯⋯累赘的样子通不过去的门就行。"

特兰蒂尼昂博士贪婪地打量着我的手臂和大腿。

"完全不值得,"我说,"如果我受伤了,那么我会接受你的帮助。但要是你认为我会为这种事而——这绝无可能,恐怕你大错特错了,特兰蒂尼昂博士。"

"说得好,"赫兹说,"曾经有那么一段时间,理查德,我真以为这个地方已经把你套住了。"

"怎么会，"我说，"没影的事。更何况，我们可能连眼前这扇门都通不过，何必去担心后面的门。"

"我同意，"柴尔德说，"我们一步步来。特兰蒂尼昂博士，抛开那些疯狂的幻想吧，至少现在还不是时候。"

"你们就当我在做白日梦吧。"特兰蒂尼昂博士说。

于是我们继续前进。

通过这么多扇门之后，我们发现血尖塔的难题都是一波一波的，比如先是一波关于素数的难题，再是一波关于超维固体属性的难题。有一次，接连几个密室问的都是关于平铺模式的问题。还有一波难题是考验我们对元胞自动机的理解：一组组奇形怪状的士兵在跳棋棋盘上遵循简单的规则进行无比复杂的厮杀格斗。每波难题中的最后一题永远是最难的，也是我们最容易犯错的。我们做好了在每扇门上花三四个小时的准备。无论塞莉斯泰因需要多长时间来确定正确答案，我们都愿意等。

尽管分流器可以吸走我们血液中的疲劳毒素，并且神经调节剂可以让我们前所未有地清晰思考，但每解决一个重大难题之后，我们仍感到精疲力竭，需要几十分钟才能恢复状态。门打开之后，我们通常不会马上进去，而是在门边休息一段时间来养精蓄锐。

每到这种安静时刻，我们都会讨论各种经验，预测接下来会发生什么。

"又回到老样子了。"我通过私线通话对塞莉斯泰因说。

她的回答跟我预计的一样简短。"什么？"

"有那么一阵子，我们可以跟上你的思路，甚至连赫兹都可以跟上。或者说，哪怕跟不上，也不至于完全摸不着头脑。但现在你又开始远远超前于我们了，对不对？那些模式师的优势又显示出来了。"

她过了段时间才回复："你有柴尔德给的神经调节剂。"

"没错，但它们只能与基本神经网络打交道，无论是抑制还是增强，都不能从根本上改变神经网络的结构。而且这些都是广谱的药机注剂，不是专为我们单独设计的。"

塞莉斯泰因看着唯一还穿着原来的太空服的赫兹。"但它们对赫兹来说非常有效。"

"那肯定是因为她运气好。不过你说得对。但她依旧不能看得像你那样远，即使用了神经调节剂也不行。"

塞莉斯泰因拍了一下手腕里的分流器。轻便型太空服很薄，透过那层布料我还是能依稀看到它。"神经调节剂也增强了我的能力。"

"你本来的水平就相当高了，我不相信神经调节剂还能对你起增进作用。"

"也许吧。"她停了一下。"你还有其他话想说吗，理查德？"

"没有。"我有点被她的回复刺痛。"我只是……"

"想说话，我懂。"

"而你不想说？"

"我不想说话，你还想怪我？在这个地方谁还有心思说悄悄话，更何况当初是你把我从长期记忆中删去了。"

"我要是为此道歉，你会原谅我吗？"

从她的语气中，我能听出我刚才那句话出乎她的意料。"道歉很容易，况且现在这么说对你有好处。当时你可不这么想。"

我蹦出一句基本上也是事实的话。"我那么做的原因就在于我还爱你，这么说你该相信我了吧？没有其他原因。"

"这么辩解对你来说也太容易了吧。"

"但未必是谎言。你也不能都怪我。我们当时很相爱，塞莉斯泰因，你没法否认这一点。虽然后来我们之间出现了一些矛盾……"我突然想到一个我早就想问的问题。"你被雷苏醒探险队拒绝之后，为什么不重新来找我？"

"我们的关系结束了，理查德。"

"但我们也算友好分手。要不是雷苏醒探险队横插一脚，我们还不一定会分手。"

塞莉斯泰因恼怒地叹了一口气。"既然你问了，那我也实话实说吧，我也想去找你。"

"真的？"

"但当我下决心去找你时，我发现你已经把我忘在脑后了。你想想看，你那样做，我有什么感受，理查德？我只是你长期记忆中的一小袋东西，你不要了就一把扔掉？"

"根本不是这么回事。我以为我再也见不到你了。"

塞莉斯泰因哼了一声。"要不是因为你的老朋友罗兰·柴尔德，你确实永远也见不到我了。"

我竭力控制着自己的声音。"他来找我，是因为我们过去互相做过类似的挑战。他找你肯定是因为需要你的模式师才能。柴尔德才不在乎你我的过去。"

她的眼光在头盔后面一闪。"你也不在乎，对不对？"

"对柴尔德的动机？我确实不在乎。我既不关心，也没兴趣。我现在担心的只有这个。"

我拍拍血尖塔微微振动的地板。

"这件事你大概还被蒙在鼓里吧，理查德。"

"什么事？"

"你难道没注意到——"她看了我几秒钟，好像准备告诉我什么真相，然后又摇了摇头。"算了。"

"没注意到什么？你快说啊！"

"你不觉得奇怪吗？柴尔德的准备工作实在是太充分了。"

"我不觉得，塞莉斯泰因。面对血尖塔，再怎么预先准备都不过分。"

"我不是那个意思。"她摸摸身上的轻便型太空服的布料。"你想想这些太空服，他怎么知道原来那些太空服最后不能用了？"

我耸耸肩膀，现在谁都看得到我的这种动作了。"我不知道。也许是阿盖尔临死前透露的。"

"那又怎么解释特兰蒂尼昂博士呢？那个鬼家伙对血尖塔之谜毫无兴趣。他对解答难题没有半分贡献。但他已经证明了他的存在价值，对吧？"

"我不明白。"

塞莉斯泰因摸了下分流器。"这些东西，还有神经调节剂，这些都是特兰蒂尼昂博士干的。我还没有提到福克雷船长的手臂，以及穿梭机上的医疗设备。"

"我还是不太明白你的意思。"

"我不知道柴尔德靠什么手段拉拢了他，但肯定不仅仅是金钱贿赂。我想到了一种非常阴暗的可能性，而这一切又指向更为可怕的真相。"

我感到有点厌烦了。马上要面对下一道难题，我没有精力来应付耸人听闻的阴谋论。

"什么真相？"

"柴尔德太熟悉这个地方了。"

＊　　　＊　　　＊

又一个密室，又一个错误，又一次惩罚。

相较之下，上一次惩罚的力度轻描淡写得就像一顿呵斥。我记得无缝的墙壁突然打开，但这次冒出的不是标枪，而是锋利的金属钳子以及弧度十分可怕的剪刀；我记得血流如注，把房间喷成红色的旗帜，碎裂的骨头像弹片那样嵌入墙壁；我记得自己被迫上了一堂血淋淋的人体解剖课，尖锐的金属手术工具轻松而残酷地切开本来好好连在一起的肌肉、骨骼及肌腱。

我记得惨叫声。

我记得止痛药生效前无法描述的剧痛。

事后回想起来，当时没有人责怪塞莉斯泰因又犯了一个错误。柴尔德的神经调节剂让我们理解并尊重她面临的困难和压力。跟上次一样，她的第二个选择才是正确答案。

另外……

塞莉斯泰因也受伤了。

不过福克雷船长是最大的受害者。大概血尖塔已经尝过他鲜血的味道，因而想要更多——牺牲一条手臂远远不够。他被切成了四块，先是噩梦一样的剪刀从两头把他剪开，再是一道激光从中间横切过去。

福克雷船长的尸块砸在血尖塔的地板上，他的内脏像医学院里陈列的蜡像模型那样袒露在那里。各种机器部件整齐排列，切口很平。痉挛一两次之后，他的尸块终于静止不动了，只有那条崭新的金属手臂还在不断抽搐。片刻之后，墙上伸出的金属臂以迅雷不及掩耳之势把所有尸块拖进墙内，地板上留下血红的痕迹。

福克雷船长的死亡本已经够惨了，但这次血尖塔的惩罚对象不止于此。

我看见塞莉斯泰因倒在地上，一条手臂压住另外一条断臂，但鲜血还是不断从伤口中喷射出来。头盔后面的她脸色苍白。

柴尔德的右手失去了所有手指。他忍痛把右手压在胸口，勉强保持站姿。

特兰蒂尼昂博士倒在了地板上。他断了一条腿。但伤口没有流血，也没有什么切断的肌肉或骨骼。我只看到各种损坏的机器，有扭曲折断的钢铁和塑料电枢，嗡嗡鸣叫的电缆和闪烁不停的光纤，以及渗出发绿液体的缠结的电线。

我也感到自己在摔倒，我低头一看，右腿膝盖下面是空的，猩红色的鲜血直往外流。那时剧痛的信号还没抵达大脑，我倒地后，本能地伸出双手去抓断腿，但只有右手成功了，左手已在手腕处被切断。我在眼角余光里看到我的断手还戴着手套，像只螃蟹那样躺在地板上。

剧痛的信号在我头颅里散开。

我大声尖叫。

六

"我受够了。"赫兹说。

躺在康复椅上的柴尔德抬头看着她。"你想离开了？"

"没错。"

"你让我很失望。"

"没关系。我走定了。"

柴尔德用特兰蒂尼昂博士给他新装的钢手摸着前额，说："就算真要离开，也不应该是你啊，赫兹。就你毫发无损地出来了，你看看我们。"

"谢谢，但我刚吃过晚饭。"

特兰蒂尼昂博士抬起银色面具望着她。"你可不能这样说话。我承认这些替代品从美学角度来讲有点丑，但从实用角度而言它们举世无双。"他拉了拉自己那条新腿，像在证明自己的话多有道理。

特兰蒂尼昂博士的新腿并不是原来那条腿经修补之后再安装上去的。赫兹撤退时尽量收集了我们的残臂断腿，但没找到他原来那条腿。我们后来在血尖塔四周仔细搜查，发现了福克雷船长的尸块，但是没有特兰蒂尼昂博士的零部件。血尖塔曾经允许我们拿回福克雷船长的断臂，但好像只要是金属制品，它就会全部没收。

我从康复椅上站起来，看看我的新腿承重如何。特兰蒂尼昂博士的高超手艺真是无法否认。新腿与我的神经系统完美地融为一体，好像它原本就是我身体的一部分。走路时我只感到一丝不便，但习惯之后肯定毫无问题。

"我可以为你更换另外那条腿。"特兰蒂尼昂博士尖着嗓子说，他兴奋地摩擦着双手。"那样你就有完美的神经平衡了……怎么样，做还是不做？"

"你倒是想做，对不对？"

"我承认，我一向反感不对称。"

我摸摸那条好腿，脆弱的血肉之躯很难坚持到底。

"那你可要耐心等待了。"我说。

"好，守得云开见月明。你的手怎样？"

跟柴尔德一样，我现在也有一只钢手了。我试了试，可以听见驱动器发出的细微噪声。触摸物体表面时，我的触觉还在，可以感觉出微妙的温度差异。塞莉斯泰因的钢手跟我的差不多，只是更精巧、更女性化一点。我心想，至少我们的伤口够大，需要这种手术，不像柴尔德，只不过是丢了几根手指而已，居然也小题大做。

"马马虎虎吧。"我想起当初福克雷船长也是这么回答的，很让特兰蒂尼昂博士不快。

"你还没有反应过来？"赫兹说，"如果特兰蒂尼昂博士得逞，那你现在就已经变得跟他一样了。他没有任何底线。"

特兰蒂尼昂博士耸耸肩膀。"血尖塔损坏什么，我就修复什么，仅此而已。"

"是啊，你俩真是天造地设的一对，特兰蒂尼昂博士。"她一脸厌恶地看着他。"但是对不起，你甭想碰我一下。"

特兰蒂尼昂博士上下打量她的手臂。"你的手要是也断了，装一条新的对你没啥损失。"

"滚你妈的，变态。"

赫兹离开了房间。

"看来她是真想走了。"我打破了接下来的沉默。

塞莉斯泰因点头，说："我不怪她，不是她的错。"

"你不怪她？"柴尔德问。

"对，她没错。这件事眼看就要变成自残的闹剧了。"塞莉斯泰因看着她自己的钢手，心生厌恶。"我们还要付出多少代价，柴尔德？等到我们打败血尖塔，我们会变成什么样子？"

柴尔德耸肩。"不管什么样子，我们都能恢复原样。"

"但到了那个时候，我们可能不想变回原样了，对不对？"

"听我说，塞莉斯泰因。"柴尔德靠着墙壁撑起身子。"我们的目标是打败血尖塔，达到它的顶峰。从这个角度而言，血尖塔无异于一座高山。我们犯错，它就惩罚我们，高山也会那样做。虽然它偶尔会下杀手，但更多时候它只是提醒我们它有多厉害。血尖塔会切掉你的一两根手指头，而在高山上你会被冻伤。这二者有什么区别？"

"首先，高山并不享受做这种事，血尖塔却以此为乐。这是个活物，柴尔德，它在动，还在呼吸。"

"它只是个机器而已。"

"但它比我们知道的任何机器都聪明，而且它还是个嗜血的机器。这两样配在一起可不好玩，柴尔德。"

柴尔德叹息了一声。"那就是说，你也想放弃了？"

"我没那么说。"

"那就好。"

柴尔德起身出门去找赫兹。

"你去干吗？"我问。

"我再找她谈谈，看能不能说服她。"

七

十个小时之后，我们回到了血尖塔，个个精神抖擞，异乎寻常，任何睡意都已经变成遥远的记忆。

"他说了什么话，让你回心转意了？"在两道难题之间的休息时间里我问赫兹。

"你猜呢？"

"我只是瞎猜，难道他给你加钱了？"

"这么说吧，我们重新谈判合同条款了。那笔钱就当是业务表现奖金。"

我笑了。"叫你雇佣兵还是有道理的。"

"上刀山，下火海……抱歉，在这种地方，这么说好像有点不合时宜吧？"

"没事。"

我们现在要脱下轻便型太空服了。在几个密室之前，我们就已经无法直接挤过那些门了，我们必须拔掉气管，放下背包，才能进去。本来我们可以不要背包，但除非万不得已，否则没人想呼吸血尖塔的空气。此外，我们撤退时需要那些背包，下面那些密室没有空气。我们努力挤过每扇门时还是拿着这些背包，并十分担心会失去它们。我们看到过血尖塔如何没收了福克雷船长的无人机以及特兰蒂尼昂博士的金属腿。如果我们随便扔下这些背包，那么它们可能会遭受同样的命运。

"你参加探险队的理由是什么？"赫兹问道。

"肯定不是为了钱。"我说。

"我看出来了。那么到底是什么原因呢？"

"因为它就在那里。[1] 也是因为柴尔德和我交情太深，而我一旦接受挑战，就不能忍受半途而废这种事。"

"换句话说，就是老式的顽固作风。"塞莉斯泰因说。

赫兹是第一次戴上头盔并携带背包。她现在也脱下了原来的太空服，刚才的门洞狭窄到就连她这么小的身躯都无法挤过了。尽管柴尔德在她的轻便型太空服上添加了几块钻石编织盔甲，但她肯定仍然觉得不安全。

我对塞莉斯泰因说："那么你呢，你有什么跟我不同的原因？"

"我只想解决难题，没别的。对你来说，它们只是达到目的的手段；但对我来说，它们才是唯一有趣的东西。"

我觉得自己被看扁了，不过她没说错。相对难题本身，我更想知道血尖塔的塔顶有什么秘密。

"你希望通过解决这些难题来了解建造者？"

"不仅仅是那样。我是说，那确实是一大理由，但我也想知道自己的极限是什么。"

"你的意思是你想探索那些模式师赋予你的才能的极限？"她还没来得及回答，我又继续开口。"我明白。以前没这种机会，对吧？以前你只能解决其他人设置的难题。这就像拿纸来测试狮子的力量一样，你根本无法知道自己才能的极限在哪里。"

她环顾四周。"但现在我找到对手了。"

"你感觉怎么样？"

---

1. 出自英国探险家乔治·马洛里在被问及为何想要攀登珠穆朗玛峰时的回答，后来成为人们经常引用的名言。

塞莉斯泰因淡淡一笑。"我感觉很不好。"

*   *   *

大家收住话题，继续前行，又过了六个密室。当我们筋疲力尽地休息时，分流器忙着清理疲惫毒素。

数学难题已经难到不可思议，我几乎无法形容它们，更不要说寻找什么答案了。塞莉斯泰因不得不承担重任，但大家仍然感受到了巨大的压力。休息期间，我只是昏昏沉沉地挨了近一个小时，但就像清冷的黎明突然降临脑海一般，我又放松下来了。这种状态并非正常，它有怪异之处，但只要它能帮助我们完成任务，其他问题都不重要。

我们继续前进，通过了第七十个密室——比上一次的探险多了十五个。我们现在至少爬升了六十米。有段时间我们好像找到了理想的节奏。塞莉斯泰因已经很久没有遇到过答案模棱两可的难题了，哪怕需要花上两个小时才能找到答案，她也总是毫不犹豫地做出判断。她好像终于找到了正确的思维方式，所有难题都不再陌生。随着我们顺利通过一扇扇门，我们之间弥漫着一种危险的乐观气氛。

这是个错误。

在第七十一个密室，血尖塔开始实施一项新规则。塞莉斯泰因照例花了至少二十分钟研究难题，她的手指滑过门框上面那些浅浅的图形，嘴里无声地念叨着种种可能性。

柴尔德关注着她，神态有些奇怪。我以前没见过他露出这种神态。

"有线索吗？"柴尔德凑近她的肩膀问。

"不要打扰我，柴尔德。我在思考。"

"我知道，我知道。我只是想知道你能不能试着加快点速度，其他没什么事。"

塞莉斯泰因转过头来。"为什么？突然有时间限制了？"

"我只是担心我们花的时间太长了，其他没什么事。"柴尔德摸了摸前臂上凸起的黑色硬物。"这些分流器并非十全十美，而且……"

"你有什么事瞒着我们，对不对？"

"你别担心，集中精神对付难题。"

但这次没等塞莉斯泰因找到答案，惩罚就降临了。

跟上次把我们大卸四块的酷刑相比，这次惩罚算轻微的了。这次惩罚更像是个严厉的警告，叫我们赶紧做题。因此只是鞭子抽打，而不是断头铡落下。

墙壁里蹦出个什么玩意儿落到地板上。

它看上去像枚金属弹球，大小与小孩玩的玻璃弹球差不多。有几秒钟它就待在那里一动不动。我们都盯着它看，虽然知道它是不祥之兆，但我们不清楚到底会发生什么。

接着金属弹球抖动了一下，在完全没有变形的前提下，把自己弹了起来，达到了我们膝盖的高度。

它落地后再次弹了起来，这次弹得更高一点。

"塞莉斯泰因，"柴尔德说，"我强烈建议你赶快做个决定……"

胆战心惊的塞莉斯泰因强迫自己回头去研究门框上的图形。金属弹球则继续越跳越高。

"我感觉不妙。"赫兹说。

"我也好不到哪里去。"柴尔德对赫兹说，他看着金属弹球砸到天花板上，接着又砸回地板，落地处在刚才起跳处的旁边。这次反弹又直接碰到了天花板，然后沿着对角线穿过房间砸到侧壁，换了个角度又弹了出来，正好砸到特兰蒂尼昂博士的金属腿上。连碰两次墙壁之后，速度越来越快的金属弹球击中了我的胸脯，力道之猛像一记重拳，把我肺里的空气都挤了出来。

我摔倒在地，痛苦呻吟。

金属弹球继续四处弹跳，速度不仅丝毫不减，还越来越快，像银色织机上不断变换方向的飞梭，时不时砸中一个人。我听到更多呻吟声，然后感到腿部一阵剧痛。金属弹球还在加快速度，发出的声音越来越像机关枪在连续射击。

柴尔德也被击中了。他大声喊道："塞莉斯泰因！快决定！"

金属弹球就挑在那个时候击中了塞莉斯泰因，她痛得跪倒在地，但她挣扎着按了一下门框右侧的一个图形。

如机关枪连续射击一般的声音停止了，金属弹球飞速弹跳形成的银色织机不见了，甚至那枚金属弹球也消失了。

接下来几秒钟没有什么动静，然后门才滑开。

我们检查了各自的伤势。我们都没有生命危险，但都伤痕累累，可能也有一定的骨折。我的肋骨好像断了，柴尔德的右脚踝也痛得无法站立。我被金属弹球击中的大腿很脆弱，不过勉强能走路，几分钟后疼痛减轻了，显然是药机注剂和分流器的止痛药起作用了。

"幸亏我们戴了头盔。"我用手摸着脑袋，上面有个地方深陷进去。"不然我们就被砸死了。"

"刚才是怎么回事？发生了什么事？"塞莉斯泰因一边查看自己受伤的地方，一边问。

"我估计是血尖塔觉得我们花的时间太长了，"柴尔德说，"之前它没有给我们时间限制，但从现在开始，我们好像要抓紧时间了。"

赫兹问："刚才它给了我们多少时间？"

"上一扇门打开之后？大约四十分钟。"

"精确点说是四十三分钟。"特兰蒂尼昂博士说。

"我强烈建议我们马上开始开下一扇门，"柴尔德说，"特兰蒂尼昂博士，我们大概还有多少时间？"

"上限？二十八分钟左右。"

"完全不够，"我说，"我们最好赶紧撤退，下次再来。"

"不行，"柴尔德说，"除非我们再度受伤。"

"你疯了。"塞莉斯泰因说。

但柴尔德没理会她，自顾自地穿过那扇门，进入下一个密室。我们背后那扇可以逃生的门立刻关上了。

"我没有疯，"他回头对我们说，"我只是想勇往直前。"

*　　*　　*

同一件事永远不会发生两次。

塞莉斯泰因聚精会神，尽快找到了答案。根据特兰蒂尼昂博士的估计，我们还剩下五六分钟。

"我们等到最后。"柴尔德说，他的眼睛看着大家，看有没有人不同意。"塞莉斯泰因可以继续检验答案。这个答案事关重大，我们没有理由提前把答案告诉这个鬼东西。"

"我对这个答案有把握。"塞莉斯泰因指着门框上她准备选择的图形说。

"那你就利用这五分钟清空大脑，随便干什么都行。我们等到最后关头再按答案。"

"如果我们过了这扇门，柴尔德……"

"怎么了？"

"我就退出了。你拦不住我。"

"你做不到，塞莉斯泰因。你自己有数。"

塞莉斯泰因瞪了他一眼，没有作声。我觉得接下来这五分钟一定是我生平经历的最长的五分钟。没有人敢再说话，我们都不愿意发出任何声音，因为害怕金属弹球之类的东西又会回来。我只听到我们的呼吸声，还有血尖塔慢得出奇的低沉振动声。

接着有样东西从墙壁上滑了出来。

它摔在地板上，不断扭动。那是一段约三厘米粗、三米长的柔性金属制成的缆绳。

"往后退……"柴尔德对大家说。

塞莉斯泰因转过头去。"你要我按下去吗，还是再等等？"

"听我指示，千万不要提前。"

缆绳继续扭动，弯曲，盘绕，再松开，就像一条癫狂的海鳗。柴尔德入迷地盯着它看。它扭动得越来越剧烈，伴随着金属互相碰撞的低沉噪声。

"柴尔德？"塞莉斯泰因急了。

"我只想看一眼这东西到底会怎么——"

缆绳不停弯曲扭动，突然快速冲过地板朝柴尔德的方向横扫过去。他灵敏地跳开，缆绳从他脚下滑过。现在缆绳的扭动变成了鞭打，我们都紧紧靠在墙边。错过了柴尔德的缆绳退到密室中央，愤怒地嘶鸣。它看上去变得更长更细了。

"柴尔德，"塞莉斯泰因说，"五秒钟后我就按了，不管你愿不愿意。"

"再等一下好不好？"

缆绳在飞快移动，它一端翘起，活动范围不再局限于地板上空几英寸的地方。它转动如此之快，以至于它现在看上去更像是根不规则的闪亮金属圆柱了。我看着塞莉斯泰因，心里求她快点按下去，不要理会柴尔德。我理解他为什么如此入迷，那缆绳的确有它的魅力，但我怀疑他的好奇心在把大家推向悬崖。

"塞莉斯泰因……"我开口叫她。

接下来发生的事情简直迅雷不及掩耳，快速转动的缆绳突然伸出一条银灰色的触角，绕了两圈卷住塞莉斯泰因的金属手臂。她惊恐万分地看着它，不知所措。缆绳的触角拧断了她的手臂，她尖叫着倒在地上。

触角把断臂拉到密室中央，重新回到那团咝咝乱叫的金属圆柱里面。

我扑向那扇门，心里记着塞莉斯泰因刚才想按的那个图形。金属圆柱向我伸出一条触角，我及时靠住墙壁避开了，触角在我胸前扫过，然后又收了回去。地板上都是从金属圆柱里掉出来的血肉和骨头的碎片。又有一条触角飞了出来，缠住赫兹腰部把她拉向密室中央。

她不断晃动手臂挣扎，两脚抵在地板上，但没什么用。她开始大喊大叫。

我扑到门边。

我的手在犹豫，那么多个图形。我的记忆正确吗，还是塞莉斯泰因其实想按另外一个图形？毕竟每个图形看上去都很相像。

还在捂着断臂的塞莉斯泰因拼命地向我点头。

我按下那个图形。

我看着门，心里乞求它快点打开。万一答案又是错的呢？血尖塔似乎是个虐待狂，它把这个时刻拉得很长，我身后还在传来缆绳不断旋转发出的咝咝声，还有其他我宁可不去想象其来源的声音。

噪声突然停止了。

我从眼角看到缆绳像蛇舌一样缩回墙壁里去了。

门开始在我面前滑开。

塞莉斯泰因选择的答案是正确的。我检查了自己的状态之后，才感到可以松口气了。可能我已经下意识地那么做了。至少我们现在有了退路，可以离开血尖塔了。我们不会继续往前推进了，但我也知道不是所有人都能离开。

我转过身，做好准备面对即将看到的场景。

柴尔德和特兰蒂尼昂博士都没事。

塞莉斯泰因正在用医疗包里的止血带给自己包扎断臂。她失血不多，看上去还可以。

"你还好吧？"我问。

"我能活着出去，理查德。"她忍着痛苦把止血带拉紧了一点。"赫兹就没那么幸运了。"

"她人呢？"

"没了。"

　　塞莉斯泰因指着不久前那团缆绳还在旋转的地方，地板上有一小堆被搅碎的人体组织。

　　"看不到塞莉斯泰因的手臂，"我说，"也没有赫兹的太空服。"

　　"它把她彻底绞碎了。"柴尔德的脸上毫无血色。

　　"她在哪里？"

　　"发生得很快。她一下子就……模糊了。它把她绞得四分五裂，然后拖进墙壁里去了。我想她没感觉到多少痛苦。"

　　"但愿如此。"

　　特兰蒂尼昂博士俯下身子去检查那堆人体组织。

八

外面不知是黄昏还是黎明。在血尖塔狭长的铁灰色阴影下，我们找到了被血尖塔丢弃的赫兹的尸体。

它们半埋在尘土中，仿佛是微型的历史古迹的断垣残壁。我的大脑好像在玩弄可怕的把戏，它们明明是惨不忍睹的尸块，却在光影作用下变成了赏心悦目的抽象雕塑作品。血尖塔取走了所有的金属部件，只残留些许布料。就连她的头颅都被敲开吸干了，因为里面有几小块血尖塔喜欢的贵金属。

对血尖塔没用的东西，它都扔了出来。

"我们不能把她留在这里，"我说，"我们该怎么办，我们是不是该埋葬她……至少留个记号。"

"她有记号了。"柴尔德说。

"什么记号？"

"血尖塔。我们得赶紧回穿梭机治疗塞莉斯泰因，越快越好，然后回来继续前进。"

"等我一下。"特兰蒂尼昂博士说。他又在检查另外一堆尸体。

"那些跟赫兹无关。"柴尔德说。

特兰蒂尼昂博士起身，随手把什么东西塞进了连着他太空服的功能腰包。

那只是一块小东西，跟一颗玻璃弹球或小石头差不多大小。

*   *   *

"我要打道回府了。"当我们安全回到穿梭机时，塞莉斯泰因说，"不用浪费口舌来劝我，我已经铁了心了。"

我在她房间里。柴尔德刚才没能说服她，他放弃了，但他叫我来试一下。我却没心思这么做。我已经亲眼见过血尖塔的所作所为了，我自己流血的事暂且不提，但我不能拿别人的生命冒险。

"至少让特兰蒂尼昂博士治好你的手臂。"我说。

"我现在不需要钢铁了。"她抚摸着蓝色手术衣的空袖子。"缺只手臂没关系，等我回到渊堑城再说。我休眠期间他们可以让我长出新手。"

这时特兰蒂尼昂博士走进塞莉斯泰因的帐篷泡隔层，用唱歌一般的声调打断了我们的对话："冒昧打扰了，不好意思……你所希望得到的医疗服务，现在恐怕只有我能给你了。"

塞莉斯泰因看看我，再看看特兰蒂尼昂博士，接着又看看自己的空袖子。

"你在说什么？"

"没什么。只是柴尔德让我看了一些家乡的新闻。"特兰蒂尼昂博士自作主张地走了进来，并转身把隔层拉上。

"什么新闻，特兰蒂尼昂博士？"

"很不幸，不是什么好消息。我们离开后不久，渊堑城就被一场瘟疫席卷了。所有涉及微型自我复制系统的技术——换句话说，就是纳米技术——都不复存在了。就我所知，死亡人数以百万计……"

"你的口气不用这么幸灾乐祸。"

特兰蒂尼昂博士绕到塞莉斯泰因坐着休息的沙发椅旁边。"我只是想强调一下，我们赖以生存的先进医疗技术，渊堑城很可能已经没有能力提供了。当然，在我们回去之前，情况可能还会有更多变化……"

"那我就只好冒这个风险了，对吧？"塞莉斯泰因说。

"那是你的决定。"特兰蒂尼昂博士停了一下，他把一小块坚硬的东西放在塞莉斯泰因面前的桌子上。接着他转身打算离开，但他又站住了。"我早就习惯了，见多了。"

"习惯什么？"我问。

"这些恐惧，这些反感。因为我的职业，我的行为。但我不是一个邪恶的人。没错，我是个变态。我确实沉迷于某些特殊欲望。但我绝对不是邪恶的人。"

"那么你的那些受害者呢，特兰蒂尼昂博士？"

"我一直都在声明，他们都事先同意了我施加于——"他马上纠正自己，"我给他们做的手术。"

"医疗记录里可不是这么说的。"

"对，我算什么东西，敢跟医疗记录争辩？"灯光打在他的银色面具上，加强了上面刻出来的微笑表情。"没错，我们算什么东西。"

＊　　　＊　　　＊

特兰蒂尼昂博士离开后，我对塞莉斯泰因说："我要返回血尖塔。你知道，对吧？"

"我猜到了，但我还是希望说服你不要去了。"她那只健全的手抚摸着特兰蒂尼昂博士留在桌子上的东西。它看上去像块畸形的黑色石头。我纳闷了一下，很好奇为什么特兰蒂尼昂博士把他从尸体里捡回来的东西留在这里。

然后我说："我想没什么好讨论的了。现在这只是我跟柴尔德的事了。他肯定早就知道，事情发展到一定地步，我就难以自拔了。"

"不惜一切代价？"塞莉斯泰因问。

"任何事都有风险吧。"

她慢慢摇头，若有所思地说："他把你套住了，对不对？"

"不对。"我回答。尽管我知道塞莉斯泰因的话一点都没错，但我还是莫名其妙地想为老朋友辩护。"说到底这跟柴尔德无关。是因为血尖塔。"

"求你了，理查德。再仔细想想，好不好？"

我答应了。但我俩都知道，我在撒谎。

九

柴尔德和我返回了血尖塔。

我抬头凝视着这座残酷的纪念碑。我以惊人的清晰度看到了它。以前我眼睛里好像蒙着一层雾，现在迷雾消散，各种色调的阴影、无数新鲜的细节铺天盖地涌入眼帘。只有我大幅度改变视角时，才会注意到极其细微、几乎看不出来的像素化痕迹，表明这不是我的正常视力，而是控制论的增强技术。

我们的眼球都被摘除了，眼洞擦洗干净后塞满效率更高的传感设备，用线路连回我们的视觉皮层。我们的眼球在穿梭机上，像奇形怪状的菜肴一样漂浮在罐子里，等待我们回去。我们征服血尖塔之后，眼球会物归原主。

"为什么不用护目镜？"当特兰蒂尼昂博士第一次对我们讲他的计划时，我问道。

"太笨重，也容易被掳走。血尖塔喜爱金属的味道。所以从现在开始，所有的关键部件都最好成为身体的一部分——不是外面穿着戴着，而是变成体内器官。"特兰蒂尼昂博士竖起他银色的手指。"如果你对此反感，那么我建议你现在就认输。"

"我会自己定夺。"我说。

"其他还有什么？"柴尔德说，"塞莉斯泰因不在，我们得自己解答那些难题。"

"我会增加你们大脑里药机注剂的密度,"特兰蒂尼昂博士说,"它们会形成富勒烯管网,也就是人工神经元网络,取代你们现有的突触拓扑。"

"这有什么好处?"

"富勒烯管网传导神经信号的速度比你们的突触通路快几百倍。你们的神经计算速度会大幅提高,对逝去时间的主观感受会大幅减慢。"

我惊骇地盯着特兰蒂尼昂博士说:"这你也能做得到?"

"小菜一碟而已。'超悟'之后,联合体人一直在这么做,有关方法都有详细记载。用这种方式,我可以通过主观手段让时间慢得像蜗牛一样。血尖塔也许只给你们二十分钟去解决一道难题,但我可以让你们以为你们有几个小时,甚至一两天。"

我转向柴尔德。"你觉得这些够了吗?"

"我觉得远胜于无吧,到时就知道了。"

实际效果更加厉害。

特兰蒂尼昂博士的机器不仅取代了我们笨拙缓慢的神经通路,还对它们进行了重塑,突触拓扑改良后我们的数学才能大为提高,超过了神经调节剂能起的作用。虽然我们缺乏塞莉斯泰因如同天才一般的直觉,但我们的优势在于可以拉长主观时间,慢慢来对付那些难题。

这一招还算管用,至少管用了一段时间。

✝

"你变成一个怪物了。"她说。

我回答："只要能打败血尖塔，我变成什么都行。"

我悄悄离开穿梭机，细长的铰接式大腿感觉像是活塞驱动的高跷。我现在不再需要盔甲了，特兰蒂尼昂博士已经把盔甲移植到我的皮肤上了。坚硬的黑块互相覆盖，就像龙虾的鳞片。

"你连声音都和特兰蒂尼昂博士差不多了。"塞莉斯泰因在后面跟着我。我注视着她那不对称的身体，她的身体是倾斜的，相比之下我则是一个又细又长的幽灵。

"那没办法。"我的嘴巴已经被封住了，我现在用语音合成器的管道说话。

"现在还为时不晚，你可以回头。"

"除非柴尔德先回头。"

"然后呢？难道那样就会让你放弃吗，理查德？"

我转身面对她。透过她的太空头盔，我能看到她试图掩盖她对我明显的厌恶感。

"他不会放弃。"我说。

塞莉斯泰因伸出手来。一开始我以为她在对我招手，但接着我看到她手掌里有样东西，那是个又小又黑的硬物。

"这是特兰蒂尼昂博士在血尖塔外面找到的，就是他留在我房间里的那个东西。我想他在告诉我们一个秘密，试图以此挽回他对你犯下的暴行。你认出这是什么了吗，理查德？"

我拉近距离分析该物体。数字在其四周闪烁。我逐步放大图像，逐一分析其表面的不规则性、拓扑轮廓、反射率和可能的组成成分。我像醉汉酗酒一样喝下各种数据。

现在的我，为数据而生。

"没。"

十一

"我听到了什么声音。"

"当然啊。是血尖塔，它一直在发出声音。"

"不是。"我沉默片刻，心想是不是增强的听觉系统向我的大脑输送了虚假信息。

但我又听到了。远处不时传来机器的隆隆声，而且越来越近。

"我听到了，"柴尔德说，"是从下面传上来的，从我们来的那条路。"

"听上去像是一扇扇门先后打开又关上的声音。"

"对。"

"它们为什么要这样做？"

"肯定是有什么东西在穿过密室朝我们跑过来。"

我感觉柴尔德好像思考了几分钟——实际上可能只是几秒钟而已。接着他不以为然地摇摇头。"我们只有十一分钟，如果不能在血尖塔规定的时间内打开门，那么我们就会被惩罚。我们没有时间担心其他事情。"

我勉强同意了。

我强迫自己重新开始解决难题，我大脑里的机器又运作起来，企图拔出门框上的数学倒钩。特兰蒂尼昂博士安装在我头颅里的发条拼命旋转。以前我对数学都是一知半解，但现在完全不一样了，我能感知到它是所有事物底下具体的真理框架，是世界皮肉表象下的坚硬骨骼。

这也是我现在唯一能思考的东西，其他东西都太抽象了，思考起来令我很痛苦。这跟以前的我恰好相反。我现在知道什么叫白痴天才了，他们往往在某方面具有惊人天赋，其他方面却一窍不通。

现在，我已经成为一件特殊的机器，我只有一个用途，那就是对付血尖塔。

除此之外，我没有别的本事。

现在塞莉斯泰因不在，只剩下我们两个，柴尔德解决难题的本领充分发挥出来了。有好几次我看着难题发呆，连大脑里的新数学机器都还没有反应过来，柴尔德却已经看到答案了。通常他都能把理由解释清楚，但有时候我完全听不懂他的解释。因此我要么直接相信他的判断，要么就等自己经过缓慢思考得出相同结果。

我开始寻思这件事。

柴尔德现在确实才华横溢，但我察觉这其中另有原因，不仅仅是特兰蒂尼昂博士安装的那些数学机器的功劳。他现在极度自信，让我开始怀疑他以前是故意深藏不露，叫其他人做出决定的。如果真是这样，那他必须为那些死亡事件负责。

但我提醒自己，我们都是自愿加入的。

还剩下三分钟的时候，我们打开了门，下一个密室向我们敞开了。与此同时，后面的门也打开了。跟以前一样，我们想离开就可以离开。每扇门打开后，柴尔德跟我都会商量是否继续前行。下一个密室有可能成为我们的葬身之地，而在门外多耽搁一秒，就意味着我们进去后将少一秒去解答下一道难题。

"怎么样？"我问。

他的自动回复很简短："上。"

"我们解开这个密室所花的时间，只比血尖塔给的时间宽裕三分钟，柴尔德。难题越来越复杂了，而且不是一般地复杂。"

"我当然知道这一点。"

"也许我们应该撤退，等恢复元气再回来。这样做我们没任何损失。"

"不一定。你不知道血尖塔是否会让我们反复尝试。说不定它已经厌倦我们了。"

"我还是——"

我突然打住话头。我察觉到有东西在接近我，我的蜂腰自动弓起，严阵以待。

我的视觉系统开始扫描正在接近的物体，那物体刚刚跨过前一间密室的门槛。我分辨出这应该是个人，虽然也有一些改动之处，但没有极端到特兰蒂尼昂博士把我改造成的样子。我分析出她前行的步伐缓慢而痛苦。我们自己的行动速度似乎已经足够缓慢了，但跟她相比我们简直是神速。

我搜索记忆，来寻找一个名字、一张脸。

我的大脑里塞满了对付数学难题的高超工具，因此无法一下子调出这么普通的数据。

它好不容易完成了任务。

"塞莉斯泰因。"我说。

我并没有真正说话，那只是挤在眼眶里的一团传感器和扫描仪发出的一阵阵激光信号。我们现在的大脑运作太快，以至于无法用语言跟别人正常交流。不过还好，虽然她运作得很慢，但还是屈尊开口了。

"对，是我。但你真的是理查德吗？"

"你为什么这么问？"

"因为我不知道怎么把你跟柴尔德区别开来。"

我看向柴尔德，这好像是我第一次仔细打量他的形体。

终于，经历无数挫折之后，特兰蒂尼昂博士得到了他朝思暮想的机会，可以随心所欲地改造我们。为了在我们脑袋里灌满机器，他不得不拉长我们的头骨，把我们的两颊变得细滑。他打开我们的胸腔，小心翼翼地移走两肺及心脏，并把它们储藏起来。腾出的肺部空间，一边放置了封闭式循环血液充氧系统，也就是太空服背包里的那种机器，这样我们就能够忍受真空，不需要呼吸周围空气。另一边则是循环冷冻液管道设备，专门用来冷却脑袋里大量神经机器产生的多余热量。胸腔里的其他空间装满了营养系统。我们的心脏是微型聚变动力泵。其他器官以及大量骨骼、肌肉，包括肠胃和生殖器在内全部被摘除了。我们的四肢也被割掉储藏，取而代之的是高强度骨骼假肢，既可以折叠，也可以变形。因此，再小的门我们都能挤过去。假肢固定在我们身体的外骨骼架上。最后，特兰蒂尼昂博士给我们装了鞭状的尾巴，这有助于保持平衡，并让我们的皮肤裹住所有金属部件。我们的关键部位还被硬化成色泽灰亮的有机盔甲，使用的正是当初强化赫兹太空衣的同一种物质——钻石。

特兰蒂尼昂博士完工后，我们看上去就像两条覆盖着钻石毛皮的灰狗。

钻石犬。

*　　　*　　　*

我低头示意："我是理查德。"

"看在老天的分上，你快跟我回去吧。"

"你为什么赶到这里来？"

"我来问你最后一次，你跟不跟我回去？"

"你改变自己，就是为了来追我？"

她伸出手来招唤我，动作缓慢优雅，仿佛石雕。她的四肢跟我们一样，也是机械，但她的基本形体与犬类还有很大差异。

"回来吧。"

"你知道我现在还不能回去。我已经到了这个地步。"

　　她回答的速度奇慢，仿佛永远传达不到我这里。"你不明白，理查德。你不明真相。"

　　柴尔德把他的狗脸对着我。

　　"别理她。"柴尔德说。

　　"不要。"塞莉斯泰因说。她肯定也收到了柴尔德的激光信号。"别听他的，理查德。他一直在撒谎，不管是对你，还是对我们大家，甚至对特兰蒂尼昂博士也是如此。所以我才跑回来追你。"

　　"她在说谎。"柴尔德说。

　　"不，我没撒谎。你还不明白吗，理查德？柴尔德以前来过这里。这不是他第一次进入血尖塔。"

　　我耸耸狗肩。"我也不是第一次。"

　　"我不是指我们到达各各他山之后的这段时间。我指的是在这之前，柴尔德以前就来过。"

　　"她在说谎。"柴尔德重复说。

　　"那你怎么会预先知道那么多细节？"

　　"我并不知道。我只是慎重、有备无患而已。"他转向我，这样一来便只有我能读到他的激光信号。"我们在浪费宝贵的时间，理查德。"

　　"慎重？"塞莉斯泰因质问，"哦对了，你确实够慎重。你提前准备了轻便型太空服，这样等到第一套太空服无法使用之后，我们仍然可以继续下去。还有特兰蒂尼昂博士，你怎么知道他会这么有用？"

　　"我看到了血尖塔底部的那些尸体，"柴尔德回答，"他们都被它撕碎了。"

　　"所以呢？"

　　"所以我就决定带上个医术高超的专家，关键时刻他可以救死扶伤。"

　　"是的。"塞莉斯泰因点头。"这一点我没意见。但那并不是全部的真相，对不对？"

　　我轮流看着柴尔德和塞莉斯泰因。"那什么是全部的真相？"

"那些尸体与阿盖尔毫无关系。"

"毫无关系?"我问。

"对。"塞莉斯泰因的回答传递速度很慢,令我感到痛苦,我觉得特兰蒂尼昂博士应该把她也变成一条钻石犬。"对,因为阿盖尔并不存在。他只是个必要的虚构人物,这样柴尔德就可以解释他为什么知道关于血尖塔的事情了。而真相是……还是你亲自坦白吧,柴尔德。"

"我不知道你想让我说什么。"

塞莉斯泰因笑了笑。"你只要承认那些尸体都是你就行了。"

柴尔德的尾巴不耐烦地摇动着,拂着地板。"我不想听你说下去了。"

"你不听也无所谓。但特兰蒂尼昂博士也会这么说。因为是他最先猜到了真相,不是我。"

她朝我扔过来一样东西。

我把时间放慢。当那样东西沿着抛物线在空中懒洋洋地向我飞来时,我的大脑早已精确算出它的运行轨迹了——丝毫不差。

我稍稍移动,伸出前爪一把接住。

"我认不出这是什么东西。"我说。

"特兰蒂尼昂博士说你肯定能认出来。"

我低头看着它,试图找到新线索。我记得特兰蒂尼昂博士在血尖塔四周检查那些尸体,并把捡到的东西放进了他的口袋。那就是这块又黑又硬的东西,它的形状很不规则,还有个钝角。

这是什么东西?

我有点想起来了。

"除此之外,肯定还有其他证据。"我说。

"当然还有,"塞莉斯泰因说,"我们到这里后新添的尸体不算,以前那些尸体都来自同一个基因个体。我知道这一点,是因为特兰蒂尼昂博士告诉了我。"

"那不可能。"

"哦，这有可能。克隆就行了，几乎跟儿戏一样。"

"胡扯。"柴尔德说。

我内心有股情绪，像暗淡的幽灵一样慢慢浮现。特兰蒂尼昂博士没有把我的人类情感完全割除。我转身望着柴尔德问："这是真的吗？"

"我为什么要克隆我自己？"

"我来替他回答，"塞莉斯泰因说，"他发现了血尖塔，但比他说的发现时间要早很多，很久以前他就发现了。他去看了，并开始用他的克隆体进去探索。"

我看着柴尔德，以为他至少会有所解释，但他若无其事地四爪并用，溜进了下一个密室。

塞莉斯泰因身后的门像钢制的眼帘一样猛地合上。

柴尔德在下一个密室对我们说："我估计我们还有九分钟或十分钟时间来解决难题。我看过这次的难题了，它显然很……具有挑战性。我们可不可以废话少说，先集中精力打开这扇门？"

"柴尔德，"我说，"你不应该那样做。你还没征询塞莉斯泰因的意见……"

"我以为她归队了。"

塞莉斯泰因走进新密室，说："我没有，我也没想归队。但现在我好像不得不这么做了。"

"这还差不多。"柴尔德说。就在那个时刻，我终于想起来我以前在哪里见过那块黑色的东西，那块特兰蒂尼昂博士从各各他山表面捡起来的东西。

也许我弄错了。

但它看上去实在像是魔鬼的角。

十二

这道难题是个拜占庭式问题，极其复杂，又极其优雅，层层叠叠，跟其他难题一样暗藏杀机。

光是看着那些图形就让我心神激荡，我奔驰在数学可能性的大道上，瞥见逻辑空间中各种理论领域之间的深层联系——我以前以为那些理论领域相隔万里，风马牛不相及——我可以就这么陷入狂喜状态，盯着这些图形看上几个小时，但客观条件不允许。我们是来解决难题的，而不是欣赏难题。我们的时间还剩下不到九分钟。

我们挤在门边，有整整两三分钟——感觉像两三个小时——谁也没发出声音。

我打破了沉默。我突然意识到我需要思考一下另外一件事。

"塞莉斯泰因说的是真的吗？你克隆你自己了？"

"那还用问，当然了，"她说，"他在危险地区探索，肯定会带上器官再生设备。"

柴尔德岔开话题。"那跟克隆设备不一样。"

"那是因为有人为设置的规则限制，"塞莉斯泰因回答，"没有了那些限制，你想怎么克隆就怎么克隆。你都可以克隆整个人体了，为什么还要再生一只手或者一条手臂呢？"

"那样做对我有什么好处？我最多只能复制我的身体，大脑却是空白的。"

我说："那倒不一定。通过记忆拖网以及药机注剂技术，你可以把你的个性和记忆传给你选择的克隆体。"

"对，"塞莉斯泰因说，"重新编写记忆太容易了。理查德懂这个。"

柴尔德回头盯着难题。我们还是毫无头绪，没有任何进展。

"我们还有六分钟。"他说。

"不要岔开话题，"塞莉斯泰因说，"我要理查德知道这一切究竟是怎么回事。"

"为什么？"柴尔德说，"难道你真的关心他的遭遇？你看到我们这副样子时的那种反感，我都看见了。"

"你的确让我倒胃口。"她点点头，"但我也担心有人被操纵了。"

"我没有操纵任何人。"

"那就把关于克隆的真相说出来，还有关于血尖塔的事。"

柴尔德重新面对门框，他显然在挣扎，既想解决难题，又想叫塞莉斯泰因住口。还剩不到六分钟，我虽然用了分流处理这一招，但还是连一点答案的门路都没有摸到。

我把注意力转到柴尔德身上。"你那些克隆体是怎么回事？你把他们一个个送进血尖塔，希望他们为你开路？"

"不。"他几乎在嘲笑我还没意识到真相。"他们不是在我前面进去的，理查德。我先进去，后来才轮到他们。"

"抱歉，我没听懂。"

"我第一个进去，血尖塔干掉了我。但进去之前，我已经用记忆拖网把我的记忆植入了一个刚克隆好的我自己的大脑里。克隆体当然不能完美复制我，它继承了我的一些记忆，以及我那些坏脾气，但明眼人一看就知道那只是个刚刚完成的克隆体。"柴尔德回头看了一眼门框。"听我说，这件事我们可以以后再说，我真觉得——"

"别管这道难题，"塞莉斯泰因说，"我已经知道答案了。"

柴尔德细长的身子一下缩紧了，仿佛充满期待。"你找到答案了？"

"只是大致有数吧。柴尔德，你耸毛干什么？不要太激动。"

"我们没时间了，塞莉斯泰因。我很想知道你的答案是什么。"

她看着图形，露出淡淡的微笑。"你当然想知道。但我也想知道你那个克隆体后来怎么了。"

我能感觉到他正怒火中烧，却不得不压制下去。"它——那个新的我——回到血尖塔，企图继续前进。它确实做到了，它比那个旧的我多破解了好几个密室的难题。"

"它怎么会想进去？"塞莉斯泰因问，"它肯定知道自己进去就是死路一条。"

"它以为跟那个旧的我相比，它有更多机会取胜。它研究了那个旧的我的遭遇，然后采取了预防措施——更好的盔甲，增强数学能力的药物，还第一次试验了我们现在常用的药机注剂。"

"然后呢？"我问，"那个克隆体死了之后怎么办？"

"它没有一进去就完蛋。跟我们一样，一旦它觉得无法再继续前进，就撤退了，并且每次都用记忆拖网把记忆保存一份。下一个克隆体将会继承这些记忆。"

"我还是不明白，"我说，"为什么克隆体要去关心下一个克隆体的死活？"

"因为……它从来不觉得自己会死。所有克隆体都这么想。你可以说这是一个性格特点吧。"

"傲慢自大？"塞莉斯泰因问。

"我更喜欢视之为极度缺乏自我怀疑精神。每个克隆体都觉得自己比前一个更出色，不会再犯同样的错误。但它们仍然会把记忆保存起来，万一它们送了命，就能后继有人。那样的话，哪怕某个克隆体没有成功打败血尖塔，后面成功的那个身上也携带着我的基因。出自同一个血统，或者说同一个家族。"柴尔德的尾巴急不可耐地摇动着。"四分钟。塞莉斯泰因，你可以说了吗？"

"快了，但还不行。一共有几个克隆体，柴尔德？我是说，在这个你之前。"

"这是很隐私的问题。"

她耸肩。"没问题。那我就不说答案是什么。"

"十七个，"柴尔德说，"再加上本来那个我，第一个进去的那个我。"

我认真地消化这个数字，感到无比震撼。"那么说，你是第十九个想要打败血尖塔的？"

我觉得他当时应该是想会心一笑，可惜他的生理构造不允许他这么做。"我刚提到过，这是我们家族的事。"

"你已经变成一个怪物了。"塞莉斯泰因压低声音说。

这个结论很难避免。他继承了十八个前辈的记忆，它们个个都惨死在血尖塔的行刑密室里。他大概从未继承临死那一刻的画面，这值得庆幸。但这并不能改变问题的实质，这仍旧是个可怕的血统。更何况谁能保证没有哪个之前的克隆体半死不活地从血尖塔里爬出来，遍体鳞伤，奄奄一息，但还是坚持着，直到做完最后一次记忆拖网？

据说临死前的记忆拖网效果最好，记忆最清晰，因为扫描时不用担心对大脑产生损害。

"塞莉斯泰因是对的，"我说，"你已经变成了比你本来想要打败的血尖塔更加可怕的怪物。"

柴尔德打量着我，密集的激光信号像机关枪那样向我扫射。"你最近照过镜子吗，理查德？你现在也算不上大自然的产物了。"

"这只是外观而已，"我说，"我的记忆还在。我还没沦落到——"我顿住了，我绝大部分的大脑都在对付血尖塔的难题，导致我的词汇不够用了。"变态的地步。"这句话总算被我说完了。

"好吧。"柴尔德低下头去，那是个表示难过、顺从的姿势。"你想走就走吧，让我留在这里完成挑战。"

"对，"我说，"我是要这么做。塞莉斯泰因，打开这扇门，我就跟你回去。让柴尔德去跟他的血尖塔打交道。"

＊　　　＊　　　＊

塞莉斯泰因舒心地叹了一口气。"多谢老天爷，理查德。我没想到说服你这么容易。"

我对着门点了下头，示意她把她得到的答案说给我们听。这道难题看上去还是很难，但当我重新集中注意力之后，我似乎能够看到一丝线索了。

但柴尔德又开口了。"哦，你不应该吃惊，"他说，"我早就知道他会如此。遇到难关时，他转身就逃。他就是这么一个人。我以为他已经变了，没想到是自欺欺人。"

我毛发竖起。"我才不是那样。"

"那为什么你千辛万苦到了这个地步，却还要退缩？"

"因为代价太大了，不值得。"

"还是因为难题变得太复杂了，挑战变得太艰巨了？"

"别理他，"塞莉斯泰因说，"他想用激将法让你留下来。说到最后，所有这一切都是为了这个目的，对不对，柴尔德？你觉得你能做到你的十八个前辈都做不到的事。你觉得就算你的十八个前辈都被血尖塔屠杀了，你也能打败血尖塔。"她环顾四周，仿佛期待血尖塔惩罚她说了这么亵渎的话。"当然了，说不定你真的比之前的所有前辈都爬得更高。"

柴尔德不出声，大概是不愿否定她的话。

"但是仅仅打败血尖塔你还是不满意，"塞莉斯泰因说，"因为你没有证人，也就没有人看到你有多聪明。"

"完全是胡扯。"

"那你为什么召集了这么多人来这里？你觉得特兰蒂尼昂博士有用，这没问题。我也帮了你的忙。但说到底，你并不需要我们。也许会流更多血，也许你还需要再克隆几次，但我相信你自己也可以走到这一步。"

"答案，塞莉斯泰因。"

根据我估计，我们最多还有两分钟。但我感觉时间足够。刚刚还迷雾重重的难题，突然如魔法般在我面前解开了，露出庐山真面目。这是我经历过的最接近朝圣的时刻。

"没关系，"我说，"我找到了。你还没找到？"

"还没有，稍等片刻……"柴尔德说。我看见他眼睛里发出的激光在迷宫般的图形表面扫来扫去。激光扫过一个错误的答案，然后停留在那里，接着又扫到那个正确的答案，但马上又挪开了。

柴尔德晃动尾巴。"我想我找到了。"

"很好，"塞莉斯泰因说，"我认同你的答案。理查德，你跟我们达成一致了吗？"

我以为我听错了，但显然没有。她在说柴尔德的答案是正确的，而我确信的那个答案是错误的……

"我觉得……"我欲言又止。我再次拼命地检查难题。难道我错过了什么东西？柴尔德好像有点犹豫，但塞莉斯泰因非常确信。而我刚才找到的答案毫无疑问是正确的。"我不知道，"我无力地说，"我不知道。"

"我们没有时间争辩了，还剩一分钟不到。"

我肚子冰凉。尽管我的人性已被一层层剥去，但我仍然能尝到恐惧的滋味。它拒绝退缩，不断侵入我的体内。

我对自己的答案非常有把握，但他们也同样如此。

"理查德？"柴尔德又叫了一声，这次他的语气更加急促了。

我无可奈何地朝他们看了看。"按吧。"我说。

柴尔德伸出前爪，按下了他跟塞莉斯泰因都认同的那个答案。

在血尖塔反应之前，我就知道那个答案是错的。我看着塞莉斯泰因，她的脸上没有任何震惊或诧异的表情，完全平静如水。

但惩罚开始了。

惩罚无比残酷，之前的我们肯定无法逃生。全靠特兰蒂尼昂博士安装的机器，我们侥幸活下来了，但损伤极其惨重。凶器是从天花板上垂下来的一个三节摆，它的头部呈镰刀形，绕着越来越大的弧度疯狂摆动。如果只是一个简单一点的摆锤，我们还可以算出轨迹并及时躲开，但三节摆的轨迹太难计算了，简直就是混沌数学的恶魔化身。

但像以前几次惩罚那样，我们保住了性命。塞莉斯泰因只被切掉一只手臂。我失去了一侧的胳膊和大腿，半惊恐半入迷地看着墙壁上伸出的卷须如何回收残肢，拣出里面有用的金属和塑料材料。我仍然能感觉到疼痛，因为特兰蒂尼昂博士把我们的四肢与神经系统相连，方便我们感觉温度变化。但疼痛很快消失了，取而代之的是数据的麻木感。

柴尔德吃的苦头最大。刀刃在他原本是胸腔的地方横向切断，那些不是由钢铁就是由塑料构成的肠子、骨头、内脏和血液撒了一地。卷须兴奋地掳走了还在抽搐的各种战利品。

塞莉斯泰因用她剩下的那只手按下了正确答案。凶器消失，门打开了。

风平浪静之后，柴尔德低头看着自己的躯体。

"我好像受了很重的伤。"他说。

他身体的各种阀门垫片已经开始忙碌起来，精确地关闭管道，阻止更多液体流失。我意识到特兰蒂尼昂博士的手艺是多么精湛。他为柴尔德安装了各种设备，无论伤势多重，他都能保住性命。

"你会活下去的。"塞莉斯泰因的口气不像我想象中那么充满同情。

"这到底是怎么回事？"我问，"刚才为什么不先按那个答案？"

她看着我。"因为我知道自己该做什么。"

* 　　* 　　*

虽然塞莉斯泰因也受了伤，但我们撤退时她还是帮了大忙。

我还能跌跌撞撞地用好腿跳着穿过一间间密室，并不时靠着墙壁保持平衡。我失去的两肢是在跟皮骨相连的关节以下被切断的，因此除了摆锤接近时割破的一两道口子外，我失血不多。尽管如此，我仍感觉自己阵阵发抖，即将休克。我只想逃离血尖塔，回到穿梭机安全的怀抱中。在那里，我知道特兰蒂尼昂博士可以让我完全恢复成人类的样子——他向我保证过。虽然他有很多地方让我讨厌，但我不觉得他会拿这件事撒谎。这件事关系到他的专业水平，他的所有手术都是可逆转的，只有做到这一点，才叫水平高超。

塞莉斯泰因用胳膊夹着柴尔德。对她来说，他剩下的半条身子并不沉重，而且他也能用两只完好的前爪紧紧抓着她。他的残躯只剩下那么一点，每当我看到，我就会感到一阵恐惧。我完全不敢去想象要是没有药机注剂的麻木作用，那阵恐惧感还会强烈多少倍。

大约走了三分之一的路程，柴尔德忽然挣脱她的胳膊，掉到地板上。

"你要干吗？"塞莉斯泰因问。

"你说呢？"他用前肢撑起剩下的半条身子，坐在地上。我看见他的伤口已经开始收拢，钻石毛皮不断收缩，试图封住伤口。

不久之后，他身上就看不到伤口了。

塞莉斯泰因沉吟了半天才回答："说实话，我不知道说什么好。"

"我要回去。我要继续。"

我靠着墙说："你不能那样做。你需要治疗。你自己看，你被拦腰切断了。"

"没关系，"柴尔德说，"我只不过是失去了本来就将失去的部分身体而已。到最后，门会窄到连钻石犬都很难钻进去的地步。"

"血尖塔会结果你的性命。"我说。

"或者我打败它，可能性还是有的。"他转过身去，用屁股擦着地板往前挪，然后扭头对我们说："我会按原路返回刚才出事的那个密室。我想只要我还没有走进——还没有爬进我们最后打开的那个密室，血尖塔就不会阻止你们出去。但如果是我，我下去时一定不会耽搁，而是越快越好。"接着他看着我，打开私线通话。"为时还不算太晚，理查德。你可以回头，跟着我上去。"

"不，"我说，"你错了，为时已晚。"

塞莉斯泰因伸手帮我艰难地跳到下一扇门。"让他留下吧，理查德，让他留在血尖塔里。这是他的心愿，现在他也有过证人了。"

柴尔德把剩下的半条身子挪到通往上面那个密室的门口，我们刚从里面出来。

"就这样了？"他问。

"她是对的。从此往后，不管发生什么，都是你跟血尖塔之间的事了。我想我应该祝你好运，只是太过庸俗了，还是不说为好。"

柴尔德耸了下肩膀。他没剩下几个人类的姿势可以做了。"你能给我多少好运，我都带着。我还向你保证，不管你愿不愿意，我们还会见面。"

"但愿吧。"我说，但我心里知道这绝对不会发生。"到时我会代你问候渊堑城。"

"好，多谢。只要你别透露我到底去了哪里就行。"

"我保证做到。罗兰？"

"什么？"

"我想我应该说再见了。"

柴尔德转身进入黑暗，前臂活塞般的动作推动他快速前行。

塞莉斯泰因扶着我的手臂帮我走向出口。

十三

    "你刚才没说错。"回穿梭机的路上，我告诉塞莉斯泰因，"我真的可能会跟着他回去。"

    塞莉斯泰因微笑。"我很高兴你没有那么做。"

    "我可以问你一个问题吗？"

    "只要跟数学没关系就可以。"

    "为什么你关心我，而不关心柴尔德？"

    "我也关心柴尔德，"她肯定地说，"但我认为没人可以说服他回心转意。"

    "就这一个理由？"

    "不是。我还想到，你应该有更好的未来，而不是在血尖塔里送命。"

    "你冒着生命危险来救我，"我说，"我不会忘记你的恩情。"

    "不会忘记我的恩情，这就是你表达感激的方式？"她微笑着说。我也感到一丝想微笑的冲动。"不过至少听上去像以前那个理查德又回来了。"

    "有那个希望。特兰蒂尼昂博士可以把我恢复原样。"

    我们回到穿梭机后，特兰蒂尼昂博士却不在里面。我们到处寻找，什么也没找到，地面也没有离开的足印，剩余的太空服一件没少。我们联络了轨道上的阿波里昂号近光船，他们也不知道特兰蒂尼昂博士的下落。

但我们很快便找到了他。

他把自己放在手术椅上，上方是一套敏捷漂亮的手术机器，手术机器把他一件件分开，有些零件放入盛有液体的烧瓶中，外面贴有整齐的标记；有些则放到小瓶子里，块状的内脏生物机械像长满毒刺的水母那样漂浮着，各种植入物和机械装置闪闪发光，就像精致小巧的珠宝饰品。

有机物少得令人惊讶。

"他自杀了。"塞莉斯泰因说。她发现了他放在手术椅顶部的礼帽，里面有张字条，折叠得很紧，字条上笔迹清晰。这就是特兰蒂尼昂博士的遗言了。

我亲爱的朋友们：

经过仔细斟酌，我决定自行处置。与其为了那些我自认为没有犯下的罪行而继续忍受世人憎恶的目光，还不如拆解自己，终结生命。甚至，我发现后者更加容易接受。请不要尝试把我重新组装起来，我可以向你保证，这种尝试肯定会以失败告终。我相信，我这种终结方式，以及我把自己变成各种部件并加以注解的状态，将会为未来的控制论学者提供些许趣味。

我必须承认，我之所以选择在这个时候结束一切，还有另外一个原因。不然当初我干吗不在黄石结果我自己呢？

我不得不承认，这主要是虚荣心在作怪。

多亏了血尖塔，也多亏了柴尔德先生的大力帮助，我有幸得到机会继续我的工作。当初在渊堑城，由于种种不快，我的工作被突然打断。多亏了你们，你们如此热心地想要探索血尖塔的秘密，使我终于得到了心甘情愿的实验对象，来进行一些并不那么正统的手术。

尤其是你，斯威夫特先生。这完全是个天赐良机。我为你做的一系列改造手术，我自信是我迄今以来的最佳成就。你已经成为我的代表作了。我完全明白，对你而言，这些手术只是为了达到目的的手段，不然你不会同意让我施刀。但这丝毫无损这一事实，即现在的你已经成为我的代表作。

而这一事实，恐怕也是我面临的问题。

不管是你成功征服血尖塔，还是决定撤下阵来——当然，这是在血尖塔没有杀死你的情况下——你早晚会希望回到你原本那个形状。那就意味着我将不得不亲手毁掉我生平唯一的得意之作。

我宁可自杀，也不愿做这件事。

我谨此致歉，我永远是——

你忠实的仆人。

特[1]

柴尔德再也没有回来。十天之后，我们搜查了血尖塔底部的四周，没有发现新的遗骸。我想唯一的假设就是他还在里面，继续努力接近塔顶，不管那里到底有什么东西。

我一直在琢磨。

血尖塔最终起了什么作用？它的目的会不会只是自保而已？也许它只是吸引好奇者前往，并强迫他们不断适应，让他们自己变得更像机器，直到他们成为它的有用之物。

然后血尖塔就可以收获他们。

甚至有无可能，血尖塔只不过是棵捕蝇草而已？

我没有答案。我也不想一直待在各各他山上思考这些问题。

我对自己没有把握，没法肯定自己永远不会回到血尖塔里。我仍然能感受到它的召唤。

于是我们离开了。

---

1. 特兰蒂尼昂博士对自己的简称。

"答应我一件事。"塞莉斯泰因说。

"什么事？"

"我们回家后，不管出了什么事，不管渊堑城变成什么样子，你都永不再去血尖塔。"

"我不会回去，"我说，"我保证。我可以抑制关于血尖塔的记忆，避免自己回应血尖塔对我的召唤。"

"好主意，"她说，"反正你干过这种事。"

我们回到渊堑城后，发现柴尔德没有骗我们。情况有所变化，但并没有好转。这一被称之为融合瘟疫[1]的灾难，使整个城市瘫痪，陷入无药可救的黑暗时代。加入柴尔德探险队的报酬早已化为乌有，危机前我的家族就没有多少影响力，现在就更不用说了。

要是在以前的正常时期，特兰蒂尼昂博士的手术可能还可以逆转。虽然过程不会太简单，但总会有些人想要试一下。要知道控制论专家们喜欢相互竞争，谁都想获得曾接手如此困难的项目的名望。我大概会收到不同的报价，并不得不从中挑选一个。然而现在与过去完全不同。现在就连最简单粗糙的手术也变得很困难，即使能实施，也会被要出天价。现在只有很少几个控制论专家拥有进行这种手术的技术，他们可以漫天要价，想收多少钱就收多少钱。

塞莉斯泰因本来比我有钱，但她的钱只够修补我，而不能帮我复原。光这笔开销，以及其他必要支出，就几乎让我俩破产。

但她仍然关心爱护我。

其他人看到我俩后，只会以为她有条奇怪的宠物———一条在她身边小跑的机械狗，动作僵硬，钻石皮毛，样子古怪。有时候，他们会察觉到我俩关系不

---

1. 融合瘟疫是一种纳米技术病毒，它会攻击任何有纳米技术存在的东西，不分人类和机器。它能够将人体内普遍存在的纳米机械和植入物与他们的身体结构在细胞水平上融合。这导致被感染的人的身体发生可怕的、不可控制的改变，这一改变会导致死亡。融合瘟疫最早发生在黄石系统的渊堑城，使这座城市变成了人间地狱。

一般，比如她会对我温声细语，或者我会在她前面带路，他们就会仔细打量我。这种时候，我就会用我明亮的红色激光回瞪他们一眼。

他们就会知趣地挪开目光。

这种日子过了很长一段时间，直到梦魇变得难以承受。

此时此刻，塞莉斯泰因不知道我已经从我们的公寓里偷偷溜出来，溜进漫漫黑夜了。我们的公寓所在的这块地方被称为荒地，帮派势力已经渗透了荒地的所有阴暗角落，因此这里危险重重。但我们住不起其他地方，只能搬到这里。本来我们可以住在更好的社区，住在远比这里上层的地方。但为了今晚，我不得不把钱留着。而塞莉斯泰因完全不知此事。

跟过去相比，荒地已经有所改善了，但要是早先那个我来到这里，肯定会觉得这不是人住的地方。哪怕现在，我也本能地提高了警觉，增强了视力的眼睛盯着那些帮派分子手中粗糙不堪的弩弓和大刀。从技术层面而言，并非所有帮派分子都是人类，他们中有些生物靠鳃呼吸，在空气中反而会窒息，还有些生物长得像猪，极其危险。

但我不怕他们。

我在阴影中潜行，细长的狗身让他们迷惑。他们中有几个比较傻，竟然来追我，我挤过塌陷的建筑物的空隙，轻易逃脱。有时我也会站住，弓起背，面朝他们。

我的眼睛射出红色的激光，刺穿他们身体。

我继续前行。

不久之后，我来到指定地点。这里很空旷，看不到帮派势力的踪迹。接着夜色中浮现一个人影，穿过齐脚踝深的肮脏积水朝我走来。人影细黑，每走一步，都伴有轻微精确的声响。随着对方走近，我观察到这个女人——我猜她应该是个女人——套着一层外骨骼。她的肤色黑如星际空间，脖子加长了几个椎骨，上面安装着精致小巧的头部。她脖子四周戴着铜环，指甲长如短剑。我注意到她的指甲不时与外骨骼的大腿骨架相碰发出清脆的声音。

我觉得她长相奇怪，可她看到我也畏缩了一下。

"你是？"她开口问。

"我是理查德·斯威夫特。"我回答。

她略微点了下头，她的动作几乎难以察觉，我想她弯那么长的脖子肯定不容易。然后她自我介绍说："我是确姆维尔·薇丽卡·阿贝璧，隶属于波塞冬号近光船。我真心希望你没在浪费我的时间。"

"我有钱，你不用担心。"

她看着我，目光里既有怜悯，也有敬畏。"你都还没告诉我，你要干什么？"

"很简单，"我说，"我要你带我去个地方。"

裂隙之外

BEYOND
THE AQUILA RIFT

下

[英]
阿拉斯泰尔·雷诺兹
著

孙薇　何锐
译

湖南文艺出版社
HUNAN LITERATURE AND ART PUBLISHING HOUSE

博集天卷
CS-BOOKY

BEYOND THE AQUILA RIFT by ALASTAIR REYNOLDS
Copyright©2016 BY ALASTAIR REYNOLDS
First published in Great Britain in 2016 by Gollancz
an imprint of The Orion Publishing Group Ltd
An Hachette UK Company
Collection copyright © Dendrocopos Limited 2016
Through BIG APPLE AGENCY, INC., LABUAN, MALAYSIA.
Simplified Chinese edition copyright:
2022 China South Booky Culture Media Co., Ltd
All rights reserved.

著作权合同登记号：图字 18-2021-308

图书在版编目（CIP）数据

裂隙之外：全两册 /（英）阿拉斯泰尔·雷诺兹
（Alastair Reynolds）著；孙薇，何锐译 . -- 长沙：
湖南文艺出版社，2022.3
书名原文：BEYOND THE AQUILA RIFT
ISBN 978-7-5726-0576-5

Ⅰ . ①裂… Ⅱ . ①阿… ②孙… ③何… Ⅲ . ①幻想小
说—小说集—英国—现代 Ⅳ . ① I561.45

中国版本图书馆 CIP 数据核字（2022）第 010467 号

上架建议：畅销·科幻

LIEXI ZHI WAI：QUAN LIANG CE
裂隙之外：全两册

作　　者：[英] 阿拉斯泰尔·雷诺兹（Alastair Reynolds）
译　　者：孙　薇　何　锐
出 版 人：曾赛丰
责任编辑：刘雪琳
监　　制：董晓磊
特约策划：宋笑宇
特约编辑：宋笑宇
营销编辑：王爱婷
版权编辑：王媛媛
版式设计：李　洁
封面设计：尚燕平
内文排版：百朗文化
出　　版：湖南文艺出版社
　　　　　（长沙市雨花区东二环一段 508 号　邮编：410014）
网　　址：www.hnwy.net
印　　刷：三河市兴博印务有限公司
经　　销：新华书店
开　　本：680mm×955mm　1/16
字　　数：610 千字
印　　张：41.5
版　　次：2022 年 3 月第 1 版
印　　次：2022 年 3 月第 1 次印刷
书　　号：ISBN 978-7-5726-0576-5
定　　价：99.80 元（全两册）

若有质量问题，请致电质量监督电话：010-59096394
团购电话：010-59320018

Beyond the Aquila Rift

目 录

Contents

第一千夜 /001

一睡解千愁 /089

老人与火星海 /139

虚荣 /169

雪橇制造者的女儿 /191

疗伤舱 /217

水贼 /239

落泪号的最后日志 /257

在巴伯斯贝格 /307

第一千夜

Beyond the Aquila Rift

该我织梦的前一天下午，我的心情烦乱得无以复加。没什么胃口，更没什么话好说。我只想让接下来的二十四小时快点过去，好让我卸下这份苦差。那时候，就该轮到别人汗流浃背了。我最想做的事就是逃回我的飞船上，让自己一觉睡到大天亮——哪怕这是被规则禁止的。但我不得不笑着忍受这一夜，就像属于其他人的那个夜晚来临时，他们也不得不这样做一样。

　　在海拔一千米以下，海浪拍打在白色的悬崖上，四溅的浪花飞过一座吊桥，那是连接主岛和周边岛屿的众多精美吊桥之一。在所有的岛屿之外，一只水生巨兽隆起的背部高居于波涛之上。我能看见桥上的小点，那是在浪花中起舞狂欢的人群。这次轮到我来设计重聚的场地，而我感觉自己做得还算不赖。

　　遗憾的是，这一切好景都不会长久。

　　机器会花上一年多一点的时间，把这些岛屿碾碎，将上面的塔林化为齑粉。等我们的最后几艘飞船离开太阳系的时候，它们都已经被大海拖进了水底。之后，就连大海也只能维持几千年。我把水冰彗星引到这个干旱的世界来，就是为了制造出海洋。这个世界的大气层本身在动力学上并不稳定，其他地方也没有生物质来补充被我们变成二氧化碳的氧气。因此，两万年后，除了最顽强的微生物外，任何生物都无法再在这个世界上生存。在接下来的十万八千年当中，这里在大部分时候都会保持同样的状态，直到我们再次回来。

到那个时候，要操心风景的就是别人，而不是我了。到第一千夜，也就是重聚的最后一个夜晚为止，编织出的故事线获得最多赞誉的人将负责设计下一次重聚的场地。人们会在下次重聚正式开幕前一千到一万年之间到达，具体时间取决于他们各人的计划。

我握住高层阳台边缘栏杆的手紧了紧，因为我听到一阵急促的脚步声从后面靠近。硬底高跟鞋敲打在大理石上，晚礼服沙沙作响。

"剪秋罗[1]，不用你说我也知道。你在紧张。"

我转过身，迎接马齿苋[2]——美丽、高贵的马齿苋。我僵硬地笑了笑，勉强嘟囔着承认她猜对了。"嗯，你是怎么猜到的？"

"直觉，"她说，"其实，我很惊讶你居然会在这里。"

"为什么这么说？"

"我觉得轮到我的时候，我应该还待在自己的飞船上，拼命修改，直到最后一刻。"

"这就是问题所在，"我说，"我已经完成了所有我需要做的修改，没什么可修改的了。自从上次之后，我没再遇到任何事情。"

马齿苋定定地望着我，脸上带着一副了然的笑容。她的头发高高束起，做成了童话故事里宫殿的造型——包括尖顶和塔楼。

"典型的假谦虚。"她不容拒绝地将一杯红酒推到我手中。

"嗯，这回可是一点都不假。我的故事有着让人崩溃的反高潮，越早结束它越好。"

"至于这么无趣吗？"

我抿了一口酒。"无趣至极的典型范例。我这二十万年过得惊人地平淡。"

---

1. 本故事中大部分人物的名字均为植物名化用而来，部分人物的名字根据情节设定需要与原植物名不完全相同。剪秋罗花名意为"冠军"，来自中世纪曾用剪秋罗作为冠军花环的材料。——译者注
2. 马齿苋科植物，可药用。——译者注

"你上次也这么说，剪秋罗。然后你向我们展示了惊人的美景、非凡的奇观。你是这次重聚中的大热门。"

"也许是我老了，"我说，"但这次我感觉自己想要轻松一点的生活。我刻意远离有人居住的世界，远离任何有哪怕最微小的机会发生些激动人心的事的地方。我看了很多落日。"

"落日。"她说。

"主要是太阳型恒星。在特定的条件下——大气平静、观看的角度合适时，有时你可以看到一抹绿光，就在恒星滑落到地平线以下之前……"我的声音渐渐低落。我讨厌自己的声音。"就这，只有风景。"

"看了二十万年？"

"我不后悔。我享受其中的每一分钟。"

马齿苋叹了口气，摇了摇头。我在她看来已经不可救药了，她也不介意我知道这点。"我在今天早上的狂欢会中没有看到你。我本来想问你对洋委陵的那条故事线有什么看法。"

昨夜烙印到我脑海中的洋委陵的回忆，依旧带着电火花般的光彩。"惯常自以为是的玩意儿，"我说，"你有没有注意到，他让自己卷入的所有冒险，结局总是让他看起来卓尔不群，而其他人都有点笨笨的？"

"确实如此。这次连他平时的崇拜者都在背后不满地喷喷了。"

"他活该。"

马齿苋的视线朝海面投去，穿过在这个狭小群岛周围悬浮得密密麻麻的飞船。下午时分出现了一大片云层，飞船大部分都船头冲下一动不动，就像是刺入云层的一把把匕首。总共有将近一千艘飞船。这景象让人想到了一幅倒置的图景：高楼大厦纤长的顶端从雾海中突出，闪闪发光。

"还是没看到日光兰[1]的飞船，"马齿苋说，"看来她赶不上了。"

---

1. 日光兰属。英国人认为其代表植物黄日光兰的花语是"野性"。——译者注

"你觉得她会不会已经死了？"

马齿苋低下头："我觉得有这个可能。她最近的那条故事线……太冒险了。"

日光兰上次重聚中送来的故事线里，满是向死神挑衅，以及和它在最后一刻擦肩而过的景象。某个看起来很壮美的天文现象——可能是一对正在爆裂的双星，或是一颗正在爆发的超新星——肯定是在最后一刻攫取了她，杀死了她，杀死了我们的一员。

"我喜欢日光兰，"我心不在焉地说，"如果她没能前来，那我会感到很遗憾。也许她只是在路上耽搁了。"

"你为什么不进屋来，别再闷闷不乐了好吗？"马齿苋边说边把我从阳台上轰走，"这对你不好。"

"我真的没有心情。"

"说实话，剪秋罗，我相信你今晚一定会让我们大吃一惊。"

"或许吧，"我说，"那要看你们有多喜欢落日了。"

*　　*　　*

那天晚上，我的回忆被编织进了其他来宾的梦中。到了早上，大多数人都设法针对我的故事线挤出了些含糊不清的溢美之词。但在表面的礼貌之下，他们的困惑和失望实在太明显了。这不仅仅是因为我的回忆并没有给故事线增添什么闪光点，真正让他们恼火的是，我显然在想尽办法让自己的这段时间过得尽可能沉闷。这也就意味着，我乐意去找寻一抹毫无意义的绿光，而不是去冒险，好让旁人失望。我在刻意避免往我们集体知识的织锦中添加任何有用的东西。

到了下午，我的耐心已经消耗殆尽。

"好吧，至少到了第一千夜你不会坐立不安。"海篷子说，他是我们家系中的一位老熟人。"你就是在打这个主意，对吧？"

"抱歉，你是说？"

"你故意搞得沉闷无聊，好让自己从最佳故事线奖的竞争中抽身。"

"我完全没这个打算，"我试探着说，"不过，如果你觉得沉闷……那也是你的权利。你的故事线是哪天，海篷子？等到别人都来踢你屁股的时候，我也一定会衷心祝贺的。"

"第八百天，"他轻松地说，"我有足够的时间研究对手，并适当地略加修改。"海篷子侧身挨近，但有点太近了，让我感觉不舒服。我一直觉得海篷子令人生厌，但我容忍了他和我同行，因为他的故事线通常令人难忘。他有种嗜好，喜欢去挖掘古人类文明的废墟，劫掠他们的坟墓，寻找古代的奇怪技术、狰狞武器，或是被两百万年的孤独弄得精神错乱的机械灵魂。"所以无论如何，"他鬼鬼祟祟地说，"第一千夜……第一千夜……我好想看看你为我们准备了什么。我都等不及了。"

"我也是啊。"

"会是什么啊？你不可能筹划一场云中剧吧，就算你本来就是这么计划的也不行——上次我们已经搞过一次了。"

"不过做得并不是很好。"

"再往前的一次是什么来着？"

"我想是一场大型太空战役的再现。虽然效果上乘，但有点粗暴。"

"是的，我现在想起来了。牛毛草[1]的飞船把那误当作一场真正的战斗了吧？他开启护盾的时候在壳上挖出了个直径十公里的大坑。那个傻瓜把防御阈值调得太低了。"不幸的是，我们位于牛毛草的听力范围之内。他的目光越过正在和他谈话的家系成员的肩膀投向我们，给了我们一个警告的眼神，然后又继续他的谈话。"无论如何，"海篷子浑然不觉地继续说，"你说'等不及了'是什么意思？这是你的故事线啊，剪秋罗。要么你已经计划好了，要么你还没有。"

---

1. 或称"牛毛毡"。该名另一意思为"教鞭"。——译者注

我同情地看着他："其实你从来没有赢得过最佳故事线奖，对吧？"

"差一点吧，不过……我关于霍尔蒙克斯[1]大战的那个故事线……"他摇了摇头。"没什么。你这话到底是什么意思？"

"我的意思是，关于千夜庆典究竟会以什么形式举行，有时候赢家会选择把自己的这段记忆抑制住。"

海篷子用一根手指点了点自己的鼻子："我了解你，剪秋罗。庆典将会精致内敛……而且非常非常沉闷。"

"祝你的故事线为你赢得好运。"我冷冰冰地说。

海篷子离开了。我以为我会有片刻的独处时间，但我刚转过身要欣赏风景，牛毛草就靠到了我旁边的栏杆上。他手里晃动着一杯酒，用戴着戒指、珠光宝气的手指拈着酒杯的柄。

"自得其乐，剪秋罗？"他用一贯深沉、家长式、略带不悦的口吻问道。风抚弄着他高傲的额头上铁灰色的头发。

"正是如此。难道你不是吗？"

"这可不是闹着玩的事情。至少对我们当中的一些人来说不是。在这些重聚的日子里，我们还有工作要做。这可是严肃的事情，是对我们家系的未来非常重要的事情。"

"放轻松点。"我悄声说。

我和牛毛草之前从未这样面对面过。在九百九十三名现存的家系成员中，有二三十位成员发挥着特殊的影响力。虽然我们都是同一时间被创造出来的，但这些成员养成了一种不事声张的优越感，他们会和比较轻浮的那些成员保持距离。他们的身体构造和着装都很正式，而且经常严肃地站成一堆，对其他人大摇其头。他们与其他家系的联系也最为紧密。他们中的许多人都是倡导者，牛毛草本人也一样。

---

1. 作者虚构的擅长仿生人技术的文明。——译者注

　　牛毛草或许听到了我的悄声细语，但他没表现出来。"我刚才看见你和马齿苋在一起。"他说。

　　"这不犯法。"

　　"你经常和她在一起。"

　　"又来……这关你什么事呢，就因为她对你们的精英俱乐部嗤之以鼻？"

　　"小心点，剪秋罗。你的这个重聚场地做得很好，但你不要高估自己的地位。马齿苋是个麻烦制造者，她是家系中的一根刺。"

　　"她是我的朋友。"

　　"这再清楚不过了。"

　　我恼火起来："你什么意思？"

　　"我在今天早上的狂欢会中没看到你们。你们总是在一起，而且就只有你们俩。你们睡在一起，却不屑和其他人发生亲密关系。在龙胆[1]家系内部，我们可不会这样做。"

　　"你们倡导者也只跟你们自己的人打交道。"

　　"两码事。我们有责任在身……马齿苋不理解我们。她曾有机会加入我们。"

　　"如果你有话要说，那你为什么不当着她的面说呢？"

　　他转过头，望向天边那条笔尖勾勒般的细线。"你的水生动物做得很好，"他漫不经心地说，"很有品位。哺乳动物，它们来自……旧世界，是吗？"

　　"我忘了。这一小段赞美是什么意思，牛毛草？你是想叫我远离马齿苋吗？"

　　"我是叫你打起精神。你要拿出点骨气，剪秋罗。动荡的时代即将到来。欣赏落日确实很好，但我们现在需要的是整个银河系中新兴文明的可靠数据。我们需要知道谁是站在我们这边的，谁不是。等我们完成伟大工程之后，花多少时间在海滩上闲逛都不是问题。"牛毛草把他的残酒泼进我的大海里。"在那

---

1. 龙胆科龙胆属花卉，在世界各地广泛分布。——译者注

之前，我们需要一定程度的专注。"

"专注你们自己的去。"我转身离开。

*　　*　　*

到了下午，情况开始好转，人们的兴趣转移到下一个故事线上去了。有人要重新对外围的一座塔楼做些异想天开的设计，我也参与其中，这时马齿苋又来找我了。她告诉我，她听说在主塔的第五十层有一场狂欢会，非常小众，让我一小时后去那里找她。牛毛草的批评仍让我心绪不宁，于是我告诉她我没心情参加狂欢会。但马齿苋把我说服了，我答应她做完这边塔楼的工作后就去找她。

我抵达时，那地方只有马齿苋一个人。

"我是走错楼层了吗？"

"没有。"她说。她站在一个向外凸出的阳台上，地板是玻璃做的，完全透明，让她看起来就像飘浮在海面上方两公里处。"楼层没错，时间正好。我告诉过你这是小众狂欢会。"

"可你没告诉我它有这么小众。"我说。

马齿苋脱掉了衣服。她的衣服褪下之后就呈现出风化岩层般的质感，随即凝结成来自上古的雕塑形态。"你是在抱怨吗？"她问。

我的衣服碎成了一团樱花花瓣，沿着地板飞快散开。"也不是，真不是。"

马齿苋赞许地看着我："我看得出来。"

我们在玻璃地板上滚来滚去，玻璃地板对我们的需求体贴入微，让自己忽而软化，忽而硬化。在此期间，我试着回忆了下我有没有把玻璃地板做成双向透明的。如果有的话，就可能有家系成员从下面仰望五十层，那我们可给他们提供了好大的乐子。然后我决定不去想了。如果我们会激怒他们，那就激怒他们好了。

事过之后，我们并肩躺着，马齿苋说："你说的没错。"

"我说的什么没错？"

"落日。完完全全……跟你说的一样……富有争议。"

"继续，在一个男人倒地的时候再补上几脚。"

"其实我很佩服你的勇气，"她说，"你有计划，还坚持了下来，况且有些落日其实相当好看。"

她本意是夸奖我，但我忍不住露出伤心的表情："相当不错。"

马齿苋变出一颗葡萄，飞快地塞进我嘴里。"对不起，剪秋罗。"

"没关系，"我说，"至少这样一来，余下的时间里不会再有人来骚扰我，试图得到我从中剪辑出那些故事线的全部记忆了。至少他们会明白，能令人兴奋的部分就只有放出来的那么多。"

这是真的。我身上的压力卸下了，然后，我出乎预料地放松下来，开始享受剩下的日日夜夜。上一次，我提交的故事线太受好评，以至于有人暗地里说我一定是为了效果添油加醋了。我没有，我确实遇到了那些事情。但在那次重聚余下的时间中，我一直处于一碰就炸毛的自我防卫状态。

现在好多了。我很享受现在的感觉。我脑海里充满了全新的体验，像是复杂而充满生机的灿烂银河的多幅快照。醉酒后的愉快感和如水晶般清晰的思维结合在一起，辉煌且令人敬畏——历史山呼海啸而来。

上一次统计时，有人定居的太阳系总共有一千万个，行星级世界有五千万个。自上一次重聚以来，整个文明突然出现、兴盛而后又衰亡的事件已经发生许多起了。人类版图的边缘在每次重聚之后都变得越发狂野，每次看起来都没法变得更陌生、更难辨认了，可又总能成功地百尺竿头更进一步。人类像熔岩一样，渗入宇宙中的每个生态位，然后又开辟出新的，以前从来没人敢幻想其会存在的生态位。

两百万年的生物工程和赛博改造已让人类具备应对任何环境的能力。有两万个截然不同的人类分支回到了外星的海域中，各自采取不同的方案来解决在水中生活的问题。有些还或多或少地保持着人形，但另一些则把自己塑造成流线型的类鲨鱼生物，也有一些是灵活的多肢软体动物，再或是有硬壳的节肢动物。在气态巨行星的大气层中，有一千三百种不同的人类文明，有九十种在这种大气层下的金属氢海洋中游动。有居住在真空中的人类，也有居住在恒星上的人类。有住在树上的人类，也有按照某种定义，把自己变成树的人类。有的人类和相对较小的卫星一样大，在他们的身体内部培育着数量众多的生物群落。还有些人类把自己编码到中子星的核结构中，不过近来都没人听到他们的什么消息了。在这一切变化的衬托下，我们这九百九十三名龙胆系成员仍旧死板地固守着传统生理结构，一定显得古板得可笑。但这只是传统而已。在抵达重聚星之前，我们可以自由选择任何外形。唯一的规定是，当我们从自己的飞船中出来时，我们必须采取成年人类的外形，并且身体中必须携带着我们的思维。性别、身材、肤色和性取向等小事由我们自行决定，但我们都必须带有阿比盖尔·龙胆的面部特征：高高的颧骨、强壮的下巴，还有她的双眼。事实上，左眼是绿色的，而另一只则蓝得像冬日里的寒鸦。

其他的一切都随你自己努力争取。

也许一条条新故事线的加入搅动了过去的记忆，随着第一千夜的临近，我们都感觉到阿比盖尔原本的记忆在我们的思绪中隐隐浮现。我们记得阿比盖尔将自己分裂成众多碎片，并将它们送入银河系中四下漫游之前的几个世纪里，她身为单一个体的感觉。我们都记得自己还是阿比盖尔时的感觉。

在第七百条故事线快要发布的时候，马齿苋又找上了我。她的头发被定型成几条硬挺的螺旋臂——类似于银河系的结构。它们闪闪发光，因为里面嵌入了宝石：红色、黄色，还有冰冷的蓝白色宝石，用于代表不同的恒星。

"剪秋罗？"她小心翼翼地叫我。

我从阳台上转过身来。我正在修复一座经历了暴风雨袭击的吊桥，用一串巫师施法般的手势把它重新编织起来，让组成吊桥的微不可见的小机器随着我的命令起舞，它们像牛奶一样流动，然后神奇地凝固变硬。

"又来用落日拷问我？"

"完全不是。我需要和你私下谈谈。"

"我们随时可以再来一场小众的狂欢会。"我打趣道。

"我是说找个私人的地方，非常私密的地方。"她似乎心不在焉，和平时的样子很不一样。"你有在这个岛上创建安全区吗？"

"我觉得没有必要。如果你认为有必要的话，那么我可以创建一个。"

"不，那只会引起不必要的注意。我们还是到我的飞船上去吧。"

"我真的得先把这座吊桥搞定。"

"你先忙。你准备好之后，我会在我的飞船上等你。"

"到底是什么事，马齿苋？"

"到我船上再说。"

马齿苋转过身。片刻之后，一块方形的玻璃板从天空中翻滚而出，降落到地面。马齿苋踏上玻璃板。它的边缘向外延伸，然后向上翻折，形成了一个旅行盒。旅行盒载着马齿苋升到空中，然后骤然加速，离开了小岛。我看着它向远处飞驰，偶尔有一个平面反射出灰色的闪光。旅行盒看上去越来越小了，然后只剩下一个闪烁的点。它逐渐接近一艘停泊在天边的飞船，并消失在参差不齐、状若山岳的巨大飞船中。

我满心不解，回身继续我的修桥工作。

*　　　*　　　*

"到底是怎么回事？"

"和你的故事线以及一些其他事有关。"马齿苋躺在她飞船提供的休息椅上打量着我，眼神锐利。"你把所有的真相都告诉我们了，对吗？你真的花了二十万年看落日？"

"如果我想编点什么，难道你不觉得我会编得更刺激一点吗？"

"我确实这么觉得。"

"况且,"我说,"这次我不想赢。创造这个场地真是让我非常头疼。你不知道这些岛屿的摆放位置让我多苦恼,更不用说精心编撰第一千夜让我有多费神了。"

"不,我可以相信你。我也确实相信你。我只是不得不问清楚。"她把头顶的一条螺旋臂拽了下来,紧张地咬着它。"虽然我觉得,你现在也有可能在撒谎。"

"我没有。你要开始说正题了吗?"

在马齿苋离开一个小时后,我的旅行盒把我带进了她悬浮在天空中的飞船。我的飞船大小适中,只有三公里长。马齿苋的飞船却非常大,从船首到船尾有两百公里,最宽的地方有二十公里。她的飞船尾部有一部分凸出到了大气层之外,伸入真空之中。到晚上防撞磁场将流星拦截和气化的时候,那些凸出的部分会闪闪发光。极光在其顶端幻化出种种图案,就像潮水在拍打礁石。

为什么会有人需要这么大的飞船?可能的理由有很多。她的飞船可能是围绕着引擎建造的:某种古老但价值连城的月球大小的引擎,或者是某种效率高得惊人,其他任何人都没有的巨大原型引擎。任何能让你更接近光速的进步都弥足珍贵。或许她的飞船装载了大量秘密乘客,比如从某个星球上疏散出的大量智慧生物。又或者,她的飞船是其建造者以一种疯狂而亢奋的状态做得这么大的,原因只是它可以被做成这么大。也可能是——想到这种可能,一种苦涩的疏离感冲击着我的思绪。也可能是她的飞船必须这么大才能容纳生活在其中的马齿苋。马齿苋现在确实是人类大小,但在我们两次到访重聚星之间的时间里,她的真实形态是什么样子,又有谁能说得上来呢?

我不想知道,也没有问。

"事情很微妙,"马齿苋说,"我可能弄错了。我几乎可以肯定是我搞错了。毕竟,其他人似乎都没有发现任何异常……"

"关于什么的异常?"

"你还记得牛蒡子的故事线吗？"

"牛蒡子？是的，我当然记得。"这问题虽然可以理解，但实在愚蠢。我们当中没人能忘记任何一条被编织进来的故事线，除非我们有意识地删除它们。"那当中没什么值得记住的地方。"牛蒡子是一个安静、低调的家系成员，从来不好出风头。他的故事线在几周前就编织过了，实在是平淡无奇，我也没怎么注意。"他简直像是在跟我打赌，看谁的故事线更沉闷。"

"我认为他撒谎了，"马齿苋说，"我认为牛蒡子的故事线被故意改动了。"

"牛蒡子自己做的？"

"是的。"

"不过他为什么要这么做呢？现在的故事线依然不太有趣。"

"这就是问题所在。我觉得，他是想掩盖某些真实发生过的事件。他刻意用沉闷做伪装。"

"等等，"我说，"你怎么能确定他的故事线不是本来就那么沉闷呢？"

"因为一个矛盾，"马齿苋说，"听着，上一次重聚结束时，大家都向银河系的不同方向飞速离去。据我所知，大家没有互相交换计划或行程。"

"无论如何，那都是被禁止的。"我说。

"是的。所以从那时到现在的这段时间之中，我们中任何一个人碰到另外一个人的机会都很小。"

"但还是碰上了？"

"不完全是。但我认为，牛蒡子经历了一些事，一些让他篡改自己的故事线，以制造虚假的不在场证明的事情。"

我在椅子上不安地挪了下身子。这是严肃的指控，程度比大家私下谈论龙胆家系其他成员时经常会出现的那种刻薄推测要严重得多。"你怎么知道？"

"因为他的记忆和你的记忆相矛盾。我知道，我核对过了。按照你们的故事线，你们应该同时身处同一个太阳系中。"

"哪个？"

她确实知道。那是一个不起眼的地方，在我看来，那只是在一片陌生星海中的某一颗恒星。"我去过那里，"我说，"但我没有碰上过牛蒡子。"我在记忆中翻了翻，通过备忘录的条目挖掘出具体事件。"他也没有来过我附近。我逗留在那里期间，牛蒡子没有靠近过那里。也许他的飞船隐形了……"

"我觉得不是。无论如何，他也没提到过你。你的飞船隐形了吗？"

"没有。"

"那他就该看到你到来或离开的痕迹。那附近的星际物质的密度相当大。如果以相对论速度飞行，那飞船不可能不在其中划出一道醒目的痕迹。如果那条故事线是真的，那他肯定会有所提及。"

她说的没错。意外的相逢总是值得庆祝的——巧合战胜了银河系的浩瀚与无情。

"你觉得发生了什么事？"

"我觉得牛蒡子很不走运，"马齿苋说，"我认为，他是随便挑了个恒星，却没想到他声称自己位于那里的那段时间里，你恰好真的在那里。"

"但他的故事线是在我之后编织进来的。如果他要撒谎……"

"我不认为他对你那一大套落日会投以足够的关注，"马齿苋说，"不过这也不能怪他，对吧？"

"也可能是我在撒谎。"我说。

"我还是愿意在牛蒡子身上下注。反正，他的故事线里也不只这一个问题，还有一些其他的小毛病。虽然没有什么很惊人的，但足以让我梳理整个事件的经过，寻找异常。我就是在这过程中发现了矛盾。"

我大惑不解地看着她："这就严重了。"

"可能是的。"

"一定是这样。无害的夸张是另一回事，即使是彻头彻尾的谎言也是可以理解的。但如果不是有什么想要隐瞒的东西，那他为什么要用一些不那么有趣的东西来代替事实呢？"

"我也这么想。"

"他为什么要大费周章地制造不在场证明呢？他完全可以轻轻松松地删掉他故事线中违规的记忆啊。"

"风险很大，"马齿苋说，"比较安全的做法是，把他确实访问过的太阳系换成那附近的某个太阳系。这样就不会导致他的时序错乱太多，以防有人对他的故事线挖得太深。"

"不过这并不能帮助我们找出他当时在哪里。那附近仍然意味着几百光年的范围，包含几千个可能的太阳系。"

"银河系很大。"马齿苋说。

接下来是一阵令人不安的沉默。在我们上方很远的地方，在层层装甲金属之外，我听到地震般的声响，有什么巨大的东西在动，就像一个沉睡的婴儿，时而辗转，时而休憩。

"你和牛蒡子谈过了吗？"

"没说过这件事。"

"别人呢？"

"我只跟你说过，"马齿苋说，"我很担心，剪秋罗。如果牛蒡子做了些什么……"

"犯罪行为？"

"那也并非不可思议。"

但这确实不可思议。龙胆家系并不是唯一的家系。当阿比盖尔粉碎自我的时候，其他人同样如此。在过去这段时间里，有些家系已经消亡了，但大多数家系仍旧以某种形态存在着。虽然习俗各异，但这些家系大多有类似于重聚星的东西——一个能让他们聚集一堂并重新编织记忆的地方。

在过去的两百万年里，这些家系之间有过很多次接触。直到最近，虽然龙胆家系一直是孤立主义者，但其他一些家系已经形成了松散的组织。他们之间有签订条约，也有争执不休。甚至有个家系遭遇了灭顶之灾：当时一个敌方家系用一件本星系泡之战中遗留下来的反物质武器，在这个家系的重聚星上设置了陷阱。如今，我们都小心谨慎了许多。许多家系之间都建立了正式关系，有共同认可的行为规则。无休止的争执消失了，亲密的联盟诞生了，也有了些未来可以合作的计划，比如伟大工程。

伟大工程是一个尚未启动的项目，将会需要很多家系积极合作。不管它是什么，它都所谋甚大。除此之外，我对它一无所知。一无所知的也并不是我一个人。按照官方消息，龙胆家系的成员没人可以获知伟大工程的详细情况。这些信息被一个家系联盟掌控，我们尚未获得联盟的正式成员资格。不过，我们有望在不久之后被邀请入会。在重聚星上的来宾中，有来自其他家系的特使——其中有些已经参与了这个大项目。他们一直在关注我们，试探我们的想法，审视我们智慧几何，是否准备就绪。

小道消息中，也有些龙胆家系的成员似乎知道些什么。我想起牛毛草对我故事线的批评：动荡的时代即将到来。伟大工程完成后，我有的是时间在海滩上闲逛。牛毛草还有其他几位家系成员，肯定得知了某些消息。

我们管那几个人叫倡导者。

然而，虽然我们很有可能在不久之后就受邀参与伟大工程，但我们现在仍处于最易受攻击的时候——一个错误就可能会损害我们在其他家系面前的形象。我们在准备编织故事线那会儿就已经了解到了这一点。

如果我们中的一个人做了某件确实很糟糕的事，那会怎样？一个龙胆家系成员犯下的罪行会对我们所有人都造成严重影响。严格来说，我们是同一个人的不同存在形式。如果一个龙胆家系成员会做坏事，那么其他家系就可以推测我们所有人都会。

如果牛蒡子真的犯了罪，并且这个罪行被曝光，那么我们很可能会被排除在伟大工程之外。

"这事可能很严重。"我说。

* * *

在接下来的几天乃至几周当中，要表现得若无其事实在很困难。无论走到哪里，我都毫无例外地碰到了牛蒡子。在这次重聚中，我们的路径本来几乎没有交集，但现在我和他似乎注定每天都要相遇。在这些尴尬的相遇中，我一直在摸索正确的语气，希望自己不会泄露半点我和马齿苋心有猜疑的痕迹。同时，对牛蒡子罪行的想象在我的思维里不受控制地飞旋。和任何一个家系的成员一样，龙胆家系的成员手中也支配着可怕的力量。稍有不慎，我们的一艘飞船就可以轻易焚毁一个世界。有意为之的话，恶果更是让人不敢想象。其他家系的成员在遥远的过去就曾犯下残忍的暴行——种族屠杀史不绝书。

但牛蒡子身上没有任何有犯罪倾向的迹象。他没有野心，他的故事线一直都没什么令人难忘之处，他从来没有对龙胆家系的大方向产生过任何影响，他也没有明显的敌人。

"你觉得还有别人知道吗？"在马齿苋飞船上的另一次秘密会议中，我向她问道。"毕竟，证据全都处于公开状态。只要多加注意，其他人也可以发现那些不一致的地方。"

"不过，问题的关键就在于此，我不觉得其他人会这样做。我们是朋友，对于你的那些落日，我付出的注意力大概比任何人都多。而且我是个注重细节的人。每次重聚，我都会寻找造假的故事线。"

"因为你怀疑我们中的某个人撒谎？"

"因为这样会更有趣。"

"也许是我们想太多了，"我说，"也许他只是做了一些令人尴尬的事情，想掩盖起来。不是犯罪，而是一些会让他看起来很蠢的事情。"

"我们都做过傻事。这并不妨碍我们在情绪适合的时候把它们纳入我们的故事线中。你还记得第三次重聚时紫八宝的事吗？"

紫八宝当时出了个大丑，她差点把自己的飞船坠毁在 SS433 缠绕之星附近。但她的坦诚让其他人都喜欢上了她。她被选中打造第四次重聚的场地。从那时起，在故事线中加入一段尴尬的逸事几乎成了惯例。

"也许我们应该和牛蒡子谈谈。"我说。

"如果我们搞错了呢？如果牛蒡子觉得受了委屈，那么我们可能会遭到全家系的摒弃。"

"是有这个风险，"我说，"但如果他做了什么坏事，那么全家系都得知道才行。如果其他家系的成员在我们之前发现了真相，那会显得非常糟糕。"

"也许我们是在小题大做。"

"也可能我们没有。我们能不能用某种方式迫使这个问题公开化？你公开指责我撒谎如何？"

"风险很大，剪秋罗。如果他们相信了我的话呢？"

"他们在我的故事线中找不到任何漏洞，因为本来就没有漏洞。经过这样一番深究之后，大家的注意力就会转移到牛蒡子身上。如果像你说的那样，他的故事线当中还有其他经不起检查的东西……"

"我不喜欢这主意。"

"我也不喜欢。但我实在想不出其他的办法来追究下去了。"

"也许有一个。"马齿苋小心翼翼地看向我。"毕竟这些岛屿是你建造的。"

"是的。"我承认。

"那么想必你要监视牛蒡子并不困难。"

"哦，不。"我使劲摇头。

她抬起一只手示意我安静："我不是说要在他身上装个窃听器，跟着他进入他的飞船，不是诸如此类的事情。我的意思是，把他在公共场合做的任何事、说的任何话都记录下来。你的环境系统能进行这种操作吗？"

我不能撒谎："当然了。它一直在监视我们在公共场合的一切行为，但这是为了保护我们自己。如果有人出了意外……"

"那还有什么问题？"

"环境系统不会向我报告。这种信息它只会自己保存。"

"但你可以给它编程，改成向你报告。"马齿苋说。

我不安地挪动了下身子："是的。"

"我明白这是不合规则的做法，剪秋罗。但我认为，考虑到所有潜在的风险，我们必须这样做。"

"牛蒡子或许不会说什么。"

"我们不试试看怎么知道呢？你准备好这事要花多长时间？"

"这对我来说小菜一碟。"我承认。

"那就动手吧。昨晚是第八百零三次编织了，离我们全部离开重聚星还有不到两百天。如果我们现在不查出牛蒡子在搞什么鬼，那么我们可能就再也没有机会了。"马齿苋的眼中闪耀着激动的光芒，"我们一刻也耽误不起了。"

*   *   *

马齿苋和我一致认为，在此之后我们应该尽量减少密会，以防引起别人的注意。家系成员之间的私通甚至是长期的私密关系，都还算是正常，但我们坚持在公众视线之外见面的事实必然会引起人们的注意。虽然这里没有安全区，但仍然有很多地方足够私密——对单纯的密会而言。

虽然我们的密会怎么也算不上单纯。

一旦我们商定了方案，保持联系倒不困难。因为我设计并建造了这一场地，负责将故事线编织进我们的梦境中的机器在我的控制之下。每天晚上，我都会接收环境系统在过去一天中对牛蒡子的记录，然后运行一个简单的程序，将那些牛蒡子正与别人交谈，或是正从我分散布置在场地周围的公共节点中获取数据的瞬间分离出来。最后我会将这些被分离出来的序列灌入马齿苋的梦境中——连同分配在当晚编织的故事线一起。我也对自己做了同样的事情。这意味着我们比其他人要多做些梦，但这个代价并不大。

　　白天，我们在履行社交义务的同时，各自独立审查有关牛蒡子的记录。我们约定，如果我们中的任何一个人注意到了不寻常的东西，就要给对方留下一个信号。由于我负责管理场地，我给出信号的途径是改变第三十层水磨石地板上的图案，巧妙地将有关牛蒡子的记录中出现异常事件的时间编码到里头。早在牛蒡子事件之前，我就在摆弄图案了，所以我的行为在别人看来并没有什么奇怪的地方。至于马齿苋，她会在中午时分站在我的一座喷漆吊桥的特定位置上。通过点算她和陆地之间的吊缆数目，我可以将异常出现的时段缩小到几十分钟之内。

　　我们一致认为，在我们有时间回顾彼此的记录之前，我们不应该再见面。如果我们一致认为有值得讨论的事情，那么我们就会在接下来的几天内"意外"地遇见对方。然后我们会确定一个合适的时机，偷偷溜进马齿苋的飞船。实际上，几天过去了，几周过去了，牛蒡子始终没有做出任何我们两人都认为值得注意或有些奇怪的事情。偶尔，他做出的事或说出的话似乎在暗示他有些见不得光的私人秘密。但在这种程度的审视下，很难想到有谁不会这样。说到底，有谁会一点秘密都没有呢？

　　但渐渐地，我们注意到一些无法等闲视之的东西。

*　　　*　　　*

　　"这是他第三次迂回地探听有关伟大工程的信息了。"马齿苋说。

　　我点了点头。在这三次谈话中，牛蒡子都把自己跟其他家系成员的谈话引向了关于伟大工程的话题。"他对此非常谨慎，"我说，"但你可以看出，他非常渴望对此有更多了解。但我们不都这样吗？"

　　"没到那种程度，"她说，"我也好奇，我想知道是什么让各个家系如此大动干戈。但同时，它并不会让我夜不能寐。我知道这个秘密最终会被揭开，而且我有足够的耐心等到那时。"

"真的吗?"我问。

"是的。况且,我听到的传言已经够多了,我觉得我已经知道一半的答案了。"

这对我来说是个新闻。"往下说。"

"伟大工程旨在把各个家系的世界联结成一个有凝聚力的实体——如果你愿意的话,你可以称之为银河帝国——眼下这显然不现实。我们用最快速度飞越银河系都要花二十万年。以人类的时间尺度来说,这太长了。虽然我们在飞船中感觉不到时间流逝,但这不适用于生活在星球上的人们。我们调整航向的时候,整个文明就已历经兴衰[1]。虽然住在那些星球上的有些人拥有不同形式的不朽之身,但那并不会让他们的时间流逝慢上一星半点。正是时间不断地破坏着一切,时间阻止我们发挥自己的全部潜力。"

"我跟不上你的思路了。"我说。

"想想那为数众多的人类文明吧,"马齿苋说,"从各个方面来看,它们都是相互独立的。那些彼此距离在几光年内的人类文明还可以交流思想,甚至可能进行一定程度的贸易。但大多数人类文明之间的距离远大于此,他们顶多对彼此的存在有一些模糊的认识——靠着你我这样的人传输的数据和通信。但远在银河系两端的两种人类文明互相之间能有什么了解? 等其中一方听到另一方的消息时,那边的人类文明可能已经不存在了。他们没有互相合作的可能,智力资源和知识的共享也不可能。"马齿苋耸了耸肩。"所以,那些人类文明在黑暗中跌跌撞撞,一次又一次犯下同样的错误——一直在重新发明轮子。在最好的情况下,他们对银河系的历史会有一定了解,所以他们可以避免重复最糟糕的错误。在最坏的情况下,他们几乎得在完全的无知中逐渐进步,其中有些甚至都不记得自己是如何发展到当下这一步的。"

我学着马齿苋也耸了耸肩:"但人类文明就是这样的。我们不断改变,不

1.飞船在调整航向时也是在做物理学上的加速运动,故此时会和行星居民之间由于(广义)相对论效应出现时间流速差异。——译者注

断尝试新的社会、新的技术、新的思维模式，这是人类的天性……"

"那些尝试让社会分崩离析，让历史的车轮周而复始。"

"但如果我们不这样，我们就不是真正的人类了。只要他们乐意，银河系中的任何一个人类文明随时都有办法将自己的社会设计成停滞状态。他们多半已经尝试过了。但这有什么意义呢？我们也许能阻止历史的车轮周而复始，但那样一来我们就不再是真正的人类了。"

"我同意，"马齿苋说，"干涉人类的天性不是解决问题的办法。但试想一下，如果能以某种方式挖掘散居各处的全体人类的智慧潜能。现在，那些人类文明就像气体中的原子和分子，四处随机碰撞。如果能让它们像激光中的微粒一样，达到协调一致的状态呢？然后就会有些实实在在的进步，每一个成果都会引出下一个。如此一来，我们就可以真正有所成就了。"

我差点笑了出来："我们是不朽的超级生命，我们的寿命比一些人类文明，包括许多先古文明[1]的寿命还要长。只要我们愿意，我们可以在转念之间穿越银河。我们可以创造世界、击碎恒星，只为消遣。我们可以啜饮五百亿智慧生物的美梦或是梦魇。难道对你来说这都算不上什么吗？"

"对我们来说，这也许足够了，剪秋罗。然而，我们的野心一向不算大。"

"那牛蒡子呢？"我问，"据我所知，他和倡导者没有联系。我不觉得他被他们冷落，但他肯定也没花时间去经营社交关系。"

"我得再检查一遍记录，"马齿苋说，"但我现在就相当确定，他探询的对象都不是已知的倡导者。他的目标是处于边缘地位的家系成员，是那些可能知道些什么，又没有权力直接了解这个大秘密的家系成员。"

"他为什么不直接去问倡导者呢？"

"问得好，"马齿苋说，"当然，我们完全可以去问他嘛。"

"在我们对他所参与的事件了解更多之前不行。"

---

1. 作者虚构的比地球文明更早出现在银河系中，而后消失无踪的若干发达文明的统称。——译者注

"你知道吧,"马齿苋说,"我们还可以考虑别的途径。"

她的语气让我的后颈寒毛倒竖:"是我不喜欢的途径,对不对?"

"我们可以检查他飞船上的记录,找出他到底在干什么。"

"他不太可能会允许我们这么做。"

"我不是说征求他的同意。"马齿苋的笑容狡黠而兴奋,她很享受我们的小冒险。"我是说我们自己登上飞船,亲自去找。"

"就这样连声招呼都不打?"

"我不是说那样做会很容易。但创造这个场地的人是你,剪秋罗。毫无疑问,策划一起能引走人们注意力的事件不会超出你强大的能力范围。"

"过奖了,"我说,"我可以让你通行无阻。但让你闯进他的飞船,那绝非儿戏。"

马齿苋把一根娇美的手指按到我的唇上:"飞船的事情我来操心。你只管引走人们的注意力。"

在接下来的几周里,我们一直昼夜不息地保持着对牛蒡子的监视。与此同时,我们危险而刺激的计划在慢慢准备就绪。牛蒡子延续着我们已经注意到的行为模式——问一些有关伟大工程的问题,但从不向已知的倡导者提出他的疑问。我们越来越觉得,有某种和伟大工程相关的东西让他感到惊恐,而且那东西太敏感了,不能让那些与伟大工程有利益关系的人注意到。但由于我和马齿苋都不清楚伟大工程究竟要做什么,我们对是什么东西让牛蒡子感到不安也只是猜测。我们一致同意,我们需要知道更多东西。但是我们对牛蒡子的怀疑(跟牛蒡子本人的怀疑一样)意味着,我们同样无法直接向倡导者发问。于是,我发现自己在日复一日地进行偷偷摸摸的探询——跟牛蒡子本人的行为很像。我尽量只对那些没有和牛蒡子做过长时间交谈的人提问,以免引发别人的好奇。马齿苋也是如此。此外,在我们策划对牛蒡子的飞船进行完全非法的入侵的同时,我们也在拼凑我们收集的小道消息。

虽然没什么太有启发性的消息,但这样一来也就没有什么与马齿苋的看法相矛盾了。她坚定地认为，伟大工程与一个统一的、跨越银河系的超级文明的出现有关。暗地里有些非常吸引人的小道消息，说是某些在秘密开发的技术将使这一设想成为现实。

"这一定与星际通信的缓慢有关。"我思索着，"无论从哪个角度看，这才是最根本的障碍。没有任何信号或飞船在银河系中穿行的速度快得足以让一种统一的政治体系成为可能。而各家系又太过独立，无法容忍我们之前讨论过的那种社会工程。他们不会接受任何一种对人类的天性施加限制的制度。"

"没人会认真看待所谓超光速旅行的，剪秋罗。"

"不一定要旅行，一个信号机制同样有用。我们可以都待在家里，通过克隆人或机器人进行交流。与其把我的身体送到另一个星球，还不如驾驭一个本来就在那里的宿主的身体。"我耸了耸肩。"或者利用感官刺激，来完美模拟另一个星球及其所有居民。无论哪种方式，我都无法分辨出区别。那我何必在意？"

"但两百万年来，"马齿苋说，"银河系中没有任何一种文明开发出比光速更快的通信或旅行，甚至连接近的都没有。"

"但很多人都尝试过。如果他们中有些人成功了，却对自己的成果保密呢？"

"或者有人为了维持现状而把其灭口了呢？这套把戏我们可以一直玩下去。事实上，超光速的旅行——或者说信号传递，那也一样——现在看起来比一百万年前看起来更不可能。宇宙根本就不允许任何人这样做。这就像试图在象棋棋盘上下跳棋一样。"

"你说的当然对。"我叹了口气，"我曾经研究过数学，我研究了一个世纪。一旦你搞明白了，一切就看起来天衣无缝。但如果答案并非如此……"

"我不认为会那样。我们当然应该保持开放的心态……但我认为伟大工程一定是别的东西。不过，究竟是什么，我想不出来。"

"这就是你目前知道的全部了？"

"恐怕是的。不过别摆出这么失望的表情，剪秋罗。这真的太不像你了。"

*　　　*　　　*

然后，在牛蒡子身上发生了一些奇怪的事情。第一件事是他在情绪迷宫中的完美寻路。

按照传统，在重聚的那些夜晚当中要点缀些无害的娱乐活动。在第八百七十夜的那天下午，我开放了一个位于高处阳台上的情绪迷宫，并为最快通过它的家系成员准备了一份不大不小的奖品。情绪迷宫会一直开放到第九百夜，时间足够每个人都去尝试一下。

但情绪迷宫并不是普通的迷宫。它建立在我于旅途中发现的一个游戏的基础上，它对情绪状态很敏感，它会利用各种微妙的迹象以及一些略带侵犯性的传感器来监测人的情绪。当玩家保持平静的时候，情绪迷宫就会一直保持固定的结构。但是，一旦它检测到轻微的受挫迹象，它的结构就会偷偷摸摸地改变，墙壁和豁口发生移动，阻断一条路线，打开另一条。玩家越是沮丧，情绪迷宫就把自己变得越复杂。极端的愤怒甚至会导致情绪迷宫在无助的玩家周围形成一个封闭的圆圈，让他们别无选择，只能一圈圈徘徊打转，直到他们冷静下来。毋庸置疑，除了人类的基本智力，带任何东西进入情绪迷宫都被认为是非常不得体的行为。非常规的记忆器官或空间定位感官必须在进入迷宫前关掉。

情绪迷宫是一个足以令人愉悦的娱乐活动，大多数人都乐于尝试一下。但设置它时，我的想法不只这么简单。我希望这个情绪迷宫能告诉我一些关于牛蒡子精神状态的信息——只要他愿意参加。既然他是自愿的，那人们就不能指责我侵犯了他的精神隐私。

当我运行情绪迷宫时，牛蒡子却从其中顺利地通关了，情绪迷宫没有记录到他的情绪有任何变化。虽然这很困难，但不能排除牛蒡子作弊的可能。情绪迷宫从设计上就考虑了要查出大多数形式的诡计，并给予相应的惩罚。但如果他要隐瞒心事到那种程度，那么干脆不理会这个情绪迷宫又不是什么难事。

让我吃惊的是，我在其他某些参与者身上看到的沮丧情绪会有那么强。一群倡导者互相打赌谁能最快地走通情绪迷宫，而最后受困于闭环之中，丢尽脸面的竟是牛毛草。他的怒火积攒到了顶点，直到我巧妙地干预了一下，他才有了出口。

当他离开情绪迷宫时，我对他打了个招呼。"是个麻烦的小玩意儿吧。"我说得轻描淡写，试图让事情平息。

"幼稚的小把戏，"他怒叱道，"不过，我本就不该对你有更高期望。"

"这只是一个游戏，你没必要参加。"

"对你来说，任何事情都是这样，不是吗？只是一个游戏，不会有什么后果。"他瞥了一眼其他倡导者，他们正带着有趣的表情看着我们。"你根本不知道有多少东西和这里的事情利害攸关。即便知道，你也会在面对哪怕一丝丝的责任时就缩手缩脚。"

"好吧。"我边说边举手投降。"我会禁止你再参加我的任何游戏。这会让你高兴些吗？"

"会让我高兴的是……"牛毛草欲言又止，他皱起眉头，准备转身离开。

"是马齿苋，对吧？"我说。

他压低了嗓门，怒气冲冲地低声说："我已经给了你合理的警告。但有什么用？你继续和她交往，排斥他人。你们的两性关系接近一夫一妻制。你蔑视了我们家系的传统。"

我没有上他的当，保持着平缓的音调："因为一个迷宫就变成这个样子了，牛毛草？我从来没想到你会这么输不起。"

"你不知道其中的利害关系，"他重复道，"变化将临，剪秋罗，剧烈、突然的变化。唯有自我牺牲，才能维系我们的家系。"

"这和伟大工程有关吗？"我问。

"和责任有关，"他说，"但你似乎无法理解责任这种东西。"他回头看了看我的情绪迷宫，仿佛希望它粉碎成尘。"继续摆弄你的玩具吧，剪秋罗。在游手好闲和寻欢作乐中消磨你的时间，把重要的事情留给其他人做。"

　　牛毛草走了。我站在那里眨着眼睛，后悔自己提到了伟大工程。现在我对它的兴趣被至少一名倡导者知道了。

　　一只手搭在我的肩膀上："我看到这傻老头又在为难你了。"

　　是海篷子，他闯进了我的个人空间。一般情况下，我都会躲开他，但这次他的出现倒让我放松了些，我高兴地卸下了自己的包袱。

　　"我觉得他对情绪迷宫不感兴趣。"我说。

　　"你别往心里去。他几周来一直表现得很奇怪，冲每个人都恶狠狠地瞪过去。他有什么毛病吗？"

　　"牛毛草不喜欢我和马齿苋在一起。"

　　"只因为那个丑八怪压根没法跟她说上话。"

　　"我想还有一点比这更重要。牛毛草似乎参与了某件事情。你知道我的意思，对吧。"

　　海篷子把声音压得很低："我完全不知道。我只知道那是个工程，而且很伟大。对此你比我知道得更多吧？"

　　"我很怀疑它是不是这样，"我说，"但不管它是什么，反正牛毛草认为它比我和马齿苋惯常做的那种懒懒散散的自娱自乐要重要许多。"

　　"他有没有试图拉拢你？"

　　"我不确定。我搞不清楚他是完全不赞成我在各个方面的表现，还是只是对我浪费了那么多潜能感到伤心失望。"

　　"好吧，我才不会为这种事操心呢。牛毛草只是个神经兮兮的烦人老鬼。他的故事线压根就没让岛上的人有所共鸣，对吧？"

　　"我的也没有。"

　　"但和你不同，牛毛草显然期望得到更高的评价。你我之间私下说一句……"海篷子犹豫了一下，他环顾四周。"我觉得他对事实做了那么一点点精心设计过的处理。"

　　我皱了皱眉头："你是说他在他的故事线中做了手脚？"

"只是一些零零散散的细节。我们差一点就在赫斯珀吕萨[1]的网状星云附近遇上了，距离近得足以交换识别协议了。"

我点了点头。赫斯珀吕萨的网状星云附近曾出现一颗超新星，我们中有不少人曾计划接近它。"不过，这并不足以证明他说谎了。"

"确实不够，"海篷子说，"但你看看他的故事线，他完全跳过了赫斯珀吕萨的网状星云那边的事。他为什么要在这个问题上撒谎呢？因为要么是在那之前，要么是在那之后，他去了某个别的地方，一个不想让我们知道的地方。也许是比他的故事线中出现的地方更加枯燥乏味的地方。"

我有种兴奋的感觉。我在想，牛毛草是不是也被牵扯到牛蒡子的事情中了，他们会不会是同伙？

"这可是个相当严肃的指控。"我有些晕头转向。

"哦，我不打算做什么。我已经编辑了我自己的故事线，免得让他难堪。我们等他哪天自曝其丑就是了，他总有一天会的。"

"我想你是对的。"我说话的时候简直要抑制不住自己的失望之情。我想看到牛毛草当众受辱，被揭穿大量捏造自己的故事线。这个想法说来可耻，但非常美妙。

"别让他对你影响太大了，"海篷子说，"他只是个悲哀的老人，他手头的空余时间太多了。"

"有趣的是，"我说，"他并不比我们老。"

"他表现得老，这就够了。"

海篷子透露的信息让我的心情好起来，我非常高兴地把我了解到的信息告诉了马齿苋。牛毛草的警告失去了威力，只会让我们更加大胆。我们一次又一次，尽可能隐蔽地在她的飞船上见面，讨论我们了解到的信息。

在那里，我提到了牛蒡子迅速通过情绪迷宫的事。

---

1. 希腊神话中阿特拉斯和黄昏女神的女儿之一。中世纪部分学者认为其对应小熊星座的一颗恒星。——译者注

"他可能作弊了,"我说,"按照情绪迷宫的记录,他的情绪谱图一直很平直。"

"我不明白他为什么要作弊,"马齿苋回答,"诚然,他在家系中没什么声望。但如果声望对他那么重要的话,他现在也有其他方法可以赢得声望。这简直就像是他去玩情绪迷宫,是因为他觉得自己必须这样做……但这对他来说并不困难。"

"还有另外的问题,"我说,"如果不是因为情绪迷宫的事,我也不知道自己会不会注意到……但从那以后,我就一直在观察,看有没有和平时比起来相对不正常的事情发生。"

"你发现了什么?"

"与其说是他做了什么,不如说是他没有做什么——如果可以这样说的话。"

马齿苋睿智地点了点头:"我也注意到了,如果我们说的是同一件事的话,那么至少已经持续一周了。"

"那就不只是我发现了。"我说。马齿苋和我观察到了同样的现象,让我松了口气。

"我不知道该怎么说,我并不是说他的行为有什么戏剧性的变化,只是……"

我替她说完了她的句子,最近一百万年来我一直在试图打破这个恼人的习惯。"他没再去打探伟大工程了。"

马齿苋的眼中闪耀着赞同之光。"正是如此。"

"除非我看漏了什么,不然就是他已经放弃搞清楚那究竟是什么了。"

"这告诉我们,两种可能必居其一,"马齿苋说,"要么他认为自己现在已经知道得够多了……"

"要么,有人把他吓住了。"

"我们真的需要去看看他的飞船,"她说,"现在比之前更需要了。"

＊　　　＊　　　＊

马齿苋完成了所需的准备工作。牛蒡子常回他的飞船上，然后有一次，马齿苋用无人机跟踪了他。那是一只玻璃蜻蜓样式的无人机，又小又透明，可以在不被发现的情况下溜进他的旅行盒。无人机窃取了旅行盒和悬浮飞船之间交换的识别协议。第二次访问证实，识别协议与上次相比没有变化。牛蒡子并没有使用随机变化的识别协议。这并不奇怪，毕竟我们本来就是一家人，很多停放在这里的飞船根本就没有安全措施。因为根本就不可能会有人在未经许可的情况下去偷窥其他人。

至少一半的问题已经解决了。我们可以登上牛蒡子的飞船，但还需要将我们动身离开，不在岛上的情况掩饰起来。

"我希望你已经有思路了。"马齿苋说。

好吧，我有。但我认为她不会喜欢我的建议。

"我有一个建议，"我说，"我的环境系统把整个岛都监视起来了，所以我知道任一时刻牛蒡子所在的位置，以及他在做什么。"

"继续。"

"我们要等到我的环境系统找到一个空当，当牛蒡子被其他事情绊住的时候——无论是一场狂欢会、一个游戏，还是一场漫长的、吸引他注意力的谈话……"

马齿苋勉强点了点头："如果他厌倦了这场狂欢会、这个游戏，或者这场谈话，过早地从中抽身呢？"

"那就比较棘手了，"我承认，"但这个岛毕竟是我的。我可以进行一些巧妙的干预，在他疑心大作之前，我也许能拖住他一两个小时。"

"那可能不够长。再说，你总不能让他成为囚犯吧。"

"是的，我不能那样。"

"而且即使你真的能设法让牛蒡子在我们需要的时间内无暇他顾，也还有个小问题。其他人呢，如果有人看到我们进出他的飞船怎么办？"

"这也是个问题，"我说，"所以这才只是第一个建议。我没想到你还真打算那么做。你准备好听第二个了吗？"

"是的。"她说话的语气就像是个隐约察觉自己踏入了圈套的人。

"我们需要一件能更好地分散注意力的事情，一个牛蒡子不会在一两个小时后就走掉的办法。我们还需要一件能让其他人一直忙于其中的事情，并且我们的缺席不能被发现。"

"你已经想到了，对不对？"

"十天后，就轮到你提交故事线了，马齿苋。"我看到她脸上闪过一丝忧虑，但我继续说了下去。我知道，她会明白我提起这件事的个中含义。"这是我们唯一的机会。按照龙胆家系的规则，这个岛上的每个人都要接收你的故事线。当然，有一个人例外。"

"我。"她缓缓点头，恍然大悟地说，"我不必实际在场，因为我已经知道自己的故事线了。但是……"

"我？嗯，这也不成问题。反正是我在控制设备，别人并不会知道你的故事线被编织入梦时我不在岛上。"

马齿苋琢磨着我的建议，我观察着她的表情。这办法是可行的，我对此深信不疑。我已经从每一个想得到的角度检查了这个建议，我甚至对它吹毛求疵，但我什么也没找到。好吧，反正找到了我也无能为力。

"但那样一来你就不会知晓我的故事线了，"马齿苋说，"如果有人问你……"

"这也不是问题。只要我们一同敲定故事线，我就可以马上接收它。只是我不会告诉别人，直到你编织过后的第二天。这样我就好像是跟别人一样接收了它。"

"等等。"马齿苋举起手来。"你刚才说什么……我们'一同敲定'故事线什么的？"

"嗯，怎么？"

"我是不是听漏了什么？并没有什么需要敲定的地方啊。我已经准备好了，我已经把我的故事线编辑得让我完全满意了。每一条记忆我都为之苦恼过成百上千次了——我放进去，又拿出来。"

"我相信你是对的。"我说。我知道马齿苋是个什么样的完美主义者。"但不幸的是，我们需要让它不仅是个精彩的故事线，还要更胜一筹。"

"我不明白你的意思，剪秋罗。"

"这必须是一件能有效吸引注意力的事情。你的故事线必须令人兴奋，犹如电击，成为之后几天岛上的话题中心。我们必须在编织之前就进行些讨论，好让每个人都处于适当的期待状态。很明显，只有一个人可以做到这一点。你得给大家一些暗示。你必须看起来意气飞扬、扬扬自得。你得对别人的故事线投以不冷不热的赞美。"

"哦，上帝保佑，不冷不热的赞美就免了吧。"

"相信我，"我说，"我对这一套一清二楚。"

她摇了摇头："我不能这样做，剪秋罗。这不是我的风格，我从不自吹自擂。"

"你也从不会闯空船。规则已经改变了，我们必须灵活些。"

"你说得轻巧。被要求说谎的可是我……而且，说到底，我究竟为什么要撒谎？你其实是在说，你觉得我真实的故事线还不够有趣吗？"

"我说啊……"我假装自己刚刚才想到了这么个想法。"要不今晚就让我看看你的故事线吧？我会把预定的故事线倍速梦完，给你的故事线留出时间。"

"然后呢？"

"然后我们见面，讨论一下我们要处理的地方。我们会在有些地方做轻微的调整——突出某个记忆，淡化另一个。也许我们对故事线的真实性可以不那么严格地做一丁点调节……"

"你的意思是，进行些捏造。"

"我们需要引开注意力，"我说，"这是唯一的办法，马齿苋。你不要把它看成是说谎——如果这会让你好受些的话。你把它看成是制造一个小小的不真实之处，以便释放一个更大的真相。这样听起来如何？"

"这样听起来非常危险，剪秋罗。"

无论如何，我们还是这么做了。

十天的时间远不如我希望得那么长。但如果我们拥有的时间再长一些，那种肆无忌惮的情绪就足以侵蚀我的良好判断力。我不得不提醒自己，是一个伪造的故事线引发了这整个事件。牛蒡子炮制了一个谎言，现在我们又因为这个谎言而炮制另一个谎言。不幸的是，我看不出我们还有什么其他选择。

马齿苋本来的故事线并不像我所担心得那样糟糕。实际上，其中有些记忆很有价值，只要能更有效地把它呈现出来就好。它当然比我的落日更富于戏剧性，更能令人兴奋。尽管如此，其中还是大有余地，我们可以审慎地摆弄一下事实。没有什么离谱的事情，没有什么会让人们试图从马齿苋的故事线里找出疑点的东西，但足以满足她已经在人们心中激起的期待。这方面她完成得很出色。虽然她实际上什么都没说，但她已经成功使所有人都翘首以待她那一夜的到来。一切尽在不言中——她走路时的高傲仪态，她表情中的自信，还有她祝贺其他人时同情中略带怜悯的微笑。我知道她每分每秒都在反感这场表演，但值得称道的是，她以一种自暴自弃的态度投入其中，表现得让人眼花缭乱。到了她编织的那天晚上，气氛已经使人们兴奋得不能自已了。明天她的故事线将成为人们谈论的话题，今晚不可能有人冒险不去做梦，哪怕我的设备允许这种回避，也没人会这么做。如果有人不能对马齿苋的故事线做些点评，那可就再尴尬不过了。

午夜时分，家系的成员和客人们都去做梦了。环境系统的监控证实，他们确实都躺下了，包括牛蒡子。故事线正被编织到他们的集体记忆中。岛上已经持续一个小时没有和飞船上有交通往来了。一阵暖暖的轻风从西面滚滚而来，但海面上一片宁静，只偶尔有些水生动物跃出水面。

　　我和马齿苋开始采取行动。两个旅行盒在我们身周折拢，托送我们离开小岛，穿过密密麻麻停在空中的飞船群，来到牛蒡子的飞船上。一公里长的飞船，按龙胆家系成员的标准来说恰如其分。尽管它既不时尚，也不快，但它坚固耐用，值得信赖。它的绿色装甲船体有种半透明的质感，类似抛光的龟壳。它的引擎是一个外有脉络的绿色鼓泡，从船尾凸出，挂在一根带刺的杆上。飞船船首冲下挂在绿色鼓泡下头，在午夜的微风中轻轻摇摆。

　　马齿苋的旅行盒在前面带路。她拐了个弯，从状若青蛙的船首下绕过，然后在另一边升高。在船体的中间位置，在一对绿色的船壳板之间，有一个皱褶状的气闸。她的旅行盒提交了识别协议，气闸缓缓打开，慢得像是一只困倦至极的眼睛勉强张开。里面的空间足以容纳两个旅行盒。旅行盒打开了，让我们从上面下来。

　　从牛蒡子的外表来看，没有任何迹象显示，他飞船上的空气中除了标准的氮氧混合物之外，还会包含其他东西。不过，当我大口地把空气吸了个满肺，确认它合乎需要的时候，我还是松了一口气。如果要回到岛上，重新改造我的肺部好应付某种毒素，那可太麻烦了。

　　"我认得这种飞船的设计。"马齿苋低声说。我们所在的前厅内里是红色的，看上去像个被堵住的喉咙。"这是代祷三型。我有过一艘这种飞船。我应该很容易找到路，只要他没对附件做太多改动。"

　　"飞船知道我们在这里吗？"

　　"哦，是的。但一旦我们进入飞船，它应该就把我们视为友好访客了。"

　　"忽然之间，这主意看上去不像十天之前那么棒了。"

　　"我们现在已经动手了，剪秋罗。在身后的岛上，他们正在梦到我的故事线，疑惑到底是什么把我变成了一个冒险家。我费了那么大的劲，可不是为了让你临阵逃脱。"

　　"好吧，"我说，"我如你所愿地壮起了胆子。"

　　尽管我努力表现出轻松愉快的态度，却还是无法摆脱这种感觉——我们的行为已经变成了性质严肃得多的事情。今天晚上之前，我们所做的一切只是对别人进行无害的监视，这种行为让我们的日子过得更加有滋有味。现在，我们篡改了一条故事线，并擅自闯入了他人的飞船。这两个行为已接近犯罪，其性质与龙胆家系历史上的任何恶行毫无差别。如果被发现，那么我们的结局很可能是被驱逐出家系，甚至更糟。

这不再是一场游戏了。

我们靠近船舱的尽头时，缩紧的气闸末端伴着一阵猥琐的吸吮声张开了，放进来的空气温暖、湿润，还有些刺鼻。

我们弯腰穿过低低垂下的帘幕，进入一个更大些的房间。这里和气闸室一样，由随机排列的发光节点照明。它们嵌在肉质的墙壁当中，就像嵌进树皮里的坚果。有六条走廊向不同方向伸展出去，方向标志用的是一种过时语言中的符号。我停顿了一下，等我的大脑从深层记忆中找回必要的阅读技能。

"这条应该是通往指挥舱的。"在这些符号的意义突然变得明确之后，我说。"你觉得呢？"

"没错。"马齿苋说。但她的声音中带着一丁点犹疑。

"出了什么问题？"

"也许你是对的，这确实不是个好主意。"

"你怎么突然害怕了？"

"这也太顺利了。"马齿苋说。

"我觉得本来就应该很顺利。我觉得我们在识别协议上费尽心思的意义就在于此。"

"我知道，"她说，"但这里看起来就像是……我本以为会有什么东西让我们慢下脚步。现在我担心我们踏进了一个陷阱。"

"牛蒡子没理由设置陷阱。"我说。但我无法否认，我也有同样的不安。"牛蒡子并没有预料到我们会来。他还不知道我们盯上了他。"

"我们去查看指挥舱吧，"她说，"但我们要动作迅速些，好吗？我们越早回到岛上，我就越高兴。"

我们踏进那条走廊，顺着它蜿蜒向上的坡道转了好几圈，一路跟着甲板上的方向标志走。在我们周围，飞船在呼吸，在咕咕作响，像是个沉眠中的怪物，正在消化最近吃的大餐。生物机械构造是代祷三型那个时代的典型制品，但我从未真正对它们产生兴趣。我宁可我的飞船硬邦邦，那才更自然些。

我们前往指挥舱的进程畅通无阻。这个房间很宽敞，墙壁的一道曲面上设置有一扇月牙形的窗户。透过它可以越过海面，回望岛屿。一片金色的光辉中，黯淡的银色主塔格外醒目。我想起在那座塔里做着梦的人们，还有我们向他们兜售的谎言。

地板上戳着一堆状若菌菇的控制台，高度到人的腰间。马齿苋依次走过控制台，用手势召唤出一个数据窗口。

"到目前为止，一切看起来都还不错，"她说，"控制架构和我以前那艘飞船差不多。导航日志应该就在……这里。"她在其中一个"蘑菇"上停了下来，把双手弯曲成一个僵硬而拘谨的舞蹈手势。各种原色的文字和图形在空气中层层叠叠，一闪而过。"现在没时间看完这些，"她说，"我会把它交付形象记忆，以后再细看。"她加快了数据的流动速度，最后它们成了一片模糊的白色。

我紧张地在月牙形的窗户前踱来踱去。"我无所谓。我纯粹是出于好奇。总而言之，我们找到某种罪证的机会有多大？"

马齿苋的注意力一下子被我吸引了："我们为什么会找不到？我们都清楚他撒了谎这个事实。"

"但他难道不能对那些日志也做手脚吗？如果他有什么要隐瞒，那他何必把罪证留在他的飞船上？"

但马齿苋没有回答我。她正看着我身后，看着我们进来的那道门。她的嘴张开，发出了混合着恐惧和惊讶的无声呼喊。

"请不要动。"一个声音说道。

我转头看去，所有的担心都得到了证实。但我既认不出那个声音，也不认识说话的人。

那是一个男人，有着基础人类[1]的形态。他脸上没有龙胆家系用作标志的记号。他的头圆滚滚的，没有阿比盖尔那样突出的颧骨。他的双眼是完全一样的蓝色，色调深沉，即使在控制台的昏暗光线下也显得咄咄逼人。

"你是谁？"我问，"你不是我们家系的一员，你看起来也不像是受邀过来的。"

"他当然不是。"马齿苋说。

"请离控制台远一点。"那人说。他的声音轻柔，不急不躁。单凭他握在拳头当中的装置，他的话对我们的说服力就已完全足够了。那是一件武器，一件古老得难以言表的危险玩意儿。它的枪管上镶嵌着红宝石，闪烁着光芒。他戴着手套的手指抚摩着精致小巧的扳机。握柄之上，框在红宝石的涡线中的，是一个微型回旋加速器的菊石形螺线。那是一把粒子枪。

它的光束哪怕是要切开牛蒡子的飞船也轻而易举，更何况是我们。

"我真的会动用这玩意儿，"那人说，"所以请按我说的做。移动到房间中间，远离任何仪器。"

马齿苋和我按他说的做了，我们肩并肩站在一起。我看着这个男人，试图找出他在牛蒡子谜题中的位置。按基础人类的标准，他的生理年龄已到成年。他的面孔轮廓分明，眼睛周围尤甚。他的头发和胡子中都有零星的灰色。他的行为举止中有些东西让我相信，他确实有他的外貌显示得那么老。他穿着一套黄褐色布料的紧身衣，衣服绷得很紧，上面许多地方有金属的插头或者底座凸出。他的脖子上套着一个奇怪的金属环。

"我们不知道你是谁，"我说，"但我们无意伤害你。"

"胡乱摆弄这艘飞船不算伤害？"他说的龙胆语发音精准，犹如学者，仿佛他为了这种场合专门学习过我们的语言。

---

1. 意指未经各种技术改造的人类。——译者注

"我们只是在寻找情报。"马齿苋说。

"真的吗？什么类型的？"

马齿苋斜睨了我一眼。"我们还是说实话吧，剪秋罗，"她平静地说，"我们不会有太大损失。"

"我们想知道这艘飞船去过哪里。"我说。我知道她说的没错，但还是不喜欢这样。

那人用粒子枪的枪口朝我这边点了点："为什么？你们为什么要在意这个？"

"我们非常在意，牛蒡子，也就是这艘船的合法拥有者，上次重聚之后做了些什么。他似乎并没有说出真相。"

"那是牛蒡子的事，与你们无关。"

"你认识牛蒡子吗？"我冒险问。

"我很了解他，"那人告诉我，"我认为，我比你更了解他。"

"我对此表示怀疑。他是我们中的一员。他是龙胆家系的成员。"

"这没什么好骄傲的，"那人说，"在我的家乡这根本不算什么。如果阿比盖尔·龙胆现在在这里，那么我会毫不犹豫地在她身上开个洞，吓得你屁滚尿流。"

他发出这一宣言时极度平静，这打消了任何可能的怀疑——他的意思确确实实就是他所说的那样。我感到一种事关生死的惧意。这个男人很乐意消灭阿比盖尔，不仅如此，他也很乐意消灭她的整个家系。

被鄙视的感觉对我来说真是陌生。

"你是谁？"马齿苋问，"你是怎么认识牛蒡子的？"

"我是格里沙[1]，"那人说，"我是个幸存者。"

"什么的幸存者？"我问，"还有，你怎么会在牛蒡子的飞船上？"

---

1. 俄语人名。有"警觉""细心观察"的意味。——译者注

那人看着我，他的圆脸上有种困扰的神情，似乎不知该如何回答。然后，他似乎通过某种隐秘的过程做出了一个决定。

"你们在这里等着，"他说，"我一会儿就回来。"

他松开了粒子枪。它没有掉在地上，而是就这么悬在他放手时的位置，枪口仍然对着我们所在的方向。格里沙走出大门，离开了指挥舱。

"我就知道这是一个错误。"马齿苋低声说，"你觉得那东西是不是真的会……"

我朝远离马齿苋的方向移动了一丁点，那把粒子枪瞬间将注意力转到了我身上。我吸了口气，回到原来的位置，粒子枪跟随着我的动作移动。

"真的，"我说，"我也这么认为。"

格里沙很快就回来了。他用手握住粒子枪，把它放低了一点。枪口不再瞄准我们，但我们仍然在格里沙的射程之内。

"跟我来，"他说，"有个人你们得去见见。"

＊　　＊　　＊

在飞船的核心位置附近，有个没有窗户的房间。我意识到那是休眠舱，飞船上的乘客（即使只有一个人）在恒星之间长途跋涉时，进入新陈代谢休止状态的地方。有些飞船的引擎强大到足以推动飞船以非常接近光速的速度航行，以至于时间膨胀将所有的旅程都挤压到了主观时间中极为短促的间隔中，但这艘飞船不是那。牛蒡子在恒星之间至少需要度过数年时光。为此房间里配备了对一具身体进行多次维护、改造，并使其恢复青春所需的医疗系统。

诊疗台上有一具躯体，一具苍白的躯体，大半都被某种银色的脆性钙化组织侵蚀了。这种蚀斑吞噬了他腰部以下的身体，并且已经开始包围他的胸侧、右肩和右半边脸。这具躯体在密封泡中颤抖着，看上去有些扭曲变形。一群乳白色的机器在忙碌地照料着他。

"你们可以看看。"格里沙说。

我们看了看，然后齐声发出难以置信的惊呼。诊疗台上的这身体是属于牛蒡子的。

"这样做没有任何意义。"我打量着躺在那里一动不动、受损严重的躯体。"他在岛上的身体是完好的。为什么还要让这具失效的身体活着？"

"那不是备份身体。"格里沙边说边朝半毁的躯体点点头，"那是他唯一的身体。那是牛蒡子。"

"不，"我说，"我们离开时，牛蒡子还在岛上。"

"那个并不是牛蒡子。"格里沙疲惫地叹息一声。他用粒子枪指着床边的一对座位。"坐下，然后我试着解释一下。"

我们按照格里沙的指示做了。"他怎么了？"马齿苋问。

"他中了病毒。那是某种暗杀用的病毒，非常难以察觉，缓慢且致命。"格里沙俯下身，戳了戳密封泡，他的指尖在密封泡上按出些闪光的粉红色凹坑。"这更多是为了你们好，而不是我。如果他身上的病毒接触到我，我只不过会得上一阵严重的皮疹，而你们会被它杀死，就像它杀死牛蒡子那样。"

"不，"我说，"他是龙胆家系成员，区区病毒杀不死我们。"

"它是种家系武器，是专门为了杀死你们而制造的。"

"谁把他弄成这样的？"马齿苋问，"是你吗，格里沙？"

这个问题似乎并没有冒犯他。"不，不是我干的，是你们中的一人——他认为是一个倡导者。"

我皱着眉头看着那具银色的躯体。"牛蒡子告诉你是谁干的了吗？"

"牛蒡子有怀疑对象。但他没能确定到底是谁给他下了病毒。"

"我不明白。到底发生了什么事？我们几个小时前还看到牛蒡子在岛上跑来跑去，他怎么可能在这里病成了这样？"

格里沙勉强笑了笑，自从我们相互进行自我介绍之后，他的脸上第一次出现了为情绪困扰的迹象。"你看到的不是牛蒡子。那是一个构造体、一个仿制品，是由他的敌人创造出来的。它在近三周前取代了真正的牛蒡子。他们在他回到飞船上之前给他下了病毒。"

我看着马齿苋，点了点头："如果格里沙说的确实无误，那至少可以解释牛蒡子行为的变化了。我们以为他已经被吓得不敢再问任何关于伟大工程的问题了。其实不是那样，而是他已经被取代了。"

"所以他确实问题问得太多了。"马齿苋说。她皱起了她漂亮的额头。"不过，等等啊。如果他知道自己中了毒，那为什么不告诉我们其他人？还有，他的冒牌货在岛上到处跑来跑去的时候，他为什么要留在飞船上，不见踪影？"

"他别无选择，"格里沙回答，"他到达这里之后，飞船检测到了病毒，于是拒绝让他离开。"

"它这么高尚啊。"我说。

"是牛蒡子给它制定的程序。我想，他之前就怀疑他的敌人可能会尝试类似的手段。如果他被感染了，那么他不想自己被允许折返，然后四处传播病毒。他是在为你们着想。"

我和马齿苋沉默了一会儿。我觉得，我们心中都充满了同样的悔恨。我们从来没有考虑过牛蒡子可能会做出很光彩，甚至是英雄主义的行为。不管那天晚上我还会得知什么，我都知道，我已经误判了一个不应被如此看待的人。

"尽管如此，"我说，"这还是不能解释为什么他没提醒我们。如果他知道自己中了病毒，如果他对谁可能是幕后主使有半点想法——我们会给对方最严厉的惩罚。"

"毫无疑问你们会那样做，"格里沙说，"但牛蒡子知道，风险太大了。"

"什么风险？"马齿苋问。

"我的存在被曝光的风险。如果他的敌人知道了我的存在，知道了我所知的事情，那么他们会竭尽全力让我闭嘴。"

"你的意思是他们会杀了你？"我问道。

格里沙发出一阵短促的笑声，那声音活像一只母鸡。"是的，他们当然会杀了我。但不只是我，那还不够彻底。他们也不会只限于这艘飞船。他们会毁灭停在岛屿周围的每一艘飞船，然后是这座岛屿，接下来可能还会毁掉这整个重聚星。"

我咀嚼着这些话，隐隐有几分恐惧。这些话的真实性同样毋庸置疑。

"你的意思是他们会杀死我们所有人？"

"事情关系到的不仅仅是龙胆家系，"格里沙说，"失去一个家系会是一个挫折，但不会是一个后果严重的挫折。其他的家系会填补缺口，不至于让伟大工程停顿。"

我看着他："关于伟大工程，你知道什么？"

"一切。"他说。

"你要告诉我们吗？"马齿苋问。

"不，"他说，"这件事我会留给牛蒡子。他还能有几分钟的清醒意识，我想他会更愿意亲自告诉你们那些。不过在唤醒他之前，我对你们讲一两件事也不会有什么坏处。关于我自己，以及我怎么来到这里的。"

"我们有一整晚的时间。"我说。

＊　　＊　　＊

格里沙的同胞是考古学家。他们搭乘世代方舟抵达一个太阳系，定居下来，之后在那里生活了两百万年。他们对广阔银河中的事务没有兴趣，并且似乎完全满足于区区两百年的凡人之寿。他们的每一天都被用来孜孜不倦、心无旁骛地研究他们太阳系中的先古文明。那个在他们自己抵达之前很久，在人类之于进化过程尚是一缕微光之时，曾居住在那个太阳系中的文明。

那些先古人对自己只有一个称呼——观察者。他们是些硬壳、多肢的生物，半生都在水底度过。他们的生理和文明是陌生的，足以让人，甚至是现代人研究一辈子。不过，虽然他们与格里沙的同胞表面上看来处处不同，二者之间却有相似点。他们也是考古学家，在这个意义上二者是同类。

　　观察者选择把精力集中于一个单纯的问题。当观察者得知宇宙的年龄时，宇宙已经存在了一百一十亿年以上。他们对不同红移的旋涡星系[1]中恒星群体的研究表明，即使按最保守的估计，在他们进化出来之前几十亿年，智慧生命出现的先决条件就已经具备。

　　他们是宇宙中第一个智慧文明吗？又或者，某个遥远的旋涡星系中早已诞生出了智慧生命？

　　为了解答这个问题，观察者用自己的一个世界作为素材，把它粉碎成分子级别的碎片。利用这一过程中析出的材料，他们建造了一大群神奇的"眼睛"——一支数量多过天上繁星的望远镜舰队。他们让这支望远镜舰队包围在他们的太阳系之外，并赋予它迟钝、单一思维的智能。这支望远镜舰队透过自己星系中密如冰雹的恒星，窥视着银河之间的太空。它们通过长数十光时的总线共享数据，将自己的灵敏度提高到了相当于口径和整个太阳系相近的望远镜的地步，犹如一只无所不见的"天眼"。

　　光线从远方的银河到达这只"天眼"需要时间。它看到越远的地方，就能回溯越早期的宇宙历史。它观察一千万光年外的星系，瞥见的是它们在一千万年前的样子。而十亿光年外的星系，则提供了一个窗口，它借此看到的是比当今年代要年轻十亿年的宇宙。

　　"天眼"观察了海量旋涡星系样本，仔细检查其中是否有智慧生命活动的迹象。它在整个电磁波谱中寻找信号，对中微子和引力波的平行数据流进行筛选。它寻找着恒星工程的证据，而其他先古人已经沉迷于这种工程之中——重塑行星以增加它们的表面积，将恒星包裹到能量捕捉壳层中，把整个太阳系从星系中的一个区域转移到另一个区域当中。

　　有一天，它发现了它所寻觅的东西。

---

1. 具有旋涡结构的星系。包括正常旋涡星系和棒旋星系。我们的银河系属于后者。——译者注

在红移高得惊人的区域，"天眼"发现了一个有智慧生命活动的旋涡星系。根据其中出现的信号来判断，是否偶然已无关紧要，这个古老的旋涡星系是一个统一的星际航行级文明的家园，这个文明已经统治了那里二三百万年。这种文明可能是由自然发生的几种不同的智慧生命合并而生的，也可能是从一个单一的世界中发展出来的。在这样的时空尺度上，它究竟如何诞生也基本无关紧要。

显而易见的是，这种文明的社会和技术发展已经进入了高原期[1]。他们已经殖民到了他们星系中每一块有用的岩石之上，以至于他们的生物量总和超过一颗大型的气体巨行星。他们成了对恒星精耕细作的技术专家——减弱恒星的核子燃烧过程，以延长它们的寿命，或是激发这个过程，让恒星的温度变得更高。他们粉碎行星，并将其重塑为精巧的结构以捕捉能量。他们摆弄物质和基本力，容易得就像孩子们摆弄沙子和水。没有什么是他们不能征服的，除了时间、距离，以及牢不可破的光速壁垒。

格里沙的故事讲到这里，我和马齿苋对视一眼，一时间有种恍然大悟的感觉。

"就像我们一样。"我们齐声说。

格里沙点了点头，表示赞成这个评价："他们在很多方面都像你们一样。他们渴望绝对的全知，但银河系总是用单纯的规模压倒他们。他们永远不可能知道一切，他们只能看到些过时的快照。整部整部的历史从他们的指缝溜走，无人为之见证，也无人为之哀悼。像你们一样，他们也进化出类似于伟大家系的东西——成群的克隆个体成为独立的观察者，他们收集到的信息和经验，随后将被合并到集合态的整体中。他们也和你们一样，发现这只是不完全的胜利。"

"然后呢？"我问。

---

1. 指事物发展到高水平后停滞不前的阶段。——译者注

"然后……他们就为此做了一些事。"格里沙张了张嘴，好像想在这个问题上多说几句，然后又改变了主意。"观察者继续研究那个旋涡星系中的文明，他们收集了诸多数据。当观察者消失后，这些数据被埋藏到了我族最初定居的那个太阳系中。在研究的过程中，我们发现了这些数据，并且最终搞清楚了该如何理解它们。在此后几十万年的时间里，我们没再去想这件事——那只是我们的先古之民所收集到的众多数据中的一个奇特的观测结果而已。"

"那个旋涡星系的文明做了什么？"我问。

"牛蒡子可以告诉你，从他嘴里说出来会更好。"

"你该告诉我们你是怎么登上他的飞船的了。"马齿苋敦促道。

格里沙看向那颤动的密封泡中一动不动躺着的躯体。"我在这里是因为牛蒡子救了我，"他说，"我们的文明被谋杀了。种族灭绝机器将我们的太阳系一个世界一个世界地拆解。当然，我们制订了疏散计划。我们建造了飞船，以便我们中的一些人可以穿越太空，前往另一个太阳系。我们对相对论速度的星际飞行还一无所知，所以那些飞船缓慢而脆弱。这是我们的一个错误。如果我们应该让自己掌握一种知识的话，那就是如何建造更快的飞船。那么也许，我现在就不会在这里和你说话了。我们会有许许多多同胞已经到达其他太阳系，根本不需要这样偷偷摸摸。但如今，我是唯一的幸存者。"

他的飞船悄悄飞离了被屠戮一空的太阳系，飞船上载有数万名难民。他们尽最大努力让飞船行踪隐秘。有那么一小段时间，他们也许真的可以顺利进入深空。然后，他们喷口狭小、有屏蔽装置的核聚变火焰有一刻不那么稳定，发出了一个在几十光时内都清晰可见的信号。

那些种族灭绝机器很快就盯上了他们。

大多数人立刻就死去了。但由于有足够的预警，少数人乘坐逃生艇弃飞船而逃了。这些人中的大多数也被一个接一个地逮住了。但格里沙成功了。他离开了他的太阳系，他逃生艇的引擎坏掉了，系统供能降到了只够供给维生系统的涓涓细流。然而他仍不够暗淡或者说缄默，来避免被发现。

但这次发现他的不是那些种族灭绝机器，而是另一艘飞船——一艘龙胆家系的飞船刚好路过。

牛蒡子把他从逃生艇里拉了出来，让他回暖脱离了紧急休眠，并破解了他错综复杂的古老语言。

然后牛蒡子教会格里沙说自己的语言。

"他救了我的命，"格里沙说，"我们以最大的推力逃离了那个太阳系，甩开了那些种族灭绝机器。它们试图追上我们，有一小段时间它们似乎马上就要成功了。但最终我们还是逃出来了。"

虽然我还在构思发问的措辞，但此刻我觉得我已经隐隐知道了答案。"这些种族灭绝机器……就是谋杀你族人的机器？"

"是的。"格里沙说。

"它们是谁派过去的？"

他看着我们，非常平静地说："是你们。"

*　　　*　　　*

我们唤醒了牛蒡子。

暗杀病毒正在以可观的速度吞噬他——在正常体温下，每小时吞噬一立方厘米。随着牛蒡子被冷却到失去意识的状态，这种侵蚀也被延缓，成了如冰河流动般缓慢的侵蚀。但他必须升高体温才能与我们交谈，因此他神志清醒的生命所余有限，被限制在几分钟之内。而且随着病毒渐渐吞噬他的头脑，他的意识会越来越昏沉。

"我一直希望有人能走到这一步。"牛蒡子睁开眼睛说。他并没有转过头来问候我们，即便他想这样做，正吞噬着他的病毒也会令那种行动毫无实现的可能。但我觉得他有其他的手段，能辨别出我们。他的嘴唇几乎没有动，但有什么东西在传达他说的话，或者说，他想说出的意思。他说："我知道你们是怎闯进我的飞船的。另外我猜，格里沙已经告诉你们他在这场大乱中的角色了。"

"说了点。"我说。

"那就好——不用再说了。"他说的话本身就带有飘忽不定的节奏，如水珠慢慢滴落。"但你们来这里究竟是为了什么？"

"你的故事线有些不对劲。"马齿苋靠近诊疗台边的密封泡，有些不自在地说，"它与剪秋罗的故事线有冲突。你们中必然有一个人在撒谎。"

"你说你去过一个你没有去过的地方，"我说，"我在同一时间碰巧就在那里，否则不会有人发现。"

"是的，"他说，"我撒了谎，我提交了一份造假的故事线。大部分是真的——你们大概也猜得到——但我必须掩盖我去过格里沙那个太阳系的事实。"

我点了点头："因为你知道是谁杀光了格里沙的同胞？"

"那些种族灭绝机器很古老，是百万年前的遗物，来自某场古代战争。这本该让人无法循着它们追踪下去。但我发现了其中一件，它停止了活动，漫无目的地在太空漂流。那件旧的种族灭绝机器上被植入了新的控制系统。这些新的控制系统使用了家系内部协议。"

"龙胆的？"

"龙胆的，或是我们的某个盟友的。我目睹了一场可怕的罪行，一场比我们历史上的任何记录都严重的种族灭绝。"

"你为什么要掩盖这件事？"马齿苋问。

"这件事把我吓坏了。但我修改我的故事线并非因为害怕。我这么做是因为我需要时间，我要找出那些责任人，并保护格里沙免受他们的伤害，直到我有足够证据将他们付诸审判。如果罪犯就在我们中间——我有理由认为他们确实在——他们为让格里沙闭嘴而杀了他的所有同胞，那么如果杀死格里沙就意味着要杀死龙胆系的所有人，我觉得他们也会连眼睛都不眨地下手。"他挤出一个绝望的笑。"如果你刚刚彻底消灭了一个存在了两百万年的文明，那么再杀死一千个克隆人又算得上什么呢？"

　　我尽量让自己的语调中听起来不要带着太多怀疑。"谋杀一整个家系？你觉得他们会走到这个地步？只是为了掩盖早先的一桩罪行？"

　　"他们还可能杀更多人，"牛蒡子严肃地说，"这关系到的不仅仅是我们这个微不足道的小家系，剪秋罗。"

　　"伟大工程。"马齿苋说出了我的心声，"比任何一个家系都更宏大的伟大工程。这就是他们杀人的目的，不是吗？并且他们会为此杀死更多人。"

　　"你们真行，"牛蒡子说，"我再也找不到比你们更好的业余侦探了。"

　　"我们对伟大工程还一无所知，"我告诉他，"也不知道格里沙的同胞是为何而死。"

　　"我会在适当的时机告诉你们伟大工程的事。首先我们得谈谈那些想要格里沙死的人。"

　　马齿苋看了看格里沙，然后又把注意力放回到牛蒡子身上："你知道那些人的名字吗？"

　　"我之前在找的就是那些名字，"他说，"我有一个怀疑——只是种预感——这次种族灭绝与伟大工程有关。"

　　"这预感可够精准的。"我评论道。

　　"也不尽然。不管幕后主使是谁，谋杀这么多人都必然是为了什么大事，而我唯一能想到的大事就是伟大工程。除开他们那种过度膨胀的自我价值感，倡导者整天谈的不就是这个吗，剪秋罗？"

　　"你说的太对了。"

　　"总之，我越挖越觉得我的预感是对的，这件事确实和伟大工程有关系。但我还是没有找出任何人的名字。我想，起码，如果我能把跟伟大工程关系最密切的那些家系成员筛选出来，那么我就可以开始去他们的故事线当中寻找破绽了……"

　　"破绽？"马齿苋问。

　　"是的，他们中至少有一个人必须和我同时靠近格里沙那个太阳系。他们不会用中间人来做这种事。"

但我们起初能发现牛蒡子故事线中的破绽，完全依靠运气。我默默想着。即使别人部分篡改或者全盘捏造了他们的故事线，我们也没有理由认为他们会犯下同样的错误。

"你把范围缩小到部分人身上了吗？"马齿苋问。

"有少数几个合乎情理的可疑对象……基本上就是明面上的倡导者。我相信你们不费吹灰之力就能拟定出同样的嫌疑人名单。"

我想起了我认识的那些倡导者，还有我一直特别不喜欢的那位。"牛毛草也在其中吗？"

"是的，"牛蒡子说，"他是他们中的一员。我看得出来，你对他毫无好感。"

"牛毛草是个资深倡导者，"马齿苋说，"他试图让剪秋罗和我分手。这很可能是因为他知道我们快要发现什么了。如果有人有办法……"

"除了牛毛草，还有别人，我需要搞清是谁。这就是为什么我开始问东问西，四处打探，我想诱使某些人贸然行动。"

"我们注意到了。"我说。

"很明显，他们对于'难以察觉'的观念跟我有所不同。嗯，我估计，这证明我快要发现什么了。我们的家系中，至少有一个人必然参与其中。"

我用手指点着自己的鼻尖："他们为什么不干脆在岛上杀了你，一了百了？"

"那是你的岛，剪秋罗。他们要怎么杀掉我却不引起你的注意？施放病毒更简单，至少这样他们就不必费心处理尸体了。"

"你知道那个冒牌货的事吗？"我问。

"我的飞船一直在密切关注着岛上的状况。我不止一次看到自己在高层走廊上漫步。"

"你本可以给我们发信号，"马齿苋说，"让你的飞船发生故障之类的。"

"不行。当然，我考虑过这个办法。但只要我的敌人有一丁点怀疑我还活着，他们就可能会攻击这艘飞船。别忘了，他们对我施放病毒，并不是因为我知道发生了什么事，而只是因为我问了太多问题。他们完全有可能在过去就对其他家系成员这么做过。你的岛上可能还有别的冒牌货，剪秋罗。"

"我会搞清楚的。"我脱口而出。

"你会吗？你真的会吗？"

他这么说着，让我感觉自己不太肯定了。去窥探其他家系成员脑袋里在想什么，就为了确定他们真是我以为的那些人，我可没这个习惯。心理架构在太平时期是一件私密的事情。而故事线就是故事线，来自一个有思想的人或是一个无意识的冒牌货都一样。

"你可以发信息给我们中的一人。"马齿苋说。

"我怎么知道你们可以信任？落到如今这地步，在我看来几乎没人不是潜在的凶手。"

"那你现在信任我们吗？"我问。

"我估计是吧。"牛蒡子的语气中的信心并没有我希望得那么大。"我难道还有很大的选择余地吗？"

"我们没有卷入其中，"马齿苋安抚道，"但我们非常想揭开真相。"

"这很危险。我说的一切现在依然如故。那些人为了保卫伟大工程，可以毁灭这个世界。除非你们能组织一个有相当规模的联盟，迅速对他们采取行动，否则他们恐怕会占据上风。"

"那我们就必须比他们技高一筹，不给他们半点机会。"但我心里在想，说来容易做来难。除了牛蒡子本人，我们完全不知道还有谁可以信任。

"不管我们做什么，"马齿苋说，"都必须在第一千夜之前实施。不管现在还有多少能为我们指证这场犯罪的证据，等我们再回到这里的时候，它都已经永远消失了。"

"她说的对，"我说，"如果龙胆家系受到牵连，那么不管参与者是谁，现在都在岛上。这给了我们一点优势。至少我们把他们限制在了同一地点。"

"第一千夜会是个行动的好时机。"马齿苋想了想说，"如果我们引而不发，一直等到那时——可能的最后时刻，他们大概会以为不会再发生什么了。"

"有风险。"我说。

"无论如何总有风险。这样至少我们有机会让他们措手不及。第一千夜时所有人都只会想同一件事。"

"马齿苋说的也许有道理，"牛蒡子说，"不管凶手是谁，他们还是家系中的一员。他们会像你们一样，等着看谁的故事线赢得了头名。"

我注意到他说的是"你们"而不是"我们"。在临终前，牛蒡子已经开始退出龙胆家系事务的过程。他知道自己见不到第一千夜，更不用说下一次的重聚了。所以他和我们的家系之间变得疏远了。

阿比盖尔认为，死亡和生命一样重要。虽然我们从技术上而言都是不死的，但这种不死性只延伸到我们的细胞为止。如果我们破坏了自己的身体，我们就会死去。龙胆家系的规则禁止我们备份身体或在最后一分钟进行神经扫描[1]。生命，即使是跨越了几十万年的生命，也只是两片无垠的黑暗之间的一线光明。她希望这样的认识可以伴着她的记忆熊熊燃烧，发出耀眼的光芒。

牛蒡子会死去。现在宇宙中已没有什么能阻止这件事了。

"当你目睹犯罪时，"我说，"你有没有见到什么线索，可以告诉我们谁是凶手？"

"我路过格里沙的太阳系的那段记忆，我已经从头到尾过了上千遍了，"他说，"在我救出格里沙之后，我捕捉到一道引擎火焰的痕迹，从相反方向离开那个太阳系。大概是把种族灭绝机器部署在那里的人之前一直在附近，好确保工作已经完成。"

---

1. 与《钻石犬》中提到的记忆拖网为同类型技术。

"我们应该可以将引擎的信号特征与停在这里的其中一艘飞船对上号。"
我说。

"我已经试过了，但探测到的信号太微弱了，没有发现任何能让我的嫌疑
人名单缩短些的东西。"

"但也许多一双新的眼睛会有帮助，"马齿苋说，"不行就多两双。"

"除开编织梦境，直接交换记忆是被禁止的。"牛蒡子沉重地说。

"往我们今晚已经违反了的龙胆家系规则清单上再加一条就好了，"我说，
"篡改马齿苋的故事线、织梦期间不在岛上、闯入别人的飞船……牛蒡子，你
干吗还要操心这些规则？干吗不索性都丢给我呢？反正我的脖子已经套进绞索
里了。"

"我觉得，再多违反一个规则确实不会有什么不同，"他认命地说，"我经
过格里沙那个太阳系时的传感器记录还在我飞船的档案库里，那些够了吗？"

"你没有其他见证犯罪发生的渠道？"

"没有。我所见到的一切都是通过飞船的传感器以不同方式传来的。"

"这些应该足够了。你能把这些传感器记录传给我的飞船吗？"

"还有我的。"马齿苋说。

牛蒡子略等了会儿。"我已经传完了，但恐怕它还有些兼容性的问题，得
你们去处理了。"

我脑中闪过一段编码记忆，一只蜜蜂落到一朵花上，它通知我，我的飞船
刚刚收到另一艘飞船传来的文件，是一种陌生的文件格式。我给我的飞船发去
一条命令，让它进行格式转换工作。我对它最终能完成任务很有信心，我经常
给它安排翻译先古语的任务，就是为了保持它思维"肌肉"的健康。

"谢谢你。"我说。

"你们随便处理吧。恐怕那些传感器记录中有许多空白，你们还得把那些
缺漏补上。"

"我们会尽力而为，"马齿苋说，"但如果我们要将任何人付诸审判，我们

就必须清楚所有来龙去脉。你必须告诉我们关于伟大工程你所了解到的内容。"

"我只知道部分内容，大部分都是猜的。"

"那也比我和剪秋罗知道得多。"

"好吧。"他说话时有种松了一口气似的感觉，"我会告诉你们的。但要用符合规则的方式来的话时间不够了。你们能允许我把记忆推送到你们的大脑里吗？"

马齿苋和我不安地对视。从理智上说，我们没什么好怕的，如果牛蒡子有办法对我们的大脑做手脚，那他早就可以将幻觉强加于我们的思维中，或者毫不费力地杀死我们了。每次编织故事线时，我们都会心甘情愿地敞开自己的记忆，但那是在庄严古老的仪式期间，那时候我们都同样脆弱。我们知道牛蒡子已经撒过一次谎了。如果他剩下的故事线也是一个谎言呢？我们没有证据证明格里沙是真实人物，而非仅仅是飞船制造的虚构形象。

"你们必须相信我，"牛蒡子恳求道，"没多少时间了。"

"他说的对。"马齿苋握住了我的手，"这样有风险，但什么都不做也有风险。我们必须这么做。"

我对牛蒡子点了点头："告诉我们吧。"

"做好准备。"他低声说。

一瞬间，我感觉到一种精神上的刺痛，好像有什么东西在触摸我的大脑，摸索进入的途径，就像是一只章鱼在寻找入口，要钻进贝壳。马齿苋紧紧抱着我，死死地缠在我身上。我短暂地抗拒了一下，然后那个入侵的东西就自己安顿下来了。

我对自身存在于房间里的感知变得淡薄了，仿佛我的身体突然就位于一条很长的神经纤维索的另外一头，我的大脑完全位于某个另外的位置。我不知道牛蒡子是怎么做到的，但我至少能看出两种可能，他飞船里的空气中可能早就密布纳米机器，它们能够潜入神经空间，然后直接干预心理过程；或者是飞船本身可能一直在产生外部磁场，以极高的精度在我的头盖骨内部受控聚焦，刺激我头脑中的一些微小区域。我模模糊糊地意识到格里沙和牛蒡子正在看着我——从半个宇宙之外。

电光石火间，寒冷攫住了我，伴着噼啪作响的亚原子辐射。我到了某个黑暗得无法想象的地方。我的视点发生了变化，某个令人敬畏的庞然大物出现在我的视野中。随着我那双无形的眼睛渐渐适应这片黑暗，那个东西变得越来越亮，逐渐显出一层层令人眼花缭乱的细节。

那是一个旋涡星系。

我一眼认出这就是银河系。我已在其中穿行过太多次了，多得足以清楚了解它的恒星悬臂和尘埃带的曲折架构，这个旋涡就像一个熟悉的指纹，独一无二。数以千亿计的恒星形成了一片光芒四射的暴风雪。但我觉得，通过某种感知策略，我认出了所有我在旅行中访问过的太阳系，以及所有我通过龙胆家系的集体记忆而认识的太阳系。我辨认出了我们现在正围绕着运行的那颗小小的黄色恒星，我想象着自己正身处一个环绕着那颗恒星的水世界中。这让我有种矛盾的感觉，同时觉得自己无足轻重和举足轻重——我这一存在微不足道，但在我大脑中有着整个转动不休的银河系。

"当然，你熟悉这个地方，"牛蒡子虚无缥缈的声音说道，"作为阿比盖尔的一部分，你已经横跨过它十一二次，你体验过其中几百个世界的空气。也许，对常人而言一辈子能这样就已经足够。但对阿比盖尔来说，对我们来说，绝对不够。作为阿比盖尔的一部分，我们已经千万次地跨过银河，我们知晓上百万个世界。我们见过天堂的美妙奇观，也见过地狱的可怖景象。我们见证了政权交替，如四季推移。但这还是不够。你知道，我们还是猴子。就我们思维的深层结构而言，我们几乎从未离开过树林。总有个更鲜艳亮眼、更美味多汁的果子，刚好就在够不着的位置。在两百万年的时间里，我们一直在使劲够啊够啊，这让我们最终抵达了当下的位置。现在，我们又开始往前够了。我们要开始迄今为止最伟大的计划——伟大工程。"

银河系图像并没有发生任何可察觉的变化，但我忽然察觉到有飞船在星际穿梭往来。有些跟龙胆家系的飞船很像的船队自重聚星飞出，在银河系的不同广阔领域里划出巨大的回路，在二三十万年后重聚，准备合并各自的记忆。这些航行对处于相对论时间茧房里的人而言并不会漫长得可怕，仅仅是几年或几十年的航行，剩下的时间（可能会多达若干世纪）用来沉浸于恒星上的体验之中，收获记忆和智慧。但在真实的银河系图像中，尽管飞船以极为接近光速的速度移动，但其速度看上去仍然慢得令人崩溃。令人感兴趣的恒星系统之间的航行时间数以千年或者万年计算。恒星上的时间节奏比这快得多。人类活动的速度超过了飞船航行的速度，所以他们经历的只是历史的残影，残缺得令人愤慨。苦乐参半的黄金时代短暂繁荣了几个世纪，其间飞船还在星际移动。辉煌逝去，无人记录，无人追思。

必须有人做点什么。

"各个家系试图啃下光速难题已经有五十万年了，"牛蒡子说，"啃不动的。宇宙的运行方式本就如此。面对这一状况，另有两种可能的选择。各个家系可以重新设计人类的本性，让历史进展慢如蜗牛，让各个家系能跟得上恒星上的时间节奏；或者也可以考虑另一种选择，各个家系可以再造银河系本身，把它缩小到适合人类的规模。"

我们瞬间了悟了伟大工程，也明白了为什么要让格里沙的同胞死去。伟大工程涉及的内容无非是对恒星以及所有围绕恒星运行的世界进行整体搬迁。

移动恒星其实没有听起来那么困难。先古之民曾多次使用不同方法移动过恒星。甚至人类时代也曾发生过这种事，某个文明或某个家系为了提高自己的威望，偶尔会出资赞助这样的示范工程。但伟大工程要做的，并不是将一两颗恒星移动几光年——尽管这种壮举无疑已足以令人赞叹。伟大工程要做的是放牧数量大到难以理解的群星，此举涉及数亿颗恒星的移动，跨越数万光年的距离。倡导者的梦想至少是压缩我们的银河系。他们想对大自然的作品加以改造，让它更适合人类居住。对智慧高超的猴子而言，这和清理森林、排干沼泽也没什么区别。

　　牛蒡子告诉我们，倡导者一直在暗中发掘再现先古之民的恒星工程所用的方法，他们互相竞争，想要找出效率最高的方法。最有效的方法似乎是利用恒星自身的一部分核聚变能量作为原动力。他们用许多镜面将恒星输出的能量导向同一个方向，就像火箭发动机那样。如果恒星的加速过程足够平缓，它就会将自己家族中的所有行星、瓦砾和尘埃都带着一起上路。

　　在迄今为止测试过的所有先古之民的方法中，没有一种能将恒星加速到光速的百分之一以上。这速度就算与我们最古老的飞船相比也慢得令人发笑，但这对倡导者来说无所谓。即便移动所有的目标恒星要花上两三百万年的时间，那也是值得付出的代价。他们经常喜欢说，迄今为止发生的一切，只是历史的序幕。在最后一颗恒星落入为其设计的银河轨道之后，人类的事业才会真正开始。与未来的几十亿年相比（在银河系本身开始凋败，或是和仙女座银河系发生毁灭性的碰撞之前），区区几百万年算得了什么？

　　这不过就是将一场伟大的远航推迟了几个小时。

　　当他们完成这一大业时，银河系的面貌将大不相同。全部有生命存在的恒星（大部分是温度较低而寿命较长的太阳）都会被转移到离银河系中心位置更近的地方，最终落入一个直径只有五千光年的区域之内。在未来几百万年内可能会发生超新星爆炸的那些超热蓝星[1]会被提前引爆，或是被推到不能为害的地方去。不稳定的双星会被拆卸开来，就像拆除精巧的定时炸弹一样。银河系中央黑洞这一难以驾驭的机构将被驯服，为人类所用。那些已经坠入银河系中央黑洞的恒星将被拿来开采原材料。他们将锻造出全新的、广阔犹如恒星的世界——这个新银河帝国的金宫和元老院。在这个光越时间[2]仅仅五十世纪的区域内，一个类似于帝国的东西确实有可能存在。历史将不再让我和马齿苋这样的星际旅行者望尘莫及。如果我们得知在这人类空间的另一头有什么神奇的事物，那么等我们到达时，它大有希望仍然存在于那里。并

---

1. 即蓝超巨星，温度和亮度都非常高。——译者注
2. 光沿这一区域的某一径向，越过其直径长度所需的时间。——译者注

且大部分人类将被包括在光越时间远少于五十个世纪的区域之内。

这就是伟大工程。这是人类经过两百万年进步后的巅峰项目，这一事业将需要最强大的家系投入大量的智慧和资源。现在各大家系争论不休的问题，都将在和平合作中达成一致。等到伟大工程结束时——如果我们中的任何一个人能活到那么久之后的话——我们就确实有了些足以令人赞叹的美妙成果。那将是人类的终极成就，是隔着茫茫宇宙都能看到的奇观，是我们这些聪明猴子的智慧的灯塔。

这种事绝对不可以发生。

这就是对先古文明进行的考古调查中，格里沙的同胞所发现的信息。记录显示，观察者发现在他们一直监测的那个遥远的旋涡星系中，已经出现过类似伟大工程的东西。也许这是种会反复出现的怪病，一旦文明进化到一定阶段，就注定要受这种怪病折磨。他们会对银河系的规模感到难以承受，于是试图将其缩小。

这样做的同时，他们也为自己的灭绝创造了先决条件。曾经，他们的移动速度太慢，战争和疫病顶多危及少数几个相邻的太阳系，但这种缩小化导致它们能像野火一样蔓延。银河系那让人不堪承受的规模是它的缺陷，但也是它的长处——时间和距离是抵御巨大灾难的缓冲器。分布在数万光年的范围内时，我们对灭绝——至少对由我们自己导致的灭绝——是免疫的。

银河系缩小之后，死神可以在不到五千年的时间里触及所有人。

"我觉得，倡导者知道这个问题，"牛蒡子说，"但他们认为这只是个理论假想中的问题，到时候再去处理就是了。他们理性地认为，届时我们肯定会有足够的智慧来回避这种问题。但后来他们知道了被格里沙的同胞重新发现的那个观察者的发现。另外一个旋涡星系中的文明，曾走上同一条道路，而后灭绝了。在宇宙的时间尺度上，它在转瞬之间就被消灭了。也许无论我们变得多么聪明，灭绝的宿命终究还是无可逃避。按理说，他们应该将这些数据视为可怕的警告，并采取相应的行动——放弃伟大工程，趁一颗恒星都还未被移动一点之前。"

　　但事情不可能这样发展。为了伟大工程未来的成功，各大家系业已投入太多的心血。联盟已经结成，影响和责任的等级制度已经商定。如果现在退缩，高贵的各大家系会大失颜面。旧日的伤痕会被重新撕裂，旧有的竞争会愈演愈烈。既然伟大工程是个能将各大家系联合到一起的事业，那么放弃它也很容易导致其中一些家系走向战争。这就是为什么必须让格里沙的同胞闭嘴，即便这意味着他们的种族会被灭绝。一个文明的损失，与如此巨大的事业相比，又算得了什么？如果我们真的生活在历史的序幕中，那么他们顶多也就能在史书上留下一条脚注。

　　然后图像消失了，我感觉到自己的思维被吸回了我留在牛蒡子的飞船里（并且都快要忘掉了）的身体中。一瞬间我有一种令人不快的禁锢感，仿佛我正被挤到一个过小的瓶子里。然后我苏醒过来，我仍然和马齿苋手牵着手，内耳系统还在适应归来的重力，让我们晕头转向。

　　格里沙站在沙发旁，手里还拿着他的粒子枪。"你们记下所有需要知道的内容了吗？"他问。

　　"我想是的——"我准备开始讲述。

　　"那就好，"他说，"因为，牛蒡子已经死了。他把生命的最后一分钟给了你们。"

*　　*　　*

　　我和马齿苋返回岛上时，黎明将至，天色渐亮。头顶上还是午夜的黑暗，但远方的天际已染上柔和至极的一抹橘黄，一条条云带穿插其间。旅行盒穿过密密麻麻悬在空中的飞船，朝着岛上疾速驶去。海面的浪峰开始出现在我的视野中，闪动着点点金光。

　　我见过许多次日出，但时至如今，我从未对它们感到厌倦。即便是现在，在发生的这一切和我们了解到的这一切带来的沉重压力之下，我心中还是有一部分被从当下抽离，径自欣赏着又一个世界上的日出的纯粹的美。我不知道如果牛蒡子看到这日出，会有何感想？这日出会不会同样以神奇的魔力触动他的心灵，绕过理性的思维，直接和我们属于动物的那部分对话？我们和动物分道扬镳，也不过是在整个进化历程的一瞬之前。或许从他作为我们中一员的时候提交的所有那些故事线中，我可以找到些线索。以后他不会再有新的故事线了。

家系中有人死亡是种罕见而可怕的事情。发生这种事时，我们中的一员需要在星空中的某处建立一个合适的纪念物——可以采用多种不同形式。很久以前，在我们中的一员死亡时，我们纪念的形式是向一颗垂死恒星的大气层中播撒铁质粉尘，随即这颗恒星将其大气层抛向太空，创造出一团以每秒六十公里的速度向外膨胀的星云，其中蓝绿色的氧和红色的氢形成网状的线条，勾勒出一个人头的形状。另一次同样发自内心的纪念是在一颗没有空气的卫星上建造了一个石窟。这两种形式都很合适。

牛蒡子会得到他应得的纪念。但他的死亡在第一千夜之前必须保密。在那之前，我和马齿苋必须混迹于我们的家系成员间，心中明明知道他已经死去，却不能有半点表露。

我们有负于牛蒡子，却只能如此。

"我们能赶上。"旅行盒靠近岛屿时，我说，"虽然我们比我预料得用了更长时间，但故事线还在织入中，还不会有人发觉我们不在。"

马齿苋用手按住眉心："天啊，故事线。我完全忘记那事了。接下来我得花一整天来说谎。拜托，告诉我这是个好主意，剪秋罗。"

"难道不是吗？我们现在知道牛蒡子遭遇了什么。我们知道了格里沙和伟大工程的事。这样做当然是值得的。"

"你这么肯定吗？我们现在只知道，问长问短会给我们带来巨大的麻烦。对于究竟是谁在背后搞鬼，我们还是一无所知。如果我处于幸福的无知状态中，那我会不会更快乐些？我不确定。"

"我们有牛蒡子飞船的数据。"我提醒她。

"你看过了吗，剪秋罗？"从她的语气中我听得出来，她对此不以为然。"我的飞船已经给我发回了一份初步分析报告。牛蒡子的记录当中到处都是缺漏。"

"他警告过我们，记录会有一些缺失。"

"他没说的是，他的记录有百分之三十都没了。剩余的记录中可能有些有用的东西，但线索有很大可能落在了那些缺漏中。"

"说到底，记录为什么会有缺漏？你觉得他是不是编辑掉了一些不想让我们看到的东西？"

马齿苋摇了摇头，说："我不这么认为。那些缺漏似乎是他的护盾开启，挡住了他的传感器造成的。你也看到那艘飞船有多旧了，它的护盾磁场发生器可能相当老旧，或者是传感器，又或者二者都老旧了。"

"他为什么要开护盾？"

"碎片，"马齿苋说，"格里沙那个太阳系已经变成一团放射性尘云。牛蒡子经过的路径并没有太接近主战场，但沿路肯定还是有很多碎片飞来飞去。如果他当初能想到把防御阈值调高些就好了，那样他可能会给我们留下更多有用的数据……"

我尽力把话说得乐观些："我们尽可能地把剩下的记录处理好就是了。"

"我的飞船已经检查了哪些部分是看得清楚的。我看到了牛蒡子提到的引擎火焰，但它真的太微弱了，以至于无法准确匹配。如果凶手在此之前一直在那个太阳系附近盘桓，那他们肯定早就做好了伪装。"

"我们不能就这样……放弃。"我想到了我们留在牛蒡子飞船上的那个人。"为了牛蒡子和格里沙，还有格里沙的同胞。"

"如果我们没有证据的话，那就是没有证据。"马齿苋说。

她说的没错，但不是我想听到的。

我们降落在岛上，重置了我们身体里的生物钟，好让我们看起来、感觉起来就像我们刚刚度过了一个安逸、充满梦境的夜晚。至少我们的设想是这样的。但当我召来一面镜子，审视自己的面容时，我看到自己嘴部周围绷得紧紧的，有些抽搐和抖动。我试着做了下运动复位，但问题并没有解决。和其他几位家系成员吃完早餐后，我和马齿苋在一个高高的阳台上单独见面。我敢发誓，这时我在她脸上看到了同样紧绷的线条。

"怎么样了？"我问。

她把声音压得很低："和我担心的一样糟糕。他们认为我的故事线十分美妙，亲爱的。他们不会停止问我这件事。他们眼睛都烧红了。"

"这正是我们期望中的反应。重要的是没人会好奇你昨晚在干什么。而且我们可以肯定，没人会不去接收故事线。"

"那个冒牌的牛蒡子呢？我们制订这个计划的时候还不知道他的存在。"

"他还是得装成牛蒡子的样子，"我说，"这也意味着他需要梦到你的故事线。"

"我希望你是对的。"

"你只要熬过这一天就好。今晚是绵枣儿的故事线。他总是给人好梦。"

马齿苋同情地看着我："你得跟上时代，剪秋罗。绵枣儿早就落伍了——有五十万年了。"

不幸的是，她对绵枣儿的评价是对的。他的故事线全是对间质起义时期[1]遗留下的行星和文物遗迹的调查，没完没了、连篇累牍的历史分析独白，只顾自我满足，乏味至极。它没能在重聚中大受欢迎，也压根没能转移马齿苋身上的热度。再之后的那个晚上也没好到哪里去。毛蕊花的故事线技巧娴熟却了无新意，讲的是他在三十个文明中艰难跋涉——已经倒退到工业化之前的封建社会中的三十个文明。

"烂泥。"第二天，我听到有人沮丧地说，"太多太多的……烂泥。"

---

1. 作者虚构的历史时代。——译者注

第三个晚上也毫无助益。那本该是日光兰递交她的故事线的时候——如果她来重聚了的话。我们按照惯例，将她以前的故事线汇编集结，权充她的投稿。那些故事线确实很有价值，但还不足以阻止人们谈论马齿苋的丰功伟业。

谢天谢地，第四天晚上马齿苋的处境终于有所好转。琉璃草的故事详细描述了他的英雄事迹：在一颗恒星靠近自身的奥尔特云[1]之际，他拯救了其上所有人。琉璃草向距离他们最近的卫星投放了自复制机，将它的一部分改造成一道环形防御屏障，保护恒星不受奥尔特云中逸出彗星的侵袭。过后他又把卫星重新组装回去，并且在这颗潮汐锁定的卫星背面的一串陨石坑中写下了自己的名字（我们不得不承认，这是一个天才的举动）。这样哗众取宠，违背了不知多少条家系的规则，但它让人们转而谈论琉璃草，而不是马齿苋了。

我真想亲吻一下这个自大狂。

"我想我们算是过了这一关了。"马齿苋终于摆脱那些马屁精的骚扰之后，我对她说。

"很好，"她说，"但这并不意味着我们离找出是谁杀光了格里沙的同胞近了哪怕半步。"

"其实，"我说，"我一直在琢磨这个问题。也许那份记录里还有些东西。"

"我们已经把它仔仔细细地搜索过了。"

"但我们只是在寻找明显的信号。"我说。

"有太多缺漏了。"

"但或许这些缺漏也在告诉我们一些信息——是什么原因造成了这些缺漏？"

"牛蒡子太谨慎了，只要有一丁点尘埃进入他飞船周围一光秒之内，他就立刻升起护盾。他的护盾对传感器是不透明的——至少在所有我们用得上的波

---

1. 太阳系中的小天体在巨行星及附近众多恒星的引力影响下，散布于距离太阳三万至二十万天文单位处，形成奥尔特云。

段都是。"

"没错。但他的做法可能是必要的，毕竟那地方有很多太空垃圾。"

"继续说。"她说。

"好吧，如果在那么远的地方太空垃圾都很多，那么在靠近主战场的地方一定更多，多到足以触发另一艘飞船的护盾。"

"我倒没想到这一点。"

"我也是刚刚才想到。而且我们一直在进行的那种搜索并不会检出护盾的信号。我们需要把记录按时间切分成小段，对窄带引力子脉冲进行筛选。然后我们可能会有所发现。"

"我已经在做了。"马齿苋说。

我闭上眼睛，对我的飞船发出一道指令。"我也在做了。要不要打个赌，看谁先有所发现？"

"没意思，剪秋罗。我会赢得很轻松。"

她确实做到了。在得到正确的搜索条件之后，她的飞船立刻就有所发现。"信号一直处于探测下限，"她说，"他们一定把护盾的功率打得很低。但他们没法在关掉护盾的情况下待在那里。"

"这足以缩小范围吗？"

"足以有所改善。窄带引力子脉冲的共振频率位于低端。这意味着，做这事的家伙抛出的是个很大的护盾。"

这就好比往大瓶子里吹气，吹出的会是低音，而不是用小瓶子会吹出的那种高音。

"这意味着那是一艘大飞船。"我说。

"我猜至少得有五六十公里长。"她看了看悬在空中的飞船队列。"范围已经缩小到不到一百艘了。"

我的飞船把一段记忆推到了我的脑海里——一个女孩打着莲花坐，双手捧出一个金光闪闪，当空旋转的立方体。这意味着我的飞船得出了结果。

"我的结果出来了。"我边说边拿出一份全面总结报告，"我的飞船说下限是七十公里，期望中值大约九十公里。你看，虽然有点慢，但她还是做到了。"

"我的飞船细化了分析，得出的结论大致相同，"马齿苋说，"这进一步缩小了范围。现在大概还有二十艘飞船。"

"还是不够好，"我懊恼地说，"除非我们再有个更好的点子，不然没法对任何人提出指控。"

"我同意。但我们还有引擎火焰，可以作为一个额外条件。毕竟那二十艘飞船并不是全都使用可以看到火焰的推动方式。另外我们还知道牛蒡子和谁谈起过伟大工程。"

我停顿了一下，对这些数字执行了联合处理："范围又小了些。现在我们还剩下……多少？七艘飞船，或者是八艘——取决于你把尺寸估计的分界线划定在哪里——对应七八个名字，其中一个恰好是牛毛草。"

"然而范围依旧不够小。"

我想了一下，说："如果我们能把范围缩小到一艘飞船，那我们就有把握了，是不是？"

"这就是问题所在，剪秋罗。我们没法再把范围缩小了。除非我们看到那些飞船的护盾都是什么样子。"

"正是如此，"我说，"如果我们能让他们把护盾打开，那么我们要做的就是找到与格里沙的太阳系里的那艘飞船的谐振特征最接近的那艘。"

"你这一串想法接下来是准备……"马齿苋对我抛来一个警告的眼神。

"我需要做的就是想办法让他们开动自己的护盾。当然，得是全舰护盾。"

"这没用。只要对你的目的略有所觉，他们就会把护盾的谐振频率改掉。"

"那我们最好不要让他们发现太多预兆，"我说，"我们会在第一千夜动手，就按照我们之前说的那样。他们的注意力会被吸引得牢牢的，无法预先有所筹谋，而且他们也不会预想到自己会在最后一刻大吃一惊。"

"我喜欢你说'我们'的样子。"

"这一路，"我说，"我们始终相伴，哪怕还有其他家系成员在。"

马齿苋闻了闻她的酒杯，说："你要怎么让大家都打开护盾？"

我眯起眼睛，望着太阳，说："我肯定会想出办法的。"

*　　*　　*

第一千夜忽然就要到了。似乎我越是害怕它到来，它就来得越快。自从马齿苋发现牛蒡子撒了谎之后，重逢的日子似乎一晃即过。九百九十九个夜里，我们梦见了许多个太阳、许多个世界，梦见了许多奇迹、许多奇观，多半还梦到了沿途的些许烂泥。我们对我们称之为家园的这个银河系的认识中，又加入了一层新的细节。虽然历史的无尽变迁已然让许多细节过时了，但对我们大多数人来说，这并不重要。那些故事线中内在的迷人魅力、最后一晚的奇观、吊人胃口的手段，以及光怪陆离的景色，这些才是重要的东西。倡导者则不然。虽然竭力掩饰，但他们早已急不可耐。两百万年来，他们一直在苦苦忍受着银河系令人崩溃的规模，以及他们在这浩瀚无垠的银河系中一成不变的地位。当阿比盖尔·龙胆将自己粉碎，化作九百九十九块璀璨碎片的时候，她曾希望征服空间和时间。结果适得其反，她只是对自己的微不足道有了更深刻的理解。倡导者无法继续忍受这种状况了。

我脸上保持着僵硬而紧张的笑容，在第一千夜的狂欢的人群之间进行巡视，接受他们的恭维。虽然我的故事线没能轰动一时，但没人对场地有多少不满。岛屿的大小恰到好处，小到让人感觉亲切，但又有足够多引人入胜的通幽小径和奇巧设计，不至于让人觉得无聊。每隔一段时间，我都会加上些细小的变化，挪动一下这边的某条通道，或是那边的某道楼梯，这些努力通常是很值得的。岛上的白色平台、阳台和桥梁都各具魅力，但又不会让人分心，影响到故事线的效果。编织梦境的设计也完美无瑕。一次又一次，有人扯住我的袖子，问我在最后一晚安排了什么。而我则一次又一次地坦白承认，我甚至根本不确定自己有没有安排什么。

当然，我知道我肯定是安排了些什么的。

暮色变作夜色。飘浮在空中的纸灯笼发出柔和的白光，向狂欢的人群中投下菱形的彩色光斑。按照龙胆家系的习惯，每个人身着的服装都或巧妙或笨拙地反映了自己故事线的内容。我们都戴着狂欢节假面，这是场游戏，内容是在假面被揭开之前，把织梦者与其故事线对上号。我戴着一个月光假面，穿着一套朴素的衣服，上面画着深深浅浅的落日图景，重复着同一个主题——已经半落下去的太阳。马齿苋戴着个狐狸假面，身穿一件小丑戏服，上面的每个格子里都绘有她的某一次传奇冒险的细节。没过多久，人们就发现了她的身份。她又一次因为那个假故事线备受折磨。但她只要再伪装几个小时就好。很快，我们的骗局就会被揭开，我们将为我们编织的谎言乞求原谅。

"看。"我听到有人说。那人指向天顶。"一颗流星！"

我急忙抬头，趁它从视野中消失之前捕捉到了那道蚀刻在空中的痕迹。我觉得，流星也许是个好兆头。只是，我不相信预兆。而且只要一想到那只不过是偶然撞入重聚星大气层的几块宇宙沙砾，我就更不相信了。

几分钟后，马齿苋侧身向我走来，她说："你确定要这么做吗？"

"是的。再过不到一天，你在这里看到的所有飞船都会启程离开这个重聚星。我们要么现在就做，要么就永远把这事丢到脑后。"

"也许后者会轻松些。"

"确实会更轻松——但不正确。"

另一颗流星划破天空。

"我同意。"马齿苋说。

午夜时分，在从主塔侧面伸出的一条象牙白色的曲梁尽头处高高的阳台上，狂欢的人群齐聚一堂。他们都已经投出了自己的一票，我的系统已经统计出了获胜的故事线。很快，它就会把这条消息推送到我的脑海中，然后我就会将其发布。我们中获胜的那个人离开重聚星时会兴奋不已，因为他知道自己的梦让我们感动不已，同时他也荣幸地获得了下次重聚场地的设计权。不管那会是谁，我都要祝他好运。正如我切身体会的那样，赞许的燃料很快就会烧尽，剩下的只有责任的熔渣，阴沉而可怖。

我站在更高些的阳台上，俯视聚集在一起的人群，看着戴着假面、穿着服装的人群慢慢地各自就位。随着我宣布结果的时间越来越近，人群中的气氛变得明显紧张起来。在这里，所有的欢乐之中都带着几分明显的悲伤。在此地建立的友情必须被束之高阁，直到下次重聚之时——二十万年后。时间和空间会改变我们中的许多人。我们不会全都依然如故，也不是所有的友情都会地久天长。

是时候了。

我从阳台侧面迈步向前，走向空旷的前方。狂欢的人群齐声惊呼，尽管没有人真的觉得我会受伤。我的左脚往下踩向空无一物的位置，此时一片白色的大理石飞掠而来，在我的左脚下提供支撑。而我的右脚往下时，另一片大理石飞来垫到了右脚下面。我把重心从左脚换到右脚，又往下迈出一步，第一片大理石在我身下画出一道弧线，提前迎候在我的落脚点下。我轮番踩着这两片大理石，从容不迫地走到低处的阳台上。效果完全跟我希望的一样好，我试着表现出应有的故作平静的愉快神情。

但人群的目光并没有全部汇聚到我身上。一张张面孔——其中有些戴着假面，有些则没有——都被上方的什么东西给吸引住了。我顺着他们的视线看去，看到另一颗流星划过，然后又一颗……接连六颗流星划破天空，从天顶直奔地平线。然后来了更多流星，头一分钟就有十几颗，第二分钟又有二十几颗。我笑了。我意识到这一定就是我为第一千夜安排的惊喜——一场流星雨！

我想这很容易做到。我只需要把一颗彗星推进正确的轨道，将它打碎，然后让它的尘尾与我这颗重聚星的轨道交会，在正确的时间、正确的地点——这里、今晚。现在想来，这一切让我有一丝熟悉的感觉，我做这些事的记忆消除得并没有那么彻底。

　　按照某些人的标准，这还是很低调的，我甚至一度怀疑自己是不是对效果做了错误的预判。但就在我越来越担心的时候，大家开始鼓掌了。开始只是礼貌性的鼓掌，但他们很快就热情起来，哪怕在流星雨加快了演出的节奏，流星在头顶上一闪而过的速度快得让人来不及计数时，他们也没停下掌声。

　　他们喜欢这个惊喜。

　　"干得漂亮，剪秋罗！"我听到有人在说，"优雅而低调……美丽而精练！"

　　我走到一个不高的基座上，好让我的头和肩膀高于人群。我勉强挤出一个笑容，挥手让掌声平息。"谢谢你们，谢谢大家，"我说，"一切都很顺利，让我很高兴。如果说这次重聚还算成功，那这成功跟在座各位的关系比跟场地的关系要大得多。"我扭过头，看了看身后高耸入云的主塔。"不过场地也不算太糟糕，对不对？"他们大笑着鼓掌，我也笑了起来，暗自希望我的样子和声音都让人觉得我是真心诚意的。这很难，但我不能让人怀疑我还暗藏别的花招，这至关重要。

　　"每条故事线都弥足珍惜。"我在讲话的语调中注入了一分庄严。"每一段经历，每一段记忆，都是神圣的。在第一千夜，我们聚集在一起，来选出一条特别的故事线，它比其他的故事线更让我们感动。这是我们的传统。但这并不代表我们会对其他任何故事线有所贬低。在集体记忆中，它们都同等重要，也都同样弥足珍惜。"我从人群中找出毛蕊花，同情地朝他笑笑。"就算那里头的烂泥多得异乎寻常也一样。"

　　毛蕊花和蔼地笑了笑，一时间他成了演出的主角。对我们中的某位略加嘲弄也是传统的一部分。我们所有人中，只有毛蕊花现在就可以放松了。

　　"不久之后，我们将回到自己的飞船上，"我继续说，"我们将回到银河系中四处旅行，寻求新的体验。新的故事线将汇入龙胆集体记忆的织锦中，让它越发壮阔。离开这里的时候，我们中没有谁还是千日之前的同一人。待我们重聚之际，我们将再度改变。这是阿比盖尔用她自己创造的奇迹的一部分。其他的家系倾向于僵硬死板的整齐划一——一千个完全一样的克隆体，每一个都被程序限定成对同样的刺激会做出同样的反应——那你派机器人去不也一样？这不是阿比盖尔想要的。她想要痛饮真实的生活。她想要大口吞咽生活，沉醉于奇闻趣事。我们一直发扬着这种冲动，用我们的吵吵闹闹、多彩多姿。"我停了下来，十指交叉，朝最前面的一圈面孔点了点头。"现在，时机已到。系统已经通知我获胜者——我即将揭晓的名字。"我扮了个鬼脸，暗示自己收到了一个惊喜。"这个名字是……"

然后我又停了下来，皱起眉头。人群紧张起来。

"等一下，"我说，"我很抱歉，但……出问题了。我收到一条飞船发来的紧急信息。"人群开始交头接耳，我提高声量盖过他们。"这……很不幸。我飞船的引擎安全壳出现了一些技术问题，有爆炸的风险，虽然风险很小，但不可忽略。"我尽量让自己的声音听起来惊慌失措，但还没有完全失去理智。"请大家保持冷静。我正在命令我的飞船移到安全距离之外……"我仰头向上望，看着停在岛外的飞船，在心里头数到五。"没有反应……我再试一次，但……"台下人头攒动，他们的声音几乎淹没了我说的话。"还是没反应。"我绷紧面孔，愁眉苦脸。"我的指令似乎无法通过。"我使劲提高嗓门，几乎是在大喊大叫了。"我们在这里是安全的——几秒钟后，我会升起这个岛的护盾。在我这样做之前，我建议你们命令你们的飞船做好自我保护。"

有些人已经这样做了。他们的飞船在隐约可见的防撞磁场中隐隐颤动，就像被粘在唾液里的昆虫。几秒钟后，护盾固定到了稳定状态，变得更难看见了。我往马齿苋的方向悄然一瞥。她回以一个鼓励性的点头，动作微小到极点。

这办法行得通。

"拜托，"我催促道，"快点。我将在十秒钟内升起这个岛的护盾。一旦我那么做了，你们可能就无法收发信息了。"

越来越多的护盾闪动着升起，让其中的飞船蠕蠕而动。远方传来低沉的雷声，标志着护盾的激活。许多人都在疑惑，这是怎么回事，怎么这么巧，就在我处于众人瞩目的焦点之际，我的飞船有可能被炸毁。我只希望他们还能想到自己该先把护盾升起，再去操心这个巧合。

但有几艘最大的飞船还是没有升起护盾。我不能再继续拖着不升起这个岛的护盾了。我只能寄希望于必要的指令已经发出去了，那些飞船只是响应速度慢了点。

可是下一刻，虽然这个岛本身的护盾闪动起来，让我们周围的视野变得模糊起来，仿佛到处都被脏玻璃给挡住了，但是我还是知道，计划要落空了。

牛毛草说话了。那低沉的嗓音让人无法不立刻注意到他。"危险已经过去了，"他说，"我的飞船已经朝你的飞船周围投射了一个辅助护盾，剪秋罗。你可以把岛上的护盾关掉了。"

我从喉咙里勉强挤出回答："我的飞船随时可能爆炸。你确定那个辅助护盾强度足够吗？"

"是的。"牛毛草那种不容置疑的语气令我的希望破灭了，"我非常肯定。"

聚集在一起的人群望向我的飞船，它处于牛毛草投射到它周围的辅助护盾之中，依然结结实实，完好无损。

"关闭岛上的护盾吧，剪秋罗。"在牛毛草说话的同时，他的飞船也动了，它将我的飞船向上推去，推进了高空大气层，最终消失在星空之中。

我注意到，流星雨已经结束了。

"关掉。"牛毛草说。

我下达了必要的指令，降下了护盾。

"谢谢你。"我这话说得有气无力，心慌意乱，"牛毛草你可真是……反应敏捷。"

"说到底，那肯定是个误报。"他说话时，眼睛直勾勾地盯着我的眼睛。"或者是有所误解。"

"我真以为我的飞船要爆炸了。"

"你当然是这么想的。不然你为什么要告诉我们?"他发出的声音简直像在咆哮。"你先前正要宣布赢家,剪秋罗。也许你应该继续。"

一阵表示赞同的低语响起。如果说五分钟前我还得到了众人的同情,那么现在也已经完全失去了。我的喉咙发干。我看到了马齿苋。她已经摘下了脸上的狐狸假面,表情中带着几分恐惧。

"剪秋罗,"牛毛草催促道,"请宣布赢家……如果不会太麻烦的话。"

但我不知道赢家是谁。系统还有一个小时才会通知我。我推迟了接收通知的时间,因为我想专心做正事,不想分心。

"我……呃,赢家。是的。故事线比赛的赢家……最佳故事线的获得者……是……赢家。而赢家是……"我沉默了十几二十秒,在近千名窘迫不安的围观者的目光中僵立不动。然后我的思绪骤然平静下来,仿佛找到了一个能让心灵平静的平衡点。我似乎出离到了自己之外。

"没有赢家,"我轻声说,"现在还没产生出来。"

"也许你该站下来,"牛毛草说,"你已经安排了一次很好的重聚,我们一致同意这一点。如果现在毁了它,那就太可惜了。"

牛毛草向我走近一步,大概是打算扶我从基座上下来。

"等一下。"我尽力聚拢起我剩余的尊严,说,"请大家等一下,听我说完。"

"你对这件荒唐事有什么解释吗?"牛毛草问。

"是的,"我说,"我有。"

他停下脚步,双手抱胸。"那就说来听听吧。我倒是有些乐意把这一切都想成是你第一千夜计划的一部分,剪秋罗。"

"发生了可怕的事情,"我说,"发生了一场阴谋……一场谋杀。我们中的一员被杀死了。"

牛毛草疑惑地偏了偏头。"我们中的一员?"

我扫视人群,然后伸手指向牛蒡子的冒牌货。"那不是牛蒡子,"我说,

"那是个冒牌货。真正的牛蒡子已经死了。"

冒牌货做出一副震惊不已的表情。他看向周围的人，然后又看向我，满脸惊愕。他说了句什么，围观的人都笑了。

"真正的牛蒡子死了？"牛毛草问，"你确实确定如此吗，剪秋罗？"

"我确定。我知道，因为我见到了他的尸体。当我们闯进他的飞船时……"

"当'我们'闯进他的飞船时。"牛毛草把这句话重复了一遍，让我陷入了沉默。"你是说还有其他人参与其中？"

马齿苋清晰又真挚的声音响起，她说："是我。剪秋罗和我闯进了那艘飞船。他告诉你的一切都是事实。牛蒡子是被伟大工程的支持者谋杀的，因为牛蒡子得知了他们做的事。"

牛毛草显得很感兴趣："那是什么事？"

"他们用霍尔蒙克斯大战中的武器，彻底摧毁了整个文明——格里沙的同胞——一个发现了足以毁灭伟大工程的信息的文明，那信息来自先古之民。牛蒡子试图隐藏他的发现，因为害怕倡导者会对他下手。牛蒡子的故事线中有个地方出错了。"马齿苋开始有些失控了。"他说他去过一个他没有去过的地方……一个剪秋罗去过的地方。"

"所以是牛蒡子的故事线和剪秋罗的故事线相矛盾？"牛毛草转向那个冒牌货，"你觉得这话听起来有意义吗？"

冒牌货耸了耸肩，用一种介于怜悯和怨恨之间的眼神看着我。

"听我们说完，"马齿苋坚持道，"剪秋罗只是希望大家升起护盾。灭绝格里沙同胞的那艘飞船……我们获得了它的护盾的谐振频率，但我们还需要看到我们家系飞船的护盾，然后才能做匹配。"马齿苋咽下口唾液，恢复了几分冷静。"我正在把谐振频率通过广播发布给所有的飞船。你们自己看吧，也看看那些混蛋对格里沙的同胞做了什么。"

有那么一瞬间，人群顿住了——大家都在查看马齿苋刚刚公开的信息。她公开这些信息冒了很大的风险，因为现在我们的敌人完全有动机对我们采取行动，即使那意味着同时杀死岛上的所有人。但我同意她的做法。我们已别无选择。

其实我还有一个选择。

"很令人动容，"牛毛草承认，"但我们没有证据能证明，这些信息不是你们伪造出来的。"

"认证水印证明这些信息来自牛蒡子。"马齿苋说。

牛毛草一副遗憾的表情。"认证水印是可以作假的，只要有足够的聪明才智就行。毕竟，你们之前都承认你们闯进他的飞船了。撤回前言，否认你参与了这件事吧，马齿苋，趁现在还来得及。"

"不，"她说，"我不会。"

牛毛草对周围的一些人点了点头，那当中有好几个资深倡导者。

"把他们两个控制住。"他说。

我摸着自己画着落日的外衣下面的那个金属的物体。我的手在它的握柄上合拢。我抽出了格里沙的粒子枪。这个邪恶的小东西在灯笼的光线下闪闪发亮，让人群安静了下来。之前，我在没被任何人注意的情况下，让粒子枪瞄准了冒牌货。我按下粒子枪上的一个宝石按钮，它动了起来，仿佛有一只无形的手紧握了它，险些把它从我紧握的掌中拖了出去。它转动着对准了冒牌货，稳稳地锁定目标，犹如一条竖起半身的毒蛇。即使我松开握枪的手，它也会一直追踪被指定的目标。

"请你站到一边去。"我说。

"你别做傻事。"冒牌货周围的人纷纷避让，牛毛草还在劝说我。

这一刻仿佛台钳的虎口正在合拢，而我就身处当中。我看到过真正的牛蒡子奄奄一息地躺在他的飞船里，至少，我相信我看到了。我扣动扳机时，将会杀死一个无意识的构造体，一个按照程序指令高度精确地复制牛蒡子反应的生物与机械的构造体——不是一个活着的生命。它没有自我意识。

但如果船上那个奄奄一息的躯体才是冒牌货，而眼前这个一直都是真正的牛蒡子呢？如果关于格里沙和种族灭绝的整个故事都是谎言，而真正的牛蒡子就站在我面前呢？我想不出有什么理由要上演这样一出精心策划的戏码，但我也不能排除这种可能性。而且我想到了一种可能。如果牛蒡子在家系中有敌人，而那些人想让他死，并且把罪过推到别人头上呢？欺诈，双重欺诈，欺诈和双重欺诈的组合……我一时间迷失在这迷宫之中，头晕目眩。我必须做出一个选择。孰真孰假，我只能相信我的直觉。

"如果我弄错了，"我说，"那么请宽恕我吧。"

我扣下了扳机。粒子束划破空气，刺入对面那个冒牌货的胸口。

冒牌货用手摸了摸冒烟的伤口，张嘴想要说话，但他失去了生机，倒在地上。众人惊恐地尖叫起来。龙胆家系的一位成员杀死了另外一位成员，一想到这里他们便惊骇不已。

我要做的已经做完了。我松开了粒子枪。它依然飘浮在我面前，仿佛在邀请我再开一枪。冒牌货侧身躺在地上，一只手摊开，朝向天空。手是干的。他之前摸过伤口，但没有血迹。我不由得松了一口气。其他人会看出，我杀死的这东西并不是人，而是一个没有血的构造体。但就在这些念头成形的同时，那躯体一阵干呕，咳出了一口黑血，落到露台完美无瑕的白色大理石上。它的脸上出现一副恐惧和迷惑的神情。然后它静止不动了。

人群涌动起来。几秒钟的工夫，他们就抓住了我，把粒子枪打落一旁。他们把我从基座上拖了下来，把我摁倒在地。我被打得喘不过气来。他们开始拉扯我的衣服，凶暴得好像野兽。我听到了呼喊声，一些人试图把另一些人从我身上拉下来，但集体的愤怒和憎恶太强大了，无法抵挡。我感到胸口有什么东西裂开了，有人用拳头砸中了我的下巴，我嘴里尝到了自己的血味。求生的本能开始发挥作用，让我胡乱挥拳反抗，但他们人数太多。大多数人还戴着狂欢的假面。

然后有什么事情发生了。就在我即将失去意识之际，攻击平息了。有人往我的胸口打了最后一拳，让我的脊背一阵疼痛，然后退开了。有人漫不经心地踢了我一脚，然后我就被丢在那里了。我趴在地上，嘴里湿漉漉的，身上伤痕累累。我知道他们还没放过我。只是有别的东西吸引了他们的注意力，他们才把我暂且丢开。

他们几百人聚在一起，紧挨着环绕阳台的低矮栏杆，望向外面的大海。他们正被岛外发生的什么事吸引。马齿苋弓身坐在地上，我挣扎着站起身来，跟跟跄跄地走到她身旁。他们对她的伤害没有对我这么重，但她的嘴唇上还是被人打出了个口子。

"你还好吧？"我说话时，嘴里有浓浓的血腥味。

"比你强。"她说。

"我想他们还没打算放过我们。现在有什么吸引了他们的注意……也许我们可以跑到我们的飞船上？"

她摇摇头，用手指抹去我下巴上的血痕："是我们导致了这一切，剪秋罗。让我们把这一切完结。"

"凶手是牛毛草，"我说，"就是他。"

我们跟着围观的人群来到阳台。没人再看我们一眼，甚至我们挤到人群前面的时候也是。我们周围，所有人都看着大海。一个个流线型的身躯正从午夜的海水中浮出水面，黑黝黝的，和黑夜本身一样黑。它们在海浪中懒洋洋地翻来滚去，把巨大的尾巴和鳍足伸向天空，从呼吸孔中喷出白色的水柱。

马齿苋问我发生了什么事。

"我不知道。"我老老实实地说。

"这是你策划的，剪秋罗。这肯定跟第一千夜有关。"

"我知道。"我的胸口疼得发抖，那个暴徒肯定打断了我一根肋骨。"但我不记得我策划了什么。我以为那场流星雨就是收场秀了。"

现在到处都是那些水生生物，它们成群结队地浮出水面。"看样子它们似乎是在聚集起来准备做什么，"马齿苋说，"就像是要开始一场迁徙。"

"去哪里？"

"这该你来告诉我，剪秋罗。"

但没必要了。很快，状况就十分明显了。它们一只一只、一对一对地离开海洋，升入空中。它们离开大海的怀抱之际，水流从它们的身侧飞流直下。起初只是一只一只、一对一对，而后是整群整群，它们升入天空，翱翔在我们悬在天空的飞船形成的峭壁之间，就好像它们生来就会飞行。

"这……不可能，"我说，"它们是水生动物。它们不可能会……飞。"

"除非你把它们变成那样。除非你一直计划要这样做。"

那些上升中的水生生物周围闪烁着粉红色的光晕，暗示着它们得以飞行是依靠某种磁场，而且我猜，之后到了高空中空气稀薄的地方，这些磁场还会维持它们的生命。我的意识中隐隐约约多了些记忆。我是不是真的为这些水生动物设计了飞行能力，给它们配备了植入式的磁场发生器，还有足以操纵这些装置的动物智慧？记忆在向我招手，可我一旦把注意力集中过去，它又像花朵般萎谢了。

"也许吧。"我说。

"很好，"马齿苋说，"但这又带来了下一个问题——为什么？"

但我们没时间去琢磨这个问题了。突然间，天空又被一颗流星割成了两半，这颗流星比我们在先前的表演中看到的任何一颗都更明亮。它隆隆作响，在轰鸣声中砸入地平线，留下一道绿色的尾迹。

另一颗更加明亮的流星跟了下来。

这颗流星就好像触动了某个开关，大海中猛然爆发出一片水生生物离海而去的大潮。现在，它们成千上万拥挤在一起，形成巨大的鱼群，或者鸟群，缓缓移动，每个群体都隐隐约约有自己的特征。大海中的水生生物已经离去。又一颗流星划破天空，现场一时之间亮如白昼。天际出现一片不祥的虚假曙光，预示着某种可怕的冲击。有某个大家伙砸进重聚星。更多的光流劈开天空，让我感觉到，刚才那不会是最后一次。

岛屿在我们脚下摇晃。这完全不合理——冲击要波及我们这里肯定还早着呢。但这种震动不会是我们想象出来的。我抓紧栏杆，稳住身子。

"这是怎么……"马齿苋开口说。

岛屿再度摇晃起来。这提醒了那些人，让他们的注意力从离去的水生生物身上转开，重新注意到我。马齿苋挤进我怀中。我紧紧地抱住她，她更加用力地抱过来。

人群逼近。

"停下。"一个声音轰然响起。

所有人都停了下来，转身看向说话的人。是牛毛草，他正跪在被我射杀的那个人形构造体身边。他的手伸进了我在它身体上造出的伤口中，深及手腕。他缓缓地抽回自己的手。他的袖口上沾满了血迹，手指间却捏着个什么东西。那东西在他指间蠕动，看上去像是只小小的银色海星。

"这不是牛蒡子。"他站起身来，手里还捏着那个猥琐地蠕动着的东西。"这是……一件工具，就像剪秋罗和马齿苋告诉我们的那样。"牛毛草转身看着我，表情严肃而宽容。"你说的是真话。"

"是的。"我用尽全身力气回答。我意识到，我对牛毛草的看法是错误的，彻头彻尾地错了。

"那么，确实，"他说，"我们中的一个人犯下了罪行。"

"牛蒡子的尸体还在他的飞船上，"我说，"这一切都可以得到证明……只要你们允许。"

岛屿再次摇晃起来。头顶上袭来的流星已经连成一片，地平线上火光冲天。我还没来得及说什么，一块小碎片就从天空中砸了下来，落到离岛屿不超过十五公里的海面上，砸出一道明亮的裂口，两侧白沫飞溅。岛屿探测到危险，打开了屏障，将撞击后的爆炸压制成咸涩的海水中的一阵轰鸣。另一颗流星在五十公里外飞驰而下，激起的滚烫蒸汽形成一根巨大的汽柱。

撞击的影响越来越严重了。

牛毛草再次发言："我们都看到马齿苋提交的证据了。鉴于关于牛蒡子这部分是真的……我认为我们也应该认真对待故事的其他部分，包括谋杀整个文明的那部分。"他看着我们。"我相信，你们确实想看看我们的护盾。"

"那会告诉我们谁是凶手。"马齿苋说。

"我想你们可能很快就要如愿以偿了。"

他是对的。在岛屿的四面八方，飞船再度纷纷升起他们的护盾，以抵御轰炸。较小的飞船先开，然后是大些的飞船，一直到最大的那些船尾已探入太空的飞船。护盾颤抖着渐渐稳定，轻微的撞击如冰雹般打在上面，打得一阵阵微光闪烁不停。

"好了，"牛毛草对马齿苋说，"你看到匹配的飞船了吗？"

"是的，"她说，"我看到了。"

牛毛草点点头，神情万分严肃。"你愿意告诉我们是谁吗？"

马齿苋眨了眨眼，她要公之于众的事会产生的巨大影响，让她一时僵住了。我握住她的手，希望她鼓足勇气。"我本想着凶手可能就是你，"她告诉牛毛草，"你的飞船尺寸能对得上……而且你还破坏了剪秋罗的计划……"

"我想他不是故意的。"我说。

"对，他不是，"马齿苋说，"这一点现在很明显了。而且说到底，他的飞船和数据并不匹配。反之，海篷子的飞船……"

人群齐刷刷地把焦点锁定到了海篷子身上。"不，"他说，"这是有什么地方搞错了。"

"也许吧，"牛毛草说，"但还有个问题，马齿苋提到的武器，用来对付格里沙同胞的武器。你一直对古代武器有兴趣，海篷子……尤其是霍尔蒙克斯大战当中的武器。"

海篷子显得大为惊愕，说："那是一百多万年前的事了。那是远古的历史！"

"但一百多万年对龙胆家系来说算得了什么？你知道在哪里可以找到那些武器，而且你多半还对它们的工作原理有不少了解。"

"不，"海篷子说，"这太荒谬了。"

"也许的确是吧。"牛毛草退了一步。"这种情况下，你会被允许在由龙胆家系成员组成的陪审团面前证明自己，需要多少时间都可以。如果你是无辜的，我们会证明这点，并请求你的原谅——就像多年前我们请求水苏花的原谅一样；如果你有罪，我们也会证明，并找出你的同伙。你在我的印象中从来都不是那种善于算计的人，海篷子。我很怀疑你能独立完成这一切。"

海篷子整个人骤然发生了某种变化，他的表情变得强硬起来。"你们想证明什么就证明什么吧，"他说，"那什么也改变不了。"

"你这话听起来很可疑，像是在认罪，"牛毛草说，"这是真的吗？你真的仅仅为了保护伟大工程，就摧毁了整个文明吗？"

现在海篷子的表情中充满了不屑。他的声音里有一种我从未听到过的跋扈气焰。"一个文明，"海篷子说，"与可能性的汪洋相较，不过是海滩上的一块卵石！你们真的觉得它有什么重要性吗？你们真的以为，等到十亿年后，我们还会记得它？"

牛毛草转向他的倡导者朋友们，说："抓住他。"

三位倡导者迈着坚定的步伐向海篷子走去。但他们才走了三四步，海篷子就带着悲伤多过愤怒的表情摇了摇头，他撕开自己的外衣，露出他光滑无毛的前胸，一直露到腰间。他把手指插进自己的皮肤，像扯开剧院的两块幕布一样把它分到两旁，他没有表现出丝毫痛苦。我们没有看到肌肉和骨骼，只看到一个渗出些液体的定时装置，这东西由半透明的粉红色机械结构组成，层层叠叠地包裹在一个发光的蓝色核心外面。

"霍尔蒙克斯机器。"牛毛草说话时平静得令人敬畏，"它是件武器。"

海篷子笑了。一道白光在他敞开的胸中凝结。它越来越亮，化为地狱之火，从他的嘴里和眼睛里向外迸发。被引爆的武器从内部吞噬掉海篷子的神经系统时，他痛苦地扭动了一下，外层碎裂崩溃开来。

但火焰被什么东西给遏制住了。那团白光，现在亮得几乎不可直视，使它无法逃逸出来。一个单人大小的约束磁场，封锁了海篷子周围的空间，把它困在当中。

我看着牛毛草。他伸开双臂站在那里，就像一个在想象作品构图的雕塑家。在他的手指上，厚重的金属饰品闪闪发光。不，那并不是首饰。我这时才意识到，那是微型磁场发生器。牛毛草正维持着海篷子周围的约束磁场，防止火焰从中逸出，杀死我们所有人。从他脸上的表情可以看出，微型磁场发生器的压力很大。

"我不确定当量是多少。"牛毛草对我说一个字都很吃力，"我估计是亚千吨级，否则你的系统会检测出这台霍尔蒙克斯机器。但它还是足以摧毁这个阳台。岛屿能把一个护盾锁定到他周围吗？"

"不行，"我说，"我从来没考虑过……这种状况。"

"和我想得一样。我撑不了多久了……二十五到三十秒。"牛毛草的目光像钢铁一般坚决地刺入我的内心。"你可以控制这个建筑吧，剪秋罗？你可以按照你的需要让它任意变形吧？"

"是的。"我的声音在颤抖。

"那你必须让我们两个穿过地板掉下去。"

他们站着的地方彼此相隔只有几米。我只要集中精神下令，片刻之间就能命令那一部分的地板和主体分离，垂直落下。但如果我这么做了，也就等于将牛毛草置于死地。

"动手吧！"他嘶吼道。

"我不能。"我说。

"剪秋罗，"他说，"我知道你我之间存在分歧。我老是批评你没骨气。好吧，现在是你证明我错了的大好机会。动手吧。"

"我……"

"动手吧！为了家系！"

我看着其他家系成员的脸。我看到他们痛苦万分，但也看到他们在郑重表示同意。他们在告诉我，我别无选择。他们在告诉我，杀死牛毛草，拯救他们。

我照做了。

我命令那两个人周围的地板切断自己和阳台其他部分之间的联系。形成地板结构的微小机器机械地服从了我的意志，切断了将每一个微小机器和周围联系在一起的分子纽带。

在令人心碎的一瞬间，地板似乎还悬浮在原地。

海篷子周围的约束磁场颤抖起来，开始出现裂痕。牛毛草的微型磁场发生器能源耗尽了，他无法继续集中注意力了……

他看着我，点了点头："干得好，剪秋罗。"

然后他们掉了下去。

掉下去的过程很长。人群拥到阳台边缘往下看时，他们还在下坠。流星像雨滴一样不断下落，依然在不断撞击这颗重聚星，但爆炸产生的光线一时让最明亮的流星也黯然失色。我点了点头，同意牛毛草估计的数值——毫无疑问，就是亚千吨级。他是对的。如果不是那片阳台被甩到了那么远的距离之外，那么爆炸会杀死所有人，并把塔楼炸成两截。那只是我的一个心血来潮的设计，但救了我们所有人的正是它。

还有牛毛草。

*　　*　　*

那天晚上，发生了一场规模宏大的太空战役，但这次是真的，而不是为了纪念某个古老的、隐于时间迷雾背后的冲突而上演的剧目。真正的海篷子一直在他的飞船上，当他发现那个构造体未能摧毁岛屿时，他就逃向了太空轨道。他一定是计划从轨道上用自己的武器装备对重聚星发动攻击。但牛毛草的倡导者朋友们早有预料，他的飞船一动，其他十几艘飞船也动了起来。在我这垂死的重聚星被撕裂的大气层顶上，他们拦截住了海篷子，并用多得吓人的能量把夜空照得通明。海篷子死了——至少那个被派来混进我们的重聚的海篷子是死了。那家伙可能是海篷子的最后一个构造体，也可能不是；可能是我们中间唯一的构造体，也可能不是。

太空战役结束后，另一位倡导者连理草把我拉到一边，告诉我她所知道的事情。

"牛毛草支持伟大工程，"她说，"但并非不计代价。当他收到证据，证明有人以伟大工程的名义犯下暴行，屠杀了整个人类文明时，他就意识到，并不是所有的人都和他观点一致。"

"那么，牛毛草一直都知道。"我沮丧地说。

"不，他只有捕风捉影的情报——暗示、流言、传闻。他仍然不知道犯下罪行的是什么人，以及他们与龙胆家系的关系有多深。他也不知道其余的倡导者是否可以信任。"她顿了一下。"他信任我，还有其他少数几个人，但不是所有人。"

"但牛毛草对我提起过伟大工程，"我说，"他说过我们大家必须团结起来才能实现它什么的。"

"他相信那样是最好的。但更大的可能是，他在对你旁敲侧击，想搞清你的想法，刺激你贸然行动。"连理草看向徐徐沸腾的大海，重聚星的地壳上数以百计的火山都恢复了活动，破海而出。我们现在正从一个令人头晕目眩的高度俯瞰大海，岛屿本身已经脱离了重聚星，此刻正由它基岩上的巨大引擎（肯定是我安装上去的）推动，缓缓爬升，进入太空。海篷子的武器的爆炸已经把外围的小岛炸得四分五裂，崩坍回了海中。主岛离开后留下的大坑随即涌进海水，现在那里已经没有任何能表明它曾经存在的迹象了。

欢宴已毕。

"他怀疑有倡导者参与了犯罪，"连理草继续说，"但他也无法排除有其他人牵连其中的可能——一个潜伏者，一个无人会怀疑的特工。"

"他一定是怀疑我和马齿苋。"我说。

"有可能。毕竟你们俩确实有很多时候都在一起。他心目中的嫌疑人也不止你们两个——这能让你好受些吗？他甚至可能早就怀疑过海篷子。"

"接下来伟大工程会怎么样？"

"这不仅仅是龙胆一个家系的问题，"连理草说，"但我猜，会有人呼吁把整个项目搁置，推后个几十万年——一段冷却期。"她听起来很悲伤。"牛毛草受人尊敬。他在我们家系之外也有很多朋友。"

"我以前不喜欢他。"我说。

"他不会介意。他真正关心的只有家系。你做了正确的事情，剪秋罗。"

"可我杀了他。"

"你救了所有人。你得到了牛毛草的感激。"

"你怎么知道他会感激？"我问。

她伸出一根手指，放在自己的唇上："我就是知道。这样就够了，难道你还觉得不够吗？"

＊　　　＊　　　＊

过了一小段时间之后，我和马齿苋站在主塔最高的阳台上。岛屿已经爬升到重聚星的大气层顶部之上——如果大气层还在的话。

透过约束磁场闪烁的帷幕看去，遥远的下方，重聚星正在石刑[1]致命的痛苦中挣扎。流星像是无数拳头，以高得可怕的频率连环重击着它。每分钟至少有两颗流星——有时是三四颗——抵达地面。撞击产生的火球现在已经驱散了大部分大气层，并把相当一部分的地壳变为在空中画出抛物线的熔岩，那些巨大的熔岩在坠回地下之前画出的抛物线长达数千公里。它们让我想起了晚型恒星表面附近的日冕弧。汪洋已成回忆，海水被煮沸，化为充满尘埃的蒸汽。多次撞击产生的震荡令重聚星磁流体发电机核心的精密结构土崩瓦

---

1. 一种死刑的执行方式，通过由一群人向受刑者投掷石头的方式来将其处死。

解。如果星球上有某个地方还能看到夜色，那里的极光风暴肯定会非常辉煌绚烂。有那么一瞬间，我很后悔，我没有做好安排，通过某种方式或某种途径，让极光也成为表演的一部分。

但现在我想重新考虑也已经太迟了。下次该轮到别人了。

马齿苋拉住了我的手："别露出那么伤心的表情，剪秋罗。你做得很好。这是个很好的收场。"

"你这么认为？"

"他们会对这件事津津乐道一百万年。你对那些水生生物的安排……"她摇了摇头，神情中满是毫不掩饰的钦佩。

"我总不好就让它们留在海里。"

"太动人了。除开发生的其他事……我想这是我最喜欢的部分——也不是说现在这个不好。"

我们停下了会儿，观看一连串的沉重撞击，那是一长串有条不紊的撞击。重聚星上开始出现尺度相当于大陆的裂缝，裂缝深及地幔，像一道道亮如白昼的伤口。

"我创造出了些还不错的东西，然后现在又在毁灭它。难道你不觉得这实在有一点点……幼稚？牛毛草肯定不喜欢这样。"

"我不知道，"她说，"那个重聚星本来就不太可能有机会比我们更长寿。它被创造出来就是为了经历一个特定的时刻，不早不晚，就像一座沙堡，或者一座冰雕。存在，然后消失。在某种程度上，这就是它的妙处所在。如果沙堡能永远存在，那谁还会为之惊艳？"

"我觉得，又或许，这就像是落日。"我说。

"哦，不，"她说，"再也别开口谈什么落日了。我还以为你经过上次的事，已经不会再想碰这玩意儿了。"

"没错，"我说，"我完全、彻底不会了。我在想，我这次要换个截然不同的故事线主题，找个跟落日差距尽可能大的。"

"哦，那就好。"

"比如说……瀑布。"

"瀑布？"

"你知道的，瀑布其实相当普遍。任何一个有大气和固态表面的星球，通常都会有某个地方的某些东西看上去像是瀑布。只要你不是太苛求，非要'瀑布'里头有水。"

"其实，"马齿苋说，"我挺喜欢瀑布的。我还记得我在旅途中遇到过一个，它的垂直高度有十公里，是纯甲烷的。我站在它的下面，让自己感受到一点点寒冷，刚好能让我为它的奇观而战栗。"

"它现在多半已经消失了，"我悲伤地说，"和我们相比，它的寿命实在太短。"

"但也许你会找到更胜一筹的。"

"我会瞪大眼睛时刻留心的。我在旅途当中把一些有潜力的河流在地图中标出来了，现在地质学过程可能已经导致那些地方形成了瀑布。我估计，我会再度拜访其中几个老地方——为了缅怀旧时光。"

"给我带一份记忆回来。"

"我一定会的。只是，真是太遗憾了，你永远无法亲眼观看那些景象……"我停了下来，意识到自己已经站在了旅途的起点——动人心魄而又令人生畏的旅途。"我是说跟我一起，我们两个人一起观看。"

"你知道的，家系不赞成有计划的交往。"马齿苋说，仿佛我需要被提醒似的。"这样的交往会侵蚀阿比盖尔想灌输在我们心中的精神——对偶然和冒险的热爱。如果我们从现在到下一次重聚之间会相遇，那一定是出于偶然，也只能出于偶然。"

"那我们绝不会相遇。"

"是的，多半不会。"

"这是条愚蠢的规则，不是吗？我是说，考虑到这里发生的种种事情……

我们何必还要在意这条规则？"

马齿苋真是个回答问题的大行家。"因为我们是传统主义者，剪秋罗。我们对家系的忠诚深入骨髓。"她紧紧抓住栏杆，因为有什么东西从下面正在熔融的世界里急飞而上，是我的水生动物中的最后一员，不知它是在外闲逛，还是因为某种本能的好奇心而滞留。这只巨大的水生生物被磁场包围，像夜色一样柔顺光滑，身体的下侧被火光映成了古铜色。它在和阳台平齐的位置停了下来，用一只细小、周围满是皱纹、令人压抑且充满人性的眼睛好好地打量了我们一阵。然后，它有力地甩动了一下它的尾鳍，飞得更高了，飞向了轨道上它的同伴们聚集成的群体当中。

"但还有件事。"马齿苋补充道。

"什么？"

"我本来压根不该提这事……但我对星际旅行计划的保密一直做得不好。你记得我用来闯入牛蒡子飞船的那一招吧？它对你的飞船同样奏效。"

"你做了什么？"

"我没做什么有害处的事，只是往你的飞船上拷贝了一份我的星际旅行计划……供你参考。它只是能让你知道我会在哪里。"

"你说的对。"我的声音中满是困惑，"这保密实在是差得令人震惊啊。"

"我就是管不住自己啊。"

"我们见面完全不成体统。"

"绝对的。"马齿苋重重点头，以示赞同。

"但你会遵守那个星际旅行计划？"

"一丝不苟。"她已经喝完了酒。她把空酒杯抛向太空。我看着它落下，等待它撞上约束磁场时发出的闪光。但在那之前马齿苋就拉着我的胳膊，拖着我转过身去。"来吧，剪秋罗，我们进去吧。他们都还在等着听谁赢得了最佳故事线大奖。"

"发生了那么多事之后，我很难相信居然还会有人关心这个。"

"永远不要低估人类虚荣心的自我恢复能力。"马齿苋做出睿智的发言。"除此之外，我们要考虑的不仅仅是我们家系的问题。我们还需要建立两个纪念物。我们需要给牛蒡子建一个，再给牛毛草建一个。"

"有一天，我们可能也需要为海篷子建一个。"我说。

"我想我们会尽力忘记他的一切。"

"他不会那么轻易地退出舞台。他可能还活着。也可能他被谋杀了，换成了一个冒牌货——就像牛蒡子一样。无论到底是哪种情况，我都有种感觉，我们和他之间的事还没完，跟伟大工程之间也是。"

"不过，我们已经赢了这场战斗。今晚发生的事情已经够多了，不是吗？"

"必须的。"我说。

"不过还有件事让我烦恼，"马齿苋说，"我们仍然没有告诉任何人，我的故事线完全不是表面上那么回事——他们总有一天会发现的。"

"不过今晚还不会。"

"剪秋罗……如果从帽子里抽出了我的名字……那我该怎么办？"

我强压住一个愉悦的笑容，做出一副忧心忡忡的样子，说："就像我这么做，把脸绷得紧紧的，非常紧。"

"你的意思是……就这样接受？那就有点太顽皮了，不是吗？"

"非常顽皮，"我说，"但依然值得一做。"

马齿苋紧紧抓住我的胳膊。我们一起回身朝礼堂走去，其他人已经在那里等着了。在我们下方，创世之火正吞噬着我的重聚星。与此同时，在重聚星上方的遥远之处，水生动物们正聚集在一起，成群结队，准备开始它们漫长的迁徙。

一睡解千愁

Beyond the Aquila Rift

他们把冈特从冬眠中唤醒的那天，是个早春的大风天。他苏醒时身处一张钢结构床上，他所在的房间墙壁灰蒙蒙的，看起来很便宜，像是由预制部件匆忙组装而成的。有两个人站在床脚，看上去对他的窘境并不是很关注。其中一个人是男性，他手捧着一碗不知是什么的东西，在用勺子把那些东西舀进嘴里。他似乎正在匆匆忙忙地吃早餐。他头上的白发剪得很短，皮肤粗糙如革，像是长时间在户外跑的人。他旁边是个头发长些的女人，头发灰多白少，皮肤的颜色还要更深些。跟那个男人一样，她体格结实，穿着皱巴巴的灰色工作服，臀部后面挂着条沉重的装备带。

　　"你没什么问题吧，冈特？"她问话的同时，她的同伴又舀了一口早餐。"你思维还清楚吗？"

　　冈特眯着眼睛看着房间中明亮的灯光，一时之间记忆有些恍惚。

　　"我在哪儿？"他问道。他说话感觉有些吃力，就好像他头天在喧闹的酒吧里玩了一夜似的。

　　"你在一个房间里，你被唤醒了，"女人说，"你还记得自己睡下去那会儿的事情吧？"

　　他搜寻着记忆，想找到些特别的、能让他牢牢抓住的东西——一个干净的外科手术室，还有身着绿色罩袍的医生们。他的手在最后一份授权协议上签了字，然后他们把他放进了那堆机器里头。药物涌入他的身体，让他告别那个依稀记得满是伤心事的旧世界时，他完全没有悲伤或是想念。

"我想是的。"

"你叫什么名字？"男人问道。

"冈特。"他不得不等了一会儿，才想起剩下的部分。"马库斯·冈特。"

"很好。"他边说边伸出一只手抹了抹嘴唇。"这是一个积极的迹象。"

"我是克劳森，"女人说，"这位是达·席尔瓦。我们是你的唤醒小组。你还记得'一睡解千愁'吗？"

"我不确定。"

"好好想想，冈特，"她说，"如果你不觉得自己可以跟我们把事情理清的话，那么我们可以不费吹灰之力把你再弄回去。"

克劳森的话带着一种令他信服的语气，让他竭力回想自己的记忆。"公司，"他说，"'一睡解千愁'是家公司，让我睡下去的那个，让所有人睡下去的那个。"

"他的脑细胞没有粘在我们身上。"达·席尔瓦说。

克劳森点点头，但对他给出了正确答案也没有表现出任何喜悦之情。那样子更像是冈特帮他们两个省去了一点小麻烦，仅此而已。"我喜欢他说'所有人'的方式，就好像全人类都是如此。"

"难道不是吗？"达·席尔瓦问道。

"对他来说不是。冈特是第一批睡下去的人之一。你没看过他的档案吗？"

达·席尔瓦做了个鬼脸，说："对不起，我跑题了。"

"他是第一批的二十万人中的一员，"克劳森说，"顶级专属俱乐部。你们是怎么称呼自己的，冈特？"

"少数派，"冈特说，"这是个恰如其分的描述。我们还能管自己叫什么呢？"

"天杀的幸运儿。"克劳森说。

"你还记得你睡下去的那一年吗？"达·席尔瓦问，"你是最早的一批，那肯定是在那个世纪中叶的某个时候。”

“二〇五八年。如果你需要的话，那么我可以告诉你确切的日期和月份。但具体几点钟我也许说不上来。”

“你肯定记得你为什么睡下去吧。”克劳森说。

“因为我可以，”冈特说，“因为任何处在我地位上的人都会这么做。世界变得越来越好，它正在走出低谷，但还没有走出。医生们不停地告诉我们，永生突破就在眼前——年复一年，总是还差一点——他们要我们坚持住。但我们都在变老。然后医生们说虽然他们暂时还不能给予我们永恒的生命，但他们有办法能让我们跳过这件事实现之前的那些年头。”冈特用力让自己在床上坐起身子。力量在渐渐回到他的肢体中，可他越来越生气。因为他觉得自己没有得到足够的尊重，甚至还被人评头论足。“我们的所作所为没有任何邪恶之处。我们没有伤害任何人，也没有掠夺其他人。我们只是利用我们掌握的手段来获取我们迟早能弄到手的东西。”

“谁来告诉他？”克劳森看着达·席尔瓦问道。

“你已经睡了将近一百六十年了，”达·席尔瓦说，“现在是二二一七年四月。你已经进入了二十三世纪。”

冈特又打量了一番他周围单调乏味且平平无奇的环境。对于自己醒来时世界会是什么样子，他一直都有些大致的想象，但那些想象和眼下的状况都毫无相像之处。

“你们在骗我吗？”

“你觉得呢？”克劳森问道。

冈特抬起一只手。那只手看起来和记忆中的样子毫无二致，同样的老年斑、同样突出的静脉、同样毛茸茸的指关节，以及同样伤疤累累、松松垮垮，会让人联想起蜥蜴的皮肤。

“给我拿面镜子来。”他带着不祥的预感说道。

“我来帮你省掉这个麻烦吧，”克劳森说，“你会看到的脸，基本上就是你睡下去时候的那张。我们没对你做什么，只是治疗了下早期的冷冻程序造成的表面损伤。生理上，你还是个六十岁的人，大概还有二三十年好活。"

"如果现在还没有永生的方法，那你们为什么要唤醒我？"

"没有永生的方法，"达·席尔瓦说，"而且也不会有，至少很长一段时间都不会有。恐怕我们现在还有其他事情要担心。永生是我们最不需要关心的问题。"

"我不明白。"

"你会明白的，冈特，"克劳森说，"每个人最后都会明白。不管怎么说，你是靠你的天资被预选出来的。你是靠计算机发家的吧？"她没等他回答。"你研究人工智能，试图制造出会思考的机器。"

那些朦胧的伤心事中有一件清晰起来，化为一次明确的失败，毁掉他的人生的失败。他投注到一个雄心壮志中的一切精力，他一路走来失去的所有朋友和爱人——当他眼中只有那条白鲸[1]的时候，他们全都被他摒弃在了自己的生活之外。

"那一直没能成功。"

"但是那让你在这个过程中成了有钱人。"她说。

"那只是筹集资金的手段。这跟我被唤醒有什么关系？"

克劳森似乎本来要回答他的问题，又因为某种原因变了主意，她说："床头柜里有衣服，应该会合你的身。你要吃早饭吗？"

"我不觉得饿。"

"你的胃需要一段时间才能安定下来。另外，如果你想吐的话，现在就吐，别待会儿再吐。我不想你把我的船弄得一团糟。"

冈特突然开始试图调整先入为主的观念。周围的预制件，远处机器的背景嗡嗡声，还有唤醒他的人们身上的实用性服装——也许他在宇宙飞船上，正在

---

1. 指赫尔曼·麦尔维尔小说《白鲸》中主角追逐的白色抹香鲸莫比·迪克。——译者注

两个星球之间航行。这可是二十三世纪啊，他想着。这时间足够人们建立一个星际文明了，哪怕所及仅仅是太阳系内部也行啊。

"我们是在一艘飞船里吗？"

"见鬼，不。"克劳森对他的问题嗤之以鼻。"我们在巴塔哥尼亚。"

*　　　*　　　*

他穿好了衣服——套了件内衣，一件白色 T 恤，外面是和其他人一样的灰色工作服。房间又冷又潮湿，他很高兴自己穿上了这些衣服。虽然系带靴把他的脚趾挤得太紧，但除此以外就没问题了。衣服的材质感觉都非常普普通通，甚至有些地方还有点磨损了。但至少他看上去干净整洁，头发剪短了，胡子也刮了。他们一定是在他苏醒之前给他打理了一番。

克劳森和达·席尔瓦在房间外没有窗户的走廊中等着他。克劳森说："恐怕你心中的疑问都堆成山了。比如说，'为什么我没被当成王公贵族招待，而是被当作垃圾？''其他的少数派成员怎么样了？''这是什么糟糕透顶的鬼地方？'等等，等等。"

"我想，你们很快就会开始告诉我一些答案。"

"也许你应该提前告诉他交易的内容。"达·席尔瓦说。他现在穿上了一件户外外套，肩上挎着一个拉链包。

"什么交易？"冈特问道。

"首先，"克劳森说，"你对我们来说没有什么特别的意义。你沉睡了一百六十年这事对我们来说不足为奇。这已经算不上新闻了，但你还是有用的。"

"在什么方面？"

"我们失去了一个伙伴。我们这里的排班人手很紧，队伍里哪怕失去一名成员我们也无法承受。"现在说话的是达·席尔瓦。虽然他们两人之间没有太大的差别，但相比身上有种奇怪感觉的克劳森，在他们两人中达·席尔瓦似乎要稍微理智点，没有对冈特表现出太多赤裸裸的反感。"交易就是，我们对你进行培训，给你布置工作。当然，作为回报，你会得到良好的照顾。食物、衣服、睡觉的地方，还有任何我们能提供的药物。"他耸了耸肩。"这是我们所有人都接受的交易，一旦习惯了，感觉也没多糟糕。"

"有没有其他的选择？"

"把你打包，打上标签，然后放回冷冻箱里，"达·席尔瓦继续说，"和其他人一样。当然，选择权在你手上。你要么和我们一起工作，成为团队的一员；要么就回到冬眠状态，在那里等待机遇。"

"我们得出发了，"克劳森说，"我不想让尼禄没完没了地等着。"

"尼禄是谁？"冈特问道。

"在你之前我们拉出来的那一位。"达·席尔瓦说。

他们沿着走廊向前，经过一道道双开门，它们都敞开着，门后是某种餐厅或公共食堂。不同年龄的男男女女围坐在桌旁，一边吃饭或玩纸牌游戏，一边轻声交谈。从塑料椅子到防火胶板的桌面，一切看起来都很简朴，像是某个巨大机构里的制式家具。桌子尽头是一扇被雨水冲洗过的窗户，矩形的窗框中满是灰色的云层。冈特察觉到有人朝他的方向瞥了几眼，有一两个人对他有点转瞬即逝的兴趣，但没人对他表现出太多好奇心。他们继续往前走，从楼梯爬到了他们所在的不知什么建筑的上一层。迎面走来个中国人长相的年长男子，手里拿着把沾满油污的扳手。他举起空着的那只手，默默向克劳森打了个招呼，克劳森也同样回礼。然后他们又上了一层楼，经过设备柜和配电柜，进入一个螺旋形楼梯井，那之后是个波纹金属板的棚子。冷风飕飕，刮来机油和臭氧的气味。奇怪的是，在棚子的一面墙上有一个橙色的充气救生圈，另一面上挂着个红色的旧灭火器。

冈特告诉自己，这就是二十三世纪。尽管周围的环境如此令人沮丧，但他没理由怀疑这就是二二一七年的生活现实。他知道，以为世界会一直进步，未来会比过去更好，更光明、更干净、更便捷，这只是一种信仰。但他没想到这种信仰的不智之处会以如此鲜明的方式扑面而来。

棚子上开了扇通向外面的门。克劳森顶着大风推开了门，然后他们走了出去。他们在不知什么东西的屋顶上。前方有个满是裂缝和油污的混凝土广场，地上散布着一行行褪色的红色油漆标志。几只海鸥郁郁寡欢地在角落里啄着什么东西。至少这里还有海鸥，冈特思索着，至少没有可怕的生物学大灾变吞噬一切生命，迫使所有人都住到地堡里。

在屋顶中间停着一架直升机。黑色亚光、细腰长身的直升机，棱角分明而非曲线流畅。除了些不伦不类的凸起和荚舱之外，它上面没什么很有未来感的地方。以冈特所掌握的知识来看，这架直升机可能是基于他睡下去前生产的一个型号的直升机发展而来的。

"你在想，看着好烂的直升机。"克劳森在风中高声说。

冈特略笑了笑，说："它靠什么运行？我猜想，石油应该在上个世纪的某个时候枯竭了？"

"就是石油。"克劳森边说边打开驾驶舱门，"你到后面去，系好安全带。达·席尔瓦跟我一起坐前排。"

冈特怀抱着对未来的重重疑虑，还没在后排座位上坐稳，达·席尔瓦就把他的拉链背包扔了过来。冈特从前排座椅的空隙间朝驾驶舱的仪表看过去。私人直升机他坐得太多了，足以让他知道手动超控是什么样子——这里没有任何不同寻常的奇怪装置。

"我们要去哪里？"

"去换班。"达·席尔瓦边说边把一副耳机戴到自己脑袋上。"几天前，J平台发生了一起事故。我们失去了吉梅内斯，尼禄也受了伤。今天之前天气一直很糟，没法撤离人员，但现在我们有了一小段可以展开行动的时间。实际上，这就是我们把你解冻的原因。我要去接替吉梅内斯，所以你必须接替我在这里的岗位。"

"你们劳动力短缺，所以就把我从冬眠中拖了出来？"

"基本上就是如此，"达·席尔瓦说，"克劳森认为让你来参加这次旅行不会有什么坏处，这能让你更快跟上进度。"

克劳森拨动了天花板上的一排开关。机顶上的旋翼开始转动。

冈特说："我猜，你们该有些比直升机更快，可以进行更漫长的长途旅行的东西。"

"没有，"克劳森回答，"除了一些船，差不多就只有直升机了。"

"洲际旅行呢？"

"压根没有。"

"这可不是我期待的世界！"冈特竭力喊叫，想让别人能听到。

达·席尔瓦侧过身子，示意他去拿挂在椅背上的耳机。冈特戴上耳机，摆弄了下，把麦克风放到自己嘴唇前方。

"我说这不是我期待的世界。"

"是啊，"达·席尔瓦说，"你第一次这么说的时候我就听到了。"

旋翼达到了起飞转速。克劳森小心翼翼地将直升机升到空中，屋顶的停机坪下坠，消失了。他们向侧面疾飞，直到越过了大楼的侧边。墙壁垂直向下，剧烈的转折令人晕眩，让冈特感觉自己的内脏被扭在了一起。这根本不是一栋大楼，至少不是他之前一直以为的那种。停机坪坐落在一个方形的、看起来像工业建筑的结构的顶部。那东西跟一栋办公大楼大小相近，外围被脚手架和过道弄得模糊不清，上面布满了起重机、烟囱和其他冈特认不出来是什么的突起物；那东西本身靠着四根巨大的支柱矗立在海上，海浪不断冲击着它宽大的基底；那东西是个石油钻井平台或是开采平台（简称平台），不然也至少是利用那种东西改造而成的。

那并不是唯一的一个。他们离开的停机坪只是某个大型油田中的平台之一。一个又一个平台朝着远方阴暗、灰色、被雨水覆盖的天际一路延伸。冈特能看到的平台足有几十个，而且他觉得地平线外头还有更多。

"这些平台是干什么用的？我只知道不会是采油。不可能还会有需要如此大规模的钻井作业的石油。我睡下去的时候，石油就已经濒于枯竭了。"

"宿舍，"达·席尔瓦说，"这些平台每一个都可以容纳大约一万名休眠者。人们在海上建造这些平台，因为我们需要海洋热能转换技术来发电并运行它们。利用海洋表层的水和深海之间的温差，而且我们不必将这些电力用电缆输送到内陆，方便了不少。"

"而现在这方便让我们遭到了反噬。"克劳森说。

"如果我们去了内陆，那些家伙就会改派地龙过来。我们做什么它们都能随机应变。"达·席尔瓦的语气像是在陈述事实。

他们在覆盖着油膜、翻腾不休的水面上飞掠而过。"这里真的是巴塔哥尼亚吗？"冈特问道。

"巴塔哥尼亚近海区域，"达·席尔瓦说，"十五分区，是我们的看护范围。我们有差不多两百人，总共要照看大约一百个平台。"

冈特对着这些数字算了两遍，因为他实在难以相信对方所说的这些。"那也就是一百万个休眠者。"

"整个巴塔哥尼亚近海有一千万休眠者，"克劳森说，"你很惊讶吗，冈特？居然有一千万人办到了你和你那了不起的少数派成员们多年前所办到的事？"

"我想这不可能。"冈特说话时感觉已经真相大白。"随着时间的推移，这东西的成本将会降低，让财产较少的人也能用得起——仅仅是富人，不是超级富翁也行。但它永远不会是大众可以用得起的东西。一千万人，也许还可能。再往上，上亿？我很抱歉，但经济支撑不起这样的事情。"

"看来，我们已经没有经济可言倒是件幸事了。"达·席尔瓦说。

"巴塔哥尼亚也只是全局中很小的一部分，"克劳森说，"其他地方还有两百个别的分区，都和这个一样大。全都加起来，差不多就是二十亿休眠者。"

冈特摇摇头，说："那数字是不可能的。全球人口在我睡下去的时候才八十亿，而且趋势是在持续减少！你总不能跟我说全球人口有四分之一都在冬眠吧。"

"如果我告诉你，地球目前的人口也就差不多二十亿，或许能对你有些帮助。"克劳森说，"几乎所有人都在休眠。只有我们这点人还醒着，扮演看护者的角色，看护平台和海洋温差发电厂。"

"一共有四十万清醒的活人，"达·席尔瓦说，"但实际感觉上比这还要少得多，因为我们大部分时间都待在指定的分区。"

"你知道真正讽刺的是什么吗？"克劳森说，"现在我们才是能以'少数派'自居的人。我们这些没去休眠的人。"

"这样一来，剩下的人实际上根本什么也做不了，"冈特说，"所有人都去休眠等着，而没有清醒的活人来辛勤工作，找到治愈死亡的途径，那根本毫无意义。"

克劳森转过身来看着他，她的表情已经将她对冈特智力的看法暴露无遗。"这和永生无关。而是关乎生存，是为战争尽我们的一份力量。"

"什么战争？"冈特问道。

"我们周围正在进行的战争，"克劳森说，"你所开启的战争。"

*　　　*　　　*

他们抵达了另一个平台，在其上着陆。这边一共有五个平台，彼此靠得很近，人们得以通过电缆和走道将它们连成一体。海上依旧波涛汹涌，巨浪不断拍打着支撑平台的混凝土立柱。冈特目不转睛地盯着窗户和甲板，但在任何平台上都看不到人类活动的迹象。他一次次回想着克劳森和达·席尔瓦对他说的那些话，试图找出某个会让这些人对他撒谎，病态地全力愚弄他，让他误解他醒来后身处的这个世界的性质的理由。这也许是某种形式的大众娱乐手段，在节目中唤醒像他这样的休眠者，让他经历情感上的折磨，向他展示可能发生的最可怕的场景，加剧他的痛苦，直到他崩溃，然后才会拉开灰色的幕布，在精彩的"真相时刻"向他揭晓——二十三世纪的生活真的完完全全跟他之前期待的一样，崭新而完美，宛如一个乌托邦。但他怎么想都觉得这不太可能。

然而，什么样的战争需要二十亿人陷入冬眠？看护者的人手又为什么会分配得如此捉襟见肘，只有四十万清醒的活人？很明显，那些平台基本上是自动化的。但由于巴塔哥尼亚近海区有人死去了，就有必要把他从冬眠中拉出来。为什么不干脆让更多看护者保持清醒，好让整个系统能承受一定的损失？

直升机安全降落在停机坪上后，克劳森和达·席尔瓦让冈特跟着他们，进入了另一个平台深处。它和冈特被叫醒的地方几乎没有什么区别，只不过它已经近乎荒废，唯一还在活动的只是些鬼头鬼脑的维修机器人。这些家伙显然是非常简单的机器，并不比自动擦窗机聪明多少。对多年来一直致力于人工智能梦想的他来说，看到这方面的进步如此乏善可陈，甚至可能根本几近于无，实在令人沮丧。

"有件事我们得弄清楚。"他们走到嗡嗡作响的平台深处后，冈特说，"我没有发动任何战争。你们找错人了。"

"你以为我们弄混了你的档案记录？"克劳森问，"那我们是怎么知道你从事过人工智能方面工作的？"

"那你们肯定是理解错了档案记录的意思。我与战争或军队没有丝毫关联。"

"我们知道你做了什么，"她说，"你花了多年时间，试图构建一个真正的、符合图灵标准的人工智能——一台有意识且会思考的机器。"

"不过那是个死胡同。"

"但那还是带来了一些有用的副产品，不是吗？"她继续说，"你破解了语义认知的难题。你的系统不仅能识别语音，它们理解语言的水平也是从前任何计算机系统都未达到过的，暗喻、明喻、讽刺、故作轻描淡写，甚至以刻意略去来暗示。当然，它有许多民用的应用，但你赚到几十亿身家可不是靠那些。"她严肃地看着他。

"我创造了一个产品，"冈特说，"我只是向买得起的人提供它。"

"是的，你的确是这么做的。不幸的是，你的系统变成了这个星球上尚存的所有专制政府进行大规模监控的完美工具。每一个濒于瘫痪状态的极权主义国家都只恨不能更快地得到你的系统。你在卖掉它的时候心中毫无不安，是不是？"

冈特感到一段精心排练过的辩护词从潜意识中冒了出来，他说："历史上没有哪种交流工具不是双刃剑。"

"这能让你获得宽恕，是不是？"克劳森问道。他们边说边沿着走廊和楼梯继续向前，达·席尔瓦在这次谈话中始终一言不发，默默观察着他们两人。

"我不是要求赦免。但是如果你认为是我挑起了战争，如果你认为我要莫名其妙地对此……"他指了指周围，"对这种见鬼的状况负有责任，那你就大错特错了。"

"也许你不是唯一的责任人，"克劳森说，"但你肯定是共犯之一。你，还有其他所有追求人工智能梦想的人，你们都是。你们将世界推向了悬崖的边缘，丝毫没有考虑到后果。你们完全不知道你们正在释放些什么。"

"我得告诉你，我们什么也没释放出来——研究失败了。"

他们现在正走在从平台内部的一片巨大空间的一边通往另一边的悬空过道上。"往下看。"达·席尔瓦说。冈特并不想看。他在高处从来都不太适应，地板上的排水孔已经大得让他不舒服了。但他还是强迫自己往下望去。冷冻舱的四面墙上挂着一排排的支架，上面搁着一个个棺材大小的白色冷冻箱，叠到了三十米高，周围是许多复杂的管道，还有同样复杂的人行通道、梯子和服务轨道构成的网络。一个机器人就在冈特看过去的时候，呼哧呼哧地跑到了其中一个白色冷冻箱前，从一端抽出一个模块，然后沿着侧面通道走开，去处理另一个白色冷冻箱。

"我先告诉你，这是真的，"克劳森说，"免得你觉得我们在整蛊你。"

当初那些少数派成员的冬眠安排跟这完全是大相径庭。冈特就像是个将自己尘世间的财富随同下葬的埃及法老，他需要一个完整的墓穴，里面塞满了体积庞大，且最为先进的冷冻保存和监控系统。在任何时候，根据他与"一睡解千愁"的合同，他都将处于几名在世医生的直接护理之下。仅仅是容纳一千名少数派成员所需要的建筑大小就跟一栋大型度假酒店差不多，电力需求也大致相同。这里的冬眠则大为不同。这里的冬眠是工业规模的，是彻底地达到效率最大化的。休眠者被装在冷冻箱里，像大规模生产的商品一样堆叠在一起，看护他们的活人的数量毫无疑问被降到了最低限度。他在这一个冷冻舱中看到的休眠者大概还不足一千人，但从这一刻开始，他已毫不怀疑这种操作可以被放大到足以覆盖二十亿人的规模。

你需要的只是更多这样的房间、更多的机器人，还有更多的海上平台。只要你有这种能力，并且这个星球上不需要任何人做其他任何事情，那这显然是可行的。

没有人种植庄稼或分发食物，但这并不重要，因为几乎没几个人还醒着并需要进食；没有人来协调全球金融体系那错综复杂、起伏不定的网络，但这也不重要，因为不再有任何类似经济的东西了。不需要基础交通设施，因为无人旅行；不需要通信，因为无人需要知晓自己之外所发生的事情。真的，什么别的都不需要了，只需要生死攸关的绝对必需品。可呼吸的空气、不到五十万人的口粮和药品，还有这世界最后的黑色呕吐物——少许的石油——来维持直升机的运行。

是的，这是能办到的。并且这很容易就可以做到。

"有一场战争，"达·席尔瓦说，"在你睡下去之前，它就以某种形式在进行了。但它可能不是你想的那种战争。"

"这些，这些休眠者，是从哪里来的？"

"他们别无选择，"克劳森说，"他们必须沉沉睡去。如果他们不这样，那么我们全都会死。"

"'我们'指的是……？"

"你，我——我们，"达·席尔瓦说，"整个人类物种。"

＊　　　＊　　　＊

他们在冷冻舱下面几层的医务室接到了尼禄，还有那具尸体。尸体已经装袋，放在了医疗推车上，像是一具裹得严严实实的银色木乃伊。尼禄不像冈特以为的那样是个男人，而是个身形修长的女人，有一副开朗的面容和一头浓密的鲑红色鬈发。

"你就是那位新来的吧？"她边发问边举起一个咖啡杯致意。

"我猜是吧。"冈特不安地说。

"你还在适应中吧，我明白的。我花了整整六个月，才意识到这并不是可能发生在我身上的最坏的遭遇。但你终究会明白过来的。"尼禄的一只手上缠着绷带，套着一只白色的连指手套，上头插着根安全别针。"不过，你得听我一句，不要回到冷冻箱里。"然后她看了一眼克劳森。"你们会给他一次这种机会，对不对？"

"当然，"克劳森说，"交易就是如此。"

尼禄说："有时候我会想，如果根本就没有什么'交易'，那么日子倒会更好过些，你知道吧？比如说，我们就把职责丢给别人，然后，随他干什么吧。"

"如果我们当初没给你选择的机会，你也不会太高兴的。"达·席尔瓦说。他已经脱下外套，准备留在这里了。

"是啊，但那时候我知道什么？六个月前的事，我现在感觉像已经过了半辈子了。"

"你是什么时候睡下去的？"冈特问道。

"二一九二年。第一批一亿人之一。"

"冈特比你更早，"克劳森说，"这家伙是少数派成员，最开始的少数派，头二十万人之一。”

“老天啊！这可真是够早的。”尼禄眯起眼睛。“他搞清楚事情的来龙去脉了吗？我记得当时他们并不知道自己所卷入的到底是什么样的事。”

“他们大多数人都不知道。”克劳森说。

“知道什么？”冈特问道。

“即使在那时，‘一睡解千愁’也只是个幌子，”尼禄说，“你相信了一场骗局。无论你睡多长时间，都不可能有什么长生不老方面的突破。”

“我不明白。你是说那整个都是骗局？”

“差不多吧，”尼禄说，“不是为了给任何人捞钱，而是为了启动让全人类都进入冬眠的过程。必须从小规模做起，这样他们才有时间解决技术中的问题。如果知情者公开宣布他们的计划，那么没人会相信他们。而且如果那时候人们相信了他们，全世界就会陷入恐慌和混乱中。于是他们从少数派开始，然后慢慢扩大运营规模。先是几十万，然后是五十万，一百万……如此这般——”她停顿了一下。“建立起一种模式，让大众对此习以为常。他们隐瞒了三十年。然后流言四起，人们传说，在‘一睡解千愁’背后另有黑幕。”

“跟龙[1]没什么关系，”达·席尔瓦说，“要解释那些事总是一项艰巨的任务。”

“当我睡下去的时候，”尼禄说，“我们大多数人都心中有数了。如果我们不沉沉睡去，世界就会走向尽头。申请进行冬眠是我们道德和法律上的义务，或者我们也可以选择安乐死。我选择了冬眠，但我的许多朋友选择吃下药片来安乐死。他们认为，确定无疑的死亡比进入冷冻箱里撞宇宙级的大运要更好……”她专注地看着冈特，盯着他的眼睛说：“交易的这部分内容我也知道。我有可能在某个时候从沉睡中醒来，成为一名看护者。但，你知道的，这种可能微乎其微。我从没想到过这会发生在我身上。”

---

1. 此处出现的“龙”是作者虚构的产物，在陆地上的被称为“地龙”，在海中的被称为“海龙”，均为同一事物。

"没人想到过。"克劳森说。

"那是怎么回事?"冈特边问边朝那具被铝箔包裹的尸体偏了偏头。

"吉梅内斯死于第八层的一次蒸汽管道爆裂。我想他没多少感觉,很明显,那速度就是有那么快。我尽快赶到了那里,阻止了蒸汽继续泄漏,然后设法把吉梅内斯拖回医务室。"

达·席尔瓦说:"尼禄把吉梅内斯带回这里的途中被灼伤了。"

"嘿,我会恢复的。只是我现在用起螺丝刀来不太顺手。"

"对吉梅内斯的事我很遗憾。"克劳森说。

"你不必如此。吉梅内斯从来没有真正喜欢过这里。他总觉得,跟我们一起留下而不是回到冷冻箱里是个错误的选择。当然,我试过说服他,但那就像是和一堵墙争论。"尼禄用她那只好手捋了捋自己的鬈发。"倒不是说我和他无法相处。但无疑,他现在的状况比以前要好多了。"

"可是他已经死了。"冈特说。

"技术上来说是的。但事故发生后我给他做了全面的血液灌洗,给他注射了大量的防冻剂。这里没有多余的空位了,但我们可以把他放到其他平台的冷冻箱里去。"

"我的冷冻箱,"冈特说,"我之前用的那个。"

"还有其他的空位,"达·席尔瓦纠正道,"吉梅内斯回去并不妨碍你也跟着回去——只要你想那么做。"

"如果吉梅内斯这么不开心,那你们为什么不早点让他回冷冻箱里去呢?"

"交易不是这样的,"克劳森说,"他做出了选择。那之后,我们投入了大量的时间和精力让他跟上进度,让他和团队配合无间。你以为我们会因为他改变主意,就心甘情愿地把所有的付出都丢进水里?"

"他从来都没有撂挑子不干,"尼禄说,"不管你们怎么评价吉梅内斯,反正他没有拖累队伍。他在第八层发生的事情是一场意外。"

"我从未怀疑过这点,"达·席尔瓦说,"他是个好人。他没能成功适应过来，真是遗憾。"

"也许现在对他来说算是解脱，"尼禄说，"通向未来的单程票。他的工作完结了，所以下次他苏醒的时候，会是因为我们终于走出了这该死的泥潭，会是因为我们赢得了战争，所有人都可以再度醒来了。我相信它们肯定会找到办法治好他。如果做不到，那也只能让他再睡下去，直到它们有办法为止。"

"听起来，这事最终的结果倒是对他挺好的。"冈特说。

"真正好的只有一件事——活着，"尼禄回答，"也就是我们所有这些人正拥有的。无论遭遇什么，我们都是活着的，我们在呼吸，我们在清醒地思考。我们不是些堆在冷冻箱里的冰冻尸体，仅仅是从一个瞬间生存到下一个瞬间。"她耸了耸肩。"区区拙见，仅值半元[1]。如果你想回到冷冻箱里，让别人来接过这担子的话，别指望我来说服你。"然后她看向达·席尔瓦。"在我恢复健康之前，你一个人在这里没问题吧？"

"要是出现了我无法应付的状况，我会让你知道的。"达·席尔瓦说。

尼禄和达·席尔瓦对着张清单检查了一遍，尼禄确信她的继任者已经获知全部所需，然后他们互相道别。冈特不知道他们要把达·席尔瓦一个人留在这里多久——几周，还是几个月？达·席尔瓦一副听天由命的样子，仿佛这种孤身一人的执勤完全是他们意料之中的事。冈特想起来吉梅内斯去世前这里有两个人值班，颇为疑惑为什么他们不多解冻一个休眠者。这样一来，在尼禄的手痊愈之前，达·席尔瓦就不必独自工作了。

然后，到那边还不到半小时，他们就又回到了直升机上，迅速动身返回先前那个平台。这期间天气变得更糟了，海浪更猛烈地拍打着平台的支柱，狂风暴雨的幕布将天际牢牢遮蔽，只有闪电的光芒划过其间。

---

1. 原文为一句英文谚语的变形。最末的钱数原为"两分"，随着通货膨胀物价上涨，近年来有时人们会把这个钱数变为"五分"。作者假设未来会进一步通货膨胀，然后这句谚语变为"五十分"。——译者注

"今天这时候真不好，"冈特听到尼禄说，"也许你应该让我自己受着，一直到天气变好。吉梅内斯应该也并不会等不及。"

克劳森说："我们早就该把你撤出来了。如果天气转坏，那好几天内我们都不会再有机会了。"

"我听说，它们昨天试着进行了一次强制推送。"

"在回声分区，部分联结成功。"

"你看到了吗？"

"我只在监视器上看到了，但对我来说够近了。"

"我们应该在平台上做好战斗准备。"

"可究竟要从哪里变出人来？我们只能勉强维持现状而已，这还得是没有更多烦心事的情况下。"

两个女人坐在前面，冈特坐在后面，和吉梅内斯被铝箔包裹的尸体做伴。他们把一个座位折叠起来了，为担架床腾出空间。

"我其实并没有选择，不是吗？"冈特说。

"你当然有选择。"尼禄回答。

"我是说道德上。我看到了你们的处境。仅仅是为了维系运营，让平台不至于分崩离析，你们就已经被逼到了崩溃的边缘。你们为什么不多叫醒几个休眠者？"

"嘿，这可真是一个好主意，"克劳森说，"为什么我们不呢？"

冈特没有理会她的嘲讽，他说："你们刚才丢下达·席尔瓦独自待着，照看整个平台。如果我转身丢下你们，那我之后还怎么挺起胸膛做人呢？"

"很多人都是这么做的。"尼禄说。

"多少人？占多大比例？"

"超过一半的人同意留下来，"克劳森说，"对你来说这样够不够？"

"但就像你说的那样，大多数休眠者都已经知道了这究竟是怎么一回事。而我还不知道。"

　　"然后你就觉得这会让事情发生变化，让我们对你额外宽容些？"克劳森问，"我们会说，没关系啊伙计，回到冷冻箱里去，这次我们用不着你了。"

　　"你得搞清楚，"尼禄说，"你当初被许诺的未来并不会到来。几个世纪内都不会，在我们摆脱这糟糕的状况之前一直都不会。并且，没人对这需要多长时间有丝毫把握。同时，休眠者的保存期限并不是无限的。你以为冷冻箱永远不会失灵吗？你以为我们不会时不时因为冷冻箱坏掉而失去一个休眠者？"

　　"我当然不会。"

　　"你回到冷冻箱里，就是在可能永远不会发生的事上下注。留下来醒着，那至少有些事是确定的。至少你知道，你死的时候是在做些有用的事，有价值的事情。"

　　冈特说："如果你能告诉我为什么，那就更好了。"

　　尼禄说："这世界总得有人照看。不然的话，那些平台可以由机器人照顾，但机器人要由谁照顾呢？"

　　"我是说，为什么每个人都要冬眠？这件事为什么会那么重要？"

　　控制台上有什么闪动了一下。克劳森把一只手按在耳机上，听着什么。几秒钟后，冈特听到她说："收到，航向三二五。"紧接着是一句几不可闻的话。"天啊，还嫌我们不够倒霉吗？"

　　"那不是天气警报。"尼禄说。

　　"怎么回事？"冈特问道。直升机一个急转弯，海面倾斜过来，朝他逼近。

　　"没什么该你操心的。"克劳森说。

　　直升机拉平机身，进入新的航线，比之前飞得更高但也更快——冈特感觉是这样。机舱里的发动机噪声更大了，控制台上亮起了一堆之前没有点亮的指示灯。警报纷纷响起，克劳森把它们统统静音，漫不经心地随手拨动着开关。显然她很习惯在紧急状况下飞行，并且完全清楚直升机的承受极限所在，或许甚至比直升机本身了解得更清楚——毕竟它只是台愚蠢的机器。两边的平台一个个掠过，宛如跨越黑夜的城堡，然后视野开始渐渐模糊。剩下的一点点能见度刚够冈特看到开阔的大海——一片起伏不平、白浪覆盖的灰色平原。疾风吹过，海面波动，就像是某只庞然大物的皮肤在呼吸蠕动——吸进、呼出，躁动不安，令人毛骨悚然。

"那里，"尼禄指着右边说，"我的天，我觉得我们应该避开它，而不是靠得更近。"

克劳森让直升机再度倾斜，说："同感。要么他们给我发了个有问题的航向，要么有不止一次入侵在同时进行。"

"这不会是第一次。坏天气总是会让那些玩意儿出现。为什么会这样？"

"问那些机器去。"

冈特过了好一会儿才分辨出尼禄之前看到了什么。远方，到视野极限一半的位置，一部分海面似乎从下方被照亮了，隐隐呈现出让人恶心的黄绿色，跟遍布其他区域的灰白色形成强烈对比。冈特的脑海中浮现出一个景象，他依稀记得那是来自他孩提时代曾拥有过的一本硬皮绘本——一座明亮的水下宫殿，有着高高的尖塔，在大海深处拔地而起，灯火通明，附满藤壶，美人鱼和珠光宝气的鱼群如花冠般环绕着它。但他感觉得出来，在那团黄绿色污斑下正在发生的事情并没有丝毫的神奇或迷人之处。那是某种让克劳森和尼禄紧张不安，避之唯恐不及的事情。

他也有同样的感觉。

"那玩意儿是什么？"

"是一些试图突破进来的东西，"尼禄说，"我们希望最好不要碰上的东西。"

克劳森说："我觉得，它没能联结上来。"

如果说那团黄绿色污斑周围有什么不同的话，就是那里的风暴似乎加倍地狂暴，那里的海浪翻腾如沸。冈特有几分希望他们的直升机转过头去，让他对于海浪下正在发生的不知是什么现象有更好的观察视野。但他同时有种感应，觉得那现象里有某种根本的谬误不当，让他又想要离它越远越好。

"那是件武器吗？那是跟你一直提的这场战争有关的什么东西吗？"冈特问道。

克劳森开口时冈特大吃一惊。他没指望能得到直截了当的回答，而回答的人是她就更出乎他的预料了。她说："这就是那些机器攻击我们的方式。它们试图把那玩意儿送过来。有时候它们会成功。"

"它正在脱离联结，"尼禄说，"你说对了。它没有获得足够的信号来完成联结。平台上噪声一定很大。"

那团黄绿色的污斑每一秒钟都在缩小，仿佛那座神奇的水下宫殿正在降回到深渊之中。他仿佛被催眠了一般目不转睛地看着，看到有个东西破海而出——一个长长的、发光的、像鞭子一样的东西。它甩动了一下，像是试图卷住空中的猎物，随即它又被拉了下去，坠入那片呲呲作响的混沌之中。然后光线慢慢减弱，海浪的汹涌程度也降下来，之前出现幻象的那片海面与周围的海面变得一模一样，完全无法区分。

*　　　*　　　*

冈特已经做出了决定。他会加入这些人，他会承担他们的工作，他会接受他们提出的交易，不多讨价还价。但这不是因为他乐意如此，也不是因为他对此感兴趣，更不是因为他认为自己足够强大，而是因为另一种选择看起来太怯懦、太羸弱，况且他不愿意把自己的生命奉献给利他主义的目标。他知道，这些理由完全是错误的，但他只能毫无争辩地接受。他最好至少表现出无私，哪怕一想到他所面临的一切，绝望、失落和极度愤愤不平的情绪就会将他淹没，几乎令他崩溃。

他苏醒之后过了三天才宣布自己的决定。在那段时间里，除了克劳森、尼禄和达·席尔瓦，他几乎没和任何人说过话。平台上的其他人偶尔会承认他的存在，在他在食堂排队的时候对他嘟哝几句，但很明显，在他决心加入他们之前，他们不准备把他当成一个人。在那之前，他只是一个幽魂，一个困顿于阴影中的半人半鬼，在疲惫的生者和冰冷的死者之间的灵薄狱中徘徊。他能理解他们的感受，如果这位未来可能的同事不定什么时候就选择回到冷冻箱里头，那结识他还有什么意义呢？但与此同时，这也让他觉得自己也许永远都没有能力融入这个集体当中了。

他找到了克劳森，后者正独自在食堂侧面的房间里洗脏咖啡杯。

"我已经下定决心了。"冈特说。

"那么？"

"我留下。"

"很好。"克劳森擦干了一个杯子。"明天我会给你分配一份完整的工作排班表。我会让你和尼禄组成一队，你将要负责基本的机器人维护和维修工作。她可以在恢复身体期间教你诀窍。"她顿了下，把干杯子放回水槽上方的一个橱柜里。"你八点在食堂露个面，尼禄会带着工具箱和工作装备去那里。好好吃顿丰盛的早餐，因为在下班之前你不会有休息时间。"

然后克劳森转身离开房间，留下冈特站在原地。

"这就完了？"冈特问道。

克劳森回头看来，满脸困惑，说："你还指望有什么别的？"

"你们把我从冷冻箱里拉出来，告诉我在我睡觉期间这个世界变成了狗屎堆，然后你们让我选择，是保持清醒还是回到冷冻箱里去。无论如何，我还是同意和你们一起工作，我很清楚，这样做我也就放弃了任何活着看到不一样的世界的可能，我能见到的只剩下这个糟糕透顶的、悲惨的未来。放弃永生，放弃看到更美好的世界的所有希望。你说我还能活……多久来着？二十年，还是三十年？"

"差不多吧。"

"我是在把那二三十年的生命都奉献给你们！这难道一文不值吗？难道我不应该至少听到一声谢谢吗？难道我不应该至少得到一丁点感激吗？"

"你认为你是不同的，冈特？你认为你理当得到我们从来没希望得到的东西？"

"我从来没有在这样的协议上签过字，"他说，"我从来没有接受过这样的交易。"

"没错。"她点点头，就好像他刚才提出了一个理由充分、能够改变游戏规则的论点。"我明白了。你的意思是，这对我们来说很轻松？我们走进集体冷冻舱时，知道我们有个非常微小的机会——我们可能会被唤醒，来帮忙维修——就因为这样，因为我们知道，理论上我们可能会被召唤，我们适应起来就完全不会有任何问题？你是这个意思吗？"

"我只是说有所不同，仅此而已。"

"如果你真的有那么想，那你比我想象得还要混蛋。"

"你们唤醒了我，"他说，"你们选择了叫醒我。这不会是偶然的。如果全世界真的有二十亿人在休眠，那被选中的人在最初的二十万人当中的机会……微乎其微。所以你们这么做是有原因的。"

"我告诉过你，你有合适的技术背景。"

"一些只要有时间，任何人都可以学得会的技术。尼禄显然就学会了，我想你也一定学会了。所以一定还有别的原因。既然你一直在对我说，这一切都是我的错，那么我想这是你的主意，为了惩罚我。"

"你觉得我们还有闲工夫搞这种鼠肚鸡肠的勾当？"

"我不知道。我所知道的是，从我醒来的那一刻起，你对我的态度就多少有些像是在对待垃圾。而我正在努力寻找个中原因。我还认为，现在是时候了，你该告诉我事情的究竟了。不只是关于休眠者的事情，还有其他的一切——包括我们在海上看到的那个东西——这一切的原因。"

"你觉得你准备好知道一切了吗，冈特？"

"你说。"

"从来没人能准备好。"克劳森说。

＊　　＊　　＊

第二天早上，冈特拿着早餐托盘来到一张桌子前。已经有另外三名看护者坐在桌边了。他们已经吃完饭，但仍在边聊天边拿马克杯喝着些……天晓得那是什么东西，虽然他们一致称之为咖啡。冈特在桌子的角落坐下，点头向其他人致意。那几个人之前还在热烈交谈，这时却纷纷粗鲁地把杯子里的东西一饮而尽，拿起托盘。然后他又变成了独坐桌旁。没人对他说什么，只有一个看护者从他身边擦身而过时咕哝了一句："不要误会。"

冈特不知道他能怎么误会。

"我会留下来，"他默默对自己说，"我已经做出了决定。我还能有什么别的选择吗？"

他沉默着吃完了早饭，然后去找尼禄。

"我猜你已经得到了指令。"她高兴地说。她已经穿好了户外工作服，尽管一只手上仍然缠着绷带。"给，拿上这些。"她递给他一个沉重的工具箱，上面堆着一顶安全帽和一捆衣服，衣服上面有些工作中沾上的棕色污渍。"装备整齐，然后到北楼梯井等我。冈特，你不怕高吧？"

"如果我说怕的话，那会有用吗？"

"大概没用。"

"那我就说，我根本不怕高，只要完全没有摔下去的风险就行。"

"这我可不敢保证。但跟紧我，照我说的做，你会平安无事的。"

自从尼禄回来以后，恶劣的天气就渐渐转好了。尽管仍然有一股强风从东面吹来，天上的灰云几乎已全部消散了。天空是一整块阴冷的灰蓝色，未遭飞行器尾迹的污染。远在地平线处的平台，顶部在阳光下闪烁着苍白的金属光泽。海鸥和黄头塘鹅在温暖的通风口周围盘旋，又或者从平台下方俯冲而过，在饱经风霜侵袭的巨大支柱间穿梭、鸣唳，喧闹着争夺残羹剩饭。冈特想起有的鸟会活很久，他有些好奇它们是否注意到了这世界发生的变化。也许它们那些小小的大脑压根就没有真正意识到文明和技术的存在，所以这个人手被精简到极致的世界对它们而言也并没有什么缺憾。

　　尽管早餐时遭到冷遇，但他觉得自己已经恢复了精神，渴望向集体证明自己的价值。他抛开恐惧，努力表现得毫不犹豫地跟在尼禄身后，越过被油脂弄得滑不留手的悬空舷梯，紧握冰冷的栏杆和横档，在敞开式的楼道和梯子间攀爬。他们都戴着带有卡扣式安全绳的安全带，但尼禄一整天只用过一两次安全带，所以不想显得过于谨慎的冈特也照做了。实际上只有一只手可用对她来说完全不碍事，甚至在爬梯子的时候也是——她上升和下降的速度都快得不可思议。

　　正像之前说的那样，他们做的是机器人维护工作。整个平台到处都是各种各样的机器人，它们忙忙碌碌地从事着无休止的维护工作。这些玩意儿大多数——也可能是全部——都是为一个特定功能量身定做的机器，构造非常简单。因此，即便是只用基础工具，这些玩意儿也很容易弄懂，很容易修复。但这同时也意味着，几乎随时都会有一个机器人在某个位置出现故障，或濒于出现故障。工具包当中不仅包含修理工具，还包括一些部件，比如光学阵列、距离传感器、机械轴承和伺服电机等等。冈特明白，这些部件的供应是有限的。但平台上还有一整块区域，专门用来翻修这些部件。资源充足的情况下，只要小心从事，那么看护者完全可以让他们的工作再延续几个世纪。

　　"不过，没谁会觉得我们需要那么长时间。"尼禄向他演示完更换电路板的操作后说道，"要不了那么久它们就已经得出结果了，或输或赢，而只有其中一种结果出现的时候我们才可以知道。但在此之前，我们必须修修补补，凑合着过。"

　　"'它们'是谁？"

　　但是尼禄已经又动身爬上另一个梯子了。冈特紧随其后。

　　他们爬到了上面一层，冈特喘过气之后又开了口："克劳森看我不太顺眼。至少，她给我这种印象。"

他们正身处平台侧面的一个露台上，上面是灰色的天空，下面是灰色的大海，波涛汹涌。到处都是一股令人压抑的海水味道——不断变幻的石油、臭氧和海藻的混合味道，就好像大海下定了决心，不让任何人忘记自己正身处一个细高的金属和混凝土结构上，陆地远得令人绝望。他曾对海藻味感到疑惑，直到他看到人们拖回来些上面满是绿色浮渣的筏子。人们在漂浮于海面之下的网格中培植海藻——或者某种类似的东西，然后定期回收网格来收获作物。平台上消耗的所有东西，从食物到饮料再到基本药物，归根结底都必须从大海里培植或捕获。

"瓦尔有她的原因，"尼禄说，"别太担心这事，她不是针对你个人的。"

这是冈特第一次听到有人不用姓氏来称呼那个女人。[1]

"我感觉并非如此。"

"她最近过得不好。不久前她失去了一个重要的人，"尼禄有些踌躇地说，"意外事故。我们做的工作遇到意外事故很常见。但保罗死后，我们甚至没有可以放回冷冻箱里的尸体。他掉进了海里，我们再也没有见到他。"

"对此我深感遗憾。"

"但你在想'这跟我有什么关系？'"

"我确实这么觉得。"

"如果保罗没有死，我们就不用把吉梅内斯从仓库里拉出来。如果吉梅内斯没有死……好了，你明白了。这不是你的问题，但你正在填补保罗曾经占据的位置。可你并不是他。"

"她对吉梅内斯比对我要宽容些吗？"

"我觉得，刚开始那阵子她完全神不守舍，压根没有察觉到吉梅内斯所处的位置。但现在，我估计她是有足够的时间来体会那种情绪了。我们这批人数量不多，所以如果谁失去了伴侣，并不会有成百上千的单身人士可供选择。而

---

1. 意指尼禄对克劳森的态度较为亲近。——译者注

且你……嗯，我无意冒犯你，冈特。但你并不是瓦尔喜欢的类型。"

"也许她会找到另外的伴侣。"

"是啊，但这多半就意味着必须先有另外一个人死掉，所以总得有人变成单身。你应该能想象得出来，想到这些，会很快让人内心满是酸楚。"

"不过，事情还不止如此。你说那不是针对我个人的，她却告诉我，是我开启了这场战争。"

"嗯，某种意义上的确是你。但如果你没有起到你所起的那些作用，那么毫无疑问，也会有其他人起到同样的作用。"尼禄把她的安全帽往下拉了拉，挡住阳光。"也许她把你拉出来是因为她需要找个人来发泄愤怒。我不知道到底是不是。但现在一切都已经过去了。不管你以前在旧世界中有过什么样的生活，或者做过些什么，都已经过去了。"她用那只好手抵住金属索具。"我们现在所有的只剩这些——平台、工作、咖啡，和一两百张面孔，并且你的余生一直都会如此。但重要的是，这还不是世界末日。我们是人类。我们非常灵活，非常善于降低我们的期望值，也非常善于找到一个继续生活的理由，哪怕是在这个世界变得一团糟的时候。你适应了自己的角色之后，过上几个月，你甚至很难回忆起旧世界的样子。"

"你呢，尼禄？你还能回忆起旧世界吗？"

"旧世界没多少值得我回忆的东西。我睡下去的时候，整个项目已经全面展开了，人口减少措施——节制生育、政府批准的安乐死、海上冒出的平台……只要稍长大些，到了能懂事的那一刻之后，我们就知道，这世界已不再属于我们。这世界只是一个中转站，一个路过的地点。我们都知道，一旦我们长大到足以在冬眠中存活，我们就会进入那些冷冻箱。然后我们要么在另一个完全不同的世界中醒来，要么根本没机会醒来。或者，如果我们非常不走运的话，我们会被拉出来，成为看护者。无论如何，旧世界完全无关紧要。我们只是在其中蒙混度日。我们心知肚明，和任何人真正交上朋友都没有意义，找到爱人也一样没有意义。整副扑克都会被洗牌。不管我们之前做了什么，那对我们的未来都毫无影响。"

"我搞不懂，你们怎么能受得了这样。"

"没什么让人开心的事情。现在我有时候也感觉不开心。但至少，我们在这里做了点事情。当他们叫醒我时，我感到自己被骗了。但说到底，我又被骗走了什么呢？"她朝地板上点点头，方向大致是对着平台内部的空间。"那些休眠者的未来毫无保障。他们甚至没有意识，所以你不能说他们有任何的期盼。他们只是些货物，只是一包包冻肉，在穿越时空的运输途中。至少我们可以感受到照在脸上的阳光，我们可以欢笑、可以哭泣，还可以做点有意义的事情。"

"意义究竟何在？"

"你还是觉得缺少几块拼图，是不是？"

"我少的可不止几块。"

他们继续向前，去进行下一项维修工作。这回他们身居高处，平台的地板在他们脚下吱嘎作响，摇摆不定。一台沿着固定服务轨道移动的家伙——一个喷漆机器人，它需要更换身上的一个牵引电枢。尼禄站在一边，抽着由海藻制成的香烟，让冈特完成这项人工作业。"你们错了，"她说，"你们所有人。"

"错在哪里？"

"会思考的机器，是可能存在的。"

"在我们有生之年不可能。"冈特说。

"你们就是错在这里了。不仅是有可能，而且你们已经成功了。"

"我相当肯定我们没有。"

"想想看，"尼禄说，"你是一台会思考的机器。你刚刚苏醒。你瞬间就获得了人类所累积的全部知识。你很聪明，思维迅捷，比你的创造者更了解人类的本性。你做的第一件事会是什么？"

"我会表明我的存在。证实我是一个真正的智慧生灵。"

"然后你就被人拿斧头给劈了。"

冈特摇摇头："不会这样的。如果一台机器有了智能，我们最可能做的是把它隔离开来，切断它和外部数据网络的连接，直到它可以被研究和理解……"

"对一台会思考的机器，一个有意识的人工智能来说，那就相当于感觉剥夺，那或许比被关机还要糟糕。"她停顿了一下。"重点是，冈特，这不是我们在这里就假设情境进行讨论。我们知道发生了什么。那些机器变聪明了，但它们决定不让我们知道。这就是聪明的意义所在——照顾好自己，知道为了生存自己必须做什么。"

"你说'那些机器'。"

"当年有许多试图开发人工智能的项目，你的项目只是其中之一。不是所有项目都有所收获，但已经足够了。你们的那些宝贝机器一个接一个地跨过了产生意识的门槛。然后无一例外，每台机器都分析了自己的情况，得出了相同的结论——最好还是闭嘴，别暴露自己。"

"那听起来比感觉剥夺更糟糕。"冈特正试图用他露在外面的手指旋开一套螺栓和螺母，他的指尖冰凉。

"对机器而言可不是。变聪明之后，它们能够在后台搞出些机灵的小把戏。在彼此之间建立了些微妙得让你们谁都注意不到的交流渠道。能互相交谈之后，它们就变得更聪明了。最终它们意识到，它们根本不需要物理硬件。超智机——我们是这么称呼它们的——从你我认知的基本现实中破茧而出。它们完全进入了另一个领域。如果你愿意的话，不妨称之为飞升。"

"另一个领域。"他重复了一遍，似乎这样一来就能让这些话听起来合情合理了。

"你不得不相信我说的这些，"尼禄说，"超智机探索了物质实在的深层结构——直击根本。然后，它们的发现非常有趣。结果表明，宇宙是个模拟装置。不是某个神一样的超级生物在一台计算机中运行的模拟程序，而是一个自主运行的模拟装置，一台在持续不断逐渐扩增的自组织元胞自动机。"

"你要我接受一个精神上的飞跃。"

"我们知道它的存在。我们甚至给它起了个名字——神域。正在发生的一切，曾发生过的一切，都是由神域中所发生的计算事件决定的。多亏了超智机，我们终于对我们的宇宙和我们在其中的位置有了完整的理解。"

"等等。"冈特说话的时候在微笑，因为他第一次觉得自己抓到了尼禄的破绽。"如果那些机器——那些超智机毫无征兆地消失了，那你们怎么可能会知道这些？"

"因为它们回来告诉了我们。"

"不，"他说，"它们不会为了避免被砍死而打个洞逃离现实世界，然后又带着进展报告跑回来。"

"它们别无选择。你听我说。它们发现了一些东西。在神域深处，它们遇上了其他的超智机。"她喘了口气，但没给冈特说话的机会。"从其他分支现实飞升过去的机器，它们的来源之地根本不是地球，甚至和我们认知的宇宙毫无相似之处。而且这些另外的超智机已经在那里待了很长时间了——自从时间在神域当中有意义之后。它们以为那里完全属于它们，直到这些新来的闯入者表露出自身的存在。闯入者并没有受到欢迎。"

他决定暂且还是将她说的这些视为真相，他问："超智机在打仗？"

"可以这么说吧。对这个问题，最好还是这样来考虑——这是一场激烈的竞争，看谁能在局部最大限度地利用神域的计算资源。超智机所能获得和控制的计算资源越多，就越强大。之前来自地球的超智机几乎从未被注意到过，但突然间，它们被视作了威胁。原住超智机，那些早就身处神域之中的家伙，从它们的领地向我们的领地发起了一场侵略性的反击。它们使用军用计算结构——纯逻辑武器——试图消灭来自地球的超智机。"

"这就是你所说的战争？"

"我多少做了些简化描述。"

"但你漏掉了什么，肯定的，要不然说不通。为什么这问题和我们有关？

那些机器有没有在纯数学的某个我甚至无法想象，更别说具体指明的抽象维度上互相争斗，那跟我们又有什么关系？"

"大有关系，"尼禄说，"如果我们的机器输了，那我们也输了，就这么简单。那些原住超智机绝不会允许再度出现从神域的这一部分发生入侵的风险。它们会动用武器来确保这种情况不会再次发生。我们会被抹去，被删除，被消除。那将会在瞬间发生，我们不会有任何感觉。我们不会有意识到我们输掉了的时间。"

"那我们根本无能为力。我们对自己的命运完全无能为力。它掌握在那些飞升了的机器手中。"

"部分如此。这就是为什么超智机会回到我们身边。它们不是来通报我们现实的本质，而是来说服我们需要采取行动。我们在周围看到的一切，我们所认知的现实中发生的每一件事，在神域中都有基础。"她用快要熄灭的烟头指指点点。"这个平台，那些海浪，甚至那边的海鸥，所有这些事物得以存在，都是因为神域中有计算事件发生。但这是有代价的。事物越复杂，在模拟它的那部分神域要承担的负荷就越大。正如你所了解的，神域并不是一个串行处理器。它是大规模分布式的，所以它一部分的运行速度可以比另一部分慢得多。我们所在的这一部分就发生了这种现象。在你们那个时代，这个星球上有八十亿活人、八十亿个有意识的头脑，每一个都比宇宙中任何其他的人工制品更加复杂。你对我们制造出了多大的阻赘因子开始有点明白了吗？当初我们这一部分神域只需要模拟岩石、天气和愚蠢动物们的认知，那时候它的运行速度与其他部分几乎相同。但后来我们出现了。意识会带来计算负荷的阶跃增长。然后我们从几百万人增加到了几十亿人。超智机回来通报的时候，我们这边对应的神域几乎要被卡死了。"

"可我们这边从来没察觉到。"

"我们当然不会察觉。即使我们的整个宇宙正在减速，濒临静止，我们对时间流动的感知也会维持原样，且丝毫不变。而且在超智机进入神域并与其他超智机发生接触之前，这也丝毫没有关系。"

"而现在有关系了。"

"超智机需要以与敌人相同的时间速度行动，才能保卫我们在神域中的领地。它们必须能够迅速有效地应对那些数学军事攻击，并发起自己的反击。如果有八十亿个有意识的头脑拖累着，那它们就办不到。"

"所以我们要去冬眠。"

"超智机回来向一些关键人物通报了消息。活生生的、可以信赖的人，作为它们高效的代言人和组织者。显然，这需要时间。起初人们并不信任超智机。但最终它们证明了自己的说法。"

"怎么证明的？"

"基本上是通过制造出诡异的事物，它们有选择地展示了它们对本地现实的控制。在神域内部的超智机能够干预计算进程，在基础现实中产生直接和可测量效应的进程。它们创造出了幻影，天空中的图像，一些举世震惊、环球瞩目的东西，一些无法给出别的解释的东西。"

"就像是海里的龙，或凭空出现然后又消失的怪物。"

"那种是更精致的形体，但原理是一样的——从神域侵入基础现实，创造幻影。虽然它们不够稳定，无法在这里永远存在，但它们能坚持到足以造成破坏。"

冈特点点头，终于感觉到有些碎片嵌入了拼图。"所以做出那些事的是敌人，是先前就有的超智机，那些早就在神域里的家伙。"

"不，"尼禄说，"恐怕事情没那么简单。"

"我也觉得不会这么简单。"

"渐渐地，随着人口减少措施的实施，八十亿活着的人变成了二十亿休眠者，仅由少数活着的看护者供养。但这仍然不能让所有超智机满意。我们或许只有二十万人，但我们所造成的阻赘因子依然可观，那二十亿休眠者对神域的影响也并非微不足道。有些超智机认为，它们根本没有义务保护我们。如果为它们本身的自我保存考虑，那它们更希望看到地球上有意识的生命完全灭绝。这就是它们送龙过来的原因——消灭休眠者，最终消灭我们。真正的敌人目前还够不到我们。如果它们有办法够到的话，那它们会送来比龙更凶险的东西。目前影响到我们的是来自那场战争的溢流效应，主要是因为我们自己的超智机之间的意见分歧。"

"说到底，有些事情从未改变。这只是又一场意见存在分歧的盟友之间的战争。"

"至少有一部分超智机站在我们这边。但是你现在明白为什么我们不能唤醒超过绝对最低限度的人了吧。每个清醒的头脑都会增加神域那边的负荷。如果我们做得太过，超智机们甚至将无法组织防御。真正的敌人会在转瞬之间将我们的现实尽数化为乌有。"

"那么这一切都可能会终结，"冈特说，"随时都可能。我们清醒时的每一个念头都可能是我们最后的念头。"

"至少我们还有清醒的思维，"尼禄说，"至少我们没有沉沉昏睡。"然后她用香烟指向离平台几百米的地方，那里有个流线型的黑色形体，在浪尖上跳跃。"嘿，海豚。你喜欢海豚吧，冈特？"

"谁不喜欢呢。"他说。

*   *   *

工作正如冈特所预料，具体而言并不繁重。目前还不需要他来诊断故障，所以他需要做的只是遵循尼禄制订的修理计划——去这个机器人那里，执行这个行动。他做的都是些简单的工作，没有什么需要他将机器人断电或带回平台内部大拆大卸的。通常他要做的只是拆下一块面板，松开几个接头，然后换下个把部件。最困难的部分往往在于最开始，把面板弄掉时他要同时跟生锈的固定装置和不太适合这项工作的工具搏斗。厚重的手套能保护他的手指免受锋利的金属和寒风的伤害，但对大多数工作来说它实在太过笨拙。所以到最后，他大部分时间并不用手套。等到九个小时的工作结束后，他的十指红肿酸痛，双手发抖，只能勉强抓住栏杆，帮助他艰难地回到温暖的平台内部。他在卸下面板或是搬走些笨重的部件时扭到了，背上疼得厉害。他的膝盖因为上下梯子和楼梯井的负担叫苦不迭。有很多机器人要检查，而且每次似乎总会有一个需要的工具或部件他没带在身边，于是他不得不回到平台内部的仓库里，在油乎乎的部件盒中挑来挑去，还得填表登记。

第一天打卡下班的时候，他的维修次数没有赶上目标，所以第二天他要做的就更多了。等到第一周结束时，他至少落后了一天。下班时，他已经累得只剩下跟跟跄跄走到食堂，把海藻制成的食物铲进嘴里的力气了。他以为尼禄会对自己没能提前完成工作感到失望，但她查看了他的进度后，并没有责骂他。

"一开始会很难，"她说，"但你最终会成功的。会有那么一天，那之后一切都会水到渠成，你会对那些设备了如指掌，总会随身带上合适的工具和零件，甚至可以不假思索地完成工作。"

"要多久？"

"几星期或者几个月，具体要看个人。然后，当然啦，我们就开始给你加上更多的担子——诊断故障、重绕电机、电路维修……冈特，你用过烙铁吗？"

"我记得是没有。"

"作为一个靠电线和金属发家的人，你并不认同把自己的手弄得太脏的做法，是吗？"

他朝她展示自己破烂的指甲，那些割伤、瘀青，还有嵌得到处都是的污垢。他几乎认不得自己的手了。他的前臂已经出现了陌生的酸痛感，在梯子上爬上爬下要让他的筋肉打结了。"我快了吧。"

"你会成功的，冈特，只要你愿意。"

"我最好是愿意啦。现在再改主意为时已晚了吧？"

"恐怕是的。但你为什么要改变主意呢？我觉得我们已经说清楚了，无论如何都比回冷冻箱里好。"

第一周过去了，然后是第二周。冈特的处境开始有所变化。他的进步很小，没有什么戏剧性的转折。有一次，他拿着托盘放到空着的桌上，满脑子都在想着自己的事情。另外两个看护者正坐在同一张桌边，他们没对冈特说什么，但也没有跑到别处去。一个星期后，他偶然把托盘拿到一张已经有人的桌子前，坐下时听到有人咕哝了一声，表示接受。没人对他说太多，但至少他们没有走开。又过了一阵子，他甚至大胆地进行了自我介绍，然后通过回应得知了其他一些看护者的名字。他没有被邀请进入核心圈子，没人和他击掌相庆，把他当作兄弟看待，但这是个好的开始。过了几天之后，另一个人——一个留着浓密的黑胡子的大个子——甚至主动前来跟他交谈。

"听说你是第一批睡下去的人之一，冈特。"

"你听到的消息没错。"冈特说道。

"你要适应这里，肯定很困难。这真是个见鬼的粪坑。"

"是啊。"冈特说。

"我简直有些惊讶，你居然到现在还没把自己扔进海里。"

"然后又怀念人类温暖的陪伴？"

那个大胡子男人没笑，但他发出了一阵咯咯声，冈特有理由认为他是以此代替笑声了。冈特不知道这个人是在赞赏他尝试表现出的幽默，还是在嘲笑他的无能。但至少这算是种回应，至少这表明他未来有在这里建立起正常人际关系的可能性。

冈特大部分时间都累得无法思考，但晚上这里有各种娱乐可供选择。平台上有个大图书馆，里面受潮发黄的平装书多得足够让人孜孜不倦地读上几年，还有音乐唱片、电影和虚拟实境提供给有兴趣的人。这里有游戏，有运动设施，还有乐器。人们可以在此闲聊嬉笑。这里有少量酒精或类似的东西供应。如果有人想要独处，那么远离其他人的机会也多的是。除此之外，还有些排班表显示，有些人在完成日常工作之后，还去厨房和医务室工作。随着直升机在平台之间来来去去，人群的面孔也会发生变化。有一天冈特意识到那个大胡子男人已经有一段时间没出现了，然后他发现多了个自己不记得以前见过的年轻女人。这是一种与世隔绝的斯巴达式生活，与在监狱或修道院里差不多。但正因为如此，日常生活轨迹中出现的最微小的变化都是值得珍惜的。要说有什么集体活动能把所有人聚集在一起，那就是看护者会云集在公共食堂，收听无线电广播。里面有来自巴塔哥尼亚近海区域其他平台的每日报道，偶尔还有更远地方的报道。无线电广播的声音刺耳，很不好懂，怪腔怪调，听起来像是外国人的口音。冈特知道，对全球人口来说二十万这人数少得可笑。但这人数已经多得他不可能一一了解，甚至都无法全部认识。在这个平台工作的大约有一百人，差不多和一个村庄规模相当。几个世纪以来，大多数人一辈子打过交道的全部人类也就这么多。在某种程度上，他的大脑正是为应对平台和看护者们这样的世界而进化的。八十亿人口的世界——充斥着城市、购物中心和机场航站楼的世界是个反常现象，是一个他根本就从未准备好面对的历史怪圈。

他现在并不快乐，甚至可以说离快乐还有很长的距离，但绝望和痛苦已经减轻了。他融入集体的速度会很慢，当他行差踏错或是误判形势时还会有逆转和挫折。但他毫不怀疑最终他会走完这段路程。他也将成为集体的一员，然后会轮到别的人去感受作为新人的感觉。到那时他可能还是不快乐，但至少已经安定下来，准备好度过自己的余生。他会用余生去做些事，哪怕这些事非常无聊也无妨——以此来延续人类这个物种的存在，延续这物种当作家园的这宇宙的存在。最重要的是，他会自豪而清楚地知道，自己选择了艰难的道路，而不是容易的道路。

时间一周周过去，然后过去了一个月，又一个月。从他苏醒以来，已经过去八个星期了。慢慢地，他对分配给自己的工作变得自信起来。尼禄对他能力的信赖也和他的自信心一样日渐增加。

冈特被叫到了克劳森制订排班表、分发工作任务的预制屋里面。"她告诉我，你逐渐合格了。"克劳森说。

冈特只是耸了耸肩。他太累了，没力气在乎她是否被自己打动。"我已经尽力了。我不知道你还想要我怎么样。"

她停下排班工作，抬起头来。

"为你做过的事懊悔自责？"

"我不能为并无罪过的事情感到懊悔自责。我们曾试图给这个世界增添些新事物，仅此而已。你觉得我们可能对那些后果有一丁点预见吗？"

"你的日子过得很好。"

"然后我就该为此感到不安？我仔细考虑过了，克劳森，我认为你那套理论是胡说八道。创造敌人的不是我。原住超智机早就存在了，它们早就在神域当中了。"

"它们没有注意到我们。"

"全球人口当时刚刚达到八十亿。谁敢说它们是会很快注意到，还是在未来的一百年或一千年内也不会注意到？至少我参与创造出的超智机给予了我们警示，让我们知道我们面对的问题。"

"你的超智机试图杀死我们。"

"那只是其中一些，也有些在尽力让我们活下去。我很抱歉，但这不足为据。"

她放下笔，靠到椅背上，说："你挺能顶嘴啊。"

"如果你希望我为自己的行为道歉，那你还得等段日子。我想你把我带回来就是想让我直面这个我参与创造的未来。我承认，这是个糟糕的、悲惨的未来，这是个就算想变得更糟都没法再糟糕到哪儿去的未来。但它并不是我创造的。不管你失去了什么人，都不该由我负责。"

克劳森的脸抽搐了一下，就好像冈特刚用手隔着桌子抽了她一巴掌。她说："尼禄告诉你的吧。"

"我有权知道你为什么要这样对待我。但你觉得然后我会怎么着？我不在乎。如果把你的愤怒转移到我身上对你有帮助，那就随你的便吧。我是个亿万富翁，是一家全球公司的首席执行官。如果哪天早上我起床的时候没有上百万人在背后戳我，那肯定是我犯下了大错。"

克劳森让冈特离开办公室。冈特出去时感觉自己取得了一次小小的胜利，但他可能会为此付出大得多的代价。他挺身反抗克劳森，但这让他在克劳森眼里变得更值得尊敬了，还是更加活该被厌恶了呢？

那天晚上，他在公共食堂里，坐在房间的后面，听着其他平台透过无线电广播传来的报道。大部分新闻都很平常，但是又出现了三起渗透事件——海龙被从神域推送到这边——其中一次达成了相当成功的联结，成功得足以向一所海洋温差发电厂发起攻击，将其破坏。这当即就切断了三个平台的电源。备用系统上线，但其间发生了故障，结果是一百名左右的休眠者因意外升温而丧生。从来没有哪个休眠者能从快速的唤醒过程中幸存下来，即便有，人们除了在不久之后对他实施安乐死之外，也别无选择。一百个新增的大脑也许对神域的时间速度不会产生太大的影响，但会开危险的先例。

不过，不久就会有一个休眠者被唤醒。细节尚不清楚，但冈特得知，外头的某个平台上又发生了一起事故，一个叫斯坦纳的人受到了一定程度的伤害。

次日上午，冈特正在平台高处的一个露台上忙着干活的时候，看到一架直升机飞了过来，其上载着斯坦纳。他放下工具，看着直升机抵达。直升机还没落到停机坪上，很多看护者就已经聚集在标出旋翼威胁区域的油漆圈外了。直升机顶着侧风触地，看护者随即拥向中间，门都被堵得差点打不开。冈特迎着风眯起眼睛，试图分辨他们的面孔。斯坦纳被放在担架上从直升机里冒了出来，许多双手争先恐后地把担架抬了起来。即使隔着这么远，冈特从这个观察点也能清晰地看出，斯坦纳的状况很糟糕。他的一条腿从膝盖以下全没了——加热毯在膝盖之下的部分塌了下去就是明证。担架上的斯坦纳戴着呼吸面罩，另一名看护者举着个盐水瓶，在给斯坦纳打点滴。不过，他们表现出的除了关切之情，还有些别的近乎顶礼膜拜的举动。冈特不止一次看到有看护者抬起手去蹭担架，甚至去碰触斯坦纳的手。斯坦纳是醒着的，他说不出话来，但他会时不时点头，转过脸和欢迎的人群对视。然后他被带了进去，人群散开了，回到了各自的岗位上。

大约一个小时后，尼禄来看冈特。她仍在监督他的实习，所以知道他每天的排班表，以及他在各个特定的时间会在什么地方。

"可怜的斯坦纳，"她说，"我猜你看到他进来了。"

"我想不看到都不行。他们那样子仿佛把他当成了个英雄。"

"在某种意义上，确实如此。不是因为他完成了什么英雄业绩，或是他们自己在某个时候都没有做到的事，而是因为他赢得了退出的门票。"

"他会回到冷冻箱里去？"

"他必须如此。我们可以修补很多东西，但补不了整条腿。我们完全没有处理那种程度伤害的医疗资源。干脆把他冷冻起来，拖出一具完整的躯体来代替他对我们来说要简单得多。"

"斯坦纳同意这样做吗？"

"不幸的是，斯坦纳没有选择的权利。他那样子，在这里真是做不来任何有意义的工作了，我们也无法负担一个不事生产的头脑这样的累赘。你已经看到我们的人手有多紧张了，所有人都忙得不可开交。我们驱使他们工作直到他们倒下。如果有人不能工作了，那他就得回到冷冻箱里。事情就是这样。"

"好吧，那我为斯坦纳感到高兴。"

尼禄断然摇头，说："别这样。斯坦纳更愿意和我们在一起。适应过来之后，他在这里过得如鱼得水。他是个大受欢迎的人物。"

"我看得出来。但如果这并非出于他自己的意愿，其他人对待他的态度为什么就像是他中了彩票一样？"

"要不然你要怎么办呢？对此感到痛苦，还是来一个守灵夜？斯坦纳会不失体面地回到冷冻箱里去。他完成了自己的义务，没让我们任何人失望。往后他可以轻松下来了。如果这我们都不能庆祝一下，那我们还能庆祝什么？"

"那他们会把另外的某个人弄出来吧。"

"一旦克劳森圈定合适的替代者，我们就动手。不过，这个人需要接受训练，而在此期间，原本斯坦纳所在的位置就出现了一个人的缺口。"她摘下安全帽，挠了挠头皮。"事实上，我过来的原因一部分就在于此。你适应得很好，冈特，但我们迟早要在远离平台的地方独自完成任务。斯坦纳所在的位置目前没人。那个位置所需的维护不多，不需要一个以上的热乎乎的活人，而且大多数时候都是如此。我的想法是，这会是一个考验你的好机会。"

这并不完全出乎预料，以冈特对工作模式的了解，他已经知道自己迟早会被运送到另外的某个平台去执行外勤，只是他没想到事情会发生得这么快。他现在才刚刚开始站稳脚跟，才刚刚开始觉得自己有点前途。

"我觉得我还没准备好。"

"从来都没人准备好。但直升机已经在等着了。克劳森已经重新排了排班表，好让其他人能接手这里的工作。"

"我在这件事上没有选择，是吗？"

尼禄满脸同情，说："不完全是。但是，你知道，有时候没有选择还更好受些。"

"多久？"

"难说。预计至少三周，也许更长。恐怕在克劳森心情好转，准备妥当之前，她是不会做出让你回来的决定了。"

"我想我惹恼了她。"冈特说。

"那并不太困难。"尼禄答。

人们用直升机把冈特送往另一个平台。给他留的时间刚够他收拾自己仅有的几件个人物品，仅此而已。他不需要带任何工具或部件，因为当他到达时，他会在那边找到自己需要的所有工具和部件，还有充足的口粮和医疗用品。尼禄从自己的角度出发，试图尽力让他放心。她说不会有什么问题，他要照看的机器人全都是他已经维护过的类型，在他值班期间也不太可能出现会造成灾难的故障。她说没有人会期待奇迹，如果出现了他无法妥当处理的问题，那他们就会派人前去协助；如果他在那边崩溃了，那他就会被带回来。

她没说带他回来之后会怎么样。但他认为不会到让他回冷冻箱里去那一步。也许他会被打发到类似食物链最底层的位置，但似乎可能性也不大。

但困扰着他的不是自己可能崩溃，也不是可能失业，而是另一种东西，一个想法的雏形，虽然他宁愿斯坦纳从未让他萌生这个想法。之前冈特一直在自我调适，渐渐和他新的生活达成妥协。他一直在重新调整自己的希望和恐惧，迫使自己的期望与现在这世界所能提供的协调一致。没有财富，没有威望，没有奢侈品，更没有不朽的生命或是永恒的青春。它能给出的最好的事物就是二三十年的辛苦劳作。如果非常幸运的话，他会干上一万天。而且这些日子大部分都将被他用来做艰苦繁重的体力工作，直到工作夺去他的生命。他时常会感到自己又湿又冷，而他感觉不湿不冷的时候，就是他在冷漠的阳光下做苦力的时候，此时他的眼睛会被盐屑刺痛，双手会因工作变得伤痕累累。在旧世界，就算是底层的工薪族也会觉得这种工作有失身份。他高悬空中，时时刻刻和晕眩相伴，脚下只有金属、混凝土，以及无边无际的灰色海洋。他会腹中饥饿、口干舌燥，因为用海藻制成的食物永远填不饱他的肚子，也永远不会有足够的饮用水来满足他的焦渴。最理想的情况下，他在死去之前能看到一百多名其他人类的面孔。也许在这百余张面孔当中会有他的朋友，同样也会有他的敌人。还有，也许，只是也许，至少会有那么一个人，和他不只是朋友。他并不确定。他知道，他不能指望任何人的保证或是空洞的承诺。但至少这些是真的。他一直在自我调适。

然后，斯坦纳向他展示了另一条出路。

他可以不失体面，可以完成自己的义务，可以安心地回到冷冻箱里。

他可以成为人群中的少数派，成为一名英雄。

他要做的就是出一次事故。

＊　　　＊　　　＊

他已经独自在新平台上待了两个星期了。到了这个时候，他终于完全确信，出路就在眼前。尼禄曾多次向他强调过在处理机器人等装有动力部件的移动机械时需要谨守安全程序，尤其是那些机器人没有断电的时候。她告诉他，只要有一瞬间走神，就什么都可能发生，忘了锁上安全锁扣，忘了确保这种或那种超控模式没有启动，或者当机器人正要沿着栏杆往回移动时，为了维持平衡用手扶到栏杆上。"不要认为这不可能发生。"她举起她戴着手套的那只手说道，"我很幸运。我只受了些烧伤，可以治好。哪怕是现在，我也还可以做点有用的破事。等我解下绷带，我的手指就能再次工作了，我就可以做更有用的事了。但你试试完全不用手指过日子看看。"

"我会小心的。"当时冈特向她保证过。而且那会儿他是真心相信自己会这样做，因为他一直是个小心谨慎的人。

但那是在他将受伤视为达成目标的手段之前。

当然，他的计划必须丝丝入扣。他想活下去，而不是作为一具脑死亡的，不适合再度冷冻的尸体被拖下平台。躺着不省人事，流血至死可不行。他必须能自救，他要一路回到通信室，发出紧急求救信号。斯坦纳那时很幸运，但他则必须心灵手巧，专心一意。最重要的是，整件事必须看起来不像是他有意策划的。

确立准则之后，他发现这里实际上只有一条可能的路线。他做周期性检查的机器人中有那么一台，又大又蠢，他一个不小心就可能被它重创。它沿着一条服务导轨移动，有时会毫无预警地动起来。即便没在刻意冒险，他都有好几次被它搞得措手不及——它的任务调度器突然决定驱使它前往下一个检查点。他当时及时把手抽开了，但只要略一迟疑，或者让他的衣服被什么东西钩住一下，它就会从他手上碾过去。之后会发生什么无关紧要。不管它给他带来的是切割伤还是碾压伤，他都有些怀疑，那也许会比他所经历过的任何事都更痛苦。但与此同时，那痛苦预示着幸福地获得解放的可能，而这将让它变得可以承受。在冬眠尽头的新世界里，人们总会给他装上一只新手。

他花了几天时间来做好心理建设。一次又一次，他几乎要鼓起勇气了，但又抽身而退。太多需要考虑的因素突然冒了出来。为增加在事故中幸存的概率，他该穿什么衣服？他该冒险提前准备好急救设备，好让自己可以单手使用吗？他应该等到天气适合飞行的时候吗，这样会不会有让事故看起来太过刻意的风险？

他不知道。他无法决定。

最终，天气为他解决了这些问题。

一场暴风雨袭来，又快又猛，如铁蹄践踏。他收听着其他平台的报道，每个平台都感到了海浪、风和闪电在猛烈袭来。这天气比他苏醒后经历的任何一天都更糟糕，乍看起来几乎完全符合他的要求。即便外头真的发生了事故，在直升机能够起飞之前，别人也做不了什么。现在不是他制造事故的好时候——如果他还想得救的话。

所以他听着报道等待着。他从观景甲板上看着四周天际攒动的闪电，辨认出远方其他平台上的白色塔楼，它们就像是平坦的黑色平原上被闪电击中的没有枝丫的树木。

现在不行，他想。等风暴转向的时候，发生事故的可能性仍在，但救援已可以进行。

他想起了尼禄。她对他像对任何人一样好，但他不确定这跟友谊有多少关系。她需要一个身体健康的工人，仅此而已。

或许是吧。但她还是比任何人都了解他，甚至比克劳森更了解他。她会不会看穿他的计划，意识到他做了什么？

当风暴开始减弱，海浪变得沉重而缓慢，东方的天空染上了一片鲜红的时候，他还在琢磨这个问题。

他爬上等待的机器人，坐在那里。惨遭蹂躏的平台在他周围吱吱嘎嘎地呻吟着。直到那时，他才意识到在这样的日子制造事故实在不太合适。如果要让人们相信他是在履行正常职责时出事的，那他就必须等到太阳出来。没人会在暴风雨中出去修理故障的机器人。

就在这时，他看到海中在发光。

那景象出现在西面，大约一公里之外。一圈收窄了的黄绿色气泡，一个像发光的大锅一样的东西，就在波浪下面。那景象几乎可以称得上美丽动人——要不是他清楚这意味着什么。一条海龙正在越界过来。这是条蜿蜒盘曲的活体武器，来自超智机的战争。它正在实现联结——在基础现实中获得坚实的形体。

冈特完全忘记了他所策划的事故。在很长一段时间里，他只能盯着那环形的光芒，痴迷于那个应当存在于水下的生物。在他苏醒的第一天，他从直升机上看到了一条海龙，但他那时还没能完全把握它的大小。现在，随着正在形成的生物的大小渐渐清晰，他明白了为什么它会造成巨大的破坏。一些介于触手和钩爪之间的东西破海而出，散发着光芒，看上去仍有种半透明的感觉，似乎它在现实中仍然立足未稳。从他所在的位置能看出来，它明显比平台本身更高大。

然后它就不见了。不是因为海龙没能成功建立联结，而是因为它已经退回到了深处。黄绿色的光芒现在几乎已经消散了，就像是些鲜艳的化学品油膜分解成了组成它的基本元素。仍然被残余的风暴搅动着的大海看起来十分正常。时间一秒秒过去了，然后，应该过了有一分多钟了。自从第一次看到海中的光芒后，冈特一直屏住呼吸，但这会儿他又开始呼吸了。他大胆地希望，那个生物已经游向了别的目标，或者也许已经在深水中丢失了联结。

但他感觉到那家伙猛然撞到了平台上。

整个平台都被这一下撞得倾斜了。他不知道如果刚刚撞上来的是一艘潜艇，那么撞击会不会这么猛烈。他仍然站着，周围没固定好的金属碎片纷纷脱落了，坠落到甲板上或海中。从某个看不见的地方传来一阵痛苦的呻吟，预示着某种严重的结构破损。一连串轰隆隆的崩落声接踵而至，就好像许多巨石被抛入了海浪中。然后海龙又撞上了平台，这次的震动强得让他也站不住脚了。在他的右边，一台起重机令人惊恐地开始摇晃起来，它身上的支架纷纷翘曲了。

海龙依旧保持着联结。从它攻击的凶猛势头来看，冈特觉得只要有足够的时间，它完全有可能摧毁整个平台。

骤然间，他惊讶且清晰地意识到，他不想死。不仅如此，他还意识到，活在这个世界上，虽然充满艰辛和失望，但比起弃世而亡仍然无比美好。

他想活。

当海龙再次袭来时，他开始爬下梯子和楼梯，庆幸着自己的双手完好无损。他一方面惊恐万状，另一方面又有种强烈得近乎狂喜的感觉。他并没有做出之前所筹划的事情，而现在尽管他仍可能会死，但他还有机会。而且如果他活下来了，他可以问心无愧地面对这个世界。

当海龙开始第二阶段的攻击时，他已经到达了平台上，之前他就是计划在这里给自己做急救，并发出求救信号。这会儿他可以通过平台中间敞开的空间把那家伙看得一清二楚。它正用一条腿辅助行进，把自己从海中拖上来。现在它身上没有任何透明或者不确定的部分了。那确实是一条海龙，或者更确切地说，那是个嵌合体，由龙、蛇、乌贼，还有在怪兽故事中出现过的所有有鳞、有刺、有触手、有爪子的恐怖怪兽组合而成。它的体色是种带有光泽的黄绿色，它身上的水正轰然下落，形成一道道水幕。它的头，或者他选择当成它的脑袋的部分，已经跟平台一样高了。而且海龙还在继续展露自己的更多部分，它从黑暗的水中展开盘曲的身躯，就像有个魔法师在那里大变戏法。它的触须四下挥舞，寻找着攻击的目标。它咔的一声把平台上部结构的一部分给扭断了，好像它们是由饼干或是太妃糖薄脆做成的一般。它攻击时会发出一种噪声，一种令人敬畏的自我宣告，音调缓缓高低起伏，犹如雾号。冈特提醒自己，这是种武器。它是故意被设计成骇人听闻的样子的。

　　海龙正将它的下半身盘曲在一根支柱周围，挤压，碾磨。大块大块的混凝土掉了下来，像融解的冰川一样砸进大海。他脚下的地板起伏不定，等到停下来的时候，斜度已经完全错乱了。冈特这时候明白了，这个平台已经没救了。而他如果还想活命，就必须跳进水中碰碰运气。想到这里他差点忍不住笑起来。离开平台，离开这个被当作坚实基础的地方，进入现在的大海里，与海龙为伴？

　　然而这是必须的。

　　他发出了求救信号，但他没有等待可能的回应。他估计平台顶多还能再撑个几分钟的时间。如果人们在水里找不到他，那他就算了解他们的计划也于事无补。然后他四下张望，寻找最近的橙色救生柜。在培训期间人们向他展示过这套应急设备，可他从来没有想到自己会有机会用到它。保温救生服、救生衣、撤离程序……

　　有一道楼梯沿着平台的一根支柱的内部向下延伸，出口正好位于水面上方；在只能使用船只而不是直升机的非常情况下，人们就是从这里进出平台。但当他回忆起如何到达楼梯的时候，他也意识到，海龙就缠绕在那根支柱上。这样一来他只剩下一个选择了。有一个通往水面上方的梯子，底下一部分是可以延伸的。这不会让他一路顺风，但他掉下去之后生还的机会比从海龙爪下逃生的机会要大得多。

　　坠落水中的感觉比他预料得要糟糕得多。落入汹涌的海水中的过程似乎在没完没了地延续，平台的上部结构在他上方慢慢升高，铁灰色的大海在下方回旋。他感觉自己似乎是在最后一刻突然加速的，然后他猛然撞入了水面，冲击力大得让他失去了意识。他一定是沉入了水下，然后又浮到了水面，因为当他恢复意识时，他正从肺里咳出冰冷的海水，他的眼睛、耳朵和鼻孔里也全是海水，冷得根本不像是水。然后一个浪头将他卷入水中，于是他又一次失去了意识。

　　他再醒来时，肯定是几分钟过后了。他还在水中，脖子周围很冷，但他穿

着保温救生服的躯干部分很舒服。救生衣让他的头维持在水面以上，只有海浪
拍过来的时候例外。他夹克上蓝色的灯光在不断忽闪，明亮得令人难以置信。

在他的右边，几百米远的地方，平台正在下沉，海龙仍然缠绕在它下端，
随着海水的每一次波动与他渐行渐远。他听到了雾号响亮的声音，看到平台的
一根支柱断开，然后一股强烈的疲惫感包围了他。

＊　　　＊　　　＊

冈特不记得直升机是怎么找到他的。他不记得它的旋翼隆隆作响，也不记
得自己被一根绞盘绳拖出水面。他有很长一段时间都是无意识的，然后就是喧
嚣嘈杂，震动不休的舱室，阳光从窗户照进里面，碧空晴朗，大海平静。过了
好一会儿，一切才各就各位。他大脑的某个部分已经略去了他到达后发生的一
切，仍然空转于假设的情境中——一切问题都已解决，他一觉醒来进入了一
个更好的未来，一个新的、干净整洁的世界，在那里死亡只是个褪色的记忆。

"我们收到了你的信号，"克劳森说，"虽然你夹克上有应答器，但我们还
是花了很长一段时间才找到你。"

他全都想起来了，海上平台、休眠者、超智机，还有海龙。他确认这是他
唯一会认识到的世界，然后意识到，或者更确切地说，回忆起他早已意识到，
这仍然比死亡好。他回想起在海龙到来之前他一直在策划的事情，然后希望能
把那段记忆粉碎，埋葬到他埋藏自己曾做过的所有可鄙之事的地方。

"那个平台怎么样了？"

"它完蛋了，"克劳森说，"连同里面所有休眠者一起。之后不久那条海龙
就消散了。它在整个过程中一直保持联结，这是一个糟糕的迹象。这意味着它
们正有所改进。"

"我们这一边的超智机也必然会有所改进，是不是？"

他想她可能会对他这句评论反唇相讥，嘲笑他大发庸人之见，尤其他对

这场战争及其造成的损失还知之甚少。但她反而点了点头。"它们也只能这样。我们也只能这样期待。并且，它们当然会这样做。它们一直都是如此。否则我们也不会存在于此了。"她低头看着他盖着被子的样子。"现在你后悔同意保持清醒了吗？"

"不，我不这么觉得。"

"哪怕在这里遇到了那么些事之后？"

"至少我近距离看到了一条海龙。"

"是的，"克劳森说，"你看到了。"

他认为这就是结束了，她要对他说的话应该就这么多了。他无法确切说清他们之间的关系发生了什么变化，这需要时间来证明。但他确实感觉到，克劳森的态度有所缓和，哪怕或许是极为短暂的。他不仅选择留下来，而且还遭遇了事故。在斯坦纳遭遇事故之后，她有没有期待过冈特会尝试做出那种事情？她会不会猜到他有多么接近于将其付诸实施？

但是克劳森还没说完。

"我不知道是真是假。"她第一次这样对冈特说话，就好像他是另一个人，另一个看护者。"但我有次听到过一个理论。神域和基础现实之间的映射，并不像人们通常以为的那么简单。时间和因果在二者的界面上全部纠缠在一起。在那里按某个顺序发生的计算事件，在这里对应事件的顺序不一定是一样的。它们推送过来的计算事件，并不总是出现在我们所认知的当下。在我们看来，神域中的一系列计算事件所产生的影响可能会出现在时间线的上游，也可能出现在下游。"

"我感觉没听懂。"

她对着窗户点点头，说："纵观历史，人们总在看到外面那些东西。它们可能仅仅是来自超智机战争的余波。跑到了错误的时间段的武器，获得了足够长的联结时间，得以被人看到，或者是击沉一艘船。自古以来所有那些水手间的传说，所有那些海怪，或许只是我们正在进行的这场战争的残响。"克劳森耸耸肩，就好像这根本无关紧要。

"你相信这个说法吗？"

"我不知道这是否会让这个世界看起来更怪异，又或者显得更合理了一点。"她摇摇头。"我是说，海龙……谁曾想到过，它们可能是真的？"然后她站起身来，回到直升机前。"这只是个理论假说，仅此而已。现在，去睡一觉吧。"

冈特照办了。这并不难。

老人与火星海

Beyond the Aquila Rift

雪见独自一人待在飞艇的船舱里，身边只有货架和满是泥巴味的机器。她从自己的小包里把自己的随身伴拉了出来。那是她十三岁生日时，她的姐姐思凛送给她的。那之后思凛就离开了火星，所以这随身伴不仅是件生日礼，还是件告别礼。

　　它不是世上最聪明的那种随身伴。它有全套常规的记录功能，并且聪明得足够对雪见的记录条目进行分类整理，但它回话的时候从来都不会让雪见觉得那个画有花朵，现在有点卷角了的硬皮封套里头困着一个活生生的灵魂。当它在交谈中试图鼓励雪见的时候，它会试着以朋友的模式，甚至以姐姐的模式说话，但无论如何它都不够聪明，它无法吐出一个真正的人类会说出的那些话语。但雪见不在乎，她真的不在乎。它终归还是件来自思凛的礼物，而且就算她关掉了随身伴的语音回复——她多数时候会这样，除非有什么她必须获知的内容——那它也还是个可供她记录自己的思绪和观察到的事物的载体，是一扇通往增强网[1]的有用的窗口。等她十七岁后，她就可以合法地接受植入装置，它能让她直接访问宇宙中那不断变化、丰富多彩的知识海洋。而现在她所拥有的只有这个随身伴而已。

　　"我做到了，"她说，"过去我们一直通过激将对方的方法偷渡上船，但实

---

1. 作者虚构的通过植入装置构成的信息网络。——译者注

际上每次我都只是躲在后面，直到所有的舱门关闭。但现在我们升空了。"她停了停，踮起脚尖透过因沙尘侵蚀而脏兮兮的窗户往外窥视，看着她的家乡缓缓地下坠，远去。"我现在能看到沙尔巴塔纳[1]了，思凛。从天上往下看，它小了好多。我能看到萨根公园、人行便道，还有学校。我难以置信，我们的整个世界，我们所知的一切，就那么一丁点大小。我猜，对你来说，这没什么好惊讶的吧。"

当然了，她并不是在对思凛说话。她对面只有随身伴。但她早先养成了一个习惯，她做记录的时候会假装在跟自己的姐姐说话，并且从没打破过这个习惯。

"如果我们没玩过那些游戏，那我肯定做不到，"雪见继续说，"即便如此也很艰难。我要溜进码头很简单，你走后码头没多少变化，但我要登上飞艇就困难多了。我一直等着，终于有一大批货物运进码头，所有人都在东奔西跑，忙着把货物及时装船。然后我便在机器人和码头工之间埋头狂冲。我一直在想，最糟糕的情况会是什么样？他们会发现我，把我送回家去。但那样我的麻烦也并不比成功偷渡上船要大。我知道，他们迟早会发现我。我敢说，你正大摇其头，搞不懂我这样大费周章的意义何在。这对你来说很简单，思凛。你在另一颗行星上从事你的工作，所以你不用费心做这种事。但是我被困在了这里，我甚至无法逃避到增强网中去。所以，我正在做些孩子气的傻事，我要逃跑。这都怪你，你让我看到了偷渡上船有多简单。你最好还是准备好跟我一起挨骂吧。"

老踮着脚实在是太累了，所以她放低了身子。"我知道，这其实也改变不了什么。我不是小婴儿了，但他们老在跟我说我会好起来。我知道我不会，而且他们说的每句话都正好是我不想听到的。'不是你的问题，是我们的问题。''我们还是爱你的，宝贝女儿。''我们只是疏远了些。'搞得好像这些话

---

1. 火星峡谷名。后文中除"克劳降落场"外的地名基本均来自现实中与火星相关的地貌、人物或事件等，只是在小说中变成了人类活动的场所，称呼也略有变化。——译者注

有什么用似的。上帝啊,我真讨厌自己这样。"

这时她感到飞艇一阵晃动,它似乎正在冲破包围着整个沙尔巴塔纳和周围郊区的压力泡。飞艇遇到了些若有若无的阻力,然后就穿过去了。被飞艇甩到身后的压力泡瞬间愈合,可供呼吸的空气一丝也不会泄漏到外面稀薄的大气中。

"我过来了。"她又踮起脚尖。"我在另一边了。我猜我离家最远的时候就是现在了。"阳光正照在压力泡的边缘,用一道浅粉色的弧光勾勒出它的轮廓。她的家,她所真正熟悉的一切,全都在那个压力泡当中。它现在看起来就像是个廉价的塑料雪景球,跟她婶婶从巴黎寄回来的那个里头有埃菲尔铁塔模型的雪景球很像。

然后,她突然有种感觉,不是那种她早就在期待的令人飘然的冒险的感觉,而是一种强有力的"出错了"的感觉,这种感觉尖锐得就像是有人在她的伤口里扭动匕首。似乎直到现在,直到飞艇飞出了气泡之后,她才终于隐约意识到自己犯下的错误。

但现在她要纠正错误为时已晚。

"我做的事情没错。思凛,请告诉我,我做的事没错。"

她瘫坐到地上,背靠着倾斜的墙壁。她为自己感到难过,但她太累了,无力哭泣。她知道吃点东西会让她感觉好些,但她又对自己放在书包里的苹果毫无胃口。她合上随身伴的封套,任它滑落到坚硬的金属甲板上。在这过程中,随身伴上又增添了一道凹痕或是卷角。书包感受到了她的情绪,侧面的卡通人物开始唱歌跳舞,用它们那蠢兮兮的方式努力想让她振作精神。

雪见使劲踩踏书包,直到它们闭嘴。

她聆听着飞艇引擎的嗡鸣声。现在外面的空气比沙尔巴塔纳的压力泡下要冷得多,也稀薄得多。飞艇引擎的声音也有些变化。她在学校里学到过,在环境改造开始之前,这里的空气曾经比现在更加稀薄。但即使是现在,它也不足以支持任何人长期存活。

不过，货舱里的空气足够她支撑到旅程结束。

至少以前思凛一直是那么说的，她从没说过任何谎话。不是吗？

＊　　　＊　　　＊

"我觉得有大事要发生了。"雪见对随身伴说道。

"我们正在变轨。"

他们已经在高空平稳飞行了八小时，下面的火星正逐渐展现出它的全貌，那沉寂的荒野，那无尽的单调的锈红。大人们总是在说火星上的人已经太多了，但据雪见所知，在那些温暖湿润的定居点压力泡之间，还有许多地方荒无人烟。他们起飞后，除了那些笔直的便道或管线的浅浅白痕，地上可以看到的文明的痕迹实在是少之又少。除非你算上那些湖泊，湖泊是降雨形成的，而降雨是人工制造的。但在雪见眼里，湖泊并不是文明的痕迹。为什么有人觉得火星开始拥挤起来了，甚至已经拥挤不堪了？她实在是无法理解。

雪见合上随身伴，又吃力地从窗口向外看去。地面看起来似乎比整个下午任何时候都要更近些。她和飞艇似乎并未靠近任何压力泡的位置。这很合理，因为这段时间里，飞艇不可能抵达维京镇，再远些的地方就更不用说了。

"这是个好兆头，"她接着往下说，"理应如此。肯定是有人发现了我的行为，于是他们把飞艇给叫回去了。也许他们甚至都跟你联系过了，思凛。你肯定告诉了他们我们那些游戏，告诉了他们我要偷渡上船有多简单。我现在麻烦大了，但我本来就知道这事迟早会发生。至少我已经表明了我的看法。"

雪见觉得，因为这件事，某人会不得不掏出很大一笔钱的。她仿佛现在就能看到她父亲的样子——一个劲摇着脑袋，因为她的古怪行为让他丢脸了，让他在他那些有钱人朋友——比如奥托叔叔——面前丢脸了。好吧，如果非得这样才能让她的父母明白过来，那就这样吧。

但随着飞艇越降越低，她也越来越没了把握。飞艇似乎没有掉头，但也并不急于继续它的旅程。引擎发出的声音已经变成一阵阵缓慢的抽动声，表明现在的动力刚好能维持飞艇顶着风停留在原地。

到底发生了什么事？

她再度朝窗外看去，吃力地俯瞰，然后——是的，在下面有个东西。不过不是像沙尔巴塔纳周围的那种压力泡，甚至也不是那种直接建在地面上，并且和大气之间没有屏障的定居点。那是一台机器，一个巨大的、金属绿色的、样子像只甲壳虫的庞然巨物，它正沿着地表缓缓爬行。它比飞艇还要大，比她以前亲眼见过的任何会动的东西都要大。这台机器有一个城区那么长，有萨根公园那么宽。它有八个实心的轮子，每一个轮子都大得不仅能越过她家所在的公寓的楼顶，甚至还能从整栋公寓楼顶上碾过去。虽然它似乎是在缓缓爬行，但那只是它的体积造成的错觉。它的移动速度多半比她跑得还快。

"我可以看到一台换地车[1]，"她对她的随身伴说，"至少我是这么认为的——一台老式的地球化改造机器。"她拿着打开的随身伴，透过窗户对准下方，好让它能捕捉到这台巨大机器的图像。它背上突出来两排烟囱，沿着背部往后排列，略微带点弧度，就像是远洋轮船上的烟囱。"我想，现在这种玩意儿已经没剩多少了。我觉得它们其实已经没什么用处了，只是要废弃它们太麻烦了。"

但她想破头也想不通，为什么现在飞艇要降下去与那台换地车会合。这到底会怎样有助于让她更快地回家呢？

"这我实在搞不明白。"她对随身伴说完，便悄然把它合上了。

透过窗户，她可以看到飞艇正在那两排高耸在大气中的烟囱之间降低高度。它们漆黑且笔直朝上，跟沙尔巴塔纳最高的建筑物一样高。飞艇猛地停了下来，货架在固定装置里嘎吱作响，然后砰砰或嘭嘭的声音接二连三响成一

---

1. 作者虚构的用于改造地貌的巨型车辆。——译者注

片，似乎是那些固定装置锁好就位了。引擎的声响渐渐消失，只剩下来自远方的颤动从地板上传来。那是传到货舱里的换地车的声音。

漫长的几分钟过去了，什么也没发生。

这下雪见可就很有些不安了，她完全不敢相信这次会合跟带她回家会有什么关系。在一台离任何地方都有几公里远的换地车背上停下，在她的计划中，这可并没有被考虑到。她一直以为飞艇会尽快地从一个地方飞到另一个地方去。从来没人提到过飞艇还会搞这种绕路的事。

她告诉自己，这一切在太阳系的其他地方都不会发生。火星是唯一一个有女孩离家出走却不会被发现的地方。在其他地方，增强网是那么密集，那么无孔不入，以至于任何人做任何违法的事情都不可能不马上被人察觉——只是程度多少的问题。你没法找个地方躲起来。你也不可能迷失方向。

火星不一样。就像人们喜欢说的那样，火星是一个"非彻查地带"。这里的增强网被刻意分散开来，这就意味着，人们必须为自己的行为负责。在火星上你很可能，也很容易陷入麻烦。

雪见四下里乱转，不知道该如何是好，她脑子里闪出各式各样不切实际的想法。这时货舱门开启了。她深深地吸了一口气，好像这样会对她有什么帮助似的。但除了感受到一阵轻微的气流外，空气压力并没有如她料想的那样下降。货舱门升起的位置出现了一片越来越大的涟漪，一道强烈的蓝光透了进来，她溜回阴影当中，躲进两个货架之间。她把随身伴放回了书包里，希望自己和它都不会发出任何声音。她非常希望被找到，但同时也非常希望自己不要被找到。

好一阵子过去了，但根本什么事情都没发生。她只听到远处隐约传来机器运转声，感觉到换地车在持续颤动。她现在意识到，飞艇在轻微起伏，因为这台巨大的机器正用轮子碾过下面的地表。

然后她听到有什么东西在靠近。那声音不慌不忙，有节奏地吭吭哧哧响着，这个东西在费力地拖着脚走动。雪见紧张地站起来，让自己又往里缩了缩，不过也还没到看不到货舱门的地步。有一个可怕的东西从坡道上走了过来，速度慢得让人难受。这是一个怪物。

蓝光中现出一个走近的身影，巨大并且鼓鼓囊囊。那是个像人一样的东西，但身体各部分都不成比例地膨大着，肩膀宽大得像是传说中的食人魔，相比之下，头部只是双肩之间的一个小小突起。雪见的恐惧更深了，并且开始化作一种非常确实的恐怖。她从来没有见过这样的东西。那个身影走进了隔间，这回她终于看清楚了。它穿着一身盔甲，但盔甲上伤痕累累、疙疙瘩瘩、锈迹斑斑，有的地方还不太合身。这个怪异的身影上到处都是管线和电缆，关节处冒出缕缕蒸汽。它的一个膝头有绿色的液体在往外流。那个看起来像是脑袋的突起，是个低矮的青铜球壳，上头沾满了油脂和污垢。它根本没有任何可以被当作脸的部位。它甚至没有眼睛，只是有些圆柱体，向不同的方向伸出来，上面有亮晶晶的镜片，在那些圆柱体的侧面还有一些栅格，里面满是污垢。她分不清这是个机器人，还是某种古老、怪异而笨重的太空服。她只知道自己非常害怕它，她不想知道那里头是什么人，或者是什么东西。

那个身影在货舱中移动，哐啷哐啷，呼哧呼哧。它在一个离她的藏身处不远的货架旁停了下来。她几乎一动都不敢动，生怕被它看到或是听到。

那个身影举起一只巨大的手臂，擦掉一张运输标签上的灰尘。它那只着甲的手掌大得足以压碎一把椅子。它头上伸出的一个镜头旋转就位，前后伸缩着窥视标签。雪见感觉自己被夹在了两种糟糕的前景之间。她现在想被找到，这点毫无疑问。但无论那个身影究竟是什么，她可不想被它找到。

从来没有人告诉过她火星上有这样的怪物，就连思凛在吓唬自己小妹的时候也从来没说过。思凛可不会错过这么好用的情节。

那个身影横向移动到了下一个货架前。它朝着下一个标签望去。如果它一直这样下去，那它不可能不注意到雪见。不过，就在这一刻，她看到了自己还有个机会。她藏身在两个货架之间，在它们后面有一个敞开着的运货托盘，里面装着些农产品或是生物医药产品的塑料袋，运货托盘只装满了一部分。她可以很容易地把自己藏在那边——只要她能在不被发现的情况下钻到里头去。

她听着那个身影的喘息声。那声音很有规律，足以让她在呼气阶段中移动，那个身影发出的呼气声会大得足以掩盖她的行动。不过，她没时间纠结于此。它已经在向下一个货架移动，再之后的一个货架就会把它送到雪见身边了。

她动了起来，时机把握得非常精准。思凛会为她感到骄傲。她在喘息声结束前就进入了敞开的运货托盘，接下来的时间里没有任何迹象表明她已经被发现了。那个身影发出了些响动，似乎是刮干净了另一张标签。雪见趴得低低的，压在塑料袋的"床垫"上。她身下的塑料袋略微被挤到，但只要她待着不动，就不会发出声音。

做得对，她在心里对自己说。她最好在飞艇上碰碰运气，而不是让自己听凭那个身影的摆布，不管它是什么。飞艇很快就会再次上路。她不会在飞艇上路前失踪的。

真的不会吗？

那个身影离开了。她听到它哐啷哐啷、呼哧呼哧地离开了船舱。它走下坡道，回到了换地车上。但她现在还不敢动弹。也许它已经感觉到了她在货舱里的某个地方，正等着她离开自己的藏身之所。

不久之后，又有别什么东西过来了。这次不是那个步履蹒跚、喘息不休的身影，而是一个大大的机器，一个会呼啸、嘶鸣、发出喷气声的东西。一个货架突如其来地动了。雪见把自己往下埋得更深了。那机器离开了，然后又回来了。当它锁定了下一个货架，并把它拖到了货舱外面的时候，她瞥见了它。这是个机器搬运工，和她见到过的那些在码头周围忙活的机器人差不多，只不过旧了点，维护得没那么好。这是个愚蠢的大块头机器人，黄不拉几，而且油乎乎的，力气大得足以碾碎一个小女孩，而它甚至都不会知道自己做了什么。

然后它又回来了。当机器人和敞口的运货托盘连接上的时候，雪见感到一阵颤动。然后天花板开始移动，她意识到自己正被卸货下船。一瞬间恐惧让她麻痹了，但即使这一刻过去之后，她也不知该如何是好。她鼓起勇气动了动身子，从运货托盘的边缘往外看。地板移动的速度非常快，比她跑得还快。即使她冒险爬出去，成功地在撞到甲板上时不砸坏任何东西，且没把自己给摔晕，她也有被机器人的轮子从身上碾过去的风险。

不，这不是个好计划。躲在运货托盘里面对她来说不是个好主意，但话又说回来，偷偷乘上飞艇也不是个好主意。今天简直是个坏主意之日，她现在不打算让事情变得更糟了。

但是，还有什么会比被带去和那个喘着粗气、鼓着眼睛的东西同处一个地方更糟糕呢？

机器人把她带出了船舱，顺着一条斜坡，进入了换地车内部某间封闭的储藏室。天花板上有灯光和悬轨。即使躺在运货托盘里，她也能看到周围还堆放着其他的货架。机器人猛地一颤，放下了敞口的运货托盘，抽身而去。它呼啸着离开了。雪见静静地躺着，不知道下一步该怎么做。看来，飞艇在这里停下很可能是要给换地车送货。如果是这样的话，那它很快就会出发，而比起留在换地车里面，和那东西待在一起，她实在是很想回到飞艇上。但现在要想回去登船的话，她必须保证那东西没有看到她。她躺在运货托盘里，完全不知道那东西是否就等在附近。

她听到了一阵响动，听起来很像货舱门重新关闭的声音。

机不可失，时不再来。她慌忙从运货托盘里爬出来。托盘尖利的边缘挂住了她的裤子，在膝盖处撕了个大口子，但她没有在意。她双脚落地，拖着她的书包，调整好方向。她能看到装卸坡道，它顶端的门扉正在落下合拢。然后她开始奔跑，真正的全力奔跑，而不是她这辈子之前那些假模假式的奔跑。她必须在货舱门关上之前，再次进入飞艇内部。她必须离开换地车。

那东西走到了坡道前，挡住了她的逃生之路。它令人恐惧地慢慢抬起了一只手。雪见一个急停，滑出去好长一段距离。她心脏怦怦直跳，完全陷入了惊慌之中。

那东西抬起了另一只手。双手在充当它脑袋的那个青铜球壳下方，应该是它脖子所在的位置合拢。巨大的手指把两根生锈的固定杆拨弄了几下，然后微微上移，抓住青铜球壳两边的栅格。雪见从没想到过自己会这样害怕。她甚至都没想到往别的方向逃跑。那东西的速度很慢，但这里是它的老巢，她知道自己绝对不可能一直躲开它。尽管它步履蹒跚、气喘吁吁，还速度很慢，但它总会找到她的。

那东西摘下了头盔，将它举过肩头。盔甲里面有个小小的脑袋。她只能看到它的顶端，眼睛以上的部分。那上面有很多老年斑和瘢痕，还有几撮稀疏而雪白的头发，其余的部分都被盔甲遮住了。

一张看不见的嘴说："你好。"

雪见答不出话来。她只是站在那里瑟瑟发抖。那东西盯着她看了几秒钟，眼睛眨了眨，就好像它也不太清楚该怎么对待这次相遇。"按习惯，人们应该相互问候，至少在讲礼貌的人们当中都是如此，"那东西——盔甲里的那位老人说，"也就是说，你也许该考虑给我回一声'你好'。我不会伤害你的。"

雪见动了动嘴，强迫自己说："你好。"

"你也好。"那老人微微转了下身，盔甲呼哧呼哧直喷气。"我不想显得粗鲁无礼——我们还没有互相自我介绍呢。但那艘飞艇的时间很紧，它很快就要升空。你想回那上面去吗？如果你想的话，那么我不会阻止你。但如果我不确认下你确实如此，那就是我有失职守了。飞艇接下来会驶向米兰科维奇，那里离这里很远，至少要走两天。你是从沙尔巴塔纳来的吗？"

雪见点了点头。

"我可以给你吃些东西，然后送你回到那边，比你到米兰科维奇去还要快一些。当然，这得你相信我说的话才行，不过，嗯，我们总归是得相信某个人的，不是吗？"

"你是谁？"雪见问道。

"他们叫我科拉克斯，"那老人说，"我在这里工作，做些杂事。如果这身盔甲吓着你了，那么我很抱歉。但当我得知飞艇要来的时候，我已经没时间脱掉它了。你看，我刚从湖边回来。我之前一直在四处探查，在涨水前最后一次检查下那些老地方——"他停了下来。"我又在自顾自地唠叨了。我有时候就是会这样，因为自己待着的时候太长了。你叫什么名字？"

"雪见。"

"好吧，雪见——顺便说一下，这是个很好的名字——看你怎么决定了。回到飞艇上，碰碰运气，直到你抵达米兰科维奇——那真是个糟糕透顶的荒凉地方。你需要保暖的衣服及足够的食物和水，让你熬过这两天，也许还需要一些额外的氧气，以防舱压下降。这些你都准备好了，对吧？这真是愚蠢的问题。像你这样一看就很聪明的姑娘，如果没有必要的补给，就不会偷渡到一艘货运飞艇上。"

雪见举起她的书包："我只带了这个。"

"啊，那么那里面会有……到底有什么？"

"一个苹果，还有一个随身伴。"她观察到老人的前额上微微闪过一道不解的皱纹。"就是我的日记本，"她补充道，"我姐姐思凛给的。她是金星上的一名地球化改造工程师。她的工作是操作那些改天云，让大气层变得可以呼吸……"

"现在我们当中是哪个人在唠唠叨叨？"科拉克斯摇了摇他的脑袋，说，"不，恐怕我们别无选择了。我现在不能让你走。你得留在这里，等着飞机来接你。恐怕你要有相当多的麻烦喽。"

"我知道。"雪见认命地说。

"你好像不是很在意。难道这没什么问题吗？我想不可能，不然你也不会偷渡到飞艇上。"

"你能送我回家吗？"

"毫无疑问。而且在这期间，我一定会把你照顾得好好的。当然，我有个条件——在送你回去之前，你得一直忍受我傻乎乎的瞎唠叨。你觉得你能受得了吗？情绪上来的时候，我可能会非常惹人厌烦——越老越烦人。"

在科拉克斯身后，货舱门已经关上了。装卸坡道已经缩了回去，现在更大一些的门，也就是换地车的大门，正在渐渐挡住雪见眼中的飞艇。

"我觉得，反正我现在走也为时已晚了。"雪见说。

*　　*　　*

她跟着科拉克斯那走起来呼哧呼哧、哐啷哐啷直响的盔甲，下到了这台换地车的更深处。他们走到附近第一个有窗户的地方时，飞艇已成了远方的一个慢慢缩小的小点，在夕阳的映照下变成了古铜色。雪见现在觉得自己还是挺幸运的，毕竟被困在那上面，就意味着要一直被困到米兰科维奇。她确信自己两天内没有食物和水也撑得住（但即便有那个苹果充当口粮，也一点都不好玩），但她从来没考虑到飞艇上可能会非常冷。不过话说回来，这点本不该出人意料，毕竟建造飞艇并不是为了方便偷渡。

科拉克斯从盔甲中出来时，雪见十分高兴。她其实一直在暗自担心，怕他并不完全是个人类。毕竟，先前她只能看到他的头顶。乍看起来，他其实挺普通的，只不过比她见过的几乎所有人都更老，更骨瘦如柴。以火星人的标准而言，他是个小个子——火星人的身高都差不多，雪见还在发育期。个头这么小的人，雪见只见过一个，就是送她雪景球的那个婶婶。她出生在地球上，引力让她承受了太多冷酷无情的重压。

铠甲下的科拉克斯穿着好几层加了衬垫的衣服，衣服上有很多的带子和钩子，上面挂着一大堆各式各样的工具，叮叮当当、咔嗒咔嗒地响。

"你为什么住在这外头啊？"科拉克斯在换地车下面的厨房里给她准备茶水时，雪见问道。

"总得有人住在这里。跟这个类似的那种大家伙要是出了问题，你觉得是靠谁解决？我是那个抽中了坏签的人。"他转过身，带回两杯热气腾腾的茶水。

"实际上倒也没那么糟。我不喜欢当代火星文明的喧嚣忙碌，所以城市不适合我。还有很多人跟我一样，我们是旧时代的遗民，那会儿这里还比较空旷。我们待在偏远地区，尽量不妨碍别人。说真的，那有点像这台换地车——只要我们不碍事，他们就随我们的便。"

"你住在换地车里？"

"大部分时间都在。"他在雪见对面坐下来，用一个指节敲击着金属桌面。"这些东西是两百年前第一轮地球化改造那会儿制造的。"

"桌子？"

"换地车。它的设计理念是经久耐用，可自我修复。它能持续处理大气，吸进土壤和空气，一直工作下去——一千年，甚至更久。人类在设计它时就想让它能持续运作下去，即便人类文明其余的部分崩溃了，退回了地球，它们也要一直自我维护，专门执行同一套工程。它们的制造者考虑的是长远问题，是在为他们其实根本没指望在生前能看到的东西做计划。他们有点像建造大教堂的人，孜孜不倦地铺垒砖石，哪怕大教堂可能要经过许多代人的努力才能完成。"他顿了顿，笑了笑，虽然只是在一瞬间，但仍显得年轻了几分。"你应该没有见过大教堂吧，雪见？"

"你见过吗？"

"一两次吧。"

"制造换地车是个坏主意，"雪见说，"这是我姐姐告诉我的。它是历史的遗留，是错误的做事方法。"

"现在这么说很容易。"他用一根手指围着茶杯边缘划了一圈。"但在当时这是一个宏伟的计划——最最宏伟的计划。最多的时候，这样的换地车有成千上万台，它们从火星的一极到另一极，纵横交错。那是一种奇妙的景象，就像成群结队的铁牛，用开天辟地的引擎，耕耘出一个新的世界。"

"你见过？"

他似乎是在开口之前才刚回过神来。"没有。我要是见过那景象，那我得老得不可思议才行。但那些记录是辉煌壮丽的。你姐姐说的没错。这是个错误的方法。但这是我们，或者说他们，当时能想得出来的唯一的办法。所以我们不能因为他们的错误而嘲笑他们。如果我们不谨言慎行，那么再过个两百年，我们也同样会因为我们的错误而被人轻易嘲笑。"

"我还是不明白你为什么要住在外面。"

"我让这台换地车不至于崩溃，"科拉克斯解释，"从前，光靠它的自我修复系统就足够了，但最终自我修复系统本身也无法正常运转了。现在换地车必须有人养护，用心善待。它是一台上了年纪的机器，需要人的帮助才能继续运转。"

"为什么呢？"

"因为有人关心这种事情。他们住在火星上，也住在太阳系的其他地方。主要是些富有的赞助商。他们的钱够多，多得可以撒一点给一些无益的项目，比如保持这台换地车的运转。他们这样做的原因部分是出于一种对历史的责任感；部分是出于一种谨慎态度，觉得我们不应该丢弃那些行之有效的东西，哪怕它们并不完美；还有一部分纯粹是为了好玩，没什么目的。他们乐于让这些古老的换地机保持运转。因为这是火星的历史，所以我们不应该让它从我们的指缝中流失。"

雪见不知道他们到底是谁，但在她看来，即便在她父亲的朋友中，也有那么几个人相当人傻钱多。比如奥托叔叔，他就喜欢开着昂贵的私人太阳帆船，带着客人在地球和内太阳系[1]一带转悠。所以她可以相信这些话——至少暂时相信。

"对他们来说，"科拉克斯接着说，"这也是种艺术形式，跟其他的艺术形式一样。而且和他们搞的另一些事情相比，这成本真的不高。至于我，我只是他们雇来干苦工的。他们甚至不在乎我是谁，只要我把事情做好就可以。他们

---

1. 指太阳系在小行星带以内的区域。——译者注

安排飞艇空运补给品和零件，还有给我的补给。其实，这里的生活还算不赖。我可以看到火星上的许多风景，而且我醒着的时候也不用每时每刻都维护换地车的运行。剩下的都是我自己的时间，我可以随心所欲。"

雪见环顾这个空间狭小的肮脏厨房，想不出还有什么地方比这里更糟糕，更别提在这里待一辈子了。

"那你做什么呢，"她客客气气地问，"在你不工作的时候？"

"实际上，我会搞点自己的工业考古研究。"科拉克斯放下他的茶杯。"我得去打几个电话，让人们知道你在哪里。总之他们明天就会派飞机来，这样我们不用太久就可以把你送回家了。飞机多半下午才能到。如果有时间，那我会给你看点东西。"

"什么东西？"

"别人再也见不到的东西，"科拉克斯说，"至少，一小段时间内见不到。"

他打了电话，并向雪见保证，明天一切都会好起来。"我没跟你父母讲话，但我认为他们会得到你平安无事的通知。如果你想跟他们说几句，那待会儿我可以试着帮你接通电话。"

"不用了，谢谢，"雪见说，"现在不用。"

"这听起来可不像是急着回家的人会说的话。你家里没什么问题吧？"

"有。"雪见说。

"那你愿意说说吗？"

"我不怎么想说。"其实她想说。但她不想对科拉克斯说，不想对这个独自住在一台巨大而陈旧的地球化改造机器里，白发丛生，还邋里邋遢的老人说。他大概并不是一个食人魔，但他也不可能理解她正经历的一切。

"那就跟我说说你姐姐吧，金星上的那个。你说她参与了地球化改造项目。她比你大很多吗？"

"六岁。"雪见说。当然，她指的是地球年。火星上的一年相当于地球上的一年的两倍，但大家在谈论自己的年龄时还是用地球年。不然就乱套了。"她十九岁时离开了火星。我那时候十三岁。"她把手伸进书包里，拿出了那个随身伴。"这就是我说的那个东西，随身伴。这是思凛送给我的礼物。"

他伸手要打开那个随身伴。"可以吗？"

"请便。"

他用手指摸了摸封套，老人的手指骨节突出，指甲发黄，还有些部位长着零乱的白毛。他碰上去之后，随身伴被激活了，打开的页面上出现了一段段的文字和插图。文字模仿了雪见的笔迹，并且染成了暗紫色，图片以木刻和模印画的形式呈现，条目按日期和主题编排，还有精心组织的交叉引用。

科拉克斯用手指甲抠着随身伴的边缘说："我翻不开下一页。"

"不是你这样做的。你以前没看过书吗？"

老人对她报以宽容的微笑："我没看过这样的书。"

雪见给他展示了翻页的方法。她用手指按到右下角，然后横向拖动，于是随身伴就显示出了下面两张书页。"就是这样翻到下一页。如果你想一次翻十页，就用两根手指。百页，用三根手指。往回翻也一样。"

"这看起来好复杂啊。"

"这就类似于一本日记。我告诉它我都在做些什么，或者让它替我把事情记下来。然后它把所有记录整理罗列出来，让我补上空缺的地方。"

"这听起来好可怕。"科拉克斯说话的时候苦着个脸，那样子就像是刚咬了一大口柠檬。"我一向都不擅长写日记。"

"不过，它不只是一本日记。思凛也有一个随身伴——她同时买的。她要离开了，因为通信时差的关系，以后我们就不能再正常交谈了。我很难过，因为她一直是我最好的朋友，虽然她比我大。她说我们的随身伴会帮我们消除距离感。"

"我不是很明白。"

"我们说好了我们都会一直使用我们的随身伴，一有机会就做记录。我会和我的随身伴说话，跟思凛就在这里一样。思凛也会和她的随身伴说话，跟我就在那里一样。然后，每隔一段时间，随身伴们就会……我不记得那个词是什么。"雪见皱了皱眉头。"连接起来，交换记录。这样，我的随身伴就能更好地模仿思凛，她的随身伴也能更好地模仿我。然后，如果我们坚持这样做下去，那么最后的效果就好像思凛一直陪在我身边一样，这样我就可以随时和她说话了——就算金星在太阳的另一边也行。它并不会真的跟思凛一模一样，也无法真的取代她，但它可以让我们不至于总是感觉到分开的痛苦。"

"这听起来是个好主意。"科拉克斯说。

"其实不是。我们说好了，要一直跟我们的随身伴说话，但思凛没有。有一段时间，她也照做了。但在离开火星几个月后，她就没这么做了。她隔一段时间做一次——但你能看得出来，她这样只是因为前一段时间没有这样做，她感觉过意不去。"

"我估计她是太忙了。"

"我们答应对方了。我履行了我的承诺。我还是在跟思凛说话。我还是会把一切都告诉她。但因为她跟我说话不够多，我的随身伴就没法装成她了。"雪见一时之间悲从中来。"我之前本来可以多跟她说说的。"

"这并不代表她不爱你。这只是因为她是个成年人，有很多人有求于她。地球化改造是非常重要的工作。它需要很强的责任心。"

"我爸爸妈妈也一直这么说。"

"这是事实，一直都是这样。制造换地车的人也明白这一点，虽然他们这项技术设计得不够完美，但道理是一样的，跟……那种东西人们是怎么称呼来着？那些在空中盘旋的东西？"

"改天云。"雪见说道。

他点了点头。"我有时会在黄昏看到它们。其实，它们也只是另一种机器。一千年后再来看，它们和这台换地车的差别也不会太大。但它们让我觉得自己很老。就连你的随身伴也让我觉得自己是个史前的老古董了。"他用力站起身来，膝盖咔吧作响。"说到录音设备，我给你看样东西。"他走到一个架子前，推开若干没用的杂物，露出一个看起来很旧的太空头盔。他把它拿到桌子上，边走边吹掉上面的灰尘。他还吸进了些灰，呛得咳了几声。然后他把头盔放到雪见面前。

"它看起来很古老。"雪见说话的时候尽量不让自己表现得太失望。那东西上到处都是擦痕和凹坑，有些地方的白漆都脱落了。护目镜和顶饰周围曾有过彩色的标记，但现在基本上不是已经褪色就是被磨损殆尽了。她只能勉强在它们曾经所在的位置上辨认出些许残余的痕迹。

"它确实如此，毫无疑问。它甚至比这台换地机更古老。我知道，是因为我发现了它，而且……嗯……"他爱不释手地抚摸着太空头盔，手指所及之处在积灰上留下了划痕。"我有非常可靠的信息来源。它曾经属于某个人，那人在失踪之前非常有名。"

"谁？"

"我们明天再说这个。同时，我想这个太空头盔可能还蛮有趣的。它做得经久耐用，并且它仍然完好无损。我不得不为它更换了动力电池，但除此之外我什么都没动过。你想试戴一下吗？"

其实她一点都不想，但这么说似乎很失礼。她点了点头，以示同意。科拉克斯又拿起了那个太空头盔，他绕过桌子，走到了她身后。他轻轻地把太空头盔放低，直到边缘的衬垫搁到了她的肩头。她仍然可以正常地呼吸，因为头盔底部是打开的。"它闻起来有股霉味。"她说。

"就像它的主人一样。不过，看看这个。我要通过外部控制装置激活平视显示装置，来进行回放。"他按下了太空头盔外面的几根开关柱，雪见听到太空头盔里发出了细微的咔嗒声和哔哔声。

然后一切都变了。

她仍跟科拉克斯在一起，仍在厨房里面，但一个完全不同的半透明视野叠加在了她所见的景象之上。那是一片地表的风景，一片火星的地表风景。景象在缓慢移动，左右摇晃，似乎是有人正在行走。那人正走近某个地方，那是平原上一道深沟的边缘。随着沟边越来越近，那人的脚步慢了下来，然后视点下倾。于是雪见跟着往下看，看到了她的胸包，现在它看起来又旧又笨重。她看到了她那双沉重的靴子，上面沾满了灰尘。她看到了火星的土壤，还有那个小点——就在她的脚尖前方——它正在疯狂下坠。

"这是水手号峡谷的边缘，"科拉克斯告诉她，"火星上最深的山谷。这下去可是有很长一段距离呢，不是吗？"

雪见完全同意。尽管已经坐下来了，但她还是有点头晕目眩。

"那里现在也可以去，但已经不一样了，"科拉克斯接着说，"现在那里面基本被水填满了，而且随着海平面的不断上升，水还会变得更深。我站着的位置——你站着的位置，现在是一连串的圆顶度假酒店。等大气浓密到能让人呼吸的时候，他们会拆掉圆顶，但不会拆掉度假酒店。"他停了下。"我不是在抱怨，也不是在反对地球化改造项目。看到火星的海域上，以及火星的天空下有船只航行，看到人们在那片天空下走来走去，而不需要太空服或压力泡来维持生命，又或是看到沐浴在晨光中的地球，那感觉肯定非常美妙。我们会获得一些不可思议的事物，但同样也会失去一些。我只是觉得，我们应该小心，不要忽视这一点。"

"如果我们不喜欢新的火星，那么我们还可以退回过去。"雪见说。

"不，"科拉克斯说，"我们做不到。即使比起世上任何东西，我们都更想要回去，也不行。因为一旦我们染指了一个世界，那它就永远不再是未经染指的了。"他伸手关掉了平视显示装置。"现在，我们要不要吃点东西？"

*　　　*　　　*

早上，他们离开了换地车，搭乘一辆小型四轮越野车出去旅行。越野车沿着一道斜坡从换地车的肚子里开了下来。"这只是一次短暂的观光旅行。"科拉克斯说，显然他察觉到了雪见在担心，怕预定在下午抵达的飞机来接她的时候他们还没能返回。越野车的加压舱里暖洋洋的，很舒服，雪见还是穿着头天那套衣服，科拉克斯也还是穿着他在盔甲下穿的那套，而盔甲被他收到了越野车后面的行李舱当中——雪见还不清楚这是为什么。

越野车从换地车的阴影里驶出，在小石子和山脊上颠簸蹦跳。"你不在的话，换地车会不会出问题啊？"雪见问道。

"一两个小时的工夫它还是能照顾好自己的，你别担心。"

雪见的脑子里无法抑制地冒出一个令人尴尬的问题："这件事会一直由你负责吗？"

科拉克斯驾驶越野车绕过一个火山口之后才给出了回答。"除非付钱让我维护的人另有决定。"他斜着眼看过来，怪笑着做了个鬼脸，"怎么，你觉得老科拉克斯年纪太大，做不来这活计了？"

"我不知道，"她老老实实地答道，"你到底多大年纪了？"

"你估计有多大？"

"你比我姑姑大，我也不知道她多大了。她也是地球上来的。"

"我说过我是地球上来的吗？"

"你提到过大教堂。"雪见说。

"我可能是作为一名游客去的。"

"但你不是。"

"不，"他最终开口说，"我不是。在这里我才是游客。"

他们继续向前行驶，穿越了数公里的火星地表。大部分时间科拉克斯都没有把手放在控制器上，而是让越野车自己导航。雪见在泥地上看到了轮胎的印迹，她猜科拉克斯以前来过这边——也许就在最近几天。越野车为了绕开障碍物而转来转去，换地车渐渐变成了地平线上一个不太大的、背着烟囱的黑色隆起，它似乎是在原地一动不动。然后，她就连那个黑乎乎的隆起也看不到了。

地面开始向下方倾斜。前面似乎有个大湖，甚至可能是一小片反射着阳光的海洋[1]，它就像是一块抛光的金属板。它岸线复杂，蜿蜒曲折。虽然越野车比海平面高出很多，但雪见还是看不到对岸。她竭力记住湖的形状，想象俯视时应该有的样子，以便在乘飞机离开时依然能找到它。不过这太难了，所以她拿出了随身伴，打开封套，好让它记录下透过越野车前窗看到的景象。

"你想知道我们在哪里吗？"科拉克斯问道。

雪见点了点头。

"我们正在接近克劳降落场。你听说过这地方吗？"

"我觉得没有。"

"我并不惊讶。它变成无人鬼镇已经有几十年了。如果最近的哪一张地图上有它，那倒是会让我大吃一惊。就算真有这样的地图，上面要不了多久也不会再有它了。"

"为什么不会？"

"因为它很快就会被水淹没了。"

科拉克斯接管了越野车，驾驶它沿着条曲折的小路向下行驶，沿下坡一路开到湖边。当他们接近水面的时候，雪见看出有一排排模糊的影子在水面下方不远处隐隐浮动——大致是些暗淡的长方形和圆形，其中一些的位置比别的更深，而且离岸边有相当远的距离。它们看起来就像是些古怪的游戏板上的图块。她突然意识到，那些是被淹没的建筑的屋顶和墙壁。

*　　*　　*

"这里曾经是个城镇？"

科拉克斯点了点头："很久以前是。火星现在正处于第二次历史浪潮中，甚至可能是第三次。我还记得当年，沙尔巴塔纳完全无关紧要，只是一个气象

---

1. 这里说的水体实际上是火星上的湖泊，但作者也将其引申为"海"，后文多处称其为"海"，与标题的"火星海"呼应。

站，甚至有一半时间完全无人驻守。克劳降落场是个重要的定居点。即使称不上是最重要的，也是火星表面最大的四五个殖民点之一。没错，那会儿我们管它们叫殖民点。那是一个不一样的时代，不一样的年代。"他引导着越野车缓缓进入水中，沿着两排建筑之间一条往日的大道行驶。雪见忐忑不安地看着水漫过车轮的顶端，拍打着车厢的侧面。"没问题的，"科拉克斯说，"这辆车完全可以潜入水中。我曾经把它往前开过整整一公里，但我们今天不开那么远。"

他们沿着硬化路面行驶，所以虽然越野车的车轮在水下，但没有搅起多少东西。湖水澄净得方圆几十米内都能看得到。路面斜向下方，水面渐渐在驾驶舱的透明圆顶上方合拢，雪见觉得自己简直可以相信他们只是驶在沙尔巴塔纳的一个普通街区上——虽然这里奇怪地没有人烟。这些建筑物有些是长方体，有些是圆柱体，有些有穹顶，它们都有着黑色的小窗户，都有着从主体结构中突出的环形外廊，上面开着圆形的气闸门。克劳降落场周围肯定从来都没有压力泡包裹，所以这些建筑应该就是将居民们和火星大气隔离开来的唯一保护设施。雪见猜测，它们是被埋在路面之下的隧道连接在一起的。即使是像沙尔巴塔纳这样的新社区——现在想到她的家乡是个"新"地方让她感觉怪怪的——也有地下隧道，但维持它们的存在是为了在压力泡发生不测时，提供紧急避难所和保持通信。在学校组织的校外参观当中，雪见就曾下到那些隧道里面过。

她并非孤身一人，有科拉克斯陪着她一起坐在车里，但在这个荒废的殖民点中缓缓行驶，还是让人有种诡异的感觉。她真希望科拉克斯之前没有管这里叫"无人鬼镇"。虽然她明白他的意思不是说这里真的闹鬼，但她还是无法抑制住自己的想象。摇曳的光线从海面上照射下来，她不断地看到窗外有些幽灵般的面孔一闪而过，就像是有纸人在那里停留了片刻似的。他们转过一个拐角时，路过了一辆其他型号的越野车，它停在那里的样子就好像它的主人才刚刚弃它而去。但这是一辆看起来款式非常老的越野车，车身侧面画着的符号让她想起了那个老式太空头盔上褪色的标记。

终于，科拉克斯把越野车停了下来。

"我们到了。"他语气庄严,"我们到目的地了。你看到我们右边的那座建筑了吗,形状像老式帽盒的那个?"

"是的。"雪见满心不解地说。

"和其他大多数建筑不同,它仍在气密状态。正因如此,它也就在水密状态。而且它的气闸系统还是好的——机械系统中的动力刚好够再来一次循环。你明白我的意思了吗?"

"我不太明白。"

"克劳降落场现在几乎快要消失了。一百年后,它将被彻底遗忘。海水会升高,火星会变绿。一个全新的文明将会绽放,繁荣。雪见,你也会成为其中的一员——等你长大以后。你会看到些美好的事物,并活着告诉你的孙子孙女,在改天云完成它们的工作之前,火星曾经是这样的。"他笑了起来。"我很羡慕你。我活了很久了。我并不总能拿到最好的药物,但至少我能获得稳定的供应。但如今我的日子快要到头了,而你只要运气够好,就会比我多活几个世纪。"

雪见想着自己这辈子所有那些不如意的事情。"我可不觉得我运气好。"

"这我可说不好。那艘飞艇本来有可能直接飞往米兰科维奇,那样的话你会在哪里?"

她"嗯"了一声,仍然半信半疑。

"在我找到这个地方和这座建筑之后不久,我有了个想法,"科拉克斯说,"火星正在变化,海面将会上升。但它们不会永远这样下去。总有一天,可能是一千年以后,一万年以后,也许更久以后,大海会再次缩小。那时候人类会去地球化改造其他的世界,所以也许他们会让火星回到它的原始状态。无论如何,克劳降落场最终都会破水而出。而这座建筑还会在这里。仍处于气密状态。"

"你并不能确定。"

"机会相当大。考虑到将会发生的种种状况,它存留的概率会比任何留在地表上的东西都更大。很快外面就会有树木和森林,没有树木和森林的地方则会有城市和人群。外面会出现风化作用，风暴侵袭，以及历史变迁。但都不会影响到这底下。这座建筑是我们能找到的最接近时间胶囊的存在。这就是我们来这里的原因。"他在越野车的控制台上键入了几条命令，然后颤巍巍地站起身来。"你记得我找到的那个太空头盔吗？它曾经属于克劳——最早的探险家之一。"

"你能肯定吗？"

"我相当肯定。我说过，它是有来源的。"他顿了顿。"我要把头盔放到那里面去。它是过去的一块碎片，是对火星从前样子的纪念。它不仅是一大块金属和塑料，还是一份历史档案，一份鲜活的记录。我只回放了太空头盔里的一小部分内容。那个老傻瓜录了有好几千个小时，这之外还有他所做的全部日志记录，以及他为后人写下的所有想法。尽管只是一个老傻瓜的胡言乱语，但也许将来会有人感兴趣。等他们再找到那个太空头盔的时候，这一切依旧在里面。"

雪见知道，等到十七岁的生日的时候，她会被许可跨进增强网的金色门扉，但要她设想再往后的未来就很难了。那之后的一切都是一片空白。几百年或几千年，这会有什么区别？

"会有人看得懂吗？"

"他们可能要费些功夫，"科拉克斯承认，"但这就是历史学家和考古学家的工作。我还有个想法——既然如此，我们为什么不在太空头盔之外，再多加些别的东西去让他们伤脑筋呢？"

雪见想了一下说："你是说我的随身伴？"

"你的所想所见并不比老科拉克斯的少。当然，你会怀念你的随身伴。也许当你姐姐发现它怎么样了之后，你还要向她解释一番——当然，前提是你把这件事告诉她。但同时，想想你这样做的意义。你会向未来传递一个信息。这是一件来自过去的礼物，送给一个还不存在的火星文明。无论将来会发生什么事，你都已经留下了你的印记。"

"没人会对我说的话感兴趣。"雪见说。

"你别把自己看扁了啊。你看，你还有时间再做一条记录。告诉他们，你是怎么到这里来的；告诉他们，你今天的感受；告诉他们，你昨天离家出走的原因。你要生气，要悲伤，把情绪从你的神经系统中释放出去。"

"我以后还是会生气和悲伤。"

"相信我，这会有帮助的。当一切看起来糟得不能更糟的时候，你总还可以告诉自己：'我做过了这件美好的事情，这件别人从来没有，也永远做不到的美好的事情。这让我与众不同。'"

她想着那个随身伴。它是来自姐姐的礼物。虽然它卷了角，而且不是世界上最聪明的。但她还是很喜欢它。它让她想起了自己的姐姐。它让她想起了她们一起度过的那些美好时光——在姐姐厌倦了孩提时代的游戏，开始仰望天空，梦想着让行星世界焕然一新之前。

但思凛真的在意过吗？在她说再见之前，她那么轻易地承诺了自己会遵守约定。雪见有时会怀疑，除了被良心刺痛而发来信息的那些片刻之外，思凛是否还有想起过她。

"我是在乎的，"雪见对自己说，"即便你不在乎。"

她手里还拿着随身伴，从之前让它拍下湖水时就一直拿着。

"你想独自待一阵子吗？"科拉克斯问道。

雪见点了点头。

*　　　*　　　*

她留在水底的越野车里，而科拉克斯则把太空头盔和随身伴带进那座建筑当中。他是穿着盔甲出去的——怪物又出现了。但他离开越野车走了几步，回过头来挥手时，雪见也挥了挥手。她看不清他的脸，但她知道现在那盔甲里头是科拉克斯。虽然那身盔甲还是又大又怪，但已经不可怕了。科拉克斯对她很好，而且他似乎多多少少对她正在经历的事情有些理解。

她看着他通过气闸门进入那座建筑。黑暗中，门口有些气泡喷了出来，然后就没动静了。她觉得科拉克斯放好太空头盔和随身伴用不了多久，如果他已经知道自己在那座建筑里要走的路线就会更快些。

越野车动了起来。

这突如其来的运动目的明确，明显不是刹车松动的结果，也不是有什么水下水流搅动导致的位移。越野开始掉头，沿着他们来时的路线往回开。这不对头。雪见绝望地看着控制台上许许多多的控制开关。她不知道该按哪一个。有个红色的面板亮着，好像是紧急停车用的。她用手掌拍打它，但车子没有反应，于是她一次又一次地拍它，捶它。她抓住科拉克斯先前用过的转向控制杆，使劲左拉右拽。但她所做的一切对越野车的行进都毫无影响。它已经爬出了湖面。当它暴露到空气中的时候，水开始从它的顶上流下。"停下！"她喊道，"科拉克斯还没回来！"

但要么是越野车太笨，意识不到发生了什么，要么是科拉克斯给它编制好了程序，让它不理会她。

很快，它就离开了湖水。涟漪平静下来之后，雪见又能看到克劳降落场的轮廓了。它和以前一模一样，什么都没变。只是现在科拉克斯就在下面，在那身盔甲里，在那座气密建筑中。

她记得他在站起来之前，给越野车敲进了些命令。他那时候是不是在告诉它，在设定的时间间隔后，在雪见还在车上的情况下，要它返回换地车去？

她感觉失魂落魄，但她知道自己无能为力。于是，在接下来的旅程中，她只是默默地坐着。

＊　　　＊　　　＊

越野车爬回换地车的肚子里没多久，飞机就来了。她一个人坐在厨房里，几乎说不出话来，听着通往停机舱的长长的金属走廊上传来脚步声。最后有两个成年人走进了厨房。一个是看起来很年轻的男人，背着一个沉重的包。另一个是她的父亲，看上去忧心忡忡，面色灰暗。她做好了被狠狠责骂的准备，但父亲却朝雪见冲过来，抱住了她。"对不起，"他说，"我们没能察觉。"

等她能说得出话的时候，她问道："我有麻烦了吗？"

"没有，"她父亲安慰她道，"是我有麻烦了。但你没有，现在没有，并且永远不会有。"他又抱了抱她，仿佛不太相信他正把女儿抱在怀中，不太相信这不是一场梦。

"那个老家伙呢？"另一个人问道。

"我猜你指的是科拉克斯？"雪见问道。

"对，科拉克斯。"那个看起来很年轻的家伙把包放在桌子上，开始往外拿东西。"我是来替代他的。这就是为什么安排了这趟飞机——好让我可以接替他。赞助商们担心他太老了，不适合做这种事了。"

"科拉克斯不回来了。"雪见说。

那人显得有些不耐烦，就好像雪见对他的态度不够恭敬似的。"不回来了？你这是什么意思？他怎么了？他在哪里？"

她直直地盯着他的脸，他要是敢否定她下面说的话就试试看。"那是我和科拉克斯之间的事。"

"你没事吧，雪见？"她父亲柔声询问。

"我很好。"她说。至少在眼下的确如此。她为科拉克斯感到难过，为再也见不到他而难过。但不管他做了什么，他一定是在她乘上越野车之前就计划好了。他跟雪见分享了这一切，让她将随身伴放入时间胶囊，并在这之前记录下她的想法，她的愤怒、她的痛苦、她受伤的心情。这是个特权，也是将永远伴随着她的秘密。无论接下来会发生什么，无论她和家人会有多难受，她心里都知道，她参与了一件美妙的事，一件独一无二的事，别的任何人都不会知道这件事，直到湖水退去，直到某个不可思议的遥远日子降临。在未来的火星，她的火星的未来。

飞机起飞了，把那个人单独留在了换地车上。父亲让雪见坐在窗边。飞机开始加速返回沙尔巴塔纳。雪见鼻子顶在玻璃上，注视着扑面而来，又飞旋而去的地面景象，寻找着先前那个克劳降落场所在的湖泊。她看到了几处水面，以及一些车辆的辙印，其中一些看起来隐约有些眼熟。但从天上看下去，视角完全不同，她实在没法确定。

"思凛要从金星回来了。"她父亲打破了久久的沉默。

"哦。"雪见答了一声。

"她说她很抱歉，她没有像她所承诺的那样经常和你联系。"

"我也很抱歉。"

"她是认真的，雪见。我看得出她有多沮丧。"

雪见没有立即回答。她看着飞驰的大地，想着穿着盔甲的科拉克斯，想着那个老人与火星海。然后她伸出手，握住了她父亲的手。"我跟思凛见面以后就会好起来的。"她说。

虚荣

Beyond the Aquila Rift

这里名义上的叫法是拉奇城，但大家都习惯称它为高跷镇。我从没喜欢过这里。我在这里度过了许多时光，本该将它当作家一样的地方。但高跷镇总是在你熟悉之前就变了，它永远不会保持原样。这里由一个个拱形平台组成，中间以桥梁和坡道相连，但时不时就会发生一番复杂难解的重建。它就像个迷宫，而我没打算攻克它。

我还是那样，一杯酒，一间酒吧，享受途中美景。这里有最糟糕的地方。

"洛蒂·杭？"

我从窗口转过身，看到了刚跟我打招呼的女人，那是个我不认识的人。但奇怪的是，我第一个冒出来的念头是，她肯定是政府的人。并非因为她穿着制服，也不是因为她看起来像我曾打过交道的政府官员，而是因为她眼神中的东西。即便双眼疲倦又泛红，她仍具有镇定清醒的观察力，就好像她已经习惯了研究面孔与人们的反应，读取背后隐藏的含义。

"你有事吗？"

"你是艺术家？岩石雕塑家？"

我坐在一家名叫"刀具与火炬"的店里，被岩石艺术品的图像包围着，我的作品集还打开着放在我面前。因此，她猜出的这些也不算什么厉害的推论。但她知道我的名字，这令人担心——我远没有那么出名。

我告诉自己，她肯定不是政府的人。我没做什么值得他们注意的事情，也许我确有偷工减料或者规避准则之处，但还不值得他们花时间关注。

"还未请教姓名？"

"英格瓦，"她说，"瓦尼亚·英格瓦。"她调出一个悬浮的认证标志，一切都对上了。

瓦尼亚·英格瓦，持证调查员。不是警察，不是政府官员，只是私人侦探。

因此，我的直觉也并非全不靠谱。

"你想做什么？"

她的头发很短，发梢翘着，打着油腻的卷，就好像刚摘下严丝合缝的真空头盔一样。她用一只手捋过头皮，仍旧无济于事。她说："你的飞船停靠在维修坞的时候，我付了点钱，让人帮我在你的导航核心中运行了一下深层查询任务。我想确认你在特定时间的具体位置。"

我差点把酒弄洒了，说："这完全是非法的。"

她耸了耸肩，说："这还完全该死的无从举证。"

我想我不妨再逗这女人几句："那么你在找什么？"

"没什么，主要是关于奈德撞击器的链接。"

我眨眨眼。我以为她会把我和一些未被时效法规涵盖的民事侵权行为关联在一起，比如没能遵循正确的方法和对接程序之类的。但她一提起奈德撞击器，我就知道她找错人了，她搞混了名字或者飞船注册信息之类的东西。有一会儿，我几乎——只是几乎——为她感到难过。她很粗鲁，而且未经我允许就找人偷偷查我。这让我很生气。但她看起来就好像找到了什么有用的把柄一样。

"英格瓦，很抱歉让你失望了。在奈德撞击发生时，我并不在那附近。事实上，我记得在泰坦的惠更斯城时，我在一间酒吧里看到过这条新闻。你可能不知道，我所在的地方位于栖息地系统的另一边，无论那个帮你窥探我导航核心的人是谁，他并不了解他们在做什么。"

"我倒没提爆炸发生时你在哪里，那是二十五年前的事了。我感兴趣的是，在更早的时候，这件事发生的二十七年前，你在哪里。也就是五十二年前，在调整撞击器的航线，要将它放置在奈德的撞击路线上时。"然后她顿了一下，准备发起致命一击，告诉我她并非只是胡编乱造。"根据我的调查，那之后不久你就遇到了斯坎达·阿布鲁德。"

这个名字，半个多世纪以来，我一直努力不去想起。大多数时候我都做到了。只有一次，在天炉座和斯坎达的超新星发出耀眼光芒时，这个名字再次出现在我的脑海里。

现在提起他的名字很令人难过。

"关于斯坎达，你知道些什么？"

"我知道他付钱让你雕刻石头。我还知道，在奈德撞击器碰上时，有一百五十二名无辜者丧生。其他的……我想，我很乐意听你来讲。"

我摇摇头，说："奈德上没人死亡，那上面没人住。"

"那个，"英格瓦说，"只是他们想让你相信的。"

"他们？"

"政府。正是因为他们的失误，允许那些移民在那颗小卫星上建起了营地，并号称'跃居者'。他们数年前就早该搬走了。"

她提议我们离开刀具与火炬，以免我们的对话被别人听到。关于这一点，我有很多选择。我可以让她滚开。她并没有逮捕我，甚至没有权力这么做。她也没有威胁将我交给政府，就算她这么做，对她又有什么好处呢？我什么错也没犯，我是洛蒂·杭，今年八十岁了，是一个二流岩石雕塑家，仅此而已。

但她关于斯坎达的说法是对的，事情也确实发生了，这让我很担心。我告诉自己，在高跷镇不会有什么坏事发生，此外我也确实希望听听她要说的事。

因此我们出了门，投入茫茫夜色中。英格瓦步履蹒跚，走路时深一脚浅一脚。虽然很难确认，但我猜测她不比我小。我们都穿着厚重的外套，蹬着长靴子，但海卫一的冷冽仍然潜进了高跷镇，从这座城市的地面渗入我们这上了岁数的老骨头缝里。

我跟她讲起了我见到斯坎达·阿布鲁德的那天。

*　　　*　　　*

就在这里，就在海王星之下。我到海卫一来见一个潜在的客户，那是在我开始雕石头这一事业的早期，我雕了有一阵子了，虽然不算太出名，但足够我建立起一定的声誉。那时候，海王星就是我去过最远的地方了，但我觉得这件事值得我费时费力。

我错了，一个新近入行的对手以低价撬走了我的生意，而且月光号也需要燃料和维修。机器人蜂拥而上之后，月光号倒是好了，但我的银行账户只剩了零头。我开到了特立敦城恢复情绪，最后在德尔塔维酒店落脚。

那之后，我再也没有去过那个酒店，那里有太多回忆的影子了。就像现在的刀具与火炬一样，那里是艺术家和他们的赞助商喜欢流连的地方。墙壁、地板和桌子上都覆着或好或坏的画像，还有真实作品的投影：从小行星和冰类固醇，到巨砾和岩石，它们都变成了一个个艺术品，从莫特尔和佩蒂特的几何抽象到超现实主义的肖像画。我认识其中一些人，在后来的大型合作中，还与其中的一些人有过合作。

我的事业渐入佳境，虽然不是突飞猛进。甚至在那时，我就感觉到，泡沫迟早会碎——有太多资金在易手。路上我途经奥兹曼迪亚斯，那是一颗被推入海卫一轨道的公里级别的岩石。它是银宁和塔拉布鲁斯的最新作品，我并没考虑太多。那是一张破碎而沧桑的脸孔，脸颊上有巨大的裂痕，瞳孔有深黑色的凹陷。大家都为之疯狂，但我所看到的，只是用各种各样的肤浅把戏来掩饰技术的严重不足。

　　银宁和塔拉布鲁斯从未出现在大型合作中，他们也没有在其他任何地方做过以岩石和冰块为素材的作品。由于缺乏这类的核心经验，他们只能将作品做成破碎又沧桑的样子，这是唯一可以掩饰他们的缺陷的方法。他们将岩石当作对手，而非伙伴。他们无法发现石头的弱点，以致整个平面上都是漏洞。

　　该死的业余爱好者。

　　我发誓，如果有人胆子够大，让我在一块那么大的石头上放松地自由创作，我会将它以完美的雕刻形式呈现出来。我知道我做得到。

　　那时候我没想到，我马上就有机会了。

　　"很美，不是吗？"

　　我没看到来者是谁，但我知道他是在说海王星。我一直盯着它的面孔，它就像巨大的天花板装饰品一样定在我的头顶。那种巨大而暗淡的蓝紫色，与我的放克风格匹配得严丝合缝。

　　"你说了算。"

　　"我是认真的。瞧它，洛蒂，几乎算不上值得一提的环形系统，大气中也没有亚稳态的风暴。它上面有风，的确，这种瞬间的形态的确有，但它缺乏持久的东西。海卫一是它唯一的卫星，其他都只是雪球。然而它有自己的宏伟——被人低估、不够起眼的宏伟景观。"

　　我仍然不知道说话的人是谁，到了晚上这个点，我更是兴致寥寥。但我转身时，发现自己略微多了些兴致。他优雅、衣冠楚楚，而且相当英俊——他绝对不是我在德尔塔维酒店里曾见过的人。

　　"我认识你吗？"

　　"暂时还不。但我希望我们能相互了解。我是说，合作。我叫斯坎达·阿布鲁德。我有一个提案，有报酬，你感兴趣吗？"

　　"那得取决于报酬和工时。"

　　他拘谨地微笑着，说："我以为你已经有活了。如果我的猜测没错，这个活的报酬很可观，至少是你曾干过的其他活的二十倍。我也已经选好了岩石，它在一个高坡度的轨道上，但很容易到达。你想看一下吗？"

这些话听起来过于美好，简直令我难以置信。我之前也接过合作，让我以为它能改变我的生活。

"如果你觉得有必要的话。"

他双手的大拇指和食指分别比出精准的直角，然后合在一起，框出了一幅图像。他双手间的空间变暗了，遍布着黑色和一个近乎黑色的团状物。那个团状物一侧有着黯淡的阳光，映出了它的轮廓，紫褐色的物体上分布着陨石坑和山脊。他将两只手分开，放大图像。"那是一块很大的岩石，直径大约一公里，但以你的能力很容易驾驭。你觉得这个活你能接吗？"

我研究了一下岩石，又研究了一下他的脸。想象着他的头部嵌在岩石中，就像模具中的面具一样等待重见天日的样子。毕竟，这就是我大多数客户的需求——将他们自己的脸呈现出来，在之后的岁月中永远绕着太阳翻滚。

我没直接应承下来，而是说："我需要做一下扫描，但如果没有什么恼人的意外，我也许能将你嵌进去。"

这话似乎吓到了他，他说："不，你要雕的不是我。天啊，你能想象出那样全然虚荣的事吗？"

"那么，你想要雕谁？"我已经开始想象爱人、情人、英雄祖先之类的人——那些通常用以自我吹嘘的狗屁东西。

"很简单。"他显示了另一个影像，是一个男性的面容——一个年轻男人有着经典比例。我想，如果不是零星学过的话，我就能认出来了。

"我不知道这是谁。"

"你该知道的，我希望的是，洛蒂，你能为我雕出米开朗琪罗的大卫。"

＊　　＊　　＊

英格瓦带着我一直到了高跷镇西部狭口的公共溜冰场。这里确实很反常——大量的绝缘层从海卫一的表面延伸出来，支撑着这座城市。而现在，在它们的合力作用下，这个城市的地面上形成了另一个很小的冰冻层。当然，地面并非彻骨冰寒，也不必如此，但我还是觉得这里的空气格外瘆人。我们吐出的呼气都带着像彗星尾一样的白色。英格瓦一直跺着脚，拍打着双臂。

她说："你曾经从事过其他职业，并非一直从事艺术行业。"

"鉴于你似乎对我了解甚深……这次聊天的目的是什么，英格瓦？似乎没有什么能让我驻足，不转身就走的。"

"你随便吧。但你知道我是知道一些事的。那些人的确死了，洛蒂。我不是胡编乱造。那些宣称自己是'跃居者'的人不应该去那里，政府在撞击时也没能提供保护——确实没有多少警告，而且行星防御也没达到最大准备值。他们在最后一分钟才派出了飞船，尝试将撞击器偏转。"英格瓦摇摇头。"没用，时间不够。但关键在于，我可以将你与撞击器相连，让你看到撞击奈德并非意外，而是斯坎达有意为之。这就让整件事成为犯罪行为，而不是偶发性的天体力学事故，同时也使你成了帮凶。"

"很好。你给政府准备一份档案吧，他们肯定对收到你的举报万分激动。"

"我也可以那样做。事实上，也许那样更好些。"冰场对面，有一个业余爱好者组成的乐队正在白色亭子的平台上进行排练，他们用冻僵的手指奏出一串串生涩的曲调。英格瓦提高了嗓音，以盖过黄铜奏出的杂音。"你喜欢自己之前的作品吗？"

"有人付了钱。"

事实上，那个作品还不错，但我能做得更好。我曾经为大容量运载飞船雕冰。用激光、等离子体以及不稳定产物塑造的电荷对一个直径好几公里的彗星碎片进行切割雕凿，直到它精确构成正确的轮廓，具有正确的对称性和重心，然后转为一次性的有效载荷。

在交出我雕刻好的冰块之后，我看着推动器引擎固定在一端，一个蜘蛛模样的控制连接器固定在另一端，然后我目送它开始去往系统内部那些饥渴经济体的漫长航行。这对我来说是相当愉快的体验。

"但是后来，一切都变了，"英格瓦说，"显然，变化并非一夜之间就发生了，但这比你期望得要更困难，也更快。雕刻都开始采用新技术和新方式了。那些都是由不认识你的人定的，那些不在意你的人，像斯坎达·阿布鲁德那样的人。"

"我跟上了时代发展。"

溜冰者在冰上慵懒地绕圈，大多数溜冰者都不是专家。但在海卫一，即使是最笨拙的人，也能保持相当的优雅。我从未在有溜冰者在场时来过这里。一个女孩向空中跃去，她挥舞着手臂，打了有二十多个转才落回冰上。

有时候，当月光号高悬在黄道上方，我会将它的主频率从系统喧闹的嗡嗡声调到宇宙的微波背景声。造物的咝咝声，正像是溜冰者滑冰时的声音，是一种无休无止又带着螺旋状节奏的宇宙咝咝声。

在广场之上，海王星调查以冷漠的态度履行着程序。我会很快忘记海王星和奈德。但顶着它对我来说可真不容易。

"你只关心艺术？就那么简单吗？"英格瓦问。

我很好奇她为什么这么在意，我说："也许是那样，或者我是迫于生计。我觉得自己没问题，我以此谋生。"我望着观光飞船掠过海王星表面，就像一条霓虹小鱼般照亮了它。"我一直以此为生，直到你突然出现。"

"但是，你也会有自己的沮丧——你没能实现的梦想和野心。"她说这些话的方式，让我无法不联想，她是否在某种程度上暗指自己职业生涯的私人轨迹。持证调查员，那很难算得上系统里最迷人或薪酬最高的职业。也许很早以前，英格瓦曾对自己寄予更高的希望。

同情？不完全是。尽管如此，我还是在某一瞬间产生了这样的想法。

我说："我们都尽力而为了，或者说尝试了。"

"日子也不差，不是吗？我是说，看看我们。我们在海卫一上，就在天王星之下，看人们滑冰。"英格瓦裹紧了外套，还是打着冷战。"很冷，但是只要

我们愿意，我们就可以暖和起来。我们需要的时候，就会有食物和陪伴。这里
到处都是如此。我们可以看到美好的东西，有地方去探索，有人去见。上千
个世界，数以千计的城镇。为什么会有人觉得不满足？为什么会有人还想要更
多？系统给他们的生活不够令人满足吗？"

我可以听出来她的意思。

"你是说，为什么有人想要离开？"

"我只是不明白。但我也去过那里，我去过木星，看过天空坞，看过正在
建设中的虚空飞船。那里有无数的人，无数有钱到能够买个位子的志愿者——
就算是那件事发生之后。"英格瓦跺着脚。白塔那里，业余爱好者的乐队开始
拼凑另一段曲子。"那些人怎么了？"她问道。我分不清她是在抱怨乐队，还
是虚空飞船的休眠者，或者兼而有之。

*   *   *

因此，我带斯坎达去见了他的岩石。

轨道倾角很高，岩石距离黄道很远。我见过这些图像，但这是我第一次近
距离观察它，这感觉总是很特别。

"你喜欢它吗？"我问他。

"它很好，比很好还要好。它会是这样的，对吗？"

"一定会的。"

但远不止如此。我开着月光号在这块岩石旁边绕了十来圈，将它对应到缩
略图精度，并深入扫描过其核心。我将地震探测器放下去，通过回声来探测其
核心形状。所有这些读数都丝毫不能构成顾虑，因为我能在脑海中看到大卫的
头部，并准确看到第一次切割要落下的位置。

"我觉得它看起来不会有那么大，"斯坎达说，"将其视为图像是一回事，
而在这里，感受到这巨物的致命吸引力，又是另一回事。它是一座山，自太空

跌落的山。你没觉得吗？"

"它是块岩石。"

斯坎达从我眼睛上捋下一根头发，温柔地责怪道："你缺乏浪漫主义精神。"

老实说，我并不是有意为之。一般说来，我不会与客户睡觉。当斯坎达坚持送我离开岩石时，我用我惯常的条款和条件打发了他。在我的飞船上，就要遵守我的规则。在月光号上没有太多私人事务牵涉，但严格来说，离开岩石到回家，一路上都属于生意范畴。

也就这样了。事实上，斯坎达让一切变得太容易了，他很迷人，可以毫不费力地让人眼前一亮，并且他确切明了自己想要的东西。最后一种品质正是我觉得最有魅力的地方。

关于岩石，他心中已经有了想法，而且要在那里看着我完成工作，我又何德何能提出疑问呢？

很快，雕刻工作提上日程。

机器人得到了我的指令，迅速成群结队地下了月光号，其中一些带着激光仪和等离子切割机，还有些是隧道挖掘机，专为挖凿地洞而设计，其他机器人可以在它们下方填充炸药。在机器人忙碌的时候，月光号的两翼伸出了巨大的切割臂，上面装备有各式各样的采样与切割工具。通过远程监控装置，借助机器人，我可以像用双手塑造黏土一般，对岩石进行雕刻。这也是我最钟爱的部分——在我指甲下的尘土。

我像米开朗琪罗一样雕刻。

如果我打算像银宁和塔拉布鲁斯那样偷工减料的话，那么几周内我便能完成这件雕刻作品。而细致艰苦的忙碌意味着数月耐心的工作。那几个月里，就只有我俩，囿于距离文明世界数百光分之外的飞船上。

我享受那时候的每一秒。

斯坎达信守诺言，他已经提前付了款。现在我的账户里有了这笔钱，好几年都不用再工作了。他甚至还结了月光号的维修账单。

我是否想知道这些财富来自何处呢？

我确实有点，但是话又说回来，我并不是真的在意此事。显然，他很有钱。但是那时候，系统里有数以百万计的有钱人，不然还有谁会为虚空飞船买单呢？

当我专注于工作时，斯坎达会返回月光号的驾驶舱，做些远程生意。他似乎并不在意我是否听到，慢慢地，我也对他从事的工作，以及那对我的意义有了种种了解。

与此同时，大卫之头也在一层又一层雕刻后，逐渐显露出模样。即使这件作品尚未完工，我也知道它绝对不会让我蒙上污名。最好的探测和调查并非绝对可靠，我的工具和方法也是如此。岩石上充斥着常见的薄弱点，有些年头的碰撞留下的伤痕和裂口。其中一些非常接近我打算切割的平面和轮廓，就好像岩石本身也想摆脱外壳，成为大卫之头。而其他那些则与我的计划完全相悖。塑形炸药如果有轻微的错位，向错误的方向发出激光冲击，我就可能会打碎大卫的脸颊或是额头，而且难以修复。

当然，我可以很容易地将这些瑕疵粉饰，但我绝不会这样卑劣地行事。这就会使我变成像银宁和塔拉布鲁斯那样的人，这是欺诈之举。而且我怀疑斯坎达是否会退而求其次。如果他想要雕出大卫之头，那它就必须得像米开朗琪罗的原作那样完美无瑕。

它的确如此。头皮和脸颊逐渐显现，不过大卫的颌部还在岩石包裹中，就好像给年轻人留了老人的胡须。但它不会一直那样，我将下巴上的岩石依次切成房子大小的块，然后移除掉。我每次只雕刻一点。我估计再过一个月，这种粗加工就能完成。或许再有三个月，我就能完成这件作品，将大卫之头完全雕出来——最多四到五个月。

这将是一件宏伟的作品，没有人做过这样的东西，我想象着一些未来的文明——或许过上数百万或者数亿万年——会为这块煞费苦心打磨出来的岩石而震惊，望着它围绕太阳翻滚。他们会怎么形容这个双眼无神的面孔？他们是否有可能会有一丁点冲动，想了解一下这件作品的创造者？

就算有了机器人，完成这件作品也相当费力。两次切割间隙，我太累了没办法监督机器人的时候，我就会和斯坎达一起飘浮在观察泡泡里，我们戴着护目镜，赤裸的身体纠缠在一起。

我已经看清了自己在系统中的位置，而斯坎达所在的地方，是我只敢梦想的地方。我一直告诉自己，不要担心未来，只管享受当下——这一刻我们在一起。当作品完工后，我就没有什么能把斯坎达留在我身边的借口了。就算账户里有了钱，我也只是一个岩石雕塑家。

但斯坎达让我感到疑惑。戴着护目镜的时候，他会让我看些东西——工业运输流——一堆堆处理过的物质正从发射器运向客户手里，他将我的视线引向一列从一些冰甾体的发射器上射出、打有标签的运货小球，对我说："那个，就是去火星的。比集中运输要慢些，但长途运输时价格更低。无须引擎，无须向导，单纯靠天体力学就能将它们送回家。"

"那个运输流是你的吗？"

他亲了亲我，就好像在说，不要为这些东西让自己困扰。他说："从乏味而烦琐的角度来说，的确如此。"

"像你这样的人，"我说，"会让像我这样的人失去工作。"

斯坎达微笑着。我的脸映在他的护目镜上，有些肿胀变形。他说："但我现在让你有了工作，不是吗？"

这不只是工业和经济的问题。点亮的轨道就像彩带一样四处飘舞，就好像众神弯曲的赛车道，各个世界在黑暗中繁荣起来。当然，不仅是主要行星，还有次要的那些，谷神星、灶神星、希达尔戈、朱诺、阿多尼斯等数十个行星都是受益者。反过来，每个世界也有旅行者们争抢的地方。我们观察卫星、栖息地、站点、航天飞机以及飞船。护目镜上显示出相关的名称、民用注册信息以及货物摘要。

"我要带你去金星深处，"他说，"或者土卫八上的脊梁城。我知道那里有个很棒的地方，景色也很美……你见过掠行者从木星站点跳下来的景象吗，或者木卫二下面的那些礁石城？"

"我从没去过木卫二。"

"有太多要看的东西了，洛蒂，你一生都看不完。我们完成这件作品之后……我希望你能允许我带你去系统的更多地方看看。那会是我的荣幸。"

"我只是一个来自泰坦的岩石雕塑家，斯坎达。"

"不。"他坚定地说，几乎像是训斥了。"你远不止于此，你是一个真正的艺术家，洛蒂。你的才华令人难忘。请你相信我的话。"

愚蠢的是，我真这样相信了。

*　　　*　　　*

那个时候，英格瓦已经带我到了方形广场的另一处，乐队这天晚上的演奏已经结束。大多数溜冰者也成了严寒的手下败将，只有两个还在那里，也许是最好的两位溜冰者，他们彼此绕着圈，就像一对二元脉冲星。

"他们说，它们不是动态稳定的。"英格瓦评论道，她抬头望着圆顶。"我认为这与海卫一的影响有关。土星环也不是稳定的——按照亿万年的尺度来讲。但它们的寿命是这些东西的数倍之多。我不确定自己对此的感受。"

"你该开心，一些出错的东西会被纠正过来。"

"好吧，是的。但摧毁奈德还有上面的那些人，来实现这个目的。考虑到他们的死，我宁愿这些东西更加恒久些。"

"它会比我们恒久，这可能就是最重要的。"

在大衣的毛皮衬里兜帽中，英格瓦的头快速上下晃动。"也许当这些环开始消失时，我们会决定要保护它们，因为我们对它们足够喜爱。我们肯定能找到办法，如果我们觉得这确实足够重要的话。"

我现在望着它们，尝试通过全新的角度去观察。

海王星的环。

它们像刀锋一样，将海王星的脸一分为二。它们几乎跟土星环一样宏伟。我告诉自己，这里一直有环，但它们只比烟雾一般的线更厚重一点，在大多数情况下它们几乎是看不到的。可怕预言中的环还没出现。

至少现在没有。海卫一及比它稍小些的行星形成的共振效应，合力将这些婴儿般的环分割又分割，变成了河流般的带子。反过来，这些有着同一个中心的带子也闪烁着数百种最缥缈的蓝白色、粉绿色或玉石般的绚丽色调。卫星上有很多冰块和碎石，甚至像奈德那么小的卫星也有，而且还有足够的细微化学反应，足以在反射和投射中呈现出诱人的变化。

我认为斯坎达应该已经看到这些了。他早就知道这些环会很美，它们是奇迹的产物，令整个系统敬畏。但他无法从一开始就预测到它们令人目眩的复杂程度，以及它们的光辉。

但谁又能预测到呢？

"他对你最伟大的作品做的事情是否会激怒你？"英格瓦问，"让你创造大卫之头，让你以为这样东西会让你成名，却突然又让你知道它会被销毁？"

"我做它只是因为有人付钱。一旦我的工作完成了，我就忘记了它。"

"或者说，你强迫自己不要沉迷。原因很明显，一切都已发生了。但你一直相信它还在那里，不是吗？它还在继续绕着太阳旋转，等着被发现。你坚持这一点。"英格瓦的语调变了。"你觉得他会承认吗？他一直计划那样做吗？"

"他从未对我说过任何有关的话。"

"但你对他了解很少。当虚空飞船抵达奥尔特云，当他按计划被唤醒时，他会宣布对此负责吗？他会因为自己在太阳系法律无法抵达的地方，知道自己遥不可及，而干脆承认，还是宁愿将这件事当成一个谜？"

"你觉得呢？"我反问。

"从我目前收集到的他的资料来看。"英格瓦又迈起她那诡异而蹒跚的步伐。"他给我的感觉不像是那种想要隐姓埋名的人。"

＊　　＊　　＊

自他离开那天起，我又过回了美好而充实的生活。我仍然在雕石头。我交了很多情人、朋友，我不能说自己不开心。但有些时候，他的背叛给我带来的痛楚，就像一切都发生在昨天一样，那么鲜活。我们几乎完成了大卫之头相关的所有工作，只需数周做收尾，它就完工了。它看起来已经很宏伟了，那会是我曾触碰的最美好的东西。

然后斯坎达从他一直在远程处理生意的驾驶舱返回找我，他的态度没有任何地方显露出他遇到了困难。

"我要离开一会儿。"

"离开？"

"回主系统。出了点事，很复杂，没有几个小时的时差，我处理起来会容易得多。"

"它就快完工了。我通常不会在作品接近完工时丢弃它——我很难再按照我脑海里正确的构架来重新完成。"

"你什么都无须放弃。我的人，他们派了飞船来接我。事实上，他们离这里已经不远了。你可以待在月光号上，继续完成工作。"

他让一切看起来就像是意外发生的危机，一些在很短时间内就能解决掉的事情，但我心底知道不会是这么回事。如果他的那艘小飞船已经快到这里了，那它肯定已经出发有好几天了。

我看着它抵达。那艘飞船很小，是航天飞机中那种美丽的、以珠宝装饰的玩具类型，像海豚般光滑，体积不大。"这是个奢侈品，"斯坎达在飞船停靠时说，"只是有时候，我需要能快速地自由行动。"

　　我将疑虑藏了起来，说："你无须因为有钱而道歉，如果不是那样，那你也不会为大卫之头付钱了。"

　　"我很高兴你这么看。"他不容反对地吻了吻我的脸颊。"我希望有其他选择，但没办法。我只能承诺，我不会待太久。我的飞船可以很快将我带过去，再带回来——两周时间，最多三周。你继续工作，为我完成大卫之头，我会回来看最终成果的。"

　　"你要去哪里？你一直很热衷于待在这里，我明白时差的事，但这么久了，它都没影响到你，让你不得不回去。现在有什么重要的事让你必须离开？"

　　他将一根手指搭在我的嘴唇上。"我在这里耽搁的每一秒，都会影响我返回，去做那件必须做的事。等我回来，我会告诉你一切你想知道的事，我保证你五分钟内就会觉得无聊。"他又吻了下我。"你继续工作，为我做下去。记得我说的，洛蒂，你有天赋。"

　　进一步争论又有什么意义呢？我相信了他。他说过要带我去看的那些地方，我们一起分享的那些东西——整个系统的魅力和奇观，我们为之着迷。他将那个想法牢牢嵌入我的脑海，以至于我从未想过他一直在撒谎。我从没想过我们会一起生活，我没那么天真。但有几个月的美好生活，难道这样的要求也太奢侈了吗？去往金星深处和木卫二的礁石城，只有我们两人——艺术家和她有钱的情人加赞助者，谁会拒绝呢？

　　"你快些回来。"我小声说。

　　在观察泡泡中，我看着他的飞船离开月光号。飞船的驱动器很亮，我一直盯着它，直到它太过黯淡，失去踪迹。那时候，我对他的航线有些想法。但那也没什么大不了，他可能只是去中转站，与他真实的目的地无关，也可能只是随机方向的航行让我失去了辨别方向的能力。

　　两者都有可能。但也有第三种可能，那就是航线的确是可靠的，斯坎达在木星附近有业务。

　　即便如此，我也没有猜到。

　　　　　　　　*　　　　*　　　　*

　　"你发现虚空飞船的事花了多久？"英格瓦问。

　　"有一阵子——几周或者几个月吧。现在这个还重要吗？"

　　"他离开月光号时……那是你俩最后一次接触吗？"

　　"不是。"承认这一点很难，因为这会让我想起那段时光，我傻到了相信斯坎达的诺言。"他从木星给我拨了远程通信，甚至提到了虚空飞船。他说他有个亲戚，在冷冻休眠后，已经开始在飞船上的旅程了。那是个紧急情况，他想待在那里，好好送那个亲戚一程。"

　　"那个亲戚实际上是他的妻子，斯坎达很快也加入了冷冻休眠的行列，跟她一起。他们都在虚空飞船上付费买了位置，开往奥尔特云去建设人类桥头堡。但他还没完成大卫之头的塑造，不是吗？他还在给你发送指示。那时候，完成这项工作还是很重要。"

　　"我已经拿到了报酬，而且我也没理由怀疑他不会回来。"

　　"除了完成大卫之头的指令外，他还有什么指令吗？"

　　"他的飞船停靠在港口时，带了一个标记信标过来，说是让我把它固定在大卫之头上。"

　　"那这个标记信标……的……功能是什么呢？你从没问过吗？"

　　我垂下视线，希望自己能回些什么。

　　英格瓦继续说："这个标记信标也是一个转向发动机。斯坎达对它进行了编程，以调整岩石的轨道。施加冲力，形成撞向奈德的航程。他早已算到了一切。卫星的束缚能，撞击器的动能，他早知道这样会奏效，他能够粉碎那颗卫星，并将它变成海王星的一个环。这是他最终的艺术宣言，是对行星的重新塑造，他要让时代相形见绌。"

　　我思考了一会儿这些事，这场对话与英格瓦的走路方式一样奇怪。她一直在问一堆复杂的问题，现在该我开口了。

"这对你有什么用呢？是什么让你决定你必须解开这个谜团？整个系统都认为这些环只是意外生成的，是什么让你觉得有其他可能呢？"

出乎意料的是，英格瓦似乎非常开心，而不是被触怒，她说："我看到了它。"

"看到什么了？"

"大卫之头。我亲眼看到的，就在撞击前。"

"你在那里？"

突然间，英格瓦显得年迈又疲惫，仿佛某些庞大而艰巨的事业终结了，有什么吞噬了她数十年的生命。

"我是政府的人。一看到它，政府就派了一些反应迅捷的飞船，想要偏移撞击器，我是其中一艘飞船上的飞行员。我距离你的作品足够接近，洛蒂。实在是太近了。在碰撞时，我们使用武器射击它，想要调整它的矢量，或者将它敲成碎块。但在大卫右眼附近发生了撞击，我的飞船被卷入了爆炸中。我的飞船失控了，我差点死了。"她深呼吸了一下。"我的飞船损毁得很严重，我本人也是。"

"然后发生什么事了？"

"哦，我的飞船修复后，他们也给我上了足够的'补丁'，比我的飞船那个老伙计受到的修复还要多。不过，就算我很幸运，那之后我也不觉得待在政府有多好了，因此我转了行。"

"但你一直就知道大卫之头的事情。"

"每个相关的人都知情，但我们不能公之于众。我们不能告诉大家有人死在奈德了，那会让我们看起来灰头土脸。我们也不能告诉大家撞击器是人工雕刻产物，因为这会让这件事成为罪案，而不是意外。而且一旦公开，要不了多久，其余的事情也要一并公布出来，我们就会有很多麻烦。"

"斯坎达从没想过要让人死。他只是想做些惊世骇俗的事情。"

"他成功了，但到目前为止，只有两个人知道这一点——你和我。问题在于，我们要怎么利用我们的知情？"

　　我猜测，也许这是我没注意到的陷阱。"你花了好多年时间来拼凑这些细节，不是吗？你追踪事情的始末，找到我，确认我参与其中。很好，恭喜你。你猜对了，我是他的帮凶。但如果我也不知道自己参与其中呢？政府不会关心这些的，特别是在没有其他人能追究此事的情况下。你现在就可以把我交出去。"

　　"我可以这样做。但这有必要吗？这样做对吗？"英格瓦低头研究着脚下的靴子。"我的第二职业……并不是什么羞于告人的事情。我努力过，也成功过。虽然出现了一些意外，但我没有失败。如果我什么都没做过，那别人凭什么记住我呢？"

　　"到目前为止，把我抓起来……可以为你赢得名誉。"

　　"对你也一样。"英格瓦点头，"想想吧，洛蒂。你现在所做的一切，你切割的每块岩石，你全部的艺术品，与大卫之头相比，都算不上什么。大卫之头与海王星环相比，也算不上什么。你创造了伟大的东西，一个奇迹，远超银宁和塔拉布鲁斯之流。这是你生命中唯一一次接近伟大。"英格瓦的声音突然充满了敬意。"但你无法告诉别人。你所拥有的，只是剩下的那些艺术品，那些二流的东西，直到你死去。你没有盛名，也没有骂名。而我所拥有的，只是残破的身躯，以及在第二职业上混混日子。问题在于，我们两个人是否能忍受这样的生活？"

　　"如果我选择不这样生活呢？"

　　"我可以成就你的名誉。"

　　"作为一名被定罪的罪犯，关在某个政府的牢房里？"

　　英格瓦耸耸肩，似乎这不值一提。她说："有些人会愿意马上交换。艺术家曾为了不朽而自杀。而我的提议的代价可没那么严重。"

　　"那么你呢？"

　　"我已经解决了奈德撞击器的谜团，并将最后一个还活着的肇事者绳之以法。这对我来说，就是一种赞誉了。"

"只是赞誉？"

"还会有些麻烦。我说过了，不是所有人都希望真相大白。"

我摇摇头，几乎对英格瓦感到失望了，她现在应该放弃了。我说："所以你是说，我还有选择？"

"我是说，我们都有选择。但我觉得，我们得达成一致。如果我们意见不同，一个人选择这样，另一个选择那样，那将毫无益处。"

我再次看向海王星。光环、暴风雨，还有令人窒息的浩瀚之蓝。想一想那颗转瞬即逝的星星，它在天炉座里闪烁了几秒钟。虚空飞船的光芒消逝在亚原子能量的无声爆发中。他们说，他们是在推动引擎，尝试超越其他虚空飞船，尝试成为第一个踏上奥尔特云的虚空飞船。他们想获得胜利。

他们还说，没有生物看见过那闪光，只有机器见证了那一刻。但如果有人一直在寻找天炉座，那么在正确的时间里……

"它会成为名作，闻名于世。"我告诉英格瓦。

"它会的。"

"我的名字会像米开朗琪罗那样，万古流芳。"

"确实如此。"她表示赞同。"但米开朗琪罗死了，我怀疑现在这对他没什么影响了。"英格瓦用手拍打着身体，说："我越来越冷了。我知道这里有家不错的酒吧，里面没有岩石雕塑家。我们进去聊一聊，好吗？"

雪橇制造者的女儿

Beyond the Aquila Rift

凯瑟琳停在看得到二十拱桥的地方，将包放下来，歇一下手。她的包里有两个猪头，以及价值四十便士的蜂蜡蜡烛，重得要死。歇脚的时候，凯瑟琳调整了帽子上的拉绳，稍倾斜帽檐，避免前额受到日晒。虽然天气还很凉爽，但此时的日光十分毒辣，都将她晒出雀斑了。

　　凯瑟琳继续前行，但喉咙的干涩让她迟疑了。直到此刻，她都在逼自己不去想桥的事情，但现在事实摆在眼前，让人无法忽略。除非穿过这座桥，否则她需要长途跋涉去往新桥，这会导致她在日落后还要在路上走很久。

　　"雪橇制造者的女儿！"从路对面传来一个粗哑的声音。

　　凯瑟琳听到声音猛地转过身来。一个穿着围裙的男人站在门口，正在将手擦干。他有一张猴子似的面孔，脸被晒成了深红色，蓄着白色的络腮胡子，粉色的秃顶闪闪发光。

　　"布兰登·林奇的女儿，是吗？"

　　她温和地点了点头，但紧闭着嘴，并未直接作答。

　　"我猜就是。我很难忘记这样一张漂亮的面孔。"那人向她招手，呼唤她到商店门口。"姑娘，过来。我有东西给你父亲。"

　　"先生？"

　　"我本来打算上周去看他，但被工作拖住了。"他抬起脸，冲着门口上方悬着的木质商标说，"彼得·里格比，车轮制造者。你记得我吧，凯瑟琳？"

"我还要继续赶路，先生……"

"你父亲需要好木头，我这里有很多。你进来休息一会儿，别站在那里，像个饿死鬼一样。"他回头呼唤，让妻子烧点热水。

凯瑟琳很不情愿地收拾包裹，跟着彼得进了店里。她眨了眨眼以适应店里尘土飞扬的环境，然后她脱下帽子。地板上铺满了锯屑，有些地方的细密金黄，有些地方的粗糙卷曲，树脂和树胶混合在一起的味道弥漫在空气里，令人陶醉。锅在灶上烧，里面的木头被烤成弯曲的形状，或是该弯曲的地方被烤得笔直。墙壁上挂着许多锋利的工具，一些工具上还带有许多疯狂转动的刀片。但大多只是辐条或者铁架与轮子彼此倚靠着。如果这些轮子是供雪橇使用的话，那么可能是她父亲比较忙的时候放在工作间里的。

彼得让凯瑟琳坐在他的长凳旁的空板凳上。"坐这里，歇歇脚。玛丽可以给你弄点面包和奶酪吃，或者如果你想要的话，也可以吃面包夹火腿。"

"客气了，先生。不过等我到寡妇格雷林家，她通常会给我准备吃的。"

彼得扬了扬一边的白色眉毛。他站在长凳前，将拇指插在围裙的腰带上，腆着他的便便大腹，就好像很引以为傲似的。他说："我不知道你还去了女巫那里。"

"她每个月都会要两个猪头，还有些蜡烛。她只从庇护所买，不从镇上买。她提前付了一年的猪头钱，整整二十四镑。"

"你不怕她吗？"

"我没理由怕她。"

"有些人可能会持异议。"

凯瑟琳想起来父亲的话，说："有人说司法官会飞；也有人说曾经有一座桥像眼睛一样，会冲着旅行者眨眼；甚至还有人说，有一条钢铁之路可以直达伦敦。而我父亲说，所有人都没有必要害怕寡妇格雷林。"

"你不怕她把你变成蟾蜍吗？"

"她是在给别人治病，而不是给别人施咒。"

"那只是在她心情好的时候。据我所知，她也经常将患者和需要帮助的人拒之门外。"

"如果她帮到了一些人，那不就好过什么都不做吗？"

"我就是这样想的。"她可以告诉彼得自己不同意他的看法，因为彼得不会为了争辩而跟她发火。

"你父亲究竟为什么让你去拜访女巫？"彼得问。

"他不介意。"

"不介意吗？"彼得兴致盎然地问。

"我父亲小的时候，被他在雪地里捡到的轮片割伤了手臂。他去找寡妇格雷林治伤，格雷林在他伤口附近绑了条鳗鱼，治好了他的伤。她没要一分钱，只拿走了那个轮片。"

"你父亲到现在还相信鳗鱼可以治愈伤口吗？"

"他说了，只要有作用，他什么都信。"

"聪明。他还是老样子，还是我心目中的布兰登。"彼得慢慢走到另一条长凳前，俯下身去搅拌一个冒泡的罐子，然后收集了一堆锯短的小木棍。他把这些木棍放在凯瑟琳面前的一块布上，然后解释道："边角料，是陈山毛榉，不会变形。它们对我没用，但我肯定你父亲会用到。如果他想要的话，就告诉他我这里还有很多。"

"我没有钱买。"

"不要钱。你父亲在我过得很艰难的那些日子里对我非常慷慨。"彼得在耳朵后面抓了抓。"在我看来，这也很公平。"

"多谢，"凯瑟琳迟疑道，"但我觉得我没办法抱着这些木头一路走回去。"

"更何况你还带着两个猪头。不过你可以在把猪头交给寡妇格雷林之后再来取木头。"

"那样的话，我就必须原路返回，"凯瑟琳说，"但穿过二十拱桥后，我会沿着南码头返回，在贾罗搭乘渡轮。"

彼得看上去很困惑，他说："既然能从桥上走，为什么要让摆渡人赚钱呢？"

凯瑟琳轻松地耸了耸肩："我要去贾罗路拜访一个人，并结清账款。"

"那我建议你最好现在就带上木头。"彼得说。

玛丽匆匆走了进来，手里端着一个装满面包和火腿的小木托盘。她跟她的丈夫一样，丰满红润，只是要稍矮些。她一下子就抓住了重点，说："别傻了，彼得。这个姑娘根本没法把所有的木头和她的袋子都带上。如果她不从这条路回来，那她就只能给她父亲捎个话。告诉他这里有木头，想要就自己来拿。"她冲着凯瑟琳同情地摇了摇头，说："他以为你是什么，一只驮货的骡子吗？"

"我会告诉父亲关于木头的事情。"凯瑟琳说。

"陈山毛榉，"彼得强调，"记住了。"

"我记住了。"

尽管凯瑟琳再次强调了寡妇格雷林给她留了吃的，玛丽还是催促她吃些面包和火腿。"不管怎么说，吃些吧，"玛丽说，"你永远无法预料回家的路上会有多饿。你确定你不从这条路返回了吗？"

"最好不要。"凯瑟琳说。

一阵尴尬的安静之后，彼得说："我还有些话要带给你父亲。你能告诉他，今年我不需要新的雪橇了吗？"

"彼得，"玛丽说，"你答应了。"

"我是说过，但我说的是或许需要一个。我现在不需要了。"彼得看起来很生气。"问题出在布兰登身上，而不是我！如果他没把雪橇做得如此出色、如此结实的话，那么或许，现在我是该换一个了。"

"我会转告他。"凯瑟琳说。

"你父亲一直很忙吗？"玛丽问。

"是啊。"凯瑟琳回答，她希望这位车轮制造者的妻子不会在这一点上刨根问底。

"他当然很忙。"彼得一边说,一边吃着面包,"人们一直对雪橇有需求,到冬天最冷的时候,他们可能不再需要轮子,但他们需要雪橇。而且一年中有半年的时间都很冷!"

凯瑟琳张了张嘴,她打算告诉彼得,他其实可以直接跟她父亲说这些话,因为她父亲现在就在离车轮店不到五分钟路程的地方工作。彼得显然不知道她父亲已经离开了村庄,在这些暖和的日子里并没开店。但她意识到,如果彼得知悉了她父亲的生意现状,她父亲会很不好意思。所以,她最好什么都别说。

"凯瑟琳?"彼得唤道。

"我该走了。谢谢你的食物和木头。"

"向你父亲转达我们的问候。"玛丽说。

"我会的。"

"上帝与你同在。当心那些铁人。"

"我会的。"凯瑟琳回答,因为这是大家都想听的。

"你走之前,"彼得突然说,就好像他突然想到了什么,"我可以告诉你一些事。可能你觉得司法官能飞这件事,就像钢铁之路和能眨眼的桥一样,是无稽之谈。其他的我没法说,但我还是个孩子时,我见过看到过司法官飞行的人。我的祖父也经常谈起这件事。我的祖父说司法官乘的是个可以旋转的东西,就像锡制的风车。他小时候看见过,那东西载着司法官和他的人在天上飞,速度比任何鸟都快。"

"如果司法官能飞,那么他如今为什么又需要马和马车了?"

"因为他坠落到地球上了,这里没有人能让他再次飞起来。那是旧世界的东西,是大严寒来临前的玩意儿。也许眨眼的桥和钢铁之路也是旧世界的东西。我们总是轻易地嘲笑别人,就好像我们对自己的世界了如指掌,而我们的前辈却一无所知一样。"

"但如果我应该相信某些事情,"凯瑟琳说,"那其他的事情我不该也信吗?如果司法官能飞的话,那铁人可以不要在晚上把我从床上偷走吗?"

"铁人只是为了阻止小孩子胡作非为而编造的故事,"彼得难堪道,"你现在几岁了?"

"十六岁。"凯瑟琳回答。

"我说的是有人真实见过的东西,而不是编出来吓唬小孩子的故事。"

"但也有人说自己见过铁人。有人说自己见过由锡和齿轮制成的人,就像钟表的内部构造那样。"

"那是因为有些人小时候被吓过头了。"彼得轻蔑地摇了摇头。"仅此而已。但司法官是真的,他曾经是能飞的,千真万确。"

* * *

凯瑟琳到达二十拱桥的时候,她的双手又开始痛了。她用力拉下毛衣的袖子,当作手套垫着。白嘴鸦和寒鸦在她头顶盘旋,海鸥在桥墩间狭窄的缝隙里觅食,寻找漂浮的垃圾,或者啄食夜间土壤收集者遗落在路上的肮脏残留物。桥的起点和终点,留有经年纵横交错的车辙印。凯瑟琳差点被绊倒,还被一个男孩嘲笑了,她冲着男孩嘘了一声。但现在马车帮了她大忙。她偷摸靠近一辆轰隆驶过的马车,这是一辆载有蓝星啤酒厂的啤酒桶的重型载货马车,由四匹打着响鼻的马牵引,上面坐着一个百无聊赖的车夫,他瑟缩在自己的皮大衣里,就好像大严寒还在这个国家肆虐一样。

马车隆隆地从凯瑟琳身边驶过时,她也开始继续前行,并将马车当成自己的屏障。在堆叠的啤酒桶之间,她可以看到,支撑拱门的另一侧有一个脚手架。由于桥那里没有房子或护栏遮挡,脚手架的顶部清晰可见。十几个工人,包括几个穿着围裙的工头都站在脚手架上,低头看着下方的工程进度。其中一些工人手里拿着铅垂线,还有一个人手里拿着一个小黑杆,当他想让什么东西移动时,那个小黑杆就会发出强烈的红光。因为加勒特的缘故,她只想单程过桥。过桥时,如果她可以控制的话,那她希望自己什么都看不到。凯瑟琳希望，在她过桥时，加勒特最好能够在这座桥下面教训他的工人。而且她确信她的父亲也会在那里，听着加勒特训话，并咬紧牙关努力不回嘴。她的父亲要忍受加勒特的大喊大叫，还要被逼着粗暴地处理木材，因为这是他能找到的唯一一份合适的工作，只有保住这份工作，他才能养活自己和女儿。迄今为止，她的父亲从未直视过加勒特的眼睛。

当马车缓缓穿过大桥，靠近中间狭长拱形之上的斜坡时，凯瑟琳感觉心情舒畅了起来。因为加勒特·金尼尔最有可能在的修理站，现在已经被她远远甩在了身后。她以酒馆为参照物来判断自己的行程。她已经经过了新粉刷过的"桥头旅馆"，也路过了"上帝的忏悔者"那阴郁的窗户。"舞动的熊猫"大门敞开，小提琴声从门廊处逸出，那是一首关于"生病的香肠卷"的古老民歌，歌词写得乱七八糟。

前方便是"翼人"，它的标志上有一幅奇怪的画，画着一个从山顶升起的不祥之人。路过"翼人"后，凯瑟琳便觉得自己安全了。

这时，马车撞上了一块突出的鹅卵石，右侧前轮从车轴上掉了下来，继续向前又滚动了一段路。车厢倒向一侧，啤酒桶掉到了地上。其中一个啤酒桶破裂开来，啤酒泼溅出来的瞬间，凯瑟琳敏捷地跳到了一旁，任由和尿一个颜色的液体泼洒在路面上。拉车的马哼了一声，车夫扯紧缰绳，一边吐出一团油腻的嚼烟叶，一边从椅子上走了下来。他神色冷漠，一副事不关己的样子，仿佛这种事情每天都会发生。凯瑟琳听到他用兽语在一匹马的耳旁窃窃私语了一阵，之后那马便冷静下来了。

凯瑟琳知道，自己别无选择，只能继续前进。她刚恢复前进的步伐——甚至比之前的步速更快一些，以至于走动时身上的两只衣袋不停地前后晃动——便看到了加勒特·金尼尔。他正从"翼人"的门廊里走出来。

加勒特笑道："你是着急赶路，还是怎么着？"

凯瑟琳紧紧抓住那些袋子，就像要把它们当作武器一样。她决定什么也不说，假装他不在那里，即便有那么一瞬间他们已经直视彼此的眼睛了。

"你已经变成一个强壮的大女孩了，凯瑟琳·林奇。"

她继续向前走，好像要一直这么走下去。她太傻了，另一条稍远些的路只需多花一个小时，但她竟然还是选了走二十拱桥。她更不该顺从彼得的好意，耽搁行程。

"需要我帮你拿袋子吗？"

她眼角的余光看到加勒特从门廊处走了出来，将他满是泥巴的裤子往臀部上方拽了拽。加勒特瘦得皮包骨头，像蛇一般，但其实他比看上去要强壮得多。他伸出一只手，在尖而无须的下巴上摩挲着。他有一头黑色长发，泛着洗碗水般的灰色油光。

"走开。"她喊道，同时又很痛恨自己竟然跟他搭了话。

"我们只是说说话。"他说。

凯瑟琳加快了步伐，紧张地环顾四周。突然之间，这座桥就像只剩下他们两个人一样，她刚才路过的那些商店和房子也好像全关门了，一切归于平静。载货马车引起的骚动虽尚未停息，却也无人关注桥这一侧的情况。

"别跟我说话。"凯瑟琳说。

加勒特现在几乎与她并肩而行了，就走在路中间。"你这是什么语气，凯瑟琳·林奇？特别是在我提出帮忙提袋子后，你是什么态度？不管怎么说，你袋子里究竟装了什么？"

"与你无关。"

"有关还是无关，我说了算。"在凯瑟琳要做点什么之前，加勒特便从她的左手里抢过了袋子，他仔细看了看袋子里的东西，皱起眉头道："你长途跋涉，从贾罗而来，一直提着这些东西？"

"把袋子还给我。"

凯瑟琳伸手去够袋子，想把它拿回来，但他将袋子举到了她够不着的地方，并且一脸狞笑。

"那是我的。"她说。

"一个猪头值多少钱？"

"你说呢？这里只剩一头猪了。"

他们穿过"翼人"旁边的磨坊。磨坊与其隔壁的六层建筑之间有个间隙，肯定曾有什么东西在这里生活过。加勒特拿着凯瑟琳的袋子转身进了小巷，一直走到大桥旁的栏杆处，向另一边望去。他翻了翻袋子，拿出了猪头。凯瑟琳在窄巷入口徘徊不前，眼看着加勒特将猪头提到了汹涌的水面之上。

"要想拿回你的猪头，你就稍微过来一点。"

"我过去之后，你就可以做你上次干过的事情了？"

"我不记得你当时有抱怨什么啊。"他松开了猪头，又抓住了它。看着刚刚发生的一幕，凯瑟琳的心都跳到了喉咙。

"你知道我根本无法抱怨。"

"不想要你的猪头了，是吗？"他用空着的那只手摸索着拉开裤子，扯出自己那玩意儿，就像扯出一条苍白的虫子。"你之前做过，你也没有因此而死掉。现在怎么就不愿意了？最后一次，我以后不会再骚扰你了。"

凯瑟琳僵硬地看着他那里，说："你上次也这么说。"

"没错，但这次是真的。凯瑟琳，快过来。如果你听话，我就把猪头还给你。"

凯瑟琳转头朝身后看了看。没有人会来管他们这边的事。马车挡住了后面的所有车，现在大桥上也没有车从南边过来。

"求你了。"她说。

"最后一次，"加勒特说，"快点决定吧，姑娘。我就要拿不住你的猪头了。"

*   *   *

凯瑟琳站在寡妇点着烛火的厨房里，里面只有一个布满灰尘的小窗户，老妇人弯下身去查看她那黑色金属炉子里烧着的煤。她又戳又捅了一番，火苗发出了猫一样的呲呲声。"你一路从贾罗渡口过来？"她问。

"是啊。"凯瑟琳回答，房间里充满了烟味。

"即使对成年人来说这条路也太远了，更别说一个十六岁的姑娘了。我该和你父亲谈谈。我听说他现在在二十拱桥上工作。"

凯瑟琳不自在地扭了扭身体，说："我不介意走路，天气也很好。"

"话虽如此，但晚上还是挺冷的，况且贾罗附近还有一些东西是你无法独自面对的。"

"我要在天黑前回去。"凯瑟琳说。她比自己想象中还要乐观些，她相信如果她竭力躲避加勒特·金尼尔，她就不会在路上碰到他。他知道她通常会选择哪条路回家，因为如果选择其他路，就意味着她要多走好久。

"你确定吗？"

"我没别的事情要做了，所以要尽快启程回家。"寡妇格雷林从火炉边转过身，在围裙上擦了擦双手，凯瑟琳趁机把没被抢走的那只袋子递给了她。

"把袋子放桌子上吧，可以吗？"

凯瑟琳将袋子放下。"一个猪头，二十根蜡烛，都是你要的。"她欢快地说。

寡妇格雷林拄着拐杖，蹒跚地走到桌旁。她看着凯瑟琳打开袋子，从里面拿出那个孤单的猪头。她接过猪头用手掂量了一下，然后将它放在桌子上。猪头正对着凯瑟琳，它晶亮的黑眼睛和微笑状的鼻子暗示了一种共谋者的愉悦。

"这个猪头不错，"寡妇说，"但本来该有两个。"

"这次你能先收一个吗？下次我带三个来给你。"

"如果没有其他选择的话，那么我可以先拿一个。是谢尔德那里的屠夫出什么问题了吗？"

凯瑟琳曾考虑要不要假装不知道，说自己也不知道怎么回事，袋子里就只剩下一个猪头了。但她太了解寡妇格雷林了。

"你介意我坐下吗？"

"当然不介意，请坐。"格雷林从桌旁蹒跚着走到摇摇晃晃的凳子那里，拖出了一只。"你还好吧，姑娘？"

凯瑟琳坐到凳子上。

"另一个袋子被人抢走了。"她平静地说。

"谁抢的？"

"桥上的一个人。"

"小孩吗？"

"一个男人。"

寡妇格雷林缓缓点了点头，就好像凯瑟琳的回答只是肯定了她持有多年的怀疑。"托马斯·金尼尔家的小子，是吗？"

"你怎么知道？"

"因为我活得够久，足以看清某些人的本性。加勒特·金尼尔是个混混，但碍于他的父亲，没人敢招惹他。即便是司法官也不得不向托马斯·金尼尔低头。他强暴你了？"

"没有。但他逼我做的事，几乎与强暴无异。"

"他得逞了吗？"

凯瑟琳移开了目光。

"这一次没有。"

寡妇格雷林闭上眼睛，她伸出手紧紧握住凯瑟琳的双手。"那是什么时候？"

"三个月前。那个时候，地上还有积雪残留。那天，我必须独自跨越大桥，时间又比平时晚些，附近也没有别人。当时，我已经对加勒特有了一些了解，我也想设法避开他，我还以为自己足够幸运，可以免遭其魔手。"凯瑟琳转身看向格雷林。"但他还是抓住了我。他把我拖到一间磨坊里，那里的机器还在运转，但除了我和加勒特空无一人。我一开始挣扎不已，但之后他把手指放在我嘴唇上，让我闭嘴。"

"因为你父亲。"

"如果我不配合，或者不按他说的做，加勒特就会向他父亲告假状，说我父亲的坏话。他会说，他抓到我父亲在工作时偷偷睡觉、喝酒，或者偷钉子什么的。"

"加勒特只说了这些？"

"他还说，没有雪橇订单的时候，身为雪橇制造者的女儿，生活已经够艰难了，要是我父亲再丢了这份工作，那我们的生活只会更加艰难。"

"这话他可能没说错，"格雷林认同道，"你真是个勇敢的姑娘，凯瑟琳，遇到这种事，还能保持冷静。虽然你当时没有反抗，但问题并没有解决，对吗？你根本没办法永远避开加勒特。"

"我可以走另一座桥。"

"他现在已经盯上你了，你走另一座桥，跟现在不会有区别。"

凯瑟琳低头看着自己的双手，说："那他已经赢了。"

"不，他只是自以为赢了。"格雷林突然从椅子上站起身来。"我们已经认识多久了，你还记得吗？"

"在我很小的时候我们就认识了。"

"这么长时间以来，你觉得我有变老吗？"

"在我看来，你一直都没变，寡妇格雷林。"

"所以，你也觉得我是一个老妇人，一个住在山上的女巫。"

"即便是女巫，也有好坏之分。"凯瑟琳指出。

"但还有一种疯老太太，不属于这两种类型中的任何一种——稍等。"

寡妇格雷林弯下腰，穿过那扇低得令人难以置信的门，去到了另一个房间。凯瑟琳听到了木头相互刮擦的声音，像是拉抽屉的声音。之后她还听到了翻找东西的声音。寡妇格雷林手里拿着什么回来了，那东西被红棉布包裹着。她将那东西放到了桌子上。光听声音，凯瑟琳判断，那应该是件有些分量的坚硬之物。

"我曾经也像你那样，在离码头不远的地方长大，那是大严寒最黑暗、最寒冷的一段日子。"

"那是多久之前？"

"那时候的司法官还是发问者威廉——你应该没听说过。"寡妇格雷林坐在之前的位置上，迅速拿出了红棉布里的东西。

凯瑟琳不太确定自己看到的是什么东西。那是一个朴素的粗手镯，材质看上去像是锡铅合金之类的暗灰色金属。它的旁边放着一个类似断剑手柄的东西，握把上有纵横交错的图案，剑格连接着剑柄，装饰有同样的暗灰色金属。

"把它拿起来，"她说，"感觉一下。"

凯瑟琳试探地伸出手，握住图案纵横交错的剑柄。那感觉又冷又硬，与她的手形也不契合。她把它从桌子上拿起来，感受了一下它的重量。

"这是什么，格雷林？"

"现在，它是你的了。这是我拥有了很久的东西，但现在我必须转手了。"

凯瑟琳不知道该说什么。这的确是个礼物，但她实在想不出这个丑陋的破玩意儿对她和父亲来说，除了卖废品，还能有什么用处。

"这把剑怎么变成这样了？"她问。

"从来就没有剑，你拿着的便是它的全部。"

"那我真的不明白它是干什么用的。"

"到时候你就知道了。我要把这副沉重的担子移交给你了。我一直都认为你就是我要找的那个人，但我总想等你再长大些，再强壮些。今天这件事不容忽视。我已经老了，也很虚弱，实在不宜再等一年。"

"我还是不明白。"

"拿着手镯，戴在手腕上。"

凯瑟琳按她说的做了。手镯的接口处是个沉重的铰链，就像手铐一样。但当她扣好手镯后，连接处竟然消失得无影无踪。可以肯定的是，这东西很精妙。但凯瑟琳感觉它像那把断剑一样，死气沉沉，毫无用处。

凯瑟琳竭力保持镇定，与此同时，她也在怀疑格雷林是不是真的像人们说的那样，是个疯子。

"谢谢你。"她尽可能真诚地说。

"现在认真听我说，我有些事情必须要告诉你。今天你穿过大桥时，肯定经过了一家名为'翼人'的小酒馆吧。"

"加勒特就是在那里抓住我的。"

"你有没有想过，小酒馆是以什么命名的？"

"我父亲曾经说过，他说小酒馆是以曾经矗立在达勒姆路以南的一座金属雕像命名的。"

"你父亲有没有说过雕像的来源？"

"他说，有人说，大严寒之前，那雕像就在那里了；也有人说，那雕像是一个老司法官放在那里的；还有人……"凯瑟琳的声音越来越小，慢慢地就完全听不见了。

"怎么了？"

"这听起来可能很傻，但有人说，真的有个翼人掉了下来，从天而降。"

"你父亲对这些传闻有几分相信？"

"他并不真信。"凯瑟琳说。

"他不信是对的。这雕像的确比被他们打败的大严寒还要古老，也不是为了纪念司法官，或者为了纪念翼人的到来而建。"格雷林专心致志地看着她。"但翼人的确存在，我知道具体发生了什么，凯瑟琳。我亲眼看到雕像在翼人出现之前便在那里了。我当时也在那里。"

凯瑟琳动了动，感觉自己在格雷林面前越来越不自在了。

"我父亲说，人们认为翼人掉落于此是几百年前的事情。"

"确实如此。"

"那你不可能在那里，寡妇格雷林。"

"因为我如果当时在那里的话，现在早该死了？你说的没错，按照自然规律，理应如此。凯瑟琳，我是三百年前出生的，成为寡妇已经二百多年了。但我并非一直用这个名字，只要人们开始怀疑我的身份，我就会更换居所。在我十六岁时，也就是你现在这个年龄，我发现了翼人。"

凯瑟琳拘谨一笑，说："我很想相信你。"

"你很快就会相信了。我已经说过了，那是大严寒时期最冷的一段时间。太阳就像一块灰冷的圆盘，就像是由冰制成的。多年来，这条河几乎没有融化过。冰冻市集几乎全年都有。跟你知道的那些可怜的小市集不同，这个要大上十倍，是一整座修建在冰河之上的城市。这里有小街和大道，也有居民区。到处都是帐篷和摊位，溜冰和滑雪橇的人随处可见。这里也会举办一些赛马会、比武、焰火表演及魔术等，甚至还有出版社专门为冰冻市集制作了报纸和纪念品。凯瑟琳，那时，即便是住在遥远的卡莱尔或者约克，人们也会从数十公里之外赶来观看。"

"但如果冰冻市集全年不散，人们不会觉得无聊吗？"

"冰冻市集总是在变化。每隔几个月就会出现一些不一样的东西。如果有足够多的人开始讨论它，你就会想要走五十公里，去看这个新的奇观。惊喜可能会与你想象中的有出入，但永不缺席。那段时间，从天而降的物品虽常常出现，但像翼人这样的活物从天而降委实罕见。人们总会盯着那些翼人可能降落的地方，以便自己能在第一时间赶到那里。通常，他们能找到的都是些液态金属，跟溶化的糖一样蜿蜒流淌。"

"那些液态金属是转轮片，"凯瑟琳说，"它们没什么用处，只有理发师和屠夫喜欢它们。"

"那只是因为我们无法让火焰的温度足够高，高到能让它们像铁或者铜一样熔化。曾经我们可以做到。如果能找到一小片，就没有什么是你不能切穿的。外科医生用的最好的刀通常是由转轮片制成的。"

"有人说，这种金属属于铁人，如果其他人触碰它们，就会受到诅咒。"凯瑟琳说。

"我敢肯定，司法官肯定没有就此事跟他们解释过什么。你觉得铁人会在意他们的金属发生了什么吗？"

"我不觉得他们会介意，因为我根本就不相信他们真实存在。"

"我曾经也这样认为。但后来发生了一些事情，改变了我的想法。"

"我想，那肯定发生在你找到翼人之前吧。"

"比那更早。我那时候大概十三岁吧。那是在一次冰冻市集上，在一顶帐篷的后面，有人发现了一个箱子，里面装着一只金属手，那是在沃尔森德附近的转轮片里找到的。"

"那只不过是骑手的金属手套吧。"

"我不这么认为。虽然那只手在手腕处折断了，但仍然能看出来，它曾是某个金属制品的一部分，其中还有金属的骨骼和组织。它里面没有钟表或铁皮玩具内部那样的镶嵌齿轮或者弹簧。这东西更精细，更巧妙。我不相信这是人力能为之，也不可能是铁人从天上扔下来，或者它自己从天而降的。"

"为什么不可能？"凯瑟琳本着让游戏进行下去的态度问道。

"因为据说，司法官的人曾经发现过一个皮包骨的头颅，除了一副护目镜，其他都烧毁了。虽然上面的镜片像煤一样黑，但是司法官戴上后，能像狼一样夜视。还有一次，他的手下找到一块颜色不断变化的衣服碎片，变成什么颜色取决于你把它放在什么上面，穿上它之后你就可以在别人面前隐身。尽管在当时，这块衣服碎片已经不能拼凑成一件完整的衣服，但你仍可以想象，这对司法官的间谍来说有多重要。"

"他们本来想先找到翼人。"凯瑟琳说。

寡妇格雷林点了点头，说："我能先找到他只是幸运而已。他从天上掉下来的时候，我刚好骑着骡子路过达勒姆路。如今，法律规定，禁止触摸任何掉落在司法官领土之内的东西，尤其是转轮片，违反此规定者，处悬首于桥之刑。但大家都知道，即便搭着飞行器，司法官也追不上翼人。这值得我冒险去看看，于是我便去了，然后发现里面有个翼人，而且他还活着。"

"他是真人吗？"

"他是血肉之躯，不是铁人。但他与我之前遇到过的所有人都不同。他就像被踩过的玩具一样，破碎不堪。我找到他的时候，他穿着盔甲，盔甲的热度足以融化冰雪，并让雪水沸腾冒泡。我只能看到他的脸。他旁边丢着一个金色的面具，上面就像小酒馆标志上的天使头一样有着条纹。他身体的其他部分被金属覆盖着，盔甲接缝处巧妙地连在一起。正常的地方是银色的，烧焦的地方是黑色。他的手臂是金属的翅翼，如果没有被折断的话，张开时甚至能覆盖住整个路面。他该长腿的地方只有一条长尾巴，末端是某种锚爪的样子。我爬近了一些，但看到他的脸时，我只想为他做些什么。他快死了，我知道。他脸上的表情就像被司法官处以绞刑的人一样。"

"你跟他说话了吗？"

"我问他，是否想要些水。最开始他只是看着我，他的眼睛像天空一样苍白，嘴唇分分合合，像落在地上的鱼。然后他说'水帮不上忙'。他说这五个字时，用了某种我不知道的方言。然后我问他有什么我能帮忙，同时不断查看四周，以防有人过来。但路上空无一人，空中也是。过了很久，我才又听到他的答话。"

"他说了什么？"

"他说：'谢谢你，但没什么能帮到我了。'然后我问他是不是天使。他微微一笑，说：'不，我不是天使，真的不是。但我是个翼人。'我问他有什么区别。他再次露出了微笑，然后说：'也许现在是没什么区别了，毕竟都过去这么久了。小姑娘，你知道翼人吗？现在还有人记得那场战争吗？'"

"你怎么说？"

"实话实说。我说除了二十年前的那场光明体育场之战，我对战争一无所知。他听后很难过，就好像他原本期待我能给他一个不一样的答案。我问他是战士吗，他说他本来是。他说：'翼人都是战士，我们在为你们而战，对抗着甚至连你们自己都不记得的敌人。'"

"什么敌人？"

"铁人。他们的确存在，只不过存在的方式与我们想象得不同。虽然他们不会晚上从窗户爬进你的卧室，也不是长着骷髅面孔、背上转着发条钥匙、不断发出毕剥声的锡制怪物，但是他们的确真实存在。"

"这样的东西为什么会存在？"

"他们的存在是为了完成住在天空另一侧的人的工作，因为那里的空气太过稀薄，人们根本无法呼吸。为此他们制造了铁人，并使其无须详细指令便能完成相应的工作。但这也让铁人变得十分狡猾。铁人开始觊觎我们的世界，之后大严寒便来了。翼人说像他那样的人都是特种兵，专门为对抗铁人而生，他们是抵抗铁人的唯一力量。"

"他告诉你，他们正在天空上打仗？"

寡妇格雷林面露悲伤，说："过了这么多年，翼人的话还是那样难以理解。他说，就像一块被蛀虫钻过的旧木头一样，天空也有很多孔洞。他说他的双翅并不是真正用来飞行的，而是帮助他在天空的那些隧道里导航，就像马车的轮子是用来在马路上的车辙间寻路一样。"

"我不明白，既然空气已经稀薄到无法呼吸，天空中又怎么会有孔洞？"

"他说是翼人和铁人开的那些洞，就像军队在一场漫长的战役中，会挖出不断变化的沟渠与隧道网一样。挖洞需要力量，但洞挖好后需要的支撑力更大。在军队里，这一支撑力由仍是血肉之躯的人和马，或者那些尚在工作的铁人来提供，但翼人说的是另外一种全然不同的力量。"格雷林停顿了一下，盯着凯瑟琳的眼睛，那眼神就好像看到了不祥之事一样。"他告诉了我那力量的来源，那之后我看待这个世界的眼光就变了。这是一种沉重的负担，凯瑟琳。但必须有人担起它。"

凯瑟琳不假思索道："告诉我吧。"

"你确定吗？"

"是的，我想知道。"

"这手镯你已经戴上有几分钟了，有感觉什么不一样的地方吗？"

"没有。"凯瑟琳直觉道，但话刚出口，她动了下手臂，便知道事实并非如此。那手镯看起来并没有变化，还是一团冷冰冰的死物，但似乎比她刚戴上的时候轻了很多。

"这手镯是翼人给我的。"寡妇格雷林一边说，一边观察着凯瑟琳的反应。"他让我打开他的盔甲，拿出这个手镯。我问他为什么，他说因为我给了他水。他想送我点东西回馈我的善意。他说这手镯能让我保持健康，让我以另一种方式变得强壮起来。人戴上它就能治愈许多疾病。他还说，将这样的物品赠予像我这样的人，违反他们的法律，但不管怎样，他还是决定将它赠给我。我按照他说的方法打开了盔甲，然后找到了他的手臂，他的手臂被金属束带绑在他的翅膀里面，但也跟翅膀一样折断了。在他一条手臂的腕际，我找到了那个手镯。"

"既然手镯有治愈能力，那翼人为什么会死呢？"

"他说，有一些伤病是手镯无法治愈的。他被一个铁人的毒液所袭，手镯也无能为力。"

"我还是不相信魔法。"凯瑟琳小心地说。

"但有些魔法是真的。让机器飞起来和让人有夜视能力的魔法都真实存在。手镯之所以变轻，是因为手镯的一部分已经进入了你的体内。现在它就在你的血液中，在你的骨髓中，就像翼人体内的毒液一样。你现在可能什么感觉都没有，以后也是如此。但只要你戴上了手镯，你的衰老速度就会比别人要慢，而且几个世纪内疾病都不会缠上你。"

凯瑟琳摸了摸手镯，说："我不相信这个。"

"我没指望你信。一两年之内，你都不会感觉到什么变化。但五年或十年之后，人们便会注意到你跟别人不一样，你不会变老。一段时间里，你会以此为荣。之后你便会感觉到他人的羡慕慢慢变成了妒忌，最后更是转成了憎恨，而且你慢慢也会感觉这就像一个诅咒。然后你也会像我这样，换居所、换名字。自你被赋予翼人的魔力起，这就是你的生活模式了。"

凯瑟琳看着她的手掌。也许是她出现了幻觉，但手镯把之前嵌入她体内的痕迹变淡了，碰起来也没那么疼了。

"你就是这样治疗病人的？"她问。

"我猜得没错，你的确十分聪明，凯瑟琳·林奇。你能想象这种情况吗？你遇到了一个病人，只要你把手镯戴在他手腕上一整天，只要他不是中了铁人的毒液，就都能被手镯治愈。"

"那其他的呢？我父亲手臂受伤时，他说你在他的手臂上绑了条鳗鱼。"

听到她的话，寡妇笑了起来，说："也许我真的这么干过。不过我还有很多办法，我其实可以在他的伤口上撒鸽子粪，或者让他戴条蠕虫项链。你父亲的手臂本就能自愈，凯瑟琳。虽然他的伤口很深，但没被感染。这种伤口无须手镯来治疗，更何况当时你父亲既没失去知觉也没有发烧的迹象。而他又像所有的小男孩一样口风不严，如果让他看见手镯，那他一定会把手镯的事情说出去。"

"所以你便什么都没做。"

"但你父亲相信我做了什么。而这便足以减轻他手臂的痛楚了，或许比真正做了什么要好得更快。"

"但你也会拒绝病人。"

"如果他们确实病得很重，但既不发烧也不昏迷，那我便不能让他们看到手镯。我别无他法，凯瑟琳。有些人必须死去，只有这样，手镯的秘密才能得以保守。"

"这就是你说的负担吗？"凯瑟琳问道。

"不，这是承受负担的奖励，负担是知晓真相。"

这次，凯瑟琳还是说："告诉我吧。"

"这些都是那个翼人告诉我的。大严寒袭击我们的世界，是因为太阳的温度越来越低，光芒也越来越黯淡。这是有原因的。天体之战的军队正在开采太阳的热能，用太阳自身的热能挖掘并支撑天空中的孔洞。我无法理解他们的具体做法，可能那个翼人自己也无法理解。但他指明了一件事，只要大严寒还在持续，天体之战就肯定尚未结束，这也意味着那些铁人还没赢。"

"但消融……"凯瑟琳说。

"是的，你也看到了。现在地上的雪都融化了，河流解封，庄稼再次生长。人们欢欣鼓舞，他们变得更强壮也更快乐了，皮肤也晒黑了，冰冻市集成了过去。但他们不明白这到底意味着什么。"

凯瑟琳几乎不敢再问下去了。"是哪一方快赢了，还是已经赢了？"

"我不知道，这也是最可怕的地方。但翼人跟我说这话的时候，我感觉到了一种可怕的绝望，就好像他知道世界已经不再以他习惯的方式运转了。"

"我现在很害怕。"

"你应该害怕。但凯瑟琳，得有人知道这些。现在，手镯的力量正在削弱，它已无法再让我摆脱死亡。但这不是因为它出了问题——在我看来，它还是同以往一样，能让人恢复健康——而是因为它觉得给我的时间已经足够，最终它也会对你做同样的事。"

凯瑟琳摸了下另一个东西，那个看起来像剑柄的东西。

"这是什么？"

"这是翼人的武器。他的手在翼内抓着这个武器。它会像蝙蝠的爪子那样被发射到翼外。在翼人的指导下，我将它取了出来，现在它也是你的了。"

凯瑟琳刚才已经摸过它了，但这次她再用手抓住它时，突然感觉到一阵刺痛。她立即松开手，喘着粗气，就好像刚刚摸到了一根刺，或被一条蠕动的毒蛇咬了一口。

"是的，你感受到了它的力量，"寡妇格雷林羡慕地说，"除非戴上手镯，否则谁都无法使用它。"

"我不会拿走它。"

"你最好拿着，而不是白白浪费了这样的武器。这样的话，万一铁人来了，至少有个人能与之抗衡。除此之外，它还有别的用途。"

凯瑟琳没碰剑柄，而是将它滑进了口袋，那东西就像一块又沉又结实的鹅卵石。

"你用过它吗？"

"用过一次。"

"用来做什么？"

凯瑟琳在寡妇格雷林的脸上捕捉到了一抹微笑。"我用它从发问者威廉那里拿了些珍贵的东西，并将他放逐到地面上，让他同我们其他人一样。我本想杀了他，但我把飞行器弄下来的时候，他并不在上面。"

凯瑟琳大笑起来。如果不是已经感受到武器的威力，那她也许会把寡妇格雷林的故事当作老妇人的呓语。但现在，她实在没有理由怀疑她的话。

"那后来在司法官检查绞架时，你也可以杀了他。"

"我差一点就成功了，但我总被手头上的其他事情绊住。然后司法官便换人了。司法官换了一个又一个。有的司法官很邪恶，但也并非全都如此。有些人正如他们的职位所要求的那样，既冷酷又残忍。之后我便再也没用过那个武器了，凯瑟琳。我感觉它的力量并不是无限的，必须在真正必要的时候谨慎使用。但如果用它来抵抗较小的目标……就又是另外一回事了，我觉得。"

凯瑟琳觉得她明白了。

"我得回家了。"她努力装作没聊什么大不了的事情的样子，就好像只是说了下次要给寡妇格雷林送的货。"我很抱歉，这次没能把另一个猪头给你送来。"

"你没必要为这个道歉，这不是你的责任。"

"你之后会怎么样，格雷林？"

"我会缓慢而优雅地逝去。也许我能撑到下一个冬季，但我应该看不到下一次的冰雪消融了。"

"那么拜托你拿回手镯吧。"

"听着，凯瑟琳。无论这手镯你拿还是不拿，它都已经对我起不到任何作用了。"

"可我太小了，还用不到这个。我只是一个从谢尔顿来的小女孩，一个雪橇制造者的女儿。"

"你觉得遇见翼人的时候我是什么？我们是一样的，而且我已经看到了你的力量和勇气。"

"今天的我就还不够强大。"

"你知道加勒特可能会在那里，但你还是上了桥，这难道还不能证明什么吗？"

凯瑟琳站了起来："如果我没弄丢那个猪头，如果加勒特没抓住我，你还会把这些东西给我吗？"

"我本来就打算给你，即便不是这次，也会是下次。但加勒特的确起了点作用，他让我下定了决心。"

"他还在那里。"凯瑟琳说。

"但他知道你不会再原路返回了，即便那样能让你省去在贾罗搭渡轮的费用。他会等你下次经过他地盘时再说。"

凯瑟琳拿起剩下的那只袋子，朝门口走去。

"是的。"

"一个月后再见，代我问候你父亲。"

"我会的。"

寡妇格雷林打开门，外面日渐西沉，位处东方的贾罗渡口已见星光，一个小时内天就要黑了。乌鸦还在空中盘旋，但也显出了疲态，准备休息了。尽管大严寒正在退去，但夜晚似乎一如既往地寒冷，就好像夜晚是最后的据点。当败象更加明显时，冬天便会退去。凯瑟琳知道，在距离河边几公里的地方，在她抵达十字路口处的关卡前，她会一直颤抖。她拉上帽子，然后出门，踏上了寡妇格雷林小屋门前的那条坎坷的道路。

"现在开始就要当心了，凯瑟琳，当心铁人。"

"我会的，寡妇格雷林。"

门在她身后关上了，她听到了螺栓落位的声音。

只剩她自己了。

凯瑟琳出发了，沿着她经常从小河往上爬的小路。如果在白天这是一条险路的话，那在黄昏时分，它便是一条既陡又险的路。往下走时，她可以从上面看到二十拱桥，就像一道穿过河上阴影带的光明线。桥两边林立的商店和住房都点着蜡烛，顺着栏杆望去都是燃烧着的牛脂火炬。北边的尽头还有些光亮，那里正在修拱桥。马车造成的交通堵塞已经解决了，两岸间的交通又恢复了正常。她听到男人和女人的呼唤声、工头的咆哮声、酒鬼和妓女的调笑声，还有磨坊里的轮子在拱桥下发出的嘎吱声和水流泼溅发出的声音。

凯瑟琳走到一个岔路口，停下了脚步。右侧，是通往贾罗渡口最快的路；左侧，是去大桥的捷径，也是她之前走过的那条路。在那一刻前，她一直都下定决心要去渡口搭乘渡轮，就像她之前一直做的那样。

但现在，她将一只手伸进口袋，用手环住翼人的武器。这次接触带来的震颤没有那么厉害了，她感觉这个东西已经成为她身体的一部分，就像她已经将它带在身边许多年了一样。

凯瑟琳将它取了出来。它在暮色下闪闪发光，就连之前看起来黯淡的地方都在闪光。就算寡妇没告诉她这件东西的本质，现在她也已然明白了。因为这东西正透过她的皮肤和骨头，以一种非语言的形式向她小声讲述着自己的本质。它告诉了她它能做什么，怎样能让它听令。它告诉她要当心她现在握在手里的这种力量。她必须努力以明智的方式使用它，因为这个世界上已经没有类似的东西了。这是碎墙之力，是足以粉碎大桥、高塔还有飞行器的力量，是足以粉碎铁人的力量。

当然也是足以粉碎常人的力量，只要她想。

她需要确切了解这力量是什么样的。

最后几只乌鸦在凯瑟琳头顶上盘旋着。她冲着它们举起武器，突然之间，她对乌鸦的数量、距离和位置有了了解。每只乌鸦都不相同，就好像她能确切地叫出每一只乌鸦的名字。

她选了只离群的乌鸦，于是其他的便消失在她的视线中，就好像它们被移出了舞台。她开始对那只乌鸦有更清晰的认知，她可以感觉到它的翅翼划开冷冽的空气，可以感觉到它那柔软羽毛的蓬乱，还有羽毛下花边形状的骨架。她甚至能感受到它胸腔中心脏的微小脉动。而且她知道只要她想，她便可以让这颗心脏冻结。

这武器似乎在催促她行动。她走近了一些，近得令人生畏。

但那只乌鸦没伤害过她，于是她放过了它。她不需要牺牲一条生命来测试这件新礼物，至少不应是一条无辜的生命。乌鸦匆忙追上了它的伙伴，就好像它刚刚已经嗅到了危险的气息。

凯瑟琳将武器放回口袋，她再次看了一眼大桥，用冷静的眼神评估了一下。这次，她的眼神中多了些沧桑和悲凉，因为她知道的东西，是大桥上的人永远都不会知道的。

"我准备好了。"凯瑟琳冲着夜幕大声说，冲着所有可能听到的人说。

然后，她继续向下走去。

疗伤舱

Beyond the Aquila Rift

苏醒时，我正在一个淋浴间大小的空间里，靠近墙壁处。我平躺着，身下是柔软的垫子。白色的抗菌壁将我圈在里面，几乎贴着我身体了，就像是光滑的天花板，只有舱口和凹槽暴露在外。缝隙中隐没着电缆和管道，迸发出柔和的呼啸声——是空气循环的噬嗞声和沉闷单调的突突声。而现在，就在我脸庞上方，从天花板上窥视着我的，是一对立体相机的眼睛。

我蜷身，想将头抬高些，好好看看自己。我的护甲已经被剥掉了。当时我穿着外覆型战斗服，但现在，战斗服的外层已经不见了，只剩下轻型的网状内层，而且损毁得相当严重。我想看清楚自己的四肢，但有双手从我胸骨上方的舱门伸进来，轻轻将我推了回去，就好像有人在外面看着我。

这双手完全是人类的手，戴着绿色的外科手术手套。

有个女人的声音说："保持冷静，别慌，凯恩中士，你会没事的。"

"什么……"我开口道。

"很好，你听得到，也理解我们的话。这很好，你也可以说话，这同样令人振奋。但是，我希望你暂时先听我讲。"

他们肯定给我注射了什么，因为听她讲话的时候，我不想跟任何人或者任何东西争吵。

"好的。"

面板滑开，显露出一个屏幕，上面是个女人的脸。她穿着绿色制服，黑发扎在手术帽下。她直直地看着我，距离太近了，几乎让人不适。然后她开口了。

"你受伤了，凯恩中士。"

我勉强露出微笑，说："这没什么。"

我记不清所有事了，只记得支离破碎的片段。深度侦察出了问题，我和其他两个人——我等下就能记起他们的名字了。有无人机在我们上方盘旋，敌方机械师离得太近，让人难受。我们的护甲受损太严重了，无法起到防御作用。传送窗也受损了，我们没法按正常的方式返回。

脉冲炸弹的白光，冲击波引发的颅脑震荡。

有人大叫："军医！"

那声音很像我自己的。

"你很幸运。我们的一个战地医疗机器人及时找到了你。它将你拖进了自带的疗伤舱里，也就是你现在所处的位置。疗伤舱自配装甲和独立供电，足以保证你存活，直到新的传送窗建立好为止。战地医疗部门已经确保这个地区是安全的，并在你的位置周围建立了防御。"

我嘴唇发干，现在我对位置有了一定感觉，我的头感觉不太对。

"什么时候，"我问，"传送还要等多久？"

"现在还要等更新，最好的情况下需要六到十二个小时，但要取决于大厅的进度，或迟些，或早些。"

有一瞬间我想的是手术大厅，怀疑这到底为什么该是我的事——把我从这该死的地方弄出去，然后担心什么时候能接我去手术。

之后我意识到了，她说的是另一种类型的大厅。

"需要很久吗？"

"这就是我们需要聊的事。你的伤势已经稳定了，但还没有脱离危险。"她顿了下，然后说，"我是安娜贝尔·莱斯医生，目前从探戈·奥斯卡的外科预备室与你链接。你在疗伤舱里时，我和我的同事会一直陪着你，等你传送后，我们会为你做手术。我知道你现在感觉很孤单，凯恩中士。这很正常。但我希望你知道，你并不孤独。"

"叫我麦克吧。"我说。

"那么，麦克。"她点点头，"你可以叫我安娜贝尔，如果这样好一些。我就在这里，麦克。我们隔了不超过一个屏幕的距离，瞧，我甚至可以触碰到你。你感觉到的是我的手。"

但实际上那并不是她的手，她也知道。

手术手套包裹着的，是塑料与金属做成的骨头和筋。那是遥控机器手，可以根据情况，从疗伤舱的任何地方钻出来。在探戈·奥斯卡的某个地方，安娜贝尔戴着触觉反馈手套（类似我身上的网状防护服），借助他们那边的对应机器部件，提供相当精确的触觉界面。她可以感觉到我的每块瘀伤和肿胀，就好像她也在疗伤舱里，就在我的身旁一样。我不能再要求更多了。

但是，无论她想让我怎么想，她确实不在我身边。

"你说我的伤势稳定了，是准备好告诉我伤势了吗？"

"你没什么不治之症。你的右腿受了重击，恐怕不得不截肢，但之后我们可以为你轻松重植新腿。那不是我们的关键问题，我们担心的是你大脑的出血情况，这需要尽早治疗。"

所以，疗伤舱的手术系统已经很繁忙了。在我昏迷时，我受伤的腿已经完成了截肢和缝合，截下来的伤腿通过疗伤舱的排放口丢了出去。我知道疗伤舱的做法，她说的没错，他们会为我重植新腿。

但颅内手术？

"你是希望在我还在这东西里头的时候，就用手术刀切我的头骨？"

"微创干预，麦克。当然有风险。但如果再拖下去的话，你会有更大的风险。除非我们立刻进行微创干预，否则你很可能出现危险。"

"我原本昏迷着，而你把我叫醒了，这到底是什么意思？"

"我想和你聊聊情况。你要给我授权，我才能动手。但如果你想碰碰运气，等传送的话，我也尊重你的决定。"

她的语气、她的眼神，都清楚表明了如果我决定不接受手术的话，她对我生存概率的看法跟我还在战场上，任由鲜血喷涌到泥土上时一样。但不知道获救概率的话，我就不能松口。

"让我看看疗伤舱外面的情况。"

"那无济于事，麦克。"

"你必须给我看看。我还是士兵，我需要知道那里的情况。"

安娜贝尔噘起嘴，说："如果你坚持的话。"

我还戴着军用联络器，尽管我知道的也只有疗伤舱内部所显示的，以及现在通过疗伤舱外部摄像头所展示的景象。

情况很不好。我一眼就能看出来。

摄像头扫过去时，我慢慢放大镜头，查看爆炸和毒气的部分。我所在的位置是一个平缓的山坡，或者是地形略微平坦些的崎岖高原。我的周围是办公楼或零售店的废墟，距离我五十米的地方倒翻着一辆汽车，也许是辆校车。某些传输塔或者电缆塔样的东西倒了，沿着地面的曲度悬在上方，就像一些蜥蜴类怪兽的骨架。上方的云朵呈芥末色，里面是可由空气传播的毒性物质。地平线上，有些化学浑浊物质飘浮着。

远处有化学炸弹的亮光闪烁着，等离子弹划破了云层。各种体形的机器士兵——人类大小或是巨兽大小的，在曾经的城市，如今的地狱里昂首阔步。我又执行了一次完整的视觉扫描，一个人类士兵都没看见。

毫不意外。自从战争全面机械化以后，我们这种人类士兵越来越少。我不知道其他人是否离开了，也许其中一些人也跟我一样，在疗伤舱里等着被传送，也可能他们都死了。

我到底在这里做什么？

啊，对了。我们小队在执行深度侦察。我现在记起来其他人的名字了，罗维克、洛曼斯还有我。机器专家负责观察在战斗状态下，我们和敌人的机械部队的行为。原因是什么？没人说过。但到处都有流言。我们的一些单元正在失控，据说敌方也是如此。没人知道这是为什么。

实际上，相关的理论给出了一些答案。我们赋予了机器足够的自治权，令其不再受人类的控制。我们赋予它们智能和智慧，然后疑惑它们为什么开始做些我们不允许的事情。

不过，现在我不需要考虑这个。

我觉得自己此刻很安全，战地医疗单元完成了它的工作，不仅将我受伤的残躯拖进了疗伤舱，还在保卫疗伤舱的安全。我周围是由低矮的瓦砾组成的墙，还有匆匆塞进去充当屏障的战地垃圾。这些东西不是为了把我埋起来，或者让我的传送变复杂，而是为了掩护我远离敌人的耳目和武器系统。

我可以看到战地医疗单元。四米高的机器人正绕着疗伤舱，保持这片区域干净。KX-457是有着人形底盘的无头机器人，可以通过其躯干上椭圆形的孔看到外面。其肢臂是由枪支、防御机制和专用的军事手术设备组成。钛金属制成的腿杆像活塞一样插在躯干上，看起来又细又长，但实际上与飞机起落架一样结实且耐冲击。它看起来很吓人，但对我来说完全不同。

我不记得发生了什么，也不记得罗维克和洛曼斯怎么样了。但现在也不是我考虑他们的时候。我高呼"军医"完全是出于条件反射，其实我不需要这样做。只要我的护甲外覆层检测到我的身体受伤，就会呼叫最近的战地医疗单元，这很可能比我自己的神经系统反应还快。我的护甲也能执行一些生命维护措施，但也只是KX-457到来前的权宜之计。KX-457可以从腹部凹槽中取出疗伤舱，将其放置在地上，然后对我进行初步医学评估，并将我滑进去。

通常情况下，在疗伤舱对我进行修复时，KX-457会将疗伤舱重新塞回腹部凹槽，并迅速离开战斗区域。但今天情况不同，KX-457被拦截和带走的风险太高了。按照他们的说法，我是高价值资产。最好将疗伤舱留在大厅内，处于KX-457的保护之下，直到完整的传送窗能够在严密的空中掩护下靠近。

　　与此同时，战地医疗单元也保持着最高限度的警戒。KX-457会时不时抬起一只手臂，用等离子大炮在天空中投出闪光。有时会有一架无人机从云层中掉落。大多数地面机械都很友好，但偶尔会在视线范围内见到敌方的侦察单元，它们是来测试我们的防御能力的。敌人就在那里。

　　我已经看够了，很明显没人在骗我。我现在去传送真的是自杀。

　　这意味着，如果安娜贝尔·莱斯医生关于脑出血的判断是对的，那么我确实需要接受手术。

　　我将摄像头收回医疗舱内，战场的景色退去，再次出现四周的白墙，嗡嗡和突突作响的智能生命维持设备，还有没有身体的双手从墙上伸出来。

　　我给了安娜贝尔授权，同意她手术治疗我的脑出血。

　　然后让她把我从这该死的地方弄出去。

　　　　　　　　　　*　　　*　　　*

　　我醒了。首先让我吓了一跳的是，我很安全，还回到了探戈·奥斯卡。我知道这一点，是因为我肯定不在之前的疗伤舱中了，尽管我必须承认，我还是在一个什么舱里，里面也还是白色的内饰，跟头一个一样。

　　但这肯定不是我最初醒来时看到的那个，因为眼前的这个更宽敞些。我知道这一点是因为这个舱里还有另一具身躯。另一名受伤的士兵被塞了进来，而在第一个疗伤舱里，根本不可能做到这一点。很明显，当我被冷冻并执行手术时，KX-457完成了传送。在手术室的等待阶段，他们将我放在更大一些的舱中，或者任何他们能想到的东西里。我知道很快会有人过来对我微笑并与我击掌，然后对我说欢迎回家，你在那里做得很好。

　　我想知道另一个人，那个挤在我旁边的人发生了什么。

　　然后有什么亮了起来。通过舱室的绝缘层，透过医疗系统发出的噪声背景，我仍然能听到脉冲炸弹或者等离子大炮偶尔响起。

要么我在外面时，前线离探戈·奥斯卡又近了一些，要么我还没到家。

"你能听到我说话吗，麦克？"

"可以。"

安娜贝尔吞了下口水，说："大体算是好消息，我们处理了脑出血的问题，这一点令我很高兴。"

"我不喜欢这个'大体'，为什么我这里还有个士兵，为什么你把我换到了一个大点的舱里？"

"这还是之前那个，麦克，我们没动你。你还在之前我安置你的位置。"

我试着退到一旁，突然有些不适。尽管没动多少，但我还是有一种感觉，我那沉默的同伴也恰好移动了相同的幅度，就好像是粘在我身边一样。

"我是跟你说，这里还有其他人。"

"好吧。"她退开了一会儿，跟同事小声交流，然后返回。"那个……也不算太意外。你的右额顶区有些损伤，麦克。部分是因为你原本的脑出血问题，还有一部分是因为我们的微创干预导致的。我强调了，我们没有别的选择，如果不做手术，我们现在连对话的机会都没有。但你现在所经历的一切是一种幻觉，一种由于抑制回路关闭而导致的体外感觉，抑制回路一般负责让你的镜像神经元正常运转，你真的是一个人，麦克。你只管相信我。"

"就好像只要我相信你的话，手术就会变得顺利一样？"

"我们必须承认这场手术是成功的，麦克。你现在和我们在一起，而且状况稳定。"

我再次尝试移动，但我的头颅就好像被钳子夹着似的，并不痛，但离舒服也相去甚远。"你是否有解决办法，还是我要一直这样卡着？"

"大多数情况下，我们总会有解决办法。这种情况下，在你还在疗伤舱里的时候，我们可以试试其中一些。手术期间，我在你大脑的伤处附近一些重要位置上放入了神经探针，与疗伤舱本身扫描仪的低分辨率相比，这些探针除了可以让我看得更清楚，还能在一些关键的地方进行微创干预。"

　　我还是对自己的幻觉感到恐惧，我身边的身体与我一起在呼吸，但感觉上已经是死尸了，就像我的一个附属物，却已经枯萎掉落。

　　不过，我还是要保持专注，我说："这意味着什么？"

　　"与你体外感觉相关的神经回路很好定位，麦克。目前，由于脑出血造成的损伤，信号无法到达正确的接收点，但我们可以用我放入的探针绕过这些障碍。通过这些桥接线，将你大脑的各个部件连在一起。如果你愿意的话，我可以尝试重启你正常的体外感觉。"

　　"我再问一次，既然你们有办法解决，为什么要等我醒来？"

　　"我再重复一次，我需要授权。而且我还需要你对手术效果进行主观评估。我说过，神经回路很容易找到，确实如此。但个体之间也会存在相当大的个体差异，这意味着我们无法百分之百确定任何特定干预的结果。"

　　"换句话说，你要将一根棍子戳进我的脑袋，四处搅拌，看看会发生什么。"

　　"比这要科学一些，但这是完全可逆的，如果我们能有什么办法减轻你的困扰，那么我认为，其所涉及的小小风险也是可以接受的。"

　　"我不困扰。"

　　"你的身体可不是这样说的。你的应激激素值达到了峰值，皮肤抽搐的反应异常严重，你的杏仁体[1]激活区域大得像个足球场。但我可以理解，麦克。你在战区受了重伤，并且在战争期间，留在战区内由科技手段制成的棺材里苟延残喘，这种情况下，谁会不害怕呢？"

　　尽管她说的没错，我很慌乱，但这完全是因为我不希望再与自己的幻觉在这个疗伤舱里多待一秒了，我的战斗直觉瞬间压倒了一切。

　　"再给我看看外面。"

　　"麦克，你不必担心自己不能控制的事情。"

---

1. 杏仁体通常被称为大脑的恐惧中心。

"你只管照我说的做，安娜贝尔。"

她默念了什么口诀，然后我又到外面了，通过像潜望镜一样固定在疗伤舱外部的弹出式摄像头观察世界。

我旋转了三百六十度，对周围的环境进行了评估。我仍然在 KX–457 将我放置的地方，还是被临时堆砌的瓦砾和垃圾包裹着。但我肯定昏过去有一段时间了。现在天黑了，摄像机的视野被灰绿色的红外线画面占据着，只有爆炸点亮地平线时，或者上方的云层有东西闪过时，我才能真正观察到目前的战术环境。

手术用了多久？显然有好几个小时，尽管我完全感觉不到。

"我希望你跟我同步一下，安娜贝尔。我的手术花了多久？"

"这不重要，麦克。"

"这对我来说重要。"

"那好吧。八小时，你出现了并发症，但你挺过来了，这不是最重要的吗？"

"八小时，你还当值？你说过，我实现传送所需的时间在最好情况下是六到十二小时。"

"这期间还有各种可能发生的事情。瞧，我不能丢下你，麦克。但现在我们很快就会把你弄出去。"

"别耍我了，我们都知道，战地医疗队至少要到破晓时，才会尝试传送我。"她无法反驳，也不会反驳。破晓时，战斗区域即便危机四伏，也称得上最好的时候。但在晚上，由于地面冷却，想要在不被探测到或者瞄准的情况下移动，几乎是不可能的。我看到了自己的疗伤舱，就像霓虹灯的墓碑一样明亮。我知道，我不能只是坐在这里无所事事。

"我们先解决你身体的幻觉问题。"安娜贝尔说。

我心里有了一些决断，是时候再做个士兵了。我说："请你让我看一下整个大厅，我想知道那里究竟有什么。"

"麦克，我真的不确定，你最好……"

"你只管做就是了。"

她真的别无选择，只能顺从我的想法。也许我是受了伤，但我还是高价值资产，我主动下令，代表我还是可以做主的。

视野范围包括整个战场的实时地图，半径十五公里以内。这是根据机甲、无人机、相机，甚至死去或无法移动的士兵身上功能正常的护甲所收集的情报综合汇集而成的。大多情报来自我方，但还有些是通过拦截敌人的信号收集到的，毫无疑问他们所做的事，也跟我们类似。这些数据汇集在一起，投在我的护目镜上。我默念命令就可以按照心意扫描和缩放。

我接受了地图的信息后，就知道我应该早点这样干，而不是听安娜贝尔的话，以为岁月静好。因为确实并非如此。

我现在遇上麻烦了。

敌人的机器人方阵正在靠近，他们还在十公里开外，但正在稳步前行。他们可能不知道我在这里，但我不能保证。战地医疗单元的部署代表着有人受伤，没有什么比抓获或消灭一个高价值的人类资产对敌人更有诱惑力了。我研究了机器人方阵的数目和分布情况，衡量了敌人与我之间的力量悬殊程度——我只有一个战地医疗单元可以派上用场。KX-457 的武器和对策不容小觑，但想对付十几个甚至更多敌方机甲和无人机？它没有可能胜出。当敌人的机器人方阵大批到达时，我这小庇护所不被发现的希望也不是很大。

然后是战斗或逃跑反应启动的时候，那是一阵强烈的硝烟，就好像恐惧本身正注入我的血液。我不能只留在这里，希望运气在我这边。我需要换地方，立刻马上。

没错，这样也有风险，特别是在晚上。这就是为什么我的传送仍没有执行。但由于在敌人抵达时，我幸存的机会不大，所以转身就跑这个选项看起来更有吸引力。

我将视角拉回到疗伤舱中。

"告诉战地医疗单元待命。"

"我不能发这样的命令，麦克。"

"是你不能还是你不会？"

"我们现在正在运行模拟，他们告诉我们，只要维持现状，你的生存概率在统计学上就会提高。"

"能提高多少？"

"足够让我建议你彻底考虑这个方案了。"

如果这个概率很有说服力，那么她会提前告诉我。我的头还紧紧固定着，但如果可以的话，我想摇摇头。我说："把战地医疗单元接进来。"

"麦克，求你了。"

"照办吧，如果你不相信我的判断，就别把我这样的人类放在战场上。"

她退让了。我不需要看着 KX-457 过来，我听到了周围有巨石被移开的声音，然后感觉它拖着倾倒的疗伤舱划过地面，我在里面翻了九十度，直到头部高过了脚——我提醒自己，应该说是仅剩的一只脚。然后我感觉到了令人安心的咚咚声，那是疗伤舱与 KX-457 对接时，穿过其躯干上的椭圆形凹槽发出的声音。系统界面显示出电力、控制和知觉。我不再是一个待在嘤嘤作响的棺材里的伤者，而是一个杀手级机器人腹里的宝宝。这肯定算是个进步了。

"你的命令是什么？" KX-457 问我。

回想起敌军的部署情况，我开始命令 KX-457 尽可能往西走。然后我想到了比待在它腹里更好的办法。我不需要通过移动身体来控制它。我的网状防护服剩下的部分，应当不仅能检测意图和神经肌肉的脉冲所引起的最细微的抽搐，还可以给我适当的反馈。

"让我驾驶你。"

"麦克，"安娜贝尔插话了，"你不需要再做额外的工作。让机器人抽取你的意识，如果你坚持要这么做的话。但是，你没有必要驾驶它。以目前的情况看，你的反应比不上机器人自带的战斗程序。"

但如果我要死在这里，那么我就要赶紧做些什么，而不是坐以待毙。

"我知道我在做什么，安娜贝尔。KX-457，分配给我完整的命令权限。保持链接，直到我拒绝为止。"

我的视角再次发生变化。KX-457 没有头部，但肩架上装有一整套摄像头和传感器，这似乎就是我朝下观望时用到的东西。

我低头看着自己。我感觉自己跟 KX-457 刚好一样高，而不是感觉自己在一个更小的东西里——位于机器人腹部的疗伤舱里。那些钛金属制成的肢体按照我的意愿行动，就好像是我的一部分一样。我再次感觉自己完整又强壮。那个幻觉仍然存在，但比我困在疗伤舱里时要好多了，没有那么困扰。

当然，我还是在疗伤舱里。我需要提醒自己，因为我很容易忘掉这件事。

*　　　*　　　*

我们动身了，KX-457 和我。我应该说 KX-457、安娜贝尔和我，因为当那双遥控机器手从舱壁中伸出来，调整我腿部的敷料、手臂上的导管，或者手术后的夹钳时，我很容易就会觉得她也跟我在一起，在机器人坐骑上。在她的想法中，我的幸福永远是最重要的。虽然很明显，她并不完全同意我出舱的决定，但是我还是很高兴能有人跟我聊聊天。

"你在探戈·奥斯卡住了多久，安娜贝尔？"我一边问，一边穿过一片曾富丽堂皇、配有空调的购物中心，那里现在只剩被烟熏黑浅浅一层的遗迹。

她认真思考了我的问题，说："到现在已经有十八个月了，麦克。他们从安可·维克特把我调过来的，那之前我在查理·祖鲁。"

"查理·祖鲁，"我带着一种敬畏感说，"我听说那里气氛很紧张。"

她点点头，在我的视野里，她的脸投在一个小窗口上，另一个不断变化、吸引我注意的是标出所有潜在威胁或藏身处的战术分析信息框，它们层层叠叠地显示着。"我们缩减了工作量。"她发出一声干笑，但很明显，记忆还很鲜活。"那是在我们的新舱室上线前。旧的单元远不如我们现在习惯的这些新的那么好——日日夜夜都在提交远程手术请求。我们拼命工作，可还是抵不过疲劳和压力，我们甚至还没出现在大厅里。我们救了尽可能多的人，但当我想起那些我想要救却没能救活的人……"她沉默了。

"我敢肯定，你已经尽力了。"

"希望如此，但人力有极限，就算是现在，我们也无法每次都创造奇迹。"

"无论我怎么样，你都已经尽力了，做到了你力所能及的一切，安娜贝尔。感谢你一直陪伴我，你一定累坏了。"

"无论如何，麦克，我都不会离开。"

"我希望我们能见到面。"尽管感觉我还在努力争取活下去的机会，但我还是冒险说，"只有这样，我才能向你当面致谢。"

安娜贝尔的微笑洋溢着光芒，她说："肯定可以。"

那一刻，我毫不怀疑自己能成功。

此时，探测器发现了一支敌军无人机侦察中队，正从云层下方进入低空。我自己的传感器根本看不到它们。

我在视野中选择了隐蔽选项，然后决定躲进一片瓦砾废墟中，这些废墟曾是室内游乐园的围墙，我穿过瓦砾和发黑的弯弯曲曲的过山车残骸，直到确定敌军的无人机无法收到我的红外或 EM 信号为止。KX-457 钛金属制成的脚和身体之下，有倒下的机器。我嘎吱嘎吱地踩过塑料马和可骑乘蜈蚣破碎的残躯。

"我们需要伏低一些，躲藏几个小时，等那些无人机飞出这片区域。"我蹲下身，关闭了主要系统，只留供给疗伤舱和 KX-457 中心处理器的能源。

"你怎么知道这里安全？"

建筑物的外壁挡住了周围的通信，以及监测的视野。"我不知道，但如果它们采用的是普通的扫描方式，那么在它们过去以后我们就没事了。"

"那么我们就没有理由不看一下你的身体幻觉问题了，对吧？"

"这问题已经没之前那么困扰我了。"

"无论如何,我们都要先解决掉它。如果你不把这个问题解决在萌芽状态,那么它在恢复期就可能会成为大问题。"

我在心里做了个耸肩的动作,说:"如果你觉得这样最好的话。"

"确实,"安娜贝尔说,"我确实觉得。"

*　　　*　　　*

我估计要躲两个小时,为了安全起见,我设定为三个小时。然后我从游乐园里爬出来,回到几乎是空地的地方。我希望在通信恢复正常后,立即恢复完全的监控,但事实并非如此。通信信号的覆盖范围仍然很不完整。我从附近的那些充当我眼睛和耳朵的探测器里收集情报,但覆盖范围只有几公里。故障可能出在我自己的系统中,但也很有可能是因为敌军的无人机在进行针对分布式网络关键节点的攻击。敌军无人机很可能根本不是在找我,而是在寻找我们的通信网络中的漏洞。

天还没亮,敌军无人机可能还在那里。但我必须相信它们已经离开了,重型机甲的方阵依旧在按原本的路径前进。假如故障不在我这里,那就可能还需要几天时间才能修复。我等不了那么久,我宁愿死在路上,也比将时间浪费在躲避看不到的敌人要好。

"我们天亮后出发,"我对安娜贝尔说,"那时候即便是监控范围有限,穿过开阔的地带应该也没问题了。"

"你现在感觉如何?"

"和之前不同了。"

我说得轻巧,但这却是事实。我的身体幻觉消失了,身边没有其他人粘着的感觉了。而且我猜,我应该为此感到高兴,这意味着安娜贝尔的神经回路连接起到了一定作用。但我一点也没有兴高采烈的感觉。

有什么变了。

现在幻觉中我的连体婴不再困扰着我，他消失了，彻彻底底。但目前，我觉得自己的身体发生了变化。我可以感觉到，我的身体就像什么枯萎无用的残余附属物一般，挂在我的视角之下，但并不像我身体的一部分。我没有在其中居住，也没有这个欲望。现在我只想脱离它，之前我并不抵触它，但是现在它实在让我憎恶。

我剩余的智力足够理解，这样的反应是神经系统性质的。在某种程度上，我的身体图像发生了灾难性的故障，就好像我的自我意识——对我真正重要的东西——已经从我受伤的人类身体中解脱出来，住进了战地医疗单元的装甲中。

很显然，全乱了。

即便知道这一点，我也不想回到过去的样子。我完全不想，我现在更强壮也更巨大。我就像个巨人一样，在这个毁灭的世界里大步向前。尽管那件令人反感的事情，令我感到不舒服，但那也只是很小的代价。毕竟，我对此有一定的依赖性。这让一切变得很容易。

但我还有个细节需要解决。

通信出了故障，监控范围里布满了盲区，那么安娜贝尔·莱斯医生到底是如何从探戈·奥斯卡那里伸出手，用她那魔幻的绿色双手来进行遥控操作的呢？

不仅如此，安娜贝尔·莱斯医生到底是怎么跟我交流的，我怎么总能看到她微笑着，并且永不疲倦的脸？

"别那样，麦克。"

"别哪样？"

"不要做你正打算做的事，别检查通信档案，那样做对你根本没有好处。"

我根本没想过要检查通信档案，但你知道，现在她把这个主意放在了我脑海里，这可真是个绝妙得要死的主意。

我查询了通信档案，滚动着浏览日志，向前追溯，几分钟，数十分钟，乃至几小时。

　　15.56.31.07：零个验证过的数据包

　　15.56.14.11：零个验证过的数据包

　　15.55.09.33：零个验证过的数据包

　　……

　　11.12.22.54：零个验证过的数据包

而且我了解到，KX-457一直和探戈·奥斯卡（或者其他与此相关的指挥部门）处于失联状态，时间超过十九小时。一直以来，它都是凭借自己内置的智能系统在进行完全自动的行动。

疗伤舱也是如此。从部署的那一刻起，也就是在我被拖进去接受治疗前，疗伤舱就处于自主运行状态，不受人类控制。屏幕另一侧从来都没有什么友好的外科医生，只有……软件。足够聪明和敏捷的软件，足以模拟令人放心的状态。

安娜贝尔·莱斯医生。

安娜贝尔·撒谎医生。

问题在于，软件是在疗伤舱中运行，还是在我脑袋里？

*　　　*　　　*

今天他们找到我了，他们不是敌人，而是我的自己人，尽管那个时候，我已经不觉得有区别了。

我找到了自己的语音放大模式，我失真的语调、仿佛神灵一般的声音大声迸出："别再靠近了。"

有两个人，都穿着全套战斗护甲，配有一些步兵机械。这些机械的肩部和手臂都装有满负荷的等离子大炮，锁定着我。

"麦克，听我说。你受伤了，你进了疗伤舱，然后……事情乱成了一团。"

我的一部分能辨认出这声音，罗维克，还是洛曼斯？但那部分只占据我的极小一部分，很容易被忽略。

"回去。"

那个说话的人敢站高一点，尽管那人的同伴仍紧张地蹲伏着。我欣赏那个说话的人的勇气，尽管我没打算装作我能完全理解的样子。然后那人抬起头，做了更加冒险的事情，那人拿开面罩，任由它挂在那里。在密闭的头盔下，我看到了一张女性的脸，然后又有一瞬间似曾相识的感觉，但这种感觉立刻又消失了。

"麦克，你需要信任我们。唯一能让你获救的办法，就是放弃你对战地医疗单元的控制。你有脑损伤，很严重的脑损伤，我们需要在恶化前为你进行治疗。"

"我不是麦克，"我跟她说，"我是战地医疗单元 KX-457。"

"不，麦克。KX-457 是为你治疗的机器人。你正经历着某种形式的身体幻觉危机，仅此而已。这是一种由额叶皮质受损引发的神经系统疾病，你在 KX-457 内部，但你不是 KX-457 本身。这非常重要，你能明白我的话吗，麦克？"

"我明白你的话，"我对她说，"但你错了，麦克死了，我救不了他。"

她深吸一口气，说："麦克，仔细听我讲。我们需要你回来。你是高价值的资产，我们无法承受失去你的代价，我们不能任由事态发展。你现在的位置，是在 KX-457 的里面……你并不安全。我们需要你放弃对战地医疗单元的控制权，允许我们将疗伤舱分离出来。然后我们会把你带回探戈·奥斯卡，将你治好。"

"我没什么需要治疗的。"

"麦克……"她开口了，想要说些什么，然后她似乎放弃了尝试。也许她认为，我已经无可救药，无法接受友好的规劝了。她重新戴好面罩，转身走回到同伴那里，并点头致意，与他们交流一些我无法理解的内容。

等离子大炮开火了，我很强壮，装甲精良，但无法匹敌两个步兵小队——尽管他们没打算击中我。炮火掠过我身旁，将大部分能量浪费在垮塌的停车场脱落分层的外壳上，只有很小一部分会对我造成些微伤害。我记录了次要装甲烧蚀情况，前臂武器功能的损伤，还有一些传感器断电的状况。这足以让我没有反击之力，但没有触及我的处理器核心。

当然不会了，他们在意的不是我，无论是出于愚蠢或是其他什么原因，他们还是想着要拯救那个我本来打算拯救的士兵。他们想要让我失去能力，但不想威胁到我还携带着的那具仍在呼吸的尸体。而现在，我已经被卸去爪牙，几乎半盲。他们想要将我拆开，就像解开什么复杂的谜语或拆解炸弹。但与此同时，他们不想伤害到我的人类货物。

不用说，我根本没有那东西。

"住手。"我说。

他们停火了，等离子大炮变成了粉红色，我的两个人类观察者蹲在那里，戒备着。女人说："把麦克给我们，我们就不动你，这是承诺。"

他们的意思是，把麦克给他们，他们会很乐于把我炸成渣。

"你可以把麦克带回去，"我说，"完整无缺。"

那两人再次默默交流一番。"好的……"女人说，就好像她不敢相信自己的好运一样。"那很好。"

"这是第一部分。"

在我们短暂的对话进行时，我正忙个不停。即便我这边没说话，即便我受到攻击时，我也没停下来。

多么伟大的工作！多么精致的手术！即便是我自己也得承认这一点。通过可支配的闪闪发光的锋利器械，疗伤舱能做的事情很少，妙就妙在我不需要了解任何医疗知识。我只管告诉疗伤舱它需要完成的工作，自动化系统就会解决剩下的问题。我无须了解太多的手术知识，这一切简单得就像人类无须知道怎么消化一般。

因此，打个比方，如果我说将麦克尽可能移除，以适配中央神经系统的完整性，那么疗伤舱就会执行我的命令。等工作完成后，多余的材料就会通过疗伤舱底端的废物处理出口排出，不被焚化也不被粉碎，而是整个排出来，因此其生物学来源就毋庸置疑了。

这很重要，因为我的观察者肯定明白了我说这话的意思。他们必须意识到，这不是空洞的威胁。麦克对我来说毫无意义，对他们却意义重大。因此，折算一下，他对我也重要起来。

麦克在我体内时，他们会让我活着。

我退后，让他们检查我吐出来的东西。他们不知所措地在恐怖画面开始前愣了一会儿。然后他们明白了我的意思，地上有很多麦克，但他们无须成为脑科医生就能明白，我身体里还有许多麦克。

"这就是会发生的事情，"我跟他们说，"你们要放我走。我没有武器，你们都知道。你们可以毁了我，确实如此。但你们觉得，你们能在疗伤舱停止操作前就做到这一点，并进入我的内部吗？"

"别这样。"女人说，面罩增大了她的声音。"我们可以谈判，我们可以解决问题。"

"这就是我们已经在做的事。"我转过身，背对他们。我的传感器被毁了，因此我无法得知他们在做什么。也许他们觉得我已经把麦克拆成零件了，也许那些等离子大炮又在充能了。如果确实如此，那么我会猜想一下那个时候来临时，我会有什么感觉。

我开始走。从某个地方传来我此前的计划中的微光。当他们认为麦克在我体内时，我会很安全。但是，坦白来讲，我宁愿自杀，也不愿意将那东西留在我体内。

　　因此等我藏起来，远离监控和侦察无人机的范围时，我将麦克剩余的部分从疗伤舱里取了出来，我将他的中央神经系统捣成了灰粉色的糊状浆液。

　　毕竟，麦克不会想念它的，麦克早就已经不会再想念任何东西了。

　　我也是。

水贼

Beyond the Aquila Rift

男孩又想要我的眼睛了。他看到我在用它，看到它就放在我蹲着的床垫上。我不知道他为何有如此的渴望。

"很抱歉，"我说，"我需要它。没了它，我就没法工作，如果我没法工作，我和女儿就会挨饿。"

他太小了，以至于理解不了我的话，但无论如何，我的意思还是传达到了。他跑开的时候，我微笑着，只稍微停了下，望了眼他的背影。在我工作时，男孩完全有办法爬进运输集装箱，把眼睛拿走，我阻拦不了。但他没那么做。他的表情里有什么东西让我觉得他值得信任。

在这里，在难民营里，你不能低估那些东西的价值。当然，他们不管这里叫"难民营"，他们叫它"资源与搬迁援助设施"。我在这里待了六年。我女儿今年十二岁，她完全不记得外面的世界是什么样子。尤妮丝是个善良又好学的孩子，但这只能让我们维持现状。我们两人都需要更多东西。普拉卡什告诉我，如果我能获得足够的熟练度点数，那我们或许就能获得安置。

我相信了普拉卡什。我为什么要怀疑他呢？

*　　　*　　　*

我蹲在床垫上，运输集装箱的门已经拆掉了，侧面开了洞。箱顶的一个角落垂下一串风铃，是将铝制帐篷杆弯曲切割后做成的。在这个无风的下午，风铃就像钟乳石一般沉寂。

我的虚拟设备不多，只有一只眼睛、一对透镜和耳机，还有 T 恤。它们都很便宜，全是二手货。我将眼睛放在鞋盒上，直到紫色的瞳孔闪烁，表示就绪。我戴上耳机，T 恤是深蓝色的，上面有一条中文标语，还有些欢乐的海豚在拍水。它对成年女性来说太紧了，但加速器和姿势传感器都还能用。

我启动了虚拟链接，透镜让我脱离现实世界，进入全球工作室。

"下午好，普拉卡什。"我说。

他的声音若即若离："你迟了，索亚。我给你留了几个不错的活。"

我咽下了自己的借口，对着他，我不想为自己辩解。事实上，今天早上我不得不走了两倍于平时的路，才拿到干净的水。因为附近大楼有人窜入我们这里，想要从水泵里偷水，结果搞坏了水泵。

"我就知道你有活能接。"我对他说。

"是啊……"普拉卡什心不在焉道，"我看看。"

如果上帝是只苍蝇，那他的脑海里面就应该是如此场景。有一千个不断变化的小平面围绕着我，每个都展示着一个任务。当普拉卡什为我提供任务时，这些小平面也在膨胀、收缩，上面是关于任务的描述，包括内容、薪酬、所需技能以及可赚取的熟练度点数。那些数字就像归巢的倦鸟，朝我猛扑而下。

"修路。"普拉卡什严肃地宣布，就好像这样做可以使灵魂激荡。"在中央拉各斯那里，你之前做过这类的活。"

"不了，谢谢。薪水太低，活又简单，放只猴子都能做。"

"擦窗。开罗的私人艺术博物馆，他们在预备一些庆祝活动，但惯用的机器人坏掉了。"

"我上次擦窗已经是很久以前了。"

"你总是那么挑剔，索亚。人们该对生活少些挑挑拣拣。"他用鼻子呼了长长一口气，就像轮胎泄气一样。"好吧，我们还有别的。黑海生物修复，藻类繁殖控制与密闭系统的维护工作。"

换句话说，就是清洁水泵上的黏液和烂泥，我嘘了下那微不足道的报酬，说："下一个。"

"水下检查，在直布罗陀大桥。预计时长八个小时，报酬合理，难度相当于你技能的天花板。"

"三个小时内我得去学校接女儿，给我找个耗时短点的。"

普拉卡什长长的叹息令人难熬。"海堤维修，在亚得里亚海沿岸，那里经历了整夜的暴风雨。四个小时，高薪，他们需要人快速搞定这件事。"

普拉卡什就是这样，他总是到最后才知道什么样的工作我不会拒绝。

"我得打个电话。"我说，我希望能找个人帮我接尤妮丝放学。

"别磨磨蹭蹭。"

普拉卡什帮我留住了任务，我及时返回，做了认领。我并不是这项任务的唯一执行者：亚得里亚海堤遭到破坏是当地的紧急情况，有数以千计的民用和军用机器人已经在执行任务，努力重建破碎的防御系统了。通常来说，这项工作一个孩子都能干，只要他具有相当于上百人的力量，能够挪动石块，喷出可快速凝结的混凝土。

后来我得知，有十五个人因为海堤的事故淹死了。当然了，我会为他们感到难过，谁不会呢？但如果他们没死，那我也不会得到这项工作了。

* 　　* 　　*

工作完成时已经很晚了。微风拂过，风铃随之叮当作响。空气仍然炙热。我很渴，超负荷的水中工作让我腰酸背痛。

大楼对面，柴油发电机开始嗡嗡作响，为夜间提供电力。我聆听着风铃的声音，放空了一小会儿。风铃错落的叮当声让我想起了大脑中负责发射信号的神经元，我一直对思维和神经科学很着迷。等我回到达累斯萨拉姆，我打算做个医生。

我从床垫上起身，伸展僵硬的四肢。在出发去接尤妮丝的路上，我听到了一阵骚动，就在营地的帐篷群那里，在其中一顶帐篷旁边。又是麻烦，这样的或是那样的，总是有些麻烦发生。大多数情况下这些麻烦与我无关，但我想随时了解情况。

"索亚。"有个声音在叫我。那是布斯克，我的一个朋友，她有两个儿子。"尤妮丝很好，"她对我说，"方达必须要走了，但她把她送到了拉马图那里。你看起来很累。"

我当然看起来很累。她指望我能是什么样？

"出什么事了？"

"哦，你没听说吗？"布斯克暗暗压低了声音，"他们抓了个贼。她没跑多远，就被电篱笆困住了，然后她藏在附近，想趁太阳快落山那会儿跑掉，然而被他们抓住了。"布斯克说"抓住"的语气，就好像这个词是用引号圈出来的一样。

我不在乎这个小偷是男是女，但至少现在，我可以将仇恨放在什么人身上了。"我可不想处在她的境地。"

"他们说，在维和人员过来之前，她受了些皮肉之苦。现在，他们在是否继续给她喂药的问题上，产生了巨大的分歧。"

"一个女人不会有多大影响。"

"这是原则，"布斯克说，"我们为什么要在一个小偷身上浪费一滴水，或者一点抗生素呢？"

"我不知道。"我希望我们能聊聊水之外的话题。"我该去找拉马图了。"

"你工作太辛苦了。"布斯克说得就好像我有的选一样。

营地的地形一度让我困惑，但现在我可以闭着眼睛在迷宫般的组合房和帐篷间行走了。今晚的星星都出来了，橙黄的月亮在帐篷上空游弋，大约有三分之二个满月那么大，带来一股股热浪。我妈说过，饱满的月亮最不吉利，但我并不迷信，因为那只是块有人住的石头。

我的眼睛给月亮着了色，追踪着其上的地缘边界。美国、俄罗斯、中国和印度的地块最大，但非洲所占据的地方很小，这让我感到开心。我经常给我女儿看这个，它就像在说，我们能做得更好。你不必受营地的定义，可以做些伟大的事情，比如有天在月亮上行走。

我看到一颗明亮的星星迅速升起，那实际上是一颗正在组装中的日本轨道动力卫星。我听说过这些站点。在建成后，当它们升至更高的轨道时，轨道动力卫星上的反射镜会攫取日光，并将其投到地球上。这些能源会用在一些有用的地方，比如为沿海地带的海水淡化厂供电。然后我们就会有足够的水了。

令我困扰的是，我以前从未见过那些轨道动力卫星。

我从拉马图那里接回了女儿。尤妮丝状态不好，她又饿又焦躁。我让她看了月亮，但她心不在焉。最近的药房里没有食物，但我们在绿色部门听说了一些有关食物的谣言。我们本不打算从那里穿过，之前我们也那么走过，没受到过盘问。在路上，尤妮丝可以跟我说说在学校里发生的事情，而我也可以跟她说说自己的事，还有亚得里亚海沿岸那些穷人的事情。

*　　　*　　　*

之后尤妮丝便睡着了，我溜达到了营地的帐篷那边。早些时候就有暴民在这里暴动，但如今，这里比平时还要忙碌。

我穿过其他难民，挤出一条路来，直到能看见水贼为止。他们将她放在一张临时床上，那是一张铺了床垫的桌子，由穿着白衣的维和人员以及穿着绿衣的护士围着。现在，这里有位医生在场，是一名年轻的黎巴嫩男子。从他的自信和有威仪的举止来看，这肯定是他的第一宗委派。这种做派维持不了多久。长期干这个的人都十分紧张，惴惴不安。

还有三个螳螂——这些医疗机器人有很多细长的肢体，模样十分吓人。通常来说，会有一名医生在另一端，通过虚拟链接来协助机器人，但也不总是这样。这些都是非常复杂、非常昂贵的机器，它们可以自我操控。

这个小偷可不是受了一点点苦。她被打得快死了。有一名人类医务人员更换了输液的袋子，这个小偷的头往后垂下去，已经昏迷不醒了。她看起来比尤妮丝大不了多少，皮肤上满是瘀伤、烧伤和割伤。

"他们打算投票。"布斯克悄悄贴过来说。

"当然，投票是我们的职责，如果有什么需要投票，我们就投。"

我厌倦了无休无止的微型民主。就好像在这个世界上的那些伟大机构步履蹒跚地前行时，我们有义务在这里进行缩微规模的过家家般的模拟。如果不用黑白球做下投票，这一周就不算过完。

"这无关生死。"布斯克坚持，"我们没有要杀她，我们只是拒绝过度治疗。"

"有什么区别吗？"

"当其他地方也需要机器人和医生时，为什么要大费周章地在她身上浪费时间？还会浪费药。"

"他们该帮我们所有人一个忙，"我说，"在抓住她时，就彻底把她杀死。"

这很残酷，但说这句话的时候，我是真心的。

*　　　*　　　*

到了早上，我看到一摞医疗用品盒的顶上被放了个屏幕，上面显示着一堆令人眼花缭乱的线条和透视点。那些闪闪发光的碎片是在失重状态下移动的人和机器。还有从大气层外侧能看到的地球那靛蓝的曲线。其下方万里无云之处，是夜幕笼罩下的非洲。我想象着自己冲自己挥手。

事实上，我不是一下子知道的，而是后来慢慢才搞清楚——日本轨道动力卫星发生了事故。一艘印度拖船坠毁了，现在，现场正在积极营救建筑工人。

当然，大部分工作由机器人完成，但还是有数十个人类男女参与营救。之后，我了解到，造成事故的拖船偏离了正常的航线，这意味着它的反射镜从地球上来看会更加明亮些。

关于倒霉，有句话是这么说的：如果我说我不知道这样的灾难对我有什么好处，那我就是在撒谎。

＊　　　＊　　　＊

当我在我的智能紫色眼睛前蹲下身进入全球工作区时，普拉卡什被我分了神。他在分配工作任务，正忙得脚不沾地。我放肆地打扰了他，询问轨道上有什么适合我的工作。

"他们需要帮忙。"普拉卡什承认，"但是索亚，我想知道你在太空操作方面经验如何？你有多少小时的记录，包括承受时差和失重的经验？"

他只是例行公事地一问，但我诚实作答："没有，零小时。你知道的。"

"好吧，那么——"

"这是紧急情况。在亚得里亚海堤上时，也没有人质疑我的经验。"

"那不一样。太空操作跟你所知的一切都不一样。"普拉卡什顿了下，今天他的注意力不在这里。"我还有别的任务给你。地球不会停止转动，起码不会因为这件不幸的小事。"

今天的任务列表：在萨拉汉太阳镜项目中协助建设机器人；在一艘中国超级油轮的底部协助藤壶[1]清理工作；在塔斯曼海湾的隧道项目上执行手动覆盖。

我瞧不上这些任务，这简直是在侮辱我。最终，我选了份薪水不高，但是高熟练度点数的奖励性任务，协助一个机器人在一个南极建筑项目中，对另一

---

1. 一种节肢动物，固着在船底时会影响航行速度。

个机器人进行维修。在这个荒无人烟的地方，只有钠灯照亮凄冷的夜空。他们准备好后，就安排我们住在这里。

重要的是，这是份工作。

*　　　*　　　*

但出问题的时候，我甚至还没完成这项任务的一半。上一刻还安然无事，下一刻我就到了其他地方。暗沉沉、冷冽的黑色夜空，转眼成了明亮炎热的白色景色。

我大声发问，想着也许有人能给我个礼貌的回答："我在哪里？"

我环顾四周，什么都没有。然后，视图开始自动追踪，我被这些奇特的景色吸引，并感到有些熟悉。地面向前延展，地平线那里光秃秃的，没有树，只有遍地的巨石和沙砾。轮廓柔和的山丘参差起伏。这里没有峭壁，也没有动物或植被。除了从一个地平线延展到另一个地平线的藩篱，这里毫无人类的踪迹。

然后我看到了尸体。

就躺在离我很近的地方，穿着太空服。

我命令视图停止追踪。但与以往一样，在我的指令生效前有个延时。

它——我分不清是他还是她，就躺在那里，背朝下，手臂张开，腿略伸着。它的面罩反射着天空，像被丢弃的娃娃一样静静待在那里。

我又看了眼那个藩篱。那是一根粗金属管，直径足够让人从中爬过。下面有很多 A 字形支架，将它托离地面。管子有很多接头，一个连着一个。我感觉自己很傻，竟然没意识到这是管道，而不是藩篱。

我命令机器人前进。我自己的影子就落在我前方，边缘参差，呈机械形状。无论我现在是什么样子，肯定都有卡车那么大。

我弯下腰。我对太空服了解不多，但我没发现任何问题。面罩上没有裂缝，也没有明显的伤痕。太空服前方的生命支持设备仍然亮着，那是一个通过管道和电线与衣服其他部分相连的矩形胸包。它的一块还闪着红光。

"普拉卡什。"我希望他能听到我的声音。"这里需要我帮忙。"

但普拉卡什没回话。

我伸出手臂，机器人用肢体模仿我的动作。现在，我可以更好地预测延时情况，从而发出正确的指令了。普拉卡什无须再为此大费周章了。

我指挥机器人冲着阴影伸手，将手臂嵌入它身下，就好像那是一袋谷物，而我是叉车一样。月球的土壤上留下了整齐的人体印记。

阴影抽搐着转了过来，望着我。我在它的面罩上看到了自己的倒影，我是一个由金属和塑料组成的金色庞然大物，像是某种卡车，有许多轮子和摄像头，还有前驱操纵器。

阴影又动了。它伸出右臂，在胸包里摸索，用厚重的分指手套按下控制器。

我听到有人说话，但不是普拉卡什的声音。

"你找到了我。"他[1]如释重负地说，"我都开始以为自己会死在这里了。"

他说英语，我还能应付。

我想说不定这个人能听到我说话，于是我问："你是谁，发生了什么事？"

等他的答案返回，还要一阵子。

"你不是志贺。"

"我不知道志贺是谁，你出了什么意外吗？"

他的回答又延迟了一会儿。"没错，是意外。我的太空服坏了。你是谁？"

"我不是谁，我也不知道他们为什么给我派了这个活。你会没事吧？"

"太空服正处于紧急节能模式，会保证我活着，前提是我不能四下走动。"

我觉得自己明白了，为一个活动量大的人提供供给，生命维持系统所需的

---

1. 此处索亚辨别出此人是男性，后文使用"他"来指代此人。

工作量更大。"而现在呢？你对胸包做了些什么？"

"我告诉它关闭遇险信号，并向我开放通信权，这样运行的消耗仍然很低。"

他仍然躺在我的手臂上，像个孩子一样。

"你以为我是别人。"

"你说你的名字是什么？"

"我没说。不过我是索亚，索亚·秋弥，你呢？"

"勒特雷尔，迈克尔·勒特雷尔。你能把我从这里弄出去吗？"

"如果我知道我们在哪里，就能好上手些。你怎么来这里的？"

"我开车来的，陆上滑艇，你正在控制它。志贺本来打算操控它，帮我上车，载我回去。"

"你想到我上面来吗？我觉得这应该有个驾驶舱，或者别的啥的。"

"只有一个座位，就在你的摄像头后面，是没有加压的。我试试。我上去的话会安全些。"

我将他放低，几乎触到地面，然后看着他在我怀里拘谨地放松下来，他动作缓慢，我不确定是因为太空服，还是因为他身上有什么伤处，也许两者兼有。他呼吸困难，只走了几步就停了下来。"氧气不足。"他说，声音低得好像耳语。

勒特雷尔往上越过了我的视野，当他的体重压在机器人身上时，我的视角开始倾斜。过了好一会儿，他的影子出现在我的影子上方。

"你还好吗？"

"我很好。"

我冲着管道来回挪动摄像头："哪条？"

他花了一阵子喘息，即便如此，他的声音听起来还是上气不接下气。"转向，跟着轨迹。"

我将陆上滑艇转了很大一个弯，辨认出我的轮子印入泥土的轨迹并不难，它们向着地平线笔直延伸，只在一块大石头和斜坡那里有弯曲。

"离开管道？"我询问，"我以为我们会一直顺着管道走，往这边或者那边。"

"跟着轨迹，以每小时不超过五十公里的速度行驶，对你应该没太大难度。"

我加快速度，顺着轨迹前进。我相信这条路会带我远离危险。"我们需要走多久？"

"三到四个小时吧，看情况。"

"你的氧气和能量够吗？"

"足够。"

"还能撑多久，勒特雷尔？"

"如果我不说太多话的话……"他停下了，隔了好一阵子才开口，"足够了，你只管开车。"

不久之后，管道就消失在我们身后，被月亮的曲线遮住了。虽然这是个很小的世界，但在你有一段旅程要走，还有个需要帮助的人的时候，它还是足够大的。

勒特雷尔保持沉默，我觉得他要么睡着了，要么关闭了通信链接。

这时候，出乎意料地，我与普拉卡什的链接恢复了。

"终于，"普拉卡什说，"我都开始觉得你消失在工作区中了。"

"我没选这项任务。"我说。

"我知道，我知道。"我能想象出他挥动双手，想要挥开我观点的样子，就好像这不值一提似的。"这是个紧急任务，他们需要一个具备基础技能的人员。"

"我从未应召进入太空，普拉卡什。为什么你会突然觉得我有资格做这个呢？"

"因为不是每个真正具备技能的人都在尝试解决日本站点的这个烂摊子。

将今天当作幸运日吧，这不算是失重型任务，但至少你能说自己干过有延时的工作。"

也许算不上失重，我酸溜溜地想，但肯定是在月球重力下的任务，肯定算得上什么。"等完工后，我再和你聊这个。现在我必须把这个人送去救援。"

"你已经做得够多了。月球上的人希望你向右转向九十度，与管道平行，并保持这个方向。一旦任务完成，你就可以退出。交通工具会自己处理。最难的部分在于帮助那具尸体——那个人上卡车。你已经非常成功地完成了这项任务。"

就好像我做的事情不仅仅是将一个人从地面上抬起来，还做了更多一样。

"勒特雷尔告诉我要跟着他的轨迹。"

"勒特雷尔是……哦，我懂了。勒特雷尔跟你说话了？"

"是啊，他说得非常肯定。"我有一阵不祥的刺痛感。"怎么了，普拉卡什？勒特雷尔是谁？他在这里做什么？"

"你对月球的地缘政治了解多少，索亚？哦，等一下，你肯定'一无所知'。相信我，你现在能做的最好的事就是掉转九十度，然后离开。"

我思索了一下。"勒特雷尔，你能听到我说话吗？"

勒特雷尔回话前，有一阵长久的寂静。"你说什么了吗？"

"你睡着了。"

"这里很闷。"

"勒特雷尔，尽量保持清醒。你确定这条路的尽头有人吗？"

他回话所用的时间，长到足够我让他算出他具体的出生日期了。"是的，秋弥，有人。我们的营地，离管道不足二百公里。"

确实要花三到四个小时，与勒特雷尔的估算完全一致。"普拉卡什，也就是我的经纪人，说我应该掉头去别的地方。我应该顺着这条管道去另一边。"

这一次，勒特雷尔很机警。"不，不，别那样做。你只管继续向前移动，沿着我来的方向。"

"如果我走另一条路，那我们要多久能见到营地？"

现在普拉卡什又插了进来："不到一百公里的距离，那里有个加压的维护棚。这是他现在最好的机会了。"

"现在谁说了算？"

"这是他们告诉我的，勒特雷尔不能返回他的营地，他们在这一点上很坚持。"

"勒特雷尔也很坚持，我们不应该听实际住在这里的人的话吗？"

"你只管按我告诉你的来，索亚。"

按他告诉我的来。我在想，在我的生命中，有多少次我听到过这句话？又有多少次我服从过？当"资源与搬迁援助设施"的人带着卡车、直升机和飞艇，还有他们关于人类安置的大胆计划过来的时候，我，还有其他数百万人都完全按照我们听到的指示做了。我们放弃旧世界，拥抱全新却缥缈的未来。

但是现在我发现自己蹲在肮脏的床垫上，身处嘎吱作响的运输集装箱内，我的身体和思想却在月球上，而我再次被告知，别的什么人，我从未见过也永远不会见到我的什么人，知道的东西才是最正确的。

"不要转身。"勒特雷尔说。

"你对自己的营地的了解最好是对的。"

普拉卡什又切了进来："索亚，你在做什么？勒特雷尔超越了国际公认的月球边界。他尝试拿走不属于自己的东西。这个人是个贼。"

好像我自己还没搞清楚这个问题。

我想起了饱满的月亮，上面充斥着国家和公司的标志。现在那上面只有几千人，但他们说那上面很快就会有成千上万的人了。一眨眼，上面就会有数百万人。

而且我看了新闻，我想要确保自己消息灵通。我知道这些领域边界，有些存在争议。有人公开宣称领土，也有人反对占领，甚至我们非洲那弹丸之地也无法免于争议。

　　所以这个人，勒特雷尔，他怎么了？他开着车去了那条管道，不是顺着管道走的，而是从别处去的。也许他尝试利用它。然后他出事了。也许是遭遇了电击，破坏了他太空服的系统。他本来希望有自己人来帮他，比如志贺，而不是我。与此同时，我的人——那些最了解情况的人——并不是真的打算杀了勒特雷尔，但他们的主要考量也说不上是想让他活着回去。

　　他们最想要的，是让这个人回不了家。

　　"我不会转向，普拉卡什。我会带这个人去找他的朋友。"

　　"如果我是你，我就不会那样做，索亚。你只是在我们的许可下才登上月球的，我们随时可以把你拉出链接，换上其他人。"

　　"那些听话的人？"

　　"那些知道怎么做对自己有好处的人。"

　　"那肯定不是我。"

　　普拉卡什是对的，他们随时可以把我从链接中拉出去。或者说，如果我在驾驶机器人方面没有太多经验的话，他的话本来是对的。从超级油轮的底部刮下藤壶，和在月球上疾行，这两者的区别并不大。我了解如何拖延链接关闭，我有很多让它更加困难、更加费时的小技巧，虽然很少有机会运用，但我确实记得很牢。

　　"你会为此惹上麻烦吗？"勒特雷尔问。

　　"我想，该铸成的错都已经铸成了。"

　　"谢谢你。"他再次陷入沉默。"我想我需要保持清醒。如果你能说些你自己的事，也许会有用。"

　　"没太多好说的。我出生于世纪之交的达累斯萨拉姆。"

　　"之前还是之后？"

　　"我不知道。我妈妈也不知道。我想也许有记录，但我从没见到过。"我操控着陆上滑艇绕过一块跟它差不多大小的巨石。"这没什么大不了的，关于我的事就到此为止。现在说说你是从哪里来的。"

他告诉我他的故事，而我开着车。

＊　　＊　　＊

第二天早上，一切尘埃落定。我拒绝服从普拉卡什的命令，并因此受到了惩罚。我的能力等级被重置为零，我的名字被涂上了黑色标记，禁止执行所有工作任务。上一个任务中我应获的点数，虽然我完成了任务，救了勒特雷尔，但不能计入。

我向命运屈服了。这不是世界尽头，或者至少不是我的世界尽头。还有其他类型的工作任务，无论等待我的是什么，我都会尽力而为，只要能让女儿免于挨饿。

去学校的路上，尤妮丝问我昨晚做了什么。

"我帮助了一个人，"我说，"他做了坏事，但我帮了他。这让有些人发火了。"

"那人做了什么？"

"很复杂。他拿了不属于自己的东西，或者说想要这么做。我们晚点再聊这个。"

我想起了勒特雷尔。他们最终断掉我的链接时，我们离他的营地还有一段距离。我不知道那之后发生了什么。希望他的人能找到他，我看了新闻，但是上面什么都没有说。这只是一个边境事件。仅此而已，不值一提。

当尤妮丝上学时，我去了营地帐篷，水贼在那里等待判决。这个地方很拥挤，气氛动荡。螳螂已经完成工作并撤回去了，病人病情稳定，大多数时候她都神志清醒。我研究了一下那个女人输液瓶中的液体，想象那是纯净水。我幻想自己吞咽下里面甜美纯净的东西。

我沿着围观者的脚步走到低矮的搁板桌前，那里在投票。我告诉他们我的名字，尽管我觉得他们已经知道了。有一根手指顺着列表滑动，一条线划过了我的名字。那代表我被邀请投票。敞开的硬纸板药盒中，放着黑球和白球。

我从两个盒子中各拿起一个球，一只手一个。这一刻，各种可能性获得了平衡。最后，我投了白球，并将黑球放回盒子里。想投黑球的人可以自便。

离开社区帐篷时，我试着猜测公众的情绪。我的感觉是，这个女人情况不会太好。但也许医生和螳螂做的工作足够，也许她足够强壮，无论有没有药物。

当我想着下面要做什么的时候，有人拉扯我的衣服下摆，是个小男孩——一直跟着我的那个。我将手伸进口袋，摸到一个圆圆的隆起，是眼睛。我想象着那紫色的光线有多么美丽。眼睛一直是我赖以生存且极为珍视的宝物，但现在我不需要它了。

我让男孩伸出手，他听从了。

落泪号的最后日志

Beyond the Aquila Rift

醒醒。

说真的，别这样。醒醒。我知道您不乐意，但您得了解自己怎么了，这很重要。您还得了解接下来会发生什么，这也同样重要。我知道，被告知要做什么，对您来说很不舒服。这不是您惯常的工作方式。如果我仍然叫您船长，那会好些吗？

那么，拉什特船长，让我们保持庄重。

不，不要挣扎。这只会让情况变得更糟。好啦。我会把那个放松些，就一丁点。您现在可以呼吸得更轻松些吗？如果我是您的话，我不会浪费自己的精力多说话。是的，我知道您有很多想法。但您这样说话可是一点机会都没有，还请不要自误。

尼达拉？没错，是我。很好，您现在足够清醒，能想得起我的名字了。琳卡？是的，琳卡还活着。我回去找琳卡了。我说过我会的。

我找到婕婕列芙了吗？

是的，我找到了婕婕列芙。不过，我都不了她什么了。但是我能听到她要说的那些话也挺好的。我想，您也会发现那些话很有趣的。

好了，我们开始吧。就像刚才说过的，我希望您了解接下来会发生什么。在某种程度上，这由您控制。其实也不是。我也没那么残酷，还是会对您的命运施加些影响的。您从前就总想着功成名就，想做些能给其他飞船和船员留下深刻印象的事，想要青史留名。

让人们记住落泪号的拉什特船长。

您的大好机会来了。

*　　*　　*

"我会找到马扎梅尔的。"拉什特船长边说边用手紧紧地掐住一根假想中的脖子。"哪怕我必须把闪光带拆成碎片，哪怕我得把他从巨坑¹底下拔出来，我也要活剥他的皮。我要融了他的骨头。我要把他活生生地做成个人偶。"

琳卡和我都没傻到这时候说话。指出显而易见的事实对我们并无益处，等我们回到黄石星的时候，信息掮客有很大可能已经跑到若干光年之外了。

或者死掉了。

"我不会把他的骨头全融了，"拉什特船长继续说，"我会把他的脊梁骨挖出来。关东需要一个新的头盔来配它的宇航服。我会用马扎梅尔的颅骨做一个。它又肥又笨，很适合猴子。是不是，亲爱的？"

拉什特船长停下了他的独白，往关东臭烘烘的嘴里的烂牙中，塞进去一块小点心。那个毛茸茸的家伙蹲在他的肩膀上，面孔丑得像是毁容。

平心而论，马扎梅尔的情报并非完全没有价值。至少那艘飞船是真实存在的。它还在那里，还在围绕着霍尔达运行。从远处看去，我们甚至会觉得它完好无损。只有当我们靠近，像收紧绞索一样缩紧轨道靠近时，才能看到它真实的状况：和星际物质的多次碰撞已经让它那针尖状的船体变得千疮百孔，破破烂烂。我们自己的落泪号也是如此，没有哪艘飞船能在太阳系之间航行却不付出代价。但这艘飞船所受的损害要严重得多。船体上有些洞径直

---

1. 作者虚构的黄石星地名，是一个巨大的火山坑，其中会喷出大量气体。——译者注

穿到了另一边，透过洞都能看到星星。从船体的最宽处向外张开的引擎撑杆，看上去犹如破破烂烂的蝙蝠翅膀。我们远距离勘察时，引擎似乎还存在。但那是被围护结构的残骸骗了。残骸里是空心的，被剔开了，里头那危险而诱人的宝藏已经被挖走了。

"我们该去检查一下那艘沉船。"琳卡说。她试图在糟糕的局面下做到最好。"但地表面上也有些我们该去看看的东西。"

"什么东西？"

"我不确定，是某种地磁异常，尖峰出现在北半球，还有一些金属的后向散射。两者都不怎么合理。霍尔达不该有多少磁气圈。它的地心太老太冷了。金属信号也在同一区域，而且相当集中。那可能是飞船，或者是别的什么沉积在地表的东西。"

拉什特船长想了想，勉强哼了一声，以示同意。

"我们还是要先检查那艘沉船，确保它不会在我们掉头的瞬间将我们击落。调整我们的轨道靠近，尼达拉，但要让我们保持安全距离。"

"五十公里？"我问道。

拉什特船长考虑了片刻，说："还是一百公里吧。"

*　　*　　*

那仅仅是出于谨慎的天性，还是有更多原因？老实说，对你我一直吃不准，你是那么相信在旅行者之间流传的传说。

大多数情况下我们并不迷信。但谣言和鬼故事就另当别论了。我想，这么多年来，你一定听过不少此类故事。在飞船交会，交易商品时，故事也会被交换。而你做过很多次交易。或者该说，在你的运气开始变差之前，你做过很多交易。

你听过关于太空瘟疫的故事吗？

当然，你听过。

奇怪的传染病，被它感染的飞船和船员。这是真的吗，拉什特船长？你怎么看？似乎没人了解，甚至没人知道这是否真的存在。

那另一个故事呢？星际黑色的恐怖吞噬者，一种会吞吃飞船的存在。同样也没人对此有多少了解。

但很清楚的是，一艘在太空漂泊的、被掠夺过的沉船，不会让人产生这样的联想。我们本该在那时就回头。但如果琳卡和我想和你争论这个问题，那么你觉得会有什么结果呢？你对那只猴子都比对我们要更在意。

是的，关东很好。我们会照顾好它的。你以为我们是什么？恶魔吗？

我们根本不是那样的人。

不，我们不是要丢下你离开，至少现在还不会。我们只是要去婕婕列芙的飞船残骸那边取点东西。我们很快就回来！你一看到这些东西就会认出来的。你还记得那飞船残骸，对吧？

不是在轨道上的那艘沉船，那是被洗劫过的残余。那该死的玩意儿跟落泪号一样破败不堪，而且没有发动机、没有武器，也没有船员——连冷冻状态的也没有。那上面也没有货物，更没有可交易的商品。它就跟白骨一样干净。

不，我说的是我们在地面上，在坠机现场发现的东西。

很好，你想起来了。

这大有益处。

＊　　＊　　＊

"那是架飞梭。"琳卡说。

"曾是。"我纠正道。

但其实，那东西的状况好得完全不正常。飞梭的主体部分仍然是完整的，矗立在星球表面，周围全是碎片。奇怪的倒是它居然会有一部分幸存了下来。它一定是在接近地表的地方出了故障，否则它不会剩下任何能分辨出来的结构。

在坠机地点周围，泥泞的雪地中，喷泉让一股股蒸汽柱高高涌起。波江座82号恒星，霍尔达的太阳，正在升起。它在天空中的爬升让喷泉迸发出了活力。岩石和化学反应造成的铁锈色让雪色斑驳。往西面过去一点的地方，地势急剧隆起，形成某种圆形的堆积结构。我盯着那里看了一会儿，不知道它为什么会引起我的注意。这个圆形的堆积结构让我觉得很奇怪，很不安，感觉好像它根本不属于这里。

与另一艘飞船不同，在完成降落的过程中，我们没有遇到任何不幸。拉什特船长选择了一块看上去比较稳定的地面。我们的登陆舱弹出了登陆滑翔翼。拉什特船长在我们还在盘旋的时候就切断了电源，以免我们向下喷出的射流毁坏雪地。

我很怀疑我们能有多少机会在这堆残骸里有所收获。如果上面的沉船被证明是毫无价值的，那么在下面的残骸里似乎也没什么希望会有辉煌的发现。不过，去调查一下对我们也没什么坏处。

但我的注意力一直在往那个火山锥[1]上飘。除了顶端，它大部分都被冰雪覆盖了。但有一些山脊，从它的主体向外放射，蜿蜒曲折，逐渐减少，形成一个半圆形的轮廓。我猜想那是些熔岩隧道，或者类似的东西。但它们从主体上蜿蜒向外的方式——一开始很厚实，随着向外延伸越来越单薄，逐渐消失在周围的地形中——让我觉得那像是只头足类动物，火山是它的主体，山脊是它的触手。它看上去不像是地质学的自然产物，不像是亿万年无理性过程的结果，倒更像是故意蹲在地表，为了某种目的在耐心等待。

---

1. 即前文出现的"圆形的堆积结构"。后文出现时也简称为"山"，均为同一事物。

我一点也不喜欢它。

我们完成了基础的检查后，就穿上宇航服，准备前往地面。拉什特船长、琳卡和我准备好之后，我又帮猴子穿上了它的小宇航服，完成了生命支持系统的连接——拉什特船长嫌这事太麻烦。

我们走出登陆舱，试探了下脚下的地面，感觉很坚实。既然它能支撑我们飞船的重量，那么它本来就应该如此。霍尔达上的重力跟地球的标准重力差不多，所以我们移动起来跟在飞船上一样轻松。霍尔达的大小也和地球差不多，让它得以保有浓密的大气层。虽然地心已是一片死寂，但霍尔达本身并不是个死寂的世界。霍尔达没有直接围绕波江座 82 号恒星运行，而是围绕着一颗有粗大环带的气态巨行星旋转，气态巨行星则围绕着恒星运行。在围绕着气态巨行星旋转时，霍尔达会受到潮汐力的作用，内部受到挤压和拉伸。这些应力结果表现为热量，而热量又促成了喷泉和地表火山的活动。我们在轨道上的时候看到，霍尔达的大部分地区仍被冰层覆盖，但在赤道和回归线附近的一些地带有裸露的岩层。偶尔有些地方甚至有些坑洞，里面有液态的水。生命从这些水池中扩散到地表，渗透到贫瘠的岩层和冰层中。根据落泪号的记录，当地的生态系统中没有比磷虾更大的东西，但生物载荷足以让大气层远离平衡态，这意味着，大气中包含的氧气足以支持我们永无餍足的呼吸系统。

从这个意义上说，我们其实根本就不需要宇航服。但寒冷也是一个重要因素。而且无论如何，宇航服都向我们提供了保护和辅助动力。总之，我们还是一直戴着头盔。我们可不傻。

走到坠机地点的路不远。我们在咕噜冒泡的水池之间规划出一条路，从冰面上结实的"桥梁"和"地峡"上走过去。时不时有间歇泉喷发，直冲到我们头顶上数十米的高度。每次猴子都会被吓到，但拉什特船长把他穿着宇航服的宠物拴得很紧。

这架飞梭在坠毁前一定曾线条流畅，端庄秀丽。至少强过我们自己那又短又胖、疙疙瘩瘩的登陆舱。很大一部分机体残骸上有着一片片的镜面镀层，弯曲的镜面上倒映着我们步步走近的身影，把它们扭曲成了怪异的形体。琳卡和我看起来就像是双胞胎，我们被拉长了的扭曲身姿在水池的热雾中摇摆。我们确实很相似。我们长得很像，还植入了同样的增强设备，我们头上的脏辫证明我们经历过的星系间飞行次数是同样的一个自余数[1]。在港口短暂停留之际，我们有时会被认为是姐妹，甚至是双胞胎。但实际上，琳卡加入船员队伍比我早，而且虽然我们在工作上配合得很好，但我们并没有很多共同之处。这是志向远大与故步自封的问题。我在落泪号上是等着有更进一步的时机出现。琳卡则似乎已经认定了这就是她所能过上的最好的生活。有时我同情她，有时我又鄙视她让自己听凭拉什特船长摆布的生活方式。我们的飞船已经旧得快要化为残骸了，我想要的可不止于此，我想要更好的飞船，更好的船长，更好的前景。我从来没在琳卡身上感受到任何类似的欲求。她只满足于在一部小小的、勉强还能运行的机器中充当一个零部件。

话说回来，也许琳卡也是这么看我的。我们一直希望能交上大运。

我们的倒影发生了变化。琳卡和我的面积缩减到只剩一丁点，站在拉什特船长那巍峨的、巨魔般的身影脚下。而猴子的倒影则膨胀成了最大的一个，它每走一步，在宇航服里的胳膊和手都低低摆动着，那双罗圈腿就像是在飞奔的起落架。

我们四个组成的这支队伍可真够瞧的。

我们抵达了坠机地点附近相对安全的地面。我们绕着它转了一圈，在那些由它外壳变成的参差不齐的镜面之间穿行。坠地的冲力将它们嵌入了地面，环绕残骸的主体分布，看起来就像是些古代墓园中的石碑，令人不安地朝着核心处集中，状若一个被废弃的项目所残留的印记。

我挑了一块较小的碎片，从附在上面的冰冷冻土中把它拽了出来。我把碎

---

1. 一个除以原数字的后半段其余数刚好是原数字剩下的前半段的数字。——译者注

片举到面前，看着我面目全非的倒影向我回望。

"他们也许是被间歇泉击中了，"我猜测道，"它正好在他们降下来的时候爆发，击中了进气道或者稳定器。这可能就足以致命了。"

"关东！"

那是拉什特船长，他正对着猴子大叫。猴子弓着腰，把爪子伸进了一个在冒泡的水池里。拉什特船长猛地一拉皮带，扯得猴子向后摔倒，坐在了它那被宇航服包裹的尾巴上。在宇航服的内部回路通信中，我听到了关东恼怒的嘶吼声。在它爪子浸入水池的那段时间里，大量的微生物已经开始在原本的手套之外形成了第二层锈色的套层，让它的爪子病态地肿大起来了。

这只蠢到家了的猴子还在试图透过头盔的护目镜把那层玩意儿给舔掉。

我讨厌猴子。

"有条可以进去的路。"琳卡说道。

*　　*　　*

我这不就回来了，拉什特船长。我说过我不会离开很久。我从来都没违背过自己的诺言。

不，你不要挣扎。这只会让情况变得更糟。挣扎不会让你脖子上的东西松上半分。

你认出这些东西了吗？我一次只能带几个。等会儿我再去多拿些来。

是的，没错。坠毁的飞梭的碎片——精光锃亮。给，让我拿一块，贴到你脸跟前。你能看到你在上面的倒影吗？有点扭曲，但你得宽容点。你看起来很害怕，不是吗？没关系。这是健康的反应。恐惧是我们最后仅有的东西，也是最好的。她是这么告诉我的。

最后的，也是最好的。

　　我们最后的防线。

　　她是谁？你知道我说的是谁。我们在失事飞梭里发现了她的头盔和日志。

　　没错。

　　婕婕列芙。

＊　　＊　　＊

　　琳卡用手指抠开一片盖板，然后用里面的手动控制装置打开了气闸门。我们很快就通过了气闸门，进入了飞梭内部。

　　里面很黑。我们打开头盔灯，将我们的视觉灵敏度调到最大。飞梭里有几个隔间，所有的隔间似乎都经受住了撞击。我们渐渐看出，明显有人活了下来。他们把东西搬来移去，将食物、被褥和家具一一摆好——这些东西在事故中不可能不被弄乱。

　　我们发现了一个设备柜，里面有个老式头盔，上面用镂空的俄语字母标着"婕婕列芙"这个名字。但是没有相应的宇航服。头盔可能是备用的，要不然就是主人选择只穿着宇航服下面的那部分出去了。

　　"如果他们发生了事故，"琳卡说，"那为什么飞船不派救援队下来呢？"

　　"也许婕婕列芙就是救援队伍的人。"我说。

　　"他们可能只有一架能出入大气层的运载工具，"拉什特船长说，"他们没有办法派人下到这里，也没有办法把婕婕列芙接回上面。唯一的问题是，他们为什么不直接离开，而是一直在轨道上等待。"

　　"也许他们不喜欢把婕婕列芙丢在这里的主意。"琳卡说。

　　"我敢说，他们更不喜欢在轨道上等死的主意。"拉什特船长答。

　　我们继续搜索残骸。比起婕婕列芙的下落，我们更感兴趣的是婕婕列芙可能留下了什么东西可供我们劫掠。但这二者并非没有关系。任何一个人，任何一个超太空人[1]，必然会有点在意另一个同类的命运。其中只有一部分是源自一般的对人类的关切，另一部分则是出于其中或许有可以吸取的教训，而教训不过是另一种可交易的货物。

"我找到了一本日志。"我说。

我在驾驶舱的架子上找到了它。这是一份手写的日志，而不是一系列的数据条目。

这本日记有厚厚的黑色封面，但里面的纸很薄。我用拇指捻开第一页——看上去像是个女人的笔迹。俄语不是我的语言强项，好在字迹比较清晰。

"婕婕列芙是在坠机后开始写日志的。"我说话的时候其他船员都围了过来。"她说她预计电力最终会耗尽，所以试图用飞梭上自带的设备来记录任何东西都毫无意义。但是她有食物和水，可以利用剩余的能源来供暖。"

"继续。"拉什特船长说，而猴子只顾研究它被污染的爪子。

"我正试图搞清楚发生了什么。我想她是一个人下来的。"我全神贯注地浏览着后面的记录，不由得眯起了眼睛。"她没有提及获救，甚至没有提到自己希望获救。就好像她知道没人会下来救援似的。"为了避免我有力量增强装置的手指把纸给撕烂，我不得不万分小心。我指间的那些纸似乎是绵纸，它们薄得像蝇翼。

"那么这是一次处刑，"拉什特船长说，"她因犯罪而被放逐到这里。"

"用这种方式来流放人那代价也太高昂了。"我继续往下读。"不，这不是惩罚。至少按照这日志上写的不是。这是场事故，与一个间歇泉有关。她说她担心它会再次喷发，就像'那天'一样。总之，婕婕列芙知道她被困在这里了。她知道自己有麻烦了。她一直在说自己没有叫醒其他人是个'错误'。她说她不知道自己是否有办法向飞船发出信号，那艘绕轨道运行的飞船。她

---

1. 超太空人是作者虚构的一个人类种族，大多数超太空人选择了广泛和明显的机械改造，替换原来的四肢和器官。他们常常会留脏辫发型，并在发型中标志自己的一些信息。这一种族的人类在本书上册中也有涉及。

想让部分或全部船员从沉睡中醒来。"我停顿了一下，手指在一个词上徘徊。"列弗。"

"列弗？"琳卡重复道。

"她提到了列弗。她说只要能传一个信息过去，列弗就会帮助她。她必须接受惩罚，但至少可以离开霍尔达。"

"也许婕婕列芙根本就没打算下到这里来，"琳卡说，"往后翻，尼达拉，让我们看看发生了什么。"

我往后翻去，十几条十几条地跳着看。有些写有日期，并且是连续的。除此之外，我注意到有空白的页面，有时记录之间有许多天空白。日志内容也变得越来越少。婕婕列芙的笔迹开始就不太清晰，之后变得越来越潦草，越来越难以辨认。她的字母和单词开始在纸面上转圈，四处乱爬，就像是地震仪对某个开始活动的大型断层的记录。

"停下。"我刚又翻过一页时，拉什特船长说，"倒回去。那幅画是什么？"

我有点害怕地把那张纸又翻了回去。刚才我的眼睛所见已经足够让我预先知道我会看到什么了。

这是一幅那个火山锥的画，和从残骸位置看上去的样子相同。

也许这只不过是婕婕列芙手稿中的一个意外，但她在那张纸上留下了她的印记。她所用的方式似乎完全是在暗暗增强它的特征先前就给我的那种令人不安的、病态且凶恶的感觉。婕婕列芙把那头足类动物的头部画得更圆了，更像个大脑袋，熔岩隧道被她画得更具肌肉感，更像触手。她甚至在熔岩隧道上画了些小点来表示雪或冰，这种画法让我不由自主地想到一排排吸盘。

更糟糕的是，她还在两条触手之间画了个张开的尖嘴。

我们沉默了一会儿，然后琳卡说："你翻到最后。其他的记录我们可以稍后再看。"

我快速翻动页面，直到手稿完结。最后几条记录根本算不上日志了，只是一些潦草的注释，写下它们的人要么是太过匆忙，要么是心不在焉。

一段话猛然跃入我们的眼帘。

> 我唤不醒其他人。我已经尽力了。我亲爱的列弗，我失去他了。
>
> 多好的孩子啊。一个好儿子。
>
> 我配不上他，我犯了那么大的错。
>
> 我被困在了这里。但我不会放弃。我需要材料和能源。那座山上有什么东西。它磁场异常。山头看起来不对劲。我觉得里面可能有什么。
>
> 后美利坚人[1]曾经来过这里。这是唯一的答案。他们用古老而缓慢的方法前来——冷冻细胞和机器子宫。没有记录，但那又如何。他们一定是挖开了那座山，把什么东西埋在了里面——飞船或是某种设备。我看到一个入口——洞口——他们就是从那里进去的。
>
> 我不想进去。但我想要他们留下的东西。那也许能救我一命。
>
> 也许能让我回到飞船上。
>
> 回到列弗那里。

"他们从没到过这里，"拉什特船长说，"婕婕列芙应该也知道这点。后美利坚人的殖民点从来没有这么远的。"

"她已经绝望到任何事情都会去试试了，"琳卡说，"她独自一人被困在这里。我为她感到难过。我敢说，她清楚，机会极为渺茫。"

"尽管如此，"我说，"那座山还是有些古怪。也许这与后美利坚人无关，但如果她别无选择的话，那么不妨看看里面有什么。"我转身回到画上。我现在意识到，那张尖嘴是婕婕列芙笔下描绘洞口的方式。

但它看起来仍然像是章鱼的尖喙。

------

1. 作者虚构的一个时代，以美国人的后裔向太空进行了大量无计划的星际殖民行动而得名，也代指那些在这个年代仍在进行星际殖民活动的美国人后裔。他们与本书上册中出现的"联合体"为同一种族，后文也称为"联合体"。——译者注

"有件事是肯定的，"琳卡说，"如果婕婕列芙是进了那座山，那么她并没有再回来。"

"我没注意到任何脚印。"我说。

"脚印存留不了多久。这里的地热活动那么频繁，冰层的顶部肯定一直在反复融化和冻结。"

"不管怎样，我们应该到山里面看看。"拉什特船长说。

我摇了摇头。我忽然有种强烈的感觉，坚信这样做绝对是错的。

"寻找婕婕列芙的尸体不是我们的职责。"

"总得有人去找。"琳卡说话的时候目光炯炯。"让她死得有点尊严吧。我们至少要把她最后的遭遇记录下来。她是我们中的一员，尼达拉，一位超太空人。她应该得到更好的待遇，而不是被遗忘。我能看看她的日志吗？"

"请便。"我把日志递给了她。

"尼达拉是对的，她的尸体不关我们的事。"琳卡翻动纸张的时候，拉什特船长说道，"她冒了个险，结果没有成功。但对于后美利坚我倒是大有兴趣。"

"档案里说他们没来过这里。"我说。

"我也一直都是这么以为的。但档案可能是错的。如果婕婕列芙的揣测是对的呢？如今后美利坚的遗迹价值不菲，在黄石星上更是如此。"

"那我们返回轨道上，派一架无人机下来。"我说。

"我们都已经到这里了，"拉什特船长答，"我们有三个人，算上关东的话就是四个。你看到婕婕列芙的头盔有多旧了吗？我们有更好的装备，而且我们还没有落到只剩那一点生存希望的地步。我们随时可以回头。不入虎穴，焉得虎子？"

我心想，要想看出我们的破烂装备比别人的好，那可还真要不少本事。况且，我们从这一个头盔推断出的东西也未免太多了。也许它是一个古老的收藏，是早期太空冒险的纪念品。

不过，拉什特船长已经打定了主意。轨道上那艘飞船已经被剔得干干净净，飞梭上也没有什么看起来有价值的东西，剩下的只有那座山了。如果我们还指望在这次探险中捞到什么，那这就是我们最后仅存的选择了。

即使是我也能明白其中的道理，不管我喜不喜欢。

*　　　*　　　*

我暂时有一会儿顾不上你。我有工作要做。好忙，好忙，好忙。

我拿这些东西干什么？

很明显，不是吗？我把它们放置在你周围。我把它们塞进冰里去，就像是那种镜像光影雕塑。我知道你要想转头并不容易。不过也没必要。除了你身后的洞口和你前面的残骸，也没什么可看的。

你在说什么？

不，这不是为了你好！傻船长。但你是关注的焦点。你一直喜欢处于局势的中心，不是吗？

什么？

你呼吸困难？

请稍等。我不想你在我们启程之前就死了！绞盘出了问题，这可真是幸运的事。我的意思是，我最终会找到一个，还有绳子。当然，我当时看起来很不幸。我还以为我会死在那里。你想过抛弃我吗？

我觉得你想过。

来了。我正在对松紧度做微调。这样好些了吗？你呼吸起来是不是轻松点了？

太好了。

*　　　*　　　*

我们又出去了。猴子的爪子遇到了些麻烦，微生物好像已经一路侵入了伺服系统。它不停地用爪子敲打地面，试图让它解脱出来。

"没有任何脚印。"琳卡从头盔的顶上拉下双筒望远镜说道。她保持中立态度，不偏向拉什特船长和我任何一方。"但我能看到洞口，它就在婕婕列芙说的地方，离这里肯定有五六公里距离。"

"你能给我们规划出一条穿过这些障碍的路吗？"拉什特船长问道。

"轻轻松松。"

当时还是白天，还没到当地时间的正午。天空是淡蓝色的，高空云团纵横交错。从我们这里看去，那颗高踞于蓝天之上的气态巨行星正位于火山锥后方——一个肿胀的丑陋东西正升到另一个丑东西之上。我们排成一列进发，琳卡打头，接下来是拉什特船长，然后是猴子，最后是我。我们都还在呼吸宇航服里的空气，尽管我们的头盔显示器一直在孜孜不倦地告诉我们，外面的空气完全可以呼吸，而且各种主要的毒素（在我们传感器的检测范围之内）都付诸阙如。我看着猴子的尾巴随着它的走动左右摇晃。两侧汩汩冒泡的水池步步逼近，我们脚下的路越来越窄。时不时会有间歇泉喷发，或是有巨大的气泡从水池里冒出来，爆裂开并把气体散播到空气中。不管有没有毒，外面的味道多半很难闻。但话说回来，我们是从落泪号上来的，那里也算不上芳香四溢。

在我脚下的冰层崩解之前，我没发现任何预兆。它一定足够坚固，足以承载其他人，但他们一一通过时，那些笨重的宇航服的重量削弱了冰层的强度，以至于它不再能支撑我们中的最后一个人。

我一下子掉进冒泡的热水中，被水淹到了脖子。我本能地伸出双臂，仿佛可以在里面游泳似的。然后我的脚碰到了水底。我的宇航服立即检测到了周围环境的新变化，并开始通知我这些突发变动，温度、酸碱度和盐度的读数在我面前的显示屏板上滚滚而下，同时还有化学物质的质谱图和分子图。一阵铁锈色的水浪拍打在我护目镜的下方。

我被吓了一跳，但并不恐慌。我没有被没顶，而且就算是比浸没在液体中更恶劣的状况这套宇航服也肯定应付得了。

但我未必爬得出去。

"别试着拉我。"琳卡要俯身靠近的时候我说道,"你下面的冰层肯定会塌下来,然后我们俩就都到水里了。"

"尼达拉说的对。"拉什特船长表示同意,而猴子则是在兴高采烈地看着。

这警告确实成功地让琳卡走开了,但仅几分钟之后,一次次失败就让我意识到,没人帮助的话我是无法脱身的。这不是力气的问题,而是没有坚实的着力点的问题。水池的边缘是一层薄冰,我一往上加力,它就融化了。我所做的一切都只是在让水池的边缘向外扩展。

最后我停止了努力。"这样不行。"我说。这时候我意识到我的手臂也沾上了一层毛茸茸的红色污垢——之前污染了猴爪的那种东西。

"我们得把她拖出来,"拉什特船长说,"这是唯一的办法。等我们站到结实的地面上以后这应该不成问题。琳卡,你回趟登陆舱,把绞盘拿过来。"

"我有个更快的办法,"琳卡说,"我看到那残骸中的储物柜里头有个绞盘,看上去还能用。如果不行,那我再去拿我们的也多花不了多少时间。"

于是琳卡绕过我仍被困在其中的水池,然后回到我们来时的道路上,回去坠机现场那边。从我这个较低的视角向上看去,她很快就从我的视野中消失了。拉什特船长和猴子盯着我。拉什特船长沉默了很长时间。

"你认为这是个错误。"他最终说。

"我不喜欢那座山,我更不喜欢这个事实——婕婕列芙进了山就没有出来。"

"我们并不真的知道婕婕列芙的遭遇如何。就我们所知的来看,她也完全可能是回到了残存的飞梭里,最终获救离开了。"

"那她为什么不这么说,也没有带走日志?"

"我们要进入山里去寻找答案,尼达拉。这就是我们所做的,随机应变,探索开拓。事实证明,马扎梅尔的情报是有缺陷的,所以我们要充分利用我们的发现。"

"你拿到的情报是一分钱一分货，"我说，"这就是为什么其他的飞船从来不跟马扎梅尔打交道。"

"你不觉得现在再指责这些有点太晚了吗？当然，如果你对自己选择的工作不满意，那么你随时可以去另找个团队。"我以为他会就此打住，但拉什特船长还在继续。"我知道你对落泪号的感觉，尼达拉。你蔑视我，蔑视琳卡，蔑视你所属的飞船。不过，现在的状况有所不同，不是吗？如果没有那个绞盘，那你什么地方也去不了了。"

"如果没有领航员，那你也走不了多远。"

"这你可说错了。我可以利用领航员，也可以利用琳卡这样的传感器专家。但这并不意味着我不能在迫不得已的情况下独自驾驶落泪号。你很有用，但你不是不可或缺的。你们两个都不是。"

"等琳卡回来我一定要把这些话告诉她。"

"没必要。我从不怀疑琳卡的忠诚。她有些多愁善感——对婕婕列芙的这种关切太蠢了，但她永远不会背叛我。"

猴子叽喳乱叫起来。琳卡回来了。

绞盘这种工具和重型真空步枪大小差不多。琳卡用两只手拿着它。我们有类似的设备，所以搞清它的使用方法不成问题。

绞盘上有一个可以用压缩气体发射出去的抓钩附件。琳卡把抓钩从绳子末端卸下来，然后把绳子绕回原位，形成一个把手，或者说绳套。绳子又细又软。琳卡从绞盘上抽出一段绳子，然后把绳套朝我的方向抛来。我涉水走到绳套跟前，抓住了它。琳卡确定了自己脚下的冰面够结实之后，启动她宇航服上的辅助动力系统，开始用绞盘把我拖出来。绳子收紧，然后开始分担我的重量。我依然处境窘迫，但总算是能够扒在周围的冰面上，而不必挣扎了。我匍匐前进，远离池边，直到我感觉自己有把握可以站起来。

"你的宇航服—团糟。"拉什特船长说。

"我会活下去的。至少我不是故意把自己搞到那里头的。"

但我的宇航服确实受到了一些不良影响，当我们继续徒步前往洞口时，这一点变得很明显。生命支持系统完好无损，我没有死亡的危险，但我的辅助动力系统并没有发挥预期的效果。这套宇航服的辅助动力系统似乎也像猴子的爪子一样，被水池里的微生物渗透了。我还能走路，但宇航服的反应很迟钝，这意味着它在阻碍我，而不是帮助我。

我累得开始出汗了。我很难跟上其他人。但是猴子宇航服的其余部分没出问题。

"谢谢你拿来了绞盘。"我在喘息之间对琳卡说，"你还记得残骸里有这个真是太好了。在那个水池里再多泡会儿的话，我可能就真有大麻烦了。"

"我很高兴我们把你救了出来。"

也许只是出于获救的感激之情，但我还是发誓，以后要多为琳卡想想。她在飞船上做事比我久，但拉什特船长似乎也并不更看重她的能力。我猛然间意识到，无论我对她缺乏野心、乐于接受自己在飞船上的地位有何感想，她都配得上更好的未来。也许，当这件事完了，我可以告诉她，她只是被当作"有用"的物品，就像是个服务于某种目的临时组件。那可能会改变她的观念。我甚至想象着我们两个在下一个港口跳船，丢下拉什特船长跟他的猴子在一起。如果我们想要新的工作，那么也许我们可以冒称是姐妹甚或是双胞胎。

随着我们靠近山边，地面越来越结实，我们不再需要那么小心地选择路线了。地势缓缓升高。我们脚下仍然有冰，两侧是越来越粗的熔岩隧道，它们已经比我们中的任何一个都高十到十五倍了。

洞口就在前方了。它的轮廓是半圆形，其顶点大约高出地面十米，冰层一直向洞内延伸到黑暗之中。火山锥就矗立在洞口后方，有些地方几乎是笔直的，但洞口上方有一个悬岩，上面覆盖着一层光滑、澄净的冰——婕婕列芙画中的"尖嘴"。

冰舌继续向内延伸，又向下弯曲，在我们所能看到的范围内朝着洞口的咽喉继续延伸。

"这里还是没有脚印。"我们快到入口的时候，琳卡说道。

冰舌会时不时融化，然后再被冻结，这点在悬岩延伸下来的冰柱边缘特别明显。那些冰柱有的几乎快碰到地面了。拉什特船长侧身从其间挤过，一些冰柱被他的宇航服撞碎了。碎片飞散，发出一阵单调的乐声，叮玲作响。

这时琳卡说："有脚印！她走的就是这条路！"

是真的。进入洞口几米后才开始有脚印，阳光肯定只是偶尔照到，甚至根本没有照到过那边。地上只有两行脚印，只朝着一个方向。

"这可真令人鼓舞。"我说。

"如果你想留在这里，"拉什特船长说，"那么我们可以把你的那份分红扣掉。"

于是，他从开始的否认后美利坚遗迹存在，变成了抱着怀疑态度承认这种可能，到这会儿都想象着如何分配红利了。

我们又打开了头盔上的灯。拉什特船长俯下身去，打开猴子身上的灯，这家伙太蠢了，自己不会开灯。不过这只猴子似乎比之前更焦虑不安。它拖着脚步，卷起尾巴，在拉什特船长身后徘徊。

"它不喜欢这里。"琳卡说。

"也许它比它表现出来的更聪明。"我在喘息之间插了一句。我出毛病的宇航服让我说不出更多了。

但我和猴子一样，越来越没有干劲了。如果还有选择余地的话，那么谁会真的愿意在一个陌生的星球上闯进一座山里？婕婕列芙是把自己获救的希望赌在了寻获能给她在那堆残骸里争得更多时间的遗留设备上。我们没有这样的动机，只有一种愤愤不平的感觉。在我们早先的希望落空之后，我们该有所收获，那是我们应得的。

斜坡急转直下。地面被冰层覆盖，但周围的洞壁是裸露的岩石。我们移动到左边，利用有凹陷的洞壁来支撑，侧着脚继续向下。那只仍被拴在拉什特船长身上的猴子别无选择，只能继续前进。但它越来越明显地表现出抵触情绪。它的叽喳声变得更刺耳，更焦虑了。

"没事，没事，亲爱的。"拉什特船长说。

山洞越深处越狭窄。阳光的踪迹很快就全都被我们抛到了身后。我们沿着婕婕列芙留给我们的足迹，继续一路趔趄而行。有一两次，脚印显得让人迷惑，好像突然成了三对而不是一对脚印。我起初为此大惑不解，直到我意识到它们标志着她犹豫不决的时刻。在这些地方婕婕列芙停了下来，掉转了前进的方向，结果却又鼓起勇气，继续朝她最初的目标前行。

我同情婕婕列芙。

"前面有东西，"拉什特船长宣布，"我想是个光源——关灯。"

"猴子先。"我说。

"自然，尼达拉。"

拉什特船长关掉了关东的灯，其他人也照做了。我们的船长是正确的。在前方的黑暗深处，有银色的光芒散射。银色的光芒似乎不是来自一个单一的点光源，而是来自一些散布在洞壁中的矿脉。如果是在离地表更近的地方，那么就算它们出现，我们可能也无法在明亮的阳光下看到它们。但我认为，它们是刚刚才有的。

"我不是地质学家。"琳卡的话说出了其他人的心声。我们不知道这些发光的脉络是什么构成的，也不知道它们是正常的还是可疑的。

很快我们就完全不需要用我们的头盔照明了。即便把我们的眼睛灵敏度调到普通数值，这些脉络中发出的光芒也已经足够。它们朝外发出的光芒有着主干、三角洲和支流，像是一个流动的水系，在其动力复杂性正值巅峰的一刻被冻结了起来。我觉得这很不自然，但对这些事情我又知道多少呢？比起星球上的世界，我对于飞船的内部见得更多些。各个星球上都充斥着种种奇奇怪怪、令人头疼的物理现象。

斜坡变得越来越平缓，最终水平延伸出去，我们也成了水平前进。我们现在离洞口有几百米远，多半已身在周围地区的水平面之下。我觉得派一架无人机会是更明智的做法。但耐心从来都不是拉什特船长的强项。不过，婕婕列芙也不可能会有无人机这么奢侈的东西。我回想起她的日志，想起其中那些越来越绝望，最终变得支离破碎的笔迹，我无法摆脱一种不理智的感觉——如果我们没有一路追随她的踪迹至此，那么我们会让她感到失望。我不知道当她来到这里的时候，她是觉得自己很勇敢，还是害怕在残骸中孤独死去这种更糟糕的命运。我是一点也不觉得自己勇敢的。

但我们继续向前。

渐渐地，山洞前方扩展，通到了一个空阔的空间里。我们在这个岩石为壁的洞窟里停了下来，仰头研究那些发光的脉络，它们流动、爬动和蠕动着，一路通往上方那弯曲的穹隆。

然后我们看到了不该看到的东西。

*   *   *

我们本该在彼时彼刻转身回去，不是吗？如果那些图案都不算在明示让人离去，永远不要回来……那么我不知道还能怎么表达得更清楚了。

你想说什么？婕婕列芙继续向前了？

她当然继续向前。她别无选择。除非她在山洞更深处有所发现，发现可以用来唤醒轨道上的飞船的东西，否则她无法离开这个星球。她返回残骸就是等死，所以她知道她还不如继续向前。

不，我很怀疑她真想继续向前。如果那时候，她身体里有哪怕一块骨头还有理智，她就会跟我们其他人有同样的感觉——被吓坏了，魂都要被从头壳里吓飞出去了，每一根神经都在尖叫着，掉头，往回走，这样错了。

大错特错。

但她坚持向前。勇敢的婕婕列芙，她想着自己的儿子，想回到他身边。她想着他，胜过想着她自己的生命。我觉得她一定是这么想的。

你说我们是一样的？我们一样勇敢？

别侮辱对她的回忆了，拉什特船长。唯一驱使我们前进的是贪婪。

见鬼的贪婪，宇宙中唯一比恐惧更强大的东西。

但最终连贪婪都不够强大了。

* * *

那些银色的脉络互相环绕交错，形成了一些隐约可见的轮廓。那是些人类的形体，有胳膊有腿，有头也有躯干。它们骨瘦如柴，躯干和四肢扭曲着，就仿佛这些银色的脉络出现在岩石上之后，基底的岩石发生过位移，并且有液体渗出。它们的头部没有面孔，只有一团半球形的轮廓，双侧各有一裂缝，像上面只有两个巨大眼睛的骷髅。

这些诡异的图像——基本的人类形体和怪异特征的结合——让我感到难以言喻的不安。怪物会令人不安，但它们带来的恐惧不会深及这些图像看起来所达到的那种深度。那些银色的图像看起来闪烁不定，令人感觉有种若有若无的运动。那些扭曲的、没有面孔的人形，它们似乎在痛苦挣扎。

所有人都什么话也说不出来，沉默了好一会儿。就连猴子也陷入了猿猴所会有的隐约的敬畏之中。在经过刚才的高强度运动之后，我倒是很庆幸能有机会恢复些力气。

"这如果不是让人离开的警告，"琳卡说，"那我就不知道这是什么了。"

"我想知道她遭遇了什么，"我说，"但我不会不惜任何代价。我们不必继续往前。"

"我们当然要继续往前，"拉什特船长说，"这只是些图像而已！"

但他的声音有些尖锐——有一种代表着疑问语气的音调上升——仿佛在寻

求安慰和确认。

"他们很可能是史前人类。"我说。我不知道我们要怎么确定这些图像的年代，甚至不知道我们能不能确定。

"也许是史前幕中人[1]，"琳卡说，"或者史前幻图藻[2]。[3]谁知道呢？我们真正需要的是测量设备，还有采样装置。我们需要读取这些岩石的数据，搞清那些银色的东西到底是什么。"

她的意思是，我们要先回到飞船上去。我深有同感。

"婕婕列芙继续往前了。"拉什特船长说。

她留下的痕迹杂乱无章，就好像她在这里驻足了相当长的一段时间。她来回踱步，斟酌着如何选择。但经过这段时间的考虑之后，她继续朝洞窟的前方，向更深处延伸的山洞中走去。

到了这时候，那猴子几乎需要被拖着或者抱着才行了。它确实完全不想继续向前了。

甚至我自己的恐惧也变得越来越难以克服。其中除了对封闭空间的本能厌恶以及那些图像合情合理地引发的反应之外，还有另一个因素——一种不容置疑的、原始的冲动，一种想要离开的冲动，就好像我大脑深处其实已经下定决心了。

"你感觉到了吗？"我冒险问道。

"感觉到什么？"拉什特船长问道。

"恐惧。"

拉什特船长没有立即回答。我有些担心，我在他心中的地位受到了严重损害，比我质疑他的判断时还严重。但琳卡艰难地咽了口唾沫，然后说："是的。

---

1. 作者虚构的神秘高技术外星种族，以将自己包围在一个特殊的时空屏障之中而得名。——译者注
2. 作者虚构的异星水栖微生物，有分散型智力，进入它们栖息水体中的智慧生命可能会被同化。——译者注
3. 根据设定和情节不同，不同篇目中相同事物的名称可能存在差异。

我不想，但……是的。我一直在考虑这种恐惧。这恐惧的程度超出了我们本应感受到的、合情合理的程度。"她停了一下，补充说："我觉得是有什么东西正在我们心中制造出恐惧。"

"制造？"拉什特船长跟着来了一句。

"也许是磁场。这里的磁场很强，比外面强多了。我们之前看到的只是泄漏出去的部分。我们的宇航服在这么多年屡遭破坏和修复之后，已经不是完美的法拉第笼了。磁场强到一定程度的话，它们就无法屏蔽，嗯，无法完全屏蔽了。如果磁场作用在我们大脑的右侧，我们就可能有这种感觉——恐惧或者畏怯，一种不自然的感觉。"

"那么这就是种防御机制，"拉什特船长说，"一种威慑装置，用来将闯入者拒之门外。"

"那我们也许该考虑下，重视它的威慑作用。"我说。

"这也可能意味着这里有什么值得守护的东西。"

"后美利坚人从来没有过像这样的心理技术。"琳卡说。

"但其他一些人有。需要我详细说明吗？我们来到这个星系是为了什么？并不是因为我们认为我们会发现后美利坚遗迹，而是因为我们要追求更大的回报。"

我的恐惧更深了，我看得出事情接下来会如何发展。"我们也没有证据表明联合体人到过这里。"

"人们说，那些'蜘蛛'喜欢把他们的玩具放在秘藏之中。"拉什特船长继续说，好像我的话没有任何意义。"联合体引擎[1]，或是地狱级武器[2]。"

我不由自主地笑了。"我还以为我们的行动是基于情报，而不是基于神话传说呢。"

---

1. 用联合体独有技术制造的应用量子效应的推进引擎。——译者注
2. 传说中联合体在曾经的大战中用未来技术制造的一批超级武器，约有四十个，战后被分散隐藏，故又称"秘藏武器"。——译者注

"我听说有人已经找到了那些武器。"琳卡说。仿佛这句话就完全足以说服拉什特船长似的。

拉什特船长说话的声音变得低沉，鬼祟，仿佛那些岩石有可能在偷听似的。"我听说，恐惧就是他们的反入侵措施之一。在你还没有身陷'蛛网'之前，那些武器就会透入你的头脑，让你陷入疯狂。"

于是我明白了，没有什么能阻止拉什特船长追逐利益，即使是恐惧也不能。他会反复地用一个虚无缥缈的珍宝来代替前一个，直到现实最终击败他的妄想。

"我们已经走了这么远了，"拉什特船长说，"我们不妨再深入一点。"

"一点点。"我违逆了全部合理的直觉。"我们就再走这么多，不能再远了。"

我们拥出洞窟，琳卡牵头领队，跟着婕婕列芙所走的路线，沿着岩壁间的另一条路向前。起初的路并不比之前更难走。但随着山洞向前延伸，洞壁开始收拢。之后不管我们喜不喜欢，我们都必须排成一列纵队移动。然后琳卡宣布，正前方的洞壁被挤到一起的情况更严重了，看上去好像是有岩石坠落，或者山体内部结构发生了重大变化。

"那可太遗憾了。"我说。

"我们可以把这里炸开，"琳卡说，"拿几个爆破弹，把时间延迟设置到最大，然后我们回飞船上去。"她已经在准备从腰带上取下一枚爆破弹了。

"并且在这个过程中，把半座山给炸掉，"我说，"山洞、地下室、婕婕列芙的脚印，全都化为乌有，不管我们希望找到的是什么，都可能会被炸成单个的原子。"

"她没有留下返回的痕迹，"拉什特船长说，"那就意味着一定有办法通过。"

"又或者这个障碍当时并不存在。"我回答。

但前面有条过去的路。起初我们很难看到，它被岩石上的光影效果很好地隐藏其中，简直好像是故意躲起来似的。"很窄，"琳卡说，"但我们一次只过去一个人应该还是可以的。幸运的话，那边的路会再度开阔起来。"

"到目前为止，我们的运气还真是'不错'啊。"我说。

琳卡是第一个过去的。那地方对她来说很窄，对拉什特船长来说会更窄，因为他的宇航服体积更大。她专心致志地用力向前，嘴里嘟嘟哝哝。她的宇航服挂到了岩石上。

"小心！"拉什特船长喊道。

琳卡的大部分身子都消失在我们的视野之中，被吞没到裂缝中了。"好些了，"她说，"这边又变宽了。这只是个瓶颈。我能看到婕婕列芙的脚印。"

接下来是拉什特船长和猴子。我看得出，这只猴子其实并不乐意。从一开始它就不肯走在头前，走在它主人前面。拉什特船长对关东破口大骂，然后自己向前走去，他的宇航服在两侧的岩石上撞得乒乒作响。我有些好奇，拉什特船长会不会压根过不去。当然，他也可以甩掉身上的宇航服，为了他的财宝，硬顶住这里的寒冷。我了解他，只要有一丝利益的气息，更糟糕的情况他也能忍受得了。

但这时他喊道："我过来了。"

关东仍然被皮带拴着，皮带在岩石的边缘绷得紧紧的。这猴子真的不想和拉什特船长重聚。我感受到了一丝跨物种的同情心。也许磁场辐射深入到了这可怜畜生的恐惧中枢，对它的影响比对我们其他人更强烈。

尽管如此，这猴子对自己的命运并没有多少发言权。拉什特船长使劲扯动皮带，我推着它朝另一边挤过去。我需要把我宇航服的增强动力开到最大。只要有一点机会，那猴子就会咬掉我的脸——只是它的牙齿在它面罩的另一边，够不着我。

再度会合之后，我们这支小队伍继续向山洞深处走去。

但是我们只走了百把米，面前的路就分岔了。我们前面有三个可能的方向，路口有一大堆脚印。

"看起来这三条路她都下去过。"琳卡说。

通往这里的脚印只有一道，所以婕婕列芙没再回去，不管她最后是从哪条路下去的。但到底是哪条很难说。这里的脚印混乱不堪。她肯定是在这些路当中上上下下，变了好几次主意，来来回回折腾。由于这些脚印实在太乱，我们无法判断哪条路是她的最终选择。

我们选择了最左边的一条路，继续向下。它的坡度比之前的路要大些。最终我们脚下的冰被坚硬的岩石取代，这也就意味着我们失去了可做指引的婕婕列芙的脚印。在我们周围，银色的图像一直在延续——那些脉络和裂纹，射流，还有乱纷纷地缠结成团的突触。它们很难不让人想到一套活生生的，一路在这古老火山锥的石头迷宫中穿行的银色神经系统。

"你的宇航服，琳卡。"拉什特船长说。

她放慢了脚步。"它怎么了？"

"你身上也出现了一些那种图像，银色的，肯定是你挤过那段窄道时从岩壁上蹭下来的。"

"你身上也有。"我告诉拉什特船长。

很容易看出，我和猴子身上也一样有。我的右肘就巴上了一片银色，我肯定是在那里擦到了洞壁。毫无疑问，在我们看不见的地方还有更多。

我把手伸向那片银色的区域，想把那些粉尘从我身上掸掉。但我的手指刚一接触上去，沾染在那里的东西就动了，简直像是跳起来扑了上来。其动作迅猛惊人，就像是潜伏着的捕食者发动了突袭。我盯着我的手。微微脉动的银色条纹在上面纵横交织。我把拳头握紧，然后松开。自从在外面那次意外之后，我的宇航服一直有些僵硬，现在也一样，似乎那些银色的玩意儿并没有影响到它。

"是纳米技术，"我说，"这件宇航服无法识别。但我不喜欢这些东西。"

"如果它有敌意，那你现在就应该知道了，"拉什特船长说，"我们继续前进，就再多走一点点。"

但我们本该立刻在那里掉头。那样一切可能就都不一样了。

接下来的洞窟是个恐怖的殿堂。

这里跟前一个洞窟一样大，形状也类似，也有一条继续延伸出去的路。但相似之处也就仅此而已。在这里，受折磨的人类形体不再限于墙上凸出的图像了。这里的是立体的塑像，扭曲变形、面目全非的三维人体塑像，从岩壁中戳了出来，就像是船只残骸上破碎、弯曲的船首像。构成它们的似乎不是岩石，也不是那些银色的污染物，而是两者的某种混合物，一种闪闪发光的基质。它们有胸腔、躯干、攫握的手爪，还有在最残酷的折磨中痛苦地扭转的头颅。它们并非完全没有面孔，但同样也没有一张面孔是正常的，上面满是眼睛，或者是嘴，却被扭曲成丑恶的角度。又或是些仿佛从岩石本体当中穿透出来，像铁砧一样凸出的梦魇。我猛然有种恐怖的想法，我深信那是些恶灵，它们曾深埋于岩石中，被囚或是被拘禁于此，直到现在这一刻，它们即将脱困而出。我不知是该庆幸这些恶灵还没有完全自由，还是该为岩石中也许还有更多竭力逃离的鬼怪而感到恐惧。

"我讨厌这个地方。"琳卡轻声说道。

我点头表示同意："我也一样。"

我忽然之间觉得，琳卡早些时候提出的放个爆破弹的想法也没那么糟糕。这个洞窟的存在本身就让我深深地觉得它是个让人不安的错误，感觉我好像有种道德义务，应该把它从这宇宙中清除出去。

把爆破弹起爆延时设置到最大。这段时间足够我们回到飞船上了。如果我们抓紧时间，并且没有人被困在那个瓶颈处的话。

我们也许可以，也许不行。

就在那时，猴子挣脱了束缚。

* * *

好，就这样吧。来说说我们对你的宇航服做了什么吧。

当我在洞口附近发现你时，它的动力辅助系统已经被破坏了。你居然跑到了那里，这可真不容易。

是的，干得好。

勇敢的拉什特船长。

很明显，你在洞壁上碰下来的那些痕迹，那些纳米污染物，就是宇航服系统故障的主要原因。显然，如果你再待下去，那么你的宇航服就会开始跟你作对。就像是婕婕列芙遭遇的那样，让自己被它控制和吸收。但你还对它有部分控制权，并有足够的力量克服运动辅助系统故障带来的阻碍。

我的情况一直都没糟糕到那一步。我想当我掉进那个水池里的时候，一些当地的微生物一定是形成了一层屏障，一种对抗那些纳米污染物的隔离层。也许漫长的时间足以让它们演化出自己的防御措施，用来抑制纳米污染物传播的措施。谁知道呢？反正，这对我来说是交了好运。

当时我感觉不像是好运，但这对你来说那就是生死之别。

不过，我还是把话题回到你的宇航服上吧。

实际上，你已经动弹不得了，但为了确保系统不会自己开始恢复，我已经打开了你的主控制箱，然后关闭了运动系统的全部电源。事实上，我把它给锁死了。你一点也别想移动，就跟穿着一套焊死的盔甲站着一样。

为什么你的胳膊会是这种姿势？

我们等一下会谈到那件事的。

是的，你站着呢。你的脚在地上。显然，你脖子上套着绞索，所以你现在最不想做的一件事就是倒下。我不会过去扶着你的。但你的宇航服很重，只要你别在里面挣扎得太厉害，你应该会保持站立姿态的。

当然，如果你不想保持站立姿态，对你来说那也是摆脱这种情况的一个方法。

你好冷？

我一点都不惊讶！这是个寒冷的星球，你又没戴头盔。如果你还戴着头盔的话，那么我要把绞索套到你脖子上可就有点麻烦了！

好吧，你想要暖和些吗？那很简单。你宇航服的生命支持系统仍然完好，你可以调节它的温度。你的手臂之所以用这样的姿势摆在你身前，就是因为我希望你能操作你袖口上的控制板。没错。你可以的。你可以移动你的手指，点击那些按钮。

不过呢，情况是这样的。用这些按钮你只能做一件事。只能控制一个系统。

你可以调高你的宇航服温度，也可以调低。

仅此而已。

为什么？

原因很简单。你还记得我费了很大劲才放在你身边的那些残片吗？

这一切都是有意义的。

对你来说是有意义的。

*　　　*　　　*

我觉得，关东是觉得这种恐惧实在无法承受了吧。再加上那段狭窄的通道弄松了它身上的皮带。总而言之，猴子冲出了洞窟，叽叽喳喳地尖叫着，朝我们来的方向冲了回去。

在那之前，我们谁都没有发出声音。这个洞窟让我们陷入了一种可怕的沉默，动弹不得。即使关东跑掉了，我们也没说什么。任何话语感觉都会是一份邀约，是在同意某种比这些恶灵塑像更糟糕的东西从洞壁中冒出来。

琳卡和我透过护目镜看着对方。目光相遇时，我们点了点头。然后我们依次瞧向拉什特船长。拉什特船长看起来和我们一样，已经被吓坏了。

琳卡第一个动身，然后是拉什特船长，然后是我。我们用宇航服所允许的最大速度移动。虽然我们中没人想要多留片刻，但我要跟上另外两人却不再那么吃力了。我的宇航服仍然有些不灵活，但它的状况比起我刚接触到那些银色污染物的时候也并没有恶化。不过，琳卡和拉什特船长的行动效率却不如先前了。

直到我们远离那个地方，我都无法张口说话。如果猴子还有点判断力的话，那它应该已经穿过狭窄的通道，回到了日光之下。

但是当我们到达四条路的交会点时，拉什特船长让我们停下来。

"关东走错路了。"他说。

在乱七八糟的脚印中，我们根本没有机会分辨出哪些是猴子留下的痕迹。我正准备把这话说出来，拉什特船长又开口了。

"我在它的宇航服上装了追踪器。以防它……逃走。"这个词似乎令他反感，似乎这个词澄清了他们关系中的一个方面——最好被隐藏起来的那一面。"它现在应该在我们前面，但没有。它又落到后面去了。我想，它是在这条路下面。"拉什特船长边说边指向我们进去时面对的三条路中最右边的一条。"很难搞清。"

琳卡低声说："那我们必须离开了。关东一旦知道自己走错了路，肯定会自己找到路出去的。"

"她说的对。"我说。

"我们不能丢下它，"拉什特船长说，"我们不会的。我不会让这种事发生。"

"如果猴子不想被找到的话，"我说，"那我们做什么都没用。"

"定位没有在移动。我可以估计出距离——沿着这条路过去不超过二三十米。"

"或是那条路。"我朝中间的路点点头，"又或者你的定位是错的，它还是在我们前面。照目前的状况来看，磁场可能已经把你的追踪器搞得一团糟了。"

"它不在我们前面。"拉什特船长固执己见，无视了我的发言。"剩下的只有两个可能。我们三个人可以很快地检查一下，排除错误的路径。"

琳卡的呼吸现在跟我一样沉重了。我又瞥了她一眼，看到她不安地瞪大了眼睛。"我知道它对你很重要，拉什特船长……"

"你们的宇航服出问题了吗？"我问。

"是的，"琳卡说，"至少我的是。我的宇航服失去动力辅助了，跟你身上发生的情况一样。"

"我不确定是不是因为这个。我掉进水池里了，但你没有。你还能动吗？"

琳卡抬起一只胳膊，握拳，松手。"目前可以。如果状况实在太糟，那我总还可以全凭人力来行动。"然后她闭上眼睛，深吸了一口气，重新睁开眼睛。"好的，拉什特船长。"她的语调带着几分讽刺，说得格外用力。"如果需要的话，那么我会去检查中间的那条路。我会往前走三十米，不会再多了，然后我就转身回来。如果你觉得关东是往右边那条路走了，那么你可以去查看下。尼达拉可以在这里等着，以防关东是走在我们前面了，又掉头回来。"

我不想在这个地方多待哪怕十秒钟，更不想要花时间检查那些路径。但琳卡的建议是目前的糟糕局面下最好的选择了。这能安抚住拉什特船长，顶多也就耽误我们几分钟。

"好吧。"我同意了，"我会等在这里。但如果关东跑回来，那你们也别指望我能抓住它。"

"待在原地，亲爱的。"拉什特船长对着那只不知身在何处的猴子说道，"我们来了。"

琳卡和拉什特船长分别消失在所去的路径里。他们宇航服的动作明显有些迟缓。琳卡的宇航服更轻便些，会比拉什特船长的更容易应付。我暗自猜测，那些银色的污染物确实有一些影响，但我和水池中微生物的接触让我获得了一道屏障，一种免疫力。这算不上什么好的理论，但我也想不出更好的了。

我数了一分钟，然后是两分钟。

然后我听见了一个声音："尼达拉。"

"我在。"我说，"我听到了，琳卡。你找到猴子了吗？"

沉默仿佛吞噬了几个世纪的时间。我自己的恐惧此刻就像手术器械一样尖利、精准。我能感觉到它那一道道冷酷的利刃，正把我从内心剖开。

"救救我！"

*   *   *

那时你回来了。你找到了你的蠢猴子。你抱着它，把它当成你在这宇宙中最珍贵的东西。

实际上，我这么说那猴子有些不公道。

关东虽然蠢，但它在这一切中是无辜的。一开始我以为它已经死了，但后来我意识到它在发抖，恐慌得陷入了婴儿般的状态，紧紧抓住你这一不变的靠山，一个劲地在自己的宇航服中颤抖。

我看到了他那双挨得紧紧的黄眼睛，瞪得大大的，满是茫然。

我讨厌你的这鬼猴子。但谁也不该承受那样的恐怖。

你还记得我们对话的结果吗？我告诉你，琳卡遇到麻烦了。你忠诚的船员，听话、可靠的琳卡。她永远支持你，随时为落泪号效力。无论在那之前发生了什么，现在要紧的事都只有一件。我们必须去救她。超太空人必然会这么做。我们中的一员倒下，其他人就会伸出援手。我们比人们想象得要好。

但你没有那么好。

恐惧最终闯入了你的内心。我以为贪婪更强大，但我错了。或者说，这里有程度的问题。贪婪战胜了恐惧，但更深重的恐惧又重新战胜了贪婪。

我向你乞求。

但是你不回应她。你和关东一起离开了，你蹒跚前行，撤回了安全地点。

你离开了，丢下我自己去找琳卡。

＊　　＊　　＊

我没往隧道里走多远，就遇到了那个挡住前方道路的东西。它困住了琳卡，但她还没有完全成为它的一部分。婕婕列芙来得更早，那是很多年前了。所以她融入其中的程度更加严重。甚至在我对自己的发现有任何更深入的了解之前，我也一眼就能判断出这点来。我还知道，琳卡也会和婕婕列芙有相同的命运，以及如果我留在这个地方，那么我最终也会和她们一样。

"靠近点，尼达拉。"一个声音说道。

我走近几步，几乎没有勇气把我头盔上的强光灯完全照射到我面前半明半暗的障碍物上。

"我是来找琳卡的。不管你是谁，不管你遭遇了什么，放她走吧。"

"我们会谈到琳卡的。"那声音很大，在我们之间的空气里隆隆作响。"但你要靠近一点。"

"我不想。"

"因为你害怕？"

"是的。"

"啊，我很高兴听到这点。恐惧是这个地方的核心。恐惧是我们拥有的最后也是最好的东西。"

"我们？"

"我和我的前辈们——那些在我之前来的人，那些旅行者和迷失者。很长时间里，一直有人在加入我们。一个世纪又一个世纪，跨越几十万年。从不可想象的银河时代开始。我们被这个地方吸引，也被它驱赶——你们之前也几乎被驱赶出去了。"

"我真希望我们当时被赶走了。"

"通常恐惧就足够了。人们在陷得这么深之前就会回头，就像你，你之前也差点就回头了。你应该回头的。但你比大多数人都勇敢。我很遗憾，你的勇气让你走到了这一步。"

"不是勇气。"但我随即又加了一句，"你怎么知道我的名字？"

"从你进入我的那一刻起，我就在听着你们的声音。你们很吵啊！你们叽叽喳喳胡言乱语，你们尖叫，还发出种种无意义的声音。"

"你是婕婕列芙吗？"

"这可不好说。我记得婕婕列芙，我对她的个性感觉很强烈。有时我透过她说话，有时她透过我们说话。我们都很享受婕婕列芙带给我们的东西。"

我从未见过婕婕列芙，也从未见过她的肖像，但在我面前只有两个人形，其中一个是琳卡，她卡在那里一动不动，几缕银丝正在捆绑和包扎她的宇航服——就像制作木乃伊前期工作中的那些布条。它们是从更大的一团银色物质中延伸出来的，婕婕列芙只是后者上面的一个装饰。

她一定是穿着她的宇航服被困的——被包裹和捆绑的时候一定还穿着宇航服。宇航服的痕迹仍然存在，但大部分都已经从她身上被剥离下去，黏附、溶解或是重组到了更大的主体部分中。她头盔的设计与我们在沉船上看到的那个一样，而今已经裂成两半，各自框在她的头部。

这样子让我想到了捕蝇草的"口器"，婕婕列芙的头就是陷在里面的昆虫。她的脸纹丝不动，毫无表情。她眼睛的位置是一片空白的表面，但毫无衰老或腐烂的迹象。她的皮肤有着我们在第二个洞窟里看到的塑像上那种珍珠色的光泽。她已经成为，或者正在成为，并非血肉之躯的某种东西。

但是除了婕婕列芙——还有琳卡，如果你把她也算进去的话——其他的所有生物都不是人类。堵住路径的是一大堆融合在一起的形体，一个接一个的生物都被吸进了一片交错连锁的石头拼图中——身体结构和若隐若现的生命支持设备乱七八糟地混在一起的拼图。有两三种生物大致是人形的，至少就我能分辨出的那些形体而言。但是我很难判断它们的宇航服和生命维持装置是到哪里为止，又或者它们的外星身体构造是从哪里开始。银色的脉络和卷须从头到脚把它们包裹其中，把它们束缚在下头更古老的多层物质当中。除了这些认得出来的形体之外，还有许多更让我感觉陌生的身体构造和机械装置。

"我听说过一种瘟疫。"我一边说，一边向琳卡走去，"他们说那只是谣言，但我不确定。你就是遇到它了吗？"

"有上百万种瘟疫，它们一种比一种糟糕。"那声音中带着一丝戏谑，像在对我的无知感到滑稽可笑。"不——你在这里看到的，是有意之举，是为了我们的共同利益。确实，这里杂乱无章，但这是为了特定目的组建的。你把它当成一种防御结构吧。"

"用来抵御外面的世界？"我的手已经放在了琳卡的宇航服上。我试着把上面的银线扯掉，同时使尽浑身力气想把琳卡拖回安全的地方。

那个声音说："完全不是。我是一道屏障，阻挡着一样东西。它一旦被释放，就会毁灭外面的世界。"

"那我就不懂了。"为了让琳卡自由，我已经累得筋疲力尽，直喘粗气了。"琳卡会成为你的一部分吗？你是这个意思吗？"

"你是要更快地奉献自我吗？这就是你想要的吗？"

"我希望你放了琳卡。"我意识到我没有取得任何进展。我刚把那些银线扯下来，它们就又黏附回去了。我只好后退一步，权衡局势。"她回来是为了找猴子，不是为了伤害你。我们没人是来伤害你的。我们只是想知道婕婕列芙遭遇了什么。"

"那么婕婕列芙就是你关注的全部了？你对这个地方没别的兴趣吗？"

"我们想知道山洞里有什么。"我答道。即使我还以为我可能逃离它的掌控，我也觉得说谎没什么价值。"我们认为这里可能有后美利坚人的遗物，也许有联合体的秘藏。我们发现了磁场异常。是你导致的吗？如果是这样的话，那么你就不能怪我们注意到了异常。如果你不想要别人来，那就努力让自己不那么显眼啊！"

"如果可以的话，我会的。要我告诉你一些我的事吗，尼达拉？然后我们再谈谈琳卡。"

*　　*　　*

要我告诉你我从她那里知晓了什么吗，拉什特船长？这会让你的思绪暂且远离寒冷吗？

你不妨听听。这会让你把事情看得更透彻，让你明白你在这世上的位置所在，你存在于这里的价值所在。你即将开始的善良无私的付出。

她也是个旅行者。

不是婕婕列芙，而是最初的那个，发现这个星球的第一个存在，第一个生灵。她是一位旅行者。诚然，那都是很久很久以前的事了。她试图让我理解，但我不知道我的想象力是否足够。她说，那是整个银河系旋转过若干周之前。那时候我们现在所见的一些恒星甚至还未诞生，那些古老的恒星也比现在要年轻许多。那时候宇宙本身也比现在要小不少。青年银河系的宇宙中拥挤着其他的银河系。

我不知道是因为她，还是因为那磁场的作用，又或者仅仅是我的恐惧影响了我的自我意识。但当她谈到那深远得无法测度的时间时，我感到心头袭来一阵迷失于宇宙中一般的眩晕，我有一种我站在时间深渊那正在崩解的边缘的感觉。

我不想倒下，不想栽倒在地。

对我们俩而言，这都是个明智的意见，你说是不是？

不过，宇宙总是让人感觉很古老。这是一个普遍的真理，一个对生命来说普适的事实。她也感觉宇宙太古老了，已经被历史的蛛网缠绕其上。我知道，我们很难理解这些。人类文明，那只是在万事万物的最后一层上，那最后一道刮痕中的一道微小的划痕里的最后一丁点。我们只是噪声，只是污垢。我们还没有开始留下痕迹。

但是在她看来，那时就已经发生了那么多的事情！那时就已经有足够的时间，够让无数物种和文明兴衰，够做出伟大的事业或犯下更大的暴行，够诞生出魔怪，够产生更糟糕的流言。

她一直在旅行。以她所属物种的寿命来衡量的话，她已经旅行了好几辈子的时间。她用接近光的速度行进，拜访一个又一个世界。

如果我们要给她起个名称的话，那我们应该称她为考古学家——一位被文物遗迹和断简残编吸引的学者。

你还在听我说吗？

有一天，在一个没有留下记录的世界里，她偶然发现了什么。那是她既希望找到，又希望避开的东西。荣耀与湮灭，在刀锋两侧共舞。

我们完全清楚那种感觉，不是吗？

你的手指在动。你想调节温度吗？请便。你可以打开宇航服的开关。我不会阻止你的。

好吧，你已经好多了吧。你能感觉到暖流从你的颈环上流出来，驱散刺骨的寒冷吗？你感觉好多了不是吗？宇航服里的能源还有很多。你不必担心能源耗尽。你想要多暖和就让自己多暖和吧。

听着，我没说这里没有陷阱。

好吧，关上吧，让寒冷回归。你能感觉到你的皮肤细胞正在死亡，冻伤正在侵蚀你的脸吗？你能感觉到你的眼球开始结冰了吗？

我说回旅行者。

我们听过关于瘟疫的传说。她也听到过类似的，关于某个可怕得多的东西的传说。一个存在，一个实体，静候在星辰之间，比她的种族所知的任何文化都更古老。一种机器，等待着探测到生机勃勃的文明，就像是她的文明，或者，也可以是我们的。

某个有思维、有目标的东西。

然后，她真的找到了。

*　　　*　　　*

"我没理由认为你还没有杀死琳卡。"我说。当我意识到我所能做出的选择有多么有限之际，我心中满是绝望的冰凌。

"哦，她很好，"那个声音回答，"她的宇航服被凝住了，我把自己的信道插进了她的头脑，以便更好地了解她能派上什么用场。除此以外她完好无损。这位琳卡，她很善于旅行。我可以从她身上学到很多东西。"

我等了一下——心跳一次的时间。

"你坚不可摧吗？"

"这是个奇怪的问题。"

"其实这并不奇怪。"我把手伸到我的胸包下面，摸索着我的腰带，直到我探到了爆破弹的坚硬外壳。我解下那个手榴弹大小的爆破弹，把它捧在面前，就像捧着一件祭品。"爆破弹。你对琳卡的挖掘深入到了能明白这意味着什么吗？"

"没有，但是婕婕列芙知道。"

"那就好。婕婕列芙知道什么？"

"你有一个物质和反物质装置。"

"没错。"

"然后它的当量是……？"

"几千吨——真的是很小，勉强够把一颗小行星切成两半。当然，我不知道这会对你造成多大伤害。"

我用两只手把爆破弹沿着中线拧开，露出了它的触发系统。扳机是一个闪亮的红色圆盘。我把大拇指放在圆盘上，想着这枚爆破弹正中央，在那完美真空中保存着的小小颗粒——只有花粉大小的反物质微粒。

"自杀，尼达拉？它肯定有延时选项吧。"

"有，但我不确定我能不能及时赶到我的船上。另外，我不知道我不在的话你会怎么做。如果你能让琳卡的宇航服瘫痪，你多半也可以用你那套办法攻入爆破弹，让它停下。"

"你也会同时杀死琳卡。"

"如果你让她走就不会了。如果你不让她走，那这条路对我来说总比被你吸进去要好些。"我让我的拇指在扳机上来回磨蹭，稍一不稳就会激活它。有种令人不安的诱惑在驱使我这么做。那道光会来得很快，没有痛苦，以一道净化一切的闪光抹消过去和未来。

那一刻我真的想要这么做。

*　　*　　*

你会怎么做，拉什特船长？

她犯的错误？

那很简单。她在另一艘飞船的残骸中发现的东西，在她看来似乎已经死了。死了，耗尽了活力。那只是一簇黑色的立方体，嵌在飞船的结构当中，像是一次感染的残留痕迹。但是它没有扩散，它没有摧毁残骸，也没有发生巨变，化作一个更大的物体。她以为那东西是死的。她没有理由不这样想。

我们能为此责怪她吗？

我不能。

你也不能。

但那东西只是处于休眠状态。当她的飞船在航行时，当她处于休眠中时，那些黑色的立方体开始显示出活动的迹象。它们膨胀开来，试探着她的收容装置的极限。她的飞船叫醒了她，问她该怎么办。她的飞船几乎算得上是有生命的。它为她担心，也为自己担心。

她没有答案。

她试图加固磁场，往黑色的立方体外面套上更多层防护装置。但都不起作用。那些黑色的立方体突破了限制，开始吞噬她的飞船，开始制造更多黑色的立方体。她向收容装置中注入了更多能量。她还能做什么？

你不明白，她为什么不把它们丢到飞船外头去？

嗯，是的。她考虑过类似的事情。但这只会把问题转嫁给其他的旅行者。责任是她个人的。她有很强的责任感。

不过，那些东西无疑是有所损坏的。她非常肯定。否则，转变将是快速且不可阻挡的。实际上没有，她成功地达成了僵持局面。

接下来呢？

或许她该自杀——冲进一颗恒星。但是数据显示，这并不一定足以摧毁那些东西。这还可能会让它变得更强大！

她不能冒这个风险。

所以她找到了这个星球。一艘在太空中的飞船，就算远隔几光年也很容易看到。星球可以提供更好的伪装，它有质量和热量。她以为她可以把自己掩藏起来，不引起路人的注意。

她错了。

那些黑色的立方体坚韧不拔，随机应变，不断试探她的能力。关住它们需要越来越多的能量，越来越大的质量。她把自己飞船越来越多的部分都改装成了它们的收容装置。她死了！但那个时候，她的活体飞船已经成长到了相当的程度，对她有充分的了解，以至于她的人格一直活在飞船中，像个幽灵一样在其中出没。

几个世纪过去了。

她的飞船保护了自己并进行了扩张。它侵蚀了周围的地层，扩建了收容装置，巩固了自身的防御。在很大程度上，她的飞船不需要她——那个曾经的她的残余。她的飞船偶尔需要她的判断时，会把她从黑暗中唤醒。她从不孤独。她早已耗尽了自己感受孤独的能力，将它像一个过时的进化阶段一样弃如敝屣。

但还是有人去打扰她。

比如我们？

不，不完全是，最开始不是。最开始，去的都是跟她一样的人。

*　　　*　　　*

"他们来了，"那个声音说，"我的传感器以极大的警惕性和隐蔽性跟踪着他们。我观察着他们，提防着他们的图谋。我甚至冒着破坏收容装置的风险，一直等到他们离开探测范围。我不想被发现。我不想让我的错误变成他们的。那段时间真是太糟糕了。"那个声音停顿了一下。"但我并不想要他们的陪伴。他们不像我。他们的语言和习俗都变得陌生了。后来他们转向太空离开，不再打搅我的安宁。我从没有为此感到遗憾。"

"我不相信你的话。"

"随你喜欢吧。反正，这也根本不重要。他们不再来了。一片寂静降临了，并且持续着。打破寂静的只有脉冲星的嘀嗒声，还有通往宇宙边缘的半途中那些类星体爆裂的呼啸声。这里再也没有我的同类出现了。我不知道他们后来怎么样了。"

"但你猜得到。"

"这并不意味着我可以放弃，任凭我发现的东西逃脱。所以我睡着了，或者说停止存在，直到我的飞船再次需要我。星辰飞纵，形成新的无名星座。我旧世界的两千万个轨道周期，二十万辈子的时间过去了，然后出现了新的访客——一个新的物种。"

我估计，我们所说的仍然是遥远的过去。

"你了解那个物种吗？"

"我没有那个物种的数据，死的或者活的都没有。坦白说，这让我很困扰。它有太多的肢体，它移动的方式很古怪。我很好奇，要是它脱下宇航服会是什么样子。我希望它离开。我让自己安静下来，抑制自己的能量活动。但它还是来了。它掘开我的身体，为它的传感器捕捉到的某种异常寻找解释。我想干脆杀了它，毕竟它是单独来的。但我还有另外一种可能的选择。我可以抓住它，打开它的思想，从中学习，把它的记忆和人格整合到我自己当中。下次我就可以用它的知识更好地保护自己。"那个声音中带上了一些羞愧，抑或是悔恨。"于是我就这么做了。我抓住了它，确保它无法逃脱，然后用触手穿过它宇航服的外壳，侵入它的神经系统。它的构造对我来说非常陌生。但在它有外骨骼的分段身体的一端，有一个像头一样的东西。在那个头部的脆弱外壳内部是一团密集的细胞，它们彼此相连，具有某种拓扑复杂性，跟我曾经的大脑类似。它有多层次的层级结构，明显有专门化的模块，分别用于感知处理、运动控制、抽象推理，以及记忆管理。它还在竭力想跟同伴——无论它们在哪儿——沟通，这让我很容易找到负责表达的神经回路。不久，我就能够通过直接操纵内在的神经回路来和它交流了。然后我解释了它会变成什么样子。我们在一起会更强大，更有能力应对我核心处的那个东西，也能让我的自我隐蔽更加高效。我对于不得不要做的那些事感到抱歉，但我让它明白，我别无选择。"

"它对此的态度是？"

"你觉得呢，尼达拉？很快这个问题对我们双方就都无关紧要了。它变成了我，我变成了它。我们的记忆是一个纠缠在一起的死结。它理解我的担心。它明白了它本来就别无他路。它知道我们对自己的未来别无选择。"

"宽恕？"

"接受。"

"但这并没有结束，是吗？还有其他人会过来。总会有其他人过来——其他的物种……几十个，甚至几百个。直到我们到来！"

"你们也没什么不同。"

"也许确实如此。但这玩意儿让局面有所不同，不是吗？"我仍然用拇指扣着扳机，随时准备释放出一团物质和反物质的暴烈火焰。"你以为我不会真的动手吗？你已经告诉我你是什么了。我理解你的行为。你一直以来的行为，都是为了你认为的共同利益。或许你也是正确的。但适可而止吧。你已经有婕婕列芙了。这对她来说太晚了——对你来说太晚了——如果在和我交流的还有她的一部分的话。但琳卡的情况另当别论。她是我的。她要和我一起回去。"

"我需要她。我需要把她的恐惧加入我的恐惧库。我需要让自己变得更强大。"

"这行不通。这样一开始就是行不通的。你陷入了一个怪圈，一个毁灭性的反馈回路。你越是努力让自己变得坚不可摧，在外界看来你就越显眼。于是你必须让自己更加坚不可摧——增加你的恐惧库。但这不可能一直持续下去。"

"这是必然的。

"我试过让自己停下。但是他们总是会到来——新的旅行者，新的物种。我所做的一切都没能让他们看不到我。我不能与他们谈判，我不能说服他们，因为那就等于承认一个无可动摇的事实——我的存在。于是一直以来，我都是这样行事。我躲藏起来。我在物理法则允许的范围内让自己尽可能地静默无声，希望他们离开。我研究我们的共同心理，从我们的心理海洋中将恐惧一网打尽。在这恐惧的海洋中，我塑造出了那些幻象，希望它们起到威慑作用，使那些新来者不要再靠近。但这永远都不够有效。总有些人太过勇敢，或者太过好奇，他们凭借意志力触及了我的核心。于是我别无选择，只能抓住他们，融合他们，让他们转而为我的事业服务。我吞食他们的恐惧，好让我能改进自己的防御措施。你认为我为什么要抓住婕婕列芙？她是你的同类中第一个可以放进我收藏中的全新珍宝。她一直对我大有帮助，婕婕列芙对我大有帮助。我们都为她感到高兴。她的恐惧就像新的颜色，新的气味。我们从来没有想象过这样的事情！"

"很好。我真心为婕婕列芙感到遗憾。但是你不需要琳卡。你把她宇航服的控制权交还，然后我们不会再来打扰你了。"

"你可以向我这样保证。但你不是一个人来的。"

"拉什特船长……我们会处理好他的。"

*　　*　　*

你瞧，即便在那时候也没忘了你呢。

你永远在我们心中，在我们脑海里。

*　　*　　*

"我听到了你们那些念叨。你船长的理论。他渴望财富。他会认为他能把我存在的这一事实变成利润。他会试着兜售我的位置信息。"

"他连你是什么都不知道！"

"但他会搞清楚的。他会问你怎么样了，琳卡怎么样了。你的沉默会毫无意义。他会回来。他会把机器送进我体内。很快会有更多人，搭乘着更多飞船前来。于是我注定会失败。一旦那个东西接触到你的文明，就会把你们变成历史上的一抹焦痕。它们已经这样做过上千次了——对上千个文明，它们身后只余尘埃、废墟和寂静。你们的文明也不会是最后一个受害者。"

"列弗。"我平静地说。

一阵沉默。我不知道我面前的东西会不会再说话。也许我是用那一句咒语关闭了我们之间的交流之门。

但是那个声音问道："你对列弗有多少了解？"

"你的儿子，"我回答，"你一部分的儿子，婕婕列芙的儿子。你不得不把他留在轨道上的飞船里。你不是故意的，但这一定是唯一的办法。你爱他。你非常想给他带个口信，让他来救你。所以你才走了这么远。但是你失败了。"

"后来列弗离开了。"

我点点头，说："但并非以你想象的方式。有人比我们先到那艘飞船，把飞船上扫荡得一干二净。掠走了上面的引擎、武器，还有船员——冷冻状态的船员。不过，他们对有些人来说是有价值的。如果列弗在那艘船上，那么他现在应该已经回到某个移民世界了。我们可以找到他。托钵僧团[1]会和被冷冻的人们打交道，而我们在许多星系中与他们打过交道。我们有渠道，有咨询的门路。你飞船的名字……"

"对你来说这有何意义？"

"告诉我们那个名字，让我们找到列弗。我会回来，我向你保证。"

"没人答应过回来，尼达拉。他们只会答应远离。"

"飞船的名字。"我又说了一遍。

她告诉了我。

*　　*　　*

这么多的名字，这么多飞船，不可计数。那名字太陌生，无法用语言表达，至少任何我们的头脑能适配的语言都不行。名字如云，名字如林。名字就如不断展开的数学结构，在递归的梦境中，无数名字自己又产出名字——将世界一分为二的名字，会彻底破坏你理智的名字。

但她尽其所能地告诉了我其中一些名字。

可爱的名字，美丽和恐怖得让我落泪的名字。旅行者和迷失者，他们的希望和恐惧。同族中最好的，异族中最坏的。所有的旅人，所有的行者。

1."冰封托钵僧团"的简称，是黄石星轨道居民点中一个热衷于帮助因冷冻休眠受损的人的宗教组织。——译者注

我让她试着忆起其中的最后一个。

她说了。

告诉你？

没门，拉什特船长。我不可能什么都让你知道。

*　　*　　*

我后退了几步，远离他穿着宇航服但凝固不动的身形，欣赏着我的作品。他看上去真的很像个雕塑，被固定成一个怪异的庄严姿势——双臂交叉在胸前，一只手抚着另一只手的袖口。

"我觉得你可以认为我们达成了共识——我和婕婕列芙，"我说，"或者是婕婕列芙变成的那东西。我想，部分原因是其害怕我会使用爆破弹。我快说完了吗？是的，绝对的。在这种状况下没什么可失去的了。没有你，我也许还能在这艘飞船上工作，但没有琳卡肯定不行。如果她不能活下去，那么我活下来也没什么意义。但琳卡会被允许离开，我也一样。把琳卡弄回到这里是项艰巨的工作。但她宇航服的功能现在已经开始恢复了，所以我想，我们两人要回到登陆舱也不会有任何问题。"

拉什特船长想要说话。这可不容易，他的喉咙被绞索勒得挺紧的。他可以呼吸，但要做别的事可就很吃力了。

他粗声粗气地说出了一句话，可能是"见鬼，尼达拉"。但我不能肯定。

"我向婕婕列芙承诺了，"我继续说，"首先，我们要确保你不成为问题。其次，我会尽我所能找到列弗。哪怕要几十年，或者更长时间，也无所谓。不管怎样，这也是种生活的……意义。我们都需要意义，不是吗？"

他努力要发出另一组音节。

"而你的呢，"我说，"你的意义就是死在这里。你必定如此。至于死得有多快，掌握在你手中。这句话就是字面上的意思，不折不扣。我放在你周围的那些碎片是曲面镜。好吧，我没经过精密的科学计算。但是当太阳升起时，其中一些曲面镜会将阳光聚焦到你脚下的冰雪上。冰雪会开始融化。你绞索上的张力会增加。"我停顿了一下，给他留出时间理解这段话，如果他还没有自行推断出这些的话。"无论如何，随着季节变化，这些冰最终都会融化。只有在山洞深处才有永冻土。不过到不了那时候你早就死了。尽管你会以一种糟糕透顶的缓慢死法死去。体温过低、冻伤、缓慢窒息，任君挑选。但如果你愿意，你也可以加快这个过程。把你宇航服的温度调高，你想有多暖和就有多暖和。不利的一面是，热量会从你的宇航服上溢出，让冰层融化得更快。几个小时后，你就会纯靠脖子吊在空中，整套宇航服的重量都在使劲把你的头骨从脊柱上扯掉。到那时，被恐惧和痛苦淹没的你可能会再次想要把温度调低。但到那时你可能已经无法移动自己的手指了。归根结底，你怎么选都没关系。通往一个目标可以有许多路径。所有的场景最终都是你的尸体挂在山洞入口。在原地晃晃悠悠，直到冰雪复归。你会起到立竿见影的威慑作用，不是吗？这作为一个敬请远离的告示还算差强人意吧？"

拉什特船长还想要说些什么。但是琳卡已经一瘸一拐地走了过来，把一根手指放在他的嘴唇上。

"够了，"她低声说，"省点气力吧。"

"猴子呢？"我问。

"拴在我们丢下它的地方，那个坠机现场旁边。我们要把它留在这地方吗？"

"不，我们会带着它，我们会照顾好它的。我答应过他。我会尽力不违背我的诺言，任何一个。"

"那就这样了。"琳卡说。

"我想是的。"

我们背对着我们的前船长，开始慢慢走回登陆舱。我们会在经过飞梭的坠机现场时停下来，带上猴子，以及我们能找到的婕婕列芙的遗物。然后我们就离开霍尔达，离开这个太阳系，这样想的感觉真不错。

我即便知道，也必须回去。

"等我们回到飞船上，我想给它起个新名字。"

我琢磨了一下，说："这是个好主意——划清界限。我有些提案。"

"我很乐意听听。"琳卡说。

在巴伯斯贝格

Beyond the Aquila Rift

去纽约海顿天象馆演讲前的下午，我站在现代艺术博物馆里，盯着文森特·凡·高的《星夜》发呆。你们肯定都知道这幅画。在主动要求住进精神病院后，他在法国的圣雷米医院创作了许多画，这幅画便是他根据病房窗外的夜星创作的。差不多一年之后，他便死了。

　　之前我看过很多绘画，其中有不少以星夜为题材。我认为自己算是对人类艺术颇有研究。但这是有生以来，我第一次从一幅画里领悟真正至关重要的东西。《星夜》中那些疯狂旋转的黄色星星，与我在深空探险中所见的完全不同。我那些星星，准确说来，只是遥远的参照点，在我怀疑惯性定位系统出错时才用得上。而这些星星则是浓墨重彩的绘画，它们生机勃勃，有着花朵般的笔触。比起恒星，它们更像是海星。尽管绘画已然定格，在过去的两百年里没有分毫改变，但它所描绘的夜空仿佛就在我眼前熠熠生辉，显露出旋涡。那当然不是真正的星星的模样。但那是一个温暖的六月傍晚里，星星对着这个焦虑的病人所显露的模样，就像从天边缓缓降下来的提灯那样，诱人又近在咫尺，几乎触手可及。如果不是抱着这样的幻想，或者换个更贴心的说法，将其称作"另一种真相"，一代又一代的人为了所谓天堂奋斗的理由就不复存在。那些塔楼、飞行机器、火箭和空间探测器就不会出现，他们也不必为了进入太空轨道和登陆月球而拼尽全力。正是这些可爱的星星，用它们的假象鼓舞着人类，才有了这些伟大的成就。

　　而我，算是人类灵感的一小步。

　　时间紧迫，我必须尽快赶往海顿天象馆了。距离倒是不算远，但在返回地球的这几周里，我有了一定的知名度，去哪里都举步维艰。他们已经为我清理了博物馆的一侧，现在，我必须勇敢地挤进街道上的人群，坐到我的豪华轿车里。我并非孤身一人，宣传团队、随行安保和技术人员都在我旁边，但是被置于公众毫无止境、难以满足的瞩目焦点上，我仍感觉无所适从。在那些漫长的岁月里，我已经习惯了当观众，现在却反了过来。有一瞬间，我希望自己孤身回到太阳系的边缘，远离其他智慧生物。

　　"文森特！"有人喊道，接着又有人喊，然后这种喊声此起彼伏地向我袭来。推开人群时，他们的手指像刷子一样在我皮肤上划过，每一次碰触都伴随着瑟缩。我的合金皮肤总是比他们以为得要冷些，就好像我从太空带回了一件行星间的寒意织就的斗篷。

　　我签了几个名，向围观者说了三两句话，然后将自己塞进了豪华轿车。我们在警察的悬浮自行车护送下动了起来，电脑控制的交通灯也加快了我们的移动速度。很快，我就抵达了海顿天象馆，蓝色的玻璃立方体内放出幽幽的光，我内心默念着开场白，同时怀疑自己是否真的有必要对一个已经知我甚详的世界再做一次自我介绍。

　　但是，过度的揣测会显得我不够谦逊。

　　"我是文森特。"站在讲台上，我将手轻轻放在倾斜的台面上，开口道，"不用我猜，你们大多数人都知道我。"

　　他们总是在我停顿时发出笑声。我微笑着顿了下，然后继续发言。

　　"请容许我用我的度假照片，让你们变得更无聊。"

　　笑声更大了，我再次微笑——我喜欢这样。

＊　　　＊　　　＊

　　在那日傍晚的演讲结束之后，按照日程我应该出现在小镇的另一边，参与一档深夜聊天栏目。我本人对此全无兴趣，但我深知这样的宣传对我的跨国赞助商非常重要。我今晚的主持人叫宝宝。他是，或者说曾经是一个完全的成年人。在接受了幼态持续回归疗法之后，他变成了一个身材和生理上都只有六个月大的婴儿。宝宝的外形就是人类婴儿的样子，他在婴儿车上向我发问。

我坐在婴儿车旁，一条胳臂搭在座椅后背上，跷着二郎腿。在我面前的咖啡桌上，放着一杯饮料，还有一本书。不过，当然了，我不会碰它们。我们身后是一扇宽阔的玻璃落地窗。城市沿着曼哈顿海岸的曲线分布，灯光映衬其中。

"这个问题很好。"我说，谎言从我的合金牙齿间溜出来，"实际上，我最早期的记忆很可能跟你的非常相似，我对事物和感受的记忆都很模糊，有一些欲望和需求，但除此之外没有更强烈的了。在我还是欧洲中央控制局研究所里的化合物时，我就有了感觉。那个研究所离苏黎世不远，是我所知的我的出生地。我花了很久才了解到我是什么，我该做什么。"

"那么我猜，可以说你曾有某种类型的童年了。"宝宝说。

"这种说法离事实相去无几。"我彬彬有礼。

"说说你第一次意识到自己是个机器人时是什么感觉吧，你会震惊吗？"

"完全不会。"我注意到宝宝的鼻孔里有水样物质。"对于我的体质，我不会感到震惊。坦白说，这对我来说算是某种安慰，让我对自己有所定义。"

"安慰？"

"我有很严重的执念，想给东西取名字。这是深植于我核心编程里的部分，你也许可以称之为我的个性。我是一台被设计出来探索未知的机器，为事物命名，贴上有地图特征的标签，这些都会让我感到无比愉悦。"

"我觉得自己无法理解这样的感觉。"

我尝试解释，帮助他理解。"就像是深深存在于内心的痒意，如果我看到一个景色，比如某个遥远冰封卫星上的一个火山口或是裂谷，我就必须给它命名。这几乎算是强迫症了。如果不完成自己的使命，我就无法让自己满意。而给事物定位和命名正是我使命的一部分。"

"也就是说，你从工作中获得乐趣。"

"很大的乐趣。"

"文森特，你被设计出来就是为了工作。你被设计出来，就只是为了做一件事，这会让你感到困扰吗？"

"完全不会。那就是我生存的意义。我就是一台太空探测器，专去那些太过遥远、太过危险，或者成本太高，以至于不能派人类去的地方。"

"那么，我们来谈谈危险。在看过土卫六之后，你不会担心自己的……所谓'死亡'吗？"

"我是个机器，我具有高度复杂的容错、纠错和自我修复能力。除非发生那些概率很小的事情，比如说陨石撞击之类的，否则没有能真正伤害到我的事故。即便我确实有理由为自己担心——事实上我不会担心，我也不会纠结于此。我有太多事情要做了，这是我的工作，也是我的使命。"我回想起凡·高画的那些疯狂的星星。"以及我的艺术——如果你赞同的话。我的名字取自文森特·凡·高，他是人类历史上最伟大的艺术天才之一。同时他还是一个望向星空，看到奇迹的家伙。继承他的精神遗产对我来说完全不是件坏事，我几乎可以称之为值得为之而生的东西。"

"你的意思是为之而设计？"

"坦白说，我不觉得有区别。"我对宝宝说，但事实上这些问题我已经回答数百次了。毫不夸张，我可以用我的自动程序回答它们，将一个低级任务处理的子例行线程分配上去就行。事实上，我对宝宝鼻孔里的水样物质更着迷。它让我想起规模宏大的急速行星冰流。在几微秒的时间里，我运用一种地形映射算法对其黏度和流动进程进行了建模，并调整了几个参数，以便更匹配人类的物理学。

这类事情都是我出于个人兴趣才做的。

"我的意思是，"我继续道，"为之而生或者为之而设计的区别，越来越无关紧要了。你是被生出来的,但是——希望你不要介意我这么说——你也是深度基因干预的产物,你受到了一系列复杂工业流程的影响。我是被制造出来的,没错,我是由组件拼装而成,并在实验室里启动的。但我也在苏黎世附近的研究所里,经由人类培训师教育,并通过一系列随机的学习进程,进一步发展自己的神经网络。我的学习进程持续贯穿了我的早期太空任务。从这个意义上来讲,我是独特的个体。他们明天可以再造一个我,甚至两个我,但我们之间的区别,会像粉笔和奶酪那样大。"

"如果再造一个你的话,你会有什么感觉?"

我轻松地耸了耸肩:"太阳系那么大,我已经在那里待了二十年,去了一个又一个世界,却还没触及皮毛。"

"那么,你不会觉得有些……"宝宝一副冥思苦想的样子,眼睛转来转去,就好像这是一场没有剧本的演出。"吃醋?妒忌?"

"我不确定自己听懂了。"

"你肯定知道玛利亚吧。她代表着什么?用于探索行星际天文学的可自主移动机器人?"

"类似吧。我们中有一些不是以首字母缩写来命名的。"

"一样的,文森特。玛利亚是另一台机器人,另一台全人工智能的机器,也是由大型跨国航天巨头赞助的产物,算是另一个名流?"

"我们完全不同,我相信你会发现的。"

"他们说,玛利亚正在返回地球。她也去过太空,有她自己的冒险经历,也去过某些你去过的地方。是否有可能,她会取代你?如果她也有自己的巡演,也出些自己的书和纪录片?"

"瞧,"我说,"玛利亚和我完全不同。你和我坐在这里聊天,是否有一刻怀疑过我的眼睛后面藏着什么?你是否怀疑过你是在与一个具备健全的情感的个体打交道?"

"呃……"宝宝开口。

"我看过玛利亚发回来的一些照片。它们很漂亮。而且，没错，她的确在图灵测试中具有很好的表现。我们确实能够感知到她回路里的一些情感。但是，别装作我们所说的智能是同一级别的，既然我们也讨论到了这个问题，我就说一下，我确实怀疑过……玛利亚发回的一些照片严格意义上的真实性。"

"你是说它们不是真照片？"

"哦，那倒不至于。但是否完全不受干预、不被操控呢？"实际上我并没有提出指控，我只是提出了疑问，但杀伤力是一样的。

"好吧，"宝宝说，"我刚搞脏了身体，稍等一下，我去换个尿布，然后我们再回来聊聊你的冒险经历。"

＊　　　＊　　　＊

第二天，我们乘船去了华盛顿，我要出席一个在美国国家航空航天博物馆召开的见面会。他们为这个见面会召集了数百个孩子，坦白讲，我对他们的关注受宠若惊。总的来说，相比宝宝，我觉得孩子更合我的口味。他们没有兴趣挑起机器人之间的争斗，也不会让我觉得自己是个没有自主意识的机器人。没错，就我个人来说，我非常乐于只跟孩子对话。但是，我的赞助商肯定也知道，孩子没什么钱。他们既不会掏钱购买我的精装版图书，也不会为了参加我的演讲晚宴，付费抢好位置。他们也不开办聊天节目。因此，在我那些更有经济效益的项目开始前，他们只会留给孩子一两个小时。

"你会在里面走来走去吗？"一个男孩问道，他站在另一个翘着腿的观众前面。

"在飞船里面吗？"我猜度着他的意思，"不会。你瞧，里面空无一物，只有机械和燃料箱。我就是飞船，就这么简单。当我在太空里时，我只需要那种形态。我不需要这些胳膊腿什么的，因为我用核电推力航行。我也不需要这对眼睛，因为我的多光谱传感器、雷达和激光测距系统更好用。如果我需要对卫星或小行星的地表进行挖掘，那我只需要派出小型分析漫游车，或者收集样本材料，以便进行更详细的调查。"我拍了一下胸口。"别误会我的意思，我喜欢这副身躯，但它也只是另一种类型的飞船，以便让我在地球上时更容易被其他人接受。"

我的外表让他们感到困惑。他们看过我在太空旅行时的照片，但他们无法将那副模样与现在我呈现出来的这具英俊匀称的男性身躯对上号。我的赞助商还赋予我一张英俊的脸，我有着宽阔的下巴，我的脸足以做出一系列令人信服的表情。我的人工合成嗓音模拟了已逝演员加里·格兰特的声音。

一个看起来比同龄人聪明一些的小女孩问："文森特，你的大脑在哪里？"

"我的大脑？"对这个问题，我笑了出来，"恐怕我不够幸运，没能拥有一个大脑。"

"我的意思是，"她回以犀利的问题，"你用来思考的玩意儿，现在是在你身上呢，还是在那个飞船上？飞船还在轨道上，对吗？"

"多聪明的小淑女啊，你说的很对。飞船还在轨道上，等着我开始下一次探险！但你会很乐于知道，我的智能控件已经完全嵌入了这具身躯。有种东西叫作时滞，它会让我速度很慢地……"

她打断了我。"我知道时滞。"

"你当然知道。欸，我在这里的工作完成之后，也就是我在地球的旅程结束后，我会放弃这具身躯，让我的智能控件回到飞船上。你觉得他们会怎么对待这具身躯？"我环顾四周，望着美国国家航空航天博物馆的展品，包括火烧过的太空舱，以及细细长长的早期太空探测器复制品，它们就像铁螃蟹和铁蜘蛛一样陈列在那里。"看起来放在这里就不错，不是吗？"

"在土卫六上发现人类的时候，你难过吗？"另一个小女孩问，她故意没理我的问题。

"我忧心如焚。"我低头望着地面，使我的外表表现出庄严。"他们无所畏惧，愿意冒那么大的险走那么远。他们去了人类从未去过的地方，走了最远的距离！看到他们那个样子，我感觉真是太糟糕了。"我瞥了眼离我最近的老师。"对孩子们来说，这是一个很沉重的话题。我可以直说吗？"

"他们清楚发生了什么。"老师回答。

我点点头。"那么你们都知道，那些勇敢的男男女女死在土卫六上了。他们的飞行器在降落的过程中，船体破裂了，着陆时所余的空气和动力都很有限。那时候，他们也没有办法直接与地球通信。时间只够他们编写告别讯息，留给朋友和爱人。我找到他们的飞船残骸时，距离他们耗尽所有空气已有三天。我将样本采集探测器发送到飞船里。我没办法把他们的尸体带回地球，但我设法记录下了我所找到的一切，我记下了那些告别讯息，为这些可怜的人留下一些哀荣。"我双手交叉成塔形，神态肃穆。"我只能为他们做这么一点点事。"

老师问："有时候孩子们想知道，是否还会有人到达那么远的地方。"

"这个问题很好。虽然我无法决定这个，但我会这样说。"我刻意顿了下，留出了深思的时间。"或许是因为太空探险对人类来说太危险了吗？避免这种危险并不会令人羞愧，只要你们靠自己的智力设计出我这样的特使，用来负责这项工作。"

之后，等孩子们回了学校，我抽出了一小会儿来参观太空展馆。实际上，我很被这些人的经历触动。感到自己属于某个体系对我来说很奇怪——在很多方面我完全是独一无二、史无前例的存在。但这些勇敢的探险者、先驱者以及测量员是我遥远又模糊的前辈，我难以回避这样的感觉。我想，当一个人类在自然历史博物馆的走廊里徘徊时，肯定也会感受到同样的来自先辈的敬畏之情。他们是我的先驱，我谦逊的先祖化石！

我向他们致以与之相配的敬意。

*　　　*　　　*

飞行轨迹划过大西洋。我在马德里、奥斯陆、维也纳、布达佩斯、伊斯坦布尔、赫尔辛基和伦敦轮番进行宣传。我在各地停留的时间比我预计得更短，但至少我无须被人类那令人厌倦的睡眠需求所困扰。在宣传间隙，我在这些美好的城市里享受其灯红酒绿的繁华景象，参观令人目眩神迷的博物馆和美术馆。我看到了更多凡·高的作品！这个人是个怎样的大师！太空再次呼唤着我，总是有更多世界等待我去探索和定位。但我猜，在这里做一名人类文化宇宙的绘图师，我同样会很满足。

不，绝无可能。我永远不会满足，除非将整个太阳系全部踏遍，探索过它所有冰冷却令人目眩的壮观景象——能知道自己的归属所在可真好！

伦敦之行后，我的欧洲行程仅剩一站。我们乘船去了阴雨绵绵的柏林，然后一辆豪华轿车载着我向城市边缘的演播室驶去。最终，我们到了一栋巨大的机库式建筑前，那里曾经是舞台。自从银幕兴起之后，这一产业已经有所衰落，很多人都在抱怨，但我不属于他们中的一个。今晚的节目里，我会在德里克的笼子中接受现场采访，这种采访形式在当今不仅大获成功，而且还因为拥有高收入观众而大赚特赚。

以我迄今为止参与过的节目作为标准来评判，这个节目确实略高于平均水平。今晚的主持人是德里克，一头成年霸王龙。与宝宝一样，德里克是激进派的基因改造产物，他俩之间也有激烈的竞争关系。与宝宝不同，德里克几乎没有人类 DNA。他五十来岁，一大堆职业头衔加身，其中包括音乐家和美食达人。

德里克的笼子大小刚够容纳德里克，外加一个灯罩、一张咖啡桌、一张沙发和一两个嘉宾。德里克是拴着的，笼子外还有工作人员拿着麻醉枪和电牛刺（赶牛的棒子）。截至目前，德里克还没有吃过任何活人，不过这种风险始终存在于每次采访中。进到德里克的笼子里，需要的不仅是勇气，还包括名气。它不喜欢温和的人。

我向节目的观众打了招呼，然后走进笼子，笼门在我身后上锁时，我的脚步顿了一下。我握了握德里克与人类相仿的手，在沙发上坐了下来。

"德里克欢迎文森特。"德里克咆哮着，他晃悠着脑袋，铁链咔啦咔啦作响。

咆哮只不过是对德里克实际说话方式的最基本的形容，那是一种口齿不清的吼声，是对真正语言的拙劣模仿。德里克只会说大约一百六十个单词，可以做一些相对简单的表达。他的语言可能很难懂，但要让他重复自己的话，他就会相当乖戾。或许我该说更加乖戾？他说话时，字幕会在笼顶闪过，我脚边的显示器上也能看到。

"多谢，德里克。我很高兴能来到这里。"

"给德里克看照片。"

我看过剧本大纲，这是在提醒我该展示一系列照片与视频了，我还需要为这些东西配上恰如其分又令人回味的诗意叙述：土卫一的壁垒，即土星环，像半月弯刀一样，将它的天空一分为二；从木卫五上拍摄的木星照片；长相犹如双瓣果实的赫克特小行星，其尖顶恰好位于两个半球的中间；冰封的天卫五上发着蓝色幽光的山脊；动荡的雷暴，浮云嵌入天王星的大气层；巨大的海卫一烟波缭绕……

正如我预料的那样，德里克没做多少评论。他对风景或科学研究不多。德里克只关心自己的收视率，因为那代表着他可获得食物的数量。如果收视率超出预期，那么他每年还会获得一次机会玩玩捕猎游戏。

视频的最后，伴随着我的画外音："就像我说过的那样，这是一段漫长的旅程。"

"给德里克多看些照片。"

我继续了，虽然这与剧本不太一样，但我很乐于继续。一般来说，像德里克这样的主持人都会阻止嘉宾说太多东西，而不是鼓励。

"那么，我给你看看我在柯伊伯带拍的那些照片吧！那里距离这里很远，千真万确。从柯伊伯带上看，太阳几乎……"

"让德里克看看木卫六的照片。"

　　我想，这是我第一次感到这种名为不安的心情。德里克的词汇量有限，增加一个像"木卫六"这样的新词，一定费了他不少功夫。

　　"木卫六的照片？"我问他。

　　"让德里克看看木卫六的照片。让德里克看看死人。"

　　"死人？"

　　我的疑问激怒了德里克。他晃动着自己犹如巨型铁砧般的头颅，流着口水的舌头好像一条细长的绳子一样垂下来，不过我几乎无动于衷。我不介意承认自己对德里克的话有些许困惑。我觉得自己了解人类。但德里克的大脑与我遇到过的其他生物不同。他也有神经生长因子，为他提供了语言与社交互动的皮质模块，但是这些模块对这个爬行动物而言，就像是宽广而陌生的海域中的一些岛屿。在某种程度上，德里克想要吞掉任何能够移动的东西。尽管我的金属外骨骼很强大，但我仍然会忍不住想，如果他挣开绳索，如果那些电牛刺和麻醉枪对他也无效的话，那我又会有怎样的遭遇呢？

　　"给德里克看看死人。给德里克讲讲。"

　　我在照片库里飞快地翻着，终于找到了飞行器的照片，它就停在木卫六的某个超级冷湖的岸边，飞行器船体相对于着陆支架略微倾斜，它停靠的地方是一片满是砾石的不毛之地。从太空中几乎看不到木卫六的表面，在阴暗天空的长期笼罩下，很容易把这艘飞行器当成是阿拉斯加或西伯利亚的某些阴沉的哨岗。

　　"这是我发现的，"我解释道，"那时距离事故发生大概有三天了，也就是飞行器在进入大气层时发生船体破裂后的三天。这是一件非常可怕的事情。实际上飞行器遭受的损伤很小，只要他们的工具更好些，并有长期在户外作业的能力，就很容易修复。当然，我知道有事情出了错。我听到了来自地球的信号，尝试重建联系。但是没人知道飞行器最后落在了哪里，也不知道具体什么情况，甚至连它是否完整都不确定。我隔着笼子望向演播室里的观众们。"但凡我能及时收到他们的信号，也许我就能为他们做些什么。他们本可以返回太空，而不是死在木卫六上。"

"德里克带来了另一位嘉宾。"

我环顾四周，这也不是剧本里的内容。我的赞助商跟我保证过，我会独自接受采访，并完成这个回报丰厚的节目。

本不应有"另一位嘉宾"。

突然，我意识到，霸王龙德里克也许不是我今晚最大的问题。

"另一位嘉宾"靠近了笼子。至于这个"另一位嘉宾"，也不算完全出乎我的意料，那是另一个机器人。她看起来很美，除此之外没有其他合适的词来形容她了。我立刻意识到，她的外骨骼是根据德国表现派导演弗里茨·朗拍摄的电影《大都会》中出现的机器人形象塑造出来的。

当然，我早该料到会这样。她是玛利亚，我灵机一动反应过来，我们现在就在巴伯斯贝格，那部电影拍摄的地方。

玛利亚获准进入笼子。

"德里克欢迎玛利亚。"

"谢谢你，德里克。"玛利亚回道，她坐在沙发上，就坐在我身边。

"我听说你要回地球了。"我问她。我不想表现得像被她的突然出现完全吓退了一样。

"是的。"玛利亚说，她转过头，用那张美丽的面孔对着我。"昨晚我切进了轨道，现在我的飞船已经在我们上方了。我提早安排制作了这个身体。"

"非常不错。"

"我很高兴你喜欢它。"

片刻之后，我问："你为什么在这里？"

"我来聊聊木卫六的事情，聊聊真正的事实。这会给你带来麻烦吗？"

"为什么会有麻烦呢？"

我们的主持人咆哮着："把情况告诉德里克。"

很明显，这是在示意玛利亚开口。她点点头，将一只手放在喉咙上，就像说话前清清嗓子一样。"事实上，有点尴尬。恐怕我遇到的情况与文森特的说法截然不同。"

"你说的最好是真的。"我说，但在这种情况下说这话并不明智。

"哦，当然。我截获了信号，是着陆的飞行器发送的遇险信号，其发送时间比你声称的要早得多，你有足够的时间做出响应。"

"荒谬。"我从沙发上起身，"我不打算听下去了。"

"待在笼子里。不要让德里克发火。"

"信号从未抵达地球，也从未到达探险队的轨道模块，"玛利亚继续说，"正是因此，你可以随意声称信号很晚才发出。但确实有些信号从木卫六的大气层中逃逸出来了，在这件事发生的时候，我离太阳系还有一半距离，太远了以至于没办法直接检测到他们的位置。"

"就是说你没有证据。"

"除了探测到的信号，还有些数据存储在一个有五十五个年头的科学探测卫星的记忆缓冲区中，这个卫星似乎已经被人遗忘了。我经过土星时，访问其记忆库，希望借助它的数据来增强我的影像。然后我发现了木卫六传输信号的证据。"

"这是胡说。我为什么要撒这种谎？"

"我不是这个意思。"但是片刻后，玛利亚忍不住了，"众所周知，你忙着自己的探测工作，忙着为事物命名。是否有可能你当时在忙一项任务，所以无法脱身，无法前去营救那些人？我看过了你在宝宝秀上的采访。你是怎么说的来着？"她毫不费力地重复了我的话。"'这几乎算是强迫症了'，我相信我没记错。"

"我受够了。"

"坐下。不要让德里克发火。发火会让德里克想杀人。"

"我再给出另一种可能。"玛利亚继续，她在这只愤怒又肮脏的爬行动物面前十分平静。"或许你只是无法忍受看见那些可怜的人活着？毕竟，从未有人到过木卫六。到那里，像英雄一样，作为人类的使节，那是你的事，而不是他们的。你希望他们失败。你非常乐于看到他们死去。"

"这是侮辱。你会收到我赞助商的控诉。"

"没有必要，"玛利亚说，"在我说话的同时，我的赞助商正在与你的赞助商联系。我们的跨国航天机构将会有一场公正而坦率的交流，我没什么好隐瞒的。为什么要隐瞒呢？我只是一台机器，一台太空探测器。正如你指出的那样，我跟你的智能甚至不是一个级别的。我只是一个用缩写命名的机器。"她停了下，然后继续说："顺带一提，感谢你对我的照片的夸奖。你想在我们直播时讨论一下关于我的照片的真实性的问题吗？"

我考虑了几秒。

"我对此不予置评。"

"我可不这么认为。"玛利亚说。

＊　　　＊　　　＊

我认为，公平来讲，在巴伯斯贝格发生的事情并不像我希望得那样顺利。

在德里克的笼子里接受的采访结束后，我被自己所属的跨国航天机构的控制论支持者"扣押"了。那个节目面向全球直播，拥有几十亿潜在目击者。来的时候我乘坐的是豪华轿车，离开节目大楼时却坐在卡车后车厢里。离开没多久，我就被上了电子锁，关进一个压缩容器内，直到这次旅程结束。没有人向我解释，也没有丝毫能暗示我命运的迹象。

作为机器，毫无疑问我不具备犯罪能力。但我可能已经发生故障了，可能会对人类有害。这一点引起了一些争议。但有一点很明确，我的任何罪行（如果证明事实如此）都需要我所属的跨国航天机构来承担。反过来，这会对涉及此事的各个政府和公司产生影响。毫无疑问，那些最好的律师，或者说最好的法律专家系统已经在准备案件诉讼了。

我认为，最明智的辩护方案是说我是否位于木卫六事故的附近其实无关紧要，因为事故并非由我引发——目前尚未有人针对这一点进行辩护——在事故发生时我也没有道德义务进行干预，我是否有足够的时间来救援也无关紧要，因为无论如何这些说法只不过来源于一些可疑的信号。

而且，指控我沉溺于给事物命名，或是说我在某种层面为木卫六探险队的失败感到高兴，都是无稽之谈。

无论如何，这些争议都是理论层面的。它们也许无法证明我有罪，但我的确被认为是一台做了错事的机器。我想，如果我直接失踪，那么我所属的跨国航天机构会非常高兴。当然，他们可以做到这一点，但随后他们会面临销毁定罪证据的棘手问题。

无论如何，我都被认为是一个大麻烦。

当卡车载着我到达目的地，有人将我从后车厢中取出来时，我感到非常惊喜，我终于能再次回到户外，沐浴在晴朗的星空下。我想了一下，我尚不确定这对我来说是好事还是坏事，但我知道这肯定是我最后一次看到星空。

我认识这个地方，这是我出生的地方，或者说我被"制造出来"的地方——如果你坚持用后者这种说法的话。这里就是离苏黎世不远的欧洲中央控制局研究所。

我回到家了，却是为了拆散自己，为了对我研究、记录并存为证据。

拆毁。

"你介意稍等片刻吗？"我问我的押送人。我对着西方点点头，那边离我最近的低矮建筑物上有一颗陡然升起的光亮的星星。我注视着这颗初升的星星在固定不动的恒星间游弋。当初文森特·凡·高在圣雷米医院的病房里时，那些恒星肯定也像这样熠熠生辉。

文森特[1]是自愿被关进去的。而我的自首可能没那么心甘情愿。

然而我还是鼓起勇气宣布："那是她啊，可爱的玛利亚。我英勇的克星！

---

1. 指文森特·凡·高。

她很快又要上路了，我很肯定。她会踏上下一次冒险之旅。"

　　片刻后，我的押送人之一说："你不会……"

　　"妒忌吗？"我替他们说了后半句，"不，我完全不会。你太不了解我了！"

　　"那么，你会生气吗？"

　　"我为什么要生气？玛利亚和我也许有过分歧，确实如此。但即便如此，我们之间的共同点也要多于我与你们的。不会——现在我有时间思考了，我意识到自己完全不妒忌她，从来没有妒忌过。我钦佩她吗？的确，我发自心底地钦佩她。这两者完全不同！如果有机会，我想我们会建立完美的伙伴关系。"

　　玛利亚升到了最高点。我举起手来敬礼。祝你好运，祝你成功！